이
땅에
정의를
─

**함세웅 신부의
시대 증언**

이 땅에 정의를

함세웅 신부의
시대 증언

한인섭 대담

창비

'그저 해야 할 일을 했을 따름입니다'(루카 17,10)

폭염, 참으로 무더운 여름입니다. 신문과 방송도 111년만의 더위라고 매일 보도하고 있습니다. 날씨가 너무 더우니 아무것도 할 수 없습니다. 미사, 기도, 식사 등 기본적 책무만을 하고 있습니다. 그러다가 정신이 번쩍 들었습니다. 88세의 설조 스님이 41일간 단식하셨는데, 그로부터 "너는 지금 도대체 무얼하고 있느냐?"라는 꾸짖음이 들려왔습니다. 그렇습니다. 스님은 참회를 위해 단식을 택하셨습니다. 단식은 자기와의 싸움으로 극기의 정점이며 순교의 입문이기도 합니다. 스님을 찾아가 뵙고, 그분의 말씀을 듣고 마주앉아 그분의 두 손을 맞잡고 침묵의 기도를 올렸습니다. 정화의 과정입니다.

정화, 그렇습니다. 우리는 늘 손과 발 그리고 온몸을 씻습니다. 그런데 이 일상의 삶에서 가장 큰 영향을 끼치는 것은 역시 정치입니다. 인간은 존재론적으로 정치적이기 때문입니다. 이에 정치 사회의 정화를 위해 플라톤은 온 힘을 기울였고 나아가 '현상과 실재'라는 도식 속에서 관념 곧 정신적 이상세계를 확인했습니다. 플라톤의 이 이상세계는 불교의 극락세계와 그리스도교의 하느님 나라와 맥을 같이합니다. 이에 초기 그리스도교 교부들은 현실정치를 바꿔야 한다는 플라톤의 이상론을 정화와 조명, 일치라는 3단계 수덕실천 방법으로 신앙과 연계하여 해석했습니다. 저는 설조 스님과 마주하면서 정치조직과 종교조직의 '정화'를 우리 시대의 '화두'로 생각하며 묵상했습니다. 정치조직의 정화가 곧 평등에 기초한 민주화이며 종교조직의 정화가 절대자의 가르침을 따르는 참된 회개임을 확인했습니다. 이를 위해 목숨을 걸고 단식한 설조 스님 앞에서 가톨릭 사제인 나는 과연 바로 지금 여기에서 무엇을 해야 할 것인가를 물으며 현장을 떠나왔습니다.

그 순간 출판사에서 원고정리가 다 되었느냐는 독촉이 왔습니다. 허둥지둥 관계자들을 만나 설명을 듣고 집에 와서 모든 독자들을 마음에 품고 이 글을 쓰고 있습니다. 우리는 기도와 이상 세계에서 이미 만난 사이이기 때문입니다. 그러고는 세살 버릇이 여든 간다는 속담을 생각하며 혼자 웃었습니다. 언제나 마감이 눈앞에 다가와야 끝내는 제 잘못된 버릇을 이번 기회에 꼭 고치겠노라고 다짐도 했습니다.

*

2018년 올해는 저에게 큰 뜻이 있는 해입니다. 사제 50년을 맞는 해이기 때문입니다. 지난 3월 29일 성목요일 성유축성 미사 때 저는 명동성당에서 교구 사제단과 교우들로부터 축하를 받았습니다. 3월 26일이 안중근 의사 순국일이라 안 의사를 마음에 모시고 성주간과 함께 은총의 부활절을 맞이했습니다. 저는 그동안 함께했던 사제들과 수도

자들, 은인 교우들과 동지들, 독재 핍박 과정 속에서 항거하며 고난 받았던 청년학생, 시민 등 많은 분들, 특히 간첩으로 몰렸던 억울한 재일동포 형제자매들의 아픔을 생각하며 기도를 올렸습니다. 또한 순국선열들과 선조들 그리고 은사들, 모든 억울한 희생자들을 함께 기억하며, 사제서품 때에 제대 앞에 엎드려 다짐했던 그때를 되새기면서 민족의 일치와 화해를 위해 노력할 것을 다짐했습니다.

올해 우리는 4·27 남북정상회담과 6·12 북미정상회담을 통해 극적 전환기를 맞이하고 있습니다. 기적의 사건, 은총의 시기입니다. 이와 같은 민족적 감동과 사제의 초심을 안고 저는 지금 이 책을 통해 만날 모든 독자와 한마음으로 민족의 일치와 화해를 위해 평화공존의 기도를 올리고 있습니다. 기도는 하느님과의 대화이며 염원의 호소이기 때문입니다.

사실 이 대담집 출판에 대해 처음에는 매우 망설였습니다. 사제는 모름지기 자기 이야기를 하지 않는 것이 가톨릭의 기본 정신이기 때문입니다. 그럼에도 불구하고 증언과 공유라는 또다른 요구가 저를 흔들었습니다. 증언은 순교의 뜻을 지니고, 공유는 나눔이라는 공동체의 기본 덕목이므로, 결국 증언과 공유를 통해 제3의 새로운 것을 창출해야 한다는 시대의 요구에 응답해야겠다고 생각했습니다.

대담자는 한인섭 교수님이고 대담 장소로는 서울 용산구 원효로 예수성심수녀원을 택했습니다. 세가 태어난 집 바로 근처이고, 6·25 전쟁 당시 성모병원이기도 했던 곳입니다. 놀라운 체험의 현장이며, 옛날 신학교와 프랑스 파리외방선교회 본부였던 바로 이곳 성당에서 저는 프랑스 사제들의 미사 복사를 맡기도 했고 1956년 예수성심수녀회 한국 진출 당시 성체강복 때 복사를 한 인연이 있기 때문입니다. 따라

6

서 이곳을 찾아가는 그 자체가 어린 시절, 동심의 세계를 향한 보다 순수하고 진실한 발걸음이며 준비작업이기도 했습니다.

*

2013년 3월 20일 한인섭 교수님과 오정묵 PD님, 윤원일 교수님 등과 함께 첫 대담을 시작했습니다. 저 나름대로 어린 시절부터 어떻게 생애를 정리할까 하고 대화에 임했는데 뜻밖에 한 교수님은 새로 선임된 프란치스코 교황에 대한 질문으로 자연스럽게 말문을 열었습니다. 시험 준비를 잘했는데 엉뚱한 문제를 맞닥뜨린 셈이었습니다. 모두 열세차례의 대담은 이렇게 진행되었습니다. 저는 플라톤의 대화, 교부들의 대화를 떠올리며 자연스럽게 이 대담에 임했습니다. 한인섭 교수님에게는 가톨릭과 제 삶의 과정 모두가 새롭고 신기한 것 같았습니다. 가톨릭인에게는 자명한 것까지도 그분은 세세하게 질문하셨습니다. 이렇게 우리는 대화를 통해 과거를 역사 현장으로 이끌어냈습니다.

한 교수님을 만날 때에는 늘 기쁘면서도 한편 면구스럽기도 했습니다. 정의구현사제단과 저에 대한 큰 사랑과 존경을 확인했기 때문입니다. 이때마다 저는 더욱 겸손하게 응해야 한다고 다짐했습니다. 대담 중에 그분은 교회 안의 일에 대해 집요하게 질문하셨고 저는 주춤주춤하면서 사제적 양식과 교회공동체의 선익에 기초하여 대답했습니다. 참으로 좋은 시간이었습니다. 그분의 초청으로 저는 평신도들로만 구성된 '작은 교회'를 찾아가 함께 예배를 드리고 강론과 기도를 한적도 있습니다. 교회일치운동의 아름다운 실천이었습니다. 그분 덕분에 새로운 영역을 넓히고 창비 편집자들과 실무자들도 만났습니다.

이 대담집은 빙산의 일각이며 나름대로 포장도 되었습니다. 이에 숨은 부분을 함께 찾아가고 포장을 벗겨 그 내면을 확인하며 하느님 앞에 우리 모두 단독자로 각자 자리에서 자신의 실존을 확인하고 체험했으면 하는 바람입니다.

*

사제가 될 때 우리는 성구를 하나씩 선택합니다. 저는 "오, 하느님! 이 죄인을 불쌍히 여겨주십시오"(루카18, 13)라는 세리의 기도를 골랐습니다. 사람은 누구나 하느님 앞에 실존적으로 죄인이기 때문입니다. 늘 이 구절을 '화살기도'로 바치며 살아왔습니다. 또한 감옥 속에서 확인한 가르침과 영성은 톨스토이가 『부활』에서 결론으로 인용한 마태오복음 6장 33절의 "너희는 무엇보다도 먼저 하느님의 나라와 정의를 구하여라. 그리하면 모든 것을 덤으로 주시리라."는 말씀입니다. 주인공 네흘류도프는 이 순간 깨달았습니다. 이렇게 톨스토이는 하나의 핵심을 제시했습니다. 사람들은 하느님의 나라와 정의를 구해야 하는데 우리는 모두 먼저 구해야 할 하느님의 나라와 정의는 팽개쳐두고 덤으로 주시겠다고 한 그것을 먼저 갖겠다고 하니 결국 이 세상에는 언제나 전쟁과 불화가 필연적으로 생기게 마련이라는 것입니다. 핵심을 놓치면 결국 가치전도로 인해 이 세상은 전쟁과 싸움판이 됩니다. 불교적 관점에서 이 깨달음은 바로 해탈과 성불이며, 그리스도교적 관점에서는 이 깨달음이 바로 부활과 구원입니다.

하느님 앞에서 스스로 죄인이라고 겸허하게 고백한 세리의 기도는 우리 모두의 길잡이이며 묵상 화두입니다. 그것이 바로 의화와 구원의 지름길이며 선조들 앞에서 역사의 빚을 갚는 일이기도 합니다. 시대와 공동체에 대한 고민과 갈등 그리고 끊임없는 자기 성찰과 비판을 통해 우리는 모두 정화되고 나아가 정의를 찾고 실천하게 됩니다.

사실 우리는 하느님뿐 아니라 역사와 선조와 이웃에게도 많은 빚을 지고 살고 있습니다. 성실하게 사는 삶이 바로 빚을 갚는 일이고 구도자의 길이며 구원입니다. 그렇습니다. 우리는 모두 하느님 나라와 정의를 구해야 합니다. 이 대담집은 이 말씀에 대한 끊임없는 응답과 실천의 한 과정입니다.

이 책을 통해 만날 모든 분들께 사랑과 신뢰, 존경의 인사를 드리며 하느님의 축복과 은총을 기원합니다.

감사합니다.

2018년 8월 3일
3·1혁명 100주년 기념 사업회를 결성한 날에
남북 8천만 겨레의 가슴속에
안중근 의사와 선열들을 모시고
함세웅 드립니다.

차례

✦ 제4부 세상을 품은 영성

제1부

시대를 바꾼 정의의 힘

대담을 시작하면서

오늘(2013.3.20.) 함세웅(咸世雄) 신부님을 처음 뵙습니다. 물론 여러 현장과 강연, TV토론에서 신부님을 뵙기는 했지만, 개인적 만남의 기회를 갖지 못했습니다. 그러나 제 맘속에선 늘 만나 뵙고 싶은 일순위로 꼽고 있었습니다. 이렇게 뵙고 장시간 말씀을 들을 기회를 허락해주셔서, 소원 성취한 기분입니다.

저도 아주 반갑습니다. 한 교수님이 홍성우 변호사님, 존경하는 인권변호사들의 역정에 관하여 정리하신 책을 저도 잘 읽었습니다. 그리고 일제시대 법정투쟁에 대한 귀한 책을 내셨다고 신문에서 봤습니다. 여러 좋은 작업을 하셨는데, 이렇게 힘든 일 맡아주셔서 기쁩니다.

첫 만남이니만큼, 저도 설레기도 하고 약간 걱정되기도 합니다. 그래서 신부님의 기도로부터 힘을 받고 시작하고 싶습니다.

거룩하신 하느님, 동료들이 함께 모여 저의 삶을 되돌아보면서 신앙 안에서, 민족사 안에서, 공동체 안에서 종합하고 정리하고자 합니다. 하느님 앞에 진실한 시간, 이웃을 위한 좋은 기회가 되었으면 합니다. 우리가 같은 공동체 안에서 아름다운 삶을 살고, 우리 국민 모두를 위한 하느님의 은총과 평화를 느끼게 하여 주십시오. 속죄의 사순절을 잘 지내고 영광의 부활을 맞이하겠습니다. 신앙의 그리스도인이 되게 하소서. 성령 안에서 우리 주 그리스도를 통하여 비나이다. 아멘.

기도를 받고 보니 이 자리가 거룩해진 것 같습니다. 저는 나름대로 한국 현대사와 민주주의에 대해 자료도 정리하고 증언도 수집해왔습니다. 그러다 보니 신부님을 뵙고 싶었습니다. 의미있는 현대사를 만들어간 주역이란 점도 있고, 궁금했던 비사(祕史)를 가장 잘 알고 계시지 않을까 생각도 들었고, 인격적으로나 신앙적으로나 배우고 싶은 점이 너무 많았거든요.

함 신부님은 1968년에 서품받고 1973년 사목 생활을 시작하셔서 작년(2012년)까지 44년 동안 일선 사목을 하시고, 이제 형식적으로는 은퇴한 원로 사제가 되셨습니다. 이 시점에서 그간의 생애를 돌아보시는 것이 좋지 않을까 생각했고요. 특히 1974년부터 천주교 정의구현사제단을 중심으로, 우리 시대의 격랑 한가운데서 직접 정의의 키를 잡고 움직여간 분으로 두루 알려져 있습니다. 그러니 저뿐만 아니라, 함 신부님으로부터 얘기를 듣고 싶어하는 분들이 많습니다. 저는 그 분들의 궁금증을 풀어내는 역할도 맡은 셈입니다.

저는 짧지 않은 충분한 시간을 확보하여 신부님의 역정의 삶, 그 순

간순간을 되살리면서, 그야말로 그때 그 순간의 삶 속으로 들어가서 그때의 고뇌, 용기, 좌절, 성취 등을 그 시절을 겪지 않은 사람들도 온 몸으로 느낄 수 있도록 담아내고자 합니다. 긴 호흡을 갖고 하나하나 파고들어가는 대화를 하고 싶어요. 전제할 것은, 시간을 충분히 내어 주십사 하는 것입니다. 마침 저도 안식 학기를 맞아 여기에 정성을 쏟을 생각입니다.

좋습니다. 교수님도 안식년이라 여유있게 대화할 수 있어 좋네요.

프란치스코 2세,
바티칸 공의회와 아조르나멘또

오늘 보니까 새 교황 프란치스코(Franciscus) 2세의 즉위식(2013. 3.19.)이 언론에 크게 났더라고요. 새 교황님은 자신을 '로마 주교'로 불러달라 했고, 모든 사람을 보호하고 약자를 보호하는 게 자신의 임무라는 말씀도 했고요. 교황이 되면 즉위식에 금으로 만든 반지를 끼는 관례가 있는데, 그런 관례를 따르지 않고 자신은 도금한 은으로 하겠다… 그런 것을 보니 여러 생각이 스쳐갑니다. 신도가 아닌 저도 그러한데, 신부님께서는 여러 각별한 느낌이 있지 않을까요?

우선 아르헨티나 출신 추기경이 교황이 되셨다는 소식을 듣고 깜짝 놀랐어요. 그분이 또 프란치스코라는 교황 이름을 택했는데, 프란치스코 성인의 가난과 겸손의 정신을 갖고 교황 직을 맡으시는구나 싶어 참 기뻤습니다. 특히 교황으로 선출된 첫날 신자들에게 건넨 저녁인사가 아주 편하고 소박한 말이었어요. 교황께서 첫 강복전에 머리를 숙이고 잠시 침묵 중에 신자들의 기도를 청한 장면은 감동적이었습니다. 격식의 파괴도 돋보이지요. 교황이 추기경과 미사를 봉헌할 때에는 으레 황제처럼 교황의자에 앉아서 했는데 이분은 그렇게 하지 않더라고요. 추기경들과 같이 일어서서, 같이 신앙 고백하고… 그런 모습들이 너무 좋더라고요. 그다음에 교황의 정장 표시 같은 것도 받지 않는 자연스러운 모습, 이런 게 참 아름답고 감동적이었어요.

이처럼 대중들과 함께하는 분으로 높이 평가받았고, 그뒤 추기경들과 첫 미사를 봉헌할 때 그 강론에서도 강력한 인상을 받았습니다.

다음 날 추기경단 미사에서 교황이 제1독서(이사야 2, 1-5)와 복음(마태 16, 13-19)에서 세 단어를 강론 주제어로 선택했는데, 깜미나레(camminare, 걷다), 에디피까레(edificare, 세우다), 꼰페사레(confessare, 고백하다)입니다. 이 세 단어를 주제어로 교황은 우리가 만일 십자가 없이 걷고, 십자가 없이 세우고, 십자가 없이 예수님을 고백한다면, 그것은 헛일이라고 강론하셨어요. 그 기사를 보면서 감동 받았어요. 정말 우리 시대의 훌륭한 사목자구나 하고요.

더불어서 우리가 누구나 다 교황이 될 수도 있다, 또 주교도 될 수 있고 추기경이 될 수도 있고 또 신자일 수 있다, 그러나 십자가 없이 그렇게 된다면 결코 주님의 제자일 수는 없다고 하시면서 십자가를 강조하셨어요. "십자가와 함께하는…" 이 내용은 제가 70년대 십자가 신앙을 배울 때부터 가슴에 와닿았던 내용이고요. 그 어린 시절, 젊은 신학생 시절, 제가 사제 초년에 배웠던 그 내용이 떠오르면서, 이분에게 살아 있는 믿음과 증거가 있구나 하고 생각했어요. 이 변화는 은총의 사건이구나 느꼈어요.

지난 월요일(2013.3.18.)에 덕수궁 대한문 야외 미사에서 예수회 신부님한테 들은 강론인데요. 로마에 있는 특파원 예수회 신부님이 보낸 글 중에 "이분을 보면 꼭 교회에 큰일을 내실 것 같다."라는 말이 있었어요. 여기서 큰일은 진정한 쇄신을 말하는 것이지요. 그런 이야기를 들으니 직감적으로 제2차 바티칸 공의회가 떠올랐어요. 제2차 바티칸 공의회가 시작된 지 올해로 50주년이거든요.

함 신부님과의 대화 첫머리에 교황 선출 소식을 꺼낸 것은, 교황 선출 자체에 대한 관심보다 신부님 글을 읽으면서 신부님이 제2차 바티칸 공의회 건을 매우 중시하는 것으로 느꼈기 때문입니다. 가톨릭의 공적 역사에서뿐 아니라, 신부님 개인사에서도 중요한 사건으로 느껴지고, 아마도 1970년대 이래 한국 천주교회의 쇄신과 변화에도 큰 역할을 한 사건이 아닌가 하는 느낌을 가졌거든요. 아까 "새 교황이 뭔가 큰 쇄신을 내실 분이다."라고 말씀하실 때 신부님의 1960년대 청년시절의 기억이 확 살아나는 게 아닐까, 그때의 느낌이 어땠는가를 듣고 싶어서 질문 드린 겁니다.

제2차 바티칸 공의회에 대해 전혀 모르는 이들도 있을 텐데요. 그 시절로 한번 돌아가서 가톨릭에서 공의회는 무엇이고, 제2차라는 게 무엇이고, 공의회에서 어떤 결정이 일어났는지 알려주셨으면 합니다.

공의회라는 건 쉽게 말해 전 세계 주교들의 회의라고 하면 되겠죠. 성경의 사도행전 15장 이하를 보면 이방인에게 선교를 어떻게 할 것인가의 문제를 두고, 예루살렘에서 베드로와 야고보 등 여러 사도와 지도자가 모였잖아요. 갑론을박 끝에 베드로 사도가 일어나서 이방인들에게 구태여 할례를 요구할 필요 없다, 우리야 유대인이니까 할례를 지키지만 그들에게 할례를 굳이 요구하느냐, 기본적으로 율법에 매이지 말고 자유롭게 신앙생활 할 수 있도록 하자고 결론을 냈습니다. 성서에 나오는 이 모임을 '원공의회'로 해석합니다. 그뒤 니체아 공의회(325년)부터 제1차 공의회로 잡고, 주요한 국면에서 공의회가 소집됩니다. 그중에서 1870년 바티칸에서 열린 공의회를 '제1차 바티칸 공의회'라 합니다. 그런데 그때 이태리가 독립통일운동을 하는 과정에서 바티칸을 점령해버렸어요. 그래서 1차 바티칸 공의회가 미완 상태에서 끝나버렸고, 그때 좀 무리하게 바티칸에서 교황 무류권(無謬權)을 선포해버렸습니다. 신학상 교황의 공적 가르침은 틀린 게 없다는 무류권. 밖에서는 보통 무오류권이라고 번역하죠. 이 미완성 공의회에서 교황 중심의 공의회로 너무 치달은 셈이죠.

1958년 비오(Pius) 12세 교황이 돌아가셨어요. 비오 12세 교황님은 귀족 출신이에요. 1938년에 교황이 되신 분인데, 참 훌륭하시지만 히틀러 나치의 잘못에 대해 당시 가톨릭이 침묵을 했어요. 그걸 다룬 영화도 있지요. 그게 늘 흠집으로 내려온 거예요. 비오 12세 다음에 뽑힌 교황이 바로 요한(Ioannes) 23세. 농부의 아들이었는데, 뽑힐 당시 78세셨어요. 그분이 교황으로 뽑힐 당시 저는 고등학교 2학년이었는데, 그 취임의 배경에 대해 신학교 신부님들이 이렇게 설명하셨어요. '이분은 과도기의 교황이다. 농부 출신이고, 예측하지 못한 분이었고, 나이도 너무 많고, 그러니 과도기의 교황이다', 그렇게 해석했지요.

그런데 그분이 교회를 변혁한 거예요. "바티칸의 창문을 열어라." "세상에서 불어오는 시원한 바람이 불어 들어오게 하라." 같은 메시지를 말씀하셨어요. 또 이태리 말로 내건 유명한 주제어가 '아조르나멘또'(aggiornamento). 한국어로 옮기기 쉽지 않으니 그대로 씁니다. 우리는 일본의 영향을 받아서 이를 '현대화'로 번역했어요. 그런데 제가 공부해보니까 현대화는 너무 포괄적인 해석이고 '일상화'가 맞는 번역인 것 같아요. 신앙을 매일매일 삶 속에 뿌리내려야 한다는 거지요. 분위기가 바뀌면 우리의 생각도 바뀌지 않습니까? 그러면 장소도 매일 옮겨라. 다시 말해 그 시대 문화에 적응하는 교회가 되자. 이런 깊은 의미가 담긴 주제어가 아조르나멘또입니다. 이를 슬로건으로 하면서 제2차 바티칸 공의회를 시작하셨어요.

요한 23세가 교황이 되신 뒤 3개월 뒤에 로마 밖의 바오로 대성전에서 미사를 봉헌하실 때, 제2차 바티칸 공의회를 열겠다고 선언했습니다. 다른 교수님한테 들은 이야기로는, 그때 거기 있던 추기경님들이 조금 수군수군댔대요. 여든이 된 교황이 바티칸 공의회를 하겠다고 하니까 저분이 혹시 노망 든 거 아니냐, 이런 투였답니다. 그런데 1958년부터 준비기간을 갖고, 1962년 개최하여 65년 12월 8일에 잘 마쳤습니다. 이렇게 제2차 바티칸 공의회를 열면서 교회를 바꿔냈습니다.

공의회를 연다는 것이 어떤 대단한 의미를 갖고 있습니까?

우리 가톨릭이 1960년 이전에는 제도적으로는 폐쇄적인 교회였습니다. 가톨릭만이 유일한 교회다, 가톨릭만 믿어야 구원될 수 있다는 교리를 고수했고요. 그 외 모든 교회는 이교(異敎)로 분류했지요. 개신교도 저희 가톨릭에서는 찢어진 교회라는 뜻으로 열교(裂敎)라고 칭했어요. 그런데 제2차 바티칸 공의회에서는 '이렇게 이교니 열교니 해서는 안 된다, 갈라진 그리스도교 형제자매라 해야 한다'고 하고, '교회가 갈라진 데에는 우리 가톨릭도 책임이 있다'라고 하면서, 이렇게 하느님 앞에서 책임을 지고 고백하는 신학적인 전환이 있었습니다. 이게 대단히 중요한 것이죠.

그뿐 아니라 '물론 가톨릭 신자에게 구원이 보장되어 있지만, 갈라진 그리스도교 신자에게도, 유일신을 믿는 사람에게도, 또 타종교인에게도, 심지어 무신론자일지라도, 자신의 양심을 따르는 사람에게는 구원의 문이 열려 있다', 이렇게 대단히 개방적인 구원론을 펼칩니다.

지금 보면 큰일로 여기지 않을지 몰라도, 1960년대 당시에는 그야말로 획기적인 변화였지요. 그래서 어떤 분들은 이러다 교회가 망하는 거 아니냐 했지요. 그런데 이때 이후로 시간이 지나면서 '열린 교회' 그리고 세상 한복판에 선 '세상교회', 그리고 우리 민족문화와 함께 있는 '민족교회', 이런 토착화된 신학이 나온 거죠. 세상의 문제를 지적하고 불의한 세상을 바꾸고, 불의한 정권도 신앙을 기초로 인간의 힘으로 타파해야 하는 것. 이게 교회의 '가르침'이라고 선언했으니, 교회 사목에 대한 새로운 접근이 제2차 바티칸 공의회를 통해 아주 튼튼하게 펼쳐진 것이죠.

아조르나멘또가 만들어지는 과정이 더 흥미로울 수 있겠네요. 최종 결과물보다도 만들어지는 과정에서 충돌도 있고 조화도 도모하고 승화되기도 하고, 어떤 것은 결정을 미루기도 했겠고… 이런 과정이 훨씬 생동감이 있고 생각을 요하는 점도 많거든요. 바티칸 공의회의 과정은 어떠했습니까?

공의회를 주도한 요한 23세 교황이 1963년 6월 3일 돌아가셨어요. 제2차 바티칸 공의회를 개막하고 첫 회의를 하시고는 1년도 채 지나지 않아 돌아가신 거예요. 그때 수구적인 분들은 이제 공의회는 실패다, 미완이다, 여기서 끝났으면 좋겠다고 하셨어요. 그 후임으로 바오로(Paulus) 6세가 뽑히셨는데 그분은 곧 "전임 교황이 시작했던 제2차 바티칸 공의회를 계속하겠다."라고 선언했어요. 요한 23세가 기초를 놓으셨다면, 후임 교황인 바오로 6세가 그것을 국제화하고 그 뿌리를 내린 것입니다. 아프리카 추기경, 아시아 추기경 같은 분들이 바티칸의 관료 추기경과 함께했고요. 이처럼 바티칸 내부를 개혁하신 분이 바오로 6세입니다. 그분이 1978년에 돌아가셨습니다. 제가 유학할 때 바오로 6세 교황이 계셨고요. 1965년부터 73년까지 로마에 있으면서 제가 뵙기도 했기에 친근감이 더 있고요. 실제로 그 당시 교회의 쇄신이 안정감 있게 진행되었어요. 물론 그분에게도 몇가지 지적되는 면이 있습니다만, 대체로 아주 훌륭한 교황이었습니다.

요한 23세의 회칙인가요, 문헌인가요? 「지상의 평화」「어머니와 교사」 같은 문헌을 저 같은 국외자도 간간이 들은 기억이 있습니다만.

맞아요. 교회 문헌이라는 것은 첫 글자가 제목이 됩니다. 바티칸에서도 교황의 회칙을 발표할 때, 첫 문장에 핵심 단어를 선택합니다. '지상의 평화'가 첫 구절이기에 그 회칙을 우리는 '지상의 평화'로 부르고요. 다음 회칙은, 교회의 핵심적 역할로 '어머니와 교사'를 지목한 문헌이지요. 이 두 회칙 모두 교회의 사회적 사명을 이야기하고 있어요. 전쟁이 아니라 평화를 지향해야 한다, 강대국들이 전쟁지향적이거나 경제수탈의 방법으로 외교하면 안 된다라는 내용을 두 칙서가 담아서 높이 평가 받았죠. '지상의 평화'와 '어머니와 교사'는 공의회의 문헌 이전에 발표한 요한 23세의 가르침으로 현대교회가 어떻게 해야 하는가라는 의미에서 제2차 바티칸 공의회의 길잡이가 된 셈입니다.

신부님이 로마에 유학 가 계시던 1960년대 후반에, 이런 회칙이나 헌장을 접하고 공부하셨습니까?

공의회 헌장 같은 건 늘 신학교 학과목에 나와요. 그건 로마에서 공부했고요. 특히 교회 헌장은 제 전공과 연결되기 때문에 열심히 읽었고, 계시헌장과 전례헌장도 공부했습니다. 사목헌장은 로마 유학 시절보다는 1973년 귀국하고 곧이어 지학순(池學淳) 주교님이 구속된 1974년 이후에, 그 내용들을 우리의 현실과 직결시키면서 더욱 깊이 공부하게 되었지요. 그 내용은 제 사제생활 내내 묵상과 길잡이가 되어, 본당 사제생활을 마치면서 작년에 사목헌장 해설서를 내기도 했습니다. '세상을 품은 영성'이라는 제목으로요.

만일 1970년대 같은 한국적 수난의 상황이 펼쳐지지 않았다면 사목헌장은 한국의 땅에서 살아 있는 힘으로 작용하지 않고 그저 하나의 문서로 남아 있을 수도 있었겠네요.

그랬을 수 있죠. 그냥, 하나의 문자로서만요. 지금도 그렇습니다. 조금 뜻있는 분들이 사목헌장의 지침을 지키려 하지, 가톨릭 전체가 제2차 바티칸 공의회의 결실을 실천하고 살고 있지는 않거든요. 지금 말씀대로 우리의 현실 문제와 사건이 생겼기 때문에 그 속에서 이 문헌이 더욱 빛을 발하게 되었죠.

함 신부님이 아주 좋아하는 표현 중 하나가 '기쁨과 희망'인 것 같습니다. '기쁨과희망사목연구원'도 설립했으니까요. 그 '기쁨과 희망'이라는 단어는 어디서 나온 것입니까?

그게 사목헌장의 제목입니다. 아까 말한 '지상의 평화'가 첫 구절인 것처럼, 사목헌장의 첫 구절이 '기쁨과 희망'입니다. 영어로는 joy and hope. 그게 제일 먼저 나오죠.

그 단어들을 각별히 애용하는 이유는요?

사목헌장의 제목이니까요. 세상을 뚫고 들어가 변혁하고 세상 속에 뿌리내리자는 교회의 정신을 계승한다는 뜻에서 그 단어들을 선택했어요. '기쁨과희망사목연구원'이라는 명명은 제2차 바티칸 공의회의 정신대로 살자는 뜻이고요. 또 그 이면에는 우리가 1970년대 정의구현사제단을 이끌어왔는데 저희 세대가 현장에서 물러나니 이제는 뒤에서 후배사제들을 도와주자고 생각했고, 그 '기쁨과 희망' 사목헌장에 근거하여 지원하자는 뜻에서 이름을 그렇게 지었어요.

사제가 되기로 결심하다
신학교, 4·19, 군대생활

　도입부 격으로 새 교황의 선출과 바티칸 공의회 이야기부터 질문 드렸는데요. 이제 과거로 거슬러 올라가서, 한 어린이가 가톨릭의 사제가 되어가는 삶의 과정을 알고 싶습니다. 먼저 학창 시절부터 풀어가면 어떨까 합니다. 첫 단계는 어떻게 됩니까?

　초등학생 때부터이지요. 어린 시절 집 근처에 용산신학교가 있었고 성모병원도 있었어요. 교회 예배당은 집 앞에 있었고, 성당은 조금 멀었는데, 어릴 적에 예배당도 가고 성당도 갔어요. 예배당 가서 처음 들었던 이야기는 모세의 출애굽 이야기예요. 모세가 히브리 노예들을 해방시키고 떠나려 하자 이집트 군이 막 쫓아오는데, 조마조마해요. 홍해를 가르는 기적을 들으며 가슴을 쓸어내리고요. 이처럼 성경 얘기 중 처음으로 가슴에 들어온 것이 모세를 통해 노예를 해방시킨 이야기고 압제자들을 응징한 얘기예요. 나중에 이런 모티브가 제 안에 자라서 해방신학으로 이끌어주고, 독재정권과 맞싸우는 해방의 여정으로 인도해주지 않았나, 이것도 어떤 상징성이 있지 않았나 하는 생각이 들어요.

성당은 예배당보다 분위기가 좀 딱딱했어요. 좀 이질적이라고나 할까요. 사제들의 제의 색깔, 복사(服事, 미사 때 사제를 도와서 시중드는 것) 어린이들의 옷들이 붉고 해서 좀 놀랬어요. 그냥 구경 다니면서 쫓아다녔어요. 다니다 보니 수녀님들이 너무 사랑해주시잖아요.

부모님이나 가족들과 함께 다녔나요?

아버지는 유교 식이어서 아버지 몰래 다녔는데, 어머니는 제가 성당 나가는 줄 아셨어요. 아버지가 일찍 돌아가셨는데, 그 이후엔 성당을 자유롭게 마음대로 다녔다고 할까요. 성당에서 복사도 하고 그랬어요.

성당을 다니다 보니 자연스럽게 신부가 될 생각도 든 것입니까?

신부가 되겠다는 생각이 그냥 생긴 것은 아닌 것 같아요. 어릴 적엔 조금 모자란 사람이 신부가 되는 게 아닌가, 이렇게 생각한 기억도 나요. 그런데 중학교 1학년 때 성당에 새로 부임하신 신부님이 무심코 그러시는 거예요. "너희들 중에 신학교 갈 사람 없어? 가고 싶으면 언제든지 얘기해. 내가 다 보내줄 테니까." 그때는 신부님이 왜 저런 말씀을 하시지 하고 귓전에 흘려들었어요.

중학교 2학년 때 11월, 그 달이 우리 가톨릭에선 위령의 달이에요. 용산성당 구내에 성직자 묘지가 있었어요. 우리나라에 와서 선교하다

돌아가신 프랑스 신부님들 묘지가 대부분이고, 한국 신부님 묘지도 있고요. 신부님들 돌아가시면 저는 학교 안 가고 장례 때 복사를 하곤 했어요. 그러면 어른들이 머리 쓰다듬어주고 칭찬해주니까 저는 좋았어요. 그해 11월 2일에, 돌아가신 분들을 위해 기도했어요. 지금 논현동 쪽인가 은구비 묘역이 있었는데 저도 신부님을 따라 거기로 갔어요. 옛날엔 신부님이 제대 앞을 보고 미사를 드렸는데, 뒤에서 제가 보니 신부님 제의가 바람에 날리더라고요. 어린 제 느낌에 그게 멋있게 보였어요. 그러고는 묘지를 쭉 둘러보는데 그 모습이 다 똑같잖아요. '사람이 죽으면 이렇게 되는구나' 하는 뭔가 인생무상 같은 생각이 들면서 '사제가 되는 길'을 곰곰 생각하고, 그때부터 기도도 열심히 하고 일기도 쓰고 성경도 열심히 읽었어요. 그래서 본당 신부님께 신학교에 가겠노라고 말씀드렸어요.

그 신부님 반응이 어떠셨나요?

신부님이 매우 기뻐하셨고요. 지금도 살아계신 102세의 조창희(趙昌熙, 2018년 현재 102세) 신부님으로, 그 신부님 영명축일(가톨릭 신자가 자신의 세례명으로 택한 수호성인의 축일) 때는 교우들과 함께 찾아뵙곤 합니다.

그럼 중학교 때는 성당에 복사도 하고 열심히 다니신 모양이지요.

중학교 때는 매일 아침 미사를 갔지요. 그런데 가는 길이 좀 무서웠어요. 성당이 산 위에 있어서인지, 가는 길에 묘가 많아 어떤 때는 시신도 나오고, 뭐 귀신이나 마귀가 쫓아오는 것 같기도 하고요. 수녀님 따라가면 수녀님이 성호경을 그으면서 가는 거야. 귀신 쫓는다고나 할까, 아마 수녀님도 뭔가 무서워서 그랬는지도 모르지요. 그래도 성당을 열심히 다녔어요. 한번은 명동성당에서 교리시험을 봤는데 4명이 100점을 받았어요. 그래서 그 넷을 상대로 최석호(崔奭浩) 신부님이 구두시험을 치르면서 교리문답을 물어봤어요. 그때 교리문답이 모두 320개에 달하는데, 제가 몽땅 다 외워서 결국 1등을 한 적도 있어요.

그래서 신부님 추천도 받고 해서 고등학교는 신학교를 선택하신 모양이지요. 당시 고등학교 때부터 신학교가 있었다는 사실도 오늘날 기준에선 좀 이색적입니다만.

1957년에 혜화동에 있는 성신고등학교에 입학했습니다. 공식 이름은 그러한데, 우리는 그냥 소신학교라 불렀어요. 대신학교는 대학교에 해당되고요. 고등학교 때는 사춘기가 왔는지 주로 사색하고 기도하고 그러면서 열심히 지냈어요. 친구들과 노는 것조차 피하고, 시간만 나면 성당 가서 기도하고 그랬어요. 학교 규칙도 어기지 않고, 가벼이 지내지 말고 진지하게 살자고 다짐하면서요. 아침 5시에 일어나고 저녁 9시 반에 자는 모범적인 생활이었어요. 우리 신학교에는 '규칙에 사는 사람이 하느님께 사는 사람이다'라는 격언이 있는데, 그 격언대로 살았어요.

신부님의 긴 생애를 아는 입장에서, 신학생 시절에 그저 모범생 그 자체였다는 말을 믿기 어렵다고 한다면 어떻게 답변하시렵니까. 농담입니다만.

신학교는 다른 세상이라고 알고 갔어요. 실제로도 기뻤고. 제가 너무 열심히 지내니까 선배가 "야, 신학교는 천사가 사는 곳이 아니다. 신학교도 다 사람들이 지내는 곳이다. 그러니 자연스럽게 지내라."고 충고하기도 했어요. 정말 제 자신은 신학생은 천사여야 한다는 생각이 있었는데, 가서 보니까 다 천사는 아닌 거예요. 어떤 때는 다투기도 하고 어떤 때는 욕하는 모습도 보고 '왜들 저러는 걸까. 천사처럼 살아야지' 이런 생각을 갖고 있었고요.

고등학교 때 이선구라는 선생님이 계셨어요. 이 선생님은 저희들을 신부로 대해주시는 거예요. "여러분들은 미래의 사제가 아니냐. 그 나이에 사제가 되기 위해 왔는데 내가 신자로서 여러분을 존경한다. 내가 지금 가르치지만 여러분을 너무 존경한다."라고 해요. 그 말을 들으면 너무 황송했어요. 선생님의 말씀에 보답하기 위해서 내가 잘 지내야 하잖아요. 그 신학교에서도 규칙을 어기면서 담배 피우는 학생들이 있어요. 옥상에서 몰래 피우다 걸리면 그대로 쫓겨나는 거예요. 그런데 '그 한대 피우고 쫓겨날 일을 왜 해?' 그렇게 생각했어요.

그렇게 말씀하시면, 그럼 고등학교 때 한번도 일탈을 한 적이 없냐, 이런 짓궂은 질문을 계속하게 됩니다.

다만 하나, 그럼에도 불구하고 모험적이라고나 할까 뭐랄까. 제가 어려서부터 감기를 자주 걸려서 좀 약했어요. 학교 앞에 성모병원이 있었는데 제가 늘 어려서 성모병원을 다니고 약을 많이 써서 감기에 약했어요. 당시 신학교 건물은 많이 춥잖아요. 1957, 58년도는 얼음물에 세수하고 그럴 때인데 그러다 감기가 걸렸어요. 신학교 의무실은 감기 걸렸다 하면 그저 아스피린만 줘요. 저는 아스피린으로는 나을 수 없어요. 그래서 어떡하나 하다가 하느님께서는 분명히 내 마음을 다 아실 거라는 확신으로 기도하면서 신학교를 그냥 몰래 나왔어요. 어머니와 함께 병원에 가서 진찰 받고 약을 충분히 지어 학교로 돌아갔어요. 정문은 신부님들과 선생님들밖에 못 다녀요. 저희들은 옆문으로 다녀야 해요. 택시를 타고 제가 정문에 딱 내려 너무 당당하게 들어가니까 아무도 의심을 안 하잖아요. 그러니까 한 3시간 정도 신학교를 탈출한 거죠. 그러고는 침대에 약 놓아두고. 그런데 아무도 몰라요.

그때는 고해성사가 토요일마다 있었어요. "신부님, 사실 제가 몸이 아파 약 지어야 해서 잠깐 나갔다 왔습니다."라고 고해했어요. 그 신부님이 펄쩍 뛰시는데 고백한 것 갖고는 못 쫓아내요. 고해성사는 절대 비밀이고 이야기를 못 하니까요. 그래서 제가 살아남았어요. 그 어린 나이에도 규칙에 충실했지만, 누구도 내 상황을 이해해주지 못할 때 내가 결단해야겠다며 하는 행동을 고등학교 2학년 때 한 거예요. 나로선 신기해요. 제가 살아야 하니까, 제가 감기에 약한 것 아니까 그렇게 한 거죠. 그러니까 하느님이 돌봐주신 것 같아요.

소신학교(성신고등학교)를 마치고 대신학교에 들어가신 때가?

1960년 4월입니다. 지금 가톨릭대학에 해당할 텐데, 그때 이름은 성신대학이고, 우리는 대신학교라 불렀지요.

1학년 들어가자마자 곧바로 4·19를 맞으셨네요. 그에 관한 특별한 기억이 있나요?

우선 대학교에 가니까 너무 좋았어요. 고등학교 때는 규칙이 너무 엄했는데 대학은 자유시간도 많고, 일주일에 한번 외출시간도 있고요. 그런데 대학 들어간 지 며칠 되지 않아 4·19가 났지요. 우리 신학생들은 바깥소식을 알 수 없으니 그 소식도 제대로 몰랐어요. 통상 신문은 사흘이 지나서야 학내 게시판에 붙여줍니다. 어떤 때는 아주 낡은 구문이에요. 당시 신문에 나오는 영화 광고는 가위로 오려버려서 우리 신학생들은 아예 보질 못했고요. 그런데 저는 1학년으로, 학장실 청소를 맡았기에 신문을 제일 먼저 볼 수 있었어요. 거기엔 4·19 이후의 소식들이 실려 있었어요.

4월 26일, 이승만(李承晩)이 대통령 사퇴하던 날이 기억 나요. 오전 수업 4시간 하고 12시에 성당에 가서 10분 동안 낮기도 시간에 반성기도를 합니다. 기도하고 있는데 학장 신부님이 반성시간을 생략하고 강론을 하시는 거예요.

"중요한 소식 하나 알려드리겠습니다. 오늘 오전 10시 30분에 이승만이 대통령 직에서 물러났습니다. 하느님께 감사해야 합니다. 경무대(청와대) 앞에서 피 흘리며 숨겨간 청년 학생들은 우리 시대의 불사조입니다. 불사조는 자기가 죽을 나이가 되면 자기가 태어난 곳으로 가서 깃털을 부비고, 거기서 불이 붙으면 다 타 죽어요. 한줌의 재가 식고 나면 적당한 온도 속에서 하나의 알이 태어납니다. 그것이 새로운 불사조가 되어서 동쪽으로 날아갑니다. 바로 자기 몸을 불태우면서 생명을 이어주는 불사조. 이 불사조가 예수님의 부활을 상징하는 것이고 바로 우리에게 민주자유를 실현해주는 학생들을 상징합니다."

그러면서 우리들에게 「감사가」(Te Deum)를 부르라고 하셨어요. 그런 내용은 처음 들었어요. 많이 감동 받았고 그 말씀이 저희 마음에 남았습니다. 그 강론을 늘 간직하며 살았는데, 나중에 교부신학 공부할 때 그 불사조가 나오는 거예요. 그래서 더 관심있게 공부했고요. 나중에 박정희(朴正熙), 전두환(全斗煥) 독재와 싸우면서 4·19기념식 때 강론하는 기회가 나면 그 불사조 얘기를 꼭 하곤 했어요. 한번은 혜화동 성당에서 그 얘기를 끝내고 나니까, 청중 전체가 바로 밖으로 나가 시위를 벌여 깜짝 놀랐던 적도 있습니다.

대학 재학 중에 군에 입대한 것 같습니다.

신학교에서 1, 2학년 공부하고 군대를 갔습니다. 그때 신부들 숫자에 비해 군종 사제 자리가 너무 모자라 군종 되기가 어려워졌어요. 그래서 신학생 때 모두 사병으로 복무하고 오라는 방침이 정해져, 저희 신학대생들 모두 사병으로 갔다 왔습니다. 1962년 2월 군대에 갔어요. 거기서 머리 깎고 군복 갈아입고 훈련받고요.

군대에 가니 전혀 별개 세상에 온 것이에요. 군대에선 온통 욕이잖아요. 정말 모순의 사회예요. 명령이 법이다, 명령이 진리다, 너희가 배웠으면 얼마나 배웠냐, 이런 식으로 대학생이라고 더 구박하는 거예요. 참 힘들었어요. 그런데 조교들이 뭐라 해도 여기서 낙오되면 사제가 못 되니까 온갖 것이라도 다 견뎌내야겠다고 결심했어요. 그래서 바오로 사도의 디모데후서(Timotheos 後書) 2장 말씀을 새겼지요. 바오로 사도가, 로마 군인들이 황제에게 얼마나 충성을 다하느냐, 우리 그리스도인들도 그리스도께 그런 충성을 다해야 하지 않느냐, 농부도 얼마나 열심히 일하느냐, 또 경주자가 월계관을 받기 위해서 충성하지 않느냐고 했던 말씀을요. 그리스도의 군사답게 고난을 함께 달게 받으라는 그 교훈을 늘 되새기면서 훈련생활이 신학교 생활의 연장이라 생각하고 그걸 다 이겨냈어요.

논산훈련소에서 훈련을 마치고 영천의 헌병학교에 차출되어 갔어요. 거기선 매일 4킬로미터씩 구보를 하니 너무 힘이 들었어요. 거기에다 이도 있고 빈대도 있고 불편함이 이루 말할 수 없었는데 모두 이겨냈습니다. 저는 군생활을 신학교의 연장이라 생각하면서 이겨냈는데, 그런 조금은 어두운 체험을 통해 모순된 사회가 있다는 걸 알고 고민하며 지냈어요. 그러다가 뜻밖에 남한산성(육군 교도소)에 발령받았어요. 헌병이니까 수감자들 지키는 것이 일이에요. 처음엔 경비과로 외곽 근무를 하다가 작업과에 배치받아 서무 일을 했어요.

당시엔 군대 내에 비리도 참 많지 않았나요?

거기선 폐품을 태워 벽돌을 만들곤 했는데 그것을 파는 과정에서 간부들이 사익을 취하기도 했습니다. 졸병이 보기에도 이런저런 부정이 너무 많았어요. 제가 직접 그런 일을 해야 할 때는 선임하사에게 '저는 신학생인데 이런 일엔 좀 빼주면 좋겠다'고 얘기했어요. 그러면 저를 헌병감실에 심부름을 보내고, 제가 갔다 온 사이에 자기네들끼리 다 처리하곤 했습니다.

그때는 사병 주제에 공식 항의는 꿈도 꿀 수 없을 때인데, 그 와중에도 그 나름 양심을 지키려고 애썼네요. 잡혀 있는 군 수형자들을 접촉하기도 했나요. 그럴 땐 어떤 생각이 들었습니까?

저도 교도소에 갇힌 셈이었지요. 가톨릭의 역사에는 고아들과 범죄
소년들을 위해 일생을 바쳤던 요한 보스코(John Bosco) 성인이 계세
요. 교도소에서 요한 보스코 성인처럼 해야겠다는 생각은 했는데, 사
실 헌병 사병이 영향을 줄 수 있는 게 없지요. 그저 제가 만나는 수형
자들에게만 친절하게 대했어요. 1년 정도 군 생활을 했는데 뜻밖에 저
희 세대에 관내에 힘 있는 학생들이 많았나 봐요. 저희 때 나간 학생들
에게는 혜택을 준다 해서 1년 반 만에 제대했어요. 그리고 6개월 영내
대기 기간까지 쳐서 2년 군대생활 한 걸로 처리되었어요.

군생활은 종합적으로 보면, 신부님께 어떤 영향을 미쳤습니까?

그때는 뭐, 시키는 대로만 했죠. 나중에 박정희, 전두환 군사독재와
대결하면서 본격적으로 성찰할 수 있었어요. 한국에서 독재가 가능한
것은 남성들이 군대라는 조직을 거쳐왔기 때문이에요. 군대라는 사회
가 모순투성이고요. 상급자의 명령이 법이고, 계급 높은 사람의 말은
무조건 진리이기 때문에 복종해야 하는 것이잖아요. 그런 불합리한 체
제하에서 생각다운 생각도 못해보고, 거기서 몇 년 동안 아주 세뇌되어
서 나오잖아요. 사회에서 아무리 무리한 명령, 불합리한 모습을 봐도
'이보다 더한 군대에서도 내가 참았는데' 하면서 도전하기를 포기해
버리잖아요. 그래서 독재가 가능하도록 길들여지는 데가 군대가 아닌
가 하는 것이지요.

군생활 마치고는 바로 대학생으로 돌아왔겠네요.

제대하니까 신부 되는 게 4년밖에 안 남았더라고요. 우리 신학교는 6년제이니까. 그래서 공부에 1~2년 집중하다가 학교에서 로마 유학생 5명을 뽑는 데 선발되었습니다. 1964년 당시 6·3항쟁으로 모든 대학이 휴학하게 되었어요. 우리는 바깥 세상에 접근할 엄두도 못 냈고요. 그러면 신학교에서 쫓겨나니까요. 그때 독재와 싸우는 대학생들을 보면서는 참 대단한 사람들이다 생각했고요. 한일협정 반대 선언문은 신문에서나 접하고 저희는 시위 현장에 들어가지도 못한 채 지내면서 1965년 들어 유학을 준비했지요.

신부님의 대학과 군대생활 얘기를 잠시 들었는데요, 몇가지를 짚고 넘어가겠습니다. 우선 온 국민이 알고 참여한 것이 4·19일 텐데요. 그런 세상의 정치적 풍랑, 거센 변화의 소식이 신학교 담을 거의 넘지 못하나 봅니다.

담은 못 넘고요. 그 당시에는 아직 제2차 바티칸 공의회가 기도만 시작했을 때고 결실이 나오기 전입니다. 우리 신학교가 프랑스 식의 전통을 엄격히 따르는 신학교였어요. 로마에 가서 알았는데 로마 신학교는 규칙이 있지만 매우 자유로웠어요. 그런데 우리는 매우 엄했지요. 그 당시 담배 한번 피웠다고, 외출 가서 영화 한번 봤다고 신학교에서 쫓겨나곤 했다고 말씀드렸잖아요. 4·19 때 강론해주신 그 신부님이 나중에 주교님이 되셔서 제 유학 시절에 만났지요. "내가 너무 우물 안의 개구리였다. 세계 교회의 변화를 내가 너무 몰랐다." 하시면서,

그걸 뉘우치고 후회한다는 점을 제자들한테 말씀해주시더라고요. 그 분은 한국 분이죠. 신학교에는 한두분만 프랑스 교수님이 계셨고 나머지는 전부 한국인이셨습니다.

당시에 신학대학은 학생들을 내내 세상과 단절시킬 것을 강조했나요?

예. 그 당시는 우리 신학생에게 세가지 원수가 있었어요. 마귀 사탄, 육신, 그리고 세속. 이를 3구(仇)라 하는데 우리가 기도할 때마다 그게 나오는 거예요. "3구를 물리치라."는 거죠. 그런데 제2차 바티칸 공의회가 그중 마귀는 빼고, 육체와 세속은 배척한 것이 아니라 껴안은 거예요. 그러니 이게 얼마나 큰 변화입니까.

'3구를 물리치자'는 것은 언제서부터…

중세부터, 아니 초기부터 그게 아주 기본이었죠. 그리스도교 영성의 기본입니다. 영혼이 최고여서 영혼 이외의 것은 다 원수로 여긴 겁니다. 아직도 그 흔적이 있어요.

근데 젊은이들은 그 답답한 데로부터 뛰쳐나가고 싶은 갈구가…

있겠죠. 이런 분들은 신학교를 자퇴하든지, 퇴교당하든지 하지요. 저희 때 신학교에 들어가면 절반 정도가 신부가 된다고 봤어요. 그때 가톨릭대 1학년생이 70명이었는데, 그중 44명이 신부가 되었어요. 절반 정도가 도중에 길을 바꿉니다. 저희 신학교에는 이런 통용어가 있습니다. "사제가 되려면 적어도 이불보따리를 세번 싸야 한다." 세번 정도 신학교를 나가고 싶다는 시련이랄까 어려움을 겪는다고 해요.

8년간의 로마 유학

이제 로마로 출발할까 합니다. 1965년부터 1973년까지 로마의 신학교에서 학업을 계속하셨다고 되어 있는데, 거기서 학위과정을 밟으신 겁니까?

우르바노 신학대학교에서 석사학위를 받고, 그레고리오 대학교에서 신학 박사학위를 받았지요.

당시엔 외국유학도 흔한 게 아니었잖아요. 그 출발부터 로마생활을 차근차근 들려주시면 좋겠습니다.

우르바노 신학대학교에 공부하러 1965년 10월에 한국을 떠났어요. 제대로 공부하고 와서 신학교 후배들을 키우는 교수, 사제가 되자는 청운의 꿈을 안고 로마로 갔지요. 먼저 간 선배들이 판아메리칸호를 타고 오라고 그래요. 이걸 타면 일본 동경(東京)에서 하루를 묵고 남쪽 항로로 로마로 가는데요. 도중에 홍콩에서 쉬고 타이, 인도에서 쉬고 그래요. 그러니까 한 20시간 걸려요. 비행기 처음 탄 것부터 시작해서 뭐든지 신기했죠. 로마의 공항에 도착하니까 그 당시 신학생 선배님들이 마중 나와주셨고요.

서울의 신학교에서는 6·25전쟁 후라 다 가난하여 공동으로 방을 썼는데, 로마는 독방을 배정해요. 방도 크고 천정도 높고요. 로마의 신학교 제도는 학년이 없어요. 여러 학년을 섞어서 '까메라따'(camerata)라 해서 조로 나눴어요. 그리고 한국에서는 상급생과 하급생의 위계가 엄연했는데 로마 신학교는 이게 없는 거예요. 처음에는 당황스러웠어요. 저희 한국인들은 이미 군대생활과 대학을 마쳤으니 나이가 20대 중반인데, 로마의 학교 친구들은 20살 내외예요. 그러니까 4~5년 어린 친구들이 곧바로 친구 하자는데 이런 문화적 접속이 잘 안 되더라고요. 언어도 잘 안 통해서 답답하게 몇달을 지냈는데요. 그 대신 말을 잘 안 하니까 지을 죄가 없는 거예요. 여기서 살면 성인이 되겠다고 자위했지요.

국제 신학교니까 아프리카 신학생들이 많아요. 미국, 호주, 영국, 유럽 출신도 있습니다만 대부분 아시아·아프리카 지역 학생들이었습니다. 아프리카 신학생이 절반 가까이 되는 것 같았는데, 당시 제 눈으론 누가 누군지 잘 구별을 못했어요. 6·25 때 미국 흑인 병사들에 대한 부정적인 잔상이 있었는데, 한달 지나니까 아프리카 친구들이 너무 순진하게 느껴지더라고요.

까메라따는 20여명을 하나의 조로 하는 거예요. 모두 10개 조가 있었지요. 제가 속한 까메라따의 조장은 일본 신부님이에요. 일본 신부가 대표니까 제가 즐겨 대화하지 않은 편이었어요. 그런 한국 사람의 마음을 짐작하기에 일본 분들은 우리들에게 아주 조심해요. 나보다 선배고 이미 신부인데도 학생인 저한테 조심하는 거예요. 거기는 자습시간에 밖에서 종을 치면, 모두 복도로 나와서 기도를 해야 해요. 그때에는 조장 눈에 스무명이 다 보여야 하죠. 그런 뒤에 방에 들어가서 각자 독서하고, 한시간 뒤에 종치면 또 나와서 기도하고 들어가는데 이게 싫더라고요. 일본 신부가 조장을 하니까 더 그랬던 것 같아요. 우리가 뭐 애도 아니고 각자 알아서 하라고 하면 되지 시간마다 복도에 나와 무릎 꿇고 기도하고 들락날락… 그래서 저는 안 나갔어요. 종 치면 방안에서 기도하고 앉았고요. 일본 조장 신부님이 문을 두들기고 저를 찾아와서 "혹시 몸이 어디 아프냐?"라고 물어요. "어디 아프지 않다." "그럼 종소리 못 들었냐?" "들었다." "그런데 왜 여기 와서 기도 안 하냐?" "꼭 거기서 기도해야 하느냐. 책상에 앉아서 기도했다." 그러면 조장 신부가 제게 조심조심하면서 "단체니까 같이하면 좋겠다." 그런 적도 있었어요.

그러나 로마의 신학교 제도는 서울의 그것하고는 다릅니다. 로마 제도는 기숙사가 신학교고, 대학은 따로 가야 해요. 선배들이 까메라따 제도에 잘 적응해야 한다고 충고했어요. 까메라따 조장이 우리의 일거수일투족을 학장님한테 보고한다는 거예요. 다만 이태리 기숙사 학장님들은 한국인들에 대한 신뢰가 있었어요. 우리가 언어는 부족하더라도 삶에는 충실했기 때문이죠. 그래서 대체로 저희 선배들도 그렇고 저도 잘 지냈습니다. 저희가 가서 허락을 청하면 늘 허락해주셨고요.

한 학교에 2백명이 넘으면 신학교 생활을 체계적으로 못한대요. 우리가 3백명이 넘었어요. 그래서 신학교를 나눴어요. 그래서 저는 신학과 상급반인데도 젊은 친구들이 가는 철학과 '꼴레지오'(collegio)로 가게 됐어요. 그 로마 신학교가 동산에 있어요. 자니꼴로라고 로마 일곱 언덕 중 하나입니다. 처음에 가서 보니 이태리 청년들이 그 언덕에 와서 연애를 하는 거예요. 막 껴안고 입맞추는 것을 보니 우리가 신기하게 여길 수밖에 없잖아요. 우리끼리 버스 타고 가다가 "야, 보면 안 돼." 하면서 이야기하곤 했지요. '이태리가 이런 나라구나' 느낄 수 있는 체험도 하고… 이렇게 신학교 생활을 3년 하고, 사제가 된 뒤에 사제용 기숙사로 옮겨갑니다.

유학생활을 하면 처음엔 언어적 어려움이나 적응상의 여러 어려움들이 있을 수 있지 않나요.

언어가 어려웠던 기억도 있고… 또 하나는 로마 식 내용을 너무 주입시키려는 가르침이 있어요. 우리 가톨릭에서는 성모님을 공경하잖아요. 그런데 성모님 공경을 지나치게 강조하는 거예요. 한국 학생들은 이의를 제기하지 못하는데 호주 학생들이 막 항의하더라고요. 그 사람들은 영어도 편히 잘하니까. 그냥 시키는 대로 하지 하는 생각도 들었지만, 그 학생들의 주장도 일리가 있구나, 성모님 공경을 너무 지나치게 강조하다 오히려 청년들에게 반발심을 줄 수 있구나, 이런 생각을 하긴 했지만 표출하진 않았습니다.

그 당시에 가장 큰 갈등은 역시 민족적인 거였어요. 우선 도서관을 가면 서가의 책 제목이 전부 한자로 되어 있으니 사서가 구분을 못해요. 중국 서가에 한국 책이 섞여 있고, 한국 서가에 중국 책이 섞이고, 뒤범벅인 거예요. 우리 한국 학생 다섯 명이 회의를 해서 표지를 아예 바꾸자고 했어요. 종이를 사다가 하루 종일 앉아서 책표지를 한글 제목으로 바꿨어요. 그러면 한글하고 중국어하고 완전히 구별되니까.

우리가 어려서 배울 때, 편지 쓸 때는 꼭 한자를 써라, 그래야 한자 실력이 줄어들지 않는다고 해서, 우리도 로마에서 편지 쓸 때 "安寧하십니까." 이렇게 썼는데 중국 학생들이 보더니 '이거 봐, 중국 글자냐' 하고 그걸 들고 돌아다니면서 다른 나라 신학생들에게 보여주니 기분이 언짢았습니다. 그래서 그다음부터 편지에 한자를 안 쓰고 꼭 한글로만 썼어요. 또 당시에 접한 외국 백과사전에 '한국'을 찾으면 '중국의 옛날 식민지, 최근엔 일본 식민지'라고 나오는 거예요. 이걸 보면 가슴이 막 아팠지만, 내가 뭐 사전을 바꿀 수도 없고… 그러는 과정에서 민족적 정체성이 생겨난 거죠.

로마에서 유학할 때 한국 소식은 듣습니까? 어떤 뉴스 같은 것 말입니다.

그 나라 사람들은 한국이 어딘지도 모르고요. 아는 사람도 남북이 전쟁하는 나라, 군사쿠데타의 나라로 알고 있으니까 그런 게 더 가슴 아프더라고요. 이런 일을 겪으면서 우리나라가 '건강한 통일된 아름다운 나라가 되었으면 좋겠다'고 늘 기도하는 마음을 지니게 되었지요. 교회사와 이태리 역사를 함께 접했는데, 사실 이태리는 원래 도시국가였기 때문에 국가도 없다가 1870년에 통일국가가 되었어요. 이태리 역사가 다 교회 역사거든요. 그 두가지를 같은 역사로 보고 성인들도 같이 기억합니다. 군데군데 동상이나 성인 기념상이 있고요. 우리는 왜 성당에서 안중근(安重根) 의사, 유관순(柳寬順) 열사, 이런 분들

함세웅은 1968년부터 73년까지 로마에서 공부했다. 1968년 6월 29일 인류복음화성장관 아가지니안 추기경으로부터 사제품을 받고 있는 장면.

을 공경하지 않나 생각이 나서, 친구들한테 편지 쓸 때 그런 내용도 썼어요. 그런 약간은 원초적인 단계의 민족애랄까 조국애가 컸었지요.

신학교 생활이 3년이라고 하셨는데, 신부님은 모두 7년 이상 로마에 남아 계셨잖아요. 이건 예외적인 것인가요?

저는 조금 늦게 신부가 되었어요. 제2차 바티칸 공의회가 끝난 다음이니까 이제는 선교사들과 신학생들은 자기 나라에서 신부가 되고 사목을 하라는 새로운 방침이 정해졌어요. 그래서 제 선배들은 다 한국으로 돌아갔어요. 그 즈음에 서울교구장이 바뀌었고요. 노기남(盧基南) 주교님이 물러나시고, 김수환(金壽煥) 마산교구장이 서울교구장으로 온 거예요. 서울교구에 적을 두고 있던 신부들은 이를 뜻밖의 일로 받아들였어요. 그 과도기체제에서 윤공희(尹恭熙) 주교님이 서울교구장 서리로 계셨는데 피곤하고 힘든 일이 많았을 테니, 멀리 떨어져 있는 신학생에게까지 관심을 줄 여지가 없지 않겠어요? 그래서 제가 편지를 썼어요. "주교님이 허락만 해주시면 저는 로마에 남아 있을 수 있습니다. 학과 과정이 끝나면 다 한국으로 돌아가라 하는데 저는 여기서 유학을 더 하고 싶습니다." 이렇게 편지를 썼더니 그렇게 하라고 허락해주셨어요. 저희 반의 한국 학생들은 다들 귀국하거나 다른 나라로 갔는데 저만 로마에 남아서 사제 기숙사 '베드로 꼴레지오'에 머물면서 박사과정에 들어갔습니다. 5년 동안 공부했어요. 박사논문 주제를 택할 때 어려운 점이 많았는데 저희 선배 신부님들이 교부학을 권해주셨어요. 성경공부는 하는 사람이 꽤 많고 또 교회사나 교회신학은 많이 하는데 그 중간 부분을 묶어줄 교부 역사신학자가 한국에 없으니 누군가 그것을 전공해야 한다고 이야기해주셨어요.

로마와 바티칸에 대한 첫인상이 어땠나요? 성지에 순례 온 것처럼 설레고 그랬습니까?

순교자의 땅, 베드로 사도의 땅에 와서 받은 감동은 이루 말할 수 없죠. 각 성당에는 순교자들을 모시고 있고요. 나중에 교회사에서 배웠는데, 그런 사적지들이 고고학적으로 입증된 것은 아니지만 전설로는 여러가지가 남죠. 예수님이 십자가에 못 박혔던 그 못이라든지 나무라든지 재판받은 빌라도의 층계, 이런 게 다 남아 있어요. 20대 중반 신학생으로서 로마에서 지냈던 감동은 아주 진하죠. 그러면서도 한편으로는 선배 신부님들로부터 "신학도는 세상에 대한 비판의식을 가져야한다."라는 이야기를 들었지요. 제 영혼의 교차 시기인 거죠. 제가 그 신학교 생활이라는 새로운 틀에 충분히 적응하지 못한 면이 있는데, 그럼에도 제 내면적인 생활은 전체적으로 기뻤어요. 다만 로마의 장대한 역사를 보면서 "왜 우리 민족은 이렇게 작은가." 하는 민족적 아픔이랄까, 이런 것을 안고 살았죠. 어떤 의미에서 저는 로마에서 시대적 사춘기, 민족적 사춘기를 지냈다라고나 할까요.

지식적이고 신학적이고 새롭게 깨친 거라든지, 그런 것은 어땠습니까? 당장 학교 분위기도 프랑스인이 한국에 만들어낸 것과는 다르다는 것을 느끼지 않았습니까? 그리고 배우는 과정에서 제2차 바티칸 공의회의 흐름 같은 것이 실감으로 느껴지던가요?

왜요. 과도기라도 그 당시에 다 소화를 못했다는 게 맞겠죠. 시간이 흐르고 나서야 깨달은 것들인데 제2차 바티칸 공의회 마지막 회기인 1965년 10월에 제가 바티칸에 도착했거든요. 바티칸의 첫인상은 별로 커 보이지 않더라고요. 베드로 광장도, 바티칸도 상상했던 것보다 작았어요. 그런데 살면 살수록 그게 크게 느껴지더라고요. 제가 깨우친 건 언제나 상상은 실제보다 크다는 거죠.

저희도 신학생이니까 바티칸에 행사가 있으면 함께하는데 공의회 마지막 회기에 바로 현장에 참석하는 감동도 있었고요. 거기에 한국 주교님이 열분 정도 참석하셨어요. 신학교 공부 끝나고 주교님들 만나러 갔는데 그분들은 호텔에 계시는 거예요. 또 이분들이 우리 유학생들이 오길 바라셔요. 그분들이 바티칸에 석달을 머무르는데 사실 답답하잖아요. 주교들도 매일 출석을 부르고 강의를 듣고 와야 해요. 세계에서 온 3천명 주교들도 똑같아요. 그러니 저희들이 가면 이분들이 오랫동안 얘기를 긴네시는 거예요. 가보면 주교 본인들이 양말도 빨고 계시고… 바티칸에 오면 주교님들도 양말 빨고 그러시는구나, 그런 모습을 지켜본 기억이 있고요.

그해 바티칸 공의회 폐막 하루 전, 곧 1965년 12월 7일이겠네요. 전야 전례 때 그리스 정교의 아테나고라스 총대주교께서 오셨어요. 그리스 정교회와 로마 가톨릭이 서로 파문했던 1054년, 동로마제국이 멸망한 1453년 이후 단절했던 과거를 성찰하면서 화해를 위한 1차 의식 기도를 드렸어요. 여러번 박수가 나왔어요. 며칠 뒤 성사(聖事) 신학시간에 교수님이, 그날 아테나고라스 총대주교와 바오로 6세 교황이 행한 의식이 뭔지 아느냐 물었어요. "그 화해의식에서 주님의 기도를 같이했지만 성찬예식을 같이 거행하지는 않았다. 그 의미를 아느냐? 그날의 일치는 성사(聖事)의 일치, 즉 sacramental unity는 이루어졌지만 canonical unity 즉 법적 일치가 이루어진 것은 아니다. 법적인 일치가 이루어지지 않은 상태에서 성찬을 거행하면 하느님 앞에서 정직하지 못한 것이기 때문에 성찬은 건너뛴 것이다. 만일 그때 교황과 아테나고라스 총대주교가 같이 성찬을 거행했다면 어떻게 되었을까?" 이런 가정적인 질문을 던지시고는 답하길 "만일 그렇게 했더라면 신학자들은 그에 따른 정당성 이론을 또 정립시킨다. 교황과 주교가 하나의 일을 일으켜놓으면 우리(신학자들)는 그 의미를 해석하는 사람들이다. 그날 아직은 법적인 일치까지는 안 갔다. 이게 앞으로 남은 우리의 숙제

교황 바오로 6세와 대화하는 함세웅 신부.

다."라고 그래요.

두번째로 말씀하시길 "제1차 바티칸 공의회가 교황 중심의 공의회였다면, 제2차 바티칸 공의회는 주교 중심의 공의회였고, 이제 제3차 바티칸 공의회를 사제들 중심으로 하여 준비해야 할 때가 왔다." 이렇게 강조하시는 거예요. 당시 우리는 그 말을 다 알아듣진 못했어요. 그런데 나이가 들고 신학을 계속 공부해보니 그 말씀의 진의를 알겠는 거예요. 지금 프란치스코 교황이 뭔가 큰일을 하실 수 있다면, 그것은 바로 그때 교수가 말했던 제3차 바티칸 공의회, 다시 말해 주교 중심의 공의회가 아니라 사제 중심의 공의회를 이루는 것 아닐까, 이런 생각을 하게 됩니다.

사제로 첫발을 내딛다

우리 같은 보통 사람들은 이태리 로마 하면 관광부터 떠올리거든요. 성 베드로 성전을 포함해서 성서 관련 유적과 문화도 찬란하잖아요. 신학교에서는 그런 관광이나 유적 순례 같은 것도 잘 시켜주나요?

저희는 보통 '순례'라고 하죠. 순례는 보통 새벽 5시에 떠나요. 버스 안에서 아침 빵을 먹고 목적지까지 2, 3시간이면 가지요. 8시쯤 도착하여 현지에서 미사를 봉헌하고, 저녁 10시에 돌아오면 하루가 이틀 같아요. 아시시를 갈 때는 하루 자고 오고, 피렌쩨, 나뽈리 이런 데도 가고. 사실 로마 근교는 대부분 순교자들과 관련된 곳이니까 갈 때마다 현장에서 미사를 봉헌하는데 더없이 감동적이에요. 성녀 소화(小花) 데레사(Saint Thérèse of Lisieux, 테레즈)라고 프랑스의 수녀님이 계시는데, 데레사 수녀가 16살에 로마를 왔을 때 꼴로세움에 가서는 땅바닥에 그저 입을 맞췄대요. "여기가 순교자의 땅이다. 베드로 바오로의 피가 묻은 땅, 거룩한 땅."이라면서요. 그런 일화가 전해내려와요. 저는 뭐 입 맞추는 것까진 못했지만, 성당 다닐 때마다, 순교 현장을 다닐 때마다 그런 맘으로 기도하고 그랬어요.

로마 유학생활을 마치고 귀국한 게 1973년인 것 같은데요. 귀국길은 어땠습니까?

1973년 6월 20일에 귀국했습니다. 귀국 전에 꼭 가고 싶은 곳이 있었어요. 프랑스 남쪽의 루르드 성모님이 발현하신 기적의 성지라는 곳이에요. 어렸을 때 저희가 늘 책으로 묵상했던 곳이니까 그곳은 꼭 한번 가고 싶더라고요. 5월쯤에 떠나서 그곳에서 2박 3일 미사 봉헌하면서 지냈어요.

우선 프랑스 남쪽 지방의 산골이니까 너무 좋아요. 저희가 신학교 생활을 할 때는 아침에 성당 가서 기도하고 식사하다가 나올 때까지 하여간 7시 반 8시 반까지 모두 실내에서 움직이는데, 루르드에서는 수도원에서 자면서 성모님 동굴까지 걸어서 갔어요. 저로서는 정말 십수년 만에 새벽길을 걷게 되었지요. 시내도 흐르고 물도 좋고…

기적의 성지라고 저희가 늘 들어왔던 곳인데 실제로 가보니까 몸이 아팠던 분들이 썼던 목발이 거기에 걸려 있더라고요. 오실 때는 아파서 목발로 오셨는데 기적의 은혜로 치유된 다음에 목발을 걸어놔두고 갔다는 일화가 있어요. 이제 학위가 다 끝나고 성모님 앞에 가서 보고한다고 할까, 그런 의미로 기도하니까 참 좋았어요. 저는 특히 우리 갈라진 조국, 남북 평화를 위해서도 기도하고 내려왔어요.

그다음에 친구 만나려고 독일에 갔다가 미국을 거쳐 귀국했어요. 오는 도중에 일본을 거쳐야 하는데 이게 참 고민되는 거예요. 그 당시에 저는 일본어만 들어도 소화가 안 될 정도로, 기계적인 반일감정으로 다져져 있었어요. 일본을 거쳐가려면 비자를 받아야 하는데 제 여권에 일본 비자가 찍히는 게 싫을 정도로 말입니다. 그래서 비자 도장 안 찍고 그냥 갈 수 있는 방법이 뭐냐 그랬더니 그냥 경유하면 된다고, 서울행 티켓만 있으면 된다고 해서 그렇게 준비했지요. 그런 상태로 일본에 사흘간 체류가 가능했는데, 동경에 내리니까 또 이름을 한자로 쓰라고 하더라고요. 저는 한자로 안 쓰고, 한글로 쓰고 영자로 썼더니 옆에 서 있으라고 해요. 한자로 안 썼다고 2시간 동안 뭐라 하고, 저는 여권에 있는 대로 영자로 쓰면 되지 않았느냐 이렇게 옥신각신 했지요. 마중 나온 사람은 공항에서 한참 기다렸고요. 당시엔 그런 유아적인 반일감정이 있었지요.

동경에서 지하철을 타면서 조금 놀랜 것은요. 저희가 입었던 교복과 교모를 당시 일본의 중고등학생들이 입고 있더라고요. 순간, 아, 교복과 교모가 우리 것이 아니고 식민지 잔재였구나 하고 깨달았어요. 지하철에서 본 사람들 중에서 재일 조총련 쪽의 학생들 같은데, 흰 저고리에 까만 치마를 입고 있어요. 말을 걸고 싶은데 그러지는 못하고 학생들 모습만 바라보면서 역시 남북분단의 아픔을 체험했지요. 이렇게 2박 3일 동안 동경 신학교에서 자면서 일본을 조금 둘러봤는데 이런 잔상이 있지요.

로마에 있을 때, 일본 사제를 조장으로 하여 공부하고, 또 일본 학생들과도 만나고, 세계 각국의 학생들과 함께 공부하셨잖아요. 로마는 국제도시이기도 하고요. 그런 코즈모폴리턴의 분위기에서도 일본에 대한 부정적 인상이 여전히 잘 지워지지 않은 모양이지요?

그래요. 지금은 다 극복했는데 그때까지는 심정적으로는 그게 안 되더라고요. 그래선 안 된다고 생각하면서도 말입니다. 그래서 "하느님 죄송합니다. 그러나 저는 일본의 침략적인 모든 문화를 용납 못하겠습니다." 이렇게 기도 드리면서 지냈어요.

그와 관련해 김수환 추기경과 관련된 일화가 하나 있어요. 김 추기경은 일제 말에 학병으로 끌려가셨어요. 이분이 일본어를 잘하시고, 그러다 보니 로마에서 일본 수녀님을 만나면 일본어로 얘기하는 거예요. 그래서 제가 김수환 추기경한테 항의했어요. "일본어 하지 마세요. 어떻게 배운 일본어인데 일본어를 하십니까. 여긴 이태리니까 이태리 말을 하시든지요. 아니면 영어 불어 등 UN에서 쓰는 말이나 독일어 등 국제적인 언어를 쓰세요." 그랬더니 그분이 언짢아하시면서, "핍박받은 건 난데, 핍박받지 않은 자네들이 더 그러는가." 해요. 저는 저대로 "민족의 정체성과 자부심을 지켜야 하지 않습니까." 하면서 추기경께 막 항의했어요. 제가 어릴 때니까 그랬죠.

김수환 주교님이 추기경이 되신 게 1969년이고, 그럼 그때는 함 신부님은 20대 후반의 청년인데, 갓 추기경이 되신 분에게 그렇게 세게 말씀할 수 있었던가요?

바티칸에 오시면 제가 제일 어린 까닭에 김 추기경님 심부름을 많이 하고 그랬으니까 좀 편안하게 제가 직언을 좀 했어요.

대단하셨네요. 김포공항에 도착한 순간은 어땠습니까. 8년 만이니 거리 풍경부터 낯설었을 텐데요.

제 나름대로 기쁜 마음을 안고 김포로 돌아왔지요. 오랜만에 어머님 뵙고 같이 나온 친구들도 만나고요. 뭐 8년 만에 오니까 모든 게 새롭죠. 그런데 김포에서 여의도로 들어오는데 헌병들이 총 들고 서 있는 게 눈에 거슬리더라고요. 유럽은 국경에서나 군인이 눈에 띄지 시내에서는 보이지 않는데… 며칠이 지나 6·25 기념일을 맞이해서 학생들이 서울역에서부터 동대문운동장까지 반공 궐기행진 하는 것도 봤지요. 아, 이건 학생들에 대한 탄압이고 곤욕이구나 싶어, 착잡한 생각을 친구들한테 얘기했더니 제가 오히려 별종인 거예요. 여기 살다 보면 그게 일상생활인데, 8년 만에 왔다고 이런저런 얘기를 하니까요. 친구들에게 지적당하면서 이런 건 조심해야겠구나, 속으로 생각하면서 지냈어요.

1973년이라면 박정희의 유신철권통치가 본격화되는 첫해이지 않습니까?

신문을 보니까 개신교 목사님들이 재판받는 기사들이 나오는 거예요. 박형규(朴炯圭) 목사님 등의 부활절 사건 재판이었어요. 그때는 박 목사님이나 다른 목사님이 어느 분인지도 몰랐지만, "참 대단한 분이다." 그렇게 생각만 하고 기도드렸지요.

응암동성당은 나의 첫사랑

귀국 초기에 특별히 하신, 기억할 만한 게 있나요.

마더 테레사(Madre Teresa)에 관한 조그마한 소책자를 받았어요. 영국의 맬컴 마거리지(Malcolm Muggeridge, 말콤 마그렛츠) 기자가 쓴 것인데, 그 책을 제가 번역하게 되었어요. 테레사 수녀는 유고슬라비아 출신인데, 인도에 가서 선교사로 일했지요. 이 수녀가 있던 수녀원 담 너머엔 사람들이 노숙하고 걸인들이 밤새우고 있었는데, 기도를 하면 이 안쓰러운 모습이 떠올라 집중이 안 되었다는 거예요. '내가 있어야 할 곳은 생활을 보장받은 이 수녀원과 학교가 아니다. 저 길거리에 누워 있는 사람들은 누가 돌보나.' 이런 영감을 받고 그들을 위해 투신해야겠다고 결심합니다. 그래서 수녀원을 나가서 가난한 사람을 위한 수도원을 새로이 만들고 거기서 일하게 됩니다. 저도 번역하면서 영성적인 자극을 받았죠. 마거리지 기자는 스스로 무신론자임에도 테레사 수녀의 모습을 보면서 감동받았다는 거예요. 그러면서 테레사와 자신의 차이는, 자신은 문제만 제기하고 있고, 저 사람은 현장에 투신하고 있다는 점이라고 썼어요. 그 글을 보면서 많은 걸 느꼈습니다.

그 책을 보고 스스로 번역하겠다고 결심한 겁니까?

그때 어느 수녀님이 번역을 권한 것 같아요. 성바오로출판사에서 "인도의 마더 데레사"라는 제목으로 냈고요. 조그만 책자였어요.

당시 마더 테레사는 널리 알려져 있었던가요?

그 당시 유명하지 않았고 한국엔 소개되지 않았습니다. 그때 막 BBC 방송에 출연하면서 세계적으로 알려지기 시작했어요.

초판 발행일을 확인해보니 1974년 3월 30일이라고 나와 있네요. 167쪽 분량이니까, 귀국해서 한국생활에 새로이 적응하는 중에 바로 번역하신 것 같습니다. 함 신부님의 함자가 책자로 한국의 일반대중과 만난 첫 사건이겠네요. 테레사 수녀도 이 책을 통해 한국인들과 본격적으로 만난 셈이고요. 그리고 사목활동은 어떻게 시작하셨나요.

도착한 지 한달쯤 지나서 연희동성당 보좌신부로 발령받았죠. 국내경험도 없고 아직 보좌니까 어린 학생들, 교사들과 주로 지냈어요.

그때 특별히 기억나는 일이 있습니까?

보좌생활을 한 지 불과 한두달쯤 뒤에 김대중(金大中) 납치사건이 터졌어요. 1973년 8월경입니다. 김대중 전 대통령께서 살던 곳이 바로 연희동성당 부근입니다. 그분이 동경에서 납치되기 전에 김상현(金相賢) 씨 부인과 김 전 대통령의 장남 김홍일(金弘一) 씨, 이런 분들이 늘 주일 미사에 왔고 만나면 인사하곤 했어요. 당시 국토통일원 장관으로 일하던 김영선(金永善) 씨도 늘 미사를 나왔어요. 그분이 4·19 직후 민주당 정권 때 재무부 장관을 역임한 중진 정치인이었는데, 박정희 군사정권 때 국토통일원 장관을 하고 있었어요. 조금 못마땅한 감은 있었지만 그래도 개인적으로 만나 뵙고, 김상현 의원이나 후배 국회의원들이 고생하는데 뭔가 도움을 줘야 하지 않겠느냐고 몇차례 이야기했더니, 좀 난색을 표하시더라고요. 지금 같으면 그런 부탁은 아예 하지도 않았지요. 그런 일도 있었는데 김대중 전 대통령이 납치를 당했잖아요.

큰 사건이 벌어졌는데 일체 외부와 차단되니까 그 아들이 제게 와서 집을 방문하여 기도해달라고 해요. 한달에 한두번씩은 성당에 못 오시는 분들이나 환자들을 방문하는 봉성체 기도란 게 있어요. 본당 주임신부님이 저보고 방문해서 봉성체 의식을 하라고 해요. 그런데 그것도 안 돼요. 만나려면 경찰이나 정보기관에서 무슨 증명서를 떼오라고 하고, 하루 종일 끌려다니다가 결국 만나게 해주지 않아요. 제 마음이 아프잖아요. 제가 책임자한테 항의를 좀 했어요. 난 성당 신부인데 가족들이 원해서 가정 방문을 하려는데, 안 되면 처음부터 안 된다고 하지 왜 하루 종일 끌고 다니면서 방해만 하느냐, 이건 종교 침해라고 항의했어요. 그런데 뭐, 그게 전달이 되나요. 그래도 어린 신부의 마음에는 이런 정권과 체제는 참 문제가 있다는 것을 느끼게 되고 그 경험을 이제 마음속에 간직하게 되죠.

그러면 김대중 전 대통령 댁에 발을 전혀 들여놓지 못했습니까?

납치되고 나서 한 일주일쯤 뒤엔가 공개 기자회견이 있었던 날인데, 대구에서 장글라라 수녀님이라는 분이 올라오셨어요. 김대중 대통령의 사별한 첫 부인 차용애 여사님의 이모, 그러니까 김대중 대통령과 처이모-조카사위 사이니까 편안하게 말씀하시는 분이에요. 그 수녀님이 제가 용산성당 다닐 때 유치원 원장 수녀님이셨기에 개인적으로 잘 알지요. 아무래도 수도자 혼자 가기 어려우니까 저랑 같이 가자고 하시더라고요. 저도 잘됐잖아요. 수녀님하고 그 집을 찾아갔어요. 집안 어른과 동행하니 그대로 안방까지 가는 거예요. 그날 처음으로 김대중 선생을 뵙고 인사도 하고 기도를 했어요. 기자회견을 하는 것을 보고 나왔어요. 그게 인연이 되었고… 그분이 유능한 정치인이고 가톨릭 신자고 또 좋은 뜻을 가지신 분이니까, 그분이 잘되길 바라면서 집안 가족들과 쭉 관계를 맺으면서 지냈어요.

그뒤에 접촉은 어떤 형태로 유지되었습니까?

연희동성당 떠난 뒤에 응암동성당에 부임했는데, 김대중 선생이 자유로워진 다음에 간혹 저희 성당에 와서 미사도 참여하시고, 응암동성당에서 세례식이 있을 때 이분이 대부를 서러 오신 적도 있어서, 그렇게 또 만나게 되었어요.

연희동 보좌신부는 얼마나 오래 했나요?

6개월가량이네요. 1973년 12월 4일 연희동에서 응암동으로 옮겼어요. 이건 주임신부로 간 거예요. 말하자면 승진한 거예요. 처음에 제의 받기론, 혜화동성당에서 보좌신부를 하면서 거기가 신학교랑 가까우니까 신학교 강의를 하라는 거예요. 제가 그때 이의를 좀 제기했어요. 내 후배들도 본당 신부인데, 내가 외국에서 놀다 온 것도 아니고 공부하고 왔는데, 이젠 본당 신부를 맡게 해달라고 했어요. 그때 교구는 비교적 가족 같았어요. 교구의 최석호 신부님이 "이 놈 봐라." 하고 웃으시더니 응암동성당에 가게 해주셨어요.

당시 응암동은 한참 외곽이었습니까?

그 당시는 시골이었습니다. 밭도 있고…

그럼, 귀국한 1973년에는 개인적으로 고난이라고 할 만한 힘든 일은 아직은 없었던 시기인가요?

네, 없었어요. 성당 보좌생활 중에 교사들과 지내면서 한국문화를 익히며 잘 지냈지요. 참, 그때쯤에 제가 짧은 글을 하나 썼는데, 그게 저한테는 하나의 바탕이 된 것 같아요. 당시 연희동 주임신부님은 연세가 일흔이 되셨어요. 그러다 보니 제가 성당 일을 거의 다 하게 되는 셈인데요. 성당에는 신심 단체들이 많습니다. 어머니들 모임, 아버지들 모임끼리 야유회를 가고 그래요. 그중 모니카회가 있었는데, 엄마들 신심 단체 모임이에요.

어느 날은 김일성 별장이 있었다는 산정호수를 가는데요. 버스를 타고 가는데 당시엔 가는 곳곳에 경찰, 헌병 검문을 받아야 해요. 그런데 검문소에 닿으면 누군가 내려가는 거예요. 그때마다 버스 기사가 누구 한분 내려가세요 해서, 제가 내려가려 했더니 모두가 저를 붙드는 거예요. 신부님이 내려가는 거 아니라면서요. 그런데 정작 그들이 내려가서는 돈을 건네더라고요. 천원, 2천원, 3천원씩. 이게 말하자면 헌병들, 경찰들한테 주는 통행세예요. 그래야 가게 해주는 거야. 그래서 왜 주느냐고 물었더니, 신부님은 가만히 있으라고 그래요. 제가 의아해했어요. 그러고선 산정호수를 갔는데, 먹을 것도 있고 해서 짐이 많잖아요. 거기에 지게꾼들이 짐을 날라주고 천원, 2천원씩 받는 거예요. 단체가 갔으니까 짐이 많았어요. 목적지까지 가는데 교우들이 그 가격을 깎는 거예요. 2천원 달라는데 1500원 주고, 천원 주고. "깎지 말고 다 줘라." 그랬더니 엄마들이 "신부님은 세상 물정 모른다."라면서 가만히 있으라고 그래요. 그때 제가 마음이 조금 아팠어요.

그 일에 대해 강론하고 글을 썼어요. 신자들은 사제의 말씀, 성경 말씀과 사회적 가르침을 듣는 사람들인데, 사실은 성당에서만 들으려 하는 거예요. 세상에 나오면 신부 말 안 듣고 우리를 가르쳐. 경찰 돈 주고 헌병 돈 주면서 지게꾼 삯은 깎고 그러면서, 내가 하라는 대로 안 하는 거예요. '그럼 신자들은 도대체 하느님 말씀을 언제 어떻게 듣는 사람들인가.' 그 와중에 사제로서 첫 신학적 회의 같은 게 생겼어요. 세상사에 문제가 있구나 하는 걸 체험했고요. 헌병, 경찰은 남의 돈 뜯어 먹고 살고, 땀을 뻘뻘 흘리며 지게 지는 사람은 제대로 돈을 못 받는, 이런 사회 구조는 문제가 좀 있다는 취지로 썼지요.

어디에 썼습니까?

『사목(司牧)』지입니다. 귀국한 후 처음으로 쓴 글이죠. 수필이에요.

아직 시대의 격랑과 대면하기 직전, 함 신부님의 문제의식과 내면세계를 알 수 있는 단초가 되지 않을까 합니다. 그러고 나서 본당 주임신부로 처음 부임하게 된 응암동성당 시절은 각별히 기억에 남을 것 같은데요.

잊히지 않는 것 중의 하나는, 응암동 구역에 역촌동 시립병원이 있어요. 거기에 결핵 환자들이 있습니다. 전임 차인현(車仁鉉) 신부님이 인수인계를 하면서 "환자들을 만날 때는 위생적으로 조심해라." 하시더라고요. 결핵 환자들을 만나고 난 뒤엔 꼭 소금물로 양치하고 손 씻으라고 당부도 하고요. 피를 토하는 환자들을 실제로 만나니까 처음엔 겁나더라고요. 한달에 한번씩 다녔어요. 그 당시에는 역촌동에 집이 거의 없었어요. 갈 때는 택시 타고 가야 하지만 올 때는 걸어왔어요. 비바람이 칠 때도. 환자들을 위해 기도해드리고 돌아올 때 그 마음이 참 좋아요. '내가 기쁜 소식을 전하는구나', 그러면서 지냈고요.

그때 응암동 일대가 다 산동네였습니다. 그 당시에 신자들하고 가정방문을 하는데 정말 조그만 방에 예닐곱 식구들 사는 그런 가정을 보면서 '이게 삶의 자리구나' 하는 걸 느꼈고요. 정말 신자들하고 끈끈하게 지냈어요.

응암동성당에 부임하고 곧 성탄을 맞이합니다. 귀국하고 첫번째 맞이하는 성탄인데요. 김수환 추기경이 그 시립병원을 방문하시겠다고 연락이 왔어요. 그래서 미사도 같이하시고 선물을 좀 준비하면 좋겠다 해서 어머니들한테 부탁해서 이틀 동안 밤새워서 닭을 400마리 준비했어요. 그분들은 또 잘 잡숴야 한다고 하니까 어머니들이 애썼어요. 김수환 추기경께서 애쓴 신자들과 교우들을 위해 미사 봉헌하시고 선물도 주셨습니다. 매우 기뻤어요.

1974년 초부터 산동네 다니면서 열심히 가정방문을 했어요. 제가 30대 초반이었으니까 열심히 기쁘게 일하면서 응암동 신자들과는 끈끈하게 정이 트였어요.

결핵 환자들에게 다가가서 어떻게 합니까?

저희들이 가면 기도 순서가 있습니다. 먼저 기도하고 마음을 준비하고 성수를 뿌리면서 성체 모실 준비를 하는 거죠. 그다음 성경을 읽고 주님의 기도 바치고는 묵상하면서 성체를 모십니다. 그분들은 미사를 못 오시니까 약식으로 기도드리면서 성체를 모시는 거죠. 그 당시에 참 먹을 게 없었어요. 영양실조가 대부분인데 저희가 먹을 것도 갖다드리면서 도움을 드렸는데, 그분들 중에서 돌아가신 이들도 많지만 지금도 만나는 분들이 두어분 계세요. 순수한 분들이었고 저도 또 젊었으니까 기쁘게 임했어요.

기도, 성수, 성체 이런 것을 말씀하시는데, 신부님은 완전 익숙하신 말들이지만, 그게 어떤 내용이고 어떤 의미인지 모르는 사람들이 많을 테니 쉽게 풀어주시겠습니까?

가톨릭 신자들은 주일에 미사를 함께하면서 성경 말씀을 듣고 예수님의 죽음과 부활을 기념하면서 성체를 모시게 되어 있어요. 그런데 몸이 편찮으신 분들은 주일에 성당에 오실 수 없으니까 이런 분들을 위해서 한달에 한번 사제들이 성체를 모셨지요.

'성체를 모신다'는 말은 이렇게 이해하시면 돼요. 예수님께서 최후의 만찬 때 "나를 기억하기 위해서 이를 행하라. 이 빵이 내 몸이다. 이 포도주가 내 피다."라고 말씀하시지 않았습니까? 미사 때 빵과 포도주가 예수님의 몸과 피로 변합니다. 즉 '거룩한 몸, 예수님의 몸'을 우리 용어로 성체(聖體)라고 합니다. 거룩한 몸, 성체를 함께 모셔야 하는데 몸이 불편하셔서 성당에 못 오시는 분들을 위해 사제들이 성체를 모시고 신자들을 찾아가는 거죠. 가서 반성기도 하고 마음을 준비하고 성경 읽고 다시 기도하면서 성체를 모시면, 그분은 이제 예수님과 하나가 되는 거죠.

성수(聖水)는 말 그대로 '거룩한 물'입니다. 말하자면 제사 전에 정결 예식이 있듯이 몸과 마음을 깨끗하게 한다는 상징적인 의식이죠. 물은 만물을 깨끗하게 하는 자연적 의미를 지니고 있습니다. 거기에 종교적 의미를 더한 상징이 곧 성수입니다.

성수는 성경 어디에서 유래합니까?

예를 들어 이집트의 노예에서 해방될 때 갈대 바다를 건너왔던 행업, 또 세례자 요한이 요르단강에서 세례를 베풀고 예수님이 세례 받으신 내용… 누구든지 새로 태어나야 한다는 세례의 의미에서부터, 성수의 의미를 교회에서 넓게 적용하고 있습니다. 즉, 모든 분은 세례를 받으며 항상 물로써 깨끗해져야 한다는 것을 뜻합니다. 성당에 들어가기 전에 성수가 있습니다. 그것을 찍고서 우리의 몸과 마음을 깨끗하게 하고 하느님께 나아가자 그런 의미가 있습니다.

1973년 12월부터 76년 3월까지 응암동성당에서 활동하신 것으로 압니다. 신부님의 사목 활동에서 가장 초창기를 응암동에서 지낸 셈이네요. 정이 많이 들었을 것 같습니다.

저희 사제들이 통속적으로 이야기할 때 첫 본당을 첫사랑이라고 합니다. 그래서 "응암동은 나의 첫사랑."이라고 이야기하지요. 저도 물론 좋은 느낌이 있었지만 그 응암동 신자들도 순수했고요. 또 응암동과 저와의 끈끈한 관계는 시국과 관련되기 전에 만났기 때문인지 저와 신자들 사이에 순수한 모습으로 형성되었어요. 그뒤에 만난 신자들 중 일부는 저에 대한 어떤 선입견이 있잖아요. '이러저러한 사제다' '감옥에 갔다 왔다' '유신체제에 반대했다', 이런 게 있기 때문에 이전에 비해 정말 두세배는 관계 맺기가 어려웠는데요. 응암동은 그렇게 만나지 않았기 때문에 아주 끈끈하고 좋았어요. 그 당시 고등학생과 대학생 청년 들은 지금까지 모입니다. 참 끈끈해요. 응암(鷹岩)을 한글로 푼 '매바위 모임'입니다.

지학순 주교의 구속과 정의구현사제단의 탄생

이제 1974년으로 넘어가겠는데요. 1974년은 수많은 사람들의 운명을 바꾼 해라고 생각됩니다. 가톨릭의 역사에서도 엄청난 해이고, 신부님도 그 해와 인연이 특히 각별하지 않습니까. 외적으로 보면 대단히 많은 변화가 생기는 해인데요.

1974년이 저 개인적으로는 신학교 강의를 시작했던 해입니다만, 민청학련(전국민주청년학생총연맹) 사건의 여파로 지학순 주교님이 구속된 해이기도 합니다. 그 구속을 계기로 저희 사제들이 모여서 아파하고, 특히 민청학련과 인혁당(인민혁명당) 조작사건으로 구속되신 다른 분들의 석방을 위해 일하면서 구속자 가족들과 늘 만났고요. 유신체제의 문제점에 대해서 저희들이 구체적으로 파악하게 되었고, 그해 말에는 민주회복국민회의에 함께하면서 최종길(崔鍾吉) 교수 고문치사에 대한 의문점을 제기했고요. 정말 역동적으로 지냈던 한 해였던 것 같아요. 제가 한 사람의 사제로서 세상과 역사에 대해서 눈을 뜨고 체험했던 귀중한 은총의 한해라고 생각합니다.

'은총의 한해'라고 정리하시는데, 당시에는 엄청난 결단과 고난의 연속이었을 것이고요. 무엇보다 바쁜 해였을 것 같습니다.

그때는 그걸 그렇게 고난으로까지 여기지는 않았던 것 같아요. 역시 젊어서 그런지 그 일들을 아주 당연한 것으로 기쁘게 맞았고, 내면으로부터 열정이 확 솟구쳐올라왔기 때문에 그저 그것에 응답한 것이지요. 지나고 보니까 고난의 의미이지 그 당시에는 아주 기쁘게 응답했습니다.

'기쁘게'라는 단어를 쓸 수 있다는 것은 객관적인 역사를 기술하는 입장에서는 아주 생소하게 들릴 수 있겠어요. 시대의 무게가 꽉 누르는 상황에서 대부분의 개인이 그런 부담을 어떻게 짊어질까 걱정하는데 그것을 기쁘다고 말씀하시니까요. 저 나름대로 1974년에 얽힌 이야기를 많이 수집도 하고 듣기도 했는데, '기쁘게'라는 말씀은 처음 듣습니다.

역사나 영화, 소설 같은 데서 배웠던 고난의 현장, 그 한복판에 저희들이 서게 된 셈인데요. 늘 십자가 예수님을 묵상했는데 '십자가 예수님이 관념의 신앙대상이 아니구나! 이게 우리 현실이구나!' 하는 걸 느꼈고, 고난의 예수님이 우리 현실과 역사에 내재하신다는 것을 체험했기 때문에 제 신앙이 한단계 성숙한다는 의미에서 '기쁨'이라는 표현을 쓴 거죠. 물론 그 당시에 힘든 일과 어려운 일이 참 많았습니다만 그때는 30대 초반이었거든요. 저희들의 고통은 사실 정말 고난당한 분들, 목숨 빼앗긴 분들, 또 굶주린 분들에 비하면 아무것도 아닌 셈이었으니까요. 신분이나 여러가지가 보장된 사제로서 고통받는 분들에게 도움을 주기 위해서 뭔가 노력할 수 있었다는 것, 그것을 제가 '은총'으로 깨닫고 이렇게 고백하는 겁니다.

세속적으로 1974년을 그렇게 이야기하잖아요. 유신체제의 폭압성에 맞서 결연한 저항이 처음으로 구체화된 해라고요. 1973년 12월 말에 장준하(張俊河)·백기완(白基玩) 선생 등이 '개헌청원 1백만인 서명운동'을 시작하자 74년 1월 초에 긴급조치 1호를 선포하여 이를 짓누르고, 그해 4월에 민청학련 사건이 터지면서 긴급조치 4호가 나오고, 그러면서 학생들을 1천명 이상을 잡아가고 고문하고, 인혁당 사건을 조작하여 학생운동에 빨갱이 덧칠을 하고, 인혁당 관련자들을 처형하는 요식 절차를 강행하고, 이렇게 저항과 탄압이 극점에 달하는데요. 가톨릭과 함 신부님께서 시대에 접근하는 순서는 이와 같이 연대기적으로 진행되었던 것은 아닌 것 같습니다. 처음 언급하시면서 "지학순 주교님의 구속을 계기로", 이렇게 말씀을 시작하셨잖아요. 신부님이 시대 현장하고 연결되는 고리 같은 게 지학순 주교 사건이 되는 겁니까? 신부님의 기억 속에서 시대와의 만남을 차근차근 짚어갔으면 합니다.

지난 주(2013.4.3.)에 민청학련사건 39주년을 맞았는데, 그 기념식을 서대문형무소 터에서 거행했잖아요. 거기서도 잠시 말씀을 드렸는데요. 사실 1974년 1월부터 긴급조치 1호가 발동이 될 때에는 어둡고 암울하고 답답했지만 저희가 평사제로서 아무것도 할 수 없었어요. 그 당시 교회적 분위기에서는요. 저도 어찌 할 바 모르고 마음만 아파했고요. 또 4월 3일에 민청학련 사건이 발표되면서 많은 분들이 구속당하셨을 때 불의한 정권에 대한 강한 의문이 있었지만, 그걸 표출할 어떤 계기도 없고 내면적으로만 앓아오던 중이었지요.

민청학련 사건 관련자들의 공소장을 정리하는 과정에서 담당 여성들이 타자를 치는데 "공소외 지학순"이라는 표현이 계속 나오더란 거예요. 그래서 지학순 주교님이 관련되었다는 소식이 우리 교회 안에 비로소 들어오게 되었습니다. 그게 5월, 6월쯤 되었는데 그 소식이 지 주교님과 원주교구에 전달되었어요. 지학순 주교님은 로마에 나가셨다가 일본까지 오셔서 귀국해야 하나 연기해야 하나 고심 끝에 구속을 각오하고 귀국하셨다는 거죠.

지 주교님이 돌아오신다니 많은 분들이 김포공항에 나갔어요. 옛날에는 공항이 드여 있어 비행기에서 내리는 손님들도 볼 수 있었어요. 그런데 한시간이 지나도 두시간이 지나도 안 나오니까 이상하다고 여겼는데, 나중에 알고 보니 벌써 중앙정보부로 납치해간 거예요. 저희들은 뭐, '지 주교님이 행방불명되었구나' 생각했을 정도로 며칠 동안 내용을 몰랐어요. 그때가 7월 초, 아마 8일이 토요일이고 9일이 주일이었던 것 같아요. 주일에 원주교구 친구 신부들에게서 연락이 왔어요. 지학순 주교님이 납치된 것 같은데, 뭔가 해야 하지 않느냐고요. 그래서 만나서 방안을 생각해보기로 했지요. 이렇게 이심전심으로 주일 미사가 끝나고 나서 저녁 9시쯤에 서울 인천 원주 춘천 등 수도권 가까이 있는 친구 사제들이 명동으로 모였어요. 한 30여명으로 기억이 되는데, 김수환 추기경을 찾아가서 "지 주교님 사안을 알고 싶어서 왔습니다." 그랬더니 이야기를 잘 안 해요. 비밀사항이라면서 함구하는 거예요. 그러다가 교황 대사를 통해 중앙정보부에 있다는 걸 확인했다고 듣게 됐어요. 추기경님이 가서 만났는지, 교황 대사가 가서 만났는지 기억이 확실치 않은데, 하여간 중앙정보부에 가서 만났대요. 지 주교님도 울먹울먹하셨다고 하고 김수환 추기경도 속수무책으로 이런 일 처음 당하니까 어떡하나 고민하고 있던 중이었던 거예요.

저희 젊은 사제들이 단순한데다 권력의 속성을 잘 모르니까 "이것은 적극적으로 항의하고 저항해야 한다. 민주 국가에서 가톨릭 주교가 법적인 절차도 없이 외국에 갔다 들어오는데 납치되는 상황이라면, 이것은 문제가 있는 현실이다. 이의를 제기하고 강하게 항의해야 한다."라고 주장했어요. 그랬더니 김수환 추기경께서 당황해하시면서도 한편으로 기뻐하시면서 눈물을 흘리셨어요. 추기경으로서는 너무 외롭고 힘드셨다가 뜻밖에 젊은 사제들이 찾아와서 도움도 드리고 또 강하게 요청도 하고 그랬으니까요. 그러곤 교황 대사와 계속 연락하면서, 내일 월요일 저녁에 명동성당에서 미사를 봉헌하기로 했으니 그 추이를 지켜보면서 각자 성당에서 일을 하자, 그날 저녁에 그런 이야기를 나누고 헤어졌어요.

추기경을 찾아갈 때 사전에 주장이나 건의를 준비해서 간 겁니까?

저희들도 무슨 사전계획을 갖고 간 것은 아니었고, 원주교구 사제들이 답답해하니까, 또 정보부 수사 내용을 모르니까 그 내용도 알고 싶어 겸사겸사해서 갔다가 격앙하여 돌발적인 발언을 하면서 분위기가 강경하게 된 거죠. 다음 날 7월 10일 월요일 저녁 6시에 명동성당에서 미사 봉헌이 예정되었는데, 그날 오전에 주교들끼리 상임위원회에서 저녁에 발표할 문안을 정리한 것 같아요. 인쇄하는 과정에서 처음 몇 장이 잘 안 되면 그걸 버리잖아요. 그것을 정보부 요원이 주워서 김재규(金載圭) 중앙정보부 차장에게 전달했다고 해요. 그래서 김재규 차장이 오전에 김수환 추기경을 찾아왔어요. 그 자리에서 박정희 대통령하고 만나야 한다고 했대요. 그 당시에는 그 깊은 내용을 몰랐어요. 나중에 알게 된 내용은 박정희의 강경일변도에 대해서 누그러뜨릴 수 있는 분은 김수환 추기경이라고 생각해서 김재규 차장이 중재를 섰다는 거예요. 그런데 저희들은 "그런 면회는 거부해라. 이 상태에서 무슨 면담이냐." 그랬어요. 그 당시 추기경의 비서 홍인수 신부가 제 동창이에요. 그에게 부탁해서 면회를 사절하라고 했어요. 그래도 중앙정보부 차장과 이야기가 이미 성립되었으니 그날 저녁 6시에 추기경이 대통령을 만나기로 약속을 했어요.

저녁 6시 명동성당에 전국의 주교들이 모였어요. 대구 주교만 안 왔고요. 이렇게 다 모여서 미사를 하는데, 이러면 원래 김수환 추기경이 주례를 해야 하거든요. 미사 시작하자마자 "제가 미사를 함께 봉헌하지 못해서 죄송합니다. 오늘 지학순 주교님과 학생들을 위해 미사 봉헌하기로 모였는데, 제가 지금 대통령과 중요한 사항으로 만나기 위해 갑니다. 저를 위해 기도해주십시오. 또 지 주교님을 위해 기도해주십시오. 저 대신 윤공희 주교님의 주례로 주교님들과 사제님들이 공동 집전할 겁니다." 이렇게 인사말만 하시고 청와대로 갔어요. 비서 신부의 이야기로는, 자신은 입구에 기다리면서 김재규 차장하고 이야기를 나누었대요. 김수환 추기경은 박정희와 둘이서 만났고요.

그날 신부들이 철야기도를 하기로 결의했는데, 밤 9시 30분쯤인가 지학순 주교님이 석방되어 나온 거예요. 무척 기뻤지만 한편으론 맥이 좀 빠졌어요. 우리는 항전의 마음으로 철야기도도 하고 이제부터 싸워야겠다고 결의를 다졌는데 지학순 주교가 나왔으니, 약간 김이 빠지는 거죠. 지 주교님 나오셔서 박수 쳐드리고 했는데, 어떤 경위로 나왔는지 모르지만, 아마 김수환 추기경님이 박정희와 오랜 대화를 나눈 다음에 박정희가 일단 석방하라 해서 내보낸 거겠지요.

저희 주최 측이 잠시 논의를 했어요. 그러고는 "오늘 밤 미사가 꼭 지학순 주교님만의 석방을 위해서만 하는 건 아니다. 같이 감옥 간 학생들과 구속된 분들의 석방을 위해 계속 노력해야 한다. 지 주교님의 석방과 관계없이 오늘 철야기도는 계속한다."라고 선포했어요. 이미 많은 분들은 귀가했지만, 그래도 한 1천여명 정도 남았어요. 수도자들 수녀님들이 많이 오셨고, 사제들 신자들이 함께 모였어요. 당시 오태순 신부님이 학생 지도부들과 친밀한 조직력을 발휘하여 한 40~50명씩 조를 짜갖고 토론을 하게 했고요. 밤새 기도하기는 어려우니까 주제를 주었어요. 그게 참 좋았던 게, 제2차 바티칸 공의회 정신을 가지고 '한국 교회와 한국 사회를 바꾸자'라는 주제로 쭉 토의를 했거든요.

그랬더니 정말 민주주의 전당이 펼쳐져요. 갖가지 발언이 나오는 거예요. '이 교회가 정말 예수님의 정신으로 세워진 교회냐. 예수님 정신으로 살고 있느냐. 예수님의 근본정신을 따르고 있느냐.' 이런 신학적인 성찰부터 '교회가 반성하고 사제들도 반성해야 한다. 과거의 잘못된 관행들을 바꿔야 한다'라는 내용들이 막 나오는 거예요. 이게 시대의 소명, 시대의 징표(the sign of the time)구나 했습니다. 이렇게 시대의 표징을 깨닫는 교회 신자들이 되어야 한다 등등의 의견이 모아져서 아주 뜻깊었습니다. 철야기도를 마치면서 힘을 얻었는데, 이러면서 정례적으로 월요일마다 각 교구를 돌아다니면서 사제들이 모임을 갖고 때로는 미사를 봉헌하고 기도하고 의견을 모으자, 이렇게 느슨하게 일종의 합의를 하면서 헤어졌습니다.

그런데 얼마 지나니까 지학순 주교님이 깨끗하게 식방된 게 아니고 일단은 석방되었지만 군법회의에 의해 기소가 되어서 재판을 받게 되었다는 거예요. 그다음에 주거도 제한되었어요. 명동 성모병원, 명동 수녀원, 그리고 동생 지학삼 씨 집 등으로 주거가 제한되어 있는 거예요. 그러니까 담당 변호사도, 도와드리는 분들도 마음이 좀 무겁고 아팠죠. 며칠 뒤 무슨 군인 사병이 와서 성모병원에 쪽지 하나를 전달했는데, 이게 군법회의 출두서예요. 함께 있는 변호사들과 원주교구 신부님들이 마음이 조금 아파가지고 '이게 해결된 게 아니구나' 하고 깨달았어요. 다른 사람들은 구속되어 재판받는데 지 주교님만 불구속 상태에서 재판받는 거예요.

이건 기본적으로 주교님에 대한 예의가 아닐 뿐 아니라 감옥에 갇힌 분들에 대해서도 예의가 아니라고 생각해서, 변호사들하고 원주교구 신자들이 지학순 주교님께 "이렇게 살면 안 되는 거예요. 다른 사람들은 감옥에 가 있는데…" 이러면서 주교님을 압박했어요. 그래서 합의 본 게 양심선언을 발표하기로 한 겁니다. 근원적으로 유신헌법 철폐하라는 내용을 작성하고 수녀님들이 문서를 준비해서 7월 23일 양심선언을 지 주교님이 발표했어요. 명동성당 성모상 앞에서, 시노트(James P. Sinnott) 신부님이 뒤에서 도와주시고 외신기자들 취재 연결 다 해놓고 거기서 양심선언을 발표해버린 겁니다. 성모상 앞에서!

홍성우(洪性宇) 변호사님의 변론자료를 살펴보면서, 지 주교님의 양심선언 원문을 볼 수 있었습니다. "나는 소위 민청학련 사건이라는 문제에 대하여 나의 입장을 다음과 같이 밝혀둔다. (1) 김영일(김지하)에게 돈을 준 문제에 대하여: 돈을 준 것은 사실이다. 그러나 당국에서 말하는 바같이 유혈데모나 폭동을 일으키기 위한 자금으로 준 것은 절대로 아니며 다만 순수한 학생운동으로써 민주주의 수호를 위한 자금으로써 준 것이다. (…) (2) 현정부에 대한 나의 견해: 부정부패가 많기 때문에 근본적으로 반대하고, 민주국가에서도 삼권이 분립되어 있어야 함에도 불구하고 삼권이 1인의 손에 장악되어 있는 체제이기 때문에 반대하고 1인 장기집권을 반대하고, 인간의 기본권이 침해를 당하기 때문에 반대한다. 이상에 기록한 것이 나의 기본적 주장이며 생각이다. 그 외에는 어떠한 말이 나오더라도 나의 진정한 뜻에서 나오는 말이 아니라 타의에 의한 강박에서 나온 것임을 알아주기 바란다." 저는 이 양심선언을 공개적으로 낭독까지 한 줄은 몰랐습니다. 반응이 어땠습니까?

한마디로 난리가 난 거죠. 정보부에서도 난리가 난 거고. 낭독 후 명동성당 가서 미사를 지내는데 중앙정보부에서 체포영장이 온 거예요. 김수환 추기경과 저희들이 보는 앞에서 다시 또 정보부로 끌려갔어요. 그때 원주교구에 '성 골롬반 선교회' 사제들이 많이 계셨어요. 외국인들이니까 아무래도 좀 특별한 배려가 있잖아요. 이분들이 몸도 크고 몸싸움도 하고 해서 같이 끌려가고, 혼란이 있었지요. 지학순 주교님에게는 어려운 십자가였지만, 본인이 고난받는 학생들과 함께했다는 아름다운 징표, 그다음에 유신헌법에 대한 불법성을 다시 한번 뚜렷이 단죄했다는 의미가 있고요. 거기다 혹시 이후에 자신이 끌려가서 뭔가 다른 발언을 하더라도 그건 고문을 받아서 그런 거고 내 진실과 다른 것이다라는, 일종의 양심선언 모델을 만들어놓은 거죠.

지학순 주교의 양심선언은, 그 내용도 내용이지만, 방식에서 하나의 신기원을 열었습니다. 고문조작으로 진실을 왜곡하던 시대에, 사전에 양심적 진실을 먼저 밝혀놓음으로써 이후의 옥중진술의 허위를 전제하고, 또 그래도 홀가분하게 진실을 수호할 수 있는 방식을 만들어낸 것이니까요. 한국적 비폭력 저항의 한 전형을 만들어낸 의미가 있습니다. 그런데 만인이 보는 앞에서 연행되어가니 모두의 마음에 불을 붙이지 않았나요?

바로 앞에서 끌려가니 우리는 또 마음이 아픈 거예요. 그래서 7, 8월 두달 동안 월요일마다 전국을 다니면서 미사를 봉헌했어요. 그땐 아직 정의구현사제단이 결성되기 전이에요. 그러니 그냥 '구속된 분들의 석방을 위한 신자들의 모임' 혹은 '사제 일동' 이런 식으로 문안을 발표했습니다. 그런데 우리들과 뜻을 달리하는 분들이 "왜 사제라는 말을 쓰느냐, 너희만의 것으로 특화해야지." 이런 반론도 나왔어요.

그분들이 사제단 출범의 명분을 다른 방식으로 깔아준 셈이네요.

각 교구를 돌아다니면서 저희들이 고민 고민하다가 이건 좀 체계화할 필요가 있겠다 싶어 신부 신자들이 뜻을 모으게 됐어요. 아마 인천에서 8월쯤인가 박상래 신부님이라고 그 당시 가톨릭대학교 성서학

교수였어요. 선배이신 박상래 신부님을 대표로, 저를 총무로, 이렇게 지명했어요. 저는 그날은 못 갔는데 갔다 온 분들이 저보고 "당신이 총무다." 그러는 거예요. 총무라 하니 그런 줄로 알고서 일을 시작했죠.

월요일은 교회가 쉽니다. 주일에 미사를 봉헌하기 때문에 매주 쉬는 월요일 저녁에 각 지역을 다니면서, 특히 명동을 중심으로 인천, 대전, 전주, 광주, 부산, 대구까지 갔어요. 춘천, 원주는 물론이고요. 이렇게 전국을 다니면서 미사를 봉헌했어요. 당시에 가톨릭 노동청년회 회원들과 선배들이 애쓰셨고, 또 신자들이 전적으로 자연스럽게 결집되었습니다. 9월쯤에는 원주에 많이 갔죠. 원주교구의 신자들 중에서 지학순 주교님을 돕는 활동가들이 좀 있었거든요. 이른바 전략가들이죠. '어차피 사제들이 데모를 해야 한다. 시위를 해야 한다'고 해서 저희들을 좀 떠민 거예요.

처음에는 9월 11일쯤 명동성당에서 크게 시위할 계획이었는데 그해 8월 15일 광복절 기념식에서 육영수 여사가 총에 맞아 돌아가셨잖아요. 그때 분위기가 좀 어수선하고 육영수의 죽음에 대한 여파가 아직 남아 있어서 애초에 계획했던 것을 미뤘어요. 그때 광주교구 신부님들은 거의 다 올라오셨어요. 내복을 다 입고 붙들려갈 각오를 하고 상경했는데, 그날 시위를 안 하니까 광주교구 신부님들이 저희에게 강하게 항의했어요. "왜 계획대로 안 하느냐." 그래서 "죄송합니다. 날짜 선택하는 데 있어서 신중할 필요가 있었습니다." 하면서 사과드리고, 일정을 9월 하순으로 미뤘습니다. 최종 결론은 다시 9월 23일, 24일 원주에 모여서 했죠.

우리 사제단 이름을 짓기로 했습니다. 기도하는 사제들의 모임, 무슨 무슨 석방단, 그보다 우리의 정체성을 잘 드러내는 모임을 만들자고 해서 갑론을박 끝에 '정의구현 전국사제단'으로 지었죠. 인권, 민주화, 정의, 평화, 통일 등의 용어가 많이들 나왔어요.

그전 단계에서 각 교구를 다니면서 신부님들의 서명을 받았어요. 함께하지만 본인의 책임감을 뚜렷이 심어두기 위해서 서명을 받았는데 한 500명쯤 되었어요. 그 당시 신부가 800명이었는데 그 정도면 엄청나지요. 대구 신부들도 많이 서명했는데, 그뒤 대구 신부들 중 몇몇 선배들에게서 전화가 온 거예요. 자기는 빼달라고. 그래서 제가 "이름은 발표하지 않습니다. 각자 하느님과의 약속이지 공개하지 않습니다" 그랬어요. 그래도 빼달라는 거예요. 대구의 분위기가 바뀐 거예요. 처음엔 교구장의 보수성 때문이라도 대구에도 열심히 갔지요. 대구 신부님들도 함께하면서 계산동, 남신동성당 등에서 미사도 봉헌하고 그랬지요. 대구의 서정길 주교라고 박정희와 친분도 있는 분인데, 서정길 주교도 처음엔 묵묵했다가 나중에 저희 반 신부님들을 징계까지 했어요. 이런저런 과정을 거쳐 9월 24일 원주에 모여 '천주교 정의구현 전국사제단'이라고 이름을 확정했습니다.

드디어 정의구현사제단이 탄생하는 거네요. 여러 이름 중에서 '정의'가 왜 표제어가 되었는지 궁금합니다.

이름을 지을 때 어느 선교사 신부님이 저희에게 귀띔을 많이 해주셨어요. '정의'라는 말이 반드시 들어가야 한다는 것, 정의구현이라야 한다고 해서 영어로 for the realization of the justice라 했더니, 그렇게 하면 안 되고 for the justice로 간단히 해야 한다고 조언해주었어요. 공식 영어명칭은 Catholic Priests' Association for the Justice(CPAJ)입니다.

정의라고 꼭 써야 하는 이유에 대해 저는 신학적으로 크게 공감했어요. 왜냐하면 정의가 하느님의 대표적 속성이거든요. 사랑의 하느님도 정의의 하느님에 내포된 것이에요. 정의의 하느님이시기 때문에 선과 악을 판단하시고, 구원을 주시고, 그에 따라 정의가 이루어진다는 의미에서 '정의구현'을 선택했습니다. 저녁에 지학순 주교님의 성당에서 기도하고 서약서 올려놓고 진지하게 의식을 치렀어요. 저녁 미사를 원주의 원동성당에서 봉헌하고 있는데 원동성당 교우들이 꼭 데모를 해야 한다고 그래요. 왜냐하면 9월 26일에 서울에서 선언하기로 했거든요. 사제단 결성을 정식 선언하기 전에 원주에서 전 단계로 데모하고 가야 한다는 거지요. 원주에서 경찰을 밀어내고 우리가 세상으로 처음 나가봤어요.

이틀 뒤인 9월 26일 명동성당으로 왔습니다. 한국 순교자 축일이 지금은 9월 20일로 바뀌었는데 1974년 당시에는 9월 26일이었죠. 우리가 미사를 봉헌할 때마다 「순교자 찬가」만 불렀어요. 그 당시에는 항쟁가라는 게 없으니까 성가만 불렀는데, 성가 중에는 「순교자 찬가」가 제일 힘이 있으니까 정보부 사람들이나 경찰 앞에서 항상 「순교자 찬가」만 부른 거예요. 순교자 축일에 황민성(黃旼性) 대전교구장 주교님께서 미사 봉헌해주시고 김광혁 신부님이 강론해주시고, 2부는 성모 마당에 와서 또 기도하고 현실 고발도 했고요. 제3부는 십자가를 앞세우고 성당에서 명동거리로 나왔습니다. 시위를 해본 적이 없으니까 정말 떨리는 거예요. '천주교 정의구현 전국사제단 창립선언문'과 함께 박상래 신부님이 기조말씀을 하셨지요. 우리가 왜 이 일을 해야 하는가라는 신학적인 이유를 제시하고, 평화시위를 펼쳐야 하는 이유를 담고, 유신헌법에 대한 문제점을 지적했어요.

미사를 끝내고 막 어두워질 8시 반쯤, 저희 사제들이 제의를 입고 일제히 거리로 나섰어요. 십자가를 앞세우고요. 경찰은 우리가 밖으로 진출하리라고 예측을 못했나 봐요. 밖에서 제지하는 측이 아무도 없었어요. 그러니 그냥 막 나간 거예요. 쭉 걸어서 옛 국립극장 앞까지 진출하니 경찰이 그제서야 막는 거예요. 시민들이 어리둥절해 있다가 우리가 든 현수막을 보고 박수를 치는 거예요. "유신헌법 철폐하라! 구속자 석방하라! 언론자유 보장하라! 중앙정보부 철폐하라!" 이런 구호를 외쳤어요. 저희도 긴장하고 두렵고 떨린 채 나섰다가 시민들의 박수소리를 들으니까 힘이 생기는 거예요. '이게 민중의 소리구나' '하느님이 돕고 계시는구나' 하는 느낌이 진하게 왔어요. 경찰과 대치하는 상황에서 원주교구 신현봉 신부님이 "지학순 주교 석방하라."고 외치는데, 덩치 큰 전경이 와서 신 신부님의 목을 조였어요. 그 순간을 외국 기자들이 찰칵 찍은 거예요. 목이 꽉 졸린 그 사진, 외신에 다 나갔죠. 보도사진 상을 받을 만큼 유명해졌어요.

그렇게 상당한 시간 동안 내치하나가 명동성당에 돌아와서 마무리 기도하고 끝났어요. 그게 역사의 현장 속에 함께했던 사제단이 탄생했던 날입니다.

방금 정의구현사제단의 출범에 이르기까지의 역사를 감동적으로 들었습니다. 여러 신부님 중에서 함 신부님이 총무가 된 것은 무슨 이유라고 생각하십니까?

제가 귀국한 지 얼마 안 되었을 때니까, 그때 조건이 '함세웅은 노출시키지 말자'였어요. 자기들끼리 합의를 본 거죠. 그런데 같이 활동하자고 통보를 받았으니까 제가 안 할 수도 없죠. 8월 말이 되니까 자연히 노출이 되더라고요. 제가 그때 정보부에 불려갔거든요. 그쯤에 정보부에서 무슨 자료 보여줄 게 있다고 해서 '이제 잡혀가나' 그랬더니, 선배 신부님들이 내복 좀 입고 가라고 해요. 매 맞을 테니 덜 아프게 미리 준비해야 한다면서요. 그래서 내복을 받쳐 입고는 남산 '외교구락부' 클럽에 갔더니 중앙정보부 제2국장 등 서너명이 점심식사 중에 점잖게 협박을 하는 거예요. 한여름에 내복까지 입고 갔으니 엄청 더웠지만 에어컨이 있어서 다행이었어요.

그동안 숱하게 정보부 사람과 이런저런 만남이 있었을 텐데, 그 첫 접촉이 1974년 8월에 있었네요. 정보부에서 만나자는 말 한마디가 엄청난 협박이었을 시대인데, 뭐라고 하던가요?

이렇게 찔러보는 거예요. "당신들이 남북관계를 잘 모를 텐데 우리 국가를 위해서 지금 자료를 다 봐야 한다. 그 자료를 가져와 보여줄 수 없으니, 정보부에 가서 보자."고 하더라고요. 그래서 저는 "안 봐도 다 안다."고 답하고 그쪽에선 "또 만나자."고 그러고…

내복을 입고 가라고 충고하는 선배들은 과거에 경험이 있었나 보죠?

1970년대에 가톨릭 쪽에서 펴내던 월간 『창조』라는 비판적 잡지가 있었는데, 그 『창조』지의 필화사건 때문에 정보부에 끌려갔던 신부님들이 계세요. 신학교에 가서 그 선배 신부님들한테 물었죠. "내일 정보부에서 오라 하는데 어떻게 되는 거예요?" 하니 "이상하다. 보통 밤에 끌고 가는데 어떻게 예고하고 오냐?" 다들 그래요. 어찌될지 모르니까 하여튼 내복이나 입고 가라고 웃으면서 그래요. 그래서 제 나름 준비하고 있다가 정보부 차가 와서 탔더니 남산으로 해서 외교구락부로 가더라고요. 2국장 등 몇 사람 나와서 점잖게 이야기를 했는데 내용은 협박인 거죠. 아주 객관적으로 이야기하는 것처럼. 정권실세들을 지칭할 때 "저 사람들은…" 이렇게 이야기해요, "저 사람들은 한강 다리를 건널 때 목숨을 바친 사람들이다. 목숨을 바친 사람들하고 싸울 수 있습니까?" 이러는 거예요.

그런 협박에 대해 면전에서 제대로 답하기도 어렵지 않나요?

"네, 저희 신앙인들은 모두 순교적 결단이 있습니다. 지학순 주교님이 구속된 후 학생들과 시민들의 석방을 위해서 우리가 노력할 때에는 저희들도 나름대로 사제적 결난을 내립니다. 순교석 결단이라고 합니다." 뭐 이러면서 저 나름대로 부드럽게 대답하려고 했지요. 정보부에선 사제단의 구성요소라든지 어떤 생각을 하는지 등을 파악하기 위함이었던 것 같아요. 그동안 제가 앞에 노출되지는 않았는데, 그 사람들은 '이 사람이 실무적으로 움직이는구나' 하고 자기들 나름대로 파악했더라고요.

그런데 짧은 기간에 어떻게 전체 800명 신부 중 500명이 서명할 수 있나요? 그 시점 이전에 이미 충분한 교류와 연락이 있었나요?

저희 때는 가톨릭 신학교가 하나였어요. 그래서 전국 사제들끼리 서로 다 압니다. 다 한 학교 출신이니까 동창이죠. 광주신학교가 생긴 것은 1960년대 후반이고요. 그러니 전국에 우리 네트워크가 잘 되어 있습니다. 각 교구마다 대표를 정하고, 그 교구 대표가 각 교구 신부들을 파악하는 식으로 연락망을 짰기 때문에 쉽게 모일 수 있었습니다. 또하나는 지학순 주교님이 우리 신학교 교수 신부님이셨고 우리 은사이고 교구장이니, 그분의 석방을 위해 일하는 것은 너무 당연한 것이기도 했어요. 그러니 모이는 것은 어렵지 않았어요. 또한 그 이면에는 유신정권이 맘에 안 들지만 "아니오."라고 말을 할 수 없었는데, 지 주교 구속이 바로 그런 "아니오."를 말할 수 있는 계기를 만들어주었던 거죠. 그런 의미에서 쉽게 모일 수 있었습니다.

김지하(金芝河)의 여러 글을 보면요. 정권이 학생들의 반정부활동(민청학련)에다가 반국가활동(인혁당)으로 연결시켜 프레임을 짜내니, 본인이 이를 전환하기 위해 지학순 주교와 재야인사들의 자금지원 사실을 터뜨려 운동의 방향을 전환시켰다고, 그래서 지 주교를 매개로 가톨릭 전체를 반정부세력으로 끌어들이자고 생각했다고 적혀 있어요. 그래서 옥중에서 재야인사들의 지원 사실을 남김없이 불고, 학생들도 아는 인사들을 있는 대로 불어서 정권을 아주 당혹케 했다는 취지의 증언을 가끔 합니다. 어떻게 생각하시는지요?

김지하 씨는 그 나름의 생각이 있었겠지요. 저는 김지하를 1975년 2월에 가석방된 후 만났는데, 그의 얘기는 자기 생각이겠죠. 저는 저 나름대로의 상황인식과 해석이 있고요. 다만 지 주교를 끌어들이는 슬라

이딩 태클 전술을 구사했다라는 식의 말은, 그동안 어려운 처지에 있던 그를 이끌어주고 감싸준 주교님에 대해 할 말이 아니라고 봐요.

제가 보기엔 지학순 주교님이 교회 안에서는 외로운 분이에요. 우선 원주교구가 가난한 교구입니다. 그래서 독일에서 많은 도움을 받아갖고 사회개발 등의 일을 많이 하셔서 제법 탄탄한 교구가 되었지요. 거기서 김지하 씨도 같이 일하고 다른 역량있는 분들도 일했고요. 다른 한편 지 주교님의 개성이 강하신 탓에, 또 서울교구를 아주 원색적으로 비난하셨고요. "서울교구 신부들은 도둑놈들이다." 이런 식으로. 그 때문에 동창들은 지 주교님을 인간적으로 안 좋게 대하는 거예요.

사실은 지 주교님이 구속될 때 중앙정보부에서 전국의 각 교구장에게 통보했다고 해요. 이런저런 이유로 "지학순 주교를 구속할 수밖에 없다."라고요. 그런데 중앙정보부가 그랬을 때, 분명하게 이의 제기한 주교들이 없었다는 거예요. '법이 그러면 할 수 없죠' 정도로만 반응하니까, 중앙정보부는 '아, 이건 다 묵인되었구나'라고 판단했고 결국 구속해도 문제없겠다고 해서 구속에 이른 거예요. 그리고 주교회의 내에서 김수환 추기경의 처지도 외로웠어요. 앞서 말씀드렸다시피 추기경은 서울교구가 아니라 마산교구에서 왔고, 그래서 원군이 별로 없었던 거예요. 거기다 천주교는 원래 사회로 나서는 교단이 아니었기 때문에 정부 측에서도 아주 자신을 가졌었다고 해요. 그런데 완전히 뜻밖의 변수가 나타난 거죠. 30대 신부들이 결합하여 외칠 줄은 상상도 못했던 겁니다. 중앙정보부는 뜻밖의 변수에 허를 찔린 셈이고. 저희들이 해석하기론, 바로 이게 하느님의 묘한 섭리인 거죠.

다른 한편, 지 주교님을 되돌아보면서 반성하는 것은 '정말 친구를 많이 가져야겠다'는 겁니다. 지 주교님은 너무 강직하셨기에 동년배 신부님들과 주교님들에게서 외로웠던 거지요. 대구교구는 아예 노골적으로 안 도와줬거든요. 그게 늘 아쉬움이 있는 거죠.

30대 신부들의 놀라운 결집, 이는 중앙정보부로서도 전혀 예측하지 못했다는 거지요. 이렇게 결집한 요인에는 유신체제의 불의함이 극도에 달했다는 광범한 공감대도 있겠고, 서울 신학교의 끈끈한 유대관계도 작용했을 것이고요. 다만 '하느님의 묘한 섭리'로 해석하면 신학적으로 통용될 수 있긴 한데, 저로서는 뭔가 중간 단계의 설명을 세속적으로 해석해야 할 것 같습니다. 어떻게 2개월 사이에 그토록 맹렬하게, 일사천리로 결속을 이루면서 정의구현사제단을 탄생케 했을까 하는 비결 말입니다.

시대적인 응답인 것 같아요. 박정희의 불의함과 부당함에 대해서는 모두 다 공감하고 있었지만 말을 꺼내지 못했거든요. "임금님 귀는 당나귀 귀."라고 말만 못했지 그런 의미였던 것 같아요. 근데 아쉬운 게, 이른바 속전속결로 그때 역사가 정리되었어야 하는데, 친일잔재를 청산하지 못했듯이 유신잔재를 청산하지 못하니 몇십년이 지나서 박정희 찬양이나 우익 반동이 오는 거예요. 이게 기가 막혀요.

민청학련 39주년 모임(2013)에서 당시의 주역들이 "사람들이 유신체제에 대해, 민청학련사건에 대해 잘 알지도 못한다. 역사 정리가 잘못되었다."라고 탄식하는 것을 들었습니다. 그 말에 공감하면서도 뭔가 다른 생각이 일어나는 것을 느꼈습니다. 다른 분들은 그렇게 말할 수 있지만, 이분들은 역사의 주역이었고 이후 국회도 가고 청와대도 갔는데 국민의 역사 무지에 대해 왜 남 탓을 하느냐는 겁니다. 단순히 그때가 어떻다는 옛날이야기에 머물지 않고, 현재와의 관계 속에서 유신체제가 어떤 맥락과 의미를 갖는가를 생각하고 후대에 다양한 방법으로 다가가는 노력들을 더 해야 했던 것 아닌가, 역사적 사실을 화석화하거나 그냥 로맨틱하게 정리해버리고 넘어가버린 게 아닌가 생각했습니다. 물론 현실이 답답하니까 하는 소리입니다만.

다시 본 이야기로 돌아가서, 중앙정보부는 정의구현사제단이 도대체 어떻게 구성되어 있는가에 대해서도 의아해했을 것 같아요. 당시까지 통상의 조직은 피라미드 형태잖아요. 대표가 있고, 대표 밑에 총무, 뭐 이렇게 삼각형 모양으로요. 그런데 사제단은 그런 형태의 조직이 아닌 것 같아요.

그래요. 중앙정보부가 우리의 실체를 파악할 수 없었습니다. 중앙정보부에 종교과가 있는 게 이례적인데 바로 우리 때문에 만든 겁니다. 그때부터 천주교 신부님 파악하고, 목사님들도 파악하고. 여러 차례 정보부에 끌려 다녔는데 처음에는 저도 많이 두려워했어요. '정말 죽었구나' 마음속으로 기도하면서 갔는데, 그분들이 "여보쇼, 여기 사람들 뿔 있소?" 그러는 거예요. 자기들이 먼저 그래요. 조금 지내고 마음을 놓으면서 자신감을 가졌죠. 대화하면서 똑바로 쳐다봤더니, 똑바로 쳐다본다고 뭐라 그래요. 저는 눈을 바라보라고 했으니까 바라보고 이야기를 하는데… 그들은 저희들을 데려가서는 '우리가 인간적으로 대한다. 고문할 일이 없다. 아주 법적으로 조사한다'라는 것만 이야기하는 거예요. 우리가 '중앙정보부가 고문했다. 철폐하라'고 주장하니까 그것에 대한 반론을 제기하는 거예요. 그래서 속으로 우리 사제들한테는 막 대하지 않는구나 생각했어요. 중앙정보부가 고수죠.

지학순 주교님이 양심선언 할 때 그 선언문을 타자로 친 수녀님이 계세요. 그 수녀님이 체포되어 중앙정보부에 끌려가니까 마음이 아파서 밤새도록 기도했어요. 그 수녀님이 교사 출신이에요. 수녀가 아무것도 모르는 줄 알고 "당신 유신헌법이 뭔지 알아?" 하고 추궁했대요. 그런데 수녀님이 유신헌법도 훤하고, 긴급조치도 잘 아는 거예요. 그때 교사들은 다 외워야 했어요. 너무 잘 아니까, 중앙정보부에서 깜짝 놀란 거예요. 다음 날 아침에 그냥 나가라고 했대요. 수녀는 타자 친 일밖에 없으니까. 이렇게 수녀님들도 고생했는데 그럴 때는 막 긴장이 되었죠. 오랜 시간이 지나서 자신감이 생겼지만, 처음에는 사실 많이 긴장되고 떨렸는데, 그때마다 신학교에서 배운 기도, 십자가의 예수님께 기도하면서 이겨냈어요.

이럴 때 하는 특별한 기도 형식이 있습니까?

'화살기도'라고, 짧게짧게 화살처럼 하느님께 빨리 간다고 해서 '화살기도'라고 해요. 마음속으로 바치는 짧은 기도예요.

그 당시 분위기를 살려서 하나 예를 들어주세요.

"예수님 도와주십시오. 용기를 갖게 해주십시오. 비굴하게 하지 않게 해주십시오. 떳떳하게, 당당하게 하도록 해주십시오." 이렇게요.

「순교자의 찬가」는 어떻게 됩니까?

"장하다, 순교자 주님의 용사여. 높으신 영광에 불타는 넋이여. 칼 아래 쓰러져 백골은 없어도 푸르른 그 충절 찬란히 살았네. 무궁화 머리마다 영롱한 순교자여, 승리에 빛난 보람 우리게 주옵소서!"

참, 사제단의 월요 미사는 누가 어떻게 개최할 수 있습니까?

그 당시는 지 주교님의 석방을 위해서, 민주주의와 인권을 위해서, 미사를 봉헌하면 그냥 다 할 수 있었어요. 모일 성당을 택하면 그 교구 신부들이 주관을 하죠. 예컨대 광주에서 남동이면 남동, 북동이면 북동, 빌려놓으면 우리가 거기로 다 가죠. 신자뿐 아니라 외부에서 목사님들도 많이 오셨어요. 명동 같은 데는 몇천 명이 모이기도 하고요. 그냥 성당 바깥에도 서 있고. 거기 와야 진짜 뉴스를 들으시니까 신자 아닌 분들도 많이 왔어요.

제가 1977년에 대학을 들어갔는데, 모든 집회가 금압되고 위축되어 있으니 그런 분위기를 거의 느낄 수 없잖아요. 그에 비하면 74년 여름과 가을은 대단했네요. 지 주교 석방 주장으로부터 시작하여 일반 구속자 석방으로 확대하지 않았습니까. 교회로부터 사회로 나오는 첫 비약인 셈인데, 그러한 비약은 하루 사이에 순탄하게 되었습니까?

네. 그렇게 어렵지 않았지요. 지 주교님 석방이 항상 먼저였는데, 그날 7월 10일에 잠시 풀려나오셨을 때 우리의 첫 깨달음이 있었던 거죠. 지 주교님이 석방되었다고 멈추면 되냐, 다른 학생들은 아직 감옥에 있는데… 그날 그게 좋은 신호였던 것 같아요. '우리가 지 주교님 석방만을 위해서 모인 것이 아니다. 지 주교님의 석방만을 위해서 한다면 사랑의 보편성에 어긋난다. 너무 소아적이지 않냐. 자기 주교 석방만을 위해서 기도하는 것은 너무 이기적이다' 같은 깨달음을 얻으면서 자연스럽게 요구가 확장된 거죠. 다만 아까 말씀드린 인혁당 관계자들과 함께할 때에는 어려움이 있었어요. 국가보안법으로 몰아가니까요. 그러나 저희 사제들이 신자들한테 호소할 때는 '아, 이분이 신자다', 이렇게 접근하는 게 훨씬 쉽고, 그렇게 해서 자연스럽게 외연을 확대했지요. 또 성경에서도 착한 사마리아 사람의 비유라든가, 마태오 25장 31절 이하의 "네 형제 중에 지극히 작은 자 하나에게 한 것이 곧 내게 한 것이라."라는 구절이 있어요. 새로운 눈으로 바라보니까 성경에 대한 사회적 해석이 저절로 이루어지는 거예요.

착한 사마리아인의 비유, 최후의 심판 구절들은 성당이나 교회에서 늘 인용하는데도 새삼스럽게 다가오네요. 늘 읽으면서도 사회적 의미를 놓치거나 일부러 빼놓고 읽고 있었던 건가요?

물론이죠. 다만 사회적 해석까지는 가지 못한 채, 자선적 차원에서만 해석하고 접근했던 것 같습니다.

민주회복국민회의 대변인

개인적이고 자선적인 착함으로부터 사회정의에 기초한 착함으로 진일보한 것 같습니다. 이렇게 되면 월요미사에서 읽히는 성경 한 구절 한 구절이 새롭게 쑥쑥 들어올 것 같습니다. 그러면서 1974년 하반기에 신부님 자신의 활동영역이 짐짐 확대되어가지 않습니까. 우선 '민주회복국민회의' 대변인으로 활동하시게 되는데요. 그때 민주회복국민회의는 결성되자마자 관련자들이 막 잡혀가고 그러지 않습니까. 홍성우 변호사님한테 들으니까 그분도 중앙정보부에 3일간 연행당해 고초를 치렀더라고요. 사무총장 직에서 사퇴하라는 압박을 받으면서요. 제가 홍 변호사님께 "함 신부님은 왜 그때 안 잡아갔습니까?" 하고 물었더니, "신부님이니까 안 잡아갔겠죠." 하는 답을 들었는데요. 민주회복국민회의에 참여하여 어떤 일을 하셨습니까?

정의구현사제단이 결성되었는데, 변호사들이 보기엔 종교인들의

민주회복국민회의 대변인 시절의 함세웅.

역량은 좋지만 더 영향을 주기 위해서는 역시 정치인이 함께하는 그런 모임이 있어야겠다는 거예요. 그래서 변호사들이 물밑작업을 해서 각 분야 71명의 서명을 받아 민주회복국민회의(1974년 12월 25일 창립총회)를 만들었어요. 저희들은 그때까지 외부와 막혀 있었기 때문에 현실을 잘 모르는데 사제들이 꼭 함께해야 한다고 하니까 윤형중(尹亨重) 신부님, 신현봉(申鉉奉) 신부님, 그리고 저 이렇게 몇몇이 회원으로 들어갔는데, 만드시는 분들이 꼭 윤형중 신부님을 상임대표로 모셔야 한다고 하더라고요. 사실 1974년 그 시기에 목사님들은 다 저희들 은 사뻘이에요. 문익환(文益煥), 문동환(文東煥) 목사님 이런 분들이지요. 그런데 우리 사제들은 선배들이 없어요. 저희 또래에다 몇년 선배밖에요. 그래서 제가 우리 선배 신부님들을 많이 찾아다녔지만 이에 응하시지 않는 거예요. 그러니 너무 답답해요. 그런데 윤형중 신부님이 은퇴하여 원로사제로 계셨어요. 바깥 사회에서 윤형중 신부님은 굉장한 석학으로 알려졌지만 교회 내에서 볼 때는 그저 한 사람의 은퇴한 신부님이에요. 그 신부님을 모시기가 조금 죄송하더라고요. 그런데 바깥 분들은 은퇴 여부는 상관없다는 거예요.

그래서 제가 윤형중 신부님께 갔어요. "신부님, 저는 어린 신부이고 이러이러한 일이 있는데 신부님이 우리 대표가 되셔야겠습니다." 그랬더니 "야, 내가 아픈데 뭘 하냐?"고 하세요. "그래도 다른 분들이 신부님을 모셔야 한다고 했습니다." "그러면 이게 가톨릭 선교에 도움이 되냐?" 그래서 제가 얼른 "신부님, 이보다 더 큰 선교는 없습니다. 이게 바로 선교이며 하느님 나라를 선포하는 것입니다."라고 말씀드렸더니 "그렇다면 마땅히 해야지!" 하시곤 저에게 모든 걸 맡기셨어요. 제가 윤형중 신부님 함자를 받아왔더니, 윤형중 신부님을 단체 상임대표로 모시자고 그래요. 편찮으시지만 천주교 원로사제이고, 지학순 주교님을 구속시킨 것만도 시끄러운데 또 사제를 구속시킬 수는 없을 거라고 본 거예요. 그리고 윤형중 신부님이 상임대표가 되니 그를 보필하기 위해, 제가 사제니까 대변인을 해라 하여 대변인이 된 거고요.

제가 홍성우 변호사님께 그랬어요. "저는 정말 세상을 모릅니다. 변호사님이 다 하세요. 그러면 제가 심부름하겠습니다." 홍 변호사님이 사무총장이니까. 그분은 신수가 훤하고 능력도 대단하잖아요. 우리가 보기에 굉장했으니까. 황인철(黃仁喆) 변호사님이 옆에서 도와주시고 홍성우 변호사님이 역할 맡으시고… 그러니 민주회복국민회의를 결성하자마자 이분들은 늘 정보부에 끌려다니는 거예요. 하루는 저를 보자고 하더니 장부하고 50만원을 저에게 주시며 "이거 우리가 못 가지고 있겠다."고 해요. 돈은 자기들끼리 냈고, 저희 가톨릭은 돈을 낸 적도 없는데, 50만원을 주시면서 이거 신부님이 보관하라는 거예요. 정보부에서 장부부터 압수해가고 추궁하니까요. 그래서 그 장부를 윤형중 신부님 방에 갖다두었지요.

그때만 해도 중앙정보부에서 함 신부님을 1급 위험인물로 보지는 않았던 건가요?

그럴 수도 있고요. 신부는 사회적인 활동을 우선시하는 사람이 아니니까 우선 변호사 쪽을 어떻게 해야겠다, 그래서 분리시켜놓은 것 같아요.

인혁당사건 조작을 폭로하고
피해가족과 함께하기

이제 인혁당 사건 부분으로 넘어갈까요. 응암동성당과 인혁당과 신부님의 관계는 어찌 됩니까?

그때 명동성당 안에 가톨릭출판사가 있었어요. 출판사 사장이 김병도(金秉燾) 신부님인데 미사 순서, 성명서 등의 인쇄물은 모두 거기서 찍는 거죠. 당시 모든 출판사는 감시대상인데, 가톨릭 내 출판사고 성당 건물 내에 있으니까 통제를 덜 받은 셈이지요. 그 출판사 수녀님들이 많이 도와주셨고, 원주교구 신부님들도 명동에 기거하시면서 도와주셨죠. 인혁당 관련 가족들이 오셔서 거기서 쉬면서 사람들을 만나기도 했고요. 거기선 사실상 신변이 보장되니까요.

저는 인혁당 사건 자체는 잘 몰랐어요. 공산주의자라고 하도 선전해대니까 그런가 했는데 그 가족들, 부인들이 절대 아니라고 하시는 거예요. 듣다가 정말 아닌가 싶어 이쪽 변호사님께 물어보면 '아, 그건 상관 말라' 그래요. 인혁당 말만 나오면 무척 조심스러워하면서 상관하지 말라는 거예요. 그때 그걸 들으면서 도대체 이게 어떻게 되는 건가 의아해하다가, 10월 24일인가 연희동성당에서 지역 미사를 할 때에 제가 '인혁당 사건은 조작'이라고 강론을 했어요. 제가 말하고 싶더라고요. 밑도 끝도 없이, 그냥 강론 때 하는 거니까.

다음 해에 처형당한 우홍선(禹洪善) 씨의 경우는 육군 대위로 전역하신 분이래요. 우홍선 씨 부인에게 우리가 성당에서 말할 시간을 드렸어요. 직접 호소하는 게 더 좋을 것 같아서요. "제 남편이 억울하게 공산주의로 몰리고 있다."라고 이야기하면서 그분이 이렇게 예를 들더라고요. "내 남편이 공산주의라면 광화문 네거리에서 총살을 시켜라. 그런데 하나의 조건이 있다. 꼭 공개재판을 해야 한다. 공개재판을 통해서 내 남편이 공산주의자라는 게 확인만 된다면 공개 처형해도 좋다." 나중에 알았는데 인혁당으로 조작된 관련자들의 전체적인 친분관계가 사실과 다르더라고요. 또한 재판기록이 조작되었대요. 법정에서 "아니오." 그랬는데 "예."라고 쓰는 식으로. 처음엔 이런 법정기록 조작 등의 몇가지 사례를 갖고 철야기도를 하다가, 인혁당이라는 사건 자체가 조작이라는 쪽으로 나아갔어요. 당시에 신중하게 접근한 친구들은 대응이 좀 빠르지 않느냐는 얘기도 했었죠.

그 당시 제가 응암동성당에 있었는데, 인혁당 가족들이 갈 데가 없으니까 늘 오시면 성당에서 주무시고 그랬어요. 같이 식사도 하면서 늘 '조작간첩' 등등의 얘기를 들었지요. 맘이 아프잖아요. 한두살 갓난 애기까지 업은 엄마도 있었으니까. 또 엄청나게 고문당했다는 이야기를 들으면서 이분들을 구해야겠다고 생각했고요.

인혁당 사건은 학생운동(민청학련)의 배후에 북한의 지령을 받은 인민혁명당 재건위원회가 있다고 중앙정보부에서 각본을 짜서, 소위 인혁당 관계자에게 처참한 고문을 가하고, 군법회의에서 재판을 했지요. 변호인이 제대로 변론할 기회도 박탈하고, 구치소 접견도 못하게 하고, 공판조서도 허위 기재하고, 이렇게 적법절차를 철저히 파괴하면서 결국 사형판결을 내린 사건이지요. 한국 사법부 역사상 가장 부끄러운 재판 제1호로 꼽히고요. 하도 간첩, 빨갱이로 몰린 탓에, 민청학련 학생들을 변론하는 변호사들도, 원래 서로 관련도 없는 인혁당 관련 사실을 떼어내려고 했습니다. 그러다 보니 인혁당 관련 가족들은 어디 하소연할 곳도 없었는데, 함 신부님이 성당에서, 미사에서 감싸 안아주셨네요.

처음부터 제가 주도적으로 나선 건 아니고요. 이 사건과 관련해서는 오히려 선교사들이 주도적으로 나섰어요. 아무래도 선교사들이 우리들보다 더 자유로우니까요. 오글(Gcorge E. Ogle) 목사님, 시노트 신부님이 앞장섰지요. 시노트 신부님을 대표로 하면서 우리가 자료를 정리해서 인혁당 진상 보고서를 만들었고요.

그로부터 10년 전의 1차 인혁당사건 소식 또한 알게 되었어요. 1964년 한일회담에 반대하는 학생운동이 거세지니까 6월 3일 계엄령을 선포하고 학생들을 잡아가두면서, 그 배후에 인혁당이 있다고 대대적으로 발표했대요. 그런데 당시엔 검사들이 정보부의 발표 그대로 기소하기를 거부했어요. 북한과 연계되었다는 증거가 전혀 없으니까요. 그렇게 공안부 검사들이 소신껏 버티다 못해 공안부장(이용훈)이 옷을 벗었고, 그런 소식이 퍼져가면서 결국 나중에 기소했어도 중형을 선고하지 못했어요. 날아가는 새도 떨어뜨릴 기세였던 중앙정보부에서 망신을 당한 겁니다. 그때 실패한 사건에 대한 보복으로 10년 뒤에 인혁당 재건위 사건을 날조했다는 거예요. 사건의 전모를 조금씩 알아가면서 그 실체에 접근하게 되었던 거죠.

성서에 나오잖아요. 억울한 사람들, 그중에서도 과부와 고아의 호소를 잘 들으라고요. 인혁당 사건 관련 부인들이 억울함을 토로했고, 더군다나 중앙정보부에 끌려가서 최음제를 맞았다든지 하는 것들… 당시 특히 시노트 신부님이 정말 애쓰셨어요. 선교사로서 애쓰시는 것이 저희를 좀 많이 움직였어요.

10월 24일 연희동에서 인혁당 사건은 조작이라고 강론하셨다고 했는데, 그에 대한 파문은 없었습니까?

당시 여러 지구를 돌면서 각 지구 기도회를 했어요. 연희동에서 할 때 강론을 맡았으니까 그걸 언급한 거죠. 무슨 확실한 근거를 갖고 이야기한 게 아니라 직감적으로 엄마들 이야기를 듣고 그냥 한마디 던진 거죠. 성당에서 강론한 걸 갖고 중앙정보부에서 문제 삼지는 않았어요.

구속자 가족 중에서도 태도의 차이가 납니다. 민청학련 가족들은, 민청학련과 실제 관계가 없는 인혁당하고 자꾸 억지로 연결을 해서 민청학련 학생들에게 빨갱이 낙인을 찍고 형을 가중하려 드니까 인혁당과 연관을 갖지 않으려 하고, 인혁당 쪽은 완전 빨갱이로 몰린 터라 민청학련 학생들과 붙어야 살 수 있지 않을까 하여 민청학련 가족들과 함께 탄압을 규탄하고 싶어했어요. 그 사이에서 모두가 마음고생을 적지 않게 했다고 들었습니다. 다른 한편으로 신부님들은 지 주교 구속으로부터 출발해서 다른 구속자의 석방 주장으로 연대의 폭을 넓혀가고, 더 나아가 인혁당 가족에게까지 손을 뻗치는 이런 모습을 취하잖아요. 참 대단하고 아름다운 모습이지만, 당시엔 아주 어려운 일이었고 또 신부님들 사이에서도 그 정도까지 나가야 할까에 주저함도 있었을 것 같네요.

주저함이 있긴 했지만 그렇게 강하지는 않았고요. 가톨릭은 어찌 보면 독재체제이기 때문에 (웃음) 저희가 주도해서 진행하면 타 교구 신부님들은 '저들이 잘 알아서 하겠지' 하면서 또 잘 따라와요. 신뢰도 있고, 독재문화의 모습도 있고, 그 대신 책임은 또 저희들이 지니까.

1975년 4월 8일인가요. 그날 대법원에서 사형이 확정되었는데, 판결이 공표되기 전에 이미 그 집행 준비에 들어간 것 같아요. 그래서 바로 다음 날인 4월 9일 새벽부터 사형이 집행되었고요. 그 시신을 함 신부님이 본당 사제로 있던 응암동성당에 안치하려 했다고 들었습니다. 그 전후 정황이 궁금합니다. 그런 사태 진행을 예기하고 계셨던가요?

아니, 그렇지 않아요. 저희들은 사실 사형이 집행되리라고 예상하지 못했지요. 가족들이 불안해했는데 우리는 "안전할 겁니다." 그랬어요. 우홍선 씨 부인 같은 경우는 지금도 저를 만나면 "책임지세요. 안 죽는다고 했잖아요."라고 해요. 저희가 그랬거든요. 그게 참 마음 아프죠.

여덟 분의 시신을 모셔다가 장례를 가능한 한 같이했으면 했는데, 가족들마다 뜻이 다르니까 멀리 대구에 계신 분들은 개인적으로 모셔가고 그랬어요. 하여간 처음에는 여덟분을 같이 모시자는 의견을 원주 신부님이 주셨어요. 준비할 수 있느냐고 해서 제가 성모병원 영안실에 알아봤습니다. 담당자가 알아보겠다고 그러더니 얼마 뒤에 전화해서는 안 된다고 그래요. 왜냐하면 인혁당 관련자인 것을 아니까. 항의도 해봤지만 안 된다는 것을 번복할 수는 없었고, 그렇다면 응암동성당에서 하자 결심했어요. 여덟분을 잘 모시기 위해 응암동성당의 지하 강당에 영안실을 가지런히 잘 꾸며놨죠. 그런데 그게 생각보다 복잡하더라고요. 결국에는 송상진(宋相振) 씨 가족들만 시신을 성당에 모시겠다고 해서 모시려고 한 거예요.

구체적인 과정은 어떻게 되는 것인지요?

신부님들 또 목사님들의 말씀을 듣고 응암동에 모실 준비를 했어요. 화장을 원하면 화장을 해드리겠다고 했고요. 가족 분들을 위해 미사를 다 준비했는데, 사망자 사이의 시차가 있으니까 말씀드린 것처럼 다른 곳으로 이미 모셔가신 분도 있었고요. 송상진 씨만 그 부인께서 성당으로 모시겠다고 하셨어요. 차를 서대문교도소에 보냈고 본래 사람들은 벽제 화장터 쪽으로 가는 줄 알았는데, 가족들이 일단 성당으로 가자고 했어요. 녹번동까지 코스가 막히지 않고 괜찮았는데 녹번동에서 또다시 응암동으로 들어오니까 차가 안 가는 거예요. 앞에선 경찰이 막아 섰고요.

목사님들과 신부님들, 몇백명이 차를 둘러싸서 한시간 동안 서로 대치하다가 안 되니까 문정현(文正鉉) 신부님이 씹던 껌을 자동차 열쇠

구멍에 집어넣어서 시동이 안 걸리게 했어요. 그러니까 경찰이 견인차를 불러 영구차를 끌고 갔어요. 그 과정에서 문정현 신부님이 다리를 좀 다쳤습니다. 차 밑에 들어가고 뭐, 이러느라고 차에 꼈거든요. 이해동(李海東) 목사님, 시노트 신부님도 현장에 계셨고. 참 마음이 아팠어요. 영구차를 빼앗기고 허탈감에 멍하니 있다가 우리 성당으로 가서 돌아가신 분들을 위해 기도하고 예배했지요. 목사님들하고 같이 연합 기도 예배로 올린 거죠. 그 과정은 시노트 신부님 책 『1975년 4월 9일』 (김건옥·이우경 옮김, 빛두레 2004)에 상세히 나와요. 원래 신부님이 책 제목을 그렇게 지으신 것은 아닌데 한국어로 옮겨서 낼 때 제가 그렇게 지었어요. 거기에 그날의 상황이 가장 자세히 나옵니다.

그러면 4월 9일 인혁당 형사자(刑死者) 8인 중에서 유족들의 뜻대로 이쪽으로 가라면 이쪽으로 가는 식으로 했는데, 송상진 씨만 벽제 화장터로 가는 것을 서로 알고, 녹번 삼거리에서 응암동으로 가려니까 못 가게 막아서 결국에는 벽제 쪽으로 가서 강제 화장시켰다는 이야기지요? 여덟 명이 각각 다른 곳으로?

예, 또, 이수병(李銖秉) 씨 같은 경우는 본인 집으로 모셔갔어요. 바로 녹번동이 집이어서요. 선교사님 한분이 저보고 돌아가신 분들 사진을 꼭 찍어놓으라고 그래요. 고문당한 분들은 돌아가신 뒤에도 그게 피부에 꼭 나타난대요. 제가 의사한테 말씀드려 사진사 데리고 이수병 씨 집에 가서 시신 깨끗이 닦은 다음에 사진 찍고 그랬습니다.

그 사진, 남아 있습니까?

당시엔 그 사진이 방송에 나갈 수가 없어 훗날 1990년대에 기자에게 줘서 방송에도 나가고 그랬는데, 지금은 행방을 모르겠어요.

인혁당에 대한 특별한 관심은 사제단 전체의 뜻이라고 보기는 어렵습니까?

전체 뜻으로 봐도 괜찮을 것 같은데요. 결정은 저희들이 했지만 사제단 이름으로 발표했고, 저희들이 진상조사단도 꾸렸고, 원주 신부님들도 같이했으니까요. 구체적인 내막은 다른 신부님들이 모르시겠지만, 전체의 뜻으로 봐도 별 문제는 없을 것 같습니다.

그 시점에서 중앙정보부에 직접 화살을 겨누지 않습니까. 1973년 10월 서울대 법대의 최종길(崔鍾吉) 교수가 정보부에 끌려가 심문받다가 사망하는 비극이 있었는데, 그 진상을 당국은 최 교수가 간첩인 사실을 자백하고는 스스로 가책을 못 이겨 자살한 것으로 조작 보도하고 끝내버립니다. 제도권 언론이 침묵하는 가운데, 정의구현사제단 이름으로 최종길 교수의 사인(死因)을 발표하고 정부를 추궁하는 발표를 한 것으로 압니다. 당시 정보부에 근무했던 최종선 씨가 최종길 교수의 동생이어서, 가톨릭의 비호하에 진상은 이렇다 하는 기록을 남겼고 정의구현사제단에서 그것을 발표하지 않았습니까?

그렇습니다. 저희들이 1974년 정의구현사제단을 결성하는 과정에서 그 일이 있었는데요. 9월 10일쯤인가 시노트 신부님한테 들었어요.

최종길 교수님이 의문사 당한 걸 아느냐고 하시는데, 저는 1년 가까이 지났는데도 몰랐어요. 그랬더니 『워싱턴 포스트』 기사를 보여주면서 알려주시더라고요. 그로부터 자료를 모아 그해 12월 10일 세계인권선 언일에 처음으로 언급하고 12월 18일 문정현 신부님이 명동성당에서 최종길 교수님의 고문치사에 대한 문제점을 전부 공개했죠. 그러니까 국내 신문에는 사건 발생 후 1년 2개월 뒤에야 기사가 난 거죠.

그해 겨울쯤 최종선 씨가 몰래 저를 찾아왔어요. 저도 놀랐죠. 자기가 중앙정보부 감찰부 직원이라고 그래요. 사실은 자기가 형을 대동해 남산 정보부로 갔노라고. 사건 직후에 일부러 정신병원에 입원해서 사건 전말을 기록해둔 비밀수첩을 나에게 건네줬어요. 이 비밀수첩을 제가 갖고 있다가 수녀원에 맡겼고요. 1988년에 이르러 『평화신문』 나올 때인데, 사건 후 15년이 지나면 공소시효가 끝난다고 해서 그 시효가 끝나기 전에 검찰에 수사를 촉구했죠. 수첩에 있는 전체적 내용은 『평화신문』에 공개하고요. 그분은 지금 미국에 이민 가 계시고…

최종길 교수의 아들이 최광준 교수인데요. 최광준 교수의 어미니를 제가 늘 만났는데, 그분도 어려우셨을 텐데 서로 고맙다고 인사하고. 나중에 광준이는 유학 갈 즈음에 세례를 받았고. 그다음 최종선 씨가 이민 가겠다고 해서 자료 다 받아가지고 검찰에 15년 되기 전에 이의 제기를 접수시켰죠. 참, 그것도 눈물 나는 이야기예요.

최 교수의 동생 최종선 씨가 정신병동에서 자기가 알고 있는 내용을 다 썼다는 건가요?

네, 거기서 썼고, 그것을 저한테 줬어요. 최종선 씨는 그 당시에 망명까지 하려고 했어요. 그래서 선교사 신부님을 통해서 미 대사관에 알아봤어요. 그때는 선교사하고 미 대사관하고 가까웠으니까. 그런데 미 대사관에서 부담을 느껴 안 받아주더라고요. 결국 망명을 포기했죠. 그 수첩을 비밀리에 간직하고 있다가 1989년 『평화신문』에 공개할 때 김정남(金正男) 씨에게 건네주었습니다.

최종선 씨도 얼마나 고심했겠습니까. 비밀수첩을 만들었다고 해도 도대체 이를 어디에 전달하고 어떻게 보관하나. 여러 선택지 중에서 함 신부님을 고르신 이유는요?

명동성당에서 진상조사 결과를 발표한 걸 보고, 또 제가 사제단에서 실무 보는 것을 아니까요. 그분이 나중에는 천주교 신자가 되셨어요. 하여간 사제들은 교육받을 때부터 비밀 하나는 잘 지켜요. 우리 때문에 다른 사람이 피해가 가면 안 되니까, 그건 목숨 걸고 지키니까.

신부들은 고백성사에 대해 비밀을 유지하는 훈련 같은 걸 합니까?

고백에 대한 비밀은 목숨을 걸고 지켜야 한다고 신학교에서 배웠지요. 고백 내용의 비밀을 지키기 위해서 순교하신 분들도 많이 계세요. 그것은 순교로써 지켜야 한다고 교육을 받았어요. 그것을 깨는 것은 사제로서 자격 상실이기 때문입니다. 그 부분은 사제들에게는 체화되어 있습니다.

그러면 비밀수첩을 받았을 때, 진실 가치가 클수록 위험한 것일 수도 있는데, 이건 어떻게 보관해야겠다는 생각이 어떻게 흘러갑니까?

귀중한 문건이니까 잘 보관했다가 언젠가 모든 진실을 밝혀야겠다고 생각했어요. 그분도 처음에 왔을 때 정말 두려웠을 거잖아요. 그분 눈동자가 막 왔다갔다 하는데, 저는 저대로 그가 중앙정보부 감찰부에 있었다니까, 어쨌든 형님을 위해, 진실을 밝히기 위해 저 신뢰하는 것에 대해 고마움과 함께 책무를 다짐했었습니다. 정보부원으로서 자기 형을 직접 모셔갔고, 어떻게 죽었고, 장례까지 공개적으로 치르지 못한 배경 같은 것… 그 때문에 형수한테 받은 오해도 있고요. 참으로 듣기 어려운 내용인데요. 참 기가 막힌 아픔이죠. 어떻게 이런 일이 있을 수 있는가.

수첩과 함께 또 상세한 내용의 고백 성사도 함께했습니까?

그분은 신사가 아니니까 고백과는 상관없는 일입니다. 다만 제가 전문가는 아니지만 미국에서도 정보국 등에서 정보조작을 무수히 하지 않았습니까. '이게 현실이구나' 하는 것을 깨달으면서 세상을 좀더 알게 된 거죠. 그때는 30대 초반이니까 담대함도 더 있었던 것 같고. 두렵기보단 마땅히 해야 할 일이라 여기며 접근했어요.

한국에 오신 지 불과 1년 사이에 시대의 짐을 고스란히 떠안은 셈이네요.

시대의 짐까지야 되겠습니까.

제가 보기엔 그런데요. 한 시대의 짐을 온몸과 마음으로…

　다만 한가지, 기록할 내용인지 아닌지 모르겠는데요. 제가 30대 시절 민주회복국민회의 대변인 할 때 정말 우리나라에서 유명한 정치인, 종교인, 지성인을 두루 뵙게 되잖아요. 저보다 선배들인데 그때 가까이서 실체를 보면서 조금 놀란 부분들이 있어요. 구체적으로, 정치인 같은 경우에는 그날 중앙정보부에서 연행한다고 하면 모임에 안 와요. 뭘 어떻게 알았는지 안 오시는 거예요. 또 사진 찍을 때는 다 가운데 자리잡고 있는 거예요. 제가 어렸을 때 그것을 보면서 조금 빨리 세상 물정을 파악할 수 있었죠.

　가장 기뻤던 내용은… 민주회복국민회의 할 때 명동성당에서 회합을 많이 했어요. 다른 데는 다 차단시키니까. 명동성당 윤형중 신부님 계신 숙소 회합실에서 대표회의를 많이 했습니다. 첫 모임 때 윤형중 신부님하고 함석헌(咸錫憲) 선생님이 만나셨는데, 이분들이 과거에 유명한 논쟁을 벌인 적이 있어요. 그 지면논쟁으로부터 한 십여년이 지난 것 같은데, 함석헌 선생님은 수염을 허옇게 기르셨고, 윤형중 신부님은 머리를 깎으셨어요. 함석헌 선생님이 한살 위인데 두분이 그때 처음 만나신 거예요. 제가 소개해드렸어요. "신부님, 함석헌 선생님이십니다." "선생님, 윤형중 신부님이십니다." 하니 두분이 껴안고 소년처럼 기쁘다고 하시는 거예요. 어떻게 보면 윤형중 신부님과 함석헌 선생님은 민주화 과정을 통해 화해하신 거죠. 그 장면이 너무 아름다웠어요. 윤형중 신부님은 세상사를 많이 말씀 안 하시니까 뭐든지 결정되는 대로 하시라고 상징적으로 자리를 지켜주신 게 너무 고맙고요.

함석헌 선생과 마주한 함세웅.

그때 최종길 교수 사건의 진상규명을 촉구하는 성명서에 성경 구절을 인용한 게 있습니다. 혹 지금도 그것을 기억하십니까?

그럼요. "감춘 것은 드러나기 마련이고 비밀은 알려지기 마련이다." 마태오복음 10장 26절의 말씀입니다.

저는 평신도로서 성경의 한 구절이 갖는 힘, 그 경이로움에 빨려들어가는 느낌이었습니다.

예언자적 사명, 해방신학과의 만남

오늘은 4월 23일입니다. 그사이에 4·19가 있지 않았습니까? 서울대에서는 민주화교수협의회의 주도로 캠퍼스 내의 4·19탑으로부터 시작해서 두시간 동안 학생들과 교수들이 탑돌이를 했습니다. 관악캠퍼스 내의 민주화운동 기념비만 해도 20기 정도나 됩니다. 농생대 김상진 열사의 경우를 보니까, 1975년 4월 9일 인혁당 관련자의 처형이 있고 난 이틀 뒤인 4월 11일에 할복자살을 합니다. 그가 남긴 양심선언의 일부는 다음과 같습니다. "어두움이 짙게 덮인 저 사회의 음울한 공기를 헤치고 죽음의 전령사가 서서히 다가오는 것을 우리는 직시하고 있다. (…) 들어라! 우리는 유신헌법의 잔인한 폭력성을, 합법을 가장한 유신헌법의 모든 부조리와 악을 고발한다. 우리는 유신헌법의 비민주적 허위성을 고발한다. 우리는 유신헌법의 자기중심적 이기성을 고발한다. (…) 학우여! 아는가! 민주주의는 지식의 산물이 아니라 투쟁의 결과라는 것을. 우리는 하나가 무너지고 또 무너지더라도 무릎 꿇고 사느니 차라리 서서 죽을 것임을 재천명한다. (…) 저 지하에선 내 영혼에 눈이 뜨여 만족스런 웃음 속에 여러분의 진격을 지켜보리라."

이 양심선언이 새겨진 비문을 낭독하다가 끝내 다 읽을 수 없는 정도로 가슴이 먹먹해졌습니다. 당시 서울대의 역사로 들어가면, 4월 11일 김상진의 항의 자결이 있은 다음, 학교가 휴교합니다. 그러고서 5월 22일 거대한 학생데모를 하는데, 그때 데모하다 잡힌 학생들을 전부 제적시켜버렸어요. 제적생의 수가 100명이 넘습니다. 1학년 학생들에게도 가차없이 그랬고요.

위의 서울대 건만 하더라도 가톨릭이 관여된 사건이나, 함 신부님의 활동과 연관된 부분을 여럿 찾을 수 있을 거라는 느낌이 들었습니다. 아마 1975년과 76년 사이에 활동하신 것도 많을 것이고, 저희에게 들려주고 싶은 말씀도 무척 많을 것 같습니다.

저희 사제들이 역사현장에 뛰어들게 된 일차적인 계기는 지학순 주교님의 구속사건이지만, 실제로 사제단을 결성케 하고 저희들을 성당으로부터 세상의 역사 현장으로 이끌어낸 주역들은 그 당시 학생들이에요. 제가 강론할 때마다 그렇게 고백했고, 그런 내용의 글도 썼고, 실제로 제가 묵상하면서도 그렇게 느꼈어요. 특히 송건호(宋建鎬) 선생님 강의를 들으면서 더 감동받은 내용이 있어요. 당신이 일제하의 독립운동사를 연구하다가 그중 학생운동을 연구하게 되었대요. 그랬더니 일제치하에서 독립운동의 주역은 바로 학생들이었고, 또 일제가 패망한 이후에 남북분단의 과정 속에서 통일을 지향했던 것도 학생들이었고, 이승만, 박정희, 전두환 그런 무도한 독재에 맞서 싸운 주역들도 학생들이었고, 그뒤에 또 통일운동을 잇는 주역들도 학생들이었대요.

그래서 "민족사와 현대사에 있어서 청년 학생들이 주역이다."라고 정리해주셨는데요.

청년 학생들이 순수한 세대들이잖아요. 고등학생 시절에 어렵게 공부해서 자기가 목적한 대학에 들어가 몇년간 묵묵히 공부만 하면 미래가 보장됨에도 그 보장된 미래를 다 포기하고 인권과 민주회복을 위해서 또 인간의 가치를 위해서 자기 한 몸을 던진 분들은 정말 순교자 못지않아요. 그들이 사제들보다 훨씬 더 거룩하게 자기 몸을 던지는 분들이었구나, 이런 것을 저희들이 미사봉헌 과정에서나 묵상하면서 깨달았고요. 또 "벗을 위해서 자기 목숨을 바치는 것보다 더 큰 사랑은 없다."는 예수님의 말씀을 체화한 분들이 학생들이었다는 점을 내내 묵상했습니다. 그러면서 제가 사제로서 신학생들이나 수도자들에게 늘 이렇게 강연했어요. "여러분들이 신앙 때문에 하느님을 택하고 예수님을 택했는데 참으로 하느님과 예수님 때문에 우리의 미래를 다 던질 수 있습니까. 이 학생들은 공동체를 위해서, 나라를 위해서, 민주주의를 위해서, 통일을 위해서, 이웃의 자유를 위해서 몸을 던진 분들입니다. 이분들이 우리들의 모범입니다."

두번째 계기는, 저도 그중에 하나입니다만 사제단을 구성할 당시에 30대 저희 또래 선후배가 잘 뭉쳤다는 거예요. 위로 한 5~6년, 밑으로 한 3~4년 이렇게 있는데요. 특히 저희 동기동창 중에서 김택암, 안충석, 양홍 이렇게 넷이 함께하니까 모든 면에서 큰 힘이 되는 거예요. 또 넷이라는 숫자가 참 좋은 게, 의견이 갈라져도 둘과 둘이 되면 외롭지 않아요. 그러니 셋보다 넷이 더 좋더라고요. 그래서 넷이 늘 머릴 맞대고 서로 힘이 되어주고 비판도 위로도 격려도 해주었어요. 우리 넷이 동시에 명동성당에 가면 선배 신부들이 "오늘 무슨 일 또 있어?"

이럴 정도로. 그때는 아무 때나 명동성당을 갔으니까. 동료들과의 연대관계, 이 부분이 참 중요하다는 것을 새삼 느꼈고요.

사제들 간의 이러한 우정어린 연대, 선의를 보여주신 분들, 민주주의와 자유를 갈구하는 분들, 저희들이 첫번째 시위할 때 정말 무언이지만 박수를 쳐주셨던 모든 시민들, '아, 우리와 뜻이 같구나' 같은 시대적 상황이 저희들을 이렇게 이끌어냈던 것 같아요.

그러면서 구약성경에서 많은 가르침을 얻었는데요. 출애굽기, 지금 가톨릭에서는 '탈출기'라고 새로 번역했는데, 옛날에는 다 출애굽기라고 했지요. 그 출애굽기의 신학에서, '아, 이게 3300여년 전의 옛날 이야기가 아니구나. 모세 이야기가 바로 오늘 이 자리에서 재현되는구나'라는 것을 확신했어요. 어려서 주일학교 때 모세 이야기를 들으면 참 조마조마하면서도 감동적이라고 느꼈는데요. 그때는 출애굽기를 그저 신앙적이고 개인사적인 측면으로만 이해했었는데, 실은 정권과 싸우는 공동체를 위해, 민중의 해방을 위해 투신하는 것이 그것의 핵심이에요. 그리고 그 출애굽의 하느님이 바로 구원의 하느님, 해방의 하느님이며 이게 우리 신앙의 본질이라는 것을 1974년 봄에 새로 깨달았어요. 그때 사순절에. 출애굽기의 하느님이 독재에 맞서서 싸우라는 시대적 소명을 우리에게 주시는구나, 우리 각자에게. 모세가 이스라엘 사람들을 이집트의 노예에서 해방시켜야 할 소명을 받았듯이, 학생들과 사제들과 동시대에 살았던 우리 모두가 모세가 되어야 하겠다고, 이렇게 출애굽의 하느님 시각에서 성서를 재해석하게 되었지요.

예언자 사상도 막연하게 구원과 기쁨을 이야기하는 것으로 보았는데, 그게 아니에요. 예언자의 사명은 이 세상 현실에서 구체적 불의를 꾸짖고, 그 불의에 맞서서 싸우고, 불의한 정치와 왕도를 바꾸는 것이지요. 우리 세례받은 그리스도인들은 바로 예언자적 사명, 예수님과 같은 사제적 사명을 갖고 있어요. 특히 출애굽의 신학과 예언자의 세상을 바꾸는 사상, 이 부분을 많이 깨닫고 공부하게 되었어요. 이것이 저희들이 1974년 이후의 과정을 통해서 얻은 신학적 종합이고, 또 제가 오늘까지 성서를 중심으로 설 수 있는 하나의 근거라고 생각합니다. 이 부분을 기뻐했고요.

특히 그 당시에 제가 학생들이라면 무조건 좋아했어요. 하여간 독재와 맞서 싸우는 학생들, 데모하고 시위하는 학생들은 다 우리들의 벗이고 동지예요. 가톨릭 신자든 개신교 신자든, 타 종교 신자든, 신자가 아닌 분이든, 그에 상관없이 독재와 맞서 싸우는 분은 다 우리의 동지고, 명동에 오는 모든 청년들은 우리들의 친구라고 여겼어요.

1975년 상황을 정리하자면, 그해 2월에 박정희가 유신헌법에 대한 찬반 국민투표를 했어요. 그런데 찬성 주장은 할 수 있고, 반대한다는 것은 논의도 못하게 하는 거예요. 반대한다고 하면 긴급조치 위반이래요. 그래서 이건 자가당착이라고 했더니, 또 저를 다시 구속시킨다 어쩐다 하다가, 자기들이 술수를 써서 표를 많이 얻으니 그냥 유야무야한 적이 있었는데요. 그때쯤 그게 계기가 되어서, 구속된 분들이 일단 다 나오기도 했지요. 저희들이 석방을 위해 열심히 뛰기도 했고요.

당시 이종홍 대구교구 소속 신부님이 천주교 중앙협의회 사무총장이었어요. 이 신부님이 기자회견을 한 거예요, 자꾸만 주교회의에 사제단 관련하여 거짓 보고도 하고요. 그러다 보니 주교회의에서는 "그동안 정의구현사제단들이 애써서 일을 했는데 앞으로는 정의평화위원회, 가톨릭 주교회의 등의 공식기구를 통해서 하고, 신부들은 사목을 잘할 수 있도록 해야 한다."라는 결정을 내렸어요. 그래서 저희 네

1975년 2월 가톨릭에서 주도한
시국기도회. ⓒ연합뉴스

신부들(김택암, 안충석, 양홍, 함세웅)이 찾아가서 책상을 두들기면서 항의
를 조금 했어요. "성당에서 담배를 피우느니 운운하는 소리까지 하냐.
그런 사람이 어디 있느냐. 기자들한테 그렇게 한 것은 의도적으로 한
것이 아니냐. 우릴 견제하기 위해서 그런 것 아니냐. 왜 주교회의에 거
짓 보고 했느냐." 하고요. 그랬더니 겁내더라고요.

　그런 뒤에 이 신부님이 김수환 추기경에게 전화를 한 거예요. 그 신
부가 김수환 추기경하고 친구예요. "이 친구들 넷이 나한테 와서 항의
를 하고 막 그랬는데, 이럴 수 있느냐. 나한테 이 새끼 저 새끼 했다."고
막 그랬어요. 그러니까 김수환 추기경이 "그 사제들이 정말 신부님에

게 이 새끼 저 새끼 그랬습니까?"라고 물으니, "이 새끼 저 새끼는 아니지만 그렇게 말한 바나 다름없어요."라고 했어요. 김수환 추기경이 "그렇게 말씀하지 마시고 그 신부들이 말한 대로만 이야기해주세요."라고 했대요. 실제로 우리가 욕은 안 했거든요. 표현만 세게 했지.

그랬더니 이 신부님이 자기 주변 사람들에게 "항의한 신부들도 아주 괘씸했지만 전화를 받은 김수환 추기경이 사제들이 한 대로만 얘기하라고 했다. 그렇게 말한 김수환 추기경이 더 나쁜 사람이다."라고 이야기했대요. 그 사람은 유신 때 정부의 앞잡이가 되면서 우리를 괴롭혔던 신부예요. 아주 고약한 신부입니다. 전두환이 광주에서 살육을 하고 국회를 해산하고 만든 국가보위입법회의에 들어가 입법의원까지 한 사제예요. 전달출(全達出) 신부도 입법의원이었습니다. 이건 꼭 기록으로 남겨두어야 해요. 그때 저희는 마음이 몹시 아팠어요. 전국의 신부들이 저희 활동을 지지해주고 동조하고 정부도 우리를 두려워하는데, 오히려 교회 내 선배 신부들이 그런 방식으로 정권의 앞잡이가 되어 저희들을 견제했으니까요.

1975년 4월 미국이 베트남에서 황급히 철군하고 전쟁에서 패배했잖아요. 이걸 계기로 공산주의는 안 된다는 정책을 박정희가 몰아치더라고요. 그러고 나니 주교회의에서 5월 9일에 아까 말씀드린 것을 정리하면서 젊은 사제들이 더이상 활동하지 않아도 되고 자신들이 하겠다면서 선언문을 발표했어요. 실제로는 아무 활동도 하지 않으면서요. 그러니까 우리는 어떤 활동도 할 수 없는 거예요. 마음은 아프고… 아까 정리해주신 것처럼 5월 22일에 서울대 학생들이 대거 구속되었고요. 그래서 그해는 아주 암울했던 기억이 나요.

75년 후반기에는 분위기상 기도회도 열 수 없었어요. 그래서 한달에 한번씩은 정의평화위원회하고 같이하기는 했습니다만. 두 주일에 한 번씩 주로 상지회관 또는 분도회관에 모여 세미나를 했어요. 변호사· 정치학자를 모셔서 공부도 하면서 기도와 다짐도 하고 또 시대도 분석하고 그랬지요. 그렇게 1975년을 지냈습니다.

　암울한 시대의 증언을 잘 들었습니다. 궁금한 대목이 적지 않은데, 출애굽기와 한국과의 관련성 이야기 또한 듣고 싶습니다. 그때쯤에 해방신학이 국내에 소개된 것으로 아는데요. 해방신학에서는 출애굽 사건이 중심적 테마가 되어 있는 것 같거든요. 한국 신부님들의 논의와 각성 과정에서 출애굽기에 '꽂혔'는지, 아니면 해방신학 저서를 접함으로써 출애굽기의 근본적 중요성을 깨닫고 그것을 수용하는 과정에서 출애굽기의 신학으로 간 것인지요?

　남미의 해방신학은 그전인 1970년대 초에 나온 것이고요. 저희들은 해방신학을 몰랐어요. 문동환 목사님이 우리 모임 때 소개해주신 거예요. 물론 저희들은 저희들 삶 안에서 출애굽 교훈을 절실히 깨닫고 있었는데, 그런 강의를 들으니까 더욱 힘을 받은 거지요. 그뒤에 박상래 신부님이 『창작과비평』(1977년 봄호)에 해방신학을 소개해주시면서 더욱 체계화가 되었고요. 또 성념(成捻) 교수님이 구띠에레즈(Gustavo Gutierrez)의 『해방신학』(분도출판사 1977)을 번역했지요.

　남미 해방신학을 접하기 전에 저희들 나름대로 이미 출애굽의 움직임과 해방신학의 뜻을 역사 속에서 깨달았고, 이에 대해 해방신학 강의를 들으면서 바탕이 더욱 굳건해진 셈이지요. 구띠에레즈의 해방신학 덕분에 그것을 더 체계화할 수 있었고요. 구띠에레즈의 『해방신학』

은 감옥에서 읽었어요. 사실은 『해방신학』이 금서여서 감옥에 들어올 수 없었거든요. 그런데 '신학' 아니냐며 제가 막 항의했어요. "야, 신부 한테 신학 책도 안 주느냐." 이러니까 이 사람이 겁이 나서 얼른 넣어 줘서, 저는 감옥에서 내내 그걸 공부했어요.

그러니까 한국 내에서의 자체적인 깨달음이 먼저였고. 스스로 깨달 음에 도달하고 있는 차에, 해방신학의 지식이 들어오면서 논리가 더욱 정교하게 다듬어졌다, 그렇게 보면 되는 거네요. 보통 신자들이나 일 반 독자들은 출애굽기가 갑자기 왜 대단한 주목을 받고 자주 언급되 는지 그 맥락을 알 수 없거든요.

그래서 박상래 신부님이 의도적으로 『창작과비평』에 실은 거지요. 박상래 신부님은 원래 신약성서 학자예요. 성서를 잘 아시니까, 신부 님의 강의를 들었는데, 조금 더 소개하자고 해서 힘을 많이 얻었지요.

명동학생운동 사건과 신부들

1975년 이명준, 최열, 심지연 등이 명동성당을 중심으로 하여 제2의 민청학련 같은 대규모의 시위와 반정부운동을 기도하다가 사전에 검거되어 미수에 그친 사건이 있었다고 들었습니다. 전국대학생연합사건, 약칭 '전내련사건'이라 하는데, 내용 면에서 보면 명동성당 학생데모 미수사건인 셈인가요?

당시 명동성당에 열심히 드나든 학생들 중에, 말씀하신 이명준이라는 중앙대 학생이 있었는데요. 하루는 저희를 만나더니 "신부님, 저희들이 천주교 정의구현 학생총연맹을 결성하겠습니다." 이러는 거예요. 그래서 좋다고 그랬지요. 그 당시에 가톨릭 신자가 아닌 분들도 명동에 많이 모였어요. 좋은 뜻으로는 성당을 배경으로 해서 민주화운동을 한다는 것이겠고, 중앙정보부 식으로 해석하자면 '교회에 침투(?)한 학생세력'쯤 될까요. 이분들이 명동성당에 와서는 주일학교의 청년

교사가 된 거예요. 한 10여명이 집중교리한 후 세례도 받고. 이들 청년 학생들이 명동성당의 이기정 보좌신부와 친밀하게 같이 활동했어요. 그때 명동은 젊은이들의 천국이었어요.

나중에 1975년 5월 22일 직전에 체포된 사람들이 이 사람들이에요. 천주교 정의구현 학생총연맹 사건이라는 또다른 명칭으로 이명준, 최열, 심지연(沈之淵), 조성우(趙誠宇)가 아마 그때 같이 체포됐을 거예요. 제가 또 배후조종했다고 해서 한참 시달리고 조사받았지요. 처음에는 국가전복으로 꾸몄다가, 이게 잘 안 되니까 학생들만 그냥 긴급조치로 구속시켰어요. 학생들이 잡혀들어갔으니 이기정 신부는 학생들과 함께 감옥 갔으면 하고 저는 바랐어요. 학생들과 같이해왔으니까요. 그런데 우여곡절 끝에 이 신부는 감옥행을 면하고 로마로 유학을 떠났어요. 그러니까 학생들만 구속된 거지요. 그게 그 당시 청년들에 대한 마음의 빚으로 남아 우리는 늘 죄송하게 느꼈어요.

5월 하순에 중앙정보부에 끌려갈 때 그 학생들 관련이겠구나, 이런 것을 짐작했습니까?

아니, 전혀 영문도 몰랐어요. 느닷없이 끌려간 것이지요. '이상하다. 나를 왜 끌고 왔지' 그랬는데, 벌써 무슨 조직표를 만들어놨더라고요. 이기정 신부를 중심에 놓고 오태순 신부하고 나까지 엮어서. 그때 오태순 신부는 서울대교구 가톨릭 학생들 지도신부였을 거예요. 학생들을 당연히 자주 만났겠죠. 그런데 조사해봐야 뭐 나올 게 없죠. 저는 당시에 이명준 씨만 알았고, 다른 청년들은 오가다 얼굴이나 본 정도지 개인적 친분은 있지 않았어요. 이기정 신부는 젊은 사제이고, 비교적 자유분방해서 젊은이들하고 잘 어울렸고요. 자기 방에서 학생들과 시위 방법에 대해 좀더 신중히 하라는 이야기도 나누었다고 하고요.

학생들이 이 신부님 방에서 회합도 하고 그랬습니까?

이기정 신부의 방 책꽂이에 누군가 편지를 갖다놓으면 다른 학생들이 그것을 보고 연락을 취하기도 했대요. 거기서 모여 여러 이야기도 나누었고요. 이 정도면 당시 정보부 기준으로는 구속할 수밖에 없는 사안인데, 문제는 본인이 구속에 대비하여 아무런 마음의 준비가 안 된 상황이었어요. 김수환 추기경도 곤혹스러워서 "자네가 선택하게."라고 했대요. 그런데 중앙정보부로서는 사건을 확대시키는 데 여러가지로 부담을 느끼고 있었고, 그래서 회유책 겸 타협책으로 내놓은 것이 이 신부를 해외유학 형식으로 내보내자는 안이었어요. 이 신부로서는 구속도 안 되고, 유학도 가고 하니… 이 신부를 외국유학 보내려면 중앙정보부와 교황 대사와 추기경이 다 논의하고 합의해야 하지 않겠습니까.

함 신부님은 이 신부가 감옥에 가야 한다는 생각이었습니까?

저는 그랬어요. "이 신부, 로마 가면 되느냐. 여기 남아서 학생들과 같이 감옥을 가야지."라고 하긴 했는데 본인이 감옥 갈 마음이 없으니 난감했어요. 강제로 집어넣을 수도 없고. 결국에는 이 신부가 로마로 유학을 갔는데, 로마에 있던 신부들이 의아해하잖아요. 나중에 경위를 알고는 '학생들 배신하고 왔다. 그거 나쁜 일이다. 믿을 수 없는 사제다', 그래갖고는 유학하는 내내 좀 힘들었다고 해요. 그러고 난 뒤 한국에 돌아와서 당시 감옥 갔던 학생들을 찾아보는 게 순서일 텐데, 거기엔 전혀 관심을 안 두고 사는 것 같습니다.

학생들은 이 신부를 비판하지 않았나요?

학생들은 떳떳하고 투쟁도 열심히 했으니까 별 신경을 안 쓰나 봐요. 학생들은 자기들이 "이 신부님을 이용했던 셈이니까 저희들이 신부님을 이해해야지."라는 식으로 말해요. 난 그때 사제로서 상당히 마음이 아프고 부끄러웠어요. 학생들이 아무런 잘못도 없이 감옥행을 자청하는데 신부가 그런 고난을 함께해야지, 그것을 피해 도망치듯 유학 갔다는 게 너무 부끄러웠어요. 죄가 없어도 학생들과 함께했다면 감옥에 가야 할 시대였는데, 어쨌든 연루가 된 마당에 도피하는 게 영 마땅찮았어요.

정보부나 박 정권으로서는 가톨릭 신부의 약점 잡기에 성공했고, '한번 봐 준다'는 생색내기도 되고, 그러니까 성공한 기획인 셈이네요. 가톨릭은 신부 한 사람 구하기 위해 체면을 구긴 셈이고요.

감옥을 피해서, 그것도 정부의 조정에 따라 바티칸 또는 교황 대사의 힘을 빌려서 나갔다는 거, 김수환 추기경도 아주 못마땅하게 생각했어요. 제가 몇 차례 추기경한테 이야기했는데 추기경도 괴로워하면서 "그걸 본인이 판단해야지 내가 어떻게 감옥에 가라고 말할 수 있겠느냐." 그러시는 거예요. 저는 달리 생각했어요. 제가 교구장이었다면

"너 억울하지만 감옥에 가라." 이렇게 했어야 마땅하지 않았을까 당시엔 그렇게 생각했어요. 그가 감옥에 가면 그의 석방을 위해 학생들과 함께 열심히 노력하는 건 바깥에서의 역할일 것이고요.

가톨릭과의 연계가 끊어진 상태에서 학생들은 고문을 엄청 당했고, 그 때문인지 법정투쟁은 아주 격렬했다고 홍성우 변호사님으로부터 들었습니다. 주위의 보호망이 없는 상태에서 재판거부 투쟁까지 하니, 이례적으로 높은 형을 받았고 실제 옥살이도 아주 길게 했습니다. 신부님 한분이 같이 옥살이했더라면 사회적 주목도 달라졌고 옥살이도 단축될 수 있지 않았을까 하는 생각도 드네요. 외국에 있다가도 귀국한 지학순 주교와 대조되는 사례가 될 수도 있겠고요. 박해를 피해 베드로가 도망치자, 예수님이 다시 십자가를 지고 로마로 가야겠다고 하는 부분이 왜 결정적으로 중요한가, 이런 생각도 새삼 듭니다.

중앙정보부에 연행된 기록들

신부님이 중앙정보부 안에까지 끌려간 것은 이때가 처음인 것 같은데, 실제로 무슨 심문을 하던가요?

그 학생들을 배후조종한 게 아니냐는 거지요. 조사받은 내용 중에 이런 것도 있어요. 미국의 에드워드 케네디(Edward M. Kennedy) 상원의원이 가톨릭 신자니까, 그다음 대통령은 그가 되었으면 좋겠다는 이야기도 나눴는데, 수사과정에서 그 말이 나온 거예요. 그러니까 날 보고 "에드워드 케네디를 어떻게 아느냐?" 해요. 저하고 그 사람하고 만난 줄 알고 그걸 조사하는 거예요. 그래서 "난 만난 적도 없다. 신문 보면서 미국의 어느 정치인을 선호할 수 있지 않느냐. 그의 형 존 에프 케네디(John F. Kennedy) 전 대통령도 가톨릭 신자고, 미국인들도 좋아하니 그 동생이 대통령 되면 좋겠다고 생각했다."라고 하니까, 아니라는 거예요. 나보고 내통했다는 거야. 그래서 조사를 해서…

그럼 함 신부님이 미국을 배후조종한 게 되지 않습니까?

그런 어이없는 조사를 받고 그랬어요. 힘들었어요. 완전히 배후로 올라가 있었으니까.

이제까지 남산 정보부에 몇번이나 연행되어간 것 같습니까?

그렇게 끌려다닌 건 한 열번 정도 되는 것 같네요. 한번 가면 며칠씩 있기도 했고요.

이번 기회에 '함 신부님의 남산행'을 한번 정리해보고 싶다는 생각이 드네요. 처음에 간 건요? 1974년 8월에 한번 정보부 요원과 접촉이 있지 않았습니까?

1974년 8월엔 끌려가는 줄 알고 긴장했는데, 외교구락부로 가서 밥만 먹고 나왔어요. 그다음은 언제인지 모르겠는데…

인혁당 관계로 잡혀간 적은요?

그건 75년 4월 10일이에요. 그때 제가 모르고 속았어요. 북한 자료도 있다고 하면서 가자고 하는데, 갈까 말까 하다가 갔습니다. 다른 신부들이 그 전날 끌려간 건 몰랐어요. 가기 직전에 김택암 신부와 통화했어요. 김 신부에게 "난 어제 비질리아(vigilia) 했다." 그랬거든요. 비질리아는 라틴어로 '밤샘기도'란 뜻도 있어요. 나는 인혁당 가족들 때문에 밤을 새웠던 터라 그 뜻으로 '비질리아 했다'고 했는데, 김택암 신부는 완전히 다른 뜻으로 받아들였어요. 자기는 어제 정보부에 끌려가 밤샘조사를 받았는데, 저도 자기와 마찬가지로 끌려간 줄 알고 "나도 비질리아 했다."라고 말하는 거예요. 당시 전화 도청이 되니 이런 라틴어를 간간히 섞어 썼어요. 그 말을 듣고 저는 저대로 '저 친구도 밤샘기도를 했구나' 생각했지요. 그래서 저희끼리 소통이 잘 안 된 채로, 아침에 정보부에서 가자고 해서 멋모르고 따라갔다가 거기서 하룻밤을 새웠어요. 남산 정보부는 정말 살벌하더라고요. 마구 욕하고, 혁대를 풀라고 하고. 6국은 그전에도 몇차례 끌려갔었는데 거긴 그렇지 않았거든요. 여기는 6국하고 다르다고, 여기는 5국 간첩 조사하는 데라며 김지하도 여기에서 조사받았다면서 악을 쓰는 거예요.

'정신 차려야겠다' 생각하면서 조사관의 눈을 바라봤어요. 그랬더니, 아까도 이야기했지만, 눈을 쳐다본다고 또 막 야단이야. 그래서 자세를 흐트러지지 않기 위해서 시선을 눈보다 조금 위에 고정시키고 있었어요. 또, 저희들이 사제복장에 로만칼라(roman collar, 가톨릭 성직자가 목에 두르는 희고 빳빳한 깃)를 하잖아요. 그게 심리적인 부담이 되었나 봐요. 그걸 풀라고 해요. 안 풀면 피의자가 아닌 신부를 마주하게 되니 조사하기가 심적으로 부담이 되어서 그런가 봐요. 그걸 풀고 조사받는데 몇 시간 조사하다가 고기도 주고 술도 주고 그래요. 그래서 제가 안 먹었어요. 그러니까 또 안 먹는다고 욕하는 거야. 이거 약 탄거 아니라면서요.

인혁당 가족들을 연행하여 최음제까지 썼던 그런 사실이 문제된 적 있잖아요. 정보부 사람들이 스스로 약 탄 게 아니라 하는 것 보니까, 뭔가 캥기는 게 있는 모양이네요.

"내가 싫어서 안 먹는다. 안 먹는다는데, 안 먹을 자유도 없느냐."라면서 버텼어요. 그리고 한밤중이 되면 닭도 사와서 먹고 이렇게 자기들끼리 잔치를 하고 그래요. '이 사람들은 제정신이 아닌 사람들이다'라는 생각이 드는 거예요.

그러다가 또 자기들 집에 전화를 하는 거예요. "어머니 잘 계셔? 애들 학교는 잘 갔다왔어?" 이렇게 전화를 하더라고요. '이런 게 인간인가?' 하고 생각될 정도로 양면성을 드러내요. 전화할 때는 아들로서, 남편으로서, 아버지로서의 그런 모습도 있고요. 수사할 때는 완전히 늑대고, 옆에서 고문하는 소리 막 들리고. 그때 저는 우리끼리 주고받았던 쪽지를 하나 갖고 있었는데, 수세식 화장실에 가서 싹 없애버리고 나왔죠.

님산 꼭대기에 가서는 처음에 3층에 가서 인사차 차 한잔하고 지하실로 가는데 정말 무섭더라고요. 무조건 욕이야, 처음부터 끝까지. "무슨 신부 놈들 배때기에 기름이 들어가 있어."라고 하고 "칼로 찌르면 기름만 나올 거야."라면서 욕하지 않나. 심하게 모욕을 주는데, 제가 그 모욕을 못 견뎌내면 패배하게 될 것 같더라고요. 이 모욕을 어떻게 하나, 저항하나 감수하나 생각했어요. '군생활에서도 모욕을 당했었는데 군생활 한다 생각하고 이런 욕이야 한 귀로 듣고 한 귀로 흘리면 되지' 이렇게 결심을 하고 그걸 그냥 견뎌냈어요. 그런데 그 한밤이 정말 길더라고요. 며칠이나 되는 것 같았어요. 밤 새우고 조사를 받는데, 뭐 어려서부터의 일까지 다 조사하는 거예요. 로마유학 중에 동유럽에

갔다 왔다, 소련에 갔다 왔다 이렇게 억지로 우겨대면서 강압 조사를
하는 거예요. "갔다 왔으면 당신들이 조사를 하면 될 것 아니냐. 나는
간 일이 없으니 당신들이 다 입증을 해라. 또 내 여권을 가지고 갔으니
까 여권에서 확인을 해봐라." 이러면서 버텼습니다.

인혁당 그분들 돌아가셨을 때 사제단 이름으로 아쉬움과 함께 추모
를 했는데, 그것도 부드럽게요. 그게 국가보안법 위반이라는 거예요.
하여간 듣고만 있었는데 그다음 날 오전 10시에 나왔어요. 그때 밖에
서 기자들 만나서 잠깐 말씀드렸는데, 나가기 전에 뭘 쓰라 하잖아요,
각서. 난 각서를 안 썼어요. 이건 못 쓴다고 했더니 하여간 뭘 하나를
써야 한대요. 그래서 소감을 쓰겠다 하니 좋다고 해서 정보부에서 조
사받은 제 느낌을 쓴 거예요.

혹시 그때 쓰신 것, 기억에 남아 있습니까?

대략 이런 취지로요. '저는 억울하게 돌아가신 분들을 위해 기도하
고 가족들을 위로했습니다. 그것은 사제로서의 마땅한 책무입니다. 그
런데 사제의 기도와 위로가 왜 조사의 대상인지 매우 의문입니다. 그
리고 수사과정에서 비인간적으로 대하는 태도와 욕설 등의 언어폭력
도 일종의 고문입니다. 이곳에 계신 수사관들도 가족과 전화통화 할
때에는 부모님의 안부도 묻고 부인과 자녀의 소식에 대하여 묻곤 합
니다. 이곳에서 조사받고 있는 분들도 수사관 여러분과 똑같이 부모,
아내, 자녀가 있는 이들입니다. 여러분이 가족을 대하듯 이곳에서 조
사받는 분들을 인간적으로 대해주셨으면 하는 바람입니다.' 대략 이러
한 내용으로 정중하게 썼더니 별로 흡족해하지는 않은 것 같은데, 일

단 뭔가를 썼으니 됐다고 하더라고요. 제가 후에 강연 다니면서 그 내용을 여러 차례 얘기하곤 했어요.

거기서 느낀 점은 수사관들의 양면성입니다. 뭐, 수사관들뿐이겠습니까. 저희들도 다 매한가지죠. 가족을 대하는 따뜻한 인간성도 있지만, 수사할 때는 아수로 변질되는 거예요. 여기서 인간의 무서운 양면성을 지켜보았어요.

사제로서 조사에 응하는 태도가 특별히 있을까요?

조사받을 때마다 하나의 전제를 이야기했어요. "저는 사제이기 때문에 혹시 고백성사라든지 또는 종교적인 만남을 통해서 알게 된 것은 사제 직분상 결코 이야기할 수 없습니다. 제3자에게 피해가 되는 내용 또한 사제로서 이야기할 수 없습니다. 그러나 여러분들이 먼저 알고 온 것을 확인하는 경우에는 제가 확인해줄 수는 있습니다." 이렇게 제 나름대로 수사받는 원칙을 만들어서 이야기했어요. 6국은 마침 종교과가 있기 때문에 제가 여러 차례 조사를 받을 때도 저한테만큼은 그런 내용들을 참고해줬어요. 지나고 보니까 고통도 받았지만 중앙정보부 종교과에서는 비교적 저희들한테는 그래도 사제로서 품위랄까 이런 것을 지켜준 것 같아요.

인혁당 사건 때는 그 종교담당의 6국이 아니고 5국으로 끌려갔다는 거지요? 다른 신부들과 끌려간 경험을 교환했나요?

그냥 당했으니깐 구체적인 것은 서로 안 물어봤어요. 다 비슷하게 모욕당하고 모멸당했습니다. 추모 성명서를 주도한 자가 누구인지 따지는 게 핵심이니, 제가 주도했다고 했고 밤새도록 말할 수 없는 모욕을 당하고 마무리된 셈이죠.

인혁당 추모 성명서로 끌려간 게 75년 4월 10일이고, 이후에 끌려간 것이 명동학생총연맹 사건, 그게 5월 하순쯤 됐겠죠?

그렇죠. 한주가량 조사받았고요. 혜화동 신학대학 강의를 마치고 낮 12시쯤 언덕에서 내려오는데 혜화유치원 앞에서 서너명이 달려들어 강제로 차에 태워 남산으로 끌고 갔어요.

제 기억으로는 첫날에는 밤새도록 조사를 받고, 그다음은 출퇴근 식으로 아침에 갔다가 저녁에 귀가하고, 그렇게 며칠을 다녔어요. 그리고 어떤 날은 혼인주례가 있다니깐 막 화를 내는 거예요. 이게 얼마나 중요한 사건인데 혼인주례를 하러 가려느냐면서요. 그래서 저도 '혼인주례가 얼마나 중요한데 그러느냐'고 다툰 기억도 나고. 그 사안 자체는 제가 실제로 학생들하고 일을 벌인 건 아니었기 때문에 자기들이 애초에 나를 얽을 계획은 무산되었어요. 계속 조사받았지만 무혐의로 그냥 끝났고요. 이기정 신부는 아까 말씀드린 대로 로마로 가고 학생들만 그 당시에 구속되어 고문당하고… 그 학생들에게 마음의 빚이 있어요. 성당에서 일어났던 일인데 알려지지도 않았고…

네. 맞아요. 고생한 것에 비해서 덜 알려졌죠. 아까 '이기정 신부가 감옥 가기를 바랐다'고 말씀하셨잖아요. 그 의미를 다시 한번 정리해주시면요.

그래야 '사건'이 돼요. 신부가 구속되어야지 하나의 사건이 되니까요. 학생들하고 같이 잡혀가야지 학생들에게도 도움이 되고. 또 신부가 구속되어야지 저희 가톨릭에서 구명운동을 할 수 있고요. 그런 의미에서 가라고 그랬는데 안 간대요. 그도 왔다 갔다 히면서 조사를 받던 중이어서 제가 좀 가라고 압력을 가했지요. 저보다도 3년 후배 신부니깐, 좀 가라 그랬더니 못 가겠다고 하더라고요.

그런데 응암동 담임신부께서 명동 출입이 잦을 수 있었나요?

명동성당은 서울대교구의 대표적 성당입니다. 우리는 주교좌성당이라고 합니다. 그 당시 김몽은(金蒙恩) 신부님이 주임 신부였고요. 그분은 프랑스 유학 갔다 오신 분으로 사회학을 전공하신 진취적인 사제셨습니다. 앞장서시진 않았지만 뒤에서 저희를 크게 도와주셨어요. 그분이 명동성당을 개방해주셨고요. 또 김수환 추기경이 같은 뜻을 갖고 있었어요. 그 당시에는 명동성당은 허락받을 필요 없이 우리가 마치 저희 성당인 것처럼 다녔어요. 1970년대 중반기엔 그랬습니다.

수사관들이 저 같은 시비 안 걸었습니까? "왜 응암동 신부님이 명동에 자주…" 하고요.

우리의 경우, 가톨릭의 같은 성당이니까 그건 시비의 대상이 아니지요. 오히려 명동성당 안으로 수사관들이 들어오면 우리가 쫓아냈지요. "여기 계신 수사관 선생님, 정보경찰관님, 성당에서 나가주세요!"

이렇게 제가 메가폰 들고 크게 소리쳤어요. 아까 말씀드린 중앙정보부 종교과장은 제가 6국에 끌려갔을 때 직접 만난 분이었어요. 그런데 그분이 성당 앞마당에서 비밀리에 진두지휘하고 있는 거예요. 그래서 제가 메가폰 들고 "중앙정보부원은 나가시오!"라고 소리치며 면박을 주었습니다. 그분이 무서운 눈초리로 저를 바라보면서 뚜벅뚜벅 성당 밖으로 나가더라고요. 그런데 그후 제가 중앙정보부에 끌려가 그분 앞에 서게 되었지요. 그분이 저를 바라보며 말했습니다. "저를 아세요?" "예, 압니다." 그랬더니 그분이 수사 책임자로 그 당시의 불쾌한 심정을 제게 토로하더라고요. 저와 그분은 유신체제 속에서 만난 어쩔 수 없는 적대적 긴장관계에 있었던 거죠. 저는 늘 긴장 속에서 제 신념을 지키기 위해 최선을 다한 것이고요.

정보부에서 풀려난 뒤 어느 날 명동성당에서 그 종교과장을 만났습니다. 그분은 제게 악수를 청했는데 저는 거절했습니다. 수사과정에서의 모욕과 모멸이 떠올라 악수를 할 수 없었습니다. 그런데 그뒤 정보부에 끌려가 다시 그분 앞에 섰습니다. 그분은 제게 이렇게 항변하며 저를 꾸짖더군요. "신부님, 신부님은 저하고는 달라야 하지 않습니까? 성당은 모든 이에게 개방된 하느님의 집이지 않습니까? 여기에서 모욕 좀 받았다고 저 같은 사람을 외면하고, 제 악수를 거절하면 사제가 저 같은 사람하고 뭐가 다릅니까? 사제는 저 같은 사람에게도 감동을 줘야 하지 않습니까?"

곰곰이 생각해보니 그분의 말씀이 맞는 거예요. 이에 저는 속으로 '그래, 앞으로는 꼭 이런 분들에게도 감동을 주어야겠구나' 하고 다짐했습니다. 그후 저는 그분과 매우 가까워졌습니다. 그뒤부터는 제가 중앙정보부원이나 담당형사들에게 인간적으로 잘해줬어요. 직무상으로는 체제의 하수인들이지만, 마음으로는 아닐 수도 있기에 '이분들을 인간적으로는 사귀어야겠구나' 생각해서 아주 친해졌습니다. 그분은 나중에 가톨릭 신자가 되고 지금까지 가깝게 지내고 있고요. 그분 가족 모두 함께 제 은퇴미사에도 오셨어요. 제가 그날 교우들에게 소개했어요. 이분이 지난 1976년 3월 1일 명동성당 민주구국선언 사건 때 저를 연행해간 분이라고요.

듣고 보니 '원수를 사랑하라'는 말씀이 떠오릅니다. 원수를 사랑하려면 '원수'를 '인간'으로 대할 수 있어야 할 것 같습니다. 정보부의 수사관도 예외가 아니란 거지요.

3·1민주구국선언사건으로 구속, 재판받다

이제 1976년으로 넘어가지요. 1976년도에는 함 신부님이 3·1민주구국선언사건(명동성당사건)으로 정식 구속되고 재판을 받게 됩니다. 우리 민주화운동의 역사에서도 큰 사건이고요. 신부님도 유죄 판결 받고 옥살이까지 하시고요. 그 경위를 상세히 듣고 싶습니다.

1975년 이야기와 바로 연관됩니다. 75년에는 우리끼리 기도하면서 지냈고요. 그해 초에 김지하가 형집행정지로 나왔다가 인혁당 관련자들이 고문당했다고 폭로하여 재구속되었잖아요. 그 김지하를 위해서 '김지하 문학의 밤' 같은 형식으로 석방을 위해 노력했지요.

매년 1월 하순은 개신교와 가톨릭의 일치주간이에요. 1월 25일이 바오로 사도의 개종축일인데, 그날 전후한 일주일 동안이 가톨릭과 개신교의 에큐메니컬(연합) 기도주간입니다. 공식으로도 일치주간 행사를 하지만, 그해에는 인권과 민주화를 위해서 일치행사를 했어요. 1976

년 1월 23일로 기억이 되는데 원주에서 모였어요. 목사님들도 초대해서 개신교와 가톨릭이 함께했습니다. 문익환 목사님도 오셨던 것 같은데… 그날 사제들이 회합을 했는데, 그 내용을 요약해서 일치주간에 우리가 하느님 앞에서 뉘우치며 개신교와 가톨릭의 일치를 위해서는 물론 남북의 화해와 평화를 위해 그리고 '김지하 석방' '구속학생 석방' '유신체계의 부당성 비판' 등 원칙적 내용들을 종합하여 미사봉헌과 함께 발표했습니다. 일치주간의 기도와 다짐이기에 정부 당국도 이를 문제 삼지 않았습니다.

이제 3월이 다가오니까 명동에서 미사를 봉헌해야겠다고 의견을 모아, 제가 명동성당에 가서 구속된 분들의 석방과 인권회복을 위해서 3·1절 기념미사를 하겠다고 했지요. 김몽은 신부님께서 승낙해주셨고요. 저는 그 실무를 준비했어요. 3·1절을 앞두고 일주일 전쯤인가 명동성당을 오가다가 문익환 목사님을 뵈었어요. "오랜만입니다." 인사를 나누었습니다. 그런데 목사님께서 3·1절 행사 계획을 갖고 계신데 장소를 못 구하셨다는 거예요. 다들 허락도 안 해주어 고민이라고 그래요. "저희들은 명동성당에서 3월 1일 오후 6시에 미사 보기로 했습니다." 그랬더니 목사님이 혹시 같이할 수 있느냐고 하셔서, 제가 "저희들이 미사를 봉헌하고 2부에 목사님께 시간을 드리겠습니다. 2부에 설교와 행사를 하십시오."라고 제안했어요. 그럼 그렇게 하자고 문 목사님과 약속했지요.

그러고 나서 3월 1일의 미사강론을 김승훈(金勝勳) 신부님께 부탁하러 갔어요. 김승훈 신부님은 우리보다 3년 선배인데 당시에는 사제단 활동을 같이하면서도 다른 활동을 함께하지는 않으시고 뒤에서 꼭 미사에 참여하셨어요. 그러면서 미사 하는 것, 신자들 분위기, 정보부원 분위기 등을 다 알려주시는 거예요. '이건 이렇게 했으면 좋겠다. 이건 조금 부족하다', 이렇게 객관적으로 지적해주시고요. 제가 김승훈 신부님이 계신 신림동성당을 갔더니 어쩐 일이냐면서 너무 반가워하시잖아요. "사실은 3·1절 미사봉헌을 계획했는데, 이번에는 신부님이 주례하고 강론해주시면 좋겠습니다."라고 요청했더니, 너무 기뻐하시는 거예요. "신부님, 유신헌법의 부당성도 언급해주세요." 이 정도로만 이야기하고 왔는데 그날 김승훈 신부님의 강론이 저희의 예상을 넘어 너무 강하고 분명했어요. 유신헌법의 비민주성, 언론자유 부재, 무죄한 학생들의 억울한 투옥현실과 서민들의 비참한 삶 등을 지적하면서 인권과 민주회복을 강조하셨어요. 언론자유도 제가 바라던 것보다 더 세게 강론하신 거예요. 그래서 다들 너무 좋아했어요. 이효상(李孝祥) 당시 국회의장이 가톨릭 신자였는데 이 미사에 왔다가 강론이 자기 생각하고 다르니까 슬그머니 나가더라고요. 이날 미사는 이렇게 잘 끝났어요.

당일 미사와 미사 후 예배는 어떻게 진행되었습니까?

3·1절 미사는 선열들을 기리며 인권회복과 민주화, 구속자들의 석방을 염원하는 특별 지향의 미사이기에 미사 전 해설을 했어요. 미사의 지향과 시대적 요청을 담은 내용입니다. 강론은 그날의 성경을 기초로 해서 시대적 의미와 실천적 교훈을 찾아내자는 내용이었어요. 또 영성체 후에는 묵상을 했습니다. 성체를 모신 후 묵상기도를 하며, 예수님의 십자가 죽음과 부활을 어떻게 현실 속에서 재현해야 하는가를 찾고 다짐했습니다. 이와 같이 1시간 동안 미사를 잘 봉헌하고, 이어진

제2부에서는 문동환 목사님의 기도와 설교가 있었어요.

문 목사님의 그날 설교 주제는 모세의 죽음과 교훈이었습니다. "모세는 죽을 때 나이 120세였다. 그러나 그의 눈은 아직 정기를 잃지 않았고 그의 정력은 떨어지지 않았다."(신명기 34장 7절)라는 말씀에 대한 해석과 묵상, 그리고 시대적 성찰과 고발이었습니다. 무려 40여년간 고집 센 백성을 이끌고 사막을 거쳐온 모세, 약속의 땅을 눈앞에 두고 바라보기만 한 채 죽어야 할 신세. 어쨌든 모세도 그 자신의 한계를 절감하며 내심으로는 하느님을 원망할 수밖에 없는 상황이었지만, 하느님께 모든 것을 맡기고 자신의 한계를 수락하는 아름다운 순간입니다. 이 때문에 그의 나이가 백이십이었음에도, 눈은 맑았고 열정도 간직한 것입니다. 그러고는 그가 기쁜 마음으로 후계자 여호수아에게 모든 것을 위탁합니다. 자신의 한계를 겸허하게 받아들이고 자연의 섭리를 수락한 모세는 그리하여 더욱 위대합니다. 사람에게는 노욕(老慾)이 있습니다. 제일 무섭고 추합니다. 모세는 노욕을 극복한 겸허한 사람입니다. 백성을 위한 참된 지도자와 봉사자입니다.

모세는 약속의 땅을 눈앞에 두고도 들어가지 못했어요. 자기도 한때 하느님을 원망하고 하느님께 대든 적이 있기 때문에 그 벌로 못 들어갔어요. 후계자 여호수아와 그 백성들이 들어가고 자신은 못 들어가니, 모세도 얼마나 마음이 아팠을까요? 백성을 40년 동안 이끌고, 약속의 땅을 눈앞에 두고 느보산에서 죽어야 하는 모세의 심정은 어떠했을까를 묵상했습니다.

"모세의 눈이 맑았다."라는 구절이 있어요. 이 모세의 죽음을 인용하시면서, 왜 모세의 눈이 맑았을까 질문해요. 자기 할 일도 하고, 후계자한테 넘겨주고, 하느님 뜻을 받아들였기 때문이에요. 그런데 한국의 독재자 박정희는 "눈도 흐리고, 끝까지 권력욕에만 사로잡히고, 혼자 하려고 한다. 이건 안 된다."라고 하면서 박정희를 고발한 거예요.

우리는 모세의 죽음에 관한 성경말씀에서 박정희를 연결시키는 재주가 없는데, 문 목사님께서 그렇게 말씀하시니 너무 감명받은 거예요. 중앙정보부에 가서 당시 행사를 기술할 때 문동환 목사님의 설교를 제가 제일 정확히 썼어요. 아마 문 목사님보다 더 잘 썼을지도 몰라요. 그날의 주제가 성경을 중심으로 한 말씀 선포임을 강조하기 위해서 자세히 기술했습니다.

설교가 끝난 뒤, 이우정(李愚貞) 교수님이 '3·1민주구국선언문'을 낭독했어요. 그리고 그 문건을 제게 주셨어요. 그후 저는 고심 끝에 그 문건을 주교관 뒤 소각장에서 태웠습니다. 이렇게 미사와 행사를 잘 마무리했는데, 그다음 날에 소식이 왔어요. 목사님들이 모두 연행되어 가셨다는 거예요.

그날까지는 잡혀갈 만한 사건이라고 생각하지는 않았습니까? 엄청난 사건일 수 있는데요.

생각 안 했지요. 한 일이 별로 없잖아요. 미사 봉헌하고 성경 묵상하고 늘 하던 이야기지요. 언론자유 보장하라, 유신헌법 철폐하라…

그런데 박정희는 어떻습니까? 불법으로 3선개헌뿐 아니라 영구집권을 꿈꾸는 유신독재로 치닫고 있으니 참으로 모세와는 대비되는 부끄러운 사람입니다. 권력욕의 노예가 된 사람은 그 모습이 너무 흉하고 추합니다. 우리는 박정희 대통령이 모세처럼 자신의 한계를 잘 깨닫고 물러났으면 하는 바람이었습니다. 이렇게 모세의 죽음과 박정희를 연계하면서 독재자의 회개를 촉구한 것입니다. 그렇게 성당에서 미사 봉헌하고 선언문을 발표하고 조용히 끝났을 뿐인데 그다음 날 목사님들이 잡혀가셨다니… 이상하다고 생각하면서 택시 타고 화요일 저녁미사를 봉헌하러 응암동성당으로 가는데 수녀님들이 길에 나와 계시는 거예요. 그때만 해도 응암동 가는 길이 시골길 같았어요. 그래서 "수녀님들 왜 그래요?" 그랬더니, "큰일 났어요. 지금 성당에 경찰이 몇백명이나 둘러싸고 있습니다."라고 해요. 그래서 어디로 갈까 하고 궁리하는데 막상 갈 데가 없더라고요.

어느 첩보영화에선가 나온, 도망갈 때는 대도시에 있어야 한다는 말이 생각났어요. 이에 서울에 있어야겠다 생각하고 여기저기 왔다갔다하다가 수녀원을 택했습니다. 길음동에 있는 성가소비녀수녀회입니다. 그곳의 총장수녀님이 저와 로마에서 같이 유학하고 시대와 역사에 대한 인식도 같은 분이었습니다. 이에 수녀원에 가서 "저, 여기 좀 있어야겠습니다."고 했더니 수녀님들이 왜 그러느냐고 해요. "지금 목사님들이 다 체포되고 저도 그 대상이니 여기 좀 은거해야겠다." 하고는 그곳에 머물렀습니다.

그다음 날부터 형사가 수녀원에 하루에 대여섯번씩 오는 거예요. 목사님들은 다 연행되셨죠, 신부들도 다 데려갔는데 저만 못 잡았잖아요. 그러니 모든 성당, 모든 수녀원을 형사들이 매일 찾아와서 확인하는 겁니다. 그 수녀원에도 제 사진을 보이면서 "여기 이런 사람 있냐?" 했는데, 면회실 수녀님은 너무 순수하시니까 제대로 말을 못한 채 덜덜 떨기만 하셨답니다. 그 이야기를 들으니까 제가 더이상 못 있겠더라고요. 거기서 이틀을 자고, 산동네에 방문하시는 수녀님이 골목길을 잘 아시기에 그분의 안내로 후문으로 나와 삼양동 쪽 정류장으로 갔습니다.

마침 그곳에 응암동행 버스가 있어서 그리로 갔습니다. 응암동 산동네의 조그만 연립주택에 차인현 신부님의 어머님이 혼자 사셨어요. 그 어머님과는 어려서부터 한동네에 살고 허물없이 지내던 사이라 편안했고, 혹시 후에 사건화되더라도 연로하신 분이니 그분께 크게 누가 되지 않으리라 생각했기 때문이죠. 그분은 늘 문을 잠그고 다니셨어요. 그러니 외출하시면 닫힌 집에 저 혼자 있게 되는 셈이죠.

그런데 응암동 일대를 매일 형사들이 가택수색을 한 거예요. 그 집에 왔는데 동네 사람들이 "거기는 할머니 혼자 사는 집입니다. 아무도 안 계셔요! 외출하셨어요!" 그러니 형사들이 왔다가 그냥 갔답니다.

그 집에 머물면서 그뒤 수녀님께 편지를 보내고 소식을 주고받았어요. 김 수녀님은 제가 2년간 옥고를 치를 때 제 옥바라지를 해주신 분입니다. 그러다가 김수환 추기경한테 연락했습니다. 소식을 들으니 김승훈 신부님까지 연행되셨다는 겁니다. 이제 저만 남았거든요. 그래서 '안 되겠다, 나가야겠다' 생각하고 김수환 추기경께 전말을 다 썼어요. 3·1절 명동 미사의 봉헌과정과 목사님들과 함께 연합예배하게 된 경위를 잘 정리해서 전했습니다. 그분은 아셔야 할 것 같아서요.

그후 수녀님께 연락했어요. 3월 7일이 주일이었어요. 응암동성당 뒷골목에 의자를 가져다놓으라고요. 거긴 아무도 모르니까 거기를 통해 11시 미사에 맞춰 성당에 들어갔어요. 성당에서 미사 봉헌하고 십자가의 길 기도를 바쳤어요. 마침 3월 사순절이니까 십자가의 길 기도하고. 또 요한복음 15장 13절 "벗을 위하여 제 목숨을 바치는 것보다 더 큰 사랑은 없다."라는 말씀을 되새기며 그런 사람이 되게 해달라고 간절한 마음으로 기도했습니다. 그런 성경말씀과 복음묵상, 강론 등 한 시간 반 동안 미사 봉헌하고 나서 교우들과 작별인사를 했습니다.

미사를 신부님이 집전하셨는지요?

에, 제가 교중미사를 봉헌했습니다. 성당에 와서 미사 봉헌하기 전에 중앙정보부에 전화를 했어요. "저 함세웅입니다. 응암동성당에 와 있으니 미사 후에 데려가세요!" 그랬더니 미사가 끝나기도 전에 난리가 났어요. 형사들이 경찰까지 해서 300여명 둘러싸고 있었는데도 제가 밖에서 성당으로 들어갔잖아요. 저 때문에 서부경찰서 서장이 해임됐다고 들었어요. 중앙정보부에서는 저를 데리러 왔어요. 같이 점심을 하자고 청했더니 그분들이 사양하더군요. 저는 헌옷으로 갈아입고 성경을 간직한 채 정보부원들의 차에 탔습니다. 그 길이 외길이에요. 그런데 신자 할머니들이 못 가게 그 앞을 막아섰습니다. 중앙정보부 차를 막는 거예요. 그래서 제가 내려서 "저는 정보부로 끌려갑니다. 차 비켜드리세요. 저 곧 갔다 올게요."라고 인사드리며 할머니들을 설득했습니다. 그러고 다시 차를 타고 정보부에 왔어요. 이미 다른 분들은 조사가 끝나고 저만 남은 상황이었어요.

할머님들도 대단하시네요. 그러니까 3월 7일에 정보부에 잡혀간 거네요.

"나 이거 '자진출두'라고 써주세요." 그랬더니 정보부 사람들이 잠깐 생각해보더니 소리소리 지르며 야단을 치는 거예요.

신부님이 출두하셨을 때는, 사건 내용은 이미 정리되었을 것 같아요. 먼저 잡혀간 사람들이 고생을 많이 하고, 나중에 잡혀가면 내용 정리가 일단락되어 조금 낫지 않았을까요?

그러니 별로 물을 게 없지요. 그저, 미사 어떻게 했느냐, 문익환 목사는 어떻게 만났느냐… 그런데 문익환 목사하고 나하고 사전에 더 큰 뭔가가 있으리라 여전히 의혹을 가지면서 조사하는 겁니다. 그들은 우리가 우연히 만났다는 것을 인정하지 않았어요. 꼭 '공모'하고 '음모'했다고만 해요. 사전에 뭔가 치밀하게 계획했다는 거예요.

그 단어를 써야 범죄가 되거든요. 그때 정보부에서 검찰로 얼마 만에 넘어갔습니까. 검찰에서도 힘들지만, 정보부야 한시도 머물러 있기 싫은 곳이잖아요.

저에게는 물을 게 몇개 없었으니까요. 정보부에서 이틀 밤인가 자고는 밤 12시에 검찰로 가는데 그때 구속된다는 예감이 오더라고요. 종교과장이 실제로 제 손을 힘있게 잡으며 "신부님 건강히 지내셔야 합니다."라고 던진 인사가 바로 구속 통보인 셈이었습니다. 이전엔 정보부에서 우릴 다 석방시켜줬는데, 검찰로 간다니깐 이제는 구속되는구나 직감했습니다. 사실 저는 구속될 각오를 하고 헌옷을 입고 갔어요. 성경 한권만 딱 들고, 지갑엔 돈 한푼 없이.

검찰로 갔더니 담당이 김지하를 조사했던 최명부 검사예요. 이름, 생년월일, 주소, 학력 등을 말했습니다. 그런 식으로 조사가 진행되었어요. 그런데 변호사들이 만일 조사받게 되는 경우에는 묵비권이 있다는 것을 우리 사제들에게 설명해주신 적이 있었습니다. 실제로 조서에 "피의자는 묵비권을 행사할 수 있다."라는 것이 쓰여 있고, 검사는 묵비권을 피의자에게 알려주게 되어 있고요.

네. 검사의 피의자신문조서에 활자로 찍혀 있습니다. 그런데 얼마 전까지도 조서양식에 부동문자(不動文字)로만 그렇게 적어놓고, 실제로 피의자에게 잘 고지하지 않았거든요. 하물며 그때야.

맞아요. 그걸 저한테 말로써 알려주지 않았어요. 그래서 제가 "검사님, 말씀 좀 드리겠습니다." 했더니 "뭐예요?" 해서, "여기 보면 검사가 묵비권을 고지하게 되어 있는데 검사님이 저한테 고지를 안 하셨거든요. 고지하지 않았다는 사실을 문서에 써주세요. 고지를 안 해서 제가 이의를 제기했다."라고 하면서, 이렇게 고지한 적 없다는 점을 문서로 남겨달라고 했어요. 그랬더니 그 사람이 조금 당황해하면서 "아시면서 뭘 그래요!" 하고 반문해요. "제가 아는 것과 검사가 제 직분을 다하는 것은 다릅니다. 써주세요." 그랬더니 "신부님, 아신다고 그랬잖아요." 하고는 어떻게 알았느냐고 묻길래 변호사가 알려줬다고 했더니 가만히 있다가 밖에 왔다갔다 하더라고요. 그때 부장검사가 정치근 씨인데 그에게 다녀온 후 그냥 나가래요.

그래서 복도 대기실에 있었더니 이문영(李文永) 교수님도 대기실에 나와 계셔요. 이문영 교수님은 참 순수하셔요. "신부님, 우리는 여기 조금 있다 나가는 거지요?" 하시는 거예요. "아니에요. 여기 오면 못 나가는 거예요." 했죠. 그분은 나가는 줄 알고 있었어요. "정보부에서 안 나가고 여기 오면 구속되는 거예요." "그래요?" 이러고 있다가 새벽 한두시쯤 김대중 선생 등 5, 6명이 첫 차로 서대문구치소로 갔어요. 감옥에 가니 옷 갈아입으라고 해서 퍼런 수의로 갈아입었어요. 거기서 칫솔을 사야 하는데, 아까 말씀드렸듯이 돈을 하나도 안 갖고 갔잖아요. 김대중 선생에게 "선생님, 5천원만 꿔주세요." 했더니 웃으면서 돈을 주셨어요. 그러고는 제가 들고 있는 성경을 달라고 하시더라고요. 저는 조금 당황했어요. 감옥에서 성경이라도 껴안고 있어야겠다고 생각했는데 "신부님이야 성경박사인데 뭐 성경이 필요해요. 제가필요하지요." 하면서 달래요. 그 순간 '아, 저분에게 더 필요하겠다' 싶어서 기쁘게 드렸어요. 이제 각 사동으로 헤어지는데 그 시간에도 이문영 교수님은 유머를 하시는 거예요. "신부님, 선생님, 우리 이거 비행기 탑승하러 가는 것 같아요. 게이트로 갈라지잖아요. 1번 게이트, 2번 게이트." 저는 조금 긴장한 상태로 가면서 기도를 올리고 있었는데, 그런 농담을 하시더라고요. 참 대단한 분이에요.

교도관이 입구에 있는 첫 방을 줬는데 들어서자 바로 쓰러져 잤어요. 이틀 동안 정보부에서 밤새워 수사를 받아, 곤하니까 그냥 잤습니다. 깨어보니 아침이 됐어요. 교도관이 문 열고 물 한통을 주면서 이 방이 당신 방이니 깨끗이 청소하라고 하더군요. 그제서야 정신이 들어 방을 둘러보니 이건 완전히 쓰레기통이에요. 지난밤엔 얼떨떨해서 잘 몰랐는데. '감방은 본래 이렇게 쓰레기통인가' 정말 놀라면서도 '감사하게 지내야지. 이 무슨 잡념인가' 하고 자신을 꾸짖기도 했지요. 군복무 때 남한산성(육군교도소의 별칭)에 있었기에 감옥을 잘 아는데 그때가 정말 좋았던 셈이에요. 서대문구치소 감방은 구석에 화장실이 있는데 문짝 비닐도 찢겨져 있고 변기에는 변이 꽉 차 있는 거예요. 물을 몇통 더 달라 하여 변을 다 내려보내고 변기를 씻고는, 두어시간 동안 바닥

청소를 땀을 뻘뻘 흘리면서 깨끗이 했어요. 청소한 다음에 기쁨을 만끽하면서 '여기가 내 방이다. 여기가 신학교 독방이다', 이렇게 생각하고 감옥살이를 잘해내야겠다고 굳게 다짐했습니다.

그런데 두시간쯤 지났을까 감방문을 따더니 교도관이 나오래요. 왜 그러느냐고 했더니 방을 옮긴다는 거예요. 그래서 제가 "이 방에서 나가라고요? 저는 이 방에 있겠어요! 안 갑니다!" 했더니 교도관은 "교도소에서 자기 방이 어디에 있어요?" 하면서 무조건 나오래요. 그런데 저는 억울하잖아요. 열심히 청소를 마친 방인데! 그런데 어떻게 해요? 교도관을 따라갔지요. 그가 복도 중간쯤 되는 방에 저를 밀어넣었어요. 저는 놀랐죠. 새 방은 너무 좋은 방인 거예요. 바닥도 반들반들하고 윤이 나요. 그 순간 단순하면서도 커다란 사실을 하나 깨달았어요. 그러고는 혼자 웃으며 묵상하고 기도했습니다. 감방을 두시간 청소했다고 그 방을 빼앗기기가 싫은 마음에 대해 생각했어요. 그러니까 소유욕이란 것을 성찰하고 반성한 거죠. 옮겨온 방은 그전까지 재소자들이 살던 방이니까 깨끗했어요. 장기판도 바둑판도 그려져 있고요. 나중에 교도관들한테 들었는데, 한밤중에 11명이 들어오니까 방이 없잖아요. 그래서 우선 아무데나 배치해놓고 다시 중앙정보부 지시를 받아 방을 바꾼 거랍니다. 그때 저희들 감방은 양쪽을 다 비웠어요. 김대중 선생은 더했겠지요. 양쪽 옆방을 다 비워놓은데다 한달 반 동안 면회도 못하고…

마침 그 문 앞에 성탄카드가 붙어 있었어요. 그걸 보니 너무 좋더라고요. 성탄카드에 아기예수, 성모마리아, 요셉, 천사들이 그려져 있어요. '아, 여기를 제단 삼아서 기도하며 지내야겠다'고 생각했습니다. 그때는 운동한다는 생각도 못했고, 가만히 앉아 있으면서 책도 한권

없으니 홀로 묵상기도를 하면서 지냈는데… 그때 십자가 예수님을 묵상하면서 다짐했지요. '잘 살아야겠다!'

구치소 있던 학생들은 저희 소식에 너무 좋아했어요. 우리 구속 소식을 듣고서는 "환영합니다!"라고 큰소리로 외치며, "몇 방에 누구 있다! 몇 방에 누구 있다!"하면서 서로 통방하며 기뻐하는 거예요. 한편 몸과 마음은 힘들고 아팠지만, '아, 우리를 역사의 현장, 감옥. 이 고난의 현장으로 이끌어낸 이들이 바로 이 청년학생들이구나! 이들과 함께 있으니 참으로 기쁘다'라는 연대감을 느끼면서 감옥생활을 시작했어요. 노란딱지와 함께 수인번호 명찰을 달았지요.

오늘날은 3·1민주구국선언사건 혹은 3·1명동사건의 실체와 과정에 대해 많은 분들이 모를 테니까, 찬찬히 이 사건 자체를 기록도 봐가며 복기해볼 필요가 있을 것 같습니다. 1976년 초에 들어 3·1절 즈음하여 유신헌법의 문제점을 지적하고 비판하는 문건을 만들어 발표하자는 입장이 개신교 쪽과 김대중 선생 쪽에서 각각 전개되고 있었어요. 문익환 목사님이 이를 묶어 좀더 강한 톤으로 유신체제를 비판하는 글로 정리했고, 이 글을 회람하면서 여러 분들의 서명을 받은 것으로 압니다. 서명자의 명단에는 김대중, 안병무, 이문영, 문동환, 윤보선(尹潽善), 함석헌(咸錫憲), 정일형(鄭一亨), 윤반웅(尹攀熊), 서남동(徐南同), 이우정(李愚貞) 등 10인입니다. 서명자는 정치원로, 재야원로, 개신교 목사 등이네요. 가톨릭 측 인사는 없고요. 그런데 재판자료를 확인해보니 기소된 분은 모두 18인입니다. 위의 10인 이외에 문익환, 이태영(李兌榮), 함세웅, 신현봉(申鉉奉), 이해동(李海東), 문정현(文正鉉), 장덕필(張德弼), 김승훈(金勝勳)이 추가됩니다. 문익환 목사님은 서명운동을 주도한 것이 드러나 추가된 것이고요. 가톨릭 측에서 무려 5인(함세웅 신현봉 문정현 장덕필 김승훈)이 추가되니까, 어찌 보면 선언문의 작성과 서명과정에 포함되어 있지 않던 가톨릭 측이 유탄을 받은 셈이기도 하겠네요. 우선 문익환 목사님은 어떻게 된 겁니까?

문익환 목사님은 그때 성경 공동번역을 마무리하고 계셨어요. 성경 번역이 너무 중요한 일이니까 자신이 선언 작업을 하되, 이름은 빼기로 했지요. 그 대신 동생인 문동환 목사님이, 형께서 한 일을 전부 자기 일로 하겠다고 약속했는데, 어디 그게 지켜지나요. 조사받은 첫날부터 전모가 다 드러났지요. 결국에 문익환 목사님이 주도한 것으로 밝혀져 피고인이 된 것이지요.

3·1민주구국선언문의 낭독은 이우정 교수님이 하신 것으로 아는데, 거기엔 무슨 사연이 있나요?

여성이라는 점도 좀 작용했겠지요. 혹시 사건화하더라도 여성 교수야 잡아가겠느냐 해서 일부러 이 교수님이 낭독 책임을 맡은 거지요.

사실 성당에서 그저 선언문 낭독한 것으로 문제없이 끝날 수도 있었던 것으로 예상한 것이겠죠. 만일의 경우에도 이토록 확대시켜 처벌할 줄은 도저히 예상 못한 것 아닌가요? 수사범위를 넓히고 강경처벌을 한 배경으로 혹시 아시는 게 있습니까?

실제로 이 사건 때문에 박정희가 결정적으로 타격을 받은 것 같아요. 이게 국제적 사건으로 비화되었잖아요. 이 사건 관계자들이 묘하게 정치인, 재야인사, 변호사, 목사, 저희 같은 사제들, 여성들, 우리 사회의 압축적인 상징으로서 모든 부문의 대표들이 관여한 것으로 확대된 거예요. 더군다나 김대중 선생이 있으니까 커다란 정치적인 사건이 되어버린 거죠.

나중에 듣기로는 박정희가 그날 쉬는 날이어서 저녁에 술 한잔 마시고 기분 좋아서 있는데 보고를 받았대요. 명동에서 선언을 하고 민주회복 관련 미사를 했는데, 거기에 김대중이 있다고 보고하니까 김대중이라는 말에 박정희가 알레르기 반응이 일어나갖고는 순간적으로 "모두 구속해!" 이랬다는 거예요. 이성적인 사회에서는 대통령이 뭐라 하든지 간에 '이거는 그럴 사안이 아니고 구별해서 하자'든지 이래야 하는데 박정희가 명하면 아무도 이의를 달지 못하는 거예요. 바보들이! 이건 오히려 자기들이 키워준 사건이에요.

신문에 처음 날 때는 가관이었나 봐요. 김대중, 문익환, 함세웅이 중심이 되어 국가전복을 기도했다는 것입니다. 그러니 가족들과 친지들은 모두 '이건 완전 사형이다' 하고 놀랐다고 해요. 당시 중앙정보부도 그렇고, 검찰도 그렇고, 비서진에서 직언하는 사람이 아무도 없었던 게 바로 이런 결과를 빚은 거지요.

목사와 신부, 저희 그리스도인들은 '이건 하느님께서 묘하게 이끌어주신 사건'이라고 해석했어요. 안병무 교수님 같은 분은 "사건을 통해서 역사가 바뀌고 하느님의 뜻이 이루어진다."라고 말씀하셨는데 3·1사건 재판 당시에 이 '사건의 신학'이라는 아이디어를 얻으셨답니다. 그분은 이와 관련하여 글도 쓰고 논리를 체계화했습니다. 저도 이 과정에서 개인적으로 고통도 많았고 매우 힘들었지만 귀중한 체험임을 확인하고 의지를 갖고 기쁘게 지냈습니다.

법대로 되는 시대도 아니었지만, 그래도 법률가로서 제가 따져보니, 가톨릭 신부님들은 실제 구속될 일은 하지 않았어요. 서명한 것도 아니고, 명동성당에서 미사 드리고 난 뒤에 개신교 목사들에게 기회를 준 것 뿐인데요. 그 기회란 것도 구체적인 내용을 아는 것도 아니고요. 구속시키기 쉽지 않은 측면도 있었을 것입니다만.

실제로 얼마 지나지 않아, 그전에 제가 김수환 추기경에게 보낸 편지를 김 추기경이 제 담당 변호사한테 준 거예요. 제 담당 변호사는 허규 변호사라고 제가 맡은 응암동성당의 사목회장이었어요. 부장판사 출신으로 이 사건 있기 전에 변호사가 된 분인데, 사제단과 정평위가 저희를 위해 신자 변호사들을 특별히 선임한 것입니다.

그 쪽지의 실제 내용처럼 사실 신부들은 3·1사건에서 구속될 일을 하지 않았잖아요. 사제로서 성당에서 미사 봉헌하고, 미사 중 해설과 강론에서 성경에 기초해 현실체제를 비판하고 지적한 정도였으니까요. 이제까지 미사 강론 내용으로 처벌한 전례가 없었고요. 그래서 정부 당국은 한달 정도 지난 다음에 신부들을 별도로 떼어내 석방시키자는 암시를 줬던가 봐요. 추기경은 그 쪽지를 변호사들에게 증거로 제시했고, 변호사들은 판사 출신이니까 현직 판사들이나 정보부 직원들과 의견을 나눈 것 같았습니다.

그런데 이때쯤 이돈명(李敦明) 변호사님이 제게 면회 오셔서 "사제들이 나가면 안 된다. 버텨야 한다."라고 말씀하시는 거예요. 성경 말씀에도 "왼뺨을 때리면 오른뺨을 내밀어라. 겉옷을 빼앗기면 속옷까지 내주어라."가 있거든요. 이런 마태복음 말씀까지 전해주시면서 "사제가 나가면 안 된다."라고 강조하셨어요. 갇혀 있던 학생들도 우릴 보고 '나가면 안 된다.'라고 귀띔해줬고요. 저도 공감했기에 신현봉, 문정현, 저 이렇게 세 사제는 재판 중에 더 강하게 법정투쟁을 벌이기로 했습니다. 우리를 분리 석방시킨다는 말이 있으니, 더 강하게 법정에서 유신헌법 철폐하라고 주장했어요. 공소사실과 상관도 없는 반유신 주장을 우리 셋 모두 강하게 발언한 거예요. 그것이 구속된 분들과 청년학생들에 대한 예의라고 생각했습니다.

잡혀가면 무슨 수를 써서라도 석방되려고 기를 쓰는데, 세 신부님은 안 나가려고 기를 쓰셨군요. 그럼 성당 측에서 선임해준 변호사와는 작전이 어그러질 텐데요.

허규 변호사님한테 죄송했지요. 변호사의 반대신문 때 허 변호사님이 제가 김수환 추기경께 쓴 쪽지를 갖고 반대신문을 하는 거예요. 제가 그에 응하지 않고 거부했어요. 왜냐하면 반대신문을 받으면 혹시나 제 맘속의 구상과 달리 석방될 수도 있었기 때문이죠. 그래서 대답을 안 하고 거부했어요.

형사사건에서 변호사의 가장 중요한 임무 중의 하나가 가능한 한 일찍 피고인을 석방시키는 것이거든요. 허 변호사님은 변호사로서 통상 본연의 의무를 충실히 하고자 했을 텐데요.

허 변호사님은 당연히, 신부들은 이 사건에 직접 관련이 없고, 사제로서 미사를 봉헌했을 뿐이라는 주장과 함께 그 편지를 증거물로 제시한 거지요.

반면 이돈명 변호사님은 민주화운동의 전체적 대의 속에서 신부님들의 역할을 주문하신 것이겠고요. "고생 좀 해라. 연대해라." 이렇게 하신 모양이고. 신부님들은 스스로 석방 안 되기 위한 법정투쟁을 더 강경하게 하고…

사실 저희에 대한 기소장 내용은 누가 봐도 비웃을 정도의 옛날이야기들이었거든요. 신현봉 신부님은 76년 1월 23일 원주선언, 즉 개신교와 가톨릭의 일치운동에서 종합 발표한 성명서를 문제 삼은 거예요. 문제없이 다 지나간 내용을요. 문정현 신부님은 인혁당 관계자들의 처형 전후로 애썼고, 김지하 석방을 위해서 뛰었다는 내용들이었어요. 저는 미사 주관자인데, 미사야 신부의 사목적 책무이지 않습니까? 지금은 긴급조치 9호 자체가 위헌이 되었습니다만, 사실 당시의 기소 내용 자체가 어불성설이죠.

법정 분위기는 어땠습니까?

법정에는 여러번 참관했었지만, 제가 피고인으로서 죄수복을 입고 재판받는 것은 처음이잖아요. 그런데 저는 재판을 지켜보면서 어이없는 일, 재미있는 일, 신기한 일 등 많은 것을 보고 배웠습니다. 법정진술은 간단명료해야 하는 줄로만 알았는데 검사, 변호사, 판사 등 이분들은 말을 마음대로 막 하는 거예요. 특히 재미있던 일은, 김대중 선생

의 경우 변호사 반대신문에서 '유신헌법을 어떻게 생각하십니까?' 질
문하면 두어시간 헌법 강의를 하는 거예요. 또 '민주주의는?' 하고 물
으면 연이어 두어시간 정치사를 강의합니다. 하루는 김대중 선생 혼자
진술하여 저녁 8시에야 재판이 끝났습니다. 어느 날은 '유언비어가 무
엇이냐?'라는 내용으로 신문도 오가고요. 긴급조치 사건 같은 정치적
재판에서 검사와 변호사의 공방은 언어유희, 말장난 같아요. 실체적
진실을 찾는다면서 검사 자신이 정권의 하수인 역할을 하니 기가 막
힐 뿐이었습니다. 그런 과정에서 제 나름대로 새로운 현실을 체험하며
그 모든 정치 사안을 우리의 자리로 끌어와서 신학적으로 사목헌장과
연계하여 종합해가며 진술했습니다.

제1심 재판장이 전상석 부장이었어요. 나중에 대법관이 되었는데
아주 교활한 분이더라고요. 홍성우 변호사님이 책에서는 나름 호방한
사람이라 써놓았던데 제가 겪어보니 이중인격자란 생각이 들었어요.
판사가 독재자의 시녀라는 걸 실제로 확인하니까 슬펐습니다. 재판은
결코 장난이 아닌데 미사 봉헌하고 선언문 발표한 것을 놓고 이렇게
시간 낭비를 하고 있는가라는 생각과 함께 세금 낭비, 국고 낭비, 참으
로 무모한 일이구나라는 생각이 들었습니다.

예를 들어 유신헌법이나 민주주의에 대하여 한시간 이상 반박하고
강연하는 것은 좋은 것 아닌가요? 왜 장난이라고 말씀을?

장난의 예를 들면요. 검찰 기소내용 중 윤반웅 목사님은 전혀 다른
사건인데, 요지는 박정희 타도를 외쳤다는 거예요. 그런데 검사가 '박
정희'라는 말을 안 쓰고 "○○○ 타도하자 했다."라고 써놓았어요. "목

사님이 공공공 타도하자 그러셨습니까?" 이렇게 질문하니, 윤 목사님이 "저는 공공공이라고 말한 적 없습니다. 박정희 타도하자고 했습니다." 그러면 모두들 한바탕 크게 웃습니다. 검사는 이때 크게 화를 내고요.

다른 관점에서 보면, 왁자지껄하고 재밌는 이야깃거리가 풍부한 법정이라 할 수도 있지 않나요? 장난이라기보다는 기지와 풍자가 넘치는 그런.

그게 너무 슬프더라고요. 재판받을 사안도 아니고 재판거리도 아닌데… 토요일이라 다른 법정은 쉬면서 저희들만을 재판했거든요. 그러니까 얼마나 시간 낭비, 경제적인 낭비, 힘의 낭비예요. 필요 없는 논쟁이니까, 간단한 걸 갖고 자명한 사실을 놓고 말장난을 하는 거니까.

그때 3·1사건 관련자 중에는 연령으로 딘연 이런 편이었겠네요?

제가 서른다섯. 문정현 신부님은 저보다 두살 위고, 신현봉 신부님은 마흔일곱살로 목사와 신부 중에서는 중간 연배쯤이셨을 겁니다. 윤보선, 함석헌 선생은 70대, 문익환 목사님이 예순, 그외 목사님들은 40, 50대였습니다.

그분들을 이 사건 이전에 아셨습니까?

함석헌 선생님은 민주회복국민회의 때 뵙고, 그외 분들도 여러 현장

함세웅의 상고이유서(목차)

I. 왜 유신체제를 반대하는가

우리가 요구한 것

폭력의 아들 앞에 머리 굽힐 수 없다

유신체제는 하느님을 모독하는 명백한 '폭군적 압제'의 체제이다

유신체제 아래서의 인권의 운명

사회안전법: 합법적인 인권박탈의 전형적인 예

유신체제가 있는 한 자유도 정의도 평화도 통일도 없다

II. 유신체제 아래서의 크리스천의 길

크리스천은 누구인가?

크리스천의 사명 중 하나는 바로 억압의 타파이다

'중립'은 없다

III. 억압받는 이들의 곁으로

인간성의 회복

교회의 모든 자원으로 민중운동을 도와야 한다

민중운동과 민주화운동

억압이 있는 모든 곳에 해방을 선포하는 교회의 노력이 있어야 한다

IV. 오늘의 십자가

마음과 목숨과 생각과 힘을 다하여

침묵을 깨뜨려야 한다

압제에 반대하는 그것은 곧 하느님께 영광을 드리는 것이다

신앙의 방패를 잡고 십자가의 전술로

이곳에서 나는 꿈을 봅니다

석방을 바라지 않습니다

잃어버린 양들을 위하여

에서 만난 적이 있어서 거의 다 아는 분들이었습니다.

그때 그 사건을 계기로 삶이 바뀐 분들이 많지 않나요? 문익환 목사님은 그 이후에 완전히?

완전히 투사가 되셨죠, 돌아가실 때까지… 문 목사님은 옥살이도 많이 하시고 정말 기쁜 마음으로 옥살이를 잘 이겨내셨습니다.

제가 『인권변론자료집: 1970년대』를 정리하면서 3·1민주구국선언 사건을 책 한권 분량으로 엮었습니다. 그중에는 함 신부님의 대법원 상고이유서가 있습니다. 자필로 쓰신 것을 찾아서 넣었는데, 소제목만 봐도 말씀의 취지가 명료합니다. 지금 기억 속에는 상고이유서가 어떻게 남아 있습니까?

러시아의 짜르 시대에도 집필과 독서를 허용했지요. 박정희는 일본 군국주의의 영향을 받았고 그 하수인이었기 때문에 정말 저희들이 감옥생활 할 때 제재받은 것은 히틀러 때의 폭압 못지않을까, 또는 김일성의 탄압과 똑같다는 생각을 염두에 두면서 여러 가지를 숙고했지요. 일제의 침략정책에서 우리들을 체포 구금했던 치안유지법 같은 것, 사회안전법의 적용, 정치범들에 대한 무자비한 탄압, 인혁당 관계자들에 대한 사형, 전태일(全泰壹)이라는 젊은이의 분신, 이런 모든 내용을 신학적·성서적으로 생각했고요. 저도 그중 한 사람으로 생각하면서 기도하는 마음으로 상고이유서를 썼어요. 형을 감량받기 위해서가 아니라 이 시대의 증언을 위해서 썼습니다. 유신과 이 체제가 얼마나 비인간적이고 포악한 체제인지 증언하고, 왜 내가 사제이자 신앙인으로서 이 일에 뛰어들고 항거해야 하는가, 왜 학생들과 시민들과 함께해야 하는가, 이런 연대적인 의미, 해방신학적인 의미를 정리하면서 모든 분에게 드리는 편지 형식으로 생각하고 썼습니다.

제가 읽은 바로는, 유신체제에 대한 비판과 함께 사제와 크리스천의 길은 무엇인가, 오늘 십자가를 진다는 것은 어떤 것을 실천하는 것인가에 대하여 강력한 울림을 주는 실로 감동적인 명문이었습니다. 추상적 문구의 인용이 아니라, 체화된 내용으로 채워져 있었고요. 그 글을 집필할 만한 시간적인 여유가 있었습니까?

조금 어려웠어요. 한 일주일이었나? 필기구도 제한했으니까요. 그때가 연말 연초였는데 춥기도 했고요. 문정현 신부님과 역할을 나눈 게 생각나네요. 문정현 신부님은 인혁당 관계를 쓰고, 저는 일반론을 쓰기로요. 그렇게 나눠서 정리했지요.

어떻게 그런 역할 분담을 하게 되었나요?

문 신부님은 주로 김지하와 인혁당 쪽으로 공소사실이 기술되었으니까요. 저는 일반적인 원론과 신학적 접근, 유신헌법 전체에 대한 문제점을 쓰고, 그것을 성서와 연결했지요. 그걸 갖고 바깥의 동료들이 집회를 열 때나 기도할 때 사용할 수도 있겠다는 걸 조금 염두에 두었고요.

그때 밖의 사제단이나 지인들의 움직임은 어땠습니까?

매우 활발했지요. 그동안 약간 침체되어 있다가 저희들이 구속된 뒤로 전국에서 모여 명동에서부터 김수환 추기경도 미사 하고, 각지에서 저희들을 위해 미사를 열었고요. 또 3·1사건 재판을 대전교구의 동창사제인 이계창 신부가 한번도 빠지지 않고 방청했어요. 그 방청기록을 『대전주보』에 낸 거예요. 당시 『대전주보』와 『안동주보』가 제 역할을 해줬고 그런 의미에서 우리 주보가 미니컴으로서 매스컴보다 더 훌륭한 일들을 해줬어요. 나중에 이계창 신부가 『법정에서의 진실: 명동3·1사건, 부산 미문화원 방화사건』(가톨릭출판사 1990)을 냈어요. 당시 재판과 접견을 둘러싼 내용이 상세하게 정리되어 있어요.

회고적인 작업들이 이런 책을 비롯하여 여러 방식으로 이루어져왔네요. 제1심의 이야기는 상당히 알려져 있는데 항소심 재판에 대해서는 별로…

항소심은 그나마 빨리 끝난 편이에요. 제1심은 변호사들도 시간을 끌면서, 본래 6개월 안에 해야 하는데 그 기한을 넘기려고 재판부를 기피하더라고요. 2심은 4개월을 꽉 채운 것 같아요. 비슷하죠. 말할 게 있어도 계속 제지도 당하고, 한 이야기 또 하지 말라고 그러더라고요. 그다음 해 3월에 대법원에서 형이 확정되었습니다. 돌이켜보면 재밌게 지나보낸 것 같아요.

대법원 판결이 확정된 후엔 어떻게 됐습니까?

대법원판결이 확정되면 이젠 교도소로 이감을 가잖아요. 책이 조금 많았어요. 소지가 허용되는 것은 예닐곱권인데, 저는 한 십여권 갖고 있었어요. 성경하고 기도책은 필수니까 조금 더 갖고 있었습니다. 똘스또이의 『인생독본』, 『매일매일 묵상집』이 있어요. 고려대 박형규 교수님이 번역한 그 묵상책을 껴안고 다녔는데 이감 가니까 책을 전부 돌려줘야 해요. 일단 반납하고 가서 다시 받아야 하죠.

이렇게 이감 준비를 했는데요. 문익환 목사님은 대단하신 분이에요. 대법원 판결 다음 날인가 머리를 깎으셨어요. 난리가 난 거예요. 왜냐면 중앙정보부가 지시를 해야 깎을 수 있었으니까요. 문 목사님은 지시의 대상이 되기 싫다고 해서 스스로 머리를 깎아버리셨어요. 수갑차고 이감 가는 날 다 헤어져 따로 따로 갔어요. 저는 광주로 가고, 김대중 선생은 진주로, 11명이 중간에 다 흩어진 거예요. 그때 수갑을 차고 갔는데, 뭘 타고 갔는지는 잘 기억이 안 나네요.

광주교도소에 가보니 방이 작아 놀랐어요. 서울에선 3.75평이어서 방안에서 운동을 했는데, 광주는 0.8평이어서 팔운동을 하면 양쪽으로 닿아요. 간첩을 가두는 특사 방으로 배정됐는데, 화장실 끝에는 나무로 완전히 창틀을 막아서 깜깜해요. 전등이 스물네시간 항상 켜 있는 거예요. 책 읽는데 시력도 조금 나빠지더라고요. '이거 진짜 감옥이구나'라고 생각하고 있는데, 누군가 톡톡톡 두들기면서 통방을 해왔어요. 제가 여기로 왔다는 소문이 쫙 퍼졌나 봐요.

71방까지 있는데 그중에 제가 마지막 방이었어요. 어떤 방에는 세분이 있었는데 6·25 때 잡힌 간첩들이라고 하더라고요. 한분이 완전히 팔 다리가 없어요. 그러니까 두분이 시중을 들어야 해요. 한 30여명 정도는 흔히 말하는 간첩들이고 나머지 한 30여명은 긴급조치 위반자들이에요. 목사님들도 몇분 계셨고, 민청학련의 유인태도 있는 거예요. 제가 들어오니까 유인태를 비롯해서 긴급조치 위반자들이 너무 반가워하는 거예요. 막 두들기면서 "함세웅 신부님이 들어왔습니다. 환영합니다." 그래요. 나는 힘들어 죽겠는데 환영한다고 하니까 다시금 '아, 내가 살아야 하는구나' 하는 생각이 들었어요. 며칠 지나니까 머리를 깎으라고 해요. 교도관에게 "머리는 내 꺼다. 그러니 잘 보관했다가 내가 나갈 때 갖고 나갈 수 있게 해달라."고 어깃장도 부리고 떼도 쓰고 그랬어요.

주장 자체는 거부하기 쉽지 않은 것 같은데요. 당시 수형자의 두발과 수염은 단삭(斷削)해야 한다는 행형법 규정이 있지만, 그 단삭된 두발과 수염의 관리나 소유에 대해서는 아무도 문제 삼지 않았던 것 같거든요. 어쨌든 옥중에서 잘 지내겠다고 결심했다고 해도 하루하루는 고통스러웠던 것이죠?

이런 일이 있었어요. 거기는 밤 열두시가 되면 전등을 들고 와서 쇠문을 열고 방마다 눈을 비춰요. 자다가 꿈틀하면 그냥 가는 거예요. 죽었나 살았나 확인하는 건가 봐요. 그걸 몇번 하더라고요. 처음에는 안 그랬는데 어느 때부턴가 눈도 못 가리고 자게 해요. 하루는 제가 작정하고 가만히 있었어요. 문을 막 두들기고 "이봐! 이봐!" 그러는데도 가만히 있었어요. 쇠문을 열 때 삐익 하는 소리를 듣기가 너무 힘들어 가만히 있었더니, 교도관들이 "이거 왜 이러지?" 하면서 문을 두드리다가 안 되니까 보안과로 급히 열쇠 가져오라고 전화해서 문을 열어요.

그러고는 저를 흔들어요. 그 순간에 제가 소리를 질렀어요. "어떤 놈이야!" 그렇게 악을 쓰면서 "밤잠도 못 자게 하나! 이건 고문이다!" 고래고래 소리를 질렀어요. 그랬더니 "어, 이런 놈이 있어?" 하면서 얼른 문 닫고 다음 방으로 갔어요. 며칠 지난 다음에 소장 면회를 청했어요. 그리고 정중하게 항의했어요. "대법원 판결 어디에 밤 열두시에 후레시로 눈을 확인하는 것이 있느냐. 자는데 문 뻑뻑 소리 내고. 이것도 고문이다." 제가 항의한 이후에 한밤에 플래시 비추는 관행이 없어졌어요. 취침시간에는 쥐 죽은 듯이 조용했어요. 그런데 4월인데도 으스스 춥고 독감 걸려서 너무 아픈 거예요. 아주 힘들어 죽겠더라고요.

교도관들 이야기로는 거기서 국가보안법 위반자들, 비전향 장기수들이 당시까지 26년을 살았대요. 그분들 중에 도합 40여 년 살고 90년대에 출소해 북한에 가신 분들도 계십니다. 몇 사람은 매 맞아 죽었대요. 전향서 안 썼다고 벌거벗긴 채 겨울에 찬물을 끼얹고 몽둥이로 때려서 돌아가신 분들이 있다고 당시 교도관한테 들었어요. 저는 그 이야기를 듣고 깜짝 놀라 교도관한테 부탁드렸어요. "여기 계신 분들에게 인간적으로 잘해줬으면 좋겠다. 1929년 광주학생 독립운동 알지 않느냐. 광주가 그런 곳이니깐 여기 있는 분들 잘해줘라."

교도관한테 들은 슬픈 이야기들은 그쪽에 있는 장기수들이 전향을 안 하고 신념을 지키고 있다는 거예요. 죽으면 죽었지 전향을 안 한다는 건데… 몸이 아픈데 많은 생각을 하면서 묵상했어요.

저는 화려한 죄수잖아요. 밖에서 기도도 해주고 국제적으로도 관심을 가져주는데요. 그분들은 25년 이상 바깥과 완전히 차단된 채 살아왔고, 면회 오는 사람들도 없고, 종교단체에서 1년에 몇번씩 들여다봐주는 것밖에는 없어요. 그런데도 공산주의 신념을 간직하고 있다는 거예요. 제가 사제로서 공산주의 이념에 동의하지는 않지만, 자기 신념을 지키기 위해서 목숨을 걸고 사는 이분들은 참 대단하구나, 제가 사제로서 정말 외부와 차단되었을 때 하느님에 대한 신앙과 사제적 신념을 간직하며 이분들처럼 목숨 걸고 과연 끝까지 지킬 수 있을까, 이런 생각을 하면서 성찰하며 지냈어요. 우리 고통이 아무리 크다고 하더라도 이분들의 고통에 비하면 아무것도 아니잖아요. 그래서 출소하면 이 체험을 동료 사제들에게 얘기하고 나눠야겠다고 생각했습니다. 광주교도소에서의 귀중한 체험이었어요.

재소자들은 밥 주는 식구통 바깥으로 머리를 내밀고 대화를 나눕니다. 가끔 유인태가 저보고 자꾸 머리를 내밀래요. 전 못 내밀겠다고 했더니 "신부님, 머리를 내밀어야 잘 들려요." 해요. 왜 그러느냐 했더니 "영화 「빠삐용」 봤어요? 빠삐용!" 그래요. "못 봤어요." 하니까 "신부님, 여기가 「빠삐용」하고 똑같아요. 나가서 영화 꼭 보세요." 그러더라고요. "알았습니다." 그후 나와서 그 영화를 봤더니, 아, 정말 광주교도소가 생각나는 거예요.

가끔 만나는 유인태 의원은 그때 감옥에서 저의 첫인상 때문에 저를 저항가, 그의 표현으로는 '깡패'로 생각한 거예요. 인상이 너무 강하고 교도소에서 막 싸우고 그러니까. 저는 평화주의자고 순한 사람인데. 그래서 유인태 의원에게 "저는 싸움꾼이 아니에요!" 했더니 "그 감옥에서 제가 봤잖아요. 신부님이 오기 전에는 우리가 정말 조용했는데, 신부님이 와가지고 시끄러워졌습니다." 이러는 거예요. 그분은 저를 보면서 그때 그 생각을 하는 거예요. 저는 그걸 듣고 깜짝 놀랐어요. 스스로 정말 평화적이고 온화한 사제로만 생각을 했는데, 유인태 의원은 아니라고 하니까요.

광주교도소에 있었던 기간은요?

한달 좀 넘었던 것 같아요. 공주는 일반 감옥이니까 큰 방에 있었는데, 일제시대 때 지은 목조건물이에요. 빈대가 많고 또 바퀴벌레가 총공격! 그게 좀 힘들었어요.

신부님이 광주 가시고 나서 통방 대신 말을 좀 해도 괜찮은 분위기까지 만들어낸 모양이죠?

조금 나아졌겠죠. 저 가기 전에는 항의를 못했대요. 특사는 대전, 대구가 유명했고 광주도 그에 못잖았다고 해요.

죄수복을 입을 때
진짜 예수 따르는 사제가 된다

송구스럽지만 신부님의 감옥생활도 궁금합니다. 일상생활은 어땠는지요?

감옥에서 저는 이렇게 생각했어요. 감옥생활을 잘 기억해두었다가 나중에 나가면 동료사제들과 신자들에게 얘기해줘야겠다고. 감옥생활을 관찰하니까 재미가 있어요. 저 나름대로 아침 기상해서 저녁에 자기 전까지 시간표를 짰어요. 처음에는 책이 없으니까 암울한데 그때 교도관들 중에 전병용 씨, 한재동 씨가 힘이 되었던 기억이 나네요. 정말, 사도 바오로와 사도 베드로가 감옥에 갇혔을 때 저절로 감옥문이 열렸던 기적의 이야기를 읽으니 힘이 펄펄 나는 거예요. 쪽지 하나 받을 때마다 에너지가 막 솟구쳤고요. 또 얼마 있으니까 김지하도 쪽지를 날라다줬어요. 김지하가 "신부님, 앉아만 있으면 치질 걸리니까 꼭 운동을 하시라. 밑에 담요 깔고 앉으라." 같은 쪽지도 보내주고… 김지하가 그때는 그랬어요. 한달 반 지난 후에 가족이랑 변호사 면회하고, 재판 시작하면서부터는 바쁘니까 심심하지 않게 지냈는데요.

감옥생활이 힘들었다는 말씀을 전혀 안 하시는 게 의외입니다. 기도로 승화시켜서 그런가요.

물론 힘들긴 했지요. 그러나 마태오복음 25장 31절 "형제자매들 중에서 가장 보잘 것 없는 사람 하나에게 해준 것이 바로 하느님에게 해준 것이다."라는 말씀을 묵상하면서 참으면서 지냈고요. 얼마 뒤에 어머님이 영치금을 넣어주셨어요. 어머니밖에 면회가 안 되는 거예요. 저는 외아들인데 어머님한테 죄송한 거죠. 제가 민주화 인권을 위해 뛰었는데 마지막 십자가는 어머님이 지시는 거니까요. 또 어머님이 담요를 넣어주셨어요. 지장을 찍고 그걸 받으니 눈물이 나더라고요. 어머니한테 너무 죄송해서. 십자가 달리신 예수님과 그 밑에 계셨던 성모님의 고통을 그동안 늘 관념적으로 묵상했는데 '아, 그게 이거구나' 깨달았어요. 성모님과 예수님의 고통의 상통성(相通性), 이 부분을 실감하고 깊이 묵상했어요.

감옥에서 한 1년 10개월 있다가 나왔는데 갈릴리교회에서 환영예배를 해주었어요. 출옥했는데도 우리 천주교는 화끈하게 환영을 안 해주는 거야. 환영예배 마지막에 저한테 차례가 오잖아요. 목사님들 얼마나 말씀을 잘하세요. 그러다 마지막 순서에 말하려면 할 말이 별로 없어지잖아요. 그래서 다음과 같이 말씀드렸어요.

"저도 목사님들이 체험한 것과 같습니다. 다만 저는 개신교 목사님들과 함께 고난을 받은 현장에서 체험한 것을 공유하기 위해서 몇가지만 말씀드리겠습니다. 첫번째는 인권운동과 민주화운동을 하면서 가장 큰 보람은 학생들과 함께한 것. 그게 가장 큰 보람이었습니다. 두 번째는 목사님들과 함께함으로써 교회일치운동에 도움이 된 것, 그것 이 너무 기쁩니다. 과거에는 어색했는데 제가 예배당에 와서 같이 예 배도 드릴 수 있으니 너무 기쁩니다.

세번째는 고통의 상통 체험입니다. 개신교 분들은 성모 마리아 하면 알레르기 반응이 있는데, 그 점을 좀 새롭게, 다르게 생각하셔야 합니다. 목사님들은 감옥에서 고생하셨지만 그 고생에 못지않게 밖에서 애 쓰신 사모님과 가족의 고통이 있습니다. 감옥에 계신 분이나 밖에 계 신 분이나 신자들이나 당하는 고통은 같습니다. 여기서 우리는 십자가 에 못 박히신 예수님과 그 밑에 계셨던 성모 마리아의 고통의 상통성 을 깨달아야 합니다. 따라서 성모 마리아에 대한 공경의 타당성을 여 러분들이 이해하시리라 생각합니다. 목사님들의 사모님만 공경하고, 성모 마리아는 공경하지 않는다면 모순이지 않습니까? 이 시간에 이 점을 함께 깨달았으면 참 좋겠습니다. 이를 성도님께 선물로 드리고 싶습니다."

옥살이한 목사님과 밖에서 고생한 사모님, 어머님의 고통이 지닌 상 통성을 통해서 성모 마리아와 예수의 고통이 지닌 상통성을 깨닫고, 성모 마리아 공경에 대한 신학적 타당성을 깨달아야 한다는 이야기를 한 게 참 뿌듯했어요. 문익환 목사님은 "맞다. 맞다." 그러셨어요. 그런 것이 감옥에서 얻은 신학적인 좋은 체험 중 하나입니다.

그 '고통의 상통성'이라는 말 자체도 신부님이 옥중에서?

그건 우리 가톨릭교회의 신학적 용어입니다. 예수님과 성모님의 고통의 상통. 그렇게 이야기합니다.

확실히 개신교에서는 그런 이야기를 못 들은 것 같습니다.

그게 병이에요. 그래서 저는 개신교를 지적합니다. "아니, 이웃도 사랑하고 원수도 사랑하라는데 성모 마리아만 거부해요? 목사님 부인 공경하는 만큼은, 성모님도 마땅히 공경해야 하지 않습니까?" 하고 말입니다.

독방에서 대부분의 시간을 보내게 되니, 주로 책 읽는 것으로 지냈겠지요?

독서가 기본이지요. 제가 시간표를 정해서 일본어를 조금 공부하고 싶었어요. 이젠 일본에 대한 것을 맘속으로 극복한 다음이었기 때문에. 그때는 김지하의 양심선언 유출파동 때문에 재소자에게 필기도구를 안 줬어요. 읽기만 하니까 공부를 못하겠더라고요. 결국은 일본어를 못 배웠어요. 경제 쪽은 제가 좀 무식해서 책을 봐도 못 읽겠고요. 그래서 할 수 없이 그냥 신학책하고 성경을 주로 읽었어요.

문학책은 똘스또이 전집, 도스또옙스끼 전집을 다 읽었어요. 고등학교 시절 신부님이 하신 말씀 "똘스또이와 도스또옙스끼는 신학을 공부한 사람이 아니면 충분히 이해할 수 없다."라는 게 무슨 뜻인지 깨달았어요. 이 소설들의 주제가 신학의 주제와 같다는 걸 안 거죠. 선과 악, 인간의 내면과 세상, 하느님과 인간과의 관계, 체제문제, 전쟁과 평화 등을 모두 담고 있으니까.『까라마조프가의 형제들』에서 나오는 교회에 대한 신학적 비판을 보면서 신앙적으로 성숙할 수 있어서 참 좋았고요. 어렸을 때 읽은 책을 다시 음미하며 보니까 참 좋았고 깨달음도 많았어요. 재판받으러 나갈 때 문익환 목사님이랑 이에 대해 많이 이야기 나눴고요.

그전까지는 가톨릭 성경의 한국어 번역이 온전히 안 되어 있었어요. 신약은 완역되어 있었는데 구약은 발췌본만 있었지요. 제가 그동안 유학생활을 했기 때문에 성경 공부를 해도 그저 제 주제에 맞는 것만 했지 통독하지 못했어요. 그런데 감옥에 가서 성경을, 당시 공동번역본이죠, 몇차례 전체적으로 읽을 수가 있으니까 좋았고요. 그래서 제가 신학을 종합할 수가 있었어요. 구원사를 새로운 관점에서 종합할 수 있는 계기가 되었어요. 감옥이 신학을 종합하는 장소였던 셈입니다.

책과 함께, 신부님은 묵상과 기도로써 일상을 보내시지 않나요? 그 가운데서 밖에 있을 때는 미처 깨닫지 못하는 많은 점들에 대해 깊이 들어가시는 것 같은데요.

영성적으로 감옥은 제가 정화되는 곳이라고 느꼈어요. 감옥은 수련소, 또 제2의 신학교라 여기면서 감옥의 영성이라는 것을 생각했어요. 감옥에서는 유신이나 박정희에 대한 것보다는 하느님과 저라는 단독자의 관계 속에서, 또 고통받는 학생들과의 관계 속에서 그런 부분을 깊이 성찰하게 되더라고요. 특히 창세기서 37장 이후에 나오는 요셉 이야기, 형들에게 죽임을 당할 뻔하고 또 팔려가서 남의 집 종살이 했다가 감옥에 갇혔던 요셉 성조(聖祖) 이야기. 그다음에 신약성서에 나오는 베드로, 바오로, 요한, 실라… 이들이 감옥에 갇히잖아요. 감옥에서 읽으니까 '감옥'이란 글자가 커다랗게 눈에 확 들어오는 거예요. 순교자의 길도 감동적이고. 그다음에 동방교회, 러시아 정교회와 그리스 정교 책도 많이 읽었습니다.

또 기억나는 게 포로수용소에 갇힌 어느 사제의 체험기인데 예수님이 누구인가에 관한 이야기죠. 자기도 밖에 있을 때는 깨닫지 못했는데 죄수복을 입고 죄수번호를 달고 수용소 생활을 하면서 '2천년 전 예수님이 이런 분이셨구나. 이때 비로소 예수님을 따르는 제자가 되었구나' 하는 걸 깨달았다는 거예요.

우리가 사제가 되면 첫 사제라고 해서 큰 축하를 받습니다. 예수님의 사제가 된다고 해서 부모님들도 자기 아들한테 무릎을 꿇어요. 그 순간만큼은 서품을 준 주교들도 무릎을 꿇어요. 그렇게 홀리는 거예요. 그런 꿈 때문에 사제가 되는 매력도 있는 건데 저는 그걸 포기하고 로마에 가서 사제가 됐잖아요. 수용소 사제의 고백을 접하면서 그 사제처럼 죄수복을 입을 때, 예수님처럼 십자가에 매달릴 때가 진정 사제가 되는 길이라는 걸 느끼면서 사제생활에서 보장되었던 신분이랄까 명예랄까 이런 것을 처음으로 감옥생활에서 내려놓을 수 있었어요.

감옥생활은 잘 활용하면 '인생의 대학'이라고 하는데, 함 신부님에게 감옥은 고난의 장소이면서 동시에 독서실이었고, 수련소이고 신학교였네요. 타인과의 대화가 차단되니 묵상과 영성의 수련소가 되었고요. 감옥에서 일상생활은 그래도 하나하나가 힘들고 스트레스 받고 육체적으로나 정신적으로 힘들지 않나요. 일상생활을 어떻게 지냈습니까?

아침, 점심, 저녁 시간표를 짰지요. 아침 먹고 나서는 방에서 한 15분, 20분 정도 왔다 갔다 하면서 묵주기도 바쳤어요. 그다음에 문익환 목사님이 아이디어를 주신 건데요. 매일 빠짐없이 요가를 꼭 하라고 해서 요가 책을 청했더니 교도소에서 그것도 불허해요. 왜냐면 요가 모델이 다 여자예요. 감옥에는 여자사진 들어오면 안 된다고 해요. 그래서 소장을 면회하고 남자모델로 된 요가 책을 구해달라고 했더니 소장 직권으로 책을 넣어주더라고요. 매일 아침 한시간, 저녁 한시간 요가를 했어요. 시간도 많으니까 요가가 너무 좋더라고요. 나와서는 요가를 그렇게까진 못했지만요.

감옥생활도 힘들지만 면회 오면 정신이 깨져요. 면회를 오면 불려 나가고 기다리고 또 들어오고 하면서 두시간이 깨지고 나면 머리가 분산되어 독서했던 것을 잊어버려요. 그러니까 누가 오는 것도 귀찮은 거예요.

독방생활을 견디기 힘들어하는 분들도 많이 계신데, 어떠셨어요?

신학교 생활을 했기 때문에 그런 부분이 조금 익숙했던 것 같아요. 하지만 그렇지 않는 분들도 많지요. 재판받을 때 안병무 교수님을 뵈니, 머리카락이 막 뽑혀 있더라고요. 밤에 자다가 눈이 떠지는데 철창만 보면 미치겠더래요. 자신도 모르게 머리를 감방 벽에 박게 된대요. 그래서 그다음에 그 벽을 스티로폼으로 쌌다는 말을 듣고 놀랐지요. 신현봉 신부님에게도 그런 증세가 왔다는 거예요. 그래서 교도소 의사를 불러서 이상하다고 했더니 "신부님도 증세가 조금 빨리 왔네요."

이러더래요. 독방증후군이 있다고 해요. 막 답답하니깐 그렇게 되는 거죠. 저는 신학교에서 항상 독방에서 지내왔어서 그런지 독방이 불편하지 않았어요. 교도관들도 항상 심심하지 않느냐고 물어봐요. 저는 계획대로 하려다 보니 바쁘고 시간이 너무 모자라요.

밤중에는 교도관들이 대화하자고 저희들을 깨우는 거예요. 저는 힘들어 죽겠는데, 잠을 자야 하는데 자기들은 인생상담을 하는 거예요. 그래도 저는 신부니까, 또 교도관들이 좋은 뜻으로 말하는데 거절할 수가 없잖아요. 당시 교도관들의 꿈은 공부해서 빨리 경찰이 되는 거예요. 똑같이 옥살이하니 자기들도 죄수라고 그래요. 그분들하고 친하게 대화하면서 지냈는데, 한분이 이런 얘기를 해요. "당신은 신부니까 나가면 다시 신부를 하지만 옆의 학생들은 뭐냐. 민주주의와 인권을 위해 애썼지만 이 사람들은 누가 보상을 해 주느냐." 그래서 제가 "이분들은 그런 걸 생각하면서 운동을 하지 않는다. 독립운동 하던 분들이 그런 대가를 바라고 했느냐. 그런 의미에서 여러분들이 더 잘 이해하고 인간적으로 잘 대해주면 좋겠다." 이런 대화도 나눴어요. 교도관 중에서도 정말 내적으로 훌륭하고, 우릴 도와주신 분이 많았지요. 그런 게 큰 힘이 되었습니다. 어디를 가든지 '하느님의 손길은 그런 의로운 분들을 통해서 우리에게 늘 전달되는구나' 확신했어요.

정말 힘들 때는 재판받을 때인데, 밤 8, 9시에 끝날 때도 있어요. 구치소에 들어오면 밤 10시가 돼요. 감방에 와보면 밥과 국을 그대로 놓아두었는데, 3, 4월이면 다 식어서 차잖아요. 찬 콩밥하고 다 식은 국하고 짠지를 저녁이라고 먹어야 하니 정말 한심한 거예요. 그래도 기쁘게 기도하고 이 밥을 먹고 살아야지 하면서 입에 넣었지요. 또 어떨 때는 따뜻한 밥을 먹고 난 후 배가 부르면 담배 생각이 나는 거예요.

김대중 씨는 커피 때문에 몹시 힘들어했어요. 하루에 커피를 몇잔씩 마셔야 하는 습관이 있었거든요. 당시에 불구속으로 재판받던 이태영 변호사가 점심용 도시락을 가져오셨는데 같이 나눠먹으면 안 되겠느냐고 재판부에 요청한 적도 있고요. 재판장이 다 아는 법조인늘이니까 그렇게 하라고 하여 밖에서 도시락 먹으면서 커피도 한잔 마시기도 하고 그러셨어요. 그런 소소한 일화도 있었지요. 감옥살이였지만 서로 의지하면서 이겨내고 좋았습니다.

신부님이 감옥에 있는 동안 정의구현사제단 활동이 더 잘 되었다고 하셨는데, 누가 어떻게 그 활동을 이어갑니까?

각 지역에 대표들 있었으니까요. 그분들이 정의평화위원회와 함께 더 애썼습니다. 그 당시에 제가 잡혀갔을 때 천주교 정의평화위원회의 인권위원장 직책에 있었어요. 정의평화위원회 주관으로 미사도 봉헌하고 구속된 사제와 인사를 위해 더욱 활발히 활동했습니다.

1976년으로 뛰기 전에 75년도 중반 이후 사제단 활동이 잠시 주춤했다고 하셨지요?

네. 침체기죠. 주교회의가 방해했다고 하는 게 낫겠네요. 그 당시 수원교구장 김남수 주교 등, 지금은 돌아가신 분들이 궤변을 얼마나 펼치셨는지… 베트남전 이후 정치적으로 완전히 정부 편이 되었어요. 또 긴급조치 9호가 그때 발동이 되었지요. 그러면서 1975년 5월 이후부터는 분위기가 싸늘했어요. 특히 베트남이 적화되었다며 모든 언론이 유신정권의 선전매체가 되었답니다.

그렇게 되니까 천주교에서도 주교회의 중심으로…

정의평화위원회 중심으로 하겠다 하면서 사제단 활동을 막았는데, 정작 아무것도 하지 않아요. 문서만 내고는 말이죠. 그래서 우리가 항의하기도 했지요.

사제단이 위축되기는 했지만 명맥을 어떻게 유지했습니까?

월간이나 격월간으로 심포지엄 형식으로 1박 2일 모여서 삶에 대해 공유도 하고, 시국에 대한 설명도 듣고, 정세분석도 하면서 한 5, 6개월을 지낸 셈이죠.

여건이 용이할 때는 활동을 하고, 여건이 어려울 때는 공부한다는 거죠. 여건이 어렵다고 굴하지 말고 어려울 때는 공부를 하라는 이야기고요. 또 활동할 수 있는 상황이면 열심히 활동하고 이렇게 리듬을 타야 장기간 좋은 역할을 할 수 있는 게 아닌가 생각되기도 하네요. 그러니까 1975년 중, 하반기에 공부를 많이 하셨던 모양이죠? 그다음에 1976년 3월부터 사제단이 활동을 외부적으로 재개한 겁니까?

1976년 1월부터 했지요. 원주에서 개신교와 일치운동을 계기로 해서 김지하 석방운동과 함께 시작했어요. 1월 23일 원주에서 한번 하고, 그다음에 3월 1일에 명동성당에서 미사를 봉헌했는데, 그게 사건이 되어갖고 불이 붙어 이어졌지요.

불을 잘 붙이셨네요.

제가 『불을 지르러 오신 예수』(바오로딸 1990)라는 강론집을 낸 적이 있습니다. '예수님이 평화를 주러 오신 것으로 생각하지 말아라. 평화가 아니라 불을 지르러 왔다.' 그렇잖아요? 저는 그 말씀을 표어처럼 주제어로 선택했습니다.

지금 봐도 정말 강렬한 제목인데요. 저도 책을 받아서 보니까 강론집 제목이 뜨겁네요. 한권은 『불을 지르러 오신 예수』, 다른 한권은 『칼을 주러 오신 예수』(성바오로출판사 1993). 그 개념들을 그때 만든 겁니까?

1985년 교구 홍보국장으로 일하게 되면서 그로부터 3년 동안 주보 1면에 강론을 연재했어요. 김옥균 주교님의 방해를 무릅쓰고 했는데, 그 강론을 묶어서 바오로딸 출판사에서 펴낼 때 제목을 '칼을 주러 오신 예수'라고 짓고 싶었어요. 그런데 수녀님들이 그건 너무 강하다며 반대한 거예요. 그래서 '불을 지르러 오신 예수님'을 제목으로 정했어요. 그후에 다른 출판사에서 책을 낼 때 '칼을 주러 오신 예수'로 제목을 바꾼 거지요.

지금 보면 제목이 좀 섬뜩하기도 한데요. 죄송한 말씀이지만, 기질적으로도 굉장히 세게 나가신 것으로 착각했어요.

아니, 성경 말씀에서 떼어낸 거지, 제가 선택한 게 아니잖아요. 성경에 있는 말인데요. 한번은 그런 일이 있었어요. 미가서 2장을 두고, 청주의 정진동 목사님이 설교하시면서 "망할 것들아, 권력이나 쥐었다고 자리에 들면 못된 일만 꾸몄다가 아침 밝기가 무섭게 해치우고 마는 이 악당들아." 하고 설교를 했는데, 경찰과 검사가 성경 말씀인지 모르고 기소장에 그걸 쓴 거예요. 그런데 재판에 가서 변호사님이 "그거 성경에 있는 건데…", 그러니까 자기들은 공동번역성서 안 봤다는 거예요. 그래서 그다음에 기소장에서 뺐어요. 그런 일화가 많습니다.

구약성서의 예언자들의 질타와 회개 촉구가 얼마나 뜨겁습니까. 그 예언자들은 유신시대에 살았으면 모조리 감옥으로 끌려갔을 것 같아요. 국가보안법, 긴급조치로 말입니다.

1970년대에 그런 일을 겪으면서 성경을 시대적 눈으로 새로 읽게 된 거예요. 그런 게 더 머리에 와닿지요. 그전에는 일반 영성의 관점에서만 읽었는데 사회변혁 관점에서 성경을 다시 해석하게 되더라고요.

그러니까 로마에서 8년 유학하면서 봤던 예수님, 성경과 비교할 때 옥중에서 체험하고 묵상했던 예수님, 성경은 차이가 있을 것 같아요. 만일 감옥체험을 하지 않았더라면 함 신부님의 신학과 신앙은 어땠을까요?

그게 빠졌다면 조금 교과서적인 신학이랄까, 교과서적인 논리로 있었겠지요. 그런데 감옥체험을 통해서 예수님의 갈바리아(갈보리)의 십자가 죽음, 고난의 현장을 더 심도있게 체험했어요. 그게 저는 은총이라고 생각해요.

그 고난과 은총의 과정을 거치면서, 예컨대 강론을 위하여 글을 쓸 때 이젠 속에서 체화된 게 솟아나오잖아요. 그전에는 자료를 찾아 정리하고 옮기고 하는 글을 썼다면, 이제는 삶 속에서 체화된 성찰이 쌓여갖고 말씀이 나오는 게 아닌가요?

사실은 죄송한 게 25년 감옥에 계신 분들, 장기수들, 고문당한 분들, 이런 분들과 비교하면 저희들은 사치스러운 감옥살이인 셈입니다. 재미있는 감옥 일화가 있습니다. 감방에 신입 수감자가 들어오면 죄과는 무엇이고 검사는 누구, 또 재판부 판사가 누구냐고 묻는대요. 답하고 나면 '5년 구형에 3년 선고', 이렇게 기가 막히게 맞춘답니다. 만일 3년형을 받고 와서 울잖아요. 그러면 사형수가 막 야단친대요. "자식이, 우리 오줌 누는 시간인데 그걸 가지고 울어!" 저는 2년간 두세차례 감옥생활을 했고, 제가 신앙인이긴 하지만 감옥 체험을 쓰는 게 어떨 때는 송구스럽답니다.

출소미사에 얽힌 곡절

오늘은 5월 1일, 메이데이입니다. 신부님은 메이데이에 얽힌 사연이 있나요?

민주화운동기념사업회에서 일할 때 자료를 찾아봤어요. 1886년 미국 시카고를 중심으로 수십만의 노동자들이 하루 8시간 노동시간 쟁취, 임금 개선을 위해 역사상 처음으로 총파업을 단행했고, 경찰과 충돌하여 유혈사태를 빚어냅니다. 노동자들의 항의를 당시 정부가 공산주의자의 소행으로 몰아가면서 일이 커졌다는데요. 3년 뒤 빠리에서 그날을 노동절로 기념하게 되면서 국제적으로 노동자의 날로 지켜지고 있는 것으로 압니다. 미국 한복판에서도 그런 일이 있었구나 하는 느낌도 들고, 그런데 막상 자본주의의 선두가 된 미국에서는 기억도 잘 안 하는 것 같고. 유럽을 중심으로 세계 각국에서 기념하고 있어요. 한국에서는 일제강점기에도 메이데이 항쟁이 계속 이어졌고, 해방

직후에는 메이데이 축하행사를 거창하게 치릅니다. 그런데 노동운동을 불온시한 이승만 정권 때, 한국노총이 만들어진 3월 10일을 '근로자의 날'로 기념하면서 메이데이를 폐기해버렸습니다. 이에 1987년 민주항쟁 이후 민주노총을 중심으로 노동자들이 메이데이를 되찾았고, 지금은 정식으로 국가기념일로 기념하고 있습니다. 그래서 메이데이는 노동자의 기념일로서 참뜻이 있구나 생각하면서 공부했습니다.

다른 한편 우리 가톨릭이 보편 교회를 내세우니까, 재빠르게 이 노동절을 껴안는 거예요. 오늘 5월 1일이 천주교에서는 '성 요셉 노동자의 축일'입니다. 예수님의 양부이자 노동자인 요셉의 축일이에요. 이런 방식으로 메이데이를 또 껴안는 거예요. 다른 사람이 보면, '야, 가톨릭이 과연 장사를 잘하는구나' 이렇게 생각할지 몰라요. 저는 어릴 적엔 5월 1일을 성 요셉 노동자 축일로 알고, 그것과 메이데이의 관계는 몰랐어요.

사실 1년 중 제일 좋은 날이 5월 1일인 것 같아요. 5월이 계절의 여왕인데다, 공기도 가장 상쾌하고요. 그래서인지 5월 1일을 확보하기 위한 쟁투가 대단한 것 같습니다.

5월엔 어린이날, 어버이날, 스승의 날, 부부의 날(5월 21일)이 이어지지요. 이렇게 가정과 직결되고 사랑과 직결되는 달이고요. 가톨릭에서는 5월이 '성모의 달'이기도 합니다. 저희 성가에도 5월은 "성모 성월요 제일 좋은 시절…" 이런 노래가 있어요. 또 1980년 광주항쟁 때에는 5월 18일 비극이 생겼잖아요. 그때 성모상 앞에서 그런 성가를 부르면서 신학생들이 갈등을 느끼는 거예요. 눈앞에 피비린내 나는 죽음이 있는데, 우리는 현실을 외면하고 "제일 좋은 시절" 운운하는 노래를 할 수만 있느냐, 현장으로 가야 한다, 그러면서 신학생들이 시위를 했어요. 그래서 저는 5월 1일 하면 우리 어렸을 때의 신심과 함께 5·18 광주항쟁의 아픔을 늘 함께 연계합니다.

5·18 광주항쟁은 기독교적 비유로 많이 각인되었지요. 5·18 직후 김준태(金準泰) 시인이 「아아, 광주여 우리나라의 십자가여!」라는 장시를 발표했는데, 광주에서의 죽음은 십자가를 지고 죽은 예수의 죽음에 비유되었고요. 십자가는 부활에의 열망을 내포하고 있으니, 곧이어 문병란(文炳蘭) 시인이 「부활의 노래」로 화답합니다. 피에타 조각에서도 아들의 주검을 안고 비통해하는 성모님이 있듯이, 성모께서 늘 신나고 기쁜 노래와 꽃 속에서 살아가셨던 것은 전혀 아니잖아요?

루카복음 1장 중간에 '마리아의 찬가'가 나오잖아요. 해방신학에서는 이를 '민중의 노래'라 해석했는데, 갈릴리아 지방 나자렛 민중들이 로마의 폭압을 받았을 때 그들이 부른 노래의 일부를 따와서 성모님이 기도로 바친 것입니다. "주님께서 마음이 교만한 자들을 흩으시고, 제왕들을 왕좌에서 끌어내시고, 비천한 사람을 높이시고, 주린 사람들은 좋은 것으로 배부르게 하시고, 부유한 사람들은 빈손으로 떠나보낸다."라는 내용이지요. 이게 완전히 민중의 해방을 말하는 거죠. 그 안에 담긴 해방의 의미와 생동하는 역사를 찾아볼 수 있습니다.

메이데이 하나에 얽힌 이야기에 노동자의 역사도 있고, 세계사도 있고, 우리 민족의 역사도 있고, 가톨릭의 역사도 있고, 거기서 온갖 것들

이 나올 수 있네요. 다시 본론으로 돌아가자면, 함 신부님이 형집행정
지로 석방된 때가 1977년 말이지요. 그 석방 전후의 얘기를 들었으면
합니다.

1977년 말 성탄 때쯤 석방된다는 암시가 그해 12월 초쯤 오갔어요.
그런가보다 했는데 마침 그즈음에 교구에서 인사발령이 났어요. 그 당
시 김수환 추기경이 조금 곤혹스러운 때여서 사목 전권을 경갑룡(景
甲龍) 총대리 보좌 주교에게 맡기시고 아무것도 안 하셨어요. 그 당시
에 교구 내에 여러 복잡한 사정이 있었어요. 경갑룡 요셉이라는 분이
신학교 3년 선배고 저 다음으로 로마에서 공부하고 오신 분인데, 신부
때는 우리와 뜻을 함께하신 부분이 많았어요. 그런데 주교가 되니까
바뀐 거예요. 이분이 인사권 전체를 갖고 있었고, 그해 12월 10일쯤 인
사발령을 냈는데 저에겐 '대기발령'을 내린 거예요. 옥중에 있지만 응
암동성당 주임사제인 저를 그냥 주교관 소속으로요. 그게 사실상 대기
발령인 셈인데 대기발령이란 말은 쓰진 않았죠. 그렇게 된 것을 감옥
에서 듣고는 가슴이 쓰라렸어요. 응암동성당에서 저를 위해 기도하는
교우들과 정말 끈끈한 우정이 있고 그들에게 신앙의 빚을 많이 졌는
데, 이분들에게 감사할 기회도 놓치는구나 싶어서요. 그리고 감옥에서
대기발령 받으니까 모든 게 다 빼앗긴 것 같은 거예요. 그때 '십자가
예수님, 모든 것을 다 빼앗기신 예수님'을 더 깊이 묵상하면서 '이것도
집착과 소유욕의 하나일 수 있다. 그래 다 빼앗기자', 이렇게 생각하며
저 나름대로 이겨내고 성탄절인 25일 아침에 형집행정지로 나오게 되
었습니다.

나오셔서 어디로 가나요? 일단 응암동성당으로 갑니까?

나와 보니 막상 어디 갈 데가 없는 거예요. 충청도 중앙정보부 요원들이 차를 태워서 저를 데리고 서울 톨게이트까지 왔어요. 여기서 서울 정보부 요원들이 신병인수를 받아요. 그들이 나를 응암동으로 데려가려 하는 거예요. 당시 제 주소가 응암동이니까. 그런데 제가 응암동에서 떠나야 한다고 발령이 났으니 후임신부에게 곤란할 것 같아서 "그리 가면 안 된다. 명동성당으로 데려가 달라." 했어요. 자기들은 응암동으로 명령받았다는 거예요. "아니다. 서울교구 소속이니까 명동으로 가야 한다." 그래서 명동성당으로 갔어요.

제가 총대리 주교를 찾아가 앉아 있는데 출소 환영미사를 안 해주는 거예요. 그때 김수환 추기경은 외국에 나가 계셨어요. 여러 개신교회에서는 목사님들과 함께 환영예배를 받고 그랬는데 말입니다. 전주교구에서는 문정현 신부님에 대한 출소미사를 잘 거행했고요.

우여곡절 끝에 출소 감사미사를 명동성당에서 뒤늦게 열면서, 경갑룡 주교가 강론은 자신이 할 테니 저에게는 "감사합니다." 그 얘기만 하래요. "2년 가까이 감옥에 있다 나오고, 많은 분한테 기도도 받고 관심도 받고 사랑도 받았는데, 어떻게 그 얘기만 하느냐. 안 된다." 그랬더니, 그럼 자기도 안 된대요. 그거 갖고 옥신각신 할 수 없어서 그러겠다고 했어요. '감사합니다'를 맨 뒤에 하면 되겠구나 생각하고요. 제가 마이크를 잡을 기회가 왔을 때, 30분 강론을 했어요. 하고 싶은 이야기를 다 했어요. 유신체제 때 교회 분열을 시키면서 아부했던 교회의 부끄러운 사람들에 대해 지적도 하고요.

더 가슴 아픈 것은 문정현 신부님도 석방되고 나와서 명동성당에 미사 하러 오셨어요. 같이 감옥에 있었으니까. 그런데 문 신부님에게 미사를 못하게 하는 거예요. 교구 사무처장 최석호 신부님이 제의방에서 아예 못 나가게 하는 거예요. 원래 우리 사제는 어느 교구에 가든지 다 미사를 봉헌할 수 있거든요. 그런데 막는 거예요. "이건 우리 교구의 조촐한 잔치이니까 타 교구 신부님은 죄송하지만 안 하셨으면 좋겠다."라고 해서 문 신부님이 미사를 못하고 제의방에 앉아 눈물만 흘리셨어요. 그런 것을 생각하면 어떤 때는 사실 저도 축하미사를 거부하고 싶었는데, 많은 분들이 그것을 계기로 우리의 뜻을 모아야 하고, 아직도 박정희 독재가 지속되고 있고 뭔가 증언해야 하기 때문에 하긴 했지만… 사실은 힘든 과정이었습니다.

정말 가슴 아픈 얘기네요. 유신체제의 그림자가 교회 안에까지 미치는 단계네요. 저는 당시 대학생으로 기관원이 학원에 아예 상주하고 있고, 학내 데모가 일어나면 교수에게 지정 장소에 출석해야 한다는 것까지 시달하는 총체적 통제체제를 겪었습니다. 가장 자율적인 공간의 여지를 갖고 있던 대학과 교회까지 유신체제에 조종당하고 또 그에 부응하거나 앞장서는 자들이 설치는 시대였습니다. 그토록 석방을 기원했던 응암동성당의 교우들과 미사 한번 하지 못한 채, 명동성당에서 내내 사실상의 대기발령 상태로 머물면서 석방축하미사 하나에도 제동이 걸리고. 하지만 무려 30분 동안이나 하실 말씀 다 하시고, 그런 다음에 '감사합니다.'로 마무리짓는 재치는 아무나 흉내낼 수 없을 것 같습니다. 그다음은 어떻게 되셨습니까?

한강성당의 사목 활동

　그러고 나서 동부이촌동 한강성당에 발령을 받았어요. 그곳 신부님은 제가 유학 갈 1965년 당시에 학장이셨던 이문근 신부님이었어요. 자기 방에 육영수 사진을 붙여놓을 정도로 사고가 저와 달라요. 박정희의 둘째 딸의 음악지도를 맡기도 했고요. 그 은사의 후임으로 제가 간 거지요. 당시 성당 사무장 중 일부가 중앙정보부 요원들의 영향하에 있을 때예요.

　한강성당에 발령을 받고 인수인계 날짜를 정하는데, 우리 동창 신부들이 사무장을 바꿔달라고 이야기하라는 거예요. 일단 가고 나서 바꾸긴 너무 어려우니까 가기 전에 은사 신부님께 요구하래요. 그래서 제가 조심스럽게 이 신부님께 말씀드렸어요. 인수인계할 때에 "사무장도 같이 이동하면 좋겠습니다." 그랬더니 신부님이 아주 언짢아하시면서, 그날 또 총대리주교한테 일렀나 봐요. 경갑룡 주교가 저를 만나자고 하더니 언짢게 원로사제에게 그렇게 청할 수 있느냐고 그래요.

"제가 혼자 결정한 게 아니고 우리 동창들이 조언해줬다. 본당 사목을 위해서는 꼭 이렇게 해야겠다." 했더니 그러면 안 된다는 거예요. 그래서 경갑룡 주교님한테 "그러면 내가 그렇게 할 텐데 그 대신 조건이 있다. 공문을 내보내라. 앞으로는 모든 본당 사제가 이동할 때에도 본당 사무장은 절대로 이동할 수 없다는 공문을 내라."고 했어요.

정의구현사제단으로 활동하면서 교회 안에서 받은 상처와 아픔이 적지 않아요. 당시에는 이걸 공개하면 교회 안에서 분열이 생길까봐 조용히 껴안았는데, 이제는 역사적인 증언이기 때문에 이렇게 부분적으로 공개하는 것입니다.

정말 힘드셨겠네요. 내면의 분노와 개탄의 마음이 솟구칠 수도 있겠고요. 외부의 적보다 내부의 다른 입장과 맞서는 게 훨씬 힘들잖아요. 객관적으로 열악한 처지였을 것 같은데, 기개가 꺾이지 않으면서도 지혜롭게 처신하신 것 같습니다. 그 균형점을 찾아내기란 누구에게나 어려운 일인데요. 한강성당 본당사제로서는 잘 안착하셨습니까?

한강성당이 있는 동부이촌동은 공무원 촌이에요. 공무원 아파트가 있고, 특히 군장성과 요직에 계신 공무원들이 많이 사는 지역이에요. 사목위원들도 그런 분들이고요. 그런데 제가 그 본당 신부로 간다니까 다 사표를 내고 나를 데리러 오지도 않는 거예요. 보통은 본당 신부가 간다고 하면 본당에서 차가 와요. 사목 회장이 오고 부회장 몇 사람도 와서 인사하고 미사를 봉헌하는데, 한 사람도 안 오는 거예요. 그래서 제가 웃으면서 혼자 차 타고 갔어요. 주일 미사 때 "제가 이번에 새로 오게 된 신부 함세웅입니다."라고 인사했더니, 거기 본당 수녀님과 유치원 수녀님들이 주관이 되어 안나회 할머니들과 함께 저를 환영해주 셨어요. 젊은 사람들은 다 도망을 가고. 저로서는 사목위원들을 껴안고 가야 하니까, 얼마 지난 다음에 그들을 불렀어요. "성당 사목은 봉사직이다. 이건 무슨 직책이나 직업이 아니니 사표라는 것이 없다. 잘못되었다." 그러면서 한 사람씩 설득했어요.

한강성당에서 특히 주안점을 둔 게 있나요?

1978년 2월에 한강성당에 부임해서 84년 9월까지 7년 동안 잘 지냈습니다. 제가 동부이촌동으로 갈 때 중앙정보부는 너무 좋아했어요. 저놈이 저기 가서 몇달 안 되어 쫓겨날 거라고 했어요. 거긴 다 공무원촌이고 군인들 많이 사는 데니까. 또 정보부원들이 공작을 해요. 저도 이걸 어떡하나 조심하는데 저와 가까운 친구 신부가 조언해주는 거예요. 거기 가서 인권은 이야기하되, 부자 동네니까 가난한 사람을 위해야 한다는 말은 안 하면 좋겠다고요. 아침미사 때에는 꼭, 짧게 5분에서 10분 사이에 성경 말씀으로 강론을 했어요. 성경 말씀을 갖고 강론하면 시비를 걸 수 없으니까, 매일 성경 말씀 1독서와 복음 말씀 갖고 주일도 그렇게 강론하면서 지냈어요.

그해 2월에 부임했는데 3월에 동일방직 사건이 났을 거예요. 노동자들을 위해서 김수환 추기경이 강론하셨으니까, 그 부분을 인용하면서 "성경에서 약자와 가난한 자를 돕는 게 의무이듯이 이런 분들을 도와야 한다." 하면서 현실에 대한 사목을 이끌었지요. 박정희에 대한 직접적인 비판보다는. 그런데 응암동보다 강론의 수위를 아주 낮추어 잡아도 이분들이 부담스러워하는 거예요.

최근, 당시 동일방직 노조지부장인 이총각(李總角) 씨의 회고를 찾다 보니, 함 신부님이 한강성당에 계시면서 동일방직 노동자들을 위해 도왔다는 기사가 나오네요. 노동쟁의 하는 여성노동자들에게 똥물을 뿌려댔던 사건.『한겨레』2013년 7월 24일자 기사에 따르면, 그 사태의 진상을 알리는 유인물을 노동자들이 제작했는데, 그것을 "함세웅 신부의 한강성당 지하에 모두 내려놓은 뒤" 각 방면에 신속하고 조심스럽게 배달했다고 합니다.

노동자들은 또한 1978년 3월 10일 장충체육관에서 열린 노동절 기념식에 참석하여 "우리는 똥을 먹고 살 수 없다. 동일방직 문제를 해결하라."고 구호를 외치다 잡혀가고, 일부는 명동성당 저녁미사에 참석한 다음 사제관으로 자리를 옮겨 무기한 단식농성에 돌입했다고 합니다. 명동성당으로서는 처음 겪는 일이었고, 김수환 추기경이 보좌신부와 함께 농성장을 방문하여 사태의 전말을 들었다고 합니다. 그리고 동일방직 노조문제를 해결하는 데 최선을 다하겠다고 답했고요. 바로 다음 날 인천 답동성당에서 노동절 기념 기도회가 열렸고, 조화순(趙和順) 목사님이 사건 내용을 보고하자 눈물바다를 이루었다고요. 이렇게 천주교 측에서 연대하며 개입하자, 관계기관에서는 이총각 노조지부장에 대한 수배령을 해제하고 요구조건을 들어주겠다며 협상을 제안했다고 하네요. 동일방직에 대한 신부님의 관여에 대해 구체적으로 알려주시기 바랍니다.

저는 뒤에서 간접적으로 도왔습니다. 김 추기경께서 적극적으로 앞에 나서셨으니 저희는 그분의 메시지를 교우들에게 전하면서 기도했습니다. 여성노동자들에게 인분을 뿌리며 박해했다는 소식을 듣고 분노가 치밀어 오르면서 너무 가슴이 아픈 거예요. 상상할 수 없는 일이잖아요! 기업가와 경찰, 정부 그리고 그 하수인들인 용역깡패들의 비인간적 만행은 도저히 용서받을 수 없는 일이지요. 동부이촌동의 한강성당 교우들도 이 소식을 듣고는 모두 울분했습니다. 저는 이 기회에 사목헌장의 가르침, 인간의 품위, 이성과 양심, 자유와 인권의 고귀함을 상기하면서 교우들에게 시대의 징표를 전했고, 불의한 기업을 불의한 방법으로 옹호하는 공권력과 정부가 바로 불의하다는 점을 강조했습니다. 이 총각 위원장 이분이 재미있어요. 지금도 만나면 "총각님, 잘 계셔요." 하고 인사를 나눕니다. 70년대의 헌신적인 노동자들의 삶을 오늘의 노동자들, 민주노총 등 간부들이 본받고 그들이 이기적이 아닌 이타적 노동자, 공동선을 위해 헌신하는 노동자가 되기를 바라며 기도합니다.

한강성당에 계실 때, 동일방직 외에도 노동자들에게 도움을 주신 적이 있습니까.

노동자들, 특히 가톨릭 노동청년회를 중심으로 한 이들을 기도회 현장에서 늘 만났습니다. 이분들이 바로 인권과 민주화를 위한 동지이며 원군이었습니다. 기업 측으로부터 이분들이 당했을 고통과 박해는 바로 정부와 공권력의 엄호 속에서 이루어졌습니다. 어떻게 공권력, 경찰과 중앙정보부가 노동자들의 권익을 보호하지 않고 불의한 기업을 또는 외국계 회사를 옹호하는지 저희는 이해할 수 없었습니다. 저희는 다만 성경과 교회의 가르침에 따라 노동자들에게 정당한 임금을 주고 노동3권을 보장해야 한다는 원칙을 고수하고 강조했습니다.

한강성당의 주변 여건은 아파트 지역들이라 신자들이 당시에는 노동자들에게 호의적이지는 않았지만 동일방직 등의 사건 소식을 듣고 이들도 현실에 눈을 뜨면서 너도 나도 노동자들을 도왔습니다. 1982년에는 콘트롤데이타 노동자들이 피신할 데가 없다고 해서, 이들을 성당 지하 교리실에 피신케 한 적이 있습니다. 이 때문에 관할 용산경찰서와 정보부에서 난리가 났고요. 그래도 이분들을 안전하게 잘 보호해드렸습니다. 지금도 모임에서 예순 넘은 여성들이 "신부님, 저 콘트롤데이타 노동자예요!" 하고 인사를 합니다. 제가 사제로서 그분들을 기쁘게 손님과 친구로서 맞아들인 겁니다.

동일방직이나 콘트롤데이타나, 노동자들을 지원하고 도움을 주시려면 노동자들과 마음으로 이어져 헌금 같은 것으로 지원하셨을 것 같은데… 한강성당에서 그게 쉽지 않았을 것 같은데요. 어떻게 가능했습니까.

성당은 주일에 본 헌금을 하고 영성체 끝난 뒤에 2차 헌금을 할 때가 있습니다. "이런 제안을 드리니 도와주십시오. 동일방직 노동자들을 위해서 좀 도와주십시오." 이러면 원하시는 분들이 헌금을 해주세요. 또 성당의 공적 기금에서 어려운 사람들을 도와줄 수도 있고요. 그런 것으로 감옥 간 학생들과 그 가족들한테 쓰고요. 또 개인적으로도 '이렇게 써주십시오' 하면서 저한테 봉헌하신 분들도 있고. 그래서 한강성당에서는 조금 여유로웠습니다. 여기저기 도와줄 수 있었어요.

그때 노동운동은 불온하다고 엄청나게 공격하고, 도시산업선교회의 약자인 '도산(都産)' 활동을 하면 (회사가) 도산(倒産)한다며 공격하고, 노동운동을 빨갱이나 하는 짓이라고 딱지붙이고 그러지 않았습니까.

그때 정권 차원에서 온갖 짓을 다했지요. 홍지영인가 가짜 목사 같은 이가 도시산업선교회를 공산주의자로 몰아붙이는 이상한 책(『산업선교는 무엇을 노리는가』, 금란출판사 1977)을 내서 배포하고… 그러니 도시산업선교회 활동을 한 목사님들은 더욱더 힘들어했지요. 우리 가톨릭 신자 중에 예비역 공군인지 잘 기억나지는 않는데 그가 저희들을 모함했지만 당시 분위기상 그런 행태가 저희 가톨릭 안에서는 그리 영향력이 없었어요. 대체로 가톨릭의 분위기는 신자들이 사제에 대한 기본적인 신뢰가 있기 때문에 그런 부분은 괜찮았고요.

다만 거기 신자 중에는 공직자가 많았는데, 외무부의 어느 고위 공직자가 하루는 미사 끝나고 저한테 "신부님, 좀 (듣기가) 힘듭니다." 해요. 그래서 "형제님은 공직자니까 그렇게 반응할 수 있지만 대한민국을 대표하는 국민이 아닙니다. 그리스도인으로서의 정의의 책무에 더 충실해야 합니다."라고 했어요. 그분이 항변하면서 "신부님, 재일교포들의 인권침해는 왜 이야기 안 하십니까?" 해요. "물론 그것도 해야 하는데 급선무는 우리 안의 인권 문제입니다."라고 답하면서도 그분의 재일동포 이야기를 늘 마음에 새겼어요. 나중에 민주화운동기념사업회에서 일할 때, 2005년 8월 15일 광복 60주년을 맞아 민주화를 위해 고생한 재일동포들을 위해 삼계탕이라도 대접하는 조그마한 잔치를 열자고 한 적이 있어요. 내부에서 말이 많았지만, 제가 그렇게 한 것은 그 외교관의 항변을 잊지 않고 있었기 때문이었어요.

신도들도 평소 생각해보지 않던 세계와 접촉하고 지원하면서 새롭게 깨달은 점도 많았을 것이고, 힘든 점도 적지 않았을 것 같습니다.

거기 뭐 군인들도 많았고 공직자도 있었지만 내심으로는 동조하는 분들이 대부분이었어요. 한강성당에서 저는 앞장서지는 않았어요. 주로 김승훈 신부님 계시는 동대문성당에서 '김지하 문학의 밤' 같은 행사를 많이 했고요. 한강성당에서도 미사 등 행사를 두세번 했어요. 그때 한강성당 신자들 중에는, 경찰 백차만 봐도 도망가는 분들도 있었어요. 그러니까 구속자를 위한 미사를 봉헌할 때는 외부에서 온 분들이 더 많았어요. 아파트 사람들은 좀 연약해 겁이 많았고, 또 성당이 워낙 조그맣기 때문에 2백, 3백명이면 꽉 찼어요.

요즘에 와서야 들은 이야긴데, 저보다는 사목위원들이 더 고통을 받았더라고요. 형사들이 사목위원들 직장을 찾아가서 세무사찰 한다고 위협했고, 함 신부에게 동조하지 말라는 이야기를 들어야 했대요. 그분들께 큰 마음의 빚이 있음을 깨닫고 보속의 기도를 올립니다.

한강성당의 사목위원이 되는 것은 또 각오해야 하는 것이었네요. 그런데 신자들은 자기 소속 본당에 가야 합니까?

원칙은 그렇습니다. 가톨릭은 지역 중심이기 때문에. 물론 다른 본당에 가도 됩니다. 그와 관련해서 생각나는 이야기가 있어요. 정부의 한 고위층 부인이 저를 찾아온 적이 있어요. 손자가 생겼는데 조심스럽게 후암동성당에 가서 잘 아는 신부님한테 세례를 받고 싶다고 그래요. 교적도 갖고 가고 싶다고 하길래 "그건 안 된다. 교육상 떼어줄 수 있지만 지금 당신의 의도가 순수하지 않기 때문에 내가 사목상 그것은 떼어줄 수 없다. 성당에 안 와도 좋다."라고 했어요. 그분이 제 강론을 들으면 주일에 머리가 아프다는 거예요. 그래서 제가 그랬어요. "머리가 아픈 건 참 미안한데, 정말 당신은 십자가에 못 박히신 예수님이 누구신지를 더 깊이 묵상해야 한다. 여러분 같은 분들이 선물해주는 좋은 음식 먹고 편안히 안락의자에 있으려고 사제가 된 게 아니다. 저 십자가에 못 박히신 예수님이 나를 세상 속으로 밀어내신다. '너 가난한 사람, 억울한 사람, 억울한 현장으로 가라'고. 그런데 내가 어떻게 그 예수님 목소리를 듣고 당신 같은 사람 때문에 주저앉을 수 있겠느냐."고요.

그분에게 구약성경과 신약성경을 다 읽어보았느냐고 물었더니 읽지 못했대요. 제2차 바티칸 공의회 문헌 다 읽으신 적 있냐고 했더니, 없대요. "그것들을 다 읽고 이야기하자. 신자가 어떻게 성경도 안 읽고 그런 이야기를 할 수 있느냐."라면서 점잖게 꾸짖었어요. "십자가 예수님 앞에서 반성하고 회개하는 기도를 바치고 복음의 진리가 무엇인지 진정 깨달아야 한다." 이렇게 말한 뒤 헤어졌습니다만, 그분이 언짢았겠죠. 저도 언짢은 부분이 있고.

사목회의 때에는 동일방직 같은 이야기를 자주 하니까, 한 사람이 이의를 제기하더라고요. "신부님, 그런 얘기를 안 했으면 좋겠습니다." 그래서 똑같은 말씀을 드렸어요. "혹시 형제님은 성경 다 읽고 오셨어요? 제2차 바티칸 공의회 문헌을 읽으셨어요? 그것도 안 읽고 그런 이야기를 하시면 안 됩니다. 다음 번에 올 때는 적어도 구약성서의 예언서 중에서 하나를 골라서 읽고 오세요. 신약성서 중에서 복음과 서간을 하나씩 읽고 오세요. 그러고 나서 이야기합시다."라고 했어요. 그분이 교장 선생님이었어요. 그뒤로는 그런 말을 꺼내지 않더라고요. 제가 항상 성서 중심으로, 사목적으로 대응하면서 신자들의 이해하지 못하는 점을 이야기했습니다. 그렇지만 너무 심하지 않게 제 나름으로 충분히 녹이면서 이야기했다고 봐요.

신부님이 어쩌다 질타도 하시지만 말씀과 마음이 아주 따뜻하거든요. 또 말씀을 삶으로 연결시키시니 설복력이 생기지 않나 하는 느낌입니다만.

가끔 한강성당에서 그랬어요. "제가 여기서 강론한 것은 응암동에서 했던 강론의 10분의 1 무게밖에 안 된다. 그 10분의 1도 소화를 못시키면 되느냐." "예수님은 철저하게 모든 것을 요구하시는 분인데, 동부이촌동 지역은 공무원과 군인들이 많다는 것을 감안해서 제가 낮추고 낮추어서 이야기하는 겁니다. 이것도 이해하지 못하시면 어쩝니까?"

물질적으로 보면 응암동성당은 헌금수입이 적은 가난한 성당이고, 한강성당은 부자 성당인 것 같은데, 함 신부님을 박대한 교구장이 왜 함 신부님을 한강성당으로 보내신 겁니까? 그쪽 신도들과 처음엔 공감대도 높지 않을 텐데요. 이건 너무 세속적인 질문입니다만.

제가 감옥에 있다 나오게 되니 어디 본당에 보내긴 해야 하는데…

한강성당 시절의 함세웅.

이문근 신부님은 한강성당에 5년 계셨으니까 옮겨야 했고요. 당시 동부이촌동은 부유했지만 성당 자체는 완벽하지 않았어요. 임시 성당처럼 있었지요. 관례대로 하자면, 젊은 새 신부일 때는 변두리에서 사목하다가 조금씩 도심지로 옮기게 돼요. 아주 새 신부일 때는 '벌판 발령'을 받기도 해요. 성당이 없는 채 발령을 내면서, 거기서 성당을 짓도록 하는 것, 이를 농담으로 '벌판 발령'이라고 해요. 한강성당의 경우, 약간은 임시건물의 모습을 갖고 있었고, 성당 자체가 완전히 다듬어진 건물이 아니었어요. 리모델링을 해야 했고 그것을 위해 모금해야 하는 어려운 일이 기다리고 있는 거지요. 그러나 다른 한편으로 유치원도 있고, 동네 자체는 부자고 탄탄한 성당이죠. 아까도 말씀드렸지만 중앙정보부 요원들은 제가 거기에 발령받아 간다니까 곧 쫓겨날 거라며 좋아했답니다.

신도들과 화합하지 않고 분란이 유발되면 물러가야 하는 경우도 있습니까?

뭐, 반대하고 데모하는 경우는 많지 않은데, 정부가 뒤에서 분란을 부추길 수는 있죠.

정말 그렇게 되었다면 진짜 갈 데가 없는 상태가 되겠네요.

그래서 제가 더욱 지혜롭게 대처하려고 노력했어요. 여기서 신자들을 더 껴안아야겠다고요. 가정 방문과 환자 방문도 열심히 하고, 유치원 행사에도 다 참여하고, 열심히 일했습니다.

다른 기준에서 봐도 매우 충실하고 성의있는 신부였다는 거네요.

그렇지요. 그러면서 가끔 제가 한강 신자들을 이렇게 꾸짖었어요. "제가 여기에서 한 것처럼 사목을 했으면 응암동성당에서는 아마 불이 붙었을 겁니다. 바늘로 찔러도 피도 안 나올 이 부자동네의 잔인한 분들은 성서 말씀 같이 참으로 깊이 뉘우치고 회개해야 합니다."라고!

방금 그 말씀을 진짜 그렇게 표현하셨습니까? 그러면 신도들의 반응이…

가톨릭 신자들은 사제들의 말에 귀를 기울입니다. 그게 욕이 아니고 비유인 줄 알기 때문이죠. 물론 아무 때나 하지 않고 분위기 봐서 서로 기분 좋을 때 직언을 했습니다.

말씀하신 내용 중에서 1977년 12월부터 78년 2월 말까지 다른 곳이 아닌 명동성당과 경갑룡 총대리의 박대에 대하여 짚고 넘어갈 필요가 있겠네요. 교구장은 김수환 추기경인데, 왜 교구장이 총대리에게 전권을 위임하나요? 총대리에게 위임하지 않을 수밖에 없게 만든 외부의 무언가가 있을 게 아니에요?

당시 교구의 분위기가 그랬어요. 추기경의 동년배인 사제들, 선배 사제들이 압박을 하고, 김수환 추기경 자신이 지치기도 했고요. 또 유신 때 바티칸에 대한 한국정부의 외교적 요구도 있고. 여러가지가 복합되었죠. 그래서 잠시 쉰다는 의미에서 김수환 추기경이 그런 방법을 택하셨죠.

가톨릭의 내부도 알고 보면 만만치 않네요. 상식으로는 추기경이 한국에서 제일 위에 있고, 추기경 뜻대로 다 할 수 있는 게 아닌가, 그렇게 생각할 텐데요.

그렇죠. 그분이 그것을 무릅쓰고 할 수 없는 건 아니었을 텐데, 여러 가지를 고려해서 그 당시에 그렇게 선택했겠죠. 바티칸에 고발도 들어가고 갖가지로 참 어려울 때였어요.

박정희 정권과 정보부의 공작 같은 게…

물론 있죠. 또 신자 중에서는 공화당 국회의원 이효상 씨가 가톨릭에 일정한 영향력이 있었고, 대구를 중심으로 한 반대세력이 방해하는 부분도 있었고요. 그 당시 경갑룡 주교는 중앙정보부와 관계가 있었는지 총대리가 된 다음에는 인권회복을 위한 미사를 못하도록 했어요. 경 주교가 명동성당 주임을 겸임했어요. 명동성당을 사용하지 못하도록 해서, 제가 또 이를 악물고 얼마나 싸웠다고요. 왜 총대리가 명동성당을 겸임하느냐, 겸임하려면 명동성당에 와서 미사를 봉헌하고 일을 해야시 왜 명의만 갖느냐고. 경갑룡 주교하고 6년 내내 싸웠죠.

6년이라 함은 언제부터인가요?

제가 한강성당에 있을 때부터입니다. 그 당시 제가 1지구장 일을 맡았습니다. 제가 하도 항변하니까 참사(參事, 사목 자문기구로 교구장 공석 시에는 임무를 대행)도 시켜주더라고요. 그래서 그때는 제가 좀 발언권이 있었어요.

경갑룡 주교가 천주교 서울대교구 보좌주교이자 총대리의 역할을 한 것은 얼마나 오래 지속되었습니까?

그분이 대전교구장으로 갈 때까지니까, 제가 다른 성당으로 이동할 즈음이죠. 1977년부터 84년까지 서울대교구에 있다가, 84년 8월경엔가 대전교구장으로 갔습니다.

아주 극단적으로 어려운 시기였던 1977년부터 84년까지, 명동성당으로 상징되는 서울 대교구의 실권을 김수환 추기경이 아니라, 경 주교가 갖고 있었네요. 답답한 일이었습니다.

밖의 분들은 그런 내용을 잘 모르시죠.

그러면 김수환 추기경에게 실제 권한이 다시 돌아가는 것은 언제입니까?

1984년경 경 주교가 떠나가면서 새 보좌주교가 오니까, 그때부터 김수환 추기경이 교구장 권한 행세를 하셨죠. 크게는 안 했습니다. 자기가 택한 거죠.

아까 출옥기념미사에서 경 주교가 "감사합니다."라는 말만 하라고 했는데 30분 강론을 하셨다고 하지 않았습니까. 공들여 준비했을 것 같은데요.

그 원고는 그대로 갖고 있어요. 자료집 『암흑 속의 횃불: 7, 80년대 민주화운동의 증언』 3권에 그 전문이 실려 있습니다(59~70쪽). 앞부분은 감사드리는 내용이고, 시대의 어려움과 감옥 체험 이야기를 하고, 교회의 예언자적 사명도 말했습니다. 또한 감옥에 있는 많은 분들, 학생들과 청년들을 기억해야 하고, 특히 익명의 교도관들처럼 어둡고 힘든 데서 일하시는 분들에게 감사드린다는 내용인데요. 전체적으로 많은 분의 이야기를 다루면서, 이제 우리의 감옥 고난은 끝났지만 현실 속에서 계속 이겨내야 한다는 내용과 취지로 강론을 드렸어요.

가톨릭 미사에서 강론은 어느 순서에 들어갑니까?

성경 봉독 후에 강론을 합니다. 개신교 예배에선 설교 부분인데, 그 부분에서 강론할 기회를 저에게 안 줬던 거예요. 그 부분을 자기가 주재하고 자기가 강론하겠다는 거였어요. 석방기념 미사라면 제가 마땅히 강론을 해야 하는데 저는 그냥 들러리죠. 공동미사니까 물론 교구 신부님늘이 많이 오셨어요. 우리와 뜻을 같이하신 분들은 물론이지만 뜻을 조금 달리하신 분들도 제법 오셨어요. 영성체 끝난 다음에 또 묵상시간이 있습니다. 이 시간을 이용해서 공지도 하는데 공지사항 시간을 이용해서 '감사드린다'는 말을 하라는 거죠. 그 기회를 잡아서 제가 30분 간 '감사하다'는 말씀을 드린 건데 실제로는 강론을 한 셈입니다. 그러니까 미사가 아주 길어졌죠.

동년배 사제들 간의 끈끈한 우정

1978년부터 84년까지는 한국 역사에서도 엄청난 고난기이고 격동기였잖아요. 그 격동기에 신부님은 경찰과 정보부 요원들한테 감시도 받고 잡혀가기도 하고… 그러면서 한 성당을 이끌어간다는 것이 굉장히 힘든 일 아닌가요?

그래도 젊었으니까 가능했던 것 같습니다. 그다음에는 동료 사제들의 끈끈한 우정이 뒷받침되었다고 봐요. 쉬는 월요일이면 저희들이 항상 만났어요. 서로 격려하고 식사도 하고 등산도 가고, 또 각 교구를 다니면서 기도회 미사도 하며 즐겁게 지냈죠. 저는 또 2년 가까이 감옥에 있으면서 친구들에게 빚을 졌으니까 친구들을 위해서 열심히 일했고요. 감옥에서 나와 동일방직 노동자들을 위해서 힘을 모으고 조언받으면서 지냈습니다. 문익환 목사님도 활동을 재개하셨으니까, 저는 그때는 앞장서지는 않았고, 약간은 중간 정도에 서면서 우리 사제들과 연계하면서 목사님을 만나 도와드리곤 했습니다.

지금까지 말씀을 들어보니, 동년배 사제들 사이의 끈끈한 우정, 이게 신부님을 받쳐준 가장 큰 힘 중의 하나일 것 같은데요. 그 부러운 우정 이야기를 한번 풀어놓으시지요.

제가 외국 생활을 8년이나 하고 1973년에 돌아오니 한국 생활이 좀 신기하고 생소한 거예요. 처음엔 대기 상태니까 갈 데가 없어 동대문성당에 갔어요. 친구 안충석 신부의 첫 본당이에요. 저희는 첫 성당을 '첫사랑'이라고 부른다고 말씀드렸잖아요. 거기에 며칠 있었는데 안 신부가 강론도 잘하고 모든 일을 너무 잘하는 거예요. 미사를 하면 주일에 다섯대 봉헌하면서, 열정이 대단한 거예요. 그 모습을 보면서 배우고 익혔어요. 또다른 친구는 양홍 신부입니다. 그는 당시 필리핀 사목연수원(EAPI)에 발령을 받았다가 취소되어 대기 상태에 있던 터라, 시난 얘기와 함께 개인석·시대적 고뇌를 나누며 우정을 키웠습니다. 우리 넷 중의 맏형 격인 김택암 신부는 유머와 여유로 저희의 버팀목이 되어주었고요. 이렇게 우리 넷이 제일 친한 동료로 지냈어요.

우리 넷이 명동성당에만 가면 선배 사제들이 '오늘 또 무슨 일이 있나?' 하고 물어볼 정도였습니다. 어쨌든 저만 감옥을 다녀왔기에 친구들은 제게 좀 빚을 진 셈이죠. 그런데 1980년 5·18 때 친구들이 서빙고 보안사로 끌려갔어요. 그곳에서 모두 고문당하고 매를 맞았습니다. 저는 물리적인 고문은 안 당했어요. 만나면 제가 친구들에게 가끔 이렇게 농담을 한답니다. "하느님이 난 먼저 고생했다고 봐주시고, 너희들은 매를 안 맞고 고생을 덜 해서 보안사에서 매를 맞은 거 같다." 우리끼리 웃고 그래요. 그 당시는 어려웠지만 우리끼리는 농담도 즐겨 하며 이겨냈어요.

어려서 키케로의 『우정론』을 읽었어요. 우정은 남녀 사랑을 능가하는, 참으로 고귀한 차원의 사랑이라고 했지요. 그런 글을 라틴어로 배우면서 자랐어요. 또 신학교 생활을 할 때, 단체생활에서 가능한 한 혼자 있지 말아라, 둘은 절대로 안 된다, 적어도 셋 이상 지내라는 격언을 배웠습니다. 그 격언의 배경은 물론 유럽에서 비롯된 것 같은데, 어쨌든 혼자 있으면 우울할 수 있기 때문에 혼자는 별로 권하지 않아요. 묵상하고 기도할 때는 혼자 있어야 하지만 자주 혼자 있으면 안 되고 둘은 절대로 안 된다고 그래요. 동성애 같은 것도 경계한 듯한데, 한국에 있을 때는 그 말을 이해하지 못했어요. 제가 유럽에 가니까 그것을 알아듣겠더라고요. 그래서 저희는 방안에 둘이 같이 못 있고, 같이 있으려면 문을 열어놔야 해요. 셋 이상이 괜찮은데 셋보다 넷이 더 좋은 것 같아요. 셋인 경우에는 둘이 더 가까워지면 하나는 외톨이가 되는 거예요. 넷인 경우 둘이 친해지면 이 둘과 저 둘이 되고, 항상 여백이 있더라고요. 우리 넷도 의견이 같을 때도 있고 다를 때도 있지만, 지금까지 잘 지내오고 있는 게 정말 감사하지요.

아까 제가 유학 갔다 와서 동대문성당으로 갔다고 말씀드렸는데, 동창들이 저한테 외국 물 좀 먹었다고 잘난 척 하지 말라고 주의를 주는 거예요. 유학 갔다 오면 아무래도 교만해지기 쉬운 측면이 있는데 그 점을 늘 조심하면서 친구들과 어울렸어요. 그러는 와중에 지학순 주교님 사건이 났기 때문에 우리 넷이 같이 투신할 수 있었고요. 투신할 때도 제가 혼자 나서서 투신한 것이 아니고 그 동료들이 먼저 "야, 이거 해야 되지 않느냐." 했어요. 저는 오히려 뒤에서 따라다니는 편이었죠.

나중엔 제가 앞장섰지만 대개는 이 세 사람이 저를 이끌어줬죠. 오히려 저를 보호해주었어요. 너는 유학 갔다 왔으니까 나중에 하라는 식으로요. 그러면서 우정이 더 짙어졌고요.

또 각자의 특성이 있는데, 김택암 신부는 냉철하다고 할까요. 모든 선언문은 김택암 신부가 발표하는 경우가 많았습니다. 양홍 신부는 아주 꼼꼼해서 경리를 맡았죠. 또 성가를 잘해요. 미사 때 성가 선창은 양홍 신부가 하고, 열정적으로 강론해야 할 때는 안충석 신부가 나서고요. 이렇게 역할 분담을 하고, 저는 뒤에서 드러내지 않고 조직하면서 지냈어요. 세 분이 항상 앞에 서고, 저는 뒤에 섰지요.

그런 끈끈한 우정은 정의구현사제단의 보이지 않는 정서적 구심력을 만들어주었을 것 같네요.

1974년에 저희들이 본격적으로 기도회를 열 때, 그때는 학생들을 닥치는 대로 잡아갈 때니 학생들을 시킬 수도 없어서, 저희들 넷과 후배 신부 몇명이 포스터를 만들고 나서 토요일 서울의 각 성당에 포스터를 붙였어요. 월요일에 기도회, 미사가 있어요. 그 당시 서울에 80여 개 성당이 있었어요. 월요일에 명동성당에서 모이고요. 그 생활이 너무 벅차면서도 또 기뻤어요. 이렇게 역할 분담하고 서로를 격려해주고, 어떤 부분은 보완하라고 조언해주면서. 어떤 것을 책임질 때는 각자 나누어 떠맡고요.

네 분의 우정은 몇십년 동안 이어지고 있습니까? 다른 분들이 시샘하지 않나요?

아, 그러지 않도록 몰래 몰래 만나죠. (웃음)

그럼 소풍이나 등산… 그런 취미는 어떻습니까?

옛날에는 설악산 같은 데를 함께 다녔고, 골프는 제가 안 친다고 하니, 저 빼놓고 골프장에 가나봐요. 저희들의 좋은 점은 오래 떨어져 있어도 역사라든지 교회 문제를 바라볼 때의 시각이 잘 통한다는 거예요. 그래서 기쁘죠. 한 사안을 놓고 구체적 판단은 다를 수 있지만 기본적인 관점은 같아요. 그래도 아주 오래 안 만나면 관점이 좀 떨어지더라고요. 자주 만나야겠다고 생각합니다.

다시 한강성당으로 돌아갑시다. 신도들의 경제 수준이나 관점이 응암동 교우와 다를 수 있지만, 신부로서 신자들을 만나는 방식도 달라집니까?

아니, 똑같습니다. 당시 응암동은 변두리 지역이고 개인주택 위주고 물질적으로 좀 가난한 편이었지요. 그러나 신앙심은 더 끈끈했고요. 아파트 지역은 특성상 좀 차가워요. 하지만 1970~80년대 동부이촌동은 그나마 끈끈했어요. 지금의 아파트 동네와는 좀 달랐습니다. 무엇보다 유치원이 있기 때문에 더 그랬던 것 같아요. 유치원 어린이들을 뽑을 때 우리 성당에서 세운 유치원이니까 성당 신자들에게 우선권을 준다고 했더니 교육청에서 감사가 나왔다고 해요. 제가 교육청 사람한테 그랬어요. 아니, 유치원 만드는 데 당신들이 돈 대준 게 있느냐, 신자들에게 우선권을 주는 것은 당연하지, 폐쇄하려면 해보라고 맞섰어요. 이렇게 항의하니 자기네 마음대로 못하는 거예요.

또 제가 성당에 가자마자 용산소방서에서 검열이 나온 거예요. 저를 자꾸 만나자고 하더라고요. 새로 온 신부라고 했더니 한번 오고 두번 오고 그래요. 그러고 나서 한달 뒤에 뭔가 날아왔는데, 단전단수 한다는 통지서예요. 제가 사무장을 불러서 "이게 뭐냐. 이전하고 달라진 것도 없는데 이전에는 안 나오던 통지서가 왜 나오느냐?" 물었어요. 소방법이 그사이에 바뀐 것도 아니었으니까요. 그래서 용산경찰서 정보과 담당 형사를 만나자고 했어요. 그 형사에게 "이거 이상하지 않느냐. 두달 전에는 안전하다고 했는데 왜 이런 게 나오느냐." 했더니 이 형사가 그 통지서 달라고 하더니 소방서장한테 가서 "야, 너희들 돈 먹을 데가 따로 있지, 그 성당에 가서 돈을 먹으려고 하면 어떡하냐?" 그랬대요. 그 형사가 내게 "그 소방서원이 왔을 때 정장을 했나요, 사복을 했나요?"라고 물어요. 사복 차림으로 왔다고 하니 사복으로 오면 안 된대요. 그건 근무가 아니라는 거예요. 소방점검 하러 올 때는 꼭 성장으로 와야 한대요. 그거야 제가 알 리가 없죠. 나중에 소방서에서 제게 와서 사과한 일이 있었어요. 그래서 정말 공무원 세계가 어렵다는 걸 느꼈어요. 그다음부터는 우리가 조금 미비해도 아예 조사도 안 했어요. 그런 재밌는 일이 있었습니다. 그러니까 형사가 우리를 감시하면서도 때로는 보호도 해준 셈이죠.

소방서원이 떡값(뇌물) 달라고 온 것인데, 소방법으로 시비 걸리면 피곤하니까 당시엔 대개 좀 주는 게 관례였던 것 같은데요. 안 주니까 자꾸 찾아오고… 그런데 신부님은 왜 소방서에서 자주 오고, 단전단수 통지서가 날아왔는지 정말 짐작이 안 갔나요?

저는 몰랐어요. 나중에 알았죠. 그것도 정보과 형사가 이야기해줘서 알았죠. 자꾸만 만나자고 해서 이상하다고만 생각하고 있었는데.

그 성당에는 용산서에서 오고, 정보부에서도 오고, 보안사에서 오고, 각각 따로 왔습니까?

용산서 정보과 형사는 출근지가 아예 한강성당이었습니다. 나중엔 친해져서 안에 들어오게 하고. 그 형사는 훗날 우리 신자가 됐어요. 정보부원과 보안사 직원은 우리가 못 들어오게 했어요. 그러니까 그들은 외곽에 있었습니다. 그러다 보니 그들 사이에 묘한 경쟁이 있더라고요. 다만 보안사는 자주 오지는 않았어요. 70년대는 보안사가 힘이 없었을 때니까. 그런데 80년 초부터 보안사가 힘을 받으면서 그때는 자주 왔어요.

그 사람들 응대하기가 신경 쓰이고 힘들잖아요?

제가 인간적으로는 잘해드렸어요. 차도 내어주고요. 경찰서장이 방문 오면 꼭 담당 형사도 같이 들어오라고 그랬어요. 경찰서장이 들어올 때 담당은 못 들어오잖아요. 그래서 같이 들어오게 해서 함께 차 마시고… 이런 식으로 인간적으로 대했기 때문에 그분들이 그런 것을 고마워했어요. 늘 평등하게 대해주고, 또 신자들하고 사귀게도 해줬어요. 나중에 제가 재구속될 때 용산서에서 '함 신부'라 하지 않고 '함 신부님'이라고 '님' 자를 붙이는 거예요. 항상 성당에서 신부 '님'이라고 부르니까 자기들도 거기에 익숙해진 거지요. 그래서 정보과장이 야단을 쳤대요. "짜식이, 성당 담당을 하더니 완전 세뇌되어서 왔어." 이렇게 자기가 혼난 이야기도 저한테 해주고. 제가 두번째로 끌려갈 때는 그 사람보고 저를 체포하라고 했는데, 이분이 안 오고 도망갔어요. "난 도저히 못 가겠다."라고 해서 다른 사람이 왔는데, 새로 온 분도 신자였지요.

성전 건축, 하느님과 사람의 합작

자료를 보니까, 당시 한강성당을 재건축하신 것 같은데요. 신도들의 절대적 협력과 성원 없이는 안 되잖아요. 그건 어떻게 가능했습니까?

시설이 너무 낡고 협소하여 성당과 유치원을 리모델링할 필요가 있었어요. 1978년부터 준비하여 79년 3월에 모금을 개시하고 4월부터 재건축에 들어갔어요. 처음엔 모금이 아주 힘들더라고요. 그 당시에 제가 옥중에서 영치금 찾아 나온 게 200여만원 있었어요. 이 돈은 응암동성당 교우들이 영치금으로 넣어준 것이잖아요. 제가 그 돈을 내놓으면서 "이것이 기준입니다. 저도 감옥에 갇혀 있을 때 이것으로 사식을 사먹을 수 있었습니다. 맛있는 고기덮밥을 사먹을 수도 있었는데 제가 안 사먹었습니다. 감옥에 있는 것도 억울한데 제 돈으로 밥까지 사먹어야 하나 싶어서 아끼고 아껴 좋은 데 쓰려 했는데, 이 성당 건립을 위해 봉헌합니다. 여러분들이 가난한 사람이라고 조금 경시하는 응암동 교우들이 준 돈 200만원을 내놓으니 이것이 기준입니다. 이 기준으로 여러분도 성당을 위해 각자 봉헌하십시오!"이렇게 제가 기도하면서 신앙으로 압박했어요.

제가 모금도 잘하거든요. 제가 개신교 갔으면 순복음보다 더 큰 예배낭 만들 수 있었을지 몰라요. (웃음) 첫날에 약정한 돈이 1억이 넘었어요. 당시에 3억 정도면 짓는다고 해서 목표가 3억이었는데, 첫날 3분의 1이 약속된 거니까 잘된 거죠. 그날 사목위원들과 함께 수녀님들, 안나회 할머니들, 그리고 익명의 교우들이 도와주셨어요. 앞에는 못 나오지만 뒤에서 많이 도와주신 분들도 있고요.

이제 성당 건축에 얽힌 이야기들로 들어가고 싶은데요.

먼저, 건축가 김원 씨 이야기부터 해야겠네요. 제가 김원 씨를 알게 된 것은 그분의 동생 덕분이지요. 김원 씨의 여동생이 레티시아 수녀인데, 서독 킬(Kiel)의 재속수도회 사복 수녀님으로 계셨어요. 유럽에 있는 신부들, 신학생들이 1년에 한번씩 모이곤 했는데, 70년대 초에 베를린에서 그 모임이 열린 적이 있어요. 제가 베를린 모임에 갔다가 그분을 만났어요. 한국 수녀님이니까 반갑잖아요. 독일에서 만난 학생들 중에 독일어를 그렇게 유창하게 한 사람을 처음 본 거예요. 통역을 하면서도 재미있는 농담도 독일 친구한테 곧잘 하고요.

한강성당에서 사목할 때인 78년에 명동 성모병원 원목실 수녀님으로부터 전화가 왔어요. 독일에서 온 사복 수녀인 레티시아 수녀님이 암에 걸려 입원했는데 신부님을 찾는다고 그래요. 병원에 가니까 위암을 판정받았는데 당시 서른세살이었어요. 가망이 없어요. 거기에 오빠가 있었는데 그가 바로 김원 씨였어요. 김원 씨가 명함을 주면서 "혹시 성당 건축에 도움이 필요하면 저를 부르세요." 하더라고요. 수녀님이 돌아가신 다음에 장례미사를 제가 봉헌하고, 그러면서 김원 씨와 개인적 인연을 맺게 되었습니다.

그다음으로, 신자들은 성당을 헐고 지으면 너무 복잡하니까 리모델링하는 게 좋겠다는 거예요. 성당 신자들이 어디에선가 조감도를 그려왔어요. 건축에 대해 전혀 지식이 없을 때인데, 조감도를 보니까 색깔도 멋있고 좋더라고요. 그래서 그거 하나 받아놓고 김원 씨가 생각나서 전화해서 만났어요. 조감도를 펼치고 "이런 성당 하나 신자들이 짓자고 하는데 한번 봐주세요." 했어요. 김원 씨는 그걸 쳐다보지도 않아요. 그러면서 저보고 "신부님, 성당이 뭔지 아세요?" 그래요. 속으로 '이 사람 봐라' 하며 "성당은 하느님께 기도하는 집이죠." 그랬더니, "성당이라는 것은 우주 공간의 일부분을 절대자 하느님께 봉헌하는 행위입니다." 하면서 "성당은 창고가 아닙니다. 마음을 집중하면서 절대자와 교감하는 장소입니다."라는 거예요. 그 설명이 너무 멋있잖아요. "아, 그러면 선생님이 하세요." 하니까 "신부님, 저랑 일을 하시려면 못을 하나 박아도 저한테 허락 맡으셔야 해요."라고 하는 거예요.

학교에서 성(聖)미술 강의를 들을 때, 교수 신부님으로부터 "여러분들이 앞으로 본당 사목하면서 혹시 성당을 지을 때는 전문가의 말을 귀담아듣고 조언자가 돼야지 주역이 되어서는 안 된다."라는 말씀을 많이 들었어요. 그런 교육도 받은지라, "그러죠." 하고는 그분께 맡아달라고 했어요. 저의 역할은 교우들과 전문가 사이의 교량 역할을 잘 소통시키는 것으로 생각했어요.

이렇게 해서 재건축을 시작하는데 설계비가 비싼 거예요. 당시에 설계비가 보통 100~200만원 하는데, 이분은 1천만원을 달라는 거예요. 사목위원들이 도둑놈이라고 난리를 쳐요. 큰일 났잖아요. 그래서 김원 씨를 불렀어요. "다른 사람은 100만원인데, 왜 당신은 1천만원이냐. 우리 사목위원들이 난리를 친다."라고 했더니 가만히 듣고 있다가 "제가 참 이야기를 하면 건축분야 내부의 부끄러움을 이야기하는 건데 어떡하죠?"라고 물어요. "그래도 설명을 해주세요." 했더니, 건축비가 얼마일 때 설계비는 얼마의 비중이라는 게 건축가협회에서 정해놓은 게 있더라고요. 우리 성당이 3억이니까 그 비율대로 하면 1천만원이 나온다는 거예요. "그러면 다른 분들은 어떻게 100, 200만원 정도라고 하느냐?" 그랬더니, "아, 어떡하죠, 이 비밀을…" 그러더니 "건축할 때 건축의 안전도는 300퍼센트입니다. 그런데 업자하고 대강 일하면 그냥 120~150퍼센트로도 건물은 지어집니다. 300퍼센트 안전도로 건축하는 것이 아닙니다."라고 하는 거예요. "알았습니다. 그래도 너무 비싸니까 좀 깎읍시다. 신자들도 그렇게 생각하니." 그랬더니 못 깎는대요. 그 대신 "성당에서는 돈을 원칙대로 다 내세요. 그러면 제가 봉헌을 하겠습니다."라고 하더군요. 건축가의 긍지가 보이잖아요. "그럼, 좋습니다. 그렇게 하지요." 그래서 1천만원 건축비 주었더니, 800만원을 봉헌하고 결국 200만 원 정도가 실제 설계비로 들어간 셈이지요.

막상 건물을 짓는데 나는 철근이 어떻게 들어가는지도 몰라요. 규격도 모르고, 그냥 맨날 구경하는데 매일 감리를 해야 한대요. 그래서 늘 사진을 찍고 하니, 시공을 맡았던 분이 저한테 와서 못 견디겠다고 하는 거예요. 매일 사진 찍으면 어떡하느냐는 거지요. 철근을 좀 얇은 것으로 해야 하는데 감리하고 원리원칙대로 하니까 이 사람이 불편하다는 겁니다. 그래서 김원 씨 보고 "저 사람 힘들다는데 어떻게 해야 해요?" 하니까, "아, 이렇게 하는 겁니다. 완벽하게 하기 위해서."라고 해요. 거기선 그렇게 업자가 돈을 남길 수가 없어 입찰 들어온 대로 그 돈을 다 건축물에 짓게끔 매일 감시하고 사진을 찍었어요. 그런 과정에서 제가 건축하는 것을 배웠어요.

그러다가 1979년 오원춘 사건 때문에 제가 또다시 감옥생활을 한 거예요. 성당 지하실만 해놓고 감옥 간 거야. 김원 씨가 난감했겠죠. 주관했던 저는 감옥에 가고 사목위원들은 김원 씨에게 협조하지 않고. 신학교 교수였던 제 동창 윤주병 신부가 주일 미사마다 와서 도와줬지만, 건축을 주관하는 신부가 없어지니까 저를 반대했던 사람들이 좀 있잖아요. 이 사람들은 도리어 그 상황을 반기는 듯도 하고…

정말 난감했겠습니다. 신부님도, 김원 씨도.

영등포교도소에 갇혀 있었는데, 한달에 한번밖에 편지를 못 쓰는 거예요. 그래도 세차례 편지를 썼어요. 로마의 순교자 시대 때 까따꼼(catacomb, 지하 무덤)을 생각하면서, 다니엘 예언자의 행옥도 얘기하면서 일단 시작한 일은 잘 마무리해야 한다고 격려했어요. 제가 보낸 옥중서신을 강론원고로 삼아 친구 신부가 강론을 읽었어요. 성당에서는 그때마다 눈물바다를 이루고, 제 편지가 가면 봉헌금이 더 많이 들어오는 거예요. 공사 중 지하바닥에서 가마니 깔고 주일미사를 했던 그 감격! 김원 씨는 '여기가 참으로 까따꼼이구나' 하고 느꼈다고 해요. 김원 씨가 그 소감을 쓴 적이 있더라고요. 저는 감옥에 있으면서 순교자의 노래를 불렀고요! 하여간 그때의 감동을 잊을 수가 없어요.

> 건물의 뼈대가 겨우 완성된 어느 날 새벽에 나는 임시로 만들어진 제대 앞에 꿇어앉아 있는 신자들을 보았다. 아직 어둑어둑한 속에서 그 광경은 나에게 작은 감동을 주었다. 그 아름다운 광경은 건물이 완성되었는가, 제대가 화려하게 장식되었는가, 잘 조각된 고상(苦像, 십자고상)이 마련되었는가에 관계없는 것이었다. 거기에 내가 보태어 무엇을 너해야 한다는 것은 별로 더 있어 보이지 않았다. 미사의 예절로는 완벽한 것이었다. 그리고 그런 상황에서의 '성전 건립을 위한 기도'는 더욱 마음을 움직이게 하는 것이었다.
>
> ──김원의 말

김원 씨는 한강성당을 건축하면서 교회 내에서 뿌리를 내리고, 그뒤에 명동수녀원, 명동성당 리모델링, 광주 가톨릭대건대 신학교, 또 여러 수도원 등 교회 건축을 많이 지으셨어요.

김원 건축가도 신자였나요?

네. 가족 모두 신자입니다. 수도자인 누이동생이 돌아가시면서 저와 인연을 맺어 늘 주일미사에 함께했습니다. 그뒤 세종로성당의 사목회장으로 봉사도 하고 세상의 변혁을 위해 애쓰는 실천적 그리스도인입니다. 환경운동과 북한돕기운동에도 열심이고요.

성당이 1980년 12월에 완공되었다고 하는데, 당시에 너무나 감격스러웠겠네요. 중간에 두번이나 옥살이하면서 신도들과 함께해낸 작품이니까요.

그에 대해서는 완공된 직후 제가 쓴 글로 답하지요. 「성전, 하느님과 사람의 합작」이라는 글입니다.

우리는 몇가지 긍지를 갖고 있다. 어려운 시기에 아무 일 없이 조용하게 성전 공사를 마무리했다는 점이다. 그리고 교우들의 열렬한 기도, 비교적 고른 봉헌금, 거의 모든 교우들이 참여했다는 사실은 흐뭇하다. "어렵다." "될 수 없다." "필요 없다." 등 많은 반대에도 성실한 교우들은 이 모든 것을 이겨낸 것이다.

성전 건립 동안, 나는 어려운 정치사회적 사건 속에서 조심스럽게 처신하지 않으면 안 되었다. 성전 건립 동안, 본당신부가 없으면 모든 것이 수포로 돌아갈 염려가 있기 때문이다. 그러나 하느님은 이 인간적 염려를 우리로 하여금 극복케 하셨다.

나는 두번이나 성당을 떠나지 않으면 안 되었다. 1979년 8월 31일, 나는 영등포교도소로 끌려가면서 하느님께 전적인 위탁의 기도를 올렸다. 시편 작가의 애원을 기억했다. "하느님, 주님의 이름으로 시작한 이 성전 공사를 꼭 마무리짓게 하여주십시오. 본당신부가 없다 하여 교우들이 흩어지지 말게 해주시며, 반대를 일삼는 무리들이 날뛰지 않게, 주여, 우리를 모두 신앙으로 무장시켜주십시오. 저는 지금 아무것도 할 수 없습니다. 저는 다만 기도, 기도만을 바칠 뿐입니다." 나는 울었다.

나는 지금 두가지를 함께 이루신 하느님께 감사기도를 바친다. 살벌했던 1979년 9월, 가장 어려웠던 때에 성당 현장을 지켰던 우리 교우들, 바로 그때 뜻밖에 봉헌해주신 형제자매들, 그들의 용기와 신앙에 머리 숙일 뿐이다. 우리의 힘, 정성으로 이룩한 이 성전이지만, 우리는 이 성전에서 무릎을 꿇고 겸허하게 하느님의 은총과 도우심에 감사를 드린다. 건축가, 시공자, 봉헌한 모든 교우들이 함께 이를 고백하고 있다.

건축가는 성당을 이렇게 정의했다. 하느님께 바쳐진 공간. 무한한 공간 중의 일부를 바치는 봉헌행위.

조각가는 그의 작품을 이렇게 말한다. 하느님을 위하여 최선을 다한 성실한 창작.

　우리는 이렇게 고백한다. 성전은 하느님과 사람의 합작.

　참으로 많은 성실한 교우들이 이 성전을 위하여 애썼다. 나는 그 이름을 일일이 나열할 수 없다. 다만 하느님께서는 이 모든 것을 밝히 아시기에, 생명의 책에 직혀진 그 선행을 따라, 그들에게 뿌듯한 상급을 주시리라 확신한다.

　"하느님, 이 성전을 위하여 애쓴 모든 이들을 보살펴주시고 축복해주십시오. 이곳을 바라보며 올리는 기도를 부디 들어주십시오. 당신께서 계시는 곳, 하늘에서 들어주십시오. 당신의 정의를 이 땅에 세워주십시오!"

　성전, 신앙인, 나, 이웃, 희망 등을 나는 성전에서 생각해보며 기도 바친다.

　　　　　　　　　—1980.9. 한강성당 함세웅 아우구스띠노 주임신부

리모델링이란 말씀도 하시고, 완전 신축인 것처럼도 말씀하시는데, 어느 정도 수준이었나요?

　실제적으로는 신축이죠. 기둥을 그대로 놓고 재건축을 해야지, 그렇지 않고 신축하면 도로에서 또 얼마간 들어와야 한대요. 재건축 형식으로 해야 영역을 빼앗기지 않고 용적률도 많아진다고 해요. 재건축은 편법이고 사실은 신축과 똑같았어요.

어떻게 바뀌었습니까?

　새 성당의 모델은 아시시의 성 프란치스코 성당이에요. 그분이 그러는데 예수님을 체험했던 성당이 사각형 성당이고 완전히 막혀 있는 성당이래요. 세상과 조금은 차단된 그런 성당의 기도 분위기를 만들기 위해서, 조금 밀폐되었다고나 할까, 창틀도 없고 환기가 잘 안 되더라고요. 그런데 거기에 들어와서 기도하시는 분들은 집중이 잘 된다고 좋아해요. 이 성당이 건축가협회상을 받았어요.

미학적으로도 마음에 들었나요?

전문가가 좋다니까 저도 좋지요. 그분이 쓰다 남은 벽돌을 가져와서 사용했기 때문에 오래된 성당 같은 분위기가 났어요. 어린이 놀이터, 어린이 유치원은 그 당시 타이어 남은 걸로 만들고, 철도 침목도 갖다 만들고 해서 아주 독특했어요. 엄마들도 너무 좋아하는 거예요. 조그만 공간에서 아주 오밀조밀하게 잘했어요.

김원 씨도 자신의 건축가의 생애에서 굉장히 의미있는 작품으로 생각하겠네요.

물론이지요. 그 건축 자체가 최고의 작품이었을 뿐 아니라, 이를 계기로 한국의 성당 건축의 중심적 역할을 하게 되잖아요. 그런데 그 성당이 팔려서 헐렸어요. 지금은 은행이 되었어요.

예? 신부님 말씀에 푹 빠져 곧바로 가보자는 생각이 드는 참이었는데요.

말씀드리자면 가슴이 아파요. 제가 1984년에 한강성당을 떠났습니다. 구의동성당을 거쳐 교구 홍보국장으로 일하고 있는데, 1985년쯤 저보다 선배인 후임 신부님이 말씀하시길, 거기가 길가니까 그 성당을 팔고 조금 구석진 데 가면 큰 땅을 살 수 있다면서, 두 땅을 교환하여 큰 성당을 지어야겠다는 거예요. 그래서 이 성당은 앞서 말씀드린 그런 사연이 있고 건축가상도 받은 의미있는 건축이니 팔면 안 된다고 했어요. 그랬더니 그 신부가 "반드시 성당으로 사용하도록 수도원이나 교회기관에 팔지, 다르게는 안 하겠습니다."라고 해요.

김수환 추기경은 교구장이니까 제 뜻을 물어보는데, 지금 같았으면 목숨 걸고 반대했을 거예요. 그 당시에는 교구 홍보국장인 제가 노력해서 건립한 성당을 고수한다는 게 혹시 욕심이 아닐까 싶었고, 또 솔로몬이 지은 아름다운 예루살렘 성전도 결국 망하고 헐리고 뺏기고 하니 건물에 집착하는 게 욕심일 수 있고, 또 전임자라고 간섭하는 것 같기도 해서… 지금은 후회합니다. 그때 제가 교구청에 있었고 40대 신부니까 고지식하게 원칙만을 따랐다는 생각이 들어요. 아무튼 제가 교구청에 있었기 때문에 오히려 반대를 못했고, 또 그 신부 말을 믿었지요. 그래서 제가 적극적으로는 관여하지 않았어요.

그런데 함 신부님이 잘 완공해놓은 지 몇 년 되지도 않았고, 신도들의 엄청난 노력이 쌓여 지어진 성당을, 신부님이 떠나자마자 팔아넘기고 다른 데 부지를 구한다는 게 영 석연찮은 면이 없지 않네요.

그 신부님이 정직한 신부가 아니에요. 그렇게 저한테 이야기를 해놓고선 돈 많이 받을 수 있는 상대를 찾은 거죠. 교회기관에 넘길 생각은 애초에 없었고요. 그런데 그 신부를 부추긴 사람들이 있었어요. 전두환 정권 때 부총리 지낸 자와 부잣집 부인들, 공무원 부인들. 이중에는 제가 교회를 맡고 있을 때 저 때문에 안 나온 분도 있습니다. 이들이 신부를 부추겼어요. 그들 마음에는 가능한 한 제 흔적을 지우고 싶었던 면이 있었던 것 같아요. 이 패거리들이 '저쪽 땅으로 가면 세배나 넓은 땅을 가질 수 있다'면서 신부를 부추기고, 신부는 역사의식이나 미적 감각이 없으니까 거기에 편승한 거죠. 말로는 성당이 협소하다는 핑계를 댔지만, 제가 떠난 지 불과 1년인데 그 핑계가 가당키나 한가요.

신자들과 사목위원들이 건축한다고 얼마나 애썼어요. 그러니 처음엔 결사적으로 반대했어요. 그런데 우리 가톨릭 신자들은 착하니까… 저를 찾아와 호소하는 사목위원들을 제가 편들어주지 않았어요. 듣기만 하고 "새 신부님하고 대화하십시오." 이렇게 너무 점잖게 대한 거예요. 그때 제가 더 개입했어야 하는 건데… 지금은 은행이 되어 있어요. 다른 데도 아니고 은행에 팔아먹은 거죠. 이게 정말 상징적이라고 혼자서 음미하고 있어요. 맘몬(재물)에 무릎 꿇은 오늘의 부패한 교회상을 극명하게 보여주는 대표적 사례입니다.

맘몬에다 사악한 정치권력의 입김도 있었던 것 같네요. 신부님은 생각할수록 화가 새록새록 날 것 같고, 김원 씨도 허무하기도 하고 기가 막히기도 하고 그랬을 것 같네요.

김원 씨는 별로 이야기를 안 해요. 과묵한 분이에요. 저보다 더 마음이 찢어지고 아팠겠죠. 우리 둘이 그런 얘기를 한번도 안 했어요. 서로 각자의 마음만 짐작하고.

당시에는 그러셨겠지만 그동안 한번도 그 이야기를 안 하셨나요?

제가 작년 8월에 은퇴 미사를 봉헌하기 위해 준비하면서 그동안 봉헌했던 성당을 죽 회상하는데 그게 떠오르는 거예요. 그래서 제가 이건 꼭 기록에 남겨둬야겠다 싶어 『세상을 품은 영성』(빛두레 2012)에 이렇게 적었어요.

한강성당을 건축하던 중 또 감옥에 끌려가 울며 기도하던 일, 피땀 어린 정성과 기도로 이룩하고 그해 건축가협회상을 받은 성당을 은행에 팔아넘긴 배신자들을 생각하면 예수님을 팔아넘긴 유다스가 떠오릅니다. 배신자는 이와 같이 우리 안에 그리고 집안에 있다는 뼈아픈 체험을 간직하며 십자가상의 예수님을 응시합니다. 그러나 광주의 비극과 시대의 아픔을 넘어 한결같은 마음으로 기도하며 함께했던 사랑하는 교우들, 이분들의 깊은 사랑과 헌신 (…) 늘 간직하고 있습니다. (4~5면)

짧게 몇줄 남겨놓은 게 전부이고, 이렇게 경위를 자세히 말씀드리는 건 처음인데요. 이게 한국 천주교의 부끄러운 한 모습이고요. 한마디로 문화적 개념이 없어요. 그냥 헐어버리고 또 짓고 헐어버리고… 하느님의 집과 성전에 대한 애정과 열정이 없이 맘몬 사상에 빠진 게 그당시 80년대의 모습이죠. 뭐 지금까지도 마찬가지지만. 이제 와서 성전을 보존한다고 하는데, 진짜는 다 없애놓고 뭘 이제 와서 보존하느냐 하는 생각도 들어요.

가톨릭농민회 관련 사건으로 재투옥되다

이제 1979년에 집중해볼까요. 그해는 박정희의 유신정권 말기이고, 돌이켜보면 여러 말기적 증상을 보였습니다. 제도 내의 야권에 대한 탄압도 본격화되고, 김영삼(金泳三) 야당총재를 국회에서 어거지로 제명하고, 그러다 부마민주항쟁이 '민란' 수준으로 일어나고, 마침내 김재규(金載圭) 중앙정보부장이 10월 26일에 박정희 대통령을 저격했고요. 그리하여 민주정부로 이행되는가 싶더니, 전두환 노태우 등이 12월 12일 군사쿠데타를 일으켜 군권을 탈취하면서 나아가 국권탈취를 위한 수순을 밟아나가는 시기였습니다. 그에 민주화운동도 여러 방면으로 대응하다가 수난을 당합니다. 함 신부님 주위에서는 어떤 일이 일어났는지 듣고 싶습니다.

유신 말기에 노동자들과 노동조합에 대한 탄압이 극심했어요. 공장에서 쫓겨난 노동자들이 갈 곳이 없어 명동성당에도 가고 저희 성당에도 왔어요. 저희는 성당에 찾아오는 분들을 직간접으로 도와주면서 관심을 갖고 있었습니다. 그러다 1979년 5월에 YH사건이 났고요.

그해 아주 어려웠던 때가 7월 같아요. 전주에서 사제단 모임이 있었는데 그때 안동교구 사제들이 와서 오원춘 납치연행사건을 이야기한 것 같아요. 오원춘 씨는 경북 영양군 청기면에 사는 농민이었는데요. 안동 가톨릭농민회의 청기 분회장으로 감자피해보상운동에 앞장선 탓에 정권의 미움을 받게 되었는데, 정체불명의 사람으로부터 2주일(1979.5.5~5.21)가량 울릉도에 납치당하고 곤욕을 치렀다는 거예요. 안동교구 사제들은 교구 차원에서 주교님들과 이의를 제기하고, 저희들은 사제단 차원에서 기도하면서 전국 사제들이 함께했습니다. 그리고 7월 중순쯤 문정현 신부님이 재구속되셨어요. 문정현 신부님이나 저는 긴급조치 위반으로 옥살이를 하다가 형집행정지로 석방되어 있었기 때문에 재판 절차 없이 바로 재구속된 겁니다. 이런 재구속 사태까지 보며 저도 나름대로 조심하면서 지냈지만, 기회를 봐서 여러 곳에 다니면서 학생들한테 강의도 하고 각 교구에서 강론도 했습니다. 그 당시 수원교구장 김남수 주교는 이른바 '유신 주교'라고 지칭되던 분인데 완전히 독재자 편에 서 있었어요. 주교회의에서 늘 반대 의견을 얘기하고, 김수환 추기경을 괴롭히고, 정의구현사제단을 음해했던 분이죠. 이분이 그때 외국에 나가 있었어요. 수원 사제단이 자기들도 인권회복 미사를 봉헌하고 싶은데 주교가 마침 없으니까 우리끼리 좀 해보자고 결의했지요.

사제들이 수원교구 조원동성당에서 미사를 봉헌하기로 했으니 저보고 와서 강론을 하라는 거예요. 저는 한강성당을 짓는 중이고, 문정현 신부님이 마침 재구속된 터라 저도 그럴 수 있는 위험이 있어 망설였지만, 모처럼 수원교구 사제들이 강론을 청하는데 외면할 수가 없더라고요. 이날 강론은 신학적으로 접근할 때 히브리인들의 고난의 역사, 모세를 통한 해방의 역사를 전제로 한 다음에, '2천년 전에 예수님이 십자가에 못 박혀 죽으셨는데, 그분은 베들레헴 조그만 지역 출신이고 나자렛 시골 출신이었다. 그 당시에 무명의 청년이었지만 이 청년이 죽음으로써 결과적으로 로마제국을 뒤바뀌게 하는 엄청난 신앙의 사건이 되었다. 이번에 오원춘 사건도 시골 안동에서 일어난 사건인데, 이 청년의 납치사건이 역사의 수레바퀴를 바꿀 수도 있을 것이다. 무리한 독재정권은 필연적으로 멸망한다…' 대체로 이런 내용으로 성경과 연계하면서 조심스럽게 강론했어요. 제게 8월 28일은 영명축일이에요. 한강성당에 있을 때니까 신자들로부터 영명 축일 축하도 받았고요. 강론한 날짜는 8월 29일인가 그래요. 그런데 강론한 다음 날 저에 대한 체포영장이 떨어졌어요. 앞서 말씀 드린 대로 용산서 담당 형사는 차마 못 오겠다고 해서 다른 분이 와서 집행을 했습니다. 영등포교도소로 아무 절차 없이 그대로 갔고요. 재구속이니까요.

재투옥될 때 남은 형기가 얼마나 되나요. 그리고 석방 상태에 있을 때 늘 사찰한 모양이지요.

1년 2개월 정도지요. 검사의 취조내용을 보니, 각 성당에서 한 강론, 강의, 강연이 다 메모되어 있었어요. 평소 사찰당하는 것은 잘 알고 있었고요. 다만 저도 제 강론 내용을 다 기억하지는 못하잖습니까. 그것만 뽑아 제시하니까, 제가 보기에도 상당히 강했구나 하는 생각은 얼핏 들었습니다.

검찰의 조사와 확인을 거쳐 재투옥된 모양이지요?

정경식 공안부 검사가 아주 무례하고 고약했어요. 수감절차에서 제가 그동안 강론한 모든 내용과 날짜를 다 수합해놓고 확인하더라고요. 상시 공안사찰을 한 거지요. "내가 만일 그것을 '그렇다 아니다'로 답하면, 당신이 나를 석방할 수 있는가? 그냥 구속하면 되지 무슨 절차가 필요한가? 난 그에 대해 대답할 필요도 없다." 저도 조금 퉁명스럽게 말했어요. 그랬더니 정경식 검사가 "이게 함 신부의 신학이요?" 이러면서 조금 언짢게 이야기를 하더라고요. 그러고는 절차를 밟아서 구속했어요.

8월 29일 수원에서 미사를 봉헌하고, 8월 30일 연행된 모양이네요. 그때 연행은 순전히 오원춘 사건에 대해 언급한 때문인가요?

오원춘 사건이 계기가 되었죠. 이 사건으로 전국적으로 불이 붙었는데, 그전에 저한테 막 위협이 들어왔어요. 한강성당에 내무부장관 했던 신자가 있어요. 이분이 저를 좀 만나자고 하고 식사도 대접하면서 은근히 회유하는 거예요. 그다음부턴 저를 만나자고 하면 윤주병 신부와 함께 갔어요. 증언자가 있어야 하니까요. 문정현 신부님이 구속된 다음에는 한달 가까이 제게 대화도 걸고 협박도 하고 회유도 하면서 압박했지요.

문정현 신부님도 오원춘 사건 때문에…

우리가 다시 뛰니까. 재구속의 이유는 당신들이 근신해야 하는데 근신하지 않았다는 거죠. 법률상의 용어로는 '개전의 정'이 있어야 하는데, 그게 없다는 거지요. 다만 재구속할 때는 오원춘 사건 때문이라고 하지는 않았어요. 상황만으로 해석하면 오원춘 사건이 핵심이죠. 강론한 다음 날 체포되었으니까요.

오원춘 사건에 대한 수사와 재판은 1979년 8월에 이루어졌고, 검사가 공소장을 낸 게 8월 13일입니다. 그때 안동교구를 중심으로 한 저항도 대단했죠?

대단했죠. 명동성당에 와서 단식도 하고. 거기에는 전 교구의 전 사제들이 함께했거든요. 너무 감격적이었어요. 저도 도와주고 안동교구의 두봉(프랑스명 르네 뒤뽕René Dupont) 주교님, 그 교구장이 함께해주셔서인지 더욱 감격스러웠어요.

저는 처음에 '두봉 주교'라고 해서 두(杜)씨 성을 가진 한국 주교인 줄 알았는데, 프랑스 출신인 것을 뒤늦게 알았어요. 어떻게 프랑스 분이 한국의, 그것도 안동의 주교를 할 수 있나 매우 궁금했습니다. 좀더 알아 보니, 프랑스 가톨릭은 조선교구에 대해 처음부터 특별한 관계였더라고요. 두봉 주교님은 어떤 분인가요.

두봉 주교님은 아마 1960년대 중반쯤 한국에 온 것 같아요. 한국어를 아주 잘하고, 유머도 곧잘 하시고요. 올곧게 사목활동을 하다가 박정권에 의해 여러번 추방당하실 위기를 겪으셨는데, 그런 위기를 넘기면서 계속 활동했지요.

그때 오원춘 사건이 굉장했잖아요. 오원춘이 수사 받으면서 검찰의 각본대로, 방송인터뷰를 하게끔 하는 전대미문의 여론재판도 있었잖아요. 가톨릭은 그에 대항하여 결연히 뭉쳐 "알퐁소 힘내라."며 오원춘을 응원했고, 변호사들은 법정투쟁을 하다가 오원춘이 공소사실을 인정해버리고 변호인 반대신문을 회피하는 바람에 제대로 변론을 할 수 없었죠. 1979년 박 정권 말기의 온갖 괴기스런 증상이 이 사건을 통해 표출되었다고 생각합니다.

당시 가톨릭 신자 중에서도 중앙정보부의 하수인이 적지 않았어요. 그 사람들이 앞장서 오원춘을 원색적으로 비난한 적이 있는데 참 부끄러웠어요. 사실은 오원춘에 대해서 두봉 주교님이 자신의 명함에다가 직접 메시지까지 적어줬어요. "오 형제, 법정에서, 납치당했다는 증언만 진실대로 말해라." 오원춘이 감옥에 있을 때지만, 교도관들 중에 신자들이 있으니까 두봉 주교님의 이 명함 메시지가 오원춘에게 직접 전달되었고요.

저는 그때 감옥에 있었으니까 나중에 변호사님한테 들은 건데요. 대구에서 오원춘이 재판 중일 때, 신자들과 수녀들과 신부들이 많이 법정에 갔거든요. 그때는 "당신 납치당했습니까?" "네, 납치당했습니다." 한마디만 하면 그냥 재판이 "와!" 하고 끝났을 분위기였답니다. 그때 재판장이 서정제라고, 가톨릭 신자예요. 제가 한강성당에 있을 때 신자였던 분이죠. 당시에 판사는 정보부의 하수인일 수밖에 없었던

오원춘 사건에 항의하며 열린 천
주교 안동교구의 집회 모습. ©경
북기록문화연구원.

상황이었고요. 오원춘이 이리 피하고 저리 회피하고 그러니까 변호사
님들이 놀라고 아파하고 환멸을 느끼셨어요. 그래서 기차로 올라올 때
황인철 변호사님이 기차간에서 통분의 눈물까지 흘렸다는 거예요.

그러면서 변호사님들이 저희한테 나중에 해주신 말씀이 오원춘이
머리가 좋은 친구라는 거예요. 그저 '납치당했다'고만 얘기하면 되는
데, 그 한마디를 똑바로 안 하고 이중적으로 묘하게 이야기를 한다는
거예요. 너무 실망했다는 거죠. 결과적으로는 안동교구와 사제들이 오
원춘의 법정 태도에 배신감을 느낀 아픔이 있어요. 저도 그뒤에는 오
원춘 이야기를 별로 하지 않았어요. 가슴이 아팠어요.

사제와 신도들의 실망, 변호사의 통분도 충분히 이해할 수 있고요. 제가 오원춘 입장에서 한마디 변론한다면, 시골의 한 농부가 권력기관의 전방위적 압박을 견뎌낼 수 있었을까, 그것도 정권 차원의 쟁점으로 비화되었을 때 개인적 방어가 가능할까 하는 의문이 있습니다. 누구도 그런 정도 압력 앞에 견디기란 어렵고, 더욱이 이 사건은 오원춘 단독사건이거든요. 그런 면에서 동정의 여지도 있지 않을까요?

그건 아닌 것 같아요. 그 사람이 물론 고생하고 고문당하고 힘들었을 것은 말할 것도 없습니다. 그러나 주교님의 친필 메시지까지 받은 정도라면, 석방 후의 삶은 그 나름 보장되거든요. 법정에서 "납치당했습니다."라는 한마디만 하면 재판이 필요 없을 상황이었대요, 변호사님들 말씀이. 그러니 참 가슴이 아프더라고요. 그뒤의 행적은 듣지 못했는데 이 사건은 저희들에게 너무 아픈 상처를 남겼어요.

감옥은 자기 정화의 장소

1979년 재투옥은 76년 첫 투옥 때와 다른 점이 있었습니까?

79년에는 성당을 짓다가 구속되니까 마음이 더 아팠어요. 경제적으로 잘사는 동네, 중앙정보부가 분열을 꾀했던 동네에서 제가 사목활동을 더 잘해야 하는데, 그렇지 못하면 사목생활에도 누가 되고, 함께했던 사제단의 활동에도 결과적으로 누가 될 것 같아서 마음이 아프더라고요. 그래서 두번째 투옥 때는 더욱 열심히 기도하면서 묵상했습니다. 그리고 기결수니까 면회 횟수도 제한이 있는 거예요. 편지를 한달에 한번밖에 쓸 수 없었고요. 결국 재구속 기간 4개월 중에 세번의 집필기회가 있었는데, 그때마다 한강성당 신자들에게 조그마한 봉함엽서에 편지를 써서 보낸 적이 있습니다.

첫번째 감옥생활과 두번째 감옥생활에서 공통적인 체험도 있어요. 저는 이를 '감옥의 영성'이라 이름 붙인 적이 있는데… 감옥에 갇혀 있으면 저 자신을 돌아보게 되더라고요. 반성하고 성찰하고. 저를 수감했던 당사자들이나 권력자들에 대한 분노나 아쉬움보다는 '하느님 앞에서 내가 누구인가'를 생각하면서 정말 감옥은 '정화의 장소'구나 하는 걸 느꼈어요.

감옥 화장실 쪽에 철창이 있습니다. 작은 철창을 통해 하늘을 바라보는데 잠잘 때나 묵상할 때 어릴 적 기억이 떠올라요. 제가 사제가 되겠다고 결심했던 중학교 2학년 초겨울의 영상이 선명하게 떠올랐어요. 첫번째 감옥 갔을 때도 떠올랐는데, 두번째 가니까 그 모습이 아주 선명하게 떠올라요. 감옥에서는 정말 순수했던 그 모습이 되살아나는구나 하고 혼자 생각했어요. '사제가 되고 싶어했던 그 중학생 때의 순수한 마음을 잘 생각하고 간직해라', 그런 교훈으로 알아듣고 묵상했어요.

어린 시절에 본 「마음의 행로」(1942, 머빈 르로이 감독)라는 심리영화가 있어요. 어렸을 때 심리적으로 큰 충격을 받아 기억상실에 걸린 분이 기억을 되찾아가는 삶을 그린 건데요. 아무리 노력해도 그가 치유되지 않자 원래의 고향에 데려다놓아요. 고향에 가서 성당과 나무들을 보고 나니 기억이 되살아난다는 거예요. 감옥에서 이 영화가 떠오르니, 사제가 되겠다고 다짐했던 초심, 아름다운 소년 때의 마음, 그것을 네가 잘 기억하라는 교훈 아닐까 생각했어요.

'감옥이라는 자리가 하느님을 더 선명하게 기억하게 하는 자리구나, 자신을 더 진실하게 되돌아볼 수 있는 자리구나'라는 생각도 들었어요. 밖에서는 유신체제와 싸웠지만 감옥 안에서는 싸울 수가 없잖아요. 이런 상황에서는 자신의 내면을 들여다보고, 하느님 앞에서 자신을 성찰하는 기도의 시간을 갖게 되더라고요.

사목의 현장에 대한 기억도 되살아나요. 그중에서 학생 한명을 때렸던 기억이 있는데 '나 때문에 성당에 안 나오면 어떡하나'라는 반성도 하고, '내가 혹 신자들에게 무례하게 한 적이 없는가. 그 때문에 마음이 아파서 성당에 안 오면 어떡하나', 이런 생각들도 떠올라요. 나 자신에 대해 반성하고 성찰할 기회를 갖게 되더라고요. '감옥은 제2의 신학교, 제2의 수련 과정이고, 자기를 정화시키는 곳이구나' 같은 묵상을 했지요. 처음 감옥에 갔을 때도 그런 생각을 간직하고 지냈는데 밖에 나오고 나서 그걸 잊어버린 거예요. 두번째 감옥에서는 이것을 늘 되새겨야겠다고 결심하게 되었습니다.

교도소의 일상은 어땠습니까?

영등포교도소에서는 역시 독방에 있었어요. 사동 번호는 기억나지 않는데 16방이었고요. 저는 2층에 있었는데 1층에는 이학영 씨가 있었어요. 『동아일보』에서 언론자유투쟁을 하다 해직된 동아투위(동아자유언론수호투쟁위원회) 기자 출신 세분이 2방에 계셨고요. 제가 들어가니까 우선 동아투위 기자들이 좋아하시고, 아래층의 이학영 씨가 너무 좋아하는 거예요. 가끔 재소자를 통해서 쪽지가 오는데, 이학영의 쪽지를 받을 때는 가슴이 아팠어요. 그분이 쪽지를 보내면서 진지하게 물어요. "신부님, C와 그리스도교 또는 성경과는 합치될 부분은 없습니까?" 여기서 C는 Communism, 즉 공산주의의 약자예요. 답을 쓸 펜도 종이도 없을뿐더러, 제 감옥살이도 힘든데 그런 어려운 주제를 갖고 토론할 여유가 있겠어요. 너무 심각한 질문을 받으면 제가 너무 힘이 들어요. 그냥 이렇게 화살기도를 했어요. "하느님, 이학영 청년을 위해

서 기도합니다. 이 청년에게 믿음과 희망, 사랑을 품어주시고 지켜주
십시오."

감옥의 영성

감옥 체험 중에서 중학교 2학년 때 본 공동묘지 장면이 계속 떠올랐다 하셨는데요. 중학교 때의 체험을 좀더 구체적으로 알고 싶습니다. 그때의 기억이 왜 어려울 때마다 강하게 떠올랐을까요?

제가 용산중학교를 다녔는데, 청소년기에는 성당을 좀 다니다가 안 다니는 그런 변덕의 시기가 있지 않습니까. 중학교 1학년 말쯤 성당 신부님이 바뀌었어요. 새 신부님이 오셨는데 조창희(趙昌熙) 신부님이라고, 그 당시 40대쯤 되셨겠네요. 저희들은 성당에서 신부님 복사로 있을 때인데 "신부님 안녕하세요." 하면, "너희들 신학교 가고 싶으면 언제든 나에게 이야기해. 언제든지 내가 신학교에 추천해줄 수 있어." 이러시는 거예요. 1학년 때는 그저 놀기만 했지 신학교에 가겠다는 생각이 전혀 없었어요. '이상하다. 신부님이 왜 그런 말씀을 하시지. 우리는 신학교에 갈 생각도 없는데' 이러면서 지냈어요.

11월 2일이 가톨릭에서는 돌아가신 모든 분들을 위해 기도를 바치는 날인데 공동묘지에서 미사를 합니다. 그날 묘지에 가면 모든 신자들이 와서 미사를 봉헌해요. 마침 그날 제가 학교를 안 갔어요. 왠지 신부님을 따라가고 싶은 거예요. 서빙고에서 배를 타고 건너서 논현동 쪽 은구비 묘지로 가서 미사를 하는데 야외니까 성당과는 분위기가 조금 다르잖아요. 예전에는 신부님이 신자를 마주보지 않고 제대를 향해 미사를 하고, 신자들은 신부님의 뒷모습을 보고 미사에 참여했어요. 저는 그 밑에서 무릎 꿇고 복사를 하는데 바람이 불더니 신부님의 제의가 흩날리더라고요. 그 모습이 참 멋있었어요. 앞서도 말씀드렸지만, 그때 묘지를 둘러보면서 사람이 죽으면 이렇게 묘지로 가는구나, 인생이 이렇게 허무하구나, 이런 걸 실감나게 깨달은 거예요. 그렇다면 정말 의미있는 삶은 무엇일까. 하느님을 위해 사는 삶, 모든 사람의 구원을 위해 사는 삶이 아닐까. 그러기 위해서는 나도 사제가 돼야겠다고, 거기서 그런 생각을 품게 되었어요.

원효대사가 해골물 마시고 득도하셨다는데, 그런 종류의 깨달음의 단초가 중학교 때 싹튼 건가요?

네, 공동묘지에서. 이것을 저희들 표현으로 성소(聖召, vocation)가 싹텄다, 하느님의 부르심을 받았다고 해요. 신부님과 늘 가깝게 지내다가 중학교 3학년에 올라가서 "신부님, 저 신학교 가면 좋겠습니다." 하니까 "언제든지 네가 이야기를 해라. 그럼 도와주겠다."라고 약속하셨어요. 그때 아버지는 이미 세례를 받고 돌아가신 뒤였는데, 저희 어머님이 세례를 안 받으셨어요. 어머니는 바쁘시기도 하고 저희들도 전통적인 유교 집안이었으니까 저 혼자만 열심히 다녔지요. 그런 여건에서는 사실 신학교에 가기가 어려워요. 왜냐하면 우선 외아들은 신학교에서 안 받았어요. 장손이니까 대를 이어야 한다는 사고가 있었고, 또 어머니가 신자가 아니니까. 그런데 그 본당 신부님이 저를 특별히 잘 봐주시고, 또 신학교 교장 신부님과 친구예요. 그러니까 교장 신부님께 특별히 부탁해서 "애는 내가 보장하니까 받아줘라." 하셨어요. 그래서 늘 더 감사한 마음도 있었고요. 1957년에 제가 신학교를 가면서 어머니께서도 세례를 받으셨고요. 그런 체험을 한데 모아 제 신앙의 첫 체험이라고 말씀드릴 수 있겠죠.

그런 내면의 체험을 공개하신 적이 있습니까?

한 10년 전인가요. 우연히 CBS 방송에서 공지영 작가하고 인터뷰를 하게 되었어요. 작가가 보내준 질문에 맞춰 준비해갖고 갔는데 공지영 씨도 가톨릭 신자예요. "신부님, 무슨, 질문서를 들고 대화를 해요. 그거 없이 하세요." 하고는 거기에 전혀 없던 내용을 질문하는 거예요. "신부님, 어떻게 해서 신학교에 가게 된 거예요?" 그때 제가 처음으로 이야기했어요. 방송의 위력이 대단하구나 싶었던 게, 그게 쫙 퍼지더라고요. 여기서처럼 자세히는 말씀드리지 않았습니다만, 공동묘지에서 신학교에 가는 꿈을 안게 되었다는 정도가 공개된 상태입니다.

그때 감옥에서 그 기억이 선명하게 떠올랐다고 하셨는데 어떤 느낌으로 다가왔습니까? 설렘이었습니까?

설렘이라고나 할까, 그냥 저 자신의 삶을 되돌아보면서 어떤 중요한 순간 혹은 모멘텀이라고나 할까, 제 삶의 어떤 변화가 시작되는 시점으로… 내게는 '신앙의 원체험'이겠구나, 이렇게 해석했습니다.

이렇게 말씀드리면 감옥 체험자들에게 큰 실례이지만, 경우에 따라서는 감옥이란 걸 참 의미있는 계기로 삼을 수도 있네요.

그때 순간순간은 정말 힘들었지요. 하지만 우선 성서 전체를 구원사로서 읽을 수 있었던 게 은혜였고, 제가 배운 신학을 삶과 역사 안에서 종합할 수 있었기 때문에 은혜였지요. 감옥 체험 때문에 비로소 제가 신학적 자신감을 가질 수 있었어요. 지식으로는 다 알 수 없지 않습니까. 그러나 '아, 이러한 삶이 예언자들 순교자들의 삶과 같은 선상에 있구나'라고 느꼈죠. 물론 저는 맨 뒷줄이긴 하지만 그런 체험에서 보람과 긍지를 느끼면서 저 자신을 채찍질하게 되었어요.

감옥에서 일상생활에 대한 간섭이나 통제는 어땠습니까?

처음 감옥생활은 중앙정보부가 모든 걸 통제했지요. 당신들의 삶은 우리가 모두 보고한다고 교도관이 알려주더라고요. 독서한다, 운동한다, 밥 먹는다… 나중에 들어서 알았어요. 하여간 제가 건강하게 지탱하면서 살아남아야겠다는 다짐을 하면서 지냈죠.

서대문구치소에서는 유관순 열사라든지 일제 치하 순국열사의 삶들을 되새기면서 지냈어요. 제가 감기도 잘 걸리고 기관지 때문에 힘들었는데 의지적으로 그 고난을 하느님께 봉헌하면서 지냈고요. 앞서도 말씀드렸지만 시간표를 짰어요. 신학교 생활처럼요. 아침 6시에 기상하게 되어 있는데 저는 그보다 더 일찍 일어났어요. 5시쯤 일어나서 요가를 먼저 1시간 정도 했습니다. 그런 정도는 교도관들이 양해해주었거든요. 보통 교도소는 저녁 8시 30분에 취침하게 되어 있는데, 불은 24시간 켜 있고요. 10시나 11시 30분까지 독서해도 좋다는 허락을 맡았습니다. 아침 기도, 낮 기도, 저녁 기도, 제가 바치는 기도와 성서 읽기를 해놓고요. 독서 분량은 문학작품인 경우에는 하루에 200쪽을 읽어야겠다고 정했는데, 150쪽밖에 못 보아도 목표를 세우니까 집중하게 되어 좋았어요. 벽돌집이어서 여름에는 시원한 편인데, 겨울에는 아주 추워서 힘들었고요.

옆에서 구타당하거나 인권을 크게 침해당하는 사례를 볼 때는 마음이 아팠죠. 감옥에 들어온 분들의 억울한 사례를 들을 때는 인내의 한계를 느꼈고요. 제가 교도소에서 권력과 마찰을 빚지 않으면서도 다른 재소자를 도와줄 수 있는 길이 있는데 이렇게 꼭 마찰을 빚으면서 해야 하나라는 갈등도 일었지만, '아니다, 우리는 이런 길을 가야 한다' 생각하면서 지냈습니다. 물론 힘들었습니다만, 저 자신을 단련시킨다는 의미에서, 신학교 생활의 연장선상에서, 군생활의 고달픔을 생각하면서 의지적으로 잘 지냈어요. 지나고 보니 감사한 체험입니다.

다른 재소자들하고 만남의 기회는 극히 억제되어 있었겠지요?

저희와 접촉이 제한되어 있고 못 만나게 하니까. 다만 사형수들은 교도소장이 순시할 때만 제외하고는 자유예요. 제가 있을 때 사형수들이 몇십명 되었던 것 같아요. 그분들은 대체적으로 불교든 개신교든 천주교든 신자가 되어야 합니다. 분위기상 뭐든 택하게끔 되어 있어요. 그중에서도 천주교 신자가 결속력이 가장 강하고요. 사형수는 비교적 움직일 수 있는 편이어서 저한테 주보도 몰래 전해주고, 기도책을 갖고 와서 어떻게 보느냐고 물어보기도 하고. 그분들도 자기들은 '봉쇄 수도원의 수도자입니다', 이렇게 말하는 거예요. 신앙생활도 열심히 하고요. 감옥에서 천주교 신자들은 저희와 동지예요. 저에 대해서 늘 애정이 있어요. 그분들과 가까이 지냈고…

가끔 오갈 때 국가보안법 위반으로 들어온 분과 재일교포들하고 눈인사도 하고 말도 한두마디 주고받았지만 아주 제한적이었습니다. 가장 힘들었을 때는 검찰조사 받으러 나갈 때지요. 수갑 채워지고 포승줄에 묶이고, 참 비참하잖아요. 어떡하겠어요, 묶으면 묶여야지. 그저 화살기도를, 봉헌기도를 바치면서 사순절의 예수님 수난을 묵상하지요. 그래도 묶이고 수갑으로 채워지고 끌려 다니니까 인간적인 아픔과 수모는 당연히 있죠. 그다음에 검찰에 가면 조그마한 방에 갇혀 있어야 하는데 어떨 때는 하루 종일 있어야 해요. 움직이지도 못하니까 힘들지요. 거기서 그냥 묵상기도를 바치는 거죠. 기도가 모든 것을 견뎌낼 수 있는 힘이 되었습니다.

제2부

암흑 속의 횃불

옥중에서 들은 박정희의 피살, 그리고 석방

옥중에 계실 때 김재규 중앙정보부장이 박정희 대통령을 살해한 10·26사건을 접하셨지요. 감회가 남달랐을 것 같습니다.

옥살이가 거의 2개월 되었을 때인 10월 27일 아침이었죠. 그때 몸이 안 좋아서 아픈 데가 많았어요. 그날은 재소자들이 작업을 안 나가더라고요. 교도관들은 다 군복을 입고 비상이고요. 재소자들은 작업이 없으니까 답답해서 소리 지르고 그랬어요. 저는 독방에 있으니까 '이상하다, 왜 이렇게 살벌할까' 생각했어요. 제 조그마한 창으로 내다보면 교도소장실 위에 국기게양대가 보이는데, 태극기가 조기로 걸려 있더라고요. '누가 죽었나', 이렇게 생각하고 저는 그냥 방에서 식사하고 왔다 갔다 하는데, 11시쯤 되니까 다른 재소자로부터 연락이 왔어요. "저, 신부님, 2방에서 물 뜨러 나오시래요." 그래서 이상하다 생각하면서 물통 비우고는 교도관에게 "저, 물 좀 뜨면 좋겠습니다. 허락해주십시오." 하니까 "신부님은 가만히 계세요. 우리가 떠다 드릴게요." 하면서 내보내주지 않는 거예요. 사정사정 했어요. "무척 답답하니까 잠깐 갔다 올게요." 했더니 문을 열어줘서 2방으로 갔어요. 동아투위 기자 세분이 막 부르는 거예요. "신부님 아세요? 어젯밤에 김재규 중앙정보 부장이 (오른손 주먹을 들고 총 쏘는 시늉을 하며) 팍! 쏴서 박정희가 갔습니다." 이러는 거예요. 너무 놀라서 전율을 느꼈어요.

점심밥 받아 이불 속에 넣어놓고는 눈을 감고 한참 동안 기도를 했어요. 막 눈물이 나요. 출애굽기(탈출기)에 이집트의 노예에서 홍해 갈대 바다를 기적적으로 건넜던 모세의 지팡이와 그 기적의 이야기. '아, 그 기적이 바로 이것이구나. 또 바빌론 70년 유배에서 해방된 제2의 해방 사건이 이런 것이구나. 성서 해방의 이야기가 관념이 아니라 뜻밖에 이렇게 이루어지는 기적이구나.' 그것을 감옥에서 깨달았어요. 그러면서 시편 낮 기도를 마치는데, 시편의 기도 중 다수가 해방에 대한 회상과 기억과 감사의 내용이더라고요. 그 시편을 읽으면서 정말 신앙체험의 감사기도를 드렸어요.

그뒤에 글을 쓰거나 강론을 할 때, 감옥에서의 기적의 체험에 대해 "아마 내 생애에서 하느님께 바친 가장 아름다운 감격의 시간이었을 것이다."라고 했어요. 진정한 감격의 체험, 정말 그것을 생각하면 제 믿음에 막 생기가 올라요. 사실 독재자 박정희를 제거하리라 누가 상상했겠어요? 제가 감옥에 갇혔는데 어떻게 박정희의 죽음을 상상할 수 있었겠습니까? 자기의 가장 가까운 중앙정보부장이 제거할 줄 누가 예측했겠어요? 그러면서 '아, 이젠 난 감옥에서 나가는 것은 보장되었구나' 하고 기쁘게 지냈어요.

그런데 그뒤에 '젊은 군인들이 나왔다' '계엄이다', 이러면서 박정희는 국장(國葬)을 한다는 소식이 들려오니까 가슴이 좀 아프더라고요. 그때 김수환 추기경이 박정희 대통령의 장례 때 드린 기도문을 써 갖고, 어느 수녀님이 인편으로 저에게 들여보냈어요. 김수환 추기경이 회의 때문에 로마에 가셨다가 박정희 죽은 것을 듣고 오셨대요. 사실 올 필요가 없어요. 어쨌든 와서 박정희를 위해 기도하셨는데 그 기도가 대단했었다고 하더라고요. "하느님, 이제는 대통령으로서가 아니라 인간 박정희가 죽어서 누워 있습니다. 박정희의 구원을 위해서 기도합니다."라고요. 늘 '각하'라는 말을 붙였는데 이를 빼버리고 '인간 박정희'의 구원을 위해 기도를 바친 게 아주 충격적이었다고 그래요. 텔레비전에 생중계되었고, 수녀님도 해설까지 덧붙여서 보냈으니까. 또한 장례식을 9일 동안 준비한다는 것을 소내 방송을 통해 들으면 그냥 마음이 쓰라린 거예요. 아프고 답답하고…

박정희 사후 옥중생활에 변화는 있었습니까?

그뒤 50일을 더 옥중에서 지냈어요. 그때부터 운동이 좀더 자유로웠어요. 우리끼리 만나서 얘기하기도 하고. 그런데 이학영 씨는 좀 제재를 받았던 것 같아요. 긴급조치로 처벌받은 동아투위 기자들도 같이 운동했는데 이분들은 매우 답답해하더라고요. 저는 신앙적 기초가 있어서 인내심이 조금 더 있고, 기자들은 현실적인 성향이어서 기다리기가 쉽지 않은, 아마 이런 차이가 아닐까 싶어요. 물론 지루하긴 하죠. 중간에 YWCA 위장결혼사건 등 조금 무거운 소식만 들려왔고요.

신부님은 언제 석방되신 거지요?

여론도 있으니까 1979년 12월 8일에 긴급조치가 해제되면서 석방되었는데 묘하게도 두번째 감옥살이 기간이 딱 100일이에요. 8월 30일에 들어가서 12월 8일에 나왔어요. 제가 상징신학을 전공했기 때문에 '100일의 의미가 있다'고 해석했는데, 또 12월 8일이 우리 가톨릭에서는 '원죄 없으신 성모님의 축일'인데, 그날 석방되었기에 더욱 기쁘다고 해석했습니다. 석방되던 날 기자들이 취재하러 왔고 우리 신자들도 오셨고. 저는 신자 차를 타고 한강성당으로 왔어요. 그런데 그때 제가 타고 온 차량 번호가 신문에 보도가 된 거예요. 그 교우가 세무사찰을 당하고 경찰한테 곤욕을 치렀어요. 저한테 호의를 베풀었던 분들, 사목위원들에게 본의 아니게 폐를 끼친 게 지금까지도 마음의 빛으로 남아 있습니다.

그때부터 1980년 5월 18일 잡혀갈 때까지 한강성당에서 시무하셨고요. 다시 돌아와서 미사를 할 때 느낌이 어땠습니까?

한강성당에 와서 우선 유치원 어린아이들을 처음 만났어요. 그때 참, 유치원 수녀님이 100일 동안 매일 교도소를 오신 거예요. 면회는 안 되는데 책이나 의복 때로는 영치금을 꼭 넣어주셨어요. 김 세바스찬 수녀님. 저보다 선배인데 그 수녀님이 정말 은인이죠. 저희들의 활동 전반에서 많은 수녀님들이 도와주셨고, 정의구현사제단이 기도회할 때에도 명동에서 수도자들이 묵묵히 함께했어요. 수녀님들의 기도와 제복의 힘이 있잖아요. 수도복을 입은 분들이 500명, 1000명 함께 있으면 그 자체가 웅변이거든요. 수녀님들이 명동에 오실 때 백골단 경찰들한테 무례한 폭행도 당하시고, 어떤 때는 머릿수건도 벗겨지

1979년 12월 8일 출소한 함세웅 신부를 환영하는 한강성당의 신자들.

고… 전두환 정권 때는 참 무례한 일이 많았어요. 수녀님들이 그런 것을 다 참으시면서 인권회복 기도회 미사 때 늘 오셨어요. 그때를 회상하니, 수녀님들의 은혜가 선명하게 기억납니다.

석방 직후엔 여기저기서 부르는 곳이 많았을 텐데요.

12월 8일에 감격스럽게 나와서 신자들과 함께 미사를 봉헌했는데, 12월 12일에 서울의 동창들이 다 저희 성당으로 왔어요. 12월 12일은 사제 서품 축일이에요. 그때 성당에서 저녁식사를 같이하고 석방도 축하하고 서품 받은 것도 축하한 뒤에 10시쯤 헤어졌는데, 제 숙소로 다들 돌아오더라고요. 강북의 신부들은 돌아갔는데 영등포나 강남 쪽으로 가는 신부들은 한강다리가 차단되어 못 가고 다 되돌아왔대요. 그러고는 그다음 날에야 이른바 12·12 군사반란사건이 있었다는 걸 알았습니다. 육군 참모총장이 체포되고…

80년 서울의 봄, 김재규 구명운동

1980년 초는 성당에 전념하면서 중간 중간에 김재규 구명운동에 상당히 역점을 두신 것 같은데요. 그때 구명운동을 열심히 했던 분들은 어떤 분입니까?

저희 사제단하고 수녀님들. 그다음에 윤보선 전 대통령과 재야인사들. 이돈명, 황인철, 홍성우 변호사님. 이분들이 "김재규를 살려야 합니다. 그래야 민주주의가 완결되고, 박정희의 불의한 행업이 공개되고, 우리의 인권이 제대로 회복될 수 있습니다."라고 하시는 거예요. 변호사님들 말씀 때문에 사제단이 움직였습니다. 저는 김재규 부장이 박정희를 사살한 깊은 내막이나 동기를 잘 몰랐습니다만, 우선 그 변호사님들이 주시는 법정 증언 자료를 읽으면서, 또 박정희의 불의한 행태, 김재규 중앙정보부장의 좋은 뜻, 부하들의 증언 등을 들으면서 더욱 깊이 알게 되었습니다.

변호사님들하고 소통은 잘 되었습니까?

네. 늘 재판 끝나면 소식 전해주시니까. 변호사 사무실에서도 만나고, 어떤 때는 그분들이 성당에 오시고, 사제단에서도 뵙고요.

이 재판에 대해 사람들이 갖는 태도는 이중적인 것 같습니다. 독재자를 제거했다는 면에서 적극적으로 평가할 수 있는 반면, 독재를 떠받치는 핵심인 중앙정보부의 장을 장기간 했다는 점에서 부정적 생각이 들잖아요. 대통령의 최측근인 정보부장이 대통령을 제거했다는 점에서 역사의 아이러니 같기도 하고요. 전두환 등 신군부는, 김재규를 마치 주군을 시해한 패륜아로 낙인찍고는 죽어 마땅한 자라고 여론몰이를 했고요.

민주화운동 진영에서는, 김재규의 거사가 독재로부터 민주화로 이행할 계기를 만들었다는 점은 인정하면서도 그의 구명운동에까지 적극 관여하는 데는 꺼리는 입장이었지요. 어쨌든 대통령의 비극적 죽음이 주는 동정의 감정이 국민 일각에 있었기에, 그런 여론의 물줄기를 정면으로 바꾸자는 패기까지는 없었고, 민주화의 일정도 팍팍했고요. 그런데 신부님은 아마도 가장 적극적으로 김재규를 평가하는 입장에 서 있는 것 같습니다. 그건 신부님의 옥중체험과 무관하지 않고, 변호사들로부터 김재규의 진정성에 대한 충분한 확증을 얻었기 때문인 것 같습니다. 당시에도 적극적으로 그런 의사를 표명했나요?

1980년 초에 명동성당에서 사순절 특별강론이 있었어요. 그때 제가 김재규의 삶에 대해 특별강론을 했지요. 그분의 10·26 의거, 민주혁명에 대한 이야기를 변호사님으로부터 들은 다음에, 왜 김재규의 10·26 의거가 진정 아름다운가, 왜 김재규 부장을 살려야 하는가, 저 나름대로 사순절 묵상을 통해서 이렇게 정리했어요.

김재규 부장이 공동체 차원에서 유신의 핵인 독재자를 제거했고, 즉 사익을 위해 그런 것이 아니라는 점을 높이 평가해야 한다. 그분이 다소 힘든 일이 있고 차지철로부터 모욕을 당했다 하더라도 박정희 다음의 최고위 권력자 권한을 누릴 수 있었다. 시민들의 항의쯤이야 그냥 외면하고 망각하고 침묵을 지키면 되는 것이다. 그런데 그 직책과 목숨을 걸고 그 일을 감행했다. 이것은 대단한 일 아닌가.

더 큰 의(義)를 위해 자기 목숨을 던진 것, 이것은 이웃사랑이다. 또한 윤리신학의 원칙에서 보면 더 큰 재앙과 악을 막기 위해서 작은 악은 허락된다. 민주주의 파괴라는 더 큰 재앙을 막기 위해 박정희 살해라는 작은 악을 저지르는 것은 공동선을 위해서는 가능하지 않은가.

재판정에서 박정희의 사생활이라든지 부도덕한 삶에 대해 정보부 부하 박선호(朴善浩) 의전과장이 폭로하려고 할 때 김재규 자신이 "그런 이야기 하지 말라."면서 만류했어요. 그래서 법정에서는 사생활 폭로가 더이상 나오지 않았어요. 어쨌든 자기 상급자로서 대통령에 대해 깍듯이 예의를 지켰어요. 법정에서는 그분을 늘 '각하'라고 호칭했어요. 그런 의미에서 인간 김재규에 대한 평가도 있고요. 그런데 그런 모든 육정을 넘어서, 공동체를 위해 자신의 몸을 던졌다는 것은 성서적

김재규 전 중앙정보부장 21주기인 2001년 5월 24일 경기도 광주시 모 공원묘지 묘소에서, 천주교 정의구현사제단과 김씨 추모 모임인 송죽회 회원 등이 참석한 가운데 열린 추모식. ⓒ연합뉴스

인 관점에서 "벗을 위해서 자기 목숨을 바친 것보다 더 큰 사랑은 없다."라는 부분과 연결될 수 있어요. 이런 내용들이 김재규를 살려야 하는 이유였고요. 이와 같은 취지로 여기저기 강론을 했습니다.

그런 취지에 대해서 가톨릭 안에서도 반발은 없었나요?

당시 반발은 없었어요. 왜냐하면 우선 계엄하이기도 하고, 전두환과 군부 소식만 일방적으로 전해질 때이기 때문에 지금처럼 그런 반발은 없었습니다. 반발세력이 조직화된 것은 1987년 6월항쟁 이후에 민주화가 진행되면서, 그에 대한 반동으로 저쪽에서 결집되면서부터예요. 그들이 공격 세력이 되었지, 그전에는 박정희나 전두환을 편드는 사람이 조직화되지는 않았어요. 또 앞장선 사람들은 하수인이었지 자발적으로 자기 논의를 펼친 사람은 없었고요. 거짓 언론 외에는 없었던 걸로 기억합니다.

1979년 말부터 80년 초에는 '서울의 봄'이라는 정국이 전개되는데요. 봄이라 하지만, 김종필(金鍾泌) 씨가 말한 대로 '춘래불사춘(春來不似春)', 봄이 와도 봄 같지 않다는 느낌, 혹은 안개정국이라 불릴 만한 상태가 이어졌습니다. 정치의 계절이 오는 듯하더니, 그해 5월 17일에 이르러 전두환 등이 국권을 탈취하기 위한 폭거를 감행했고요. 그때 신부님의 인식과 처신은 어땠는지요?

당시에 정치권에서는 이른바 3김(김종필 김영삼 김대중)이 경쟁관계에 있었을 때인데요. 개인적인 저의 소박한 생각은 '3김이 뜻을 합해서 일단 국회를 해산하고 총선거를 통해서 새로운 민주정부라고나 할까 민주체제를 먼저 이루는 것이 정도가 아닐까. 또 체육관에서 뽑은, 유신헌법을 기준으로 뽑은 대통령 권한대행은 유신헌법의 지속이니까 잘못된 것이 아닌가'였어요. 그런데 어느 날 저녁에 텔레비전을 보는데 김영삼 신민당 대표가 나와서 '신민당을 중심으로 해서 새로운 정권 교체의 틀을 마련해야 한다'는 이야기를 주로 하셔서 마음이 좀 아프고 실망스러웠어요. '저희가 정치인으로서 속죄합니다. 우리가 제일을 못했기 때문에 학생들과 많은 분들이 구속되고, 더구나 종교인까지 구속되었는데, 다시는 그런 일 없도록 제대로 하겠습니다', 이런 내용으로 말하는 게 순리가 아닌가 생각했고요.

계엄령이 선포되니까 저희들의 주장과 내용은 전혀 보도되지 않는 상황에서 변호사님들 말씀을 듣고 김재규 구명운동을 하게 되었어요. 사실 제한적이죠. 전두환은 중앙정보부도 장악하고 보안사령관직도 겸직하면서 김재규 부장에 대해 '아버지를 죽인 폐륜아'라고 막말을 하는데, 저희들이 아무리 비판하고 정당한 의견을 개진해도 언론에 보도되지 않으니까 참 답답했어요.

그다음에 제가 부분적으로 들은 이야기는, 이 사람들이 중앙정보부를 장악한 뒤 중앙정보부의 비밀자료를 보고 자신감을 가졌다는 거죠. 그렇게 훌륭하다고 평가되는 정치인들을 살펴보았더니 다들 약점이 있어 제거할 만하다는 거예요. 그래서 전두환 일당이 집권에 더 야욕을 품게 되었다는 이야기를 들었습니다. 그다음에 김재규 구명운동을 할 때 김영삼 선생이나 김대중 선생이 함께했으면 좋았을텐데 이분들이 그건 좀 피하시더라고요. 정치인들이니까요. 다만 이태영 변호사님은 민주화운동 가족들과 함께하셨기 때문에 서명하셨고요. 3천명 정도 서명을 받아 변호사님께 드렸고 그걸 법원에 제출했다고 들었습니다.

1980년 3, 4월엔 문익환 목사님을 중심으로 김대중 선생과 함께 많은 활동이 있었어요. 저는 성당을 짓는 중이기도 해서 정치인들과는 조금 거리를 두면서 사목자로서 지냈습니다. 개인적으로는 문익환 목사님과는 늘 대화하면서 지냈고 김승훈 신부님과도 같이 지냈습니다만, 정치인과 함께하는 자리엔 안 나갔어요. 80년 5월 '서울의 봄' 때는 희망을 가졌어요. 군사계엄 해제하고 민주주의로 넘어갈 수 있겠구나 하는 희망. 뜻밖에 5월 17일 밤에 이화여대에 모였던 전국 학생 대표들이 체포되고, 계엄령이 전국에 확대되면서 저희들도 체포된 것이죠. 그때는 정말 암울하더라고요. 거의 절망과 포기 상태에서 의무적으로 기도를 올렸어요. '신앙은 이런 절망 속에서 의지적으로 하느님께 다가가는 행위구나. 희망이 보이지 않을 때 희망을 찾아야겠다는 의지가 바로 신앙이구나.' 이렇게 묵상하면서 두어달 지하실에서 지냈던 기억이 있고요.

'서울의 봄'에 얽힌 뒷이야기를 들어보면, 그게 보안사의 작전이고 공작이었다는 이야기도 있고요. 당시에 군부정권에서 돈을 많이 뿌렸다는 이야기도 있어요. 정말 공작에 말려들었는지 잘 모르지만 어쨌든 민주화를 위한 주장은 해야 하는 게 아닌가 하는 생각이 들고요. 다만 김종필 씨야 살아온 삶이 다르지만, 적어도 김영삼·김대중 선생이 재야 정치인들과 민주세력들과 손을 잡아서 '계엄령 철폐하라, 국회 해산하고 총선거를 하라'고 주장해야 마땅하지 않았나, 그런 아쉬움이 있습니다.

1980년 5월, 중앙정보부에 연행되어 고초를 겪다

1980년 5월 17일, 우리 역사에서 아주 힘든 밤이었습니다. 전두환 등이 비상계엄을 전국에 확대 공포하면서, 첫 조치로 자기들의 정권장악에 방해될 만한 사람들을 예비검속 형태로 끌고 가서 내란음모를 조작하고, 그 과정에서 무자비한 고문을 가하게 됩니다. 함 신부님도 이때 연행되어 고초를 치른 것으로 압니다. 그때 연행한 주체는 보안사였습니까, 정보부였습니까?

중앙정보부 요원이 성당에 직접 왔어요. 네명이 와서 밤새 수색하고 지키다가 다음 날 아침에 연행해갔지요.

1979년에 재구속될 때와는 분위기가 달랐습니까?

서슬 퍼럴 때니까 용산경찰서 형사들은 아예 근처에도 오지 못하죠.

이때는 합수부(계엄사 합동수사본부) 남산팀이 왔어요. 다 권총 차고 왔고요. 나중에 들었는데 무슨 일이 생기면 현장에서 발포하라는 명을 받았대요.

명령을 누구한테서?

그 당시 보안사죠. 보안사 사령관 전두환한테. 정보부에 끌려가니까 저를 연행한 요원들이 겉옷을 벗는데 권총이 나오는 거예요. 우린 몰랐죠. 5·17 비상계엄 확대한 날이 토요일인데, 성당에서 제가 안 나가고 밤새 대치했었거든요. 다음 날이 주일이니 저는 주일미사 준비로 외부에 나갈 수 없잖아요. 그런데 밤 12시경에 누군가 성당 문을 두들기는데 그냥 두드리는 정도가 아니라 발로 막 차요. 이상하다 싶었지만 문을 안 열었어요. 그날 밤중으로 예비검속당한 분들은 다 체포되었는데, 저만 못 끌고 간 거예요. 제가 성당 문을 안 열었거든요. 성당에 조그만 제의방(祭儀房)이라고 있는데 그 방의 존재는 잘 모르거든요. 거기서 밤새도록 있었어요.

수사관들이 와서 문을 꽝꽝 두드리는 순간부터 잡혀가는 데까지 무슨 일이 있었는지 가능한 한 상세하게 알려주세요.

5월 17일 오후 4시나 5시쯤에 이화여대에 모인 전국 대학생 간부들이 전부 체포되었다고 변호사님들로부터 연락이 왔어요. 김수환 추기경께 연락하러 변호사님들이 갔어요. 그런데 그날이 토요일이어서 저는 주임신부로서 바깥에 나갈 수가 없었어요.

저희 사제들에게 토요일은 주일과 똑같습니다. 오후에 주일 미사가 시작되니까요. 토요일 오후 미사, 6시 미사 마치고, 주일미사를 준비하고서는 10시쯤 일찍 잠자리에 들었는데 밤 12시가 거의 되었을 때 누군가 매우 거칠게 문을 막 두드리는 거예요. 이상하다 생각하면서 "누구세요?" 했더니 뭐, 음성이 사뭇 다르더라고요. 직감적으로 우리에게도 이런 변이 닥치는구나 싶어 문을 안 열었지요. 그때 저희 어머님이 저와 같이 계셨어요. 만 일흔이니 할머니시죠. 어머니가 큰 소리로 "밤중에 이게 무례하게 무슨 짓이냐."라고 꾸짖었고 저는 사제만 다닐 수 있는 비밀 통로로 해서 성당 제의방으로 갔습니다.

그뒤의 상황은 제가 목격할 수 없었어요. 뒤에 들은 바로는, 그때 굉장했다고 그래요. 수녀원 문을 열고 들어와서 샅샅이 뒤지고 방까지 뒤져서 수녀님이 주무시다가 너무 충격을 받으셨어요. 그중에 당시 60대 수녀님 한분은 평양수녀원에 계시다가 공산 치하에서 남쪽으로 피신해오신 분이에요. 북한 땅에서는 인민군들이 사제들 잡아가는 것을 목격하고 놀랐었는데, 평화로운 민주국가라는 남쪽에서 또 무지막지하게 사제들을 잡아가는 현장을 목격하니까 너무 큰 충격을 받으신 거예요. 제가 너무 죄송해서 그뒤에 수녀님께 속죄하는 마음으로 잘해드렸습니다. 그러니까 저는 한밤중에 거의 6시간 동안 성당 제의방에서 혼자 있었던 거죠. 근데 성당까지는 그들이 감히 문을 부수고 들어올 수 없었어요.

성당의 구조가 어떻게 되어 있는지 감이 안 잡힙니다. 그리고 성당 내부엔 안 들어왔습니까?

성당 건물이 1층은 유치원, 2층은 수녀원, 3층은 사제관, 이렇게 되어 있는데 거기에 층계가 있습니다. 층계로 올라오면서 수녀원과 사제관은 그들이 수색한다고 하면서 막 뒤졌대요. 그런데 성당은 별채의 건물이거든요. 성당 건물에 의심은 갔겠지만 문을 부수고는 못 들어왔어요. 성당 제일 앞쪽의 제의방에 제가 있었으니 사제관과 수녀원만 수색해서는 찾을 수가 없었던 거죠.

저는 그냥 철야 기도하며 밤을 새웠지요. 저희들이 수난 시기에 목요일 저녁, 예수님께서 체포되어가던 날 밤에는 철야기도를 바쳐요. 십자가에 못 박히시기 전에 한밤중에 체포되어 끌려가던 예수님을 생각하면서 그날 철야기도를 했어요. 5월 중순인데 옷을 입었어도 조금 쌀쌀했어요. 묵주기도, 십자기의 기도, 묵상기도 하면서 6시간 동안 혼자 골방에서 지낸 거지요.

그때의 기도 내용을 혹시 기억하십니까?

다 기억은 안 납니다만 방금 말했듯이 '철야기도'라는 의미, 예수님의 수난에 함께한다는 의미, 십자가를 지고 골고다에 오른다는 의미, 이런 것들을 생각하며 보낸 거지요. 또 왜 나를 잡으러 왔을까도 생각해봤어요. 이전에는 체포될 만한 일들을 했기 때문에 잡혀간다는, 뭔가 구체적인 정황이 있었잖아요. 그런데 이번엔 조금 안심했던 것은 그런 게 없었기 때문이에요. 당시 80년 '서울의 봄' 때는 제가 앞장선 것도 없었고요. 저 스스로 되돌아볼 때 체포될 정도로 일을 한 것 같지는 않았거든요. 아침이 되면 주일이잖아요. 주일엔 성당에 신자들이 많이 오시니까 하루 정도 더 버틸 수 있을 것 같더라고요. 새벽 6시가 되니까 신자들이 오시잖아요.

혹 적극적으로 도피하자, 이런 생각은요?

물리적으로 할 수가 없죠. 주일인데 신부가 어디로 가겠어요.

그다음이 진짜 궁금합니다.

성당에서 제의를 입고 그대로 미사를 봉헌했죠. 그러니까 정보부원들이 맨 뒤에서 아주 놀란 표정을 보여요. 밤새껏 못 찾았는데 제가 제대(祭臺) 앞으로 미사 하러 나오니까. 그들도 제대 쪽으로는 접근을 못해요. 신자들이 오니까. 저도 눈치로 알잖아요. 뒤에 한 다섯명이 더 온 것 같았어요. 미사 끝나고, 저를 잡으러 온 사람이기는 하지만 예의상 "차 한잔 하십시오." 이랬더니, 신자들이 미사 끝나고 가시기 시작하니까 이분들이 사무실 옆방에 막 숨더라고요. 정보부에 가서 들은 건데, 자기들이 아는 신자들이 있어서 그랬대요.

'우리 신부님 잡아간 나쁜 놈들.' 이렇게 규정당하긴 싫었다는 말이군요. 악당 역할을 해도 인간적 체면이나 양심에 철판을 깔 수는 없나 봅니다. 그 초조했을 상황에서도 차를 권하는 모습을 보고 뭔가 인간적인 느낌이나 주눅이 들기도 했을 법하기도 하고요. 세속적으로 말하자면 "저 함 신부님은 아무도 못 말려." 정도의 반응이 나올 만합니다.

6시 미사가 7시에 끝나니까 다음 미사까지 2시간이 남아요. 아침 식사하면서, 수사관들도 식사하라고 그랬더니 안 먹더라고요. 커피나 한 잔 마시고. 그래서 9시 미사 끝나고 11시 미사까지 해야겠다고 했어요. 11시 미사를 교중 미사라고 하는데 전체 미사입니다. 그랬더니 어디론가 전화하니 안 된다는 거예요. 다 잡아갔는데 지금 저만 남았다는 거예요. 자기네들만 문책당한다고 그건 안 된다고 해요.

심리적으로 초조할 텐데, 차 한잔 나누자고 하는 것도 신기한 일이네요.

저는 70년대에도 그랬고 수사관들이나 경찰관들 오면 커피도 주고 간식도 주고 그랬어요. 물론 잘 안 먹으려고 하죠. 그래도 저는 사제로서 마음의 여유도 찾을 겸, 그들에게도 마음에 여유를 갖게 할 겸 그렇게 했어요.

잡혀가는 순간이 신도들에게 노출되었습니까?

약간 실랑이하다가 합의를 본 게, 9시에 어린이 미사를 집전할 다른 신부님 오시라고 연락해야 하지 않겠느냐, 그리고 9시 미사 시작할 때 어린이들한테 인사만 하고 가겠다고 했어요. "내가 지금 정보부원들 수사관들이 와서 영문도 없이 끌려간다. 하여간 예수님의 십자가의 고통을 생각하면서 함께 기도하면 좋겠다. 어려운 시대다." 그런 정도로 어린이들에게 인사하고…

어린이들에게요?

그 미사는 어디까지나 어린이 미사입니다. 그러나 뒤에는 부모님과 어른이 많이 계시죠. 모두들 많이 놀랐죠. 그리고 나서 제가 그분들하고 정보부에 간 거예요.

상세히 물어서 송구스러운데, 손목이 꺾여서 연행된 것이 아니라 차까지는 제 발로 걸어갔습니까?

연행할 때에는 신사적인 셈입니다. 저는 잠시 제 방에 들러 좀 편안한 헌옷으로 갈아입고, 공동번역 성경 한권 챙겨 갔어요.

날벼락같이 연행된 다른 사람들에 비하면 이것저것 준비할 시간은 좀 확보했네요. 바로 그 순간 딱 현행범처럼 잡히는 것과는 마음의 준비 정도가 다르잖아요.

성당이기 때문에 그렇게는 못합니다. 저희들한테는 그렇게 무리하게는 안 하죠. 일단은 대화하면서 저희들에게 준비할 시간을 줍니다. 아마 그날 밤에 잡혔으면 사정이 달랐겠죠. 그러나 주일은 이미 성당에 사람이 많이 있으니까 그들이 무리하게는 못하죠.

곧바로 남산으로 간 겁니까?

그 당시 중앙정보부 요원들은 계엄사 합동수사본부 소속이었어요. 그런데 잡혀가면서도 이번엔 구속당할 일은 안 했다는 생각이 자꾸

들어요. 다만 또 이번에는 어디로 가나 걱정했죠. 서빙고 보안사로 가면 다소 무리한 수사가 늘 있다고 들었는데, 가만 보니까 차가 남산 정보부로 가더라고요. 이곳 종교과 수사관들은 안면이 조금 있다는 생각도 났고요. 그런데 그 당시 저희를 맡았던 이들은 대공 수사관들이었어요. 수사관들이 모자라니까 마구 배치되었대요. 남산에 도착했는데 너무 살벌한 거예요. 거기 수사관들은 다 군복 입고 있더라고요. 저희들에게도 군복을 입혔어요.

수사는 어떻게 진행되었습니까?

자기네들끼리 이야기하는데 무슨 암호가 있더라고요. 암호명은 잊어버렸는데, 그때는 여차하면 발사하라 그런 명령을 받았대요. 옆에는 국회의원들도 잡혀 왔고, 김대중 선생은 물론이고 목사님들도 와 계셨고요. 그러고 나서 아주 살벌한 수사가 시작되었어요.

갖고 간 성경을 읽으면서 있는데, 너무 힘들더라고요. 일주일쯤 조사하고 더는 안 해요. 화장실에 가면서 서남동 목사님, 이문영 교수님을 만났는데 다들 너무 초췌해 보이고, 저도 몰골이 말이 아니었겠죠. 어느 날 화장실에 신문이 한장 떨어져 있는데, 그걸 보고는 '아, 광주에 무슨 일이 있구나' 정도로만 짐작했어요. 그러고는 2, 3일 정도 수사를 안 해요. 자기들끼리 수군수군하는데 뭔가 있는 거야. 우리는 광주에 비극이 있는 줄도 모르고 이제 수사가 끝나서 내보내는 모양이라고 희망을 걸고… 아, 그런데 갑자기 수사를 김대중 중심으로 막 몰고 가는 거예요. 저한테도 김대중 선생에 대해 아는 걸 모조리 쓰라고 하고요. 저는 연희동 보좌신부 때부터 만난 이야기를 주로 신앙적 관점에서 나열했더니, 이런 것 말고 다른 걸 쓰라는 거야.

한달쯤 지난 어느 날인데 이택돈 변호사님을 마구 구타하고 난리가 났어요. '김대중 내각 구성' 운운하는 명단이 나왔대요. 그런데 이택돈 변호사가 속였다는 거야. 수사관들이 교대로 막 때려요. 이때부터는 맨 구타소리야. 옆방에 학생들 붙들려오면 무조건 때리는 거야. 그러다가 몇시간 지나면 내보내고 다른 학생들 잡아와서 또 무작정 구타하고. 그때 조성우도 붙들려 와서 초주검이 됐다고 해요. 저와 김승훈 신부, 조화순 목사, 이렇게 몇명만 물리적 구타를 당하지 않았어요. 너무 무서웠어요. 사람들 비명소리 때문에 잠을 잘 수가 없었고요.

또 하나. 그 수사관들이 우리랑 같이 잠을 자요. 그들은 담요 깔고 바닥에서 자고, 우리는 목침대에서 자라는 거야. 내가 바닥에서 자겠다고 하니까 시키는 대로 하라는 거야. 잠을 이룰 수 없겠더라고요. 게다가 옆에서는 비명소리가 계속 나고요.

신부님은, 이번에 걸릴 일이 특별히 없다고 하지 않았습니까. 물론 그 사람들은 없는 사실도 엮어서 조작하는 데 선수이긴 하지만요.

개인적으로 곤혹스러웠던 것은, 저한테는 별로 조사할 것 없는데 자꾸 "천주교에서 돈이 나갔다는데." 그래요. 75년 명동학생 사건때 이명준 학생 있잖아요. 그 이명준 씨가 5월에 도망 다닐 때 내게 와서 돈을 몇차례 얻어간 적이 있어요. 나로서는 그 사람이 잡히면 큰일 나잖아요. 그래서 넌지시 "혹시 엠네스티에 돈 준 것도 이야기해야 해요?" "엠네스티요?" 이러면서 수사지침서를 보더니 "됐어요. 말하지 말아요." 그래요. 자기네들도 새로운 사실이 나오는 게 귀찮은 거야. 그런 얘기 하지 말래요. 만일의 경우 이명준 씨가 체포되어 들어오면 저도 방어논리 겸해서 그걸 생각한 거예요. 그게 제일 어려웠고… 김대중 선생에 관한 부분에서는 '한통련'이란 걸 들어봤느냐고 물어서 신문에서 봤다고 했더니 쓰라고 해요.

수사 받으며 두달 가까이 있는데 이분들이 그래요. "뭐, 인권운동, 민주화운동, 다시는 너희들 입에서 그런 말이 안 나오도록 해주겠다. 완전 뿌리 뽑겠다." 모욕적으로 그러는 거예요.

밤새껏 조사하다가 아침이 되면 자기들끼리 회합이 있어요. 회합을 끝내고 다시 재조사하러 내려오는데 그 발자국 소리가 어떠냐에 따라 '아, 오늘 하루는 무사히 넘어가겠구나' 혹은 '오늘은 큰일 났구나', 이 걸 직감적으로 알게 됐어요. 밤새워 조사한 게 안 맞으면 그 부분만 들이대며 재조사하잖아요, 무섭게.

처음 조사받은 내용은 5월 14일 동대문성당에 모였을 때 벌인 행동이에요. 그때 누가 발언하길 "집회를 주최만 하면 된다. 그러면 저절로 일이 진행될 거다."라고 해요. 분위기가 격해져 있는데 다들 괜찮다고 했지만 제가 "그건 아닙니다. 주최했으면 모임을 마감까지 해야지, 군중을 모이게 해놓고 각자 흩어졌다가 장충동 일대를 파괴하고 상가 부수고 하면 우리에게 책임이 있습니다. 안 됩니다."라고 했어요. 문익환 목사님도 "맞다. 그렇게 하면 안 된다."라고 하셔서 그 안이 통과가 안 됐어요. 그게 조사과정에서 다 나온 거예요. 제가 폭력을 반대한 게 다 확인된 거죠. 그래서 끌려갈 때는 A급이었는데 그 발언이 확인된 뒤로는 C급으로 떨어졌어요. 함세웅을 폭력주도자로 몰아가고 싶었는데, 어떻게 저런 온건한 발언을 했나 의아해하는 거죠. 지하 1층에서 조사받다가 한달 뒤에 지하 2층으로 옮겨졌어요.

그 와중에 김대중 선생과 관련된 조사가 집중되었는데 "김대중 씨가 스스로 공산주의자라고 고백했다."라고 하면서 저보고 쓰라는 거예요. 그래서 "본인이 고백했으면 됐지, 왜 나보고 쓰라는 거냐. 그럼 나를 만나게 해달라. 내가 확인해야겠다."라면서 버텼어요. 수사상 절대 만나게 해주지 않는다는 것을 알고서 제가 밀고 나간 거예요. 한번은 어떤 수사관이 저에게 성경을 가져왔어요. 성경에다 손 얹고 맹세하라는 거예요. "좋다. 그런데 성경에 맹세 함부로 하지 말라고 계명으로 쓰여 있다. 당신 앞에서 이렇게 하는 건 맹세가 아니다. 맹세하려면 나를 명동성당에 데려가야 한다. 미사 중에 신자와 신부와 주교 앞에서 맹세해야 한다. 나를 데리고 가라."고 했어요. 데리고 갈 리가 없잖아요. 그러니 그 말도 유야무야. 이렇게 기기묘묘한 방법이 많아요.

정말 혹독한 환경 속에서도 기묘한 논리적 대응이 나오네요. 공포 속에서 완전히 위축될 대로 되다 보면 그런 논리는 도저히 나올 수 없잖아요. 신부님의 정신은 완전히 살아 있었네요.

오로지 제 발언이 다른 분에게 해가 되면 안 된다는 원칙만 생각하며 지냈어요. 또 하나 깨달은 것은, 수사가 조작됐다고 하는 경우가 있는데 어떤 때는 악의 없이 수사상 조작할 수밖에 없는 상황도 있을 수 있겠구나 하는 것이었어요. 예컨대 김승훈 신부님과 제가 말이 안 맞는 부분이 있는 거예요. 한강성당에서 많은 분을 여러 차례 만났는데, 하나하나 기억도 안 나고 일일이 말하기가 좀 그렇잖아요. 그래서 세 번 만난 것을 한번 만난 것으로 몰아서 이야기했어요. "그날 아침에 모여 이런 이야기했다."라고 정리하면, 다른 분들은 조사받으면서 "점심에 모였다.""저녁에 모였다." 그러잖아요. 그러면 수사내용이 아귀가 잘 안 맞아요. 수사관들도 골치 아프니까 "야, 함세웅과 관련된 것은 함세웅 진술에 맞춰!" 이런다고요. 그러고 나면 누가 뭐라 해도 제 말이 거기선 진리인 거죠. 그에 맞지 않는 다른 진술은 다 지워버려요.

조서를 꾸민다, 짜맞추기 수사란 게 그런 거군요. 김승훈 신부님의 혐의점은 무엇이었나요? 김대중 등의 내란음모 프레임에 끼어넣은 겁니까?

정보부에서 김대중 내란음모의 현장을 세검정 올림피아드호텔 모임으로 찍었어요. 그런데 김승훈 신부님은 그 모임엔 안 갔어요. 김 신부님이 여러 모임에 하도 많이 나가다 보니 그 호텔에 모인 분들은 모두 김승훈 신부님이 있었다고 생각한 거예요. 그래서 김승훈 신부님은 내란음모의 일단으로 끼워넣어졌어요. 실제로 김승훈 신부님은 그 호텔에 안 갔는데 다른 분들이 있었다고 진술하니까, 본인이 아무리 아니라고 해도 거기에 있었던 것으로 단정된 거죠. 그러니 김승훈 신부님은 김대중 내란음모죄로 처벌될 참이었지요.

처음에 보안사에서는 함세웅을 구속 처벌하라고 지시했어요. 그런데 반대로 김승훈 신부님이 구속되고, 저는 빠지게 되었거든요. 그러니까 다시 그들이 회합하면서 '함세웅을 구속시키지 못하면 괜히 천주교를 끌어들일 필요가 없다, 그럴 바에야 다른 신부들도 빼라', 이렇게 되어 저희 신부들은 빠지게 되었어요. 이밖에도 조화순 목사님, 김동길 교수님 등 열명 정도가 김대중 내란에 묶이지 않고 두달 만에 나오게 됐어요. 우리가 나온 다음에 김대중 내란음모사건의 전모라는 게 발표되었습니다.

그런데 제가 나올 때 저를 맡았던 담당 과장이 신신당부하는 거예요. "신부님, 저희들을 봐서 올해 한해만 가만히 계셔주세요. 내년에는 마음대로 하세요." 부탁이 특이하잖아요. 그게 무슨 뜻인가 몰랐는데 나와 보니 성당마다 광주의 비극에 대한 대자보가 붙어 있는 거예요. 우리들은 잡혀 있으니까 광주시민 학살당한 내용을 전혀 몰랐잖아요. 나와서 다른 신부들을 만나려고 보니 보안사에 다 붙들려간 거예요. 광주 비극을 널리 알려줬다고 해서요. 그러니 김승훈 신부님하고 저는 나왔지만 어디 갈 데가 없었습니다.

1980년 5·17 비상계엄 전국확대 조치는 이미 군권을 틀어쥔 전두환 등 정치군부가 국가권력까지 완전히 장악하는 본격적 단계이지요. 정치군부의 행적은 형법적으로는 내란죄가 되고, 광주학살은 내란목적 살해죄가 됩니다. 물론 당시에는 자신들의 행위를 국난극복을 위한 구국의 결단으로 미화하고, 광주시민들을 폭도로 몰면서 김대중 등을 내란음모죄로 처벌했지만, 1995년 이후 재판에서는 군사집단을 내란죄로, 그에 항쟁한 시민들을 헌정수호자로 재평가하게 됩니다. 1980년 5월 중순 이후, 정치군부는 모든 (잠재적) 저항세력을 싹쓸이하고자 했고, 무수히 많은 시민들과 학생들이 잡혀가 엄청난 고통을 받았습니다. 가톨릭도 예외가 아니었네요. 특히 함 신부님과 함께 동료사제들도 말입니다.

당시에 이상연이라는 506 방첩대장이 가톨릭 신자였어요. 그분을 불렀어요. 악역을 하고 있지만 또 만날 사람은 만나야지요. 보안사에 있는 신부님들 면회 좀 하자고 했더니 안 된대요. 그런데 칫솔, 치약, 담배, 갈아입을 옷 좀 넣어달라고 했더니 그런 부탁은 들어줘요. 이전에 보안사에는 그런 일이 없었대요. 저는 중앙정보부에 있을 때 밖에서부터 그런 영치물을 받았어요. 러닝셔츠 같은 것을.

누가 넣어준 건가요?

하루는 조사원들이 와서 "당신 오래 살겠소."라고 해요. "당신 죽었다고 지금 소문이 파다하다. 안 죽었는데 죽었다고 소문났으니까 당신 오래 살 거다."라는 거예요. 저하고 김승훈 신부님은 정보부에 연행된 사실이 신문에도 안 났어요. 그래서 밖에서는 죽었다고 소문이 난 거예요. 그러니까 김수환 추기경이 506 방첩대장을 불러서 "이 신부들 어디 있느냐. 왜 신문에 보도도 안 되느냐. 죽었다고 하던데 어떻게 된 거냐?", 그렇게 막 항의하니까 안 죽었다는 걸 보여주기 위해서 옷을 달라 해갖고 우리한테 넣어준 일이 있어요. 중앙정보부에 있으면서 바깥으로부터 옷을 받은 건 저희들뿐이에요. 옷을 받아 갈아입으면서 '아, 여기서도 바깥과 소통이 되는구나' 하는 생각이 들어 심리적으로 안정감을 느끼겠더라고요. 이런 저의 경험이 있어 옷과 담배 등을 넣어달라고 부탁한 거예요.

나중에 신부들이 나와서 하는 말이, 자기들은 언제 나가나 하고 있는데 그 옷을 받으니 '이 옷 다 입을 때까지 여기서 매 맞고 있어야 하나.' 생각했다는 거예요. 양홍 신부는 담배를 많이 피우니까 한 보따리 보내드렸는데 이런 영치물이 들어오니까 그런 생각이 더했다고 해요. 이런 얘기를 하면서 우리끼리 막 웃은 일이 있었어요. 우리는 위로하려고 넣어준 게 걱정거리를 더 늘려준 거죠.

그때 정말 무지막지했잖아요. 신부님의 경우는 어땠습니까?

두 달간 조사받는데 우선 몸이 너무 아팠어요. 제가 축농증으로 좀 고생하는데 6, 7월이 되니까 에어컨을 틀더라고요. 제가 에어컨을 잘 못 견뎌요. 감기 걸려서 그때 코가 좀 많이 상했어요. 그때 많이 힘들었어요. 절망스러운 상황에서는 가만히 기도하고, 수사받지 않을 때는 성서를 보면서 혼자 묵상했어요. 때론 예수님께 항변도 하고요. '교황, 추기경 너희들은 뭐냐, 자리에 가만 앉아 있으면 되느냐, 이 불의한 놈들과 싸워야지' 이런 생각도 하면서 묵상하고요.

시간을 잘 보내기 위해서 구약의 왕조사, 다윗 유다의 왕조사와 이스라엘의 왕조사와 열왕기 상하에 나오는 것을 연도를 비교하면서 지냈고요. 수사관들 말로는 일제 패망 이후에 진행한 수사 중에서 이런 수사는 전무후무할 거라고 그래요. 하여간 학생들 구타당하는 소리, 고문당하는 소리는 정말 가슴 아팠어요. 잠을 제대로 못 잤어요.

수사관하고 둘이 있다가 식사시간이 되면 교대를 하잖아요. 그때 그런 이야기를 하는 거예요. "김재규 부장이 박정희를 사살하고 육군본부로 직행하지 않고 이리(남산)로 왔으면 거사가 성공하는 건데…" 그리고 보안사의 중사, 하사들이 기고만장해져서 너무하다는 거예요. 이런 이야기를 우리 앞에서 해요. 수사관들은 중앙정보부 소속인데 보안사로부터 지시받고 있으니 자기들도 힘든 거예요. 우리들과 수사관들 사이에 이런 상통감이 있었어요.

중앙정보부의 수사관들도 그런 묘한 고충이 있었군요. 그런 것을 이야기로 꺼내는 건 보통 신뢰하지 않으면 불가능하잖아요.

남산 취조실에 CCTV 같은 걸 설치해놓았기 때문에 수사관들이 무척 긴장했어요. 그것이 켜지는 시간, 안 켜지는 시간을 알아요. 안 켜지는 시간에 수사관들이 사담도 하고. 그 안에서도 보이지 않게 도와준 분들이 있어요. 그때 사건 수사관 중에 지금까지 친한 이도 있고요.

초동에 혹독한 수사가 이뤄지는 게 상례이니, 처음에 버텨내는 게 자신의 인신 보장을 위해 아주 중요한 것 같아요. 5월 17일 밤에 수사관들이 왔을 때 바로 잡히지 않고 몇시간이라도 버텨낸 것은 아주 잘 대처하신 것 같습니다. 바로 잡혀가면 정신도 없고, 덮어씌우기 위해 엄청난 고문을 집중적으로 당하게 되잖아요.

네. 한밤중이었고요. 앞서도 말씀드렸지만 80년 초에는 대외활동을 공개적으로는 자제했고, 따라서 전두환의 신군부에 잡혀갈 정도로 맞섰다고 생각하지 않았어요. 그런데 우리는 이른바 '명단'에 있으니까 사건만 일어나면 일차적으로 데려가는 거예요. 잡혀가서 보니까 원주의 신현봉 신부님도 잡혀오신 거예요. 제가 수사과장에게 신현봉 신부님은 서울에 오신 적도 없고 요새 같이 만난 적도 없다고 말했어요. 그 수사과장이 제 말을 신뢰해서 사흘만에 신 신부님은 풀어났어요. 어쨌든 70년대 중반부터 이른바 명단에 올라 있으니 무조건 연행한 셈이죠.

구체적 사건에 연루한 여부를 갖고 문초한 게 아니라, 명단에 올라

있으니 이른바 예비검속 차원에서 연행했다는 거지요. 연행된 분들의
공통점은 민주화와 인권을 선호하고, 그 실현을 위해 노력했다는 것
아닙니까. 신군부는 민주화, 인권의 싹부터 잘라버리겠다고 벼르는 자
들이니까, 그런 의도에서라면 연행 사유는 충분한 거지요. 그들 입장
에서는 말입니다. 그리고 참, 성경을 소지하고 가면 힘이 됩니까?

그렇죠. 저에게는 성경이 힘이니까. 저는 3·1구국선언사건 때도 그
렇고, 잡혀갈 때마다 성경을 꼭 가져갔어요. 성경은 뺏지 못해요. 제가
수사받지 않을 때는 자유롭게 성경을 읽을 수 있었어요. 제 시간에는
늘 기도할 수 있어서 너무 기뻤어요.

1980년 5·17 직후에 서울대 한완상(韓完相) 교수님도 잡혀갔습니다.
그때 작은 신약성서 책을 갖고 갔는데, 틈만 나면 보면서 힘을 얻었다
고 하더군요. 그런데 옆방의 목사님께서 고문당하면서 비명을 지르고
초췌한데, 저 목사님을 도와드리는 길이 뭘까 생각하다가, 성경을 드
리면 되겠다고 생각했대요. 그런데 '성경을 주고 나면 자신은 무엇에
의지하지' 하다가 '아, 성경을 찢자', 복음서는 성직자용이니 목사님
드리고 자신은 바울 사도의 서간을 갖자고 생각하고 성경을 반으로
찢었는데, 그 찢기는 파열음이 그렇게 상쾌할 수 없었다고 해요. 그것
을 건네준 며칠 뒤에 그 목사님 계신 곳에서 찬송소리도 나고 표정도
갈수록 환해지더라⋯ 이런 말씀을 간증의 형태로 전해주신 적이 있습
니다.

그때 정말 힘들었어요. 제 생애에서 가장 힘들더라고요. 절망의 터

널 속에 갇혀 있으면서 모욕을 고스란히 참아내야 한다는 것. 그에 대해 나중에 여러번 강론했습니다. 또한 광주의 비극을 일으킨 주범들, 그렇게 당당했던 수사관들이 광주의 비극의 실체가 알려지고 나니까 누구도 책임지겠다는 자가 없어요. 자기는 관여 안 했다고 잡아떼는 거예요. 이런 비굴한 놈들이 있나 싶어 강론도 하고 글을 썼어요.

두달 만에 나왔을 때 성당 안에 광주학살에 대한 유인물 같은 게 붙어 있었다고 하셨는데, 그때는 세상천지가 살벌할 텐데 유인물 등은 다음 해에 붙은 것 아닌가요?

제가 나오니까 한강성당에 크게 붙어 있더라고요. 그걸 보고 그저 전율을 느꼈어요. 어떤 대목은 빨간 글씨로 쓰여 있고요. 특히 놀랐던 것은 임신한 여인을 칼로 찔렀다는 이야기입니다. 특전사 군인들에게 약을 먹이고 투입했다는 이야기도 있었어요. 그때는 가톨릭이 광주문제를 들고 군사정부와 싸웠기 때문에 성당마다는 아니겠지만 우리와 뜻을 같이하는 신부들이 서울에 한 절반은 되었어요. 그 신부들이 각 성당을 다니면서 유인물 뿌리고 그랬습니다.

'절친'이신 세 신부님?

네. 그다음에 오태순, 장덕필 신부님. 그리고 아피(AFI, 국제가톨릭형제회) 회원인 정양숙(마리아 안나) 씨는 사복을 입었기에 '사복수녀'라 불렀는데요. 이분들은 무섭게 고문당했죠. 광주학살의 진상을 알리고 일본에도 유인물을 내보냈다 해서…

그때 '광주사태'에 대한 개입 여부 추궁 같은 것은 신부님에겐 하지 않았네요.

그런 건 없었어요. 다만 김대중 선생 쪽은 누구에게 돈 줬다고 덮어 씌우고, 돈도 안 줬는데 김상현 씨를 매개로 정동년(당시 전남대 복학생) 쪽으로 조작하여 연결 짓더라고요. 그 와중에 김상현 씨가 수술을 받으신 것 같아요. 거기에 계실 때 맹장인가… 김상현 씨가 고생을 많이 했죠. 하여간 그쪽 관련 조사를 받으시는 분들은 물리적으로 이루 말할 수 없이 고문을 당하시고요. 이해동 목사님도요.

1980년 7월, 성당에 다시 돌아오니 신도들의 반응이 어땠습니까?

죽었다 부활한 거죠. 한번도 아니고 두번씩 죽었다 자주 살아난다고 그래요.

그러게요. 한강성당에 계실 때, 구속이 한차례도 아니고 두차례나 이어지잖아요. 이렇게 되면 가까운 신자들도 지치거나 뭔가 두려워할 만하지 않았을까요?

처음으로 감옥에 갔을 때는 한 100일 동안 어려웠지만 잘 이어졌어요. 또 제가 100일 만에 석방되었고 몇차례 편지를 쓰면서 신자들과 소통했기 때문에 큰 지장은 없었어요. 그다음 80년 5·17로 구속되었을 때는 저도 좀 힘들었고요. 저와 뜻을 달리한 분들 또한 '이제는 저 사람이 죽었구나, 살아서 못 돌아오겠구나' 그랬대요. 그래도 제가 안 죽고 나왔잖아요. 제가 나와서 "'이제는 죽었다'고 생각한 사람들, '이제는 다시는 못 나오겠다'고 생각한 사람들은 회개하세요."고 강론하면서 꾸짖은 적도 있습니다. 어려웠지만, 그렇게 어려울수록 가톨릭 신자들은 기본적인 연대성과 결집력이 있습니다. 시대가 엄혹했고 또 중앙정보부가 그렇게 방해했음에도 불구하고 순차적으로 잘 이어진 것은, 아까 말씀드린 수도자들과 할머니 신자들의 소박한 믿음! 우리 친구 사제의 노력과 헌신! 이런 게 적절히 종합되었기 때문 아닌가 싶어요.

신도들 사이의 마음을 떼어놓기 위한 이간 공작들이 난무했을 것 같네요.

그런 게 있었는데 그 당시에는 설득력이 적었어요. 지금이 오히려 상당한데요. 박정희, 전두환 독재가 잘못되었고 불의하다는 것은 너무나 자명했기 때문에 그런 공작이 있더라도 신자들에게 많이 먹혀들지 못했어요. 물론 거기에 조금 동조하는 소수는 있었으나 큰 영향력은 못 주었습니다. 우리 신자들이 잘 극복해냈지요.

유신과 5공 초기엔 독재권력이 절대적으로 강고하게 보였는데, 그 과정에서 치른 세차례의 감옥생활. 거기서 희망을 찾아내기란 말처럼 쉬운 게 아닐 듯한데, 신부님은 참으로 의연하게 잘 이겨내고 그 위기를 오히려 기회로 잘 활용하셨습니다.

암담한 상황에서 신앙인으로나 사제로서 성서적 삶에 대한 묵상, 순교자들과 예언자들에 대한 묵상, 예수님 십자가 죽음에 대한 묵상, 그런 주제들을 반복했을 뿐입니다. 로마제국 시대 300여년을 지속했던 무자비한 박해 속에서 지하교회의 아픔을 생각하고, 그러면서 제 믿음을 더욱 심화하는 계기로 삼은 거지요. 1980년에 더 깊이 깨달았습니다만, 신앙은 암흑과 절망 가운데서도 희망을 간직하는 의지적 선택입니다. 그 점을 늘 묵상하면서 지냈습니다. 그랬기 때문에 박정희의 죽음을 통해서 구약성서에 나오는 출애굽 사건의 기적을 체험할 수가 있었고요. 이게 기적이구나! 제 생애에서는 아주 아름다운 신앙의 원 체험에 가깝다고 말씀드릴 수가 있어요.

제 나름으로 정리하자면, 우리 신부님은 1978년 한강성당에 오셨는데 79년도에 잡혀갔다가 그해 말에 부활해서 돌아오시고, 5월까지 잘 시무하시다가 그다음 정말 기약이 없는 무시무시한 공포정치에 끌려가서, 광주의 피도 본 자들이고 모든 걸 싹쓸이한다는 그 세력의 손아귀에 잡혀 있다가 2개월 만에 돌아왔습니다. 신자들은 참으로 부활의 기적을 체험하는 실감을 가졌을 것으로 믿습니다.

천주교 조선교구 설정 150주년 기념미사,
그 빛과 그림자

이제 1981년으로 넘어가보겠습니다. 한강성당에서 1984년 8월까지 계시는데요. 1981년으로 말하면, 광주학살과 전두환 집권으로 정치군부세력은 활개 친 반면, 사회 곳곳에 무거운 침묵이 흐르고, 하늘도 잿빛 같았던 시기로 기억합니다. 신부님께 81년은 무엇으로 기억됩니까?

우선 천주교 차원의 큰 행사를 언급해야겠네요. 1981년은 조선교구가 설정된 지 150주년을 맞이하는 해였습니다. 원래 가톨릭 역사에서 교구는 도시 이름을 따게 되는데, 조선의 경우엔 한성 같은 대도시에 오히려 천주교가 포교되지 않아, '조선교구'라고 이름을 지었어요. 1831년에 북경 교구에서 독립되면서 조선교구가 독자 교구로 설립되었어요. 조선교구 150주년을 기념하는 해였기 때문에 가톨릭의 모든 힘이 그 기념행사로 모아졌고요.

그때 오태순 신부가 교구 사목국장으로 일했습니다. 이분은 저보다 한해 후배인데, 정의구현사제단 활동을 같이한 활달한 신부님이에요. 이분이 정의구현사제단 활동을 기초로 해서 조선교구 설정 150주년 행사를 여의도광장에서 크게 한번 해보자고 추진했어요. 그때 다른 사제들이 협조를 잘 안 하니까, 신자들을 움직여 밑에서부터 변화를 몰고 오는 운동을 펼쳤어요. 처음엔 다들 걱정했지요. 개신교는 늘 여의도에서 부활절 행사를 해왔는데, 그 위용이 굉장했잖아요. 가톨릭은 명동성당과 혜화동 신학교 정도 외에는 야외에서 큰 행사를 한 적이 없어요. 여의도는 물론이고요. 그래서 상당히 걱정되었는데 준비를 잘해서 그해 10월 18일에 기념대회를 잘 치렀어요.

기념대회의 정식 타이틀이 어떻게 됩니까?

천주교 조선교구 설정 150주년 기념 미사.

신부님도 적극 나섰습니까?

사목국장인 오태순 신부가 주도했죠. 오 신부님이 밑에서부터 활발하게 운동을 전개하면서 사제들을 자극했죠. 가톨릭에서 처음 치르는 큰 행사니까 모두들 긴장했어요. 저로서는 이런 행사에서도 어쨌든 시대적인 아픔, 신군부 독재의 만행, 광주의 아픔을 공유해야 한다는 내용들을 강조했는데요. 막상 행사를 준비하는 분들이 그런 점을 몰랐던 것은 아니지만, 행사의 성사 자체를 위해서 그런 것을 곧바로 껴안는 것을 너무 부담스러워했어요. 저는 한강성당의 신부로서, 또 사제단의 일원으로서 준비과정에 참여했고요. 오태순 신부는 교구 사목국 장으로서 전 교구적인 행사를 주관했는데 갈등이 적지 않았죠. 시대적인 아픔 속에서 교회의 기념행사를 크게 해야 하느냐, 이런 비판도 있었고요. 10월 1일 국군의 날 행사가 여의도에 있지 않습니까. 그 행사를 마친 뒤 그들이 사용했던 사열대를 이용해서 제단을 만든 거예요. 그러니까 마음이 참 쓰라려서 제가 이의를 제기했어요. 어떻게 광주시민들을 죽인 군인들이 기념했던 그 철물을 이용해 제단을 만드느냐고요. 그러나 뭐, 저의 이의제기는 기각되고, 철물 규모가 크니까 그것으로 중앙제단을 만들었어요.

당시에 전 교구가 모두 참여했습니다. 실제로 모인 신자는 80여만 명이었는데 언론에는 1백만명 신자들이 모였다고 보도했어요. 전국의 주교사제들도 다 왔고요. 가톨릭으로서는 아주 감격적인 첫 야외 미사 행사였습니다. 저희들도 물론 감동했고요.

미사는 어떤 내용으로 채워졌습니까?

김수환 추기경의 집전으로 미사를 진행했는데요. 미사 전에는 행사를 위해서 특별히 오신 분들이 있잖아요. 그런 분들을 위해서 '오늘 미사 오신 분들은 여기서 뉘우치시면 그 자체로 죄의 사함을 받고, 빠른 기일 내에 고백성사 보고, 오늘 이 미사잔치에서 성체를 영하실 수 있습니다'라는 내용으로 특별 공동참회 의식을 치렀어요. 그때 마태오복음 7장을 읽었는데, 감동적인 성경 구절이 있었습니다. "나에게 주님 주님 한다고 다 하늘나라에 들어가는 것이 아니다. 하느님의 뜻을 실천하는 사람이어야 들어간다."라는, 실천을 강조하는 내용이었어요.

시대적인 실천도 있고, 신앙적인 실천도 있고, 그 두가지 의미를 포함하면서 회개의식을 통해서 두루 뉘우치고, 정의를 실천하고, 하느님 나라 뜻을 따라 오늘 성체를 모시라는 내용의 미사를 했어요.

그날 제2독서로는 김대건 신부님의 옥중서간을 읽었어요. 1846년 감옥에 갇히셨던 김대건 신부님의 서간이 140여년이 지나서 전국 라디오를 통해 전 세계로 울려 퍼지지 않았습니까. 오래전 감옥에서 외롭게 돌아가신 김대건 신부님이 몰래 썼던 편지를 140여년 뒤에 천하에 공개한 것이 엄청난 의미가 있구나, 우리의 고난도 언젠가는 이렇게 알려질 수 있다는 걸 생각하면서 묵상했어요.

성경말씀을 묵상한 다음에 김수환 추기경의 강론 중에 뚜렷이 기억나는 대목이 있어요. 그 며칠 전에 수녀님과 노동자가 추기경을 찾아왔대요. 한 노동자가 이렇게 말했다고 해요. "추기경님, 예수님께서는 사도들과 당신을 믿는 사람들에게 '여러분은 세상의 소금이다, 소금이 되어라'고 말씀하셨습니다. 그런데 오늘날 교회 공동체와 구성원들이 과연 소금입니까? 제 생각에는 소금이 아니고 방부제인 것 같습니다."

처음에는 추기경도 의아해하셨다가 대화를 나누면서 그 깊은 뜻을 깨달으셨다는 거예요. '방부제는 부패는 막지만 생명은 죽인다. 오늘날의 교회도 때로 부패는 막지만, 실제로는 생명을 죽이는 방부제의 역할에 불과하지 않느냐. 소금이 되어야 부패도 막고 생명도 보전한다.' 노동자의 말을 듣고 추기경이 반성하면서 그 대화를 공개한 거예요. 저는 이 메시지를 들으면서 '정말 1981년의 살아 있는 메시지구나' 하고 느꼈습니다.

광주 신자들이 여의도에 가장 많이 왔는데 행사 어디에서도 광주의 아픔에 대한 언급이 없자 신자들이 답답해하는 거예요. '서울에 가면, 적어도 150주년 기념 미사에 가면 광주의 아픔을 이야기하겠지' 기대했는데 그 이야기가 없었으니까요.

그런데 강론이 끝나고 신자들의 기도, 보편지향기도가 있었어요. 몇 분 대표 신자들이 기도를 바치는데, 그중에서 한 청년이 바친 기도가 감동적이었어요. "하느님, 저희들은 가진 게 없습니다. 오직 청춘의 힘밖에 없습니다. 정의의 힘밖에 없습니다. 저희는 예수님께 황금과 몰약과 유향을 바쳤던 동방박사처럼 좋은 보물도 갖고 있지 않습니다. 그러나 저희들은 젊음이 있습니다. 시대를 바꿀 정의의 힘, 어두운 시대를 바꿀 정의의 청춘을 하느님께 바칩니다." 이렇게 불의한 전두환 독재에 대한 청년들의 시대적 소명을 기도한 거예요. 살아 있는 기도가 나오는구나 생각했어요.

1980년대 천주교의 큰 행사에서 하늘에 묘한 기적 같은 게 나타났다는 말이 있었습니다. 햇무리, 십자가, 심지어 예수님 상이 나타났다는 소문이 저에게도 들려왔는데요. 그런 구름과 햇살의 조화가 하나님의 기적으로 해석될 수 있는지 잘 모르겠습니다.

실제로 그날 묘하게 하늘에 구름이 십자가 모양으로 나타났다고 해서 떠들썩했나 봐요. 저희들은 제단 위에 있어서 저희들 뒤쪽으로 있는 것을 못 봤어요. 그런데 객석에 있던 신자들은 우리 뒤쪽에 있는 구름 위에 나타난 십자가를 봤다는 거예요. 신자들이 하늘을 바라보면서 "십자가, 십자가" 하고 난리가 났어요. 기적이 났다고 그러는 거예요. 저는 이런 걸 낮은 단계의 신앙이라고 봐요. 구름 위에 십자가 모양 비슷한 게 나타날 수는 있겠죠. 그러나 참된 신비주의는 현실에 기초해야 하지요. 현실을 외면한 신비주의는 거짓일 수 있거든요.

그때 장면(張勉) 박사의 동생 장발(張勃) 씨가 미국에 계셨다가 특별히 이 행사 때 오셨어요. 이분은 우리 순교자들의 성화를 그린 화가이기도 하죠. 이분이 십자가의 의미를 알라고 말씀하셨다는데 저도 같은 생각이었어요. 제가 성당에 와서 강론하면서 그랬어요. "하늘에 십자가가 나타났다는 것을 보고 좋아하시는데 십자가의 교훈이 뭡니까? 여러분들이 그리스도교 신자로서 하도 십자가를 지지 않으니까 '야, 이놈들아, 십자가를 져라', 이게 구름 십자가의 교훈인 것 같습니다."

그런 행사는 교세 확장에도 도움이 되었습니까?

1981년에는 성당이 꽉 찰 정도로 신자들이 늘었어요. 그 이유가 반드시 이 행사 때문만은 아니겠지요. 1980년 5·18 희생 이후에 그래도 진실을 말하는 곳은 가톨릭이라 해서 신자가 확 늘었던 점도 있었겠고요. 그런데 그다음 해에 부산 미문화원 방화사건으로 문부식(文富軾)과 김은숙(金銀淑) 등 젊은이들이 구속되었을 때 원주교구를 비롯한 가톨릭이 언론들로부터 완전히 공산주의로 매도당합니다. 그 사건 뒤로는 신자가 확 줄었어요. 그때 제가 그랬어요. "이것은 거짓 신자들을 걸러내는 과정이다. 봐라, 지난해 나타났던 십자가가 바로 지금 부산 미문화원 방화사건으로 교회가 탄압받는 현장이다. 여기서 견뎌내는 사람이 진정한 신앙인이다." 이렇게 해석한 적이 있습니다.

조금 전에, 광주의 신자들이 기대하고 왔는데 광주에 대한 언급 자체가 없어 무척이나 서운해했다고 하셨는데요. 그런 말을 그런 분위기에서 대규모의 사람들에게 전하기는 엄청 어려웠을 것 같은데 그래도 서운한 것은 서운한 것이겠지요.

1981년 150주년 행사에서 아쉬웠던 것은 아까도 말씀드렸지만 사회적 메시지가 없었다는 거죠. 150주년 행사 자체가 광주와 직접 상관된 것은 아니었고 또 그걸 말하기도 어려운 상황이었지만, 그래도 김수환 추기경은 광주의 아픔과 그 이야기를 언급했어야 하지 않았나라는 아쉬움이 있습니다. 그때 언론은 가톨릭의 여의도 행사를 무섭게 칭송했어요. 왜냐하면 언론 보도대로 100만여명의 신자들이 모였던 여의도지만 미사 끝난 다음에는 정말 종이 한장 없이 깨끗했거든요. 그즈음 과천 어린이대공원이 개관식을 치렀는데, 그날 쓰레기가 이루 말할 수가 없었대요. 이 둘을 비교하면서 가톨릭을 칭송하는 거예요. 저도 가톨릭 신자로서 기분이 참 좋았는데 나중에 생각해보니 그게 다 군사문화의 산물이었거든요. 제가 강론할 때 신자들에게 그랬어요. "과천 어린이대공원에 모였던 모든 분들을 여의도광장에서처럼 교구별 본당별로 줄 세워놓고 기도하고, '오늘 미사 끝나면 쓰레기 다 주워가세요' 했으면 그분들도 똑같이 주워갔을 것이다. 여의도에 모였던 우리 가톨릭 신자들도 과천에 풀어놨으면 똑같이 쓰레기를 투기했을 것이다. 규제 문화 속에서 이루어지는 것은 가치가 없다. 자발적으로 이루어져야 한다." 이러면서 신자들을 일깨웠습니다.

그러한 질서의 행업이 물질로서의 쓰레기를 치우는 것으로 끝나지 않고, 이 시대의 불의의 쓰레기를 함께 치우는 것이어야 하는데, 그런 의미에서 사회적 메시지가 없었다는 것을 개인적으로 늘 아쉬워하고 있었어요. 광주에서 오신 분들에게는 마음의 빚이 좀 있고요. 불의를 저지른 자들에 대한 어떤 질책이 있으리라는 희망을 품고 왔는데 그런 메시지가 없었으니까요. 그런 내용들을 제가 글로도 남기고 말로도 증언했어요.

군인들의 사열대를 사용한 부끄러운 행위는 제가 기록에 남겨놨어요. 그후 1984년, 1989년까지 80년대에 여의도에서 세번 가톨릭 주관의 큰 행사를 치렀습니다. 그때마다 저는 그 행사들이 양적인 성장에 조금은 도움이 되겠지만, 질적인 의미에서는 내실이 부족했다는 신학적인 반성을 했어요.

광주의 아픔과 가톨릭의 활동

1981년에 정의구현사제단은 어떤 활동을 했습니까?

이 무렵 사제단은 내실을 기하려 했습니다. 교회의 아름다운 축제 행사에 저희들이 걸림돌로 여겨지면 안 되기 때문에, 한달에 한번가량 모이면서 세미나 하고 기도하고, 시대적 징표를 파악하기 위해서 강사들을 모셔서 강의 듣고 하면서 지냈습니다.

그때쯤 해서 각 성당별, 지구별로 김대건 신부님 시성(諡聖)을 위한 행사가 있었어요. 김대건 신부님 유해를 모시고서요. 저도 지구의 대표를 맡았기 때문에 지구 행사를 신자들과 함께 열심히 치렀습니다.

앞에서 함 신부님이 1981년 여의도 행사에 대해 회상하시면서, 아무 기록도 보지 않은 가운데 다른 분들의 강론과 기도 내용을 생생하게 재생하는 것을 보고 놀랐습니다. 당시에 강론이나 기도 혹은 글로써 정리해두었기에 더욱 인상에 분명히 새겨진 것인가요?

네, 글로 정리한 적도 있고요. 어릴 적 국어, 영어 배울 때 선생님으로부터 배운 것 중에 꼭 주제어(키워드)를 챙기라는 것이 있었어서, 개인적으로 어느 강연을 듣거나 행사에 참여하면 저 나름대로의 주제어를 찾아요. 지금 말씀드린 것은 주제어를 기억해서 그를 토대로 한 번씩 기록했던 내용입니다.

아까 미사 속에서 사회적 메시지가 좀 빠져 있지 않았느냐, 특히 광주의 아픔에 대한 언급이 없어 아쉽다고 하셨는데, 이런 부분들은 준비과정 속에서 논의가 되었습니까. 그러고 나서 결과에 대해 평가하면서 공유가 좀 되었습니까?

준비과정에서 요청은 했지만 직접 전달은 어렵고요. 그것은 사실 미사를 집전한 추기경의 선택이고 결단이죠. 그것을 놓친 것은 큰 부족한 점인 것 같아요. 순교자의 역사를 기리며 조선교구 설정 150주년을 기념하는데, 한해 전에 일어난 광주 희생자의 아픔을 놓치고 불의한 자들에 대해 침묵한다는 것은 사목적인 측면에서 크게 부족했다고 생각합니다. 그러나 아까 말씀드린 대로 추기경의 강론은 훌륭했어요. 소금과 방부제의 차이를 들면서 하신 말씀이요. 그전부터 동창들끼리 "야, 예수님은 우리 보고 소금이 되어라 하셨는데, 소금은 안 되고 소금 장사만 하고 있는 것 아니냐."라는 얘기를 가끔 나누곤 했습니다.

소금장사라도 제대로 팔면 좋은 것 아닙니까. 불량 소금을 팔기도

하고, 가짜 소금도 파는 시대에서는요. 그리고 아무리 추기경이라도 뭐랄까요, 시대의 물결이 차오를 때 발언할 수 있는 것이지, 수위가 너무 낮을 때는 한방으로 터뜨리지 못하는 게 아닐까요. 그뒤에 추기경의 역할을 보면 광주나 민주화에 대해 단호한 목소리를 내지 않습니까?

그때는 80만이 모일 때인데요. 저희 사제들이 줄기차게 이야기했거든요. 사제들이 광주에 대해 강론도 쭈욱 해왔고, 광주학살에 관한 자료들이 공공연히 해외에 다 나갔고, 그것 때문에 다들 감옥 갔다가 재판받고 나왔잖습니까. 그런 기록과 증언이 있는데, 제 생각에 그건 아닌 것 같아요.

천주교 쪽은 광주의 비극에 대해 진상규명도 내부적으로 하고, 그 소식을 외부로 확산한 구심체였던 것 같아요. 광주의 신부들이 용기있게 나서주셨던 것 같고요. 정의구현사제단이나 광주교구 등에서 낸 진상조사 결과는 전국적으로 퍼지고 읽혔습니다. 이름은 잘 기억나지 않지만 광주교구와 정의구현사제단의 역할이 아니었나 생각되는데, 맞습니까?

네. 그런 역할을 아주 기쁘게 했고요. 광주의 김성용(金成鏞) 신부님은 외모가 외국인 같아서 광주를 나올 때 검문에 안 걸렸대요. 이분이 광주를 빠져나와 서울에 와서 추기경도 만나고 신부님도 만나서 직접 광주의 아픔을 이야기하니까 현장을 못 본 분들도 공감했어요. 김 신부님이 그런 역할을 많이 하셨죠. 그뒤에 보안사에서 너무나 비참하게 고난을 당하셨고요. 전두환은 박정희 때와는 비교할 수 없을 정도로 포악한 고문을 가했어요. 자신이 너무 짐승 취급을 받았던 터라 "내 이름은 김성돈이다. 돼지 돈(豚) 자다." 이렇게 시니컬하게 표현한 적도 있습니다. 우리보다 3년 선배인데 광주에서 아주 애쓰셨어요.

김성용 신부님은 1980년 광주에서 남동성당 주임신부로 시민수습 대책위를 이끌기도 하고, 그뒤로 무자비한 고문을 받으셨더군요. 5월 26일 계엄군의 탱크가 시내로 돌진하기 시작하자, 수습위원들이 '죽음의 행진'이라 부르는 침묵행진을 감행하여 일단 저지시켰다고 합니다. 김성용 신부, 조비오 신부, 그리고 윤공희 대주교 등 5·18민주화운동의 한 축으로 천주교 사제들이 계시네요.

5·18 이후 윤공희 주교님이 완전히 바뀌셨어요. 저도 80년을 체험한 후 윤공희 주교님을 정말 마음으로 존경합니다. 그전에 박정희 때는 조금 우유부단한 면이 없지 않았어요. 이분이 좀더 결단하셨다면 박정희 정권이 훨씬 더 쉽게 무너질 수 있지 않았을까 하는 생각도 듭니다. 이분이 본래는 군부대 내의 골프장에서 골프도 좀 치셨는데 1980년 5월 그 군부대 내에 광주의 사제들이 갇힌 거예요. 신부들이 갇혔던 곳에서 어떻게 골프를 치느냐면서 그다음부터 골프를 안 치셨대요. 제가 그 말씀을 듣고 진심으로 존경하게 되었습니다.

루카복음(누가복음) 10장의 '착한 사마리아 사람'의 비유를 그분이 광주 비극에서 깨달으셨어요. 가톨릭회관의 6층 주교 집무실에 계시다가 아래를 내려다보는데, 군인들이 학생들을 막 짓밟고 끌어가더래요. 그런데 아주머니들이 나와서 군인들과 싸우며 학생들을 구출하는 거예요. 자기는 주교 복장을 하고 가슴에 십자가를 모시고 있는데 아래의 참상을 보고도 못 내려갔다고 해요. 주교가 내려간다고 해서 군인이 알아서 대접할 것도 아니고, 겁도 나니까요. 그러고는 나중에 '강도 맞은 사람을 보고 지나친 사제와 레위 사람이 바로 나였구나'라는 걸 깨달았대요. '내가 이 성경말씀을 얼마나 오랫동안 읽고 신자들에게 강론해왔던가. 그런데 그 강도 맞은 사람을 외면한 사람이 다른 사람인 줄 알았는데 바로 나였구나.' 두어달 뒤에 전주교구 사제, 수도자 세미나 때 그 말씀을 하셨어요. 고백을 하신 거죠. 직접 들은 분들이 그 이야기를 전했습니다.

제가 기록을 남기면서 윤공희 대주교님께 여쭤봤어요. "주교님, 저는 직접 주교님의 말씀을 듣지 못하고 전해 들었는데요. 사실입니까?" 그렇다고 하시더라고요. 참 솔직한 분이에요. 김수환 추기경은 『가톨릭시보』 사장도 하셨고 언론을 활용할 줄 아세요. 그런데 윤공희 대주교님은 그런 것을 전혀 안 하시고 정말 숨어 계신 분이에요. 80년 광주 체험을 한 뒤에는 마음속으로부터 윤공희 주교님을 존경해요. 그분이 차에서 내릴 때 문도 열어드리고 가방도 들어드리고 그래요.

부산 미문화원 사건에
가톨릭이 전면에 나선 사연

계속 다사다난한 해가 이어집니다. 1982년도 진짜 엄중했던 해 아닙니까. 그해 3월 18일 부산 미문화원에서, 문부식 김은숙 등이 주도한 방화사건이 일어납니다. 관련자는 모두 부산의 고려신학대 학생이었고, 북한과의 연계 같은 것은 전혀 없었음이 나중에 판명되었고요. 방화의 동기는 광주항쟁을 유혈 진압한 군부 및 그를 비호한 미국에 대해 공개적으로 항의하기 위해서였습니다. 학생들은 전두환 등 군사독재정권을 타도하고 싶었겠지만, 그것을 타격하기 위하여, 광주에 군대를 동원하여 진압하는 것을 승인한 미국에 항의하자는 방법을 취했습니다. 사실 미문화원 방화는 1981년 광주에서 먼저 있었어요. 그런데 모든 언론이 함구하자 좀더 본격적인 거사를 준비했고요. 신나를 뿌려 방화를 하고 그 취지를 알리는 전단을 살포했는데, 그 과정에서 신나의 성능을 제대로 파악하지 못해 불이 확 일어나 문화원에서 공부하고 있던 대학생 한명이 타 죽는 불행한 참사가 생깁니다.

이 사건을 계기로 당국은 어마어마한 공안정국을 만들어냈고, 초기엔 그에 저항할 엄두도 내기 어려운 편이었는데, 최기식 신부님과 원주교구가 여기에 연루되면서 사건의 파장이 천주교 쪽으로 곧바로 비화됩니다. 거기에 또 함세웅 신부님 이름이 자주 나오게 되는데, 부산과 원주와 관련이 없는 한강성당의 주임사제가 어떻게 연관되어지는지 여러가지 궁금한 점이 많았습니다. 오늘 아주 상세하게 전반적 내용을 짚어주시면 좋겠습니다.

먼저 전제할 것은 1981년 가톨릭에서 두가지 주요한 관심을 이야기했다는 거예요. 우선 여의도 대회로 상징되는 신앙의 활성화와 교세 확장의 흐름이 하나 있고요. 그다음으로 광주의 희생되신 분들과 아픔을 함께하고 불의한 군부독재의 타파와 민주화를 추구하는 흐름이 있었어요. 81년의 경우 전자 쪽으로 다소 기울어진 편이어서 저희로서는 다소 답답하게 지내고 있던 터였지요.

그런 상황에서 82년 3월에, 저희들도 뉴스를 통해서만 부산 미문화원 방화 소식을 대강 들었어요. 그러고 나서 정확한 날짜는 기억나지 않습니다만, 한강성당에서 한달에 한번 사목회의가 열려요. 사목위원들과 회의를 하고 있는데, 사무장이 들어와서 "원주의 최기식 신부님이 오셨습니다. 급히 좀 보자고 하십니다."라고 해요. 제가 양해를 구하고 잠깐 나갔더니 "신부님 중요한 사항입니다. 뵈어야겠습니다." 하더라고요. "그러면 제 방에 가 계세요, 사제관에." 하고는 곧 사목회의를 끝내고 최 신부를 만났어요.

최기식 신부님이 한강성당으로 직접 찾아오셨네요.

네, 그분이 저녁시간에 예고 없이 원주에서 저를 찾아오신 거예요. 본인도 조금 놀란 상태로 "미문화원 사건의 학생들이 지금 원주에 와 있고 자진 출두하려는 뜻이 있는데 어떻게 하면 좋겠습니까. 중개를 좀 해주셨으면 합니다."라고 해요. 갑작스레 들으니 당황스러워 자초지종을 잘 묻지도 못했어요. 다만 문부식, 김은숙 두 사람과 젊은이 몇 사람, 김현장이라는 이도 같이 있는데 김현장은 출두하지 않겠다는 거예요. 그래서 "김현장도 같이 해야지. 조사 과정에서 다 나올 거야." 했더니 그냥 자기들끼리 다 약속했다고 그래요.

　저야 그분의 뜻을 알겠다고 하고 다음 날 이돈명 변호사 사무실로 갔어요. 가톨릭 정의평화위원회 위원이신 이돈명, 유현석 변호사와 몇 분이 계셔서 말씀드렸어요. "최기식 신부님이 오셨는데 젊은 학생들이 자진출두 의사가 있고, 저한테 중개해달라고 하는데 어떻게 하면 되겠습니까?" 변호사님들과 오랜 시간 논의했는데 청와대와 함께 안기부 쪽으로 연락하는 게 좋겠다고 그러셔요. 저는 사실 검찰 쪽이 어떨까 생각했어요. 그 당시에 공안부장이 김경회 씨라고 우리 가톨릭 신자고 김승훈 신부님과 저하고도 가까워 공안부로 할까 했더니, 검찰도 어차피 청와대와 안기부의 지휘를 받으니까 청와대 쪽을 통해서 자진출두하는 방식으로 가는 게 좋겠다고 그래요. 그런 이야기가 나온 건 당시 안기부장 유학성 씨가 한강성당 신자였기 때문이에요. 또 실세로 꼽히는 허삼수 씨(당시 대통령 사정수석비서관)도 저희 성당 신자였어요. 참으로 묘하게.

　특히 허삼수 씨 쪽을 통해서 접근하면, 이 사건이 지금 정권에는 아주 큰 혹인데 조금 대화의 물꼬를 틀 수 있지 않을까 싶다면서, 변호사들이 방향을 정해주셨어요. 그래서 제가 그다음 날 아침에 허삼수 씨를 만났어요.

성당에서 만났습니까?

제가 전화하고서 그 집에 찾아갔어요. 아침 출근 전이라고 해서요. 그분은 식사 중이었는데 그 이야기를 하니까 더 이상은 못 드시더라고요. 제가 몇가지 조건을 제시했습니다. 변호사들의 종합된 의견이었어요. 첫째, 학생들의 '자수'라는 표현보다는 '자진출두'라는 용어를 고수했고 둘째, 어떤 경우든지 물리적인 고문, 비인간적인 고문을 자행해서는 안 되며 셋째, 법이 보장하는 절차에 따라 조사해야 한다는 원칙을요. 그리고 천주교 정의평화위원회와 사제들에게 상황을 잘 알려줘야 한다는 정도의 내용을 이야기했습니다.

말로 했습니까? 아님 문서로?

말로요. 허삼수 씨는 밥 먹다 말고 수긍을 하더라고요. "신부님, 기다리십시오." 그러고는 청와대로 떠났어요. 약 10시쯤인가 전화가 왔어요. "현홍주 씨가 안기부 차장이에요. 현 차장이 알아서 할 것입니다." 청와대 쪽에서 즉시 안기부 차장에게 지시하더라고요. 그래서 현 차장이 한강성당에 왔어요. 제가 제시한 조건대로 하겠다는 말을 들은 다음, 언론에 노출되지 않기 위해서 원주에 직접 가서 최기식 신부님을 만나라고 그랬어요.

허삼수에게 말할 때는 '원주'라는 지명을 드러낸 것은 아니죠?

안 했죠. 어느 신부님이 나한테 이렇게 전했다는 것과, 우리 정의평화위원회의 조건, 즉 변호사님들이 제시한 조건을 이야기한 거죠. 그러니까 문부식 등이 어디에 있는가는 그분들은 모르죠. 그뒤 안기부의 현홍주 차장이 '어디에 있느냐'고 해서 그때 원주라고 밝혔어요. 그러곤 자기네들이 연락을 취해서 최기식 신부님 만나고, 문부식 등을 연행해서 서울 안기부로 왔어요. 그런데 다음 날이 되니 난리가 난 거예요. 왜냐하면 첫날 기본적인 조사를 받자마자 벌써 김현장의 이름이 나왔다는 거예요.

김현장이 거기 있으면서 출두하지 않더라도, 안기부에서 세게 조사하면 그 사실이 쉽게 나오기 마련이지요.

당시 그 사건의 처리에 대해 나중에 들은 이야기입니다만, 서정화 내무부장관이 대통령에게 보고하니까, 대통령이 부산 미문화원 사건은 경찰이 전담하라고 명령을 내리고 약속했대요. 그런데 안기부가 앞질러 나갔다고 경찰이 아주 맘이 상한 거예요. 그래서 경찰이 그 악명 높은 남영동 대공수사실로 데리고 간 거예요. 거기서 무섭게 고문을 한 겁니다. 그건 그렇고요. 허삼수 수석은 제 나름 한건 올렸으니, 다음 날 너무 기뻐서 저를 만나고서 "신부님, 대통령께서 지금 만나기를 원하는데 혹시 모르니 준비하십시오." 이런 메시지까지 왔어요.

그 말을 할 정도면 초기엔 신부님의 구상이 통했나 생각할 수도 있었겠네요.

네. 그래서 변호사님한테 대통령을 만나면 시국완화정책을 쓰라고 말하라는 조언까지 받아서는 준비하고 있었는데, 대공분실의 조사 과정에서 김현장 이름이 나오고, 결과적으로 최기식 신부님이 범인을 은닉했다고 수사의 줄기가 확 바뀐 거예요. 경찰이 심하게 수사하니까, 자진출두라는 것이 의미가 없어져버린 거죠. 결과적으로 거짓말을 한 거나 다름없게 되어버렸어요. 한 사흘 지나서 허삼수 수석이 성당에 찾아와서, 수사과정에서 일이 조금 꼬여서 신부님이 말씀하신 대로 진행이 잘 안 되어 너무 죄송하다고 그래요.

또 이 사람이 수사 내용을 잘 몰라요. 청와대에 있긴 하지만 안기부 조사나 경찰 조사의 큰 줄기만 알지 세세한 내용을 잘 모르거든요. 다만 최기식 신부님까지 연행된 상황이라고 저에게 먼저 알려주는 거예요. 제가 화를 내면서 "그렇다면 이건 배신이다. 약속을 안 지켰다."라고 강하게 이야기했는데 수사기관끼리의 알력도 있어서 꼬인 거예요.

변호사님들도 당황해하고, 그 청년 학생들은 제가 직접 관여한 것도 아니고… 전 그 학생들 얼굴도 못 봤으니까요. 그런데 그렇게 되니까 『조선일보』에서 아주 소설을 쓰는 거예요. 연행되기 전에 김은숙과 문부식이 결혼식을 올렸다느니, 반지를 주고받았다느니, 별 이야기가 다 나오는 거예요. 소설이지요. 저도 너무 안일했구나 하고 아프게 반성했어요.

그때가 또 수난주간이에요. 처음에는 대화로 나갔다가 이젠 정면으로 싸우게 된 거예요. 경찰과 싸우고, 안기부와 싸우고. 그런데 또 허삼수 씨가 자기와 대화한 내용과 자기 이름을 거명 안 했으면 하는 거예요. 변호사님들하고 이야기했더니 '그건 좀 지켜주라'고 해서 청와대 고위 관계자하고 얘기했다는 것만 말하고, 제가 법정에서도 실명은 밝히지 않았습니다. 제 입으로는 지금 처음 말씀드리는 거예요.

그후에 이 건으로는 허삼수 수석과 안기부장을 직접 만나지는 않았어요. 현홍주 안기부 차장도 그렇게 꼬이고 해서 안기부를 떠나간 거고요.

나중에 들어보니까 학생들이 남영동에서 이루 말할 수 없는 고문을 당한 겁니다. 저희 사제단이 고문에 항의하면서 연일 기자회견을 했어요. 며칠 뒤 최기식 신부님도 수갑 찬 채로 끌려갔어요. 남영동 대공분실에서 최기식 신부님만 고문을 안 당했죠. 재판에서 검사들이 꼭 최기식 신부님한테만 물어보는 거예요. "혹시 수사과정에서 고문당한 일이 있습니까." 하고요. 그거 술법이에요. 신부한테 고문은 안 하고, 학생들은 무지막지하게 고문하고… 이게 너무 가슴이 아팠어요.

그래서 그해는 가톨릭 정의평화위원회가 전체적으로 문부식 김은숙 사건에 정말 전력을 쏟으면서 기도회 갖고 기자회견 하며 구명운동을 위해 노력했어요.

드디어 사제단이 또 나서게 되는군요. 사제단 내부에서는 어떤 논의 과정을 거쳤나요?

그때는 하루하루가 급할 때니까 서울의 친구들이 하기로 하면 그냥 그대로 전달해가면서 함께했습니다. 구체적 논의를 깊이 할 시간이 없을 때는, 서울과 수도권 사제들이 함께 모였지요. 또 구속된 최기식 신부님에 대해서 이의 제기하는 것은 너무나 당연한 것이기 때문에 그건 아주 자연스러웠지요.

최기식 신부님 본인은 처음엔 구속되지 않을 줄 알았을까요?

그렇죠. 실제로 자진출두를 했기 때문에. 다만 저는 김현장 건이 조금 마음에 걸렸어요. 제가 직접 관여했으면 주도적으로 했을 텐데, 저는 그냥 최기식 신부님의 부탁을 받아 변호사님과 함께 청와대나 안기부 쪽과 중개를 맡았기 때문에 그 순간엔 깊이 개입할 처지가 못 되었던 거지요.

다시 신부님들의 수난사가 시작됐네요. 1974년 지학순 주교님부터 시작해서 1976년에는 함세웅, 문정현 신부님 잡혀가시고, 이어 1980년대 초에 최기식 신부님으로 이어지는 수난사. 최기식 신부님은 어떤 분인가요?

최기식 신부님은 원주교구 사제로서 신학교는 저보다 3년 후배죠. 지학순 주교님이 구속되시던 해에 독일에 유학가기로 예정되어 있었어요. 그런데 교구장 주교님이 구속되자 유학 취소하고 지학순 주교님 석방운동에 전념했지요. 그해 정의구현사제단을 창설할 때 같이했던 핵심 사제입니다. 원주에서는 가장 열심히 했어요. 당시에는 성당을 맡지 않았기 때문에 자유로웠어요. 유학 갈 준비를 했기 때문에 서울 명동의 가톨릭출판사, 수녀원에 상주하면서 일을 도맡아서 했던 사제입니다.

원주교구에서 가장 핵심적인 활동을 했던 분이네요. 원주교구가 민주화 과정 곳곳에서 역할을 하게 되나 봅니다.

네. 원주교구에는 신현봉 신부님이 제일 선배시고 그다음에 안승길 신부님과 최기식 신부님, 두분은 동창이세요. 다른 신부님들도 함께 하셨지만, 이 세분이 아주 애썼던 사제들입니다.

만일 원주교구에 문부식, 김은숙 등만 피신해 있었다면, 함 신부님의 원래 구상대로 될 여지가 있었는데, 김현장의 은신 사실이 드러남으로써 수사의 줄기가 크게 바뀌어 무자비한 고문으로 치달았고, 최기식 신부도 구속되었다는 요지이지요. 그럼 김현장은 어떤 인물인가, 왜 그렇게 주목을 받았나 하는 질문이 자연히 떠오릅니다.

저도 이 사건의 재판기록을 정리해본 바 있습니다. 김현장은 당시 수배 중이었죠. 광주학살이 끝난 뒤 김현장은 「전두환 광주살육작전」이란 유인물을 만들어 문정현 신부님을 찾아왔고, 문 신부님은 이를 대량 복사하여 전국으로 보냈지요. 이 문건은 광주학살의 진상을 알리는 데 크게 기여했죠. 이로 인해 수배상태가 되어 1982년 잡힐 때까지 원주교구에서 최기식 신부님의 묵인하에 피신생활을 했습니다. 부산 미문화원사건 학생들은 그야말로 순수한 동기에서 누구의 조종도 받지 않고 방화했다고 주장하는데, 정권은 문부식 등이 김현장의 사주를 받아 이를 이행한 것이고, 김현장을 빨갱이로 몰아가서 커다란 공안사건을 만들었습니다. 김현장-문부식 연계에 최기식 신부님이 계속 지원했다고 하여, 조직 프레임을 짜맞추었고요.

하여간 「전두환 광주살육작전」이라는 문건을 김현장이 작성했다고는 들었어요. 정말 무섭게 썼더라고요. 그때는 대단한 친구라고 생각했어요.

제가 궁금했던 것은 최기식 신부님이 고민하면서 짜냈을 안들 중에서, 지 주교님과 논의를 거쳐 도달한 길이 왜 하필 함 신부님이냐 이겁니다. 함 신부라면 뭔가 출구 혹은 묘책을 낼 수도 있을지 모른다는 기대, 아니면 최소한도로 그것을 알았다고 발설하거나 신고할 사람은 아니라는 굳건한 믿음이 있었겠지요?

수사망이 워낙 촘촘하니 학생들이 더이상 은거하기도 어렵고, 자진출두를 하면서 학생들에게 불리하지 않도록 보장을 받아야 할 텐데… 제가 아무래도 서울에 있으니 저한테 이야기하면 변호사님들하고 정의평화위원회 위원들이 있으니까 안이 있을 거라 생각하고 찾아온 거죠. 저도 그 사안은 워낙 중요하기 때문에 다른 사제들하고는 상의하지도 못했어요. 곧바로 변호사하고 먼저 상의했습니다. 비밀이 절대적으로 요구되었기 때문에요.

이돈명, 유현석 변호사님은 다 가톨릭 신자였던 거죠?

신자 정도가 아니라 가톨릭 정의평화위원회의 위원들이시고, 당시에 유현석 변호사님이 그 회장을 맡고 계셨습니다.

처음의 수순은 잘 되었습니다. 법적 검토도 거쳤고, 청와대 핵심과 곧바로 소통되었고, 안기부 차장과도 접촉했고… 만일 김현장 씨가 없었고 문부식과 김은숙만 원주교구로 피신 왔다고 했다면 어땠을 것 같습니까?

그러면 크게 꼬이지는 않았겠죠. 또는 김현장까지 출두했다면 더 꼬이지는 않았을 것 같아요. 지나고 보니 그때 변호사님하고 제가 개입했다면, 단순 연락이나 중개가 아니라 방향까지 잡았어야 했는데, 그 상황에서는 원주 분들의 뜻을 존중할 수밖에 없었어요. 그 학생들하고 그 사람들이 그렇게 합의하고 결정한 겁니다.

신부님에게도 근거 없는 비난과 오해가 퍼부어질 수도 있었을 것 같은데요.

그때까지는 요새처럼 이상한 극우세력 같은 건 없었어요. 그런 건 1980년대 후반 노태우 이후에 생겨난 잡초 같은 현상인데… 그 당시는 워낙 박정희가 불의한 게 자명하고, 전두환이 광주학살의 주범이라는 것이 확실했기 때문에 저희에 대해서 그냥 원천적으로 뜻을 달리하는 사람은 있지만 그렇게 공개적으로 비난하지는 못했습니다.

이제 공판과정으로 넘어가보겠습니다. 홍성우 변호사님과의 대담집 『인권변론 한 시대』(경인문화사 2011)에는 김수환 추기경이 이 재판을 위해 얼마나 애썼는지가 나옵니다. 당시 인권변호사로 꼽혔던 이돈명, 황인철, 홍성우 변호사는 1980년 5월에 연행되어 압력을 받고 더이상 그런 변호사 활동을 하지 않겠다는 각서까지 써주고 나온 상태였고, 그 상태에서 김수환 추기경이 보이지 않는 도움을 제공하고요.

그런데 1982년에 부산 미문화원이라는 엄청난 사건이 터지고, 또 거기에 최 신부님까지 구속되어 천주교가 본격 대응하지 않으면 안 될 상황까지 치닫자, 추기경께서 최강의 인권변호사 팀을 부산으로 출동하도록 요청하고, 부산 변호사 팀과 합세하여 최선의 변론 팀을 운용했다는 내용입니다. 부산 팀도 잘하겠지만, 그래도 서울 팀이 내려가야 중앙의 언론과 여론에 영향을 미치고, 부산의 재판부도 함부로 하지 못하지 않겠느냐 하는 심모원려(深謀遠慮)를 했다는 거지요. 당시 변호사 팀이 부산에 내려가면 수도원에서 숙식을 제공했다는 사실도 있더라고요. 그만큼 천주교와 변호사들이 한 팀이 되어 법정투쟁을 전개했다는 것인데요. 실제로 재판준비나 격려활동에서 어떤 일이 있었습니까?

네. 광안리 분도수녀원입니다. 이해인 수녀도 그때 거기 계셨지요. 법적인 것은 변호사님들이 다 하시니까, 저희들은 성당 일 같은 사목에 몰두했습니다. 그러다가 최기식 신부님이 구속되고는 사제들과 힘을 모아 대응했습니다. 당시에 양심법과 실정법 사이의 갈등을 실감했고요.

성당은 피난처로서 특별한 의미가 있는 곳입니다. 구약성서에는 도피성(逃避城) 이야기가 나옵니다. 아무리 살인죄를 지었어도 누구든지 도피성으로 피하면 거기엔 법을 적용하지 못해요. 중세 그리스도교 문화권에서 성당이나 예배당 같은 경우는 하느님께 기도하는 집이니까 거기가 도피성이었어요. 아무리 큰 잘못을 저질러도 누구든지 성당이나 예배당에 들어가면 거기에는 사법권이 들어가지 못하게 되어 있습니다. 이런 논리를 신학적으로 펼치면서 주장했고요.

연일 모든 언론, 특히 『조선일보』와 KBS는 원주 교육문화원을 비추면서 "용공의 산실"이라고 하면서 원주와 가톨릭을 매도했습니다. 그럴 때 제가 지난번에 말씀드린 대로, 신학적인 해석을 내놓았습니다. "1981년 여의도 신앙대회(조선교구 설립 150주년 기념) 때 하늘에 나타났다는 십자가의 교훈이 뭐냐? 이 교훈을 바로 알아야 한다. 불과 반년밖에 안 되었는데, 이제 우리 교회가 핍박받고 있다. 교회에 돌도 던지고, 교회에 오기를 다들 주저하지 않느냐? 참된 신앙은 이렇게 어렵고 고난받을 때 단련되고 확인되는 것이다." 이런 논리로 주장하면서 기자회견도 하고 신자들에게 강론도 했습니다.

변호사님들은 법적으로 접근해야 하는데 제일 곤혹스러웠던 것은 방화했다는 사실이죠. 또, 방화 과정에서 미문화원 안에서 책을 보던 동아대생이 목숨을 잃은 사실. 하여간 방화 자체는 잘못되었다는 것을 늘 전제로 했는데, 그런 논리에 대응하기가 조금 힘이 들었어요. 꺼내기 어려운 말이지만, 때로는 더 큰 악을 제거하기 위해서 작은 악을 수용한다는 윤리신학의 원칙이 있습니다. '불법정권 광주학살 주범들의 악행을 만방에 알리기 위해서 학생들을 택했던 것이다. 아름다운 방법은 아니었지만 큰 악을 제거하기 위한 작은 악을 불가피하게 행한 것으로 해석할 수 있지 않느냐.' 이렇게 은유적으로 해석했고 그게 저희들에게는 논리적으로 설득이 되지만, 일반 여론에서는 쉽게 수용되긴 어렵죠. 분명 잘못한 부분이 있기 때문에…

그러나 최기식 신부님의 경우는 달라요. '학생들을 자진 출두하도록 이끈 사제를 구속시킨 것은 애초의 약속을 어긴 것이다. 그리고 사제로서 떳떳하다.' 그런 주장은 세게 할 수 있었어요. 다만 김현장을 오래 숨겨준 것이 혹처럼 붙어 다니니, 그것도 쉽지 않았지요. 그러나 법정에서 변호사님들은 학생들의 주장 속에 내포된 선함, 미국에 대해 경종을 울린 내용들을 이야기하고, 방화 과정에서 한 학생의 목숨을 잃은 것은 의도하지 않은 일이어서 고의살인이 아니라는 것을 법이론적으로 펼쳤어요.

아까 함 신부님도 법정에 증인으로 섰다고 하지 않았습니까?

변호사님들이 증인으로 나서라고 하고, 저도 증언하는 데 주저할 까닭이 없어 법정에 섰어요. 거기에서는 안기부와 청와대 이야기를 했어요. 그게 큰 도움이 되지는 않더라고요. 왜냐하면 자진출두라는 방법을 택했지만, 거기에 김현장이 빠져 있었기 때문에 그 부분에서 좀 취약하고, 최 신부님도 두 학생이 자진 출두하도록 애썼지만 역시나 김현장이 빠져 있었다는 점에서 재판부에 크게 감동을 주지는 못했던 것 같아요.

검사가 반박하기로는, 어떻게 방화한 사람들을 옹호하느냐는 거예요. 검사는 방화에 초점을 맞추고, 저희들은 넓은 의미에서 저항권, 정당방위권, 독일의 본회퍼 목사의 주장(광기 어린 폭력을 막기 위해서는 폭력이 불가피하다는 주장), 이런 내용들을 예로 들면서 의견을 펼쳤는데요. 검사가 무리하게 질문할 때 저도 조금 무리하게 대답한 것도 있어요. "그런 것은 사제한테 질문하는 게 아니에요."라는 식으로.

항소심이 열린 대구의 법정에도 계속 가셨나요?

대구에는 못 갔어요. 다만 항소심에서는 김현장과 문부식에 대해 정의평화위원회와 저희 사제단 이름으로 변호사님들과 함께 호소했죠. 그들이 사형당하지 않을 것은 확실했지만, 대법원에서 감형해주길 바랐고, 그래야 사법적·도덕적 힘이 확인되는 것 아니냐고 했어요. 그런데 사법부에서 그건 못하더라고요. 대법원에서 사형을 확정해놓고 전두환이 얼마 뒤에 감형 조치를 했어요. 사법부는 악역을 맡고, 대통령에게 살릴 권한을 주면 사법부가 정권에 종속되는 것 아니냐고 판결 전에 이야기했는데도 이걸 수용하지 못하더라고요.

사법부가 최악의 수준에 있을 때지요. 1981년 이영섭 대법원장이 퇴임사에서 "대법원장 취임할 당시에는 이상과 포부가 있었으나, 돌이켜보니 회한과 오욕의 나날이었다."라고 한 그대로입니다. 사법부가 정권의 하수인으로 전락한 게 이제 체질화된 셈이라고 할까요.

저희들이 호소했어요. 변호사들의 검토를 거쳐, 판사들의 기분이 언짢지 않게 내용을 담았어요. 우리와 적어도 중벌은 하지 않기로 약속했으니 마땅히 사형은 배제되어야 하고, 1심과 2심이 시정하지 못할지라도 대법원의 도덕적·법적 권위로서 그런 판결을 내려야 한다고 했어요. 그리고 안기부 직원을 만날 때마다 이야기했어요. "그래야지 당신네들이 통치할 때 도움이 된다. 대법원에서 사형을 내리고 얼마 뒤에 대통령이 감형한다는 것은 당신네들 권력 유지를 위해서도 좋지 않은 방법이다." 그래도 그것을 소화해내지 못하더라고요.

가톨릭과 인권변호사들이 전면에 나서서 학생들의 진정성도 널리 알리고 광주와 미군의 문제를 핵심쟁점으로 끌어올림으로써, 공안사건, 빨갱이 사건으로 몰아쳐서 주범을 처형하는 최악의 사태를 막아낸 것으로 생각됩니다.

그때 여러 곳에서 애썼지요. 부산 신부님들과 수녀님들도 애쓰셨고, 원주에서도 애썼고요. 그런 노력이 쌓여서 애초에 사형까지 받은 학생도 나중에 무기로 감형되면서 결국에는 몇년 뒤 석방될 수가 있었죠. 또 그 과정에서 1982년에 정의평화위원회와 저희 사제단이 더 적극적으로 활동할 수 있는 계기를 마련하게 되었습니다.

돌이켜보면, 민청학련 때도 지학순 주교의 개입이 큰 것이 아니었잖아요. 그런데 지학순 주교가 연루됨으로써 천주교가 끌려들어가고, 그럼으로써 학생들이 죽지 않고 살아나는 하나의 계기가 되잖아요. 부산 미문화원 사건 자체도 천주교와는 아무 관련이 없는데 관련 학생들이 가장 힘든 순간에 도피처를 찾아 원주로 오니까 최기식 신부님이 이들을 챙기게 되고, 그러다 보니 시대의 과제와 가톨릭이 정면으로 엮이게 된 거잖아요. 관련 없어 보이는 것들이 결합되고 그로 인해 김현장과 문부식이 사형당하지 않고 살아날 수 있었던 것 아닌가…

검사와 권력은 방화와 사망이라는 결과에 집착하는데, 종교인들은 그 사람들의 마음 한가운데를 들여다보고, 그 맘속에 선이 있고 정의에의 의지가 있으니 그 진정성을 곳곳에 알리고, 그것이 두루 수용됨으로써 죽을 수도 있었던 생명을 살려낸 게 아닌가, 그리고 그 과정을 통해 권력기관이 가장 은폐해두고 싶었던 광주학살이 전면적 이슈로 끌어올려진 게 아닌가. 그런 의미에서 학생들과 천주교의 만남은 우연처럼 보이는 필연이라 할 수도 있겠습니다.

말씀하신 내용에 공감하고요. 저도 신앙 안에서 역사를 해석할 때 뜻밖의 사건 속에서 하느님의 역사적 개입을 읽을 수 있어요. 안병무 교수님은 이를 '사건의 신학'으로 이름을 지었습니다만… 뜻밖의 사건이라는 것은 저희들이 계획하지도 생각하지도 않았는데 다가오는 것이지요. 그 뜻밖의 사건 속에서 하느님의 큰 역사적 개입, 큰 섭리를 읽어내는 거고요. 1981년 가톨릭이 양적으로 증가했는데, 이를 내면적으로 정화하는 작업이 1982년 부산 미문화원 사건이 아니었을까 싶어요. 이 힘든 고난의 과정을 거치면서 준비가 조금 덜 된 분들은 떨어져나가고, 정말 알찬 분들만 남아 진리와 정의를 위해 더욱 노력하는 과정 속에서 교회 자체가 정화되고 굳세어진다는 걸 깨달았어요.

또한 학생들의 정말 조그마한 뜻의 표현이었는데 이 사건을 통해서 광주학살의 만행과 전두환 정권의 실체 등이 전 세계에 알려지고 관심의 초점이 되었다는 측면, 나아가 미국의 부도덕한 개입과 침묵… 저도 개인적으로 미국에 대한 생각을 수정해야겠구나 확신했던 것이 광주 체험을 통해서였거든요. 그런 점에서 학생들의 역할은 대단히 컸던 것 같아요.

물론 그 때문에 가톨릭에 닥친 어려움이 있었습니다만, 저희 나름대로 '고난의 예수님' 안에서 재해석했기 때문에 얻은 것이 더 많았다고 생각해요. 절망과 침묵 가운데 있을 때, 살아 있는 공동체가 있구나, 젊은이들을 위한 옹호자들이 있구나, 이런 것을 확인해준 점을 긍지로 갖고 있습니다.

천주교가 '용공의 산실'이라 공격받았다고 했는데, 진짜 용공의 산실이면 국가보안법에 따라 엄중한 처벌과 반국가단체로 해산까지 당해야 하잖아요. 그런 음해를 들을 때, 천주교 내부에서도 엇갈리는 반응이 있지 않았을까요. 어쨌든 국가법에 따르지 않고 범인을 숨겨준 것은 잘못 아니냐는 식으로 말입니다.

그렇지는 않았어요. 공안당국이나 제도언론의 상투적인 표현이니까요. 사제단 내부에서 다른 기류가 힘을 못 쓰는 연유가 있어요. 1979년 10월 15일쯤으로 기억되네요. 저는 구속되어 있을 때인데 '구국사제단'을 표방한 분들이 49인의 신부들 명의로 『가톨릭시보』에다 성명서를 냈어요. '정의구현사제단의 젊은 신부들이 잘못하니까 꾸짖어야 한다'는 내용들이에요. 그러니까 노골적으로 박정희 편을 든 거죠. 그런데 그 성명서를 발표한 뒤 열흘 만에 박정희가 죽은 거예요. 그래서 그 사람들을 '생복자 49위'라고 불렀어요. 복자(福者)는 돌아가신 분들인데, 살아 있는 분들이니 '생복자'이고, '49인(人)'이 아니라 '49위(位)'라고 써서 비웃은 거지요. 제가 그 명단을 저의 첫 책에서는 각주로 달았다가 그후에는 이름을 남기기 위해서 본문에 넣었어요. 그런 '생복자 49위' 사건이 있었기 때문에 80년대에 그런 신부들이 못 나선 거예요. 그런 일이 또 있으면 망신살이 뻗치니까 내심 못마땅해도 그냥 수그리고 있었을 때였어요.

그런 지탄을 받을까봐 적대적으로 나서진 않는다 해도, 보수적 사제들도 꽤 있을 텐데 그 기회에 '우리가 자성해야 한다, 그런 방향으로 나가서는 안 된다'고 하면서 공세적으로 나설 수 있잖아요. 그런 이야기가 안 나오는 게 그 나름 신기하다고 할까요.

　가톨릭은 체계상 그렇지는 않아요. 그게 참 다행이에요. 박모 신부처럼 돌연변이가 가끔 있는데, 그건 결속력이 없습니다. 저 혼자 언론에 뜨고 그러는 것뿐이지요. 우리 가톨릭은 이미 말씀드린 대로 선배들 중에 좀 못마땅한 분도 있지만 자기 이름을 내면서까지 나서지는 않아요. 그런 게 개신교 교단과 좀 다르겠지요. 우리 안에 다툼이 있지만, 가능하면 내부의 갈등은 외부에 안 보여주려는 점도 있습니다. 1979년 10월에는 일부 사제들이 큰 맘 먹고 한 겁니다. 그때는 선교사님들에게도 한국을 떠나라고 했어요. 그러고는 교황 대사관과 청와대를 들락날락하면서… 그런 분들이었는데 성명서 내자마자 박정희가 죽은 거예요.

　49인이 아니고 '49위'라고 하니 참으로 야유거리가 된 셈이네요.

　그중에 가까운 신부님들이 있잖아요. 저희들 만나면 "나는 모르고 이름을 넣었다."라며 변명하는 분들도 있었는데 그런 변명도 일리는 있지요. 그걸 주도한 분들은 대여섯명이에요. 그외 분들은 명단에 오른 줄도 모르고 계셨어요. 핵심적인 분들이 누군지 우리가 또 다 알죠. 그런데 그런 의견도 우리 앞에서 대놓고 이야기 못해요. 뒤에서만 그러지.

　함 신부님을 무서워하는 신부들도 있을 것 같은데요.

무서워한다기보다는, 이런 것 같아요. 그 시대 중앙정보부는 종교 과를 만들어놓고 종교인들 비리를 수집해요. 사제, 목사, 승려 들의 사 생활을 다 알아요. 그리고 그 이야기를 우리한테 해요. 누구는 어떻고 누구는 어떻다… 그때 듣고 그랬죠. 다 공개해라, 처벌해라. 다들 서로 먹이사슬의 과정 속에 있었으니… 그 당시에 불교야 다소 어용종교였 으니까 말할 것도 없죠. 개신교 같은 경우도 사생활 다 알고, 가톨릭에 대해서도 그렇고. 저의 경우에도 명동성당의 어느 신부랑 통화했다는 것을 우리한테 이야기해요.

정권과 대척점에 있는 함 신부님이 계신 한강성당에 신자로서 안기 부장도 있고, 청와대 수석도 있고, 공안부장도 있고… 그 모습이 참 묘 합니다.

허삼수 씨는 나중에 이사 왔어요. 유학성 씨는 그전부터 살다가 방 배동으로 이사를 갔어요. 그렇지만 한강성당에 원래 교적이 있으니 까 저를 찾아오기도 하고, 뒤에서 여러가지로 도와줬어요. 저를 밤에 찾아와서 "신부님, 제가 군사령관으로 있을 때는 성당을 많이 지었어 요." 하면서 봉헌헌금도 많이 냈고요. 또 이런 적도 있어요. "신부님, 제가 하지 말래서 안 할 분도 아니고… 그래도 제가 안기부장으로 있 을 때 신부님이 또 구속되면 어떡합니까. 신부님 하시는 거 다 하시되 저한테 사전에 통보만 하십시오." 그래서 하루 전이나 한시간 전에 우 리 이런 성명서 낸다고 전화해준 적도 있어요. 당시는 안기부장이 우 리 성당에 나오고 그러니까 중앙정보부 요원들이 함부로 대하지 못하 고 저한테 좀 잘해줬어요.

희한한 공존이네요. 예컨대 선악 이분법의 관념이 있잖아요. 당시 학생들은 전두환 노태우 유학성 허삼수 허문도 등을 절대악으로 꼽을 것 같은데요. 그런데 그런 사람들과 성당에서 만나고, 신앙도 이야기 하고, 미문화원 건으로 중개 밀담(?)도 나누고요. 그러고 보면 인간이 란 게 절대선도 아니고 절대악도 아니다, 뭐 그렇게 되는가요?

성당에서 사제와 신자로서 만난 거지요. 감옥생활 하고 사목하면서, 현장에서는 처지가 분명하게 다르지만, 성당에서 만날 때는 제가 이 사람들을 사제로서 만나야겠구나 생각했어요. 거기가 정치 현장은 아 니니까. 그러나 전두환 정권이 잘못되었을 때, 안기부가 잘못되었을 때, 그 부분은 또 공개적으로 지적하고 질책했어요. 그분들도 그들 나 름대로 자기의 상황과 성향이 있으니까… 해명하자면 그런 부분은 저 는 사제로서 듣기만 했죠.

약간 다른 이야기로, 김대중 선생이 사형선고 받고 구명운동을 할 때 장남 김홍일 씨가 늘 미사를 왔어요. 다른 곳에 갈 데가 없으니 한 강성당이 안식처가 되는 거지요. 성당에 오면 보안사 요원들이 다 알 아요. 김홍일 씨는 아버지의 옥중서간을 전해주고, 우린 우리가 해야 할 일들, 바티칸에서도 교황께서도 구명운동을 하고 계시다는 것들에 대해 대화를 나눴고요. 저 나름대로 외교관, 청와대에 있는 사람들, 유 학성 씨한테도 이야기를 좀 했죠. 구명운동을 위해서 추기경님이 제일 크게 노력하셨지만, 저희들은 저희들 나름대로 역할을 했습니다.

김홍일 씨는 연희동성당에서부터 인연이 이어지네요. 교적이나 주소는 다른 데 있지만 함 신부님이 그리워서 오신 모양이지요. 함 신부님의 품 안에 있고 싶어서 오는 다른 사람들도 있었습니까?

제가 그리워서가 아니라 아무래도 제가 있는 성당에서 미사 봉헌하는 것이 편하고 또 아버지 소식을 주고받을 수 있으니까요. 또 저희 성당에 오면 민주주의를 위한 동지의식, 공동체를 확인할 수 있기 때문에 왔겠지요. 다른 데에서는 시대를 고민하는 강론을 신부님들이 안 하실 수가 있고요. 그리고 구속자 가족들도 몇분 오셨는데, 그 당시엔 김홍일 씨가 제일 부각된 분이니까…

이로써 부산 미문화원과 관련된 함 신부님의 숨은 역할과 드러난 노력들을 두루 알 수 있게 되었습니다. 처음 공개되는 비화도 적지 않고요. 죽을 자를 살려내고, 감추어진 시대의 진실을 드러내고, 공감과 연대를 일깨우는 작업이 아니었나 생각합니다. 이 사건이 진행되고 일단락되면서, 민주화 진영도 서서히 힘을 얻고 새로운 발돋움을 준비하지 않았나 생각되기도 하네요.

해외여행, 성지순례

1984년 8월까지 한강성당에 시무하시면서, 매년 다사다난했던 것 같네요. 미문화원 사건이 일단락되면서 모처럼 평화(?)가 찾아오나 봅니다. 신부님 약력에도 별다른 것이 적혀 있지 않고요. 이 기간 동안 엔 어떻게 지내셨는지요.

미문화원 사건의 1심재판이 끝날 무렵, 우리 친구 신부들 셋과 함께 외국을 순례하고 싶다고 이야기를 나누었어요. 저는 유학체험이 있습 니다만, 다른 셋(김택암 안충석 양홍)은 외국경험이 아직 없었거든요. 이 기회에 외국에 한번 나가자는 데 의견이 모아졌습니다.

그동안 군사정권으로부터 찍힐 대로 찍힌 분들이 한꺼번에 외국에 나간다면, 의혹이 적지 않을 텐데요. 해외에서 무슨 불순한(?) 음모를 획책하지는 않을까 하고요.

우리 모두 사실상 출국금지나 다름없는 상태였어요. 유학성 씨가 성당에 왔을 때 이 이야기를 했어요. "우리들 넷이 외국순례 차 나가고 싶은데 좀 허락해줄 수 있습니까? 여권 좀 내줄 수 있습니까?" 그랬더니 노력해보겠다고 해요. 그런데 현직 안기부장이 하는데도 잘 안 되자 보안사에서 김수환 추기경 각서를 받아오라고 그러는 거예요. 그래서 "그러면 안 간다. 우리가 교구장 각서를 받아오면서까지 여권 내고 싶지 않다."고 했더니 "자기가 보증을 서고 신부님들 여권을 내드리겠습니다. 그 대신 정부나 광주에 대해 해외에서까지 기자들에게 말씀 안 하셨으면 좋겠습니다."라고 해요. "물론 자청해서 말은 안 한다. 그러나 누가 와서 물어보면 이야기를 안 할 수도 없지 않느냐. 사제로서 그렇게는 못한다. 그러나 당신이 신자로서의 정리로 우리를 도와주는 인간적인 면모를 봐서 그런 점을 배려하겠다. 다만 외국 분들이 다가와 물어볼 때 이야기하는 것은 우리 책임이 아니다." 그분도 웃으면서 임했고요. 그분이 보증을 서서 여권을 받았어요.

얼마 동안 나가 계셨던 겁니까?

7월 하순부터 약 두달쯤 나간 것 같아요. 제가 항공계획을 다 짰어요. 세계일주가 제일 싼 유나이티드 에어라인을 타기로 하고요. 조금 경험이 있었으면 숙소까지 예정해놨어야 하는 건데 제가 유학 갈 때만 생각하고 비행기표는 끊어놓고 숙소는 안 정해놓고 떠난 거예요. 비행기 표에 맞춰서 움직이다 보니 조금 힘들더라고요.

공항에서 세관을 거쳐 여권심사를 하는데 우리 신부들 네명이 전부

다 출국금지로 걸린 거예요. 법무부 직원이 깜짝 놀라더니, 기다리래요. 안기부에 전화했더니 안기부에서 김포공항에는 연락을 안 했다는 거예요. 그래서 1시간 동안 붙들려 있었어요. 우리들은 나가기 정말 어렵구나 하고 그저 웃었어요.

일본 거쳐서 하와이로 갔어요. 하와이에 계신 이모가 신부들 왔다고 좋은 호텔에 예약해주셨어요. 그러니까 이 신부들은 외국 호텔은 전부 다 그런 줄 아는 거야. 그리고 LA로 가서는 돈을 아끼기 위해서 싼 모텔 하나를 구했는데, 옆방에서 밤새 떠들고 해서 잘 수가 없더라고요. 미국은 다 이러느냐면서 돈 조금 더 주고 다른 데로 옮기자고들 해요. 안면 있는 교우한테 부탁했더니, 그럼 수영장 있는 모텔인데 한방에서 자도 되느냐고 해요. 방 하나에 70불이면 된대요. 좋다고 했죠. 그때는 라스베이거스도 모르고 그랜드캐니언도 몰랐어요. 그저 미국 큰 도시만 가려고 했더니 LA 교우들이 여기 와서 그랜드캐니언을 안 가면 되느냐고 그러는 거예요. 어떻게 가느냐고 물었더니 라스베이거스를 가서 거기서 갔다 오래요. 저희는 라스베이거스가 뭔지도 모르고 간 거예요. 완전 노름 장사야. 그날이 주일이에요. 아침미사 하고 경비행기 타고 그랜드캐니언 가서 하루 보고, 저녁에 경비행기로 왔어요. 그런 굉장한 자연은 처음 보았어요.

그다음엔 워싱턴 D.C.로 갔어요. 미국 중부 지역은 모조리 건너 뛴 거죠. 거기에 한인 성당이 있는데, 우리 신부 넷이서 주일마다 가면 신자가 꽉 차고 굉장한 미사가 되는 거예요. 워싱턴 D.C.의 김대건 신부 성당에서 미사하고 사람들과 이야기도 나누었던 기억도 나요.

유럽은 하루에 한 나라씩 다녔는데, 두달 동안 5대주 27개국 55개가량의 도시를 돌았어요. 하루에 한 도시씩 간 셈이죠. 경황이 없어서 막 다녔어요. 로마는 제가 좀 아니까 이태리 와서 바티칸, 아시시, 기본적인 것은 다 보고 시칠리아에도 갔어요.

제일 기억에 남는 건 이스라엘에 갔을 때예요. 성지라고 해서 가슴이 부풀었는데 그토록 보안이 엄한 줄 몰랐어요. 차를 빌려서 헤르몬산을 향해 북쪽으로 지도 보고 갔는데 산에 조그만 집들이 몇개 있더라고요. 사진 찍고 두시간 보고 내려와서 남쪽의 갈릴래아(갈릴리)로 가려고 하는데 장갑차 두대가 양쪽에서 와서 딱 멈추더니 총을 겨누고 차에서 내리라고 해서 깜짝 놀랐죠. 여권을 압수하더니 사진 찍은 거 다 내놓으라는 거예요. 그래서 필름 다 뺏겼는데 거기가 군사지역, 국경지역이란 걸 몰랐어요. 이 사람들이 우리가 산을 구경하는 걸 다 관찰한 거야. 우리는 갈릴래아로 가려고 하는데 길을 모르겠다고 했더니 장갑차가 선도해주더라고요. 갈릴래아 호수 앞의 잔디밭 있는 수도원이 너무 좋아 거기서 묵고요. 갈릴래아 호수에서 베드로 사도를 떠올리고 예수님을 생각하며, 매일 미사 봉헌하면서 다녔어요.

포르투갈의 파티마에도 갔어요. 1917년 세 어린이 앞에 성모님이 나타나셨고 당시 성모 발현을 체험했던 어린이 하나가 루치아 수녀님인데, 그분이 포르투갈 북쪽 코임브라의 가르멜 여자수도원에 계셨어요. 그분을 찾아갔는데 면회가 안 된대요. 면회하려면 바티칸의 특별 허가가 있어야 한대요. 그래서 농담 삼아 내가 바티칸에서 공부하고 왔다고 했지요.

원장 수녀님과 한국에 대한 이야기 등을 나누고 "한국의 통일을 위해 기도 부탁합니다."라고 청하며 예물을 드리고 나오다가 앞에 오는 차하고 크게 부딪힐 뻔했어요. 그런데 핸들 잡은 우리 친구가 운전을 너무 잘해서 극적으로 위기를 모면한 거예요. 모두 놀래서 차를 세워놓고 길가에 앉아서 쉬며 '우리 죽을 뻔 했다. 그래도 성모님 은혜로구나. 수녀님도 만나고, 나라를 생각한 뜻이 기특해 하느님이 구해주셨구나' 하는 이야기를 나눴던 기억이 새삼스럽네요.

함 신부님은 여행 기획자이자 안내자 역할을 하신 거죠. 신부님으로서 이스라엘 여행은 각별하지 않았을까요?

물론이죠. 전체적으로 예수님의 생애가 펼쳐진 무대니까요. 베들레헴에서부터 나자렛, 산상수훈 언덕, 수난 현장인 골고다와 겟세마네 동산 가기 전에 그때마다 성경 구절을 찾아놓고 현장에서 읽으면서 미사를 봉헌했어요. 또 이스라엘 지방에 가톨릭 수도회가 많은데 그분들이 안내해주시고 도와주시니까 기쁘게 지냈지요.

강론할 때 그 체험들을 가끔 집어넣지 않으셨습니까?

네. 그런데 어떨 때는 현장 이야기를 너무 자주 하면 못 가신 분들이 많아 죄송스럽죠. "혹시 가신 분들이 계시겠지만…" 그러면서 그 지역 이야기를 꺼내곤 합니다. 인상적인 것은 베들레헴 성당 문인데요. 들어가는 문은 작습니다. 어린이들은 그대로 들어갈 수 있는데 어른들은 머리를 다 숙여야 돼요. '어린이처럼 순진하지 않으면 하늘나라에 갈 수 없다'는 성경말씀에 기초해서 성당을 지을 때 건축가가 그렇게 고안을 했다네요.
여행 중에 그리스문화, 헬레니즘의 혼합문화, 로마문화, 그다음에는 프랑스, 스페인, 아랍 문화까지 둘러볼 수 있었어요. 시칠리아의 한 성

이스라엘 나자렛의 성모영보(수태고지) 성당 모자이크 한국성모자상 앞에서 양홍, 안충석, 김택암, 함세웅 신부.

당은 짓다가 아랍이 들어오면 아랍식이 되었다가, 또 스페인이 들어오면 스페인 식이 되고, 이렇게 뒤섞였더라고요. 승리자가 정복지의 문화를 파괴하면서 자기 표시를 새기다 보니 종교라는 게 권력 싸움의 도구가 아닌가 하는 이야기도 나눴고요. 그러면서 혼합 문화, 혼합 종교의 의미에 대해서도 현장에서 많이 깨달았어요.

약 10년 가까이 열정적으로 살아오시고 고난을 치르고 하다가 모처럼 좋은 휴식과 재충전의 시간을 가지신 것 같네요.

천주교 전래 200주년 기념행사
사목회의와 교황 방한

1983년과 84년에는 시국 관련 사건은 별로 없는 것 같고, 교회에 관련된 주요 행사에 집중하신 것 같습니다. 연표를 보면요.

1984년은 천주교 전래 200주년이 되던 해입니다. 그 전해부터 성당 중심으로 열심히 사목하면서 200주년을 준비했고요. 사목회의를 열심히 꾸려갔습니다. 200주년 사목회의인데, 제가 사회분과 책임을 맡았어요. 모두 12개 의안이 있었고, 사회분과 내에서도 5개 소주제를 잡았어요. 1983년 정의구현사제단 모임에서 84년 사목회의에 어떻게든지 사회변혁적인 메시지를 담아서 교회 문건으로 만들자고 했고, 이를 위해 각 교구 나름대로 영향을 줄 수 있는 신부들이 자기 분야에서 노력했습니다. 교회 공식 모임에서 역사와 세상, 남과북, 언론, 고문 금지 등의 문제를 직간접적으로 논의해서 문서들로 만들었습니다. 그렇게 하여 사목회의 의안이 나왔고요.

의견들은 잘 수렴되었습니까?

각 교구에서, 영역 별로, 전문가끼리 논의하면서 했어요. '제2차 바티칸 공의회 정신을 기초로, 200주년 맞는 한국 천주교에서 순교자들과 신앙 선배들의 정신을 이어받고, 특히 70년대 노력했던 삶을 신앙과 매개하면서 어떻게 신자들이 실생활 속에서 그 정신을 이어갈 수 있겠는가?' 이런 주제들을 고민하면서 수렴해갔죠. 사목회의는 한국 천주교회의 작은 공의회라고나 할까요. 그런 의미를 가진다고 할 수 있어요.

다른 분들도 사목회의에 소(小) 공의회라는 정도의 적극적인 의미를 부여했을까요?

사목회의를 주관하신 분이 당시 신학교 학장 정의채 신부님이었어요. 당신이 사목회의 의제를 맡으셨기 때문에 거기에 상당히 부합하려고 애를 썼지요. 다행히 문안은 잘 나왔는데 주교님들이 그 문안이 뿌리내리도록 하는 후속작업을 제대로 안 한 거예요. 그게 제일 아쉬운 거죠. 의안과 함께 실천으로 나아가야 하는데, 그냥 부속문서처럼 형식적인 것에 그친 것 같이 결과적으로는 아쉬웠습니다.

우리 사회는 실천이 아니라 공치사에 바쁘다, 그런 면에서 늘 아쉽죠. 우리 헌법상의 기본적 인권도 일단 문안을 만들고, 그것이 현실사회에서 구체화되기 위해서는 별도의 노력을 계속 쏟아가야 합니다. 그런 면에서 하나의 출발점이 되었다고 생각하면 어떨까요?

변화의 계기가 된 것도 있습니다. 남북관계에 대한 것인데요. 저희들이 1950, 60년대에는 공산국가의 회개, 박해받는 교회를 위해서 기도했어요. 그러다가 지향이 조금 바뀌면서 이제 '침묵의 교회'를 위해서 기도한다는 식으로 표현이 좀 부드러워졌고요. 그다음에는 '남북의 일치와 화해를 위해서'라는 식으로 차츰 진전됩니다.

그때 고종옥 신부님이라고 계셨는데요. 개성 출신의 신부님인데 프랑스에서 공부했고 캐나다 국적을 가진 분이었어요. 캐나다 국적이니까 북한을 다닐 수가 있어서 그분이 한국 신부로서는 처음 북한에 다녀왔습니다. 사목회의를 준비하면서 북한을 선교의 대상으로만 생각해서는 안 된다, 형제자매 공동체다, 이런 맥락에서 북한과 관계를 가져야 한다는 내용들이 공론화되기 시작한 것이 1982, 83년 사목회의를 통해서입니다. 그런 내용들은 조금이나마 의의가 있는 것 같고요.

개신교가 아마 저희보다 먼저 북한교회와 접촉했던 것 같아요. 일본이나 다른 나라를 통해서요. 그런 움직임들이 싹트면서 1980년대 후반에는 북한을 선교의 대상이라기보다는 민족의 일치와 화해의 상대라는 쪽으로 나아가는 과정이었습니다.

1984년의 200주년 기념행사는 81년의 그것과 비교하면 그 확대판입니까?

교황이 오셨다는 점에서 한마디로 확대판이죠. 1981년은 84년을 준비한 거죠. 1981년에 큰 행사를 치러봤기에 84년 준비엔 자신감이 있었어요. 그때 일화가 참 많은데… 좀 아쉬운 것은 바티칸은 국가여서 교황 방한은 국가와 국가 간에 이루어지는 것이니까, 교회 방문이긴 하지만 정작 한국 정부에서 초청하는 형식으로 했다는 점이에요.

교황이 오시면 행사도 거창해지고, 신자들과 국민들의 기대치도 높아지잖아요. 가톨릭으로서는 '200주년'에 의미를 두었겠고, 국민들은 과연 국내에서 공식적으로 건드리지 못하는 '광주의 아픔'에 대해 교황이 어떻게 접근하여 난제를 풀어낼까, 또 무지막지한 전두환 독재에 대해 교황이 어떤 태도를 취할 것인가, 이 점이 큰 주목거리였어요.

천주교 차원에서 보면, 천주교 전래 200주년 기념행사를 치르면서 동시에 그동안 염원했던 순교자들의 시성식을 거행할 수 있었어요. 서울에서 원래 10월에 하기로 했던 103복자 순교자들의 시성식이 5월로 당겨졌어요. 시성식을 교황님이 직접 주재했고요. 이 기회에 한국에서 사제 될 사람들을 교황이 직접 서품을 주신 거예요. 한국교회로서는 아주 엄청난 큰 사건이죠. 교황이 현지에 가서 시성미사를 지낸 것이 처음이라고들 했어요. 여의도에 무척 큰 제단을 마련해야 했지요.

좀 씁쓸한 내용도 있어요. 청와대 경호실에서 행사에 개입하는 거예요. 교황도 바티칸 국가의 원수니까 경호문제 때문이라며 참석할 신자들 이름을 써서 내라는 거예요. 그래서 제가 이의를 제기했어요. "우리가 주인인데 불의한 군사정권의 청와대 말을 왜 듣느냐?" 그런데 이게 전달이 안 돼요. 위로부터 일사천리로 청와대에서 요구하는 대로 하는 거예요. 그 앞에다 금속 탐지기 놓고 미사를 봉헌하는 게 너무 마음에 걸렸어요. 좀 유별난지 몰라도… 저는 명단을 제출 안 했어요. 신자들다 가겠다는데 누가 가는지 어떻게 알아요. 그러니까 교적에 있는 것을 다 갖다주는 식이었어요. 그게 제일 마음에 걸렸어요.

여의도 행사 잘 치르고, 교황님은 대구도 광주도 소록도도 다녀가셨어요. 광주에 가셨을 때는 1984년이니까 광주에 대한 아픈 메시지가 나오기를 바랐는데… 교황으로서 이야기하기가 어려웠던 점도 있겠죠. 그저 뿌옇게 평화에 대한 메시지만 남기셨어요.

광주학살이나 해결책에 대한 언급이 조금은 나오지 않았던가요?

안 나온 것 같아요. 할 수도 없었고요. 그냥 관념적인 평화에 대한 것만. 그다음에 교황께서 청와대를 가셨잖아요. 그런데 전두환이 교황 앞에서 담배를 피웠는지 다리를 꼬았는지, 그래서 사람들이 참 예의가 없는 사람이라고 했다는 에피소드가 있고요. 우리는 교황이 청와대 가는 게 아주 못마땅했어요. '왜 살인마를 껴안느냐.' 그게 참 마음 아팠어요. 아마 제가 좀 예민해서 느낌이 상이한지도 모르겠고요.

'교황은 한국의 민주화운동이나 인권운동을 위한 분투를 적극 받쳐주는 역할을 하지 않았고 또 방해한 것도 아니다.' 그 정도입니까? 광주학살에 관해 1980년이나 84년에 교황의 성명서는 있지 않았던 것 같은데요. 그럼 교황 요한 바오로 2세는 대중적 인기는 매우 높았지만, 비정치적이었다고 봐야 하나요?

그분이 폴란드 출신이기에 모국에 가서는 늘 이야기했어요. "안식일이 사람을 위해서 있지, 사람이 안식일을 위해서 있는 것 아니다. 국가가 국민을 위해서 있지, 국민이 국가를 위해서 있는 것이 아니다."
이런 내용들… 가톨릭이 든든한 기반이 되어, 노동자들과 폴란드 국민들이 동구권의 공산주의 정권을 몰아내는 데 상당한 역할을 했어요. 폴란드에서만 그렇게 하셨고 우리나라에서는 그런 적극적인 역할을 안 하신 거죠.

그럼에도 불구하고 그 행사들이 한국사회에 미친 영향은…

상당히 컸던 것 같아요. 저는 신학도로서 좀 비판한 것이고, 가톨릭의 기본적인 시각도 그렇고, 동양적 시각도 그렇고, 하여간 잘된 것에 대한 비판은 삼가지 않습니까. 또 책임있는 분에 대해서 비판을 삼가죠. 이런 깊은 의도를 신학적으로 접근하지 않으면 외형적으로 볼 때는 가톨릭의 전성기죠. 다만 그때가 광주 상흔이 있었을 때고, 전두환이 대통령일 때 정부의 공식 초청 형식을 밟았기 때문에 조금 안타깝게 하는, 눈살을 찌푸리게 하는 장면들이 있었다는 거지요.

교황이 오면, 그 자체로써 독재정권의 강경책이 좀 누그러지고, 자신들이 마치 인심이라도 얻고 있는 듯한 외양을 갖추기 위해 정권 차원에서 애쓰는 점은 없나요?

없었던 것 같아요. 재일동포로서 한국에 왔다가 간첩으로 처벌받을 뻔하다 보안사에서 끄나풀 역할을 강요받았던 김병진이란 분이 있는데요. 그가 쓴 『보안사』(이매진 2013)를 읽어보니, 보안사에서 공작을 했다고 해요. "교황이 오기 전에 천주교 신부 하나를 간첩으로 만들어라." 뭐 그런 작전이 있었나 봐요. 정권의 실질은 전혀 변함이 없고, 방법도 그러했어요.

종교적인 의미로 교황의 방한과 함께 한국에서 성인이 103명이나 나왔다는 것은 어떤 의미로 정리합니까? 모르는 사람들은 무슨 국위선양과 비슷하게, 꼭 메달을 따온 것처럼 자랑스레 생각하는 그런 느낌들도 있잖아요.

이런 이야기가 있었어요. 순교자들에 대한 공경과 순교자들의 삶을 본받자는 다짐은 시성되기 전까지는 열렬했었는데 성인이 되니까 어쨌든 목적이 이루어지지 않습니까. 그러니까 '순교자들에 대한 공경과 삶을 본받자는 게 다소 약해졌다'라는 자성이 나오기도 했습니다.

순교자로 인정받은 것은 적절할지 몰라도, 순교자들을 만들어냈던 시대상에 대한 비판은 강력하게 전개되어야 하겠지요. 순교자들을 대량으로 만들어낸 조선 조의 정치체제는 종교나 양심이나 사상을 극도로 금압했던 체제였지요. '순교자로 공인받으면서 동시에 지금은 물론 앞으로 양심과 사상과 종교의 자유를 억압하는 제도와 이데올로기에 대해서는 목숨을 걸고 맞서야 한다.' 이런 공감과 교훈으로 귀결될 수도 있잖아요.

지금 말씀대로입니다. 순교자들을 그처럼 조금 넓게 해석하면 좋은데, 우리 가톨릭 신자들과 사제들 중에는 순교행위를 신앙 때문에 목숨을 바쳤다고 하는 의미로 조금 좁게 해석하는 측면이 있어요. 말씀하신 것처럼 보다 넓게 해석하면 훨씬 의미가 있죠. 저는 가능한 한 넓게 해석하려고 해요. 예를 들 때 "순교자들은 당대의 국가보안법 위반자들이다."라고 해요. "김대건 신부님이 중국 마카오에 가고 외국에 나갔다 들어오고 하는 것은 다 국가질서를 해하고, 외국으로 잠입 탈출한 것이다. 지금 시각으로 하면 국가보안법 위반자들이다. 유교가 국법인 나라에서 천주교를 믿는 것 자체가 국헌문란이다." 저는 이렇게 설명하지만 사제들이 다 저처럼 접근하지는 않으니까, 그런 점이 아쉽죠. 세상과 역사에 눈을 크게 뜨고 순교라는 행위의 저항적 의미와 가치를 넓게 보면 참 좋겠어요.

사실 조선왕조에서 천주교를 신봉한다는 것 자체가 강상질서를 무너뜨리고, 신분제도를 내면에서부터 와해하고, 엄금된 외국인과의 통모를 꾀했습니다. 그렇기 때문에 조선왕조의 입장에서는, 강상범이고 국사범이 되어 가장 엄중한 처벌을 내린 것이겠지요. 만약 천주교 신자라면, 천주님을 그저 신봉하는 점 못지않게 자신들의 행위로써 신앙의 면에서나 자연법 측면에서 정의 관념을 내면화하려는 노력을 뒷받침할 수밖에 없었을 것 같은데요.

그렇죠. 저도 좀더 연구해야 할 부분이 있을 것 같은데요. 천주교를 믿으면서 만민평등사상이 일차적으로 들어왔고, 천주교를 처음 믿은 남인들이 중앙 정계로부터 밀려난지라 뭔가 새로운 가치를 추구했을 것이며, 또한 실제로 그뒤에 신자 되신 분들은 양반계층보다는 서민층이 더 많았다는 거죠. 그런 의미에서 종교의 토착화를 연구할 때 민중에 뿌리를 내리는 공동체를 다룬다면 바로 한국 가톨릭 초기 교회

공동체에 주목해야 하지 않을까 싶어요. 그때 공소(公所)의 삶을 보면 완전히 시골에서 같이 나눠먹고 살았거든요. 원시 교회공동체의 삶을 1780년대 이후에 또는 1800년도 초에 이룩하지 않았나 생각합니다.

그런데 1831년 조선교구가 설정되고 그 담당주체로 프랑스 선교사들이 들어오면서 교구제도가 자리 잡게 됩니다. 프랑스 선교사들은 자기들이 들어온 이후를 정사(正史)로 다루고, 그 이전에 조선인들이 독자적으로 믿은 것은 그저 준비기간이나 예비기간처럼 보기 때문에 평가를 제대로 안 하려고 했다고 해요. 저도 나중에 알고 좀 놀랬어요.

지금 순교 성인으로 시성된 103위는 당연히 자격있는 분들이지만, 그 103위는 기해박해(1839년), 병오박해(1845년), 병인박해(1866년)의 순교자들이에요. 그런데 조선에서 스스로 천주교를 받아들이고 신앙했던 1784년부터 조선교구가 독립된 1831년까지 박해받은 분들은 그때까지도 성인이 아니었어요. 말하자면 믿음의 제1선배들은 성인으로 공인되지 못했고, 프랑스 선교사들이 오신 다음에 순교한 분들만 먼저 성인이 된 거예요. 왜냐하면 성인이 될 때는 기록이 남아 있어야 하거든요. 그전에는 순교자들이 기록의 문화를 모르셨어요. 그저 목숨만 바치신 거예요. 근데 프랑스 선교사님이 오셔서 그냥 목숨만 바치는 순교자도 좋지만 꼭 기록을 하라고 해서 기록집도 만들었어요. 그 기록에 의거하여 성인으로 인정되는 겁니다.

그럼 스스로 기독교 문헌을 수입해서 읽고 검토하여 자발적으로 신앙을 갖게 된 분들은 그야말로 무에서 유를 만들어낸 하나의 기적으로 인정될 수도 있을 법한데요. 이벽(李檗), 권철신(權哲身), 정약종(丁若鍾) 형제들. 이런 분들의 기록은 조선왕조실록에 확고하지 않나요.

이번에 올라갔습니다. 2000년대 초부터 신유박해 순교자들을 비롯해 역대 순교자들에 대한 시복·시성을 추진하고 있습니다. 상세한 조사를 거쳐 많은 양의 자료를 교황청에 제출한 상태이니, 거의 될 것으로 봅니다. 순서상 바뀐 느낌도 있지만, 뒤늦게나마 먼저 순교하신 분들이 나중에 성인이 되는 셈이에요. 정하상(丁夏祥)은 성인이 되었는데, 그 부친 정약종(丁若鍾)은 제일 먼저 순교한 대열의 중심에 우뚝 있으면서도 오히려 성인 반열엔 늦게 오르는 것이지요. 우리네 전통 시각으로는 큰 모순입니다. 2014년 8월 14일 교황 프란치스코의 방한 중 광화문에서 미사를 통해 124위 순교자들이 복자로서 선포되었습니다.

한강성당, 7년 만에 떠나면서

1984년에 한강성당을 떠나시는데, 돌이켜보면 우여곡절 속에서 성취도 많았던, 대단한 역정이었던 것 같습니다.

네. 제가 1978년에 왔으니까 거의 7년 가까이 있었던 거죠. 우리 사제들이 보통 5년이면 이동하는데, 그 시기에 조선교구 설정 150주년 행사가 있고, 이어서 1984년 천주교 200주년 행사가 있어 인사이동을 좀 늦추었어요. 처음 부임할 때는 조금 염려되었던 성당인데, 아주 정이 들고 기쁘게 지냈습니다. 30대 후반과 40대 초반에 정말 온 정열을 쏟았던 곳이고, 기꺼이 감옥도 가고, 광주항쟁 전후하여 정부로부터 시련도 받았었는데, 신자들과는 즐겁게 지낼 수 있었어요.

지난번에 성당 완공할 때까지 여러가지 고초와 극복을 말씀하셨는데, 성당 완공 전과 후가 뭐가 달라졌습니까?

이전에는 그냥 단층 일반 건물이었는데, 성당으로 개조한 거죠. 다른 데 빚진 것도 일체 없고 순전히 우리 신자들끼리만 한 거예요. 김원 건축가가 심혈을 기울여 건축했고, 또 성당에 「십자가의 길」이라는 작품이 있는데, 서울대 미대 최종태 교수님이 조각을 했어요. 거기에 광주의 아픔, 그 피가 담겨져 있다고 하더라고요.

「십자가의 길」이 뭐지요?

각 성당에 가시면 예수님께서 빌라도에게 재판을 받으셔서 돌아가실 때까지를 14장면으로 나눠 조각한 것이 있어요. 1처 2처 3처 4처… 그것을 '십자가의 길'이라고 해요. 그 길을 따라가며 기도하고 묵상하는 건데, 1처마다 조각품이 하나씩 있습니다. 빌라도 앞에서 재판 받은 예수님, 십자가를 지신 예수님, 넘어지신 예수님, 마를 만나시는 예수님 등을 조각한 것입니다.

그럼 최종태 교수의 14처 조각은 광주 이후에 착수하신 겁니까?

이전부터 만들었는데 도중에 광주를 체험하고 나서 이분이 고민을 많이 했죠. 1981년도에 완결되었으니, 도중에 광주의 이미지와 씨름한 것이죠. 작가로부터 설명을 들으니, 작가의 고뇌 속에 광주에 대한 아픔이 함께 담겨 있다는 것을 알 수 있었어요. 예수님이 걸어간 십자가의 길에서 이렇게 많은 것을 느꼈고 교우들한테도 그 점을 설명해드렸어요. 그 작품, 아름답습니다. 마찬가지로 최종태 교수께서 김대건 신부님의 동상을 제작해주셨고요.

그 「십자가의 길」이라는 작품은 지금 어디에 있습니까?

그 작품은 새 한강성당으로 옮겨갔습니다. 그런데 본래의 건물과 분위기에 맞춰 제작했는데, 지금은 그 장소가 아니니까 옛날만큼의 분위기가 나지는 않죠.

응암동성당의 옛 신자들과는 지금도 연락을 하신다는데, 한강성당 신자들과는 어떤가요?

당시 응암동의 중고교생, 대학생이 이제는 40, 50여 명이고 50, 60대가 되었습니다. 이들 중 몇몇이 김홍진 신부님을 중심으로 '매바위회'를 결성해 1년에 서너 차례 모임을 갖고 미사도 봉헌하고 선행하고 있습니다. 매바위는 '응암(鷹岩)'의 한자를 한글로 푼 것입니다. 그리고 한강성당의 교우들은 대철장학회를 만들었어요. 13살에 순교한 유대철(劉大喆) 성인의 이름을 땄어요. 저의 영명 축일이나 성탄 때 교우들과 만나서 식사를 같이하곤 했는데, 뜻있는 일을 하면 좋다는 의견을 모아 그 당시 한 2억 가까이 모아서 학생들을 위해 잘 썼고, 지금은 나이 들어 친교 모임을 하고 있답니다.

그렇게 함께 만나는 신자들은 응암동 청년들과 한강성당 사목위원들 중심으로 두 모임입니다. 아마도 두 성당에 있을 때 감옥을 가서 그런 것 같아요. 어려운 시기에 단결해서 위기를 헤쳐나가고, 그 과정에서 서로 굳건해져서가 아닐까 싶어요.

구의동성당 사제

약력을 보니 1984년 8월 한강성당을 떠나 구의동성당에 부임하게 됩니다. 그런 이동은 누가 어떤 과정을 통해 결정합니까?

일단 지역장이나 지역 교구장이 초안을 짜고요. 형식상으론 참사회의에서 인사를 확정합니다만, 실제로는 교구장이 인사의 전권을 갖고 있습니다. 저는 그때 원래는 신학교 교수로 가고자 했습니다. 한강성당에 오래 사목했고, 그러니 이제는 후학들을 가르치고 싶다고 했죠. 경갑룡 총대리주교와 신학교 전담으로 가기로 합의도 봤고요. 그런데 그해 6월인가 7월인가 그분이 대전교구장으로 발령이 난 거예요. 거기 가게 되어 자기가 인사를 진행하기가 어려우니, 저보고 미안하다면서 "신부님이 스스로 알아보면 좋겠다."라고 해요. 그래서 제가 선배들인 신학교 학장 신부, 교무처장 신부들에게 총대리주교와 이렇게 이야기가 오갔으니 이번 한강성당 끝나고 신학교 전담교수로 가서 강의하면 좋겠다고 했는데 이게 잘 안 되는 거예요.

실력이나 자격도 충분한 것 같고, 비록 대전교구장으로 전임했지만 경 주교와 합의를 본 것이 있는데도요?

선배 신부들이 조금 부담을 느끼는 것 같았어요. 제가 학교에 들어가면, 진취적인 성향을 지니고 있으니까 아무래도 시대적인 영향이 유입될 수 있겠고요. 기존 신학교의 규칙적·전통적·체제중심적 모습에 변화나 도전이 있을까 봐서요. 하여간 저를 만류하더라고요. 그래서 제가 호소했어요. 신부님들의 꿈이 있었듯이 저도 꿈이 있었는데, 70년대 어려운 상황 속에서 현장에서 뛰었지만 마음 한가운데에는 신학교가 있다고요. 영향을 많이 미치지 않게끔 선배 신부님들이나 학교에 그리고 제 과목에 충실하면서 학생들과 대화하겠다고요.

만류할 때 그래도 뭔가의 명분을 내세워 만류할 게 아니에요?

그분들의 평계가 "당신을 원하지 않는 신부도 있다."는 것이에요. 내가 그랬어요. "그분이 누구냐. 내가 설득하겠다. 우리가 같은 사제고 신앙인인데, 그게 말이 되느냐. 그리고 신학교는 누구의 독점체제가 아니다. 누구는 오고 누구는 배제하고 이런 것은 교회정신, 복음정신과 예수님의 정신에 맞지 않는다." 이런 식으로 한달 남짓 대화했어요. 저 때문에 인사회의가 늦어졌는데, 당시 신학교의 실세라고 할 만한 분들이 그저 외교적인 발언만 늘어놓더라고요. 그 사람들이 지쳐 떨어질 때까지 제가 끈질기게 한달을 매일 갔어요. 김수환 추기경도 만났지만 그분은 용단이 없는 분이에요. 먼저 총대리가 나와 약속한 인사 이동 건은 결행해줘야 하는데… 또 그 신부들이 가서 뭐라 했겠죠. 그러니까 쭉 뒤로 빠지는 거예요. 이렇게 무책임한 사람이 있느냐면서 막 강하게 항의했어요.

그러다가 인사가 더이상 늦춰져서는 안 되는 시점이 되어, 제가 구의동성당으로 발령받은 거예요. 이런 곡절이 있다 보니 구의동으로 갈 때 마음이 그리 가볍지는 않았죠. 유학 가서 공부할 때 펼치고 싶은 꿈이 있었는데, 이걸 선배들이 방해한 거니까요. 방해한 배경에는 새로운 시대적 흐름도 있고, 독재에 맞서 싸운 제 경력이 부담스러웠던 것도 있고, 무책임한 주교들 탓도 있습니다.

그런 사정을 별도로 하고, 구의동성당에서는 잘되었습니까?

다시 시작하자 생각하면서 성당에 부임했고, 신학교 강의는 시간강사로 계속했지요. 그때 아픈 사건이 있었어요. 제가 교통사고를 냈는데요. 1984년 10월쯤인가 어느 토요일이었는데 압구정성당에서 혼배 약속을 하고 강변도로를 달리다가, 어린이가 차도로 갑자기 튀어나오는 바람에 제 차에 치어서 죽었어요. 현장에서 제가 안고 성모병원에 가려고 했더니 뒤에서 옆에 있던 택시기사 한분이 더 가까운 곳으로 가라고 하여 성수동 어느 병원으로 갔습니다. 너무 놀랐습니다. 죄스러운 맘으로 성당 회장단의 도움을 받아 가족들과 잘 합의했습니다. 거긴 사람이 다닐 수 없는 자동차 전용도로이기 때문에 법적으로는 문제가 없다고는 했지만, 검찰청에서 조사도 다 받았고요. 그런데 안기부가 그것을 알고 신문에 막 내라고 압박해서 이틀째 되는 날에는 신문 방송에 다 났어요. 사고가 난 날 마음이 무거웠어요. 한편으로 신학교에 갔었더라면 이런 일이 없었을 텐데라는 후회도 들었고요.

검찰청에 갔더니 동부지청장, 이름은 기억나지 않는데 그분이 너무 죄송하다고 그래요. "그냥 저희들이 사건을 처리하면 무혐의로 할 수도 있고, 상징적으로 벌금을 낮출 수도 있는데, 제 직권으로는 200만 원 벌금 그 이하로는 못합니다." 안기부가 조정하고 지적했기 때문에 그렇다며 너무 죄송하다고 하더라고요. 저는 그저 "고맙습니다." 하고 절차 밟아서 벌금을 내면서 그 사건이 끝났어요.

법적으로 보면 자동차 전용도로에 보행자가 갑자기 뛰어들었다면 운전자는 통상 형사상의 책임을 지지 않습니다. 그런 도로에 보행자가 뛰어들 줄 예견할 수 없다고 보는 게 원칙이니까요. 당시 그런 판례가 정착되어 있었고요.

그랬어요? 그때는 성당에도 변호사가 있었지만 저는 법적으로 해결할 수 있다는 생각을 전혀 못했어요. 신문에 보도되고 안기부가 개입하니까 그냥 결정되는 대로 따랐어요. 우리 인권변호사님한테도 상의를 안 하고, 제가 성당에 있는 신자 변호사님에게만 잠시 자문을 구했죠. 이의를 제기할 생각을 못했습니다.

아무리 성직자라도 세속적이고 법률적인 문제가 생겼을 때는 아마추어거든요. 변호사의 자문을 정확히 받아야 합니다. 만일 이게 운전자의 과실이 정확히 인정된다고 보았다면, 안기부 같은 데서 벌금 200만원이 아니라 정식으로 형사처벌 하라고 난리쳤을 것 같은데요.

그뒤에 그 아이 아버지와는 쭉 연락하면서 지냈어요. 그 아버지가 버스기사였는데, 최근까지 만나면서 그 가족들 아플 때 제 나름대로 도와주고 그랬어요. 자기도 힘들 때는 찾아오고, 교회 병원이 많기 때문에 입원하는 데 도움도 주고요. 그런데 작년(2012년)에 국회의원 선거에 이학영 씨가 출마했잖아요. 그때 『조선일보』에서 저하고 이학영 씨에 대해 시비를 고약하게 걸었어요. 미선, 효순 양을 미군 장갑차에 깔려죽은 사건에서 반미데모 하고 했는데, 30년 전의 교통사고와 고약하게 연결해서 저를 공격했어요. 변호사에게 상의하니, 괜히 흠집 내려고 한 건데 가만히 놔두는 게 낫다고 해서 대응하지 않았어요. 그게 저한테는 혹처럼 따라다니고 있습니다. 좀 아픈 이야기입니다.

마구 할퀴며 공격하는 언론에 대해 신부가 대놓고 싸울 수도 없고요. 정권을 위한 쟁탈에는 모든 무기를 마구 동원하니까요. 언론은 그 첨병 도구이고요.

그러고 나서 제가 신학교에 강의를 나갔지만, 문교부에는 등록을 못 했었어요. 그뒤에 교구청에 있을 때 교수로 등록하라고 신학교에서 연락이 왔어요. 하려고 했더니 신원조회에서 문제가 되더라고요. 저는 예전에 감옥 간 게 문제인 줄 알고 그게 사면되었는데 왜 그러느냐고 했더니, 형사들이 '벌금 200만원' 그게 문제가 된대요. 그래서 그 과정을 자세히 설명했습니다. 그후 1986년에 제가 문교부에 교수로 등록되었어요. 그런 사연이 있었습니다.

구의동으로 발령이 났다고 했을 때, 새 임지로 가는 절차는 어떻게 됩니까? 송구영신 하느라 바쁘지 않아요.

저희들에게 준비기간이 충분히 주어지지 않아요. 두주 전에 인사발령이 납니다. 그럼 두주 간의 기간이 생기죠. 떠날 성당에서 첫번째 주일을 보내고 보통 화요일에 이동합니다. 떠나기 직전 주일 11시 교중미사 때 환송미사라고 할까 송별미사를 치릅니다. 사목회장이 송별사하고 저도 감사 말씀하는 절차입니다. 떠나는 당일 보통 10시 미사를 봉헌하고 나서 새 성당의 신자들이 오시면 그분들을 따라가는 거죠. 새 성당에 가서 인사하고, 성당 기도 하고, 그렇게 새 사목생활이 시작됩니다.

사목회장이나 성당 직원들이나 신자들은 어느 분이 오시나 궁금해하지요. 새로운 사제에 따라서 성당 분위기가 바뀔 수 있으니까요. 저는 아무래도 활동을 했던 신부고, 선입견이 생길 수 있는 대상이니까, 구의동 신자들이 조금 긴장했을 텐데…

그 긴장을 어떻게 풀어내는가가 신부님의 사목의 첫 고려사항이겠네요.

구의동성당은 외국인 선교모임인 골롬반회에 속한 아일랜드 신부님이 사목을 했던 성당이에요. 두차례 십여년 정도 외국인이 사목했던 성당에 제가 한국 사제로서 처음 간 겁니다. 그러니까 더 쉽죠. 외국인은 아무래도 외국인들의 독특한 사목 방법이 있고, 언어나 감정이 덜 통하니까요. 제가 외국 분들보다 더 넓게 소통하고 친밀하게 사목할 수 있었기 때문에 구의동성당이 편안했어요. 그냥 저희들 표현으로 '쉬운 사목'이었죠. 제가 있을 때 성당은 가건물 비슷했는데, 제가 떠나고 몇년이 지나 현재는 어린이대공원 뒷문 쪽으로 옮겼습니다. 구의동에는 1년 머물렀어요.

1980년대에도 외국인 선교사들이 이런 구의동성당 같은 일선 성당에서 사목을 하셨네요.

외국인 선교사들이 맡을 때는, 서울인 경우에는 외곽지대나 어려운 지대, 조금 옛 표현으론 산동네라고 할까 그런 어려운 지대를 자원해서 맡아요. 잘되면 우리 교구에 환원해주고요. 지금은 서울 두세군데, 그중에서 자양동 같은 경우는 멕시코 신부님들이 맡으신 곳이 있고요. 선교사님 정신은 큰 지역보다는 변두리의 작은 곳을 제대로 자리 잡히게 한 다음에 교구에 환원해주는 거고요. 훌륭한 분들이죠.

구의동으로 가셔서 사목 방침을 어떻게 잡았습니까?

구의동으로 가서는 기뻤는데 우선 어떤 의미에서는 첫번째 사제와 똑같은 거예요. 외국 신부님이 사목할 때 알게 모르게 있었던 벽, 소수 분들만 신뢰하고 다수와는 접촉을 잘 안 하신 데서 오는 벽, 그런 것을 저는 넘어설 수 있었기 때문에 참 좋았고요. 아주 정말, 새 신부 때처럼 기쁘게 지냈습니다. 그런데 뜻하지 않게 교통사고가 나서 그 아픔이 있어갖고 제가 조심해서 지낸 셈이지요.

한국인 신부여서도 좋지만, 또 신부님만의 특유한 모습이 있잖아요.

그때 조심스럽게 복음강론을 전하는데, 신자들은 시대와 역사와 연계해서 강론을 들어본 적이 없었나 봐요. 저보다 연세 많은 할아버지 한분이 미사 때 조금 항의한 적이 있었어요. 그때는 사제로서 야단쳤어요. "당신이 신앙인이면 예수님이 어느 분이신지 알고 진지하게 믿어야지, 당신 뜻에 맞지 않는다고 그걸 거부하고, 그런 것은 하느님께 대한 무례이고 모욕입니다." 이렇게 사목적으로 조금 꾸짖은 적이 한 번 있었어요.

신자는 어떤 식으로 항의하나요?

강론 중에 일어서서 나가는 거죠. 얼굴을 찡그리거나 발소리도 투덕투덕 내고 그러면서요. 그런데 교육상 제가 바로잡느라 일부러 좀 그랬죠. 전반적으로는 한국 신자들에게 맞게 제가 회합 때마다 들어가고, 또 수녀님들이 열심히 일해서 잘 지냈습니다. 또 거기는 어머니들이 초등부 어린이들 교사를 맡으셨어요. 교사들과 단체들과 즐겁게 지냈습니다.

강론 중 신도 한명이 약간 항의조로 일어나서 나갔다고 하셨는데, 새 지역에 부임해갈 때는 신자와 사제 간의 뭔가 라포(rapport, 관계)를 형성하기 위해서 각별한 노력도 많이 하겠죠. 응암동, 이촌동, 구의동 각각 뭔가 다릅니까?

구의동이 다른 점은, 그동안 선교사들이 사목하셨기 때문에 한국의 정치와 역사에 대한 강론을 전혀 못 들으신 것 같다는 것이었어요. 당시가 전두환 정권 시절 아닙니까. 그 신자들이 알아들을 수 있을 성도로 성서 안에서 해석하는데도 신자들 중에는 전두환이나 광주학살에 대한 비판이 나오면 고정관념을 갖고 거부반응을 일으키더라고요. 신앙적 설명을 못 들으신 분은 그 자체를 정치적으로만 해석하는 거예요. 그래서 '예수님의, 하느님의 정치를 이해해야 한다. 예수님이 가만히 계셨더라면 결코 십자가에 못 박혀 돌아가실 리가 없다'라는 조로, 예수님의 십자가의 죽음의 의미를, 또 제2차 바티칸 공의회의 가르침을, 세상 안에서 세상을 껴안는 역사의 의미를 설명했어요. 아까 예로 든 그분은 그런 생각 자체를 이해하지 못하는 거죠. 그저 하늘나라 이야기만 듣기를 바랍니다.

신도들의 성향이나 상황이 그러하다면, 정치적 메시지가 포함되어 있다고 보여지는 신학적 내용을 이야기할 때 사제로서 고민될 것 아니에요. 교수 같으면 학생의 수준과 관심에 맞춰서 어떻게 효과적으로 전할까라는 고민하는 것과 같이 말입니다.

다만 가톨릭 미사 자체가 개신교 예배보다는 조금 전례적이고 집중적입니다. 전반부는 말씀의 전례시간이라고 해서 성경말씀을 듣는 부분입니다. 주일인 경우에 세 말씀을 듣습니다. 1독서, 2독서, 복음성서 말씀. 성경말씀을 해석하다 보면 그 시대적 배경이 나와요. 그런 시대에 대한 상황의 응답으로서 하느님 말씀의 의미가 자연스레 나오고 '그렇다면 이 시대에서 우리는 어떻게 응답을 해야 하나'를 고민하면서 해답을 찾아가는 거죠. 거기서 '이 시대에 예수님과 같은 헌신은 무엇일까. 고통 받는 삶에서도 예수님처럼 나서야 한다'라는 메시지를 중심으로 잡아서 교우들과 대화를 나누죠.

가톨릭대학교 교수

구의동성당 때 대외활동은 어땠나요?

1984년 2학기 때부터 성심여대 강의를 다녔어요. 당시 한 학년이 1 천여명인데, 3~4학년 학생들 천명이 들어갈 강의실이 없어서 세번에 나눠서 300여명씩 강의했어요. 그래도 학생들하고 만나니까 생기도 얻고 참 재미있었어요.

함세웅 교수님의 강의 경력을 한번 정리해주십시오.

1974년부터 93년까지는 가톨릭대학에서 교부학을 가르쳤고요. 그 다음 1984년부터 성심여자대학에서 종교학을 강의했어요. 성심여대 는 90년대 중반에 가톨릭대학교하고 병합했고요.

가톨릭대학에서는 '교부학'을 주로 강의하셨다고 했는데, 그 과목은 한 학기로 잘 소화될 것 같지 않은데요.

한주에 2시간씩, 한 학기 동안 합니다. 제가 강의를 조금 엄하게 했어요. 그래서 악명 높다는 소리를 나중에 전해 들었어요. 우선 교부학이 고대 역사니까 재미가 없어요. 그래서 지금 현실에 어떤 의미가 있는가를 생각했어요. 1~4세기의 교부(敎父, Church Father, 그리스도교 초기 몇세기 동안 위대한 주교 혹은 뛰어난 스승을 일컬음)들의 삶은 박해시대에 속해 있는데, 그 박해시대의 삶과 우리의 어려운 시대를 연계하면서, 그런 시대에 신앙을 지킨 교부들의 삶, 신자들에게 좋은 표양과 모범이 되었던 교부들의 삶 같은 내용을 강의하면서 꼭 현실적 교훈을 함께 생각하도록 일깨워주었습니다. 이에 학생들은 과거의 답답한 학문이긴 하지만 거기서 현실적인 의미를 찾아주니까 반기더라고요.

구체적인 예로 유스티노(Justinus)라는 교부가 있어요. 그분은 165년 로마에서 6명의 신자들과 함께 순교하신 분인데, 시리아 출신의 평신도예요. 이분이 순교하기 전에 로마 황제와 로마 원로원에 『호교론(護敎論)』을 써서 제출합니다. 왜 그리스도교 신자들을 무조건 재판받게 하고 어떤 때는 재판도 없이 죽이느냐, 로마제국 영향 아래에 있으면 똑같은 권한을 갖고 똑같은 법적인 혜택을 받으면 좋겠다고요. 또, 그리스도교에 문제가 있다면 반드시 로마법의 법적 절차를 밟아서 처리해야 한다… 이런 요지가 『호교론』에 나와요. 그러면 저는 그런 호교론의 논지를 1970~80년대 박정희·전두환 시대로 끌고 와서, 공개재판도 받지 못하고 죽어간 인혁당사건을 예로 들면서, 이는 바로 유스티노가 로마법에 의해 공개재판을 요구한 것과 똑같다고 이야기해줬어요. 이렇게 암기하기도 쉽고 시대적 상황과도 연계가 되도록 가르쳤어요. 이미 150년경에 교부들도 로마제국에 항변하고 싸웠구나, 이렇게 읽히는 거죠.

좋은 교수법입니다. 과거의 지식을 화석화하지 않고, 현재와 대화하면서 관심을 촉발하고 신학적 상상력을 일깨우는 방법 말입니다. 교수법 면에서 다른 특색도 말씀해주실 수 있습니까?

시험 볼 때는 여러 방법이 있잖아요. 로마에 학생으로 있을 때는 구두시험을 봤어요. 10여분 정도의 구두시험이 어렵긴 한데, 다 치르고 나면 좋아요. 10분 동안 충분히 이야기할 수 있고, 뭐 언어가 부족했기 때문에 어려운 점이 있긴 했지만요. 그런데 채점하기도 좋고 대면하는 방식도 제게 편해서 제가 교수로 있을 때 몇번은 제가 구두시험을 쳤어요. 나중에는 그것도 좀 힘들어서 필기시험으로 넘어갔는데요. 필기시험을 칠 때는 꼭 첫번째 문제가 "이번 학기에 우리가 다룬 모든 교부들의 삶과 사상, 그들이 남긴 교훈을 요약해서 기술하라."였어요. 그러면 1학기 때 배운 내용을 다 써야 해요. 두번째 문제는 조금 전문적인 내용 하나, 예컨대 "이냐시오 교부의 영성 사상을 기술하라." 같은 거였고요. 세번째는 아주 좁은 범위의 문제를 냅니다.

왜 그렇게 시험문제를 냈느냐면, 저도 학생 때 열심히 공부하다 조금 놓친 부분이 있는데 공교롭게 그게 시험에 나오면 전부 다 망쳤거든요. 학생 때 공부하면서 내가 교수가 되면 학생이 배운 대로 아는 대로 다 쓰라는 시험을 꼭 내겠다고 마음 먹었어요. 그것을 실천한 거지요. 시험시간이 보통 2시간인데 저는 4시간을 줬습니다. 화장실은 자유롭게 다녀오게 하고요. 저희 신학교 시험에는 감독이 없어요.

또 강조한 것은요, '성경은 매일 읽지만 교부학은 신학교서 배운 것 외에는 한평생 읽을 기회가 없다. 한평생 사제생활을 하는 동안에 영양이 될 수 있는 것은 이 2년 동안에 체득해야 한다'라는 거였어요. 그래서 제가 압박을 가하곤 했습니다. 요새 제자들을 만나면, 신부님 때 힘들었다는 얘기를 해요.

일반인들은 '교부학'이 무엇인지도 잘 모르거든요.

개신교는 '오직 성서로만'인 데 반해, 가톨릭은 성서를 해설하고 풀이해주는 것이 중요하고, 그래서 역사로서 교부들의 전통 성전을 귀히 여깁니다. 거룩한 전통(tradition), 이 tradition의 첫 글자 t를 대문자로 쓰면 Tradition, 즉 성전이 됩니다. 그런데 이 Tradition을 이루는 구성은 교부들의 가르침이에요. 한 교부의 가르침이 아니라, 교부들 전체 가르침에서 공통점을 찾는 작업이죠. 사실 시대마다 차이가 많이 있음에도 불구하고 그 신앙의 큰 줄기는 그대로 흘러내리고 있죠. 그 큰 줄기를 찾아내는 것이 교부들 사상의 핵심이 되는 것이고요. 그래서 교부들의 사상은 바로 사도들과 직제자들, 즉 '사도교부'의 사상이기도 해요. 그런 의미에서 사도교부를 먼저 다루고요. 순교시대에 아까 말씀드린 유스티노 교부는 '호교교부'라 부르고요. 그다음엔 학문적인 틀이 형성됩니다. 알렉산드리아 학파, 안티오키아 학파… 콘스탄틴 황제 이후에 종교의 자유가 생긴 다음에 조금 더 활발해지니까 4~5세기 아우구스티누스라든지 이런 분들에 의해 학문의 전성시대가 열리는 거죠. 그런 시대적인 의미를 따라 1세기에서 4, 5세기까지 시대의 진전, 그리스도교의 진전, 정착 등의 사항을 공부합니다.

그러면 조선조의 정하상 같은 분이 『상재상서(上宰相書)』(1839년 정하상이 지은 한국 최초의 호교론서)를 올리면서 기독교에 대한 각종 억측을 반박하고 그리스도교를 옹호한 것, 이런 것은 가톨릭의 전통에 따라 호교서를 쓴 것입니까?

그렇습니다. 제가 신학을 발표하고 하느님에 대해 언급하는 것 전부가 넓은 의미에서 호교론이죠. 그러나 그 당시는 로마제국이 박해를 너무 심하게 하니까 로마제국에 맞서 항변하고, 유다인(유대인)으로부터도 박해를 당하니까 유다인에게 항변하고, 지식인들이 그리스도교를 비웃는 데 대해 그렇지 않다고 항변하고… 호교론의 내용들이 대체로 세가지입니다. 로마제국, 유다인, 이방인과 지식인에 대한 항변과 답변 등으로 구성되어 있습니다.

한국의 '교부학' 전공 교수가 얼마나 되려나요.

제가 공부할 때는 어떤 의미에서 첫번째라고나 할까요. 지금은 후배들이 아주 많습니다. '교부학회'라고 있습니다. 회원들끼리 모여서 스터디를 하고, 또 교부 전집을 분도출판사에서 내고 있습니다.

교부 전집? 양이 많습니까? 책 한권만 소개해주시면요.

많죠. 어마어마하죠. 라틴어 교부 전집, 그리스어 교부 전집, 동방 교부 전집, 이루 말할 수가 없죠. 한권만 소개하자면, 안티오키아의 주교 이냐시우스(Ignatius)의 교부집이 있어요. 그분이 106년경 시리아에서 체포되어 로마 원형극장에서 사자에게 물려 돌아가신 분인데, 방금 말씀드린 사도 교부 중 대표적 성인입니다. 그분이 일곱통의 편지를 남기셨는데, 로마로 압송되는 과정에서 남긴 마지막 편지를 '로마서간'이라 해요. 로마인들에게 보내는 편지여서 '로마서간'이라고 부르죠. 이 『로마서간』이 아주 감동적이에요.

6명의 군인들이 그분을 로마로 압송해갔어요. 로마에 있는 신자들이 그 소식을 듣고 '시리아의 훌륭한 주교님이 압송되어 오는데 우리가 어떻게라도 석방을 위해 힘써보자' 해서 그 군인 6명을 매수하려고 해요. 그 계획을 이분이 듣고서 이렇게 말합니다. "그렇게 하면 안 됩니다. 내가 또 언제 순교의 기회를 얻을 수 있겠습니까. 내가 가서 사자의 먹이가 되면, 밀알이 갈려서 밀가루가 되어서 빵이 되듯이, 내 몸도 사자의 이빨에 갈려서 예수님께 바쳐질 아름다운 제물이 됩니다. 내가 순교할 기회를 빼앗지 말아주세요." 이런 내용이 4장에 나오는데 아주 감동적이에요. 초기 교회는 성경에 비견될 정도로 『로마서간』을 읽었습니다. 그런 감동적인 내용들이 많습니다. 그것을 '이냐시우스의 영성'이라고 하죠.

신부님은 일선 목회와 신학대 교수 중에서 어느 쪽에 더 무게중심을 둔 편입니까?

저는 사목자죠. 좋은 사목을 하려면 공부를 해야 하니까 그런 의미에서 저는 동시에 구도자입니다. 늘 공부해야지요.

서울교구 홍보국장으로 주보를 혁신

구의동성당에 주임사제로서 머무른 기간이 왜 1년밖에 안 되지요?
통상 5년 정도 봉직한다고 하지 않았나요?

1985년 8월 말에 이동을 했는데 그해 여름방학 때 하와이 수도원에
갔어요. 거기서 쉬기도 하고 영어도 공부할 겸해서요. 친구 사제에게
성당을 부탁하고 저는 한달 떠나 있는데 거기로 전화가 왔어요. 서울
교구 총대리 김옥균 주교님이 전화하셔서는 교구 홍보국장으로 오라
고 그래요. 저는 구의동에 온 지 1년밖에 안 되었고, 이제 자리 잡으면
서 사목을 본격적으로 해보려는데 발령이 조금 빠른 것 같아 주저했
어요. 그러면서도 한편으로는 교구 홍보국이라고 하니까 욕심이 생기
는 거예요. 그 당시 교구 주보를 25만장가량 발행해서 배포했거든요.
주보의 맨 뒷면은 각 성당 소식이지만, 1~3면은 교구 홍보국에서 편집
합니다. 교구 주보를 잘 활용하면 새로운 신학도 전할 수 있고, 무도한

전두환 독재와도 싸울 수 있어 절호의 기회라는 생각이 머리에 스쳤어요. 반면 제가 교구에 가면 묶여서 조금 자유롭지 못해요. 이런 고민이 들어 바로 수락하지 않고 "생각을 좀 해보겠습니다." 그랬어요.

우선 선배 심용섭 신부님께 연락을 드렸어요. 저보다 2년 선배인데 같이 공부도 하고 늘 깊은 대화를 나누는 사이입니다. 이런 제안이 왔는데 상황을 알아봐달라고 했어요. 홍보국에 데려가려고 하는 것이 일부러 나를 뛰지 못하게 묶기 위해서인지, 아니면 거기서 내가 할 수 있는 몫이 있어서인지를 알아봐달라고 했더니 며칠 뒤에 "괜찮다. 와서 일을 해라." 그러는 거예요. 그래서 여행 일정을 당겨 교구 홍보국으로 갔습니다.

당시 서울 교구장은?

김수환 추기경입니다. 그런데 총대리였던 경갑용 주교가 대전으로 가니, 김옥균 주교가 총대리를 맡게 됩니다. 명동성당 구내에 교구청 주교관이 있고 총대리는 그 거처에 같이 있습니다.

김수환 추기경도 거기에 있지 않았습니까?

네. 명동성당에 계셨지요. 거기 교구청에 숙소가 따로 있습니다. 추기경 숙소, 보좌주교 숙소, 그리고 교구 소속 사제들 방도 다 거기에 있습니다. 10여 명 신부가 함께 살지요. 명동성당 구내이지만 명동성당 소속 신부들은 따로 있고, 교구청 사제들은 또 따로 살고요. 그런데 밖에서는 다 묶어서 명동성당이라고 부르죠.

왜 홍보국장으로 발령을 내렸을까요?

저도 잘 모르겠어요. 그게 신기한데, 홍보국장으로 가서는 김옥균 주교하고 4년 내내 싸웠거든요. 주보를 의도대로 만들지 못하게 하니까 싸웠어요. 제 해석은, 속된 말로 아마 하느님이 그때 김옥균 주교의 머리를 회까닥 돌게 한 것 같아요.

홍보국장 함세웅과 총대리 김옥균, 두 분 사이가 안 좋으리라는 것은 쉽게 예측할 수 있지 않았을까요?

그럴 수도 있겠죠. 제가 교구청에 들어간 게 신기했으니까. 다른 사람들은 아마 김수환 추기경이 데려갔다고 생각했을 거예요. 실제로 추기경이 영향력을 행사하지는 않았는데… 하여간 우연이라고 봐요.

김옥균 총대리, 그분의 성향은요?

그분은 저를 묶어두려고 데려온 것 같은 감도 있어요. 또 자기도 욕심이 있으니까 이 사람을 활용할 수 있겠다는 실리적인 의도도 있었겠고요. 어쨌든 깊은 내막은 모르는데 그 자리로 간 게 신기한 거예요.

다 신기하게 받아들였습니까? 그런데 묶어둔다는 것의 의미는요?

본당에서는 제가 자유롭게 다니고, 정의구현사제단 활동도 자유로운데, 교구청 소속 사제가 되면 아무래도 거기 근무시간을 지켜야 하고, 홍보국에서 맡은 일도 있고, 총대리와 교구장도 있으니 행동에 제한이 생긴다는 뜻이지요.

김옥균 총대리가 함 신부님을 '활용가능성도 있을 수 있겠다'고 짐작했다고 했는데, 그 활용가능성은 뭘까요?

김옥균 주교님 또한 총대리로서 그분 나름대로 새롭게 쇄신하고 싶었을 거예요. 저를 홍보국장으로 데려온 그 자체가 인사의 신선함이라고나 할까, 이런 것을 보여줄 수 있을 거라고 생각하지 않았을까 싶어요. 이건 저 혼자 짐작해본 거죠. 하여간 그해 겨울부터 1989년 떠날 때까지 그분하고 계속 부딪혔습니다.

결국 홍보국장이 된 것은 한국 민주화의 터닝 포인트에서 결정적 역할을 하라는 하느님의 섭리. 결정적 일을 하기 위한 인물의 절묘한 배치, 이렇게 저 혼자서 해석하겠습니다. 실제 역사 전개가 너무 오묘했으니까요. 참, 홍보국장의 정식 타이틀이 어떻게 됩니까?

'천주교 서울대교구 홍보국장.' 그 당시에는 교구청 홍보국장이니까, 어떤 때는 교구청 대변인 역할을 한 거죠.

당시엔 '함세웅 대변인' 혹은 '명동성당 대변인 함세웅 신부님' 이렇게 널리 알려진 것 같은데, 그런 타이틀은 없었나요?

아닌데요. 외국인들은 그냥 스포크스맨(spokesman)이라고 써요. 홍보국장이란 말은 영어로 복잡해서 쓰긴 어려워요. 그냥 자기네들이 그렇게 이름 붙이더라고요.

신부님이 홍보국장으로 계셨던 1985년 후반기부터 89년 말까지의 시기는 한국사에서 가장 다사다난하기도 하고, 독재에 맞서 민주화를 위한 긴장이 최고조에 달했던 때이기도 하고, 슬기롭게 잘 이겨내서 민주화의 전환점을 만들어내기도 했던 역사적 국면인데요. 이거야 지금 보니까 그런 것이고, 당시 전개 과정은 난관과 긴장의 연속이었죠. 어쨌든 그 역사의 현장 한가운데서 계셨던 것은 분명하고요. 처음부터 찬찬히 그 현장으로 들어갔으면 합니다.

사실 교구 체제에서 홍보국은 별로 할 일이 없어요. 주보만 편집하는 거니까 아주 조용한 업무지요. 주보는 매주 4면을 편집하는데, 1~3면이 공동 면이고, 4면은 각 본당에서 자기 소식을 내는 방식입니다. 1면에는 그 주일의 복음 해석과 강론, 2면에는 신앙체험, 3면에는 그런 유의 이야기, 4면은 본당 소식. 제가 8월 말에 가서 첫 두달 반을 지나면서 해놓은 게 주보를 증면한 것입니다. 4면에서 8면으로요.

저희는 11월 말이나 12월 초가 대림(待臨) 첫 주일입니다. 성탄 축일 한달 전에 보통 대림절이 시작되는데 대림절을 우리 가톨릭교회에서는 전례적으로 새해라고 해요. 대림절 새해부터 주보를 8면으로 증면하는 계획을 세워서 교구청 회의에 제안했어요. 그랬더니 당장 김옥균 주교가 제동을 거는 거예요. 그럴 줄 알고 저는 사전작업을 좀 해놓았어요. 당시는 김수환 추기경이 교구장, 김옥균 총대리 주교, 그때쯤 강우일 신부님이 보좌주교로 오셨고요. 그리고 김병도 신부님이 사무처장으로서 명동성당 주임을 겸했습니다. 그 당시 교구 시스템이 사무국, 관리국, 교육국, 홍보국에다 성소를 전담하는 성소국까지 해서 대여섯개 부서로 이뤄져 있었어요. 그게 교구청의 스태프들이었는데, 그중에서 김수환 추기경, 김병도 사무처장, 저 이렇게 셋은 그나마 시대에 대한 뜻이 잘 맞은 편이지요.

굳이 김수환 추기경한테 이야기하지 않고 사무처장한테만 얘기하면 됐어요. 김병도 신부님에게만 직접 "이런 뜻이 있으니 도와주십시오." 하면 그분은 제가 하는 것을 다 이해해주고 스태프 회의에서 항상 도와주셨고요. 주보 지면의 증면도 그렇게 계획했는데 막 제동이 걸리는 거예요. 그래서 제가 "시대적 요구도 있고, 4면 지면 분량으로는 안 됩니다. 소식이 많아져야 하는데 꼭 증면해야 합니다." 이렇게 강하게 주장해 결국 8면으로 증면했어요.

8면이 되면서 주보의 틀을 바꾸었어요. 1면과 2면을 제가 직접 썼어요. 보통 가톨릭 사제들이 주일에 강론할 때는 복음성경 중심으로만 해요. 복음서는 예수님의 삶을 간추려 기록했기 때문에 강론하기에 좋기는 하지만, 4복음은 다들 알고 있고 또 몇년 지나다 보면 같은 주제를 되풀이해요. 그래서 구약 제1독서에서부터, 신약의 서간편 제2독서, 복음 등 3독서를 같이 연계하면, 우선 강론 자료도 풍부해지고 우리 역사와 연계하여 해설하면 역사의식도 다질 수 있지요.

이태리의 도미니꼬 수도원에서 발간하는 사제들 강론집이 있어요. 제가 그 강론집을 로마에서부터 다 모아서 갖고 왔는데, 그것을 기초로 직접 집필했어요. 1독서를 꼭 먼저 해석했어요. 가톨릭의 전례(가톨릭의 공식 경배 및 집회를 아우르는 표현)는 보통 구약 1독서로 시작합니다.

시대적 배경과 함께 이야기할 게 참 많거든요. 저는 해방신학 쪽 시각에서 성서를 집필했어요. 조금 새롭게 접근하니까 많이들 반겼어요. "대림절이니까 새로운 시작을 맞아 회개하자. 또 세례자 요한처럼 주님의 길을 닦고 준비하고 메시아를 맞이하자." 이렇게 새로운 방법으로, 그 틈새에 제가 꼭 시대적 내용을 넣었거든요.

새로운 시도를 하면, 항상 반작용이 따르지 않습니까? 당시 전두환 정권 때는 더욱 그랬을 텐데요.

물론 반대도 거셌지요. 지구장 회합을 할 때 이석충 신부라는 분이 아주 공개적으로 반대하는 거예요. 주보를 왜 이렇게 증면했느냐면서요. 쓰기는 제가 썼지만 제가 집필자라고 명시하지는 않았어요. 당시에 집필자로 원로 언론인들을 모셔다가 쓴 부분이 상당해요. 사실 집필자를 명시하지 않은 이유는 책임 때문이었어요. 시대적인 의미를 쓸 때는 그에 책임을 져야 하고 또 언론인들이 편안히 글을 쓰시도록 하기 위해서, 또한 그것을 제가 책임진다는 의미에서 익명으로 썼어요. 그러다 보니 신문에 나지 않는 내용이 우리 주보에 나는 거예요. 일반 신문보다 서울 주보가 더욱 관심의 대상이 된 거죠. 그때는 의정부, 일산도 다 서울 교구였어요. 매주 평균 25만 부가 발간되었습니다. 전두환 정권 때 이 정도 발행은 의미가 상당히 크거든요.

당시에 군종신부들이 그 주보를 군인들한테 주일에 나눠주었다가 보안사에 끌려가서 얻어맞기도 했어요. 너무 가슴이 아팠어요. 이 신부들은 저희들 메시지가 있어서 가져갔지만 어쨌든 교회의 공식 주보잖아요. 그 공식 주보를 군인들한테 주일미사 때 나눠줬다고 군종신부들이 끌려가 매 맞았던 거예요. 그런 일이 많았었는데…

한달에 한번 회합을 할 때마다 이석충 신부님이 선두에 나서 이런 주보는 안 된다고 막 항변하는 거예요. 그래서 제가 이렇게 말했어요. "그렇게 말씀하지 마시고 주보의 어떤 내용이 성서의 가르침에 위배되는지, 혹시 교부들의 어떤 가르침과 위반되는지, 혹시 교회의 전통적인 가르침과 어떻게 어긋나는지를 지적하셔야지 내 마음에 안 든다고 해서 안 된다고 하시면 그건 바른 평가가 아닙니다. 어디가 교회와 성서의 가르침과 어긋납니까?" 제가 늘 이렇게 항변했어요. 그러면 고래고래 소리 지르면서 하여간 "네 생각만 있다."라는 거예요. 저는 담담하게 이렇게 항변했지요. "그건 제 생각이 아닙니다. 저희에겐 편집위원회가 있습니다. 거기서 다 결정되어서 제2차 바티칸 공의회가 이야기한 시대의 징표를 말하는데 뭐가 문제입니까. 시대의 징표를 깨달으라고 예수님도 그러시지 않았어요? '너희들이 서풍이 불면 비가 온다, 남풍이 불면 날이 더워진다, 이렇게 날씨는 알아맞히면서 이 어리석은 자들아, 왜 시대의 뜻은 알지 못하느냐.' 예수님이 말씀하셨어요. 그 말씀을 토대로 제2차 바티칸 공의회가 나오고, 시대적인 징표를 깨달으라고 교회에서 이야기했는데, 우리 주보 어디에 문제가 있습니까?"

회합할 때마다 홍보국 주보와 관련하여 이렇게 난리가 나는 거예요. 제가 끝까지 대들었어요. 김옥균 주교님은 저를 못마땅해하고, 이석충 신부님이 앞장서서 공격하고. 반면 저를 뒷받침해주는 김병도 사무처장이 있고, 김수환 추기경은 침묵하면서 있고, 교구청의 다른 신부들은 별반 참견하지 않고요.

주보 내용 작성도 보통 일이 아니잖아요?

그때 제가 주보에 전력을 쏟았어요. 그러면서 매일 명동수녀원의 미사를 봉헌했어요. 샬트르성바오로수녀원이라고, 수녀원 미사가 오전 6시인데 그 미사를 신부님들이 힘들어하세요. 아침 6시에 매일 빠지지 않고 봉헌해야 하는데, 그래서 제가 자원했어요. 아침에 일찍 일어나 빠지지 않으려 했어요. 당시 명동수녀원에 좋은 수녀님이 계셨어요. 지학순 주교님이 추천해서 수녀원 가신 분이에요. 뜻도 잘 맞았고요. 150명 수녀님들하고 미사를 하니까, 저는 거기서 은혜도 입고 수녀님들께 강론도 해드렸어요. 그러고는 아침에 새벽미사가 끝나고 나면 제의방에 가서 강론을 썼어요. 제의방은 기도하는 자리니까 거기서 2시간 동안 자리 잡고 다음 주일의 주보를 쓰는 거예요. 1독서, 2독서, 복음… 3년 동안 매일 썼어요. 그것을 묶어서 낸 게 『약자의 벗 약자의 하느님』 『말씀이 몽치가 되어』 『불을 지르러 오신 예수』입니다. 제 주관적인 삶과 체험을 항상 성경을 기틀로 하여 썼기 때문에 결함이 별로 없어요. 밑바탕에는 해방신학 해석을 깔고 있습니다. 그게 무척 보람이 있었어요. 상당히 어려웠습니다만 꾹 참아가며 버티면서 했고요.

2면, 3면에는 '불기둥'이라고 해서 칼럼을 넣었어요. 이건 심용섭 신부님이 필자였습니다. 구약성경 전문가인 이분이 창세기부터 해설을 썼는데 성서에 대한 새로운 깊은 시각이었어요. 시대의 아픈 이야기도 담아내고, 신자들 이야기도 쓰고, 교회소식도 쓰고, 각 성당의 소식도 담았어요. 주보를 개편하면서 그 편집에 수녀님하고 직원들하고 전념했어요. 그러면서 본래는 별로 할 일이 없던 홍보국이 바빠지는 거예요.

해방신학적 관점에 대해서는 비판이 없었습니까?

해방신학으로 일관한 것은 아니고요. 해방신학적 관점이 있다고 해도 그게 뭔지도 모르는 사람들이에요. 해방신학적 시각 때문에 그런게 아니라 그 내용이 시대를 비판하기 때문에 못마땅한 거죠. 그 사람들은 왜 정치적인 것만을 다루느냐고 시비를 걸 뿐이죠.

현실 정치와 관련하여 왜 집권자 비판하는 내용으로만 가느냐, 이런건가요?

왜 자꾸 정치를 거론하느냐고 해서 "성경은 하느님의 정치다. 구약에서 정치를 빼봐라. 성경에서 뭐가 남느냐. 정치가 현실이고 정치를 구원해야 한다. 구약의 예언자들이 현실정치를 늘 비판하고 그러지 않느냐." 이렇게 논지를 전개하지요. 재미있었어요. 회합할 때마다 아주역동적이었지요.

그 회합 속기록을 만들어놓았으면, 시대상도 그대로 이해할 수 있고, 교회 내의 갈등과 관점을 볼 수 있어 굉장한 자료가 되었겠습니다. 회합할 때마다 격론이 오갔습니까?

아, 그분이 격론을 전개하기보다는 그저 소리소리 지르는 거죠. 저는 조용히 대답만 하고요. 그분은 아주, 김수환 추기경을 줄기차게 반대하던 사람이었습니다.

가톨릭은 뭔가 위계 같은 게 강하지 않나요? 신부가 추기경을 계속 노골적으로 반대하는 경우도 있나 보죠?

어찌 보면 김수환 추기경이 서울교구장으로 올 때, 그분 뿌리가 충청도이긴 하지만 대구교구 출신이라는 걸 문제삼았을 수 있어요. 그뒤로 마산교구장으로 있다가 서울로 올라오셨거든요. 서울 사제가 서울교구장이 되는 게 관례였는데, 노기남 교주님이 물러나시고 대구와 마산에 있던 젊은 주교가 교구장으로 오니까 비슷한 연배의 신부들이 서울교구의 정체성을 찾는다고 하면서 늘 어깃장을 놓았어요. 우리 역사 가운데는 그런 아픔이 있습니다. 이런 부분도 하나의 요인이 되었겠지요.

내용과 절차에 대해 시비 걸다 안 되면 예산 통제를 할 수 있잖아요.

그게 중요하지요. 그래서 그에 대해 철저히 대비했어요. 홍보국 예산을 교구에서 타 쓰지 않는 대신, 홍보국 자체로 살림을 운영해갈 수 있게 사무처장하고 합의를 봤습니다. 예산 면에서 교구청과 독립했기 때문에, 관리국하고는 부딪히지만 사무처와는 합의를 본 거지요. 회합 때마다 그 예산을 들먹이고 나오는 거예요. 홍보국만 결산 잔액을 안 낸다고. 제 주장은 그랬어요. "우리가 결산 잔액을 지니고 있는 것은 관리국에서 지원을 받지 않기 때문이다. 우리 홍보국 예산은 별도 예산이다."

그럼 홍보국 예산은 어떻게 조달합니까?

출판사에서 주보 이익금이 나옵니다. 이 돈을 몇천만원 모아갖고, 나중에 평화방송국 만들 때 종잣돈으로 쓰기도 했고요. 그런 계획을 세우는데 관리국에 종속되면 아무 일을 못하는 거잖아요. 이것을 도와주신 분이 사무처장이에요. 그분 덕택에 예산 부문에서 독립성을 얻어서 일을 충분하게 할 수 있었어요.

신기한 방법을 도입한 거네요. 그때는 출판사 문 닫게 하고, 음양으로 압박을 가하고, 그런 경우도 일상적이었잖아요. 그런 종류의 방해는 없었습니까?

출판사는 주보를 주당 25만부를 내니까 일단 탄탄했죠. 그 대신 안기부나 문화체육부를 통해서 압박해요. 출판사는 문화체육부의 제재를 받으니까요. 가톨릭출판사가 중림동성당 구내에 있었는데 출판사 사장이 가끔 주보에 대해 뭐라 하는 거예요. 안기부가 와서 출판사를 지켜섰고, 문화체육부가 제재를 가하는 상황이었으니까요. '출판사를 정지시키겠다'고 하니까 원고를 좀 온건하게 바꾸든지 교체하든지 해달라고 연락이 오는 거예요. 저는 "내가 책임질게요."라고 말씀드릴 뿐이죠. 어떤 때는 문화체육부 직원들과 경찰들이 출판사를 빙 둘러싸고요. 주보가 토요일 직전까지 나오지 않을 때도 여러차례 있었어요. 특히 부천 성고문사건과 박종철 고문치사사건 때는 난리가 났죠. 다른 때에는 순조롭게 진행되었습니다.

한번인가, 제가 백지로 내기도 했어요. 1975년 『동아일보』 백지광고 파동 때 배운 대로 해보았죠. 칼럼 하나를 제목은 넣고 내용은 빈 칸으로요. 백지로 내면 뭔가 사연이 있는 줄 알고 더 궁금해하잖아요. 그러고 나서 다음 주 주보에 그에 대해 설명해주었고요.

그런데 당시에 국무총리실, 안기부, 문화체육부 담당자들이 다 천주교 신자들이에요. 그 신자들을 골라서 우리에게 보내는데, 와서는 사정사정하잖아요. 그게 협박보다 더 힘들어요. 뭐 그냥 알았다 하고…

이렇게 말 안 듣는 홍보국장이라면, 정권 차원에서 홍보국장을 교체하기 위한 공작도 충분히 할 수 있을 텐데요.

그래서였는지 86년에 김옥균 주교님이 저보고 신학교로 가라고 했어요. "신학교를 원하지 않았느냐. 문교부에 교수로 등록도 되었으니 신학교에 가라."는 거예요. 안 가겠다고 했더니 다시는 책임 안 진다고 그러기에 "책임 안 져도 좋다. 나는 여기 있겠다."라면서 버텼어요.

그 새로운 방식의 주보에 대한 반응은 어땠습니까? 신도들은 좋아했습니까?

제가 그것을 이야기할 대목은 아닌데… 아까 말한 이석충 신부님과 몇 분들은 그 주보를 아예 신자들에게 배포하지 않았습니다. 주보를 거부하고 자기 성당 소식만 담은 한쪽짜리 주보를 만들고. 그런 신부들도 두셋 있었어요. 그런데 그렇게 하면 오히려 신자들이 더 궁금해하면서 다른 성당 가서 결국 봅니다.

그 당시 내신 주보들에 애착이 크겠네요.

저희들은 지나면 그만이에요. 최선을 다했으니까. 그런데 부천서 성고문사건이 터진 게 1986년 여름쯤 되겠네요. 처음엔 저희도 차마 믿지 못했지요. 아무리 고문하는 경찰이라도 그런 짓까지 했겠냐? 그런데 홍성우, 조영래 변호사님 등이 추기경을 찾아뵙고 자세히 설명한 거예요. 그러니까 모두 너무 놀랐죠. 그런 내용들을 주보에 실었어요. 그때는 주보 압수해가고 뭐, 굉장했어요. 명동성당에서 미사를 봉헌하려 하니 명동성당 자체도 차단하고. 그럴 때는 다투고 항변하고 싸우고 이랬는데… 하여간 권인숙 씨 소식을 전할 때 무척 힘들었어요. 내용을 바꾸라 하기도 하고, 주보가 발행이 잠시 중단되기도 하고, 또 어디에는 주보가 도착도 안 하고… 지금으로 보면 뭐 별 게 아니겠지만, 그 당시는 일체 신문에 나지 못할 때였으니까요.

별 게 아닌 게 아니죠. 캄캄한 시대에 단 한줄의 진실이라도 알리기 위해서는 얼마나 많이 돌파해야 하는지 실감되지요.

1987년 박종철 고문사건 때도 마찬가지였지요. 그해 초반에 박종철 49재 지낼 때 이런 내용들을 담기 위해서 저희 홍보국에서 내던 월간지 『새벽』에 소식도 내보려 했고요. 하여간 교회적 언어로서, 부드럽지만 시대의 어려움을 담아 내보내는 그런 작업들이 기억에 남아요. 홍보국에 있으면서 각 성당 교육, 반장단 교육, 청년들 교육과 강연을 많이 했어요. 교육하러 다니면서 소식도 전하고, 가르침도 전하고… 저 나름대로 하여간 정말 기쁘게 지냈습니다.

홍보국은 어떻게 구성됩니까?

저하고 수녀님 한분, 여직원, 남직원 각 한명, 그러니까 고정 직원은 세명이었어요. 가끔 자원봉사자들이 도와주셨고요. 교구의 정식 직원은 저를 포함해서 네 사람. 수녀님이 전체적인 업무를 책임지고, 또 주보와 잡지 책임자 각각 한명씩 일했습니다.

그럼, 내용에 관계해서는 홍보국장님이 전적으로 책임지는 것이네요. 주보 낼 때 편집팀이 있었습니까?

편집위원회를 구성했지요. 지금 기억나는 분은 『한국일보』정달영(鄭達泳) 선생님, 문학평론가 구중서(具仲書) 선생님, 숙명여대 한용희(韓庸熙) 교수님, 그리고 여러 사제와 청년 작가 등입니다. 어느 정도까지 표현하는 게 좋을까 하는 편집방향도 논의하고, 직접 원고를 써주시기도 하고요.

아까도 말씀드렸지만, 그때는 신변보호를 위해서 이름은 안 내기로 약속하고 글을 받았습니다. 이름을 쓰면 원고에 대한 책임을 지고 안기부로 끌려가니까요. 그에 관해서는 정의평화위원회 유현석 변호사님을 늘 뵈면서 자문을 받았습니다.

김수환 추기경의 강론 준비와 기도

주보 편집 외에 서울교구 홍보국장의 중요한 역할은 무엇인가요?

김수환 추기경이 혹시 사회적 메시지를 발표한다든지, 특별 기자회견을 한다든지, 개별 인터뷰할 때 저희들이 사전에 정지(整地)작업을 하지요. 예를 들어『조선일보』같은 데서 인터뷰 요청이 오면 추기경께서 꼭 조건을 붙이셨어요. 우리가 기사 원고를 보고 교정을 거친 다음에 신문에 내야 한다 등의 조건으로 인터뷰를 받습니다. 그런 식으로 추기경이 인터뷰한 모든 기사는 저희들이 검토해봤어요. 검열하겠다는 게 아니라 교회적인 용어나 신학적인 의미를 제대로 이해하지 못하기 때문에 생긴 오류 같은 것은 우리가 사전에 봐야 한다고 기자한테 설명하면서 동의를 구했어요. 오해를 불러일으킬 표현이 있으면 저희들이 항상 고쳤어요. 그건 추기경님이 아주 잘하신 거지요. 인터뷰 요청이 오면 그 방법을 배워서 그뒤에 저도 "내가 꼭 원고를 확인해야 한다."라는 조건으로 응했습니다.

　그때가 추기경의 메시지가 굉장히 파급력을 가졌던 시기였잖아요. 국민들의 기대도 엄청나게 컸고요. 그런 메시지들을 낼 때, 홍보국에서 말씀자료 준비하거나 그런 도움을 제공합니까?

　저희가 요청 드린 적도 있지만, 추기경님은 강론 원고를 본인이 직접 쓰세요. 시국에 관한 메시지는 필요하면 변호사 자문도 받으셨고 또 저보고 확인하라고 했지만, 원칙적으로는 강론을 직접 쓰십니다. 그 부분은 아주 훌륭하지요. 그리고 강론을 반드시 원고지에 적어 준비하세요. 강론 중에 조금 떠오르는 생각이 있다거나 강조할 부분이 있으면 원고에 없는 부분을 덧붙이지만, 기본적으로 원고지 20~25매 정도로 준비해 그걸 토대로 했습니다. 그래서 그분 강론은 틀림이 없었어요.

　그럼 강론 원고를 집필한 뒤, 신부님께 한번 검토해보라고 하신 적이 있습니까?

　박종철 사건 때는 그렇게 하셨는데… 검토라기보다는 조금 더 보완할 내용이라든지, 어디 강조할 부분이 있는가, 그런 의미에서 말씀하셨죠.

　그때 항간에 추기경님이 참 정확하게 표현하고, 타이밍이 기막히다는 평가가 많았거든요. 1980년 광주학살 직후에 추기경 담화의 형태로

「광주 유혈사태에 대해 정부는 사과하라」는 성명을 냈고, 곧이어 「광주시민들의 아픔에 동참하며」라는 담화를 냈습니다. 광주시민들은 이 담화를 통해 절망 속에서 희망의 출구를 처음으로 찾아냈다고 합니다. 부천경찰서 성고문사건에서 추기경의 짧은 격려 메시지는 과연 진상은 무엇인가 하고 긴가민가하던 시민들에게 고문이 사실이라는 보증을 준 셈이었고요. 박종철 사건 때도 그렇고요. 특히 1987년 4·13 호헌조치 직후에 김수환 추기경이 아주 강력하게 비판함으로써, 이 호헌조치를 어떻게 뚫고 나가야 할까 고민하는 사람들에게 확고한 방향을 제시했습니다. 이렇게 강도 높고 시의적절한 담화문을 발표할 때, 추기경은 누구로부터 어떻게 자문을 얻었을까 궁금했거든요.

법적인 자문을 필요로 할 때나 사회적 메시지가 포함될 때 특히 변호사들을 참 신뢰하셨어요. 이돈명 변호사님을 중심으로 유현석, 황인철 변호사님들이 가톨릭 신자니까 늘 가까이 계셨고, 논의를 조금 더 넓힐 때는 홍성우 변호사님까지 함께하셨죠. 시국의 어려움이라든지 이런 것을 고민할 때는 그분이 기도를 많이 하셨어요. 어려운 일이 있으면 경당(敬堂)에 가서 기도했고요. 저도 찾아뵈려고 가면 경당 가셨다고 하는 경우가 많았어요.

경당은 어떻게 생겼습니까?

기도소입니다. 큰 곳을 성당이라고 그러고, 조그만 데를 경당이라고 합니다. 주교관 건물에 사제들이 미사 봉헌하고 기도하는 작은 성당이 있습니다. 그렇게 조그마한 공간을 경당이라 합니다.

서울교구, 명동성당에서의 갈등

명동성당에서 한달에 한번 격론을 벌이는 교구청 회의. 교구 차원에서 가장 중요한 회의인 것 같은데요. 그 회의에서 논란을 벌였다고 하셨지만 당시에 결론은 대체로 함 신부님이 원하는 대로 된 편입니까? 목소릴 높이는 신부 외에 다른 신부들의 반응은요?

몇분이 문제제기를 하지만 대부분 저희 뜻대로 가는 편이었죠. 침묵하시는 분들은 저희들의 주보 편집 방향에 묵시적으로 동의하는 것이죠. 보통 회합의 절차는 각 국(局)의 업무를 보고하고 또 질문 받고, 각 지구 회합에 대해 보고하고, 기타 논의사항으로 갑니다. 저는 홍보국 업무보고를 하지요. 그것과 상관없이 아까 말씀드린 두세분의 신부님이 끈질기게 주보만 갖고 거기서 딴지를 걸어요. 시사적 이야기 빼고 전례만 실으라고 해요. 그래서 제가 "전례가 무엇입니까. 전례는 삶과 역사의 이야기입니다." 그런 식으로 늘 응답했죠.

김옥균 총대리가 되게 얄미워했겠네요.

미워했죠. 그런데 정작 그분이 저를 홍보국으로 데려왔으니까요.

교구청 회의 이외에 명동성당에서 하는 모임이 있다고 하지 않았습니까?

그건 명동성당 회의가 아니고 주간회의입니다. 교구청 담당 사제들과 명동 사제가 함께하는 모임입니다. 그때도 지적이 나옵니다.

그럼 너무 불편하잖아요?

저로서는 하나도 안 불편해요. 기뻤어요.

주간회의에는 김옥균 총대리뿐 아니라 추기경도 참석하시나요?

네, 오십니다. 말씀은 안 하시고, 조용히 듣는 편이지요.

함 신부님은 총대리 주교와 대립하는 경우가 많은데도, 그 자리를 전혀 불편하지 않게 느꼈다는 것은 추기경은 우리 편이다, 그런 생각이 내면에 있어서일까요?

하느님께서 우리 편이시기 때문이지요! 하느님!

아, 추기경 정도가 아니고요. 역사를 주관하시는 하느님이 우리 편이다, 이런 확신이군요.

조금 교만한 생각일 수 있지만, 제가 제2차 바티칸 공의회를 근거로 신학적 논변을 할 자신감이 있었기 때문이지요. 선배 세대들은 그런 공부를 접할 기회가 별로 없었어요. 새로운 시대의 방향과 신학적 기틀의 이론적인 것은 튼튼했기 때문에, 그런 점에서 자신이 있었죠.

그러고 보면 가톨릭 내 사람들은 제2차 바티칸 공의회를 계속 언급하는 분과 그 단어 자체를 매우 싫어했던 분으로 나눌 수 있을 것 같아요. 또한 공의회의 문서는 특히 실천을 함께해야만 온전히 자기 것이 되는 것 같아요. 공부도 하고, 공감도 하고, 실천도 하고요. 공감하기 싫으면 공부하기도 싫은 것이고. 반대편 입장에서는, 성경 이야기만 하면 되지 왜 자꾸 바티칸 공의회 이야기를 끄집어내느냐, 이같이 주된 문헌 인용의 차이가 있지 않을까…

식사 시간에 김옥균 총대리는 가끔 제가 쓴 강론을 보면서 "성경을 그렇게도 해석할 수 있나?" 이러는 거예요. 예를 들면 성경에 바리사이에 대한 지적이 있지 않습니까. 저는 그것이 2천년 전 예수님께서 바리사이라는 특정 집단에 대해 지적한 것이 아니라, (세속적이든 종교적이든) 오늘의 지도자들에 대해 꾸짖은 것이다, 이렇게 해석하거든요. 그런데 그분은 이렇게 현대까지 연계를 못하시는 거예요. 어떻게 그렇게 연계할 수 있나 신기해하는 거예요. 식당에서는 논쟁까지는 하지는 않으니까 이런 식으로 대화를 나눴고요.

또 하나는 동방박사가 왜 이방인들이었느냐는 거예요. 메시아를 기다렸던 유다인(유대인)들에게 먼저 하느님이 메시지를 주신 것이 아니고, 오히려 이방인인 동방박사들에게 하늘의 별을 비추이게 하고, 그들이 동방에서 하늘의 별을 따라 베들레헴으로 찾아왔다는 것 아닙니까. "이런 복음을 읽으면서 우리는 선민사상을 넘어서야 한다. 먼저 선택받았다는 사람들이 메시아의 탄생을 먼저 아는 게 아니라, 오히려 그 선민들이라 자처한 사람들을 넘어서서 소외되었던 이방인들이 하늘의 별을 보고 먼저 메시아의 탄생을 깨달았다. 이 부분은 유대인에 대한 꾸짖음이다. 오늘날도 마찬가지다. 그리스도교 신자들, 세례 받은 사람들에게 필연적으로 먼저 예수님이 나타나시는 것이 아니다. 세례 받지 않은 타 종교 또는 이방인들에게도 다른 방법으로 하느님께서 당신의 뜻을 표출하실 수 있다." 이렇게 해석해야 한다고 제가 강론을 해요. 그럼 이분들이 놀라서 "어떻게 그렇게 해석할 수가 있나?"고 물으면, "이게 새로운 시대의 해석이다. 그렇게 해석하는 게 성서를 살아 있는 말씀으로 이해하는 거다."라고 답변 드리죠.

그분들에게는 늘 새롭고 놀라운 메시지를 전해주시는 거네요. 성서 말씀을 과거의 사실에 머무르지 않고, 바로 현재의 상황 속에서 현재의 사실로 재해석해내는 거고요. 바티칸 공의회의 신학, 그에 대하여 당시 신부들 사이에 공감대가 얼마나 형성되어 있었을까요?

1960년대 이후에 공부하고 사제가 된 사람들은 그 나름대로 따라가고, 60년대 이전에 공부한 분들은 저희 세대보다는 조금 피상적으로 대하죠. 대표적으로 정진석 교구장 같은 경우는 하나도 몰라요. 어려워서가 아니라 그게 싫고 거북한 거예요. 다만 싫다고 말은 못하지요.

말을 하려고 해도 할 수가 없겠네요. 그런데 현재 신부들은 그 내용에 대해 숙지하고 있습니까?

흐름은 알죠. 공부의 깊이는 다르지만 흐름은 다 압니다.

실제로 여전히 생생한 영향도 미치고 있습니까?

그런데 알아도 딱한 경우가 적지 않아요. 예를 하나 말씀드릴게요. 최근에 덕수궁 대한문 앞에서 월요미사를 봉헌하고 있는데, 아프리카에서 선교하고 오신 신부님이 아주 재미있게 강론을 잘했어요. 그런데도 한계가 조금 보여요. 그분이, 마더 테레사의 훌륭한 삶을 언급하는 것은 좋았는데 이렇게 소개를 하는 거예요. "마더 테레사는 노숙자들을 모셔다가 좋은 집에서 잘 선종하게 하는 것이 목적이었는데, 그것보다는 그분들이 세례를 받아서 지옥에 가지 않도록 하는 게 제일 큰 기쁨이었다." 사제단과 뜻을 같이하는 신부가, 아프리카 선교까지 갔다 온 훌륭한 신부가 강론을 하는데 그러더라고요.

그 미사에 참여했던 한 엄마가 다음 날 저보고 "그 신부님 어떻게 그렇게 강론을 해요. 저는 너무 놀랐어요. 이 시대에 어떻게 그렇게 강론할 수 있습니까?" 이러더라고요. 사제단 활동을 해도 신학적 깊이에 다다르지 못한 분들이 있습니다. 그것은 교회 전통적인 것에 자기도 젖어들어 있는 거죠. 우리는 지금 그렇게 강론을 하지는 않습니다. 지옥 언급은 가능한 한 피합니다. "우리가 모두 다 하느님의 자녀들이며, 자기 자리에서 최선을 다하면 누구에게든지 구원의 길이 열리고, 사랑을 베풀고 자선을 베푸는 그 자체가 구원을 보장하는 것이다. 세례를 천당 가는 보증수표로 이해해서는 안 된다." 이렇게 가르칩니다.

1986년 당시에 실천적인 행동뿐 아니라, 이론적으로도 가장 준비되어 있는 분이 우리 함 신부님이었을까요?

제가 조금 더 체계적으로 공부했을 뿐, 동료사제들도 모두 사목 실천적 측면에서 깊은 체험을 갖고 있습니다. 서로 늘 보완의 관계에 있습니다.

명동성당이라는 공간

명동성당이라는 장소에 대해 궁금한 것이 많습니다. 한국의 민주화와 관련하여 주요한 역사적 공간이기도 한데요. 보통사람들은 성당 본당에 들어갔다가 나와서 좌우를 한번 둘러보는 정도일 텐데, 신부님 말씀 들어보면 명동성당이 다양한 필요로 채워진 복합공간 같거든요. 명동성당은 공간적으로 어떻게 되어 있습니까?

관점에 따라 혹은 전문가에 따라 다르게 볼 수 있는데… 제 시각에서 말씀드리면 프랑스 선교사들이 성당 자리를 잡을 때는 꼭 언덕이나 높은 곳에 자리를 잡았어요. 그게 아마 프랑스 선교사들의 교회적 시각인 것 같아요. 하늘에 대한 상징이기도 하고요. 우리나라가 어려울 때 프랑스 선교사들은 언덕에다가 성당을 잡고, 또 성당 주변의 땅을 많이 확보했어요. 당시에야 땅값이 쌌으니까요. 명동성당은 원래 종현(鍾峴)이라고 불렸는데 프랑스 선교사들이 19세기 말에 그 언덕에 성당을 지었습니다. 언덕 위에 우뚝 섰고, 서울의 명물로 자리 잡았지요.

명동성당을 지을 때 성당과 함께 부속건물로 회합실, 계성초등학교, 계성여자 중고등학교, 수녀원 등을 같이 지었어요. 그래서 그 전체가 복합공간이죠. 성당 수녀원 저쪽은 비공개 영역으로 꽃밭이었어요. 거기는 못 들어가는 거죠. 보통은 명동성당 정면, 지금 계성여고 정문까지만 들어갈 수 있었습니다. 저희가 어렸을 적에는 도깨비나무라고 했는데, 명동성당을 올라가다 보면 좁은 길 옆에 화초 같은 것이 잘 조성되어 있는 걸 볼 수 있었어요. 아주 예뻤어요.

성당을 지을 때 밑에서부터 올라가도록 구상했습니다. 예수님이 예루살렘 성전으로 올라가는 그런 모습들, 하느님을 만나기 위해서 준비해서 올라가는 모습, 또는 모세가 시나이 산을 신 벗고 올라갔던 모습들, 이런 것을 연상하면서 아래로부터 마음을 준비하면서 걸어 올라가도록 성당을 구성했습니다. 저희들이 어렸을 때 보았던 명동성당은 그 입구에서부터 경건함이 오는 거예요.

그러다가 박정희식 개발 바람이 성당에 침식해 들어온 것 같아요. 언제부터인가 들어오는 신부마다 명동을 깎고 훼손시키는 거예요. 사실 그 분위기를 살리면서도 찻길을 낼 수 있거든요. 저희 스승 최석호 신부님은 저하고 시국에 대한 인식은 달랐지만 서로 통한 게 있어요. 어느 날 저 보고 "야, 명동성당이 말을 할 수 있다면 뭐라고 하겠냐. 성당에 오는 신부들마다 깎고 부수고 올리고 또 때려 부수고… 그래서 100살 된 성당이 너무 힘이 드니까, '야, 신부 놈들아, 나 좀 가만히 놔둬라. 어떻게 오는 놈마다 붙이고 깎고, 길을 이리 트고 저리 트고 하냐' 이렇게 말할 거다." 하시는 거예요. 최석호 신부님 말씀을 들으면서 '참 재미있는 관찰이구나' 싶어 제가 그렇게 강의도 하고 글도 썼습니다. 1980년대 김수창 신부님이 명동 바닥을 다 깔고 그랬는데, 정말 무지한 처사지요. 그 수녀원 뒷동산도 다 깔아뭉개서 성모동산을 만들어놓고, 수녀원마저 노출시켜버렸어요. 가릴 것은 가려야 하는 건데 모두 노출하고, 맘대로 진입하게 해버렸어요. 시민들의 휴식처가 된다는 의미에서는 좋은데 경건성이 훼손되는 아쉬움이 있답니다.

신부님이 어렸을 적 느꼈다는 그 경건함을 성당 입구에 들어서기 전까지는 전혀 느낄 수 없는 것 같습니다. 시끌시끌한 명동상가에 포위된 성당이고, 본당까지 접근하는 데 가로수는커녕 나무 한 그루 제대로 없잖아요.

명동성당을 재개발한다는 말도 잘못된 것이고… 김원 건축가에게 자문을 받아 명동성당을 새롭게 꾸밀 때, 청소년들과 직장인들의 휴식 공간으로 만들자, 성당을 외곽으로 해서 산책로처럼 만들어 성당을 한 바퀴 돌 수 있게 하자고 구상하고 그걸 제안한 적이 있는데, 여기도 자본의 논리가 들어오니까 결국에는 완전히 속물화되었습니다.

성당의 재개발이나 원형보존 차원에서 지금 뭔가를 하고 있나요?

이런 부분에 대해 김수환 추기경은 좀 신중한 부분도 있고 해서 미루었는데… 그 빈 터를 정진석 교구장이 추진하여 땅을 파고 몇층 짓고 이러다가, 이명박 때 흥정해가지고 두층 내려서 또 무슨 공사를 하고 있어요. 문화적 안목 면에서 아쉽지요. 선교사들이 준 명동의 아름다운 유산, 주위의 경관 같은 것을 문화적으로 잘 보존해야 하는데 그러지 못하고 있어요. 소귀에 경 읽는 거니까 무슨 지적을 해도 듣지 않고 또 저희가 이야기하면 오히려 언짢아하니까… 참 가슴이 아픕니다.

원래 신부님 젊었을 적에도 명동지대가 이미 상업지구로 개발되었을 때 아닙니까?

지금하고 거의 똑같죠.

사찰로 비유하자면, 절의 일주문에서 본당까지 멀잖아요. 약간 언덕길로 오르면서 마음도 다듬고 땀도 좀 흘리면서 가다보면 어느새 대웅전이나 본당이 나타나고, 그러면 합장을 한다든지 절을 할 마음이 나는데요. 명동성당도 처음에 이렇게 조금씩 올라가면서 경건함을 느끼도록 했던 것인데, 지금은 성당 바로 앞까지 정신이 하나도 없이 오거든요. 온갖 상업의 홍수를 뚫고 쇼핑의 유혹을 물리치면서 겨우 도달합니다. 그러면서 바로 본당에 들어가 미사하고 기도하고 또 나가서는 상가지구를 뚫고 명동 입구까지 걸어가야 합니다.

명동 지역이 상업지구가 되었다고 하더라도 원형을 보존하면서 그 상업지구와 어울리면서도 시민들이나 직장인들을 위한 마음의 휴식처, 기도의 장소로 얼마든지 꾸밀 수 있었죠. 그런데 지금은 성당 바로 앞에 고층 건물을 짓고 하니 이제는 완전히 상업적인 접근이죠.

명동성당의 외관은 근사한 것 같은데, 세계에 내놓으면 어떨까요?

기본적으로 명동성당 본당은 기도하는 집으로서 성당이고 백년이 넘었기 때문에 문화재이고 대단한 성당이지만, 유럽에 가면 이 정도 성당은 저 시골의 조그만 성당 중 하나 정도죠.

본당이 있고 수녀원도 있습니까?

수녀원은 별개의 독립적 단체로 뒤편에 샬트르성바오로수녀원이 있어요. 그 옛날에 프랑스 주교 선교사들이 수녀님들을 모시고 와서 기도하고 어린이집도 하고… 이렇게 수녀원의 독자 공간이 있습니다.

이전에 홍성우 변호사님하고 대담할 때 명동성당에 가면 김수환 추기경이 아주 맛있는 식사를 대접해주셨는데요. 거기에서 내놓는 음식은 너무나 정성이 배어 있고 정갈하고 맛이 좋았던 기억이 있어요.

그건 수녀원이에요. 추기경이 부탁하니까 수녀원에서 해주셨습니다. 좋은 것을 대접하는 건 기쁨이잖아요. 또 거기는 외부와 차단이 되니까, 정보부가 접근할 수 없고, 무엇보다 대화하기에도 안전하고요. 그래서 수녀원 회합실에 모이고, 거기서 수녀님들이 음식을 준비해주신 거죠.

명동성당은 주임 신부가 관할합니까, 교구장이 관할합니까, 아니면 추기경이 관할합니까?

명동성당에 주임신부가 있다고 하는데, 교회법적으로는 사실 주임이 아니고 교구장 대리입니다. 명동성당의 법적 주임은 서울교구장이에요. 그런데 교구장이 교구의 일을 해야 하니까, 명동성당의 관리를 위해 주임신부를 두는 거지요. 그래서 본당(명동성당) 신부를 통상 주임신부라 그러는 거죠.

김병도 신부님은 당시에…

교구 사무처장 겸 명동성당 주임이었죠. 명동성당에도 수석보좌신부가 있어서, 실제 일은 수석보좌신부가 많이 했고요. 김병도 신부님은 교구 사무처장이고, 우리 교구청에서 같이 기거하셨으니까 여러모로 힘이 있었죠. 제가 있을 때는 김 신부님이 전적으로 뜻을 같이하셨기에 저도 편안하게 일할 수 있었죠. 총대리 주교님이 제동을 걸고 힘들게 했지만, 저는 사전에 김병도 신부님과 이야기를 나누고, 제가 어려울 때는 김 신부님이 저의 방패가 되어주셨고, 김수환 추기경은 침묵으로 동의해주시는 거지요.

김수환 추기경의 이모저모

김수환 추기경을 많이 뵈어서 잘 아시잖아요. 함 신부님이 기억하는
김수환 추기경 이야기를 들려주시면 좋겠는데요. 추기경은 늘 미화나
과장 말고 '진실을 있는 그대로'를 강조하셨더라고요. 그런 취지를 살
려서 있는 그대로의 진실을 말입니다.

몇 단계로 나누어 이야기할 수 있겠네요. 김수환 추기경을 처음
뵌 것은 로마에서예요. 1967년엔가 마산교구장으로 계실 때 시노드
(synod, 가톨릭교회 안에 중요한 문제가 있을 때 이를 해결하기 위해 개최하는 자
문기구의 성격을 띤 회의) 참석차 오셨어요. 그때 처음 뵙고 그뒤로 저는
1968년 6월 로마에서 사제가 되었어요. 그해에 그분이 서울교구장으
로 오시고, 10월에는 병인박해(1866년) 순교자 24인에 대한 시복식이
있었어요. 그래서 그분이 전세기 비행기를 타고 로마에 오셨어요. 한
국에서 로마에 오신 분들이 130여명이었는데, 그렇게 많은 분들이 오

기는 처음인 것 같아요. 박정희가 고민하다가 천주교 큰 행사이기 때문에 허락했다고 들었고요. 제가 그분들을 로마로 모시고 가 구경시켜드린 기억도 나고요.

제가 어린 신부로서 김수환 주교를 모셨는데, 우리 서울교구의 선배 신부들은 그를 조금 못마땅해하는 거예요. 김수환 주교가 마산에 계시다가 서울대교구로 오셨거든요. 그러니까 서울교구의 사제들 입장에서는 김수환 주교는 타 교구에서 오신 분으로, 서울교구가 외면당했다는 마음으로 다들 아쉬워했어요. 서울교구의 전임 교구장은 노기남 주교였는데, 우리는 이분에 대해 더 큰 애정이 있는 거예요. 저는 제일 어리니까 두분(김수환, 노기남)을 다 모시고 심부름하고 그랬지요.

김수환 주교님이 1969년에 추기경이 되었는데, 추기경이 되고는 로마에 자주 오셨겠네요.

그뒤로 거의 해마다 오셨지요. 오시면 제가 심부름하면서 도와드렸어요. 직설적으로 당돌하게 교구 분위기도 여쭤보곤 했어요. 어린 신부가 물어보니까 이분이 좀 없잖아 하시더라고요. 알게 모르게 선배 사제들의 영향을 받아, '이분은 지역에서 온 분'이라는 선입견을 떨칠 수 없는 거예요. 그런데 로마에서 여러번 뵈다 보니 이분의 메시지라든지 이런 것이 아주 좋더라고요. 그다음부터 저도 정성껏 잘 모시고 그랬지요.

1973년 함 신부님이 귀국한 뒤 처음의 관계는 어땠습니까?

김수환 추기경의 생전 모습. ⓒ연합뉴스

　저는 오자마자 신학교 교수로 가기를 바랐는데, 이제 사목 경험을
해야 한다고 그래요. 신학교에선 강의만 하고 명동성당의 보좌를 맡으
라는 거예요. 명동성당 보좌가 대여섯명이 되는데 제1보좌가 제 동창
이에요. 그러니까 저는 제2보좌가 되는 거예요. 제가 한 8년 만에 오니
까 아무래도 우리말이 좀 서투르고 분위기 파악도 늦었어요. 우리 친
구들이 저 보고 "절대로 명동성당 보좌를 하면 안 된다. 다른 이유보다
는 동창이랑 같이 있으면 사소한 일에 마음이 상할 수 있다."라고 해
요. 내가 어떻게 인사이동을 청하냐고 하니까, "너는 잘 모르니 우리가
시키는 대로 해."라는 거예요. 그래서 당시 서울교구의 총대리 겸 사무
처장이였던 최석호 신부님을 찾아가서 말씀드렸죠. "명동은 조금 큰

성당이고 제1보좌가 저 친구이니까 혹시 마음 상할 수 있다고 동창들이 조언해주는데 저 다른 데로 보내주세요.” 순진하게 그랬어요. 그때만 해도 가족적이에요. “이놈이 뭘 들었나?” 그러더니 연희동으로 저를 보내준 거예요. 그래서 제가 연희동 발령을 받아서 갔습니다.

그러면서 총대리 신부님이 시키는 번역도 하고요. 당시에는 기도서가 번역이 잘 안 되어 있을 때예요. 선배 신부님이 시키니까 밤을 새우면서 열심히 번역했어요. 우리 신부들은 5박 6일 정도 피정(避靜, 일상생활에서 벗어나 성당이나 수도원 같은 곳에서 묵상이나 기도를 통하여 자신을 살피는 일)이 있어요. 그러면 같이 기도를 바칩니다. 언제인가 성무일도(聖務日禱, 성직자와 수도자가 매일 시간에 맞추어 바치는 예배)가 새로 나왔는데 성무일도의 시편은 번역이 되었지만, 독서는 번역이 안 되어 있더라고요. 전체가 아니라 부분 번역이 더 어렵거든요. 느닷없이 중간부터 번역하라고 하니까 밤새워 열심히 일했던 기억이 납니다.

지학순 주교 사건을 계기로, 함 신부님 등 젊은 사제들과 김수환 추기경이 혼연일치하여 부정의한 시대에 대응해간 것처럼 보였는데, 실제로는 어땠나요?

김수환 추기경은 새로 부임한 서울교구장이니까 연로한 선배 신부들과 달랐고, 그래서 저희들 젊은 사제들은 비교적 교구장에 대해서 애정이 있었지요. 아주 가깝고 편하게 만나게 된 것은 지학순 주교 구속으로 결집하면서였는데, 이제 완전히 추기경과 같은 뜻을 가진 사제로서 인지가 되었지요. 하지만 실제로 기도회를 할 때 어려운 점이 적지 않았어요. 김수환 추기경은 무척 신중한 편이에요. 젊은 사제들은 도전하려고 하고, 추기경은 도전적인 일을 적극적으로 펼치지는 않았어요. 예를 들어 명동에서 미사를 봉헌하면, 당신이 안 나오는 거예요. 우리 입장에서는 추기경이 나와야 힘을 받는데 안 나오시니 우리끼리 해야지, 뭐. 어떻게든 우리는 좀 강하게 하려 하고, 그러면 추기경이 제동을 걸고… 사실 추기경하고 저희들 사이에는 갈등이 많았어요. 우리한테 너무 성급하다고 야단도 치시고, 저 같은 젊은 사제들은 독재정권에 정면으로 맞서야 한다면서 강하게 대들기도 했습니다.

당시 추기경이 다른 주교들로부터 경원시되고, 지학순 주교가 구속되면서 어떻게 할까 고민하다가 젊은 사제들이 모여드니 추기경 입장에서는 큰 의지처가 되지 않았을까요?

당시 인천에 나길모라는 미국인 주교가 계셨어요. 김 추기경이 그분께 자문을 많이 받았어요. 우리가 무엇을 주장하면 나 주교의 자문을 거쳐 어떤 입장을 조금 약하게 세우셨던 적이 종종 있었고요. 초기에 큰 갈등 중 하나는 여름 기도회 관련해서였어요. 1974년 7, 8월에 우리는 월요일마다 명동에서 기도하는데, 그분은 휴가를 가시는 거예요. 친구 주교가 감옥에 있는데 휴가를 떠나는 추기경의 자동차를 보니까 제 눈에 뭐랄까 분노의 불꽃 같은 것이 튀더라고요. 내색은 안 하고 지냈지만 긴장과 갈등은 있었죠. 이런 내부적인 갈등은 외부에 표출하면 안 되니까요. 밖에 알려지기는 우리가 그저 추기경의 심복이고, 추기경이 하라는 대로 한다고 말하는 이도 있었어요. 우리 안에 이런저런 갈등이 많은 것은 하나도 몰랐겠지요.

미사에 모셔올 때, 어떤 경우에는 억지로 그저 빌면서 어떤 때는 호소하면서 부딪치기도 했어요. 그러나 추기경으로서도 쉽지 않은 면이 많음을 이해해요. 우리보다 더 많은 정보가 있고 큰 책임을 갖고 계신데다 다른 쪽 입장도 헤아려야 했을 테니까요. 교회의 더 큰 살림을 해야 하고, 특히 성모병원에 대한 세무사찰 문제도 있거든요. 툭하면 세무사찰이 나오니까.

선배 신부들과의 관계도 쉽지 않았을 거예요. 교구의 선배 그룹들은 완전히 김수환 추기경의 반대 편이었죠. 그건 정치적인 것 때문에 그런 건 아니었고요. 그전부터 반대였는데, 거기에 정치적 이슈 면에서 맞부딪히니까 자연히 그 선배 신부들은 당시 집권세력 편이 되었고요. 또 저희 젊은 사제들은 반정부 편이 되어 부딪치면서 추기경과 같은 노선을 걷는 신부로 낙인이 찍혔어요.

그럼, 내부적으로는 마찰도 있고 속도의 차이도 있지만, 크게 봐서 대외적으로는 추기경과 사제단이 함께하는 편으로 보였나요?

그렇게 쭉 지냈는데⋯ 정의구현사제단 10주년(1984년) 기념행사 때 크게 부딪혔습니다. 교황이 다녀가신 지 5개월 뒤네요. 정부와의 관계를 의식해 기념행사를 못하게 하니 상처가 컸어요. 이건 우리 서울 친구들만 알고 대부분 신부님들은 모릅니다. 사실 고비마다 부딪힌 사건이 많았어요. 정의구현사제단 사무실이 가톨릭 회관 명동에 있었어요. 그런데 자꾸만 나가라고 해요. 그래서 정의구현사제단 20주년 때는 의정부 수련원에 가서 행사하면서 앞으로 25주년 때는 김수환 추기경을 넘어서야겠다고 다짐했어요. 대략 큰 줄기가 이렇습니다.

사제단과 추기경의, 가톨릭 내의 보이지 않은 역할 분담이란 것도 있지 않을까요?

　우리 정의구현사제단은 자발적 단체니까 발언의 강도가 높고 자유로워요. 예를 들어서 "유신헌법 철폐하라!"까지 발언할 수 있고요. 천주교 정의평화위원회는 교회 공식기구니까 그렇게까지는 못하고요. 정의평화위원회는 윤공희 주교가 책임주교니까, 빠짐없이 참석하시면서 발언하되 수위를 조금 낮추고 영역은 좀 넓게 하고, 조금 강력한 발언은 사제단이 맡는 식으로 업무 분담이 저절로 된 셈이지요. 추기경은 중간에 계시면서 양쪽과 두루 어울리며 지냈어요.

　추기경과 저희들하고 크게 갈라지게 된 것은 1987년 대통령 선거 끝나고인데요. 정의구현사제단이 공식적으로 김대중 후보를 지지하지는 않았어요. 1987년 6월부터 연이어 회합을 하는데 우리 사제단이 모이면 7:3 정도로 김대중 지지가 김영삼 지지보다 우세했어요. 의견일치가 안 되니까 저희들은 특정인에 대한 지지표명을 유보했는데, 선거가 임박해오니까 김대중 후보를 열성적으로 지지하는 분들이 전국을 다니면서 신부들한테 서명을 받았어요. 서명에 응한 신부들은 깊은 내막을 몰랐고요. 꼭 단일화해야 한다는 취지로 서명을 다 했는데, 그게 정작 김대중 후보 지지로 발표된 거예요. 230명 정도가 서명했는데 저는 거기에 서명을 안 했어요. 제가 교구청에 속해 있었기 때문에 제 이름을 빼달라고 했거든요. 그런데 그게 신문에 공개된 거예요. 그걸 보고는 한국 정부와 여당 편 사람들이 바티칸에 보고할 때 정의구현사제단이 김대중 선생을 지지한다고 했어요. 그건 각자 신부들의 이름으로 한 거지 사제단 명의로 한 것은 아닌데… 어디 가서 설명할 수도 없고 그저 당하고 있을 수밖에 없었죠.

그 당시 정권에서 바티칸에 거짓 정보를 주고 그랬어요. 그때 바티칸에서 김수환 추기경을 비롯한 각 교구장에게, 정의구현사제단의 활동을 좀 통제하라는 지침이라고나 할까, 이런 게 내려온 거예요. 그랬더니 그뒤부터 자꾸만 사제단을 견제하더라고요. 누구를 만나면 '사제단 활동을 하지 마라'는 식으로 말씀하시는 거예요. 그러니 아무래도 용기 없는 신부들은 떨어져 나가게 되죠. 저는 좀 분했어요. 그런 것을 이겨냈어야 하는데…

현실정치를 둘러싼 갈등 속에서 민주화 진영이 쪼개지듯이, 천주교 사제들도 세상정치의 영향권 속에서 분열이나 갈등의 상처를 안고 있네요. 사제단 전체가 아닌 함 신부님 자신과 추기경의 관계에서도 불편함이나 불화 같은 게 있었나요?

1988년 평화방송을 만드는 과정에서, 또 교구를 떠나는 과정에서 갈등이 있었고, 신학교 교수로 갈 때와 거기서 나올 때 이렇게 두번 저와 큰 갈등이 있었어요. 제가 20장 정도로 장문의 편지를 보냈더니 저를 불렀어요. 이분이 구체적인 사정을 전혀 몰라요. 제가 강하게 이야기했더니 "내가 그랬었나?" 하시는 거예요. 제가 장위동성당에 있을 때, 사목 방문 때 교구장 총대리가 아니라 추기경이 직접 오셨어요. 일부러 왔다고 하면서 단문단답을 나눴죠. "잘 있었어?" "예." "건강해?" "예." "어때?" "재미있어요." 그뒤로도 그렇게 건성건성 지냈어요.

추기경께서 1980년대 후반, 특히 1990년대 이후 계속 보수적으로 변해갔다는 속설이 있잖아요. 그 경위를 혹 아시나요?

이전에는 추기경이 저희들이나 인권변호사들과 자주 만나고 상의했잖아요. 그런데 1990년 전후부터 추기경과의 접촉이 지속되지 않았어요. 이분이 은퇴하고 혜화동에 계셨는데 변호사들이 안 가신 거예요. 우리 쪽과는 접촉이 안 되는 사이에 추기경께 정보를 주는 이들이 맨날 그렇고 그런 사람들이니까, 뭔가 조금씩 변질되기 시작했어요. 촛불시위 할 때인가 추기경이 '시위는 안 된다'라고 한 발언을, 정치적 의도에 맞다고 신문들이 대서특필했잖아요. 그래서 제가 시대착오적인 발언이라고 몇마디 반박했더니 『조선일보』가 크게 싸움 붙이고 이간질하고 그랬어요.

노무현 대통령 시절에 제가 '평화적 집회시위문화 정착 민관공동위원회'의 위원장을 이해찬(李海瓚) 총리와 함께 맡은 적이 있어요. 시위를 보장하되 평화시위로 정착하는 취지가 좋다고 해서 맡았는데, 정부 측에서 김수환 추기경의 서명이 꼭 필요하다고 해요. 그때 오랜만에 추기경께 갔어요. 2006년 1월 초인데 너무 반가워하시는 거예요. "서명하세요." 그랬더니 내용을 보지도 않고 서명해주시더라고요. 그게 어떤 의미에서 화해라 할까요, 저는 그렇게 해석합니다.

2009년 김수환 추기경께서 선종하셨을 때는 어땠습니까? 그때 추모 열기가 정말 대단했잖아요.

모두들 조문하고 나서니까 저는 혼자 기도하고 있었어요. 이부영(李富榮) 씨가 나서서 민주화운동기념사업회에서도 미사 봉헌해야 한다고 하더라고요. 민주화운동을 함께했던 사람들이 추기경 가시는 길에 추모미사를 갖는 게 도리라고 하면서요. 명동성당은 그럴 틈도 없었 잖아요. 그래서 성당 뒤쪽 샬트르성바오로수녀원 교육관을 빌려서 민 주화운동기념사업회의 주관으로 추모미사를 드렸어요. '1970, 80년대 독재정권 시절 민주화운동의 상징이며 정신적 지주였던 김 추기경의 선종을 애도한다'라는 취지로요. 박형규 목사님 모셔다가 강론을 부탁 드리고요. 박 목사님은 "김수환 추기경은 인권과 노동문제를 비롯한 한국 민주화운동의 정신적 지주였다. 추기경이 뒤를 밀었기에 그 암울 한 시기에 민주화운동을 전개할 수 있었다."라고 말씀하시면서 "권위 를 생각하지 않고 모든 사람을 평등하게 대하신 분"으로 회고했어요. 이소선(李小仙) 여사도 평화시장의 어린 여공을 위한 위로행사를 위해 성당 내 문화관을 빌려준 것을 고맙게 회고했고요.

종합적으로 보시면 어떻습니까?

위치와 역할은 다르지만 마음속으로는 한 시대를 같이했다고 생각 해요. 추기경하고 논쟁할 때나 신학교를 떠나올 때 이런 말씀을 드렸 어요. "추기경님은 교구장으로 저와 위계관계에 있지만, 하느님 앞에 서 한 형제입니다. 예수님의 가르침 안에서는 항상 형제애를 앞세우 면서 대화해야 합니다." 이러면서 제가 신학교의 문제점을 자세히 이 야기했어요. 본인은 전혀 몰랐대요. "몰랐으면 고치시면 좋겠다."라고 했는데 안 고쳐요. 그런 내용들로 서로 마음 아픈 대화를 종종 하고… 제가 누군가를 고발하면서 당신과 나와 그 사람이 삼자대면을 하자고 한 적도 있어요. 그런데 그 제안을 받지 않더라고요. 동지적 관계인 적도 있지만 이처럼 갈등도 있었습니다. 특히 돌아가시기 전에 공교롭게 부딪히기도 해서 조금 마음이 아프셨을 거예요.

늘 같이 계실 때 있잖아요. 명동성당에서 늘 같이 식탁에 앉아 식사하고 대화하고 그럴 때의 느낌은요?

그때는 1985~89년 무렵이니까… 당시에 그분이 저를 아끼셨어요. 저도 그걸 알고 추기경을 잘 모셨고요. 그때 제가 '추기경께서 조금 더 용기있게 나갔으면 좋겠다. 엘살바도르의 로메로 주교님이 순교하셨듯이 이런 시대는 교구장도 순교할 각오가 있어야 한다'라고 바랐어서 그런 내용으로 강하게 요청하기도 했어요.

그렇습니까. 추기경 면전에서 순교할 각오, 세속적으로 말하자면 죽을 각오를 하고 반독재투쟁에 더 적극 나서라, 이런 말씀을 하셨다고요. 그런데 추기경 정도 되면 우선 다양한 신도를 배려해야 하고, 여러 정파나 계층의 인사들을 두루 상대해야 하지 않나요? 어느 하나도 배격할 수는 없잖아요. 함 신부님이 한강성당에 계실 때, (당시 학생들 눈에는 악마 같은) 유학성이나 허삼수 같은 군부의 핵심인 신도에 대해 함 신부님이 "너는 나오지 마라. 당신 같은 사람과 상종 않겠다."라고 할 수 없는 거 아니에요?

그런데 결정적으로 김수환 추기경에게 회의를 갖게 된 것은 국가보안법 철폐 이슈로 정의구현사제단 신부들이 명동성당에서 단식을 할 때 한 주일이 지나고 나니까, 단식을 금지하라는 명령을 내렸어요. "서울교구장으로서 사목적 명령을 내린다. 단식을 중단하라."고요. 저는 당시에 신학교에 있었고, 저 같으면 그런 중단명령을 무시해버릴 텐데, 정식으로 명령이 내려오니까 단식하던 신부들이 위축되고, 그래서 그들이 추기경에게 면담을 청했어요. 면담한 신부들이 과거 추기경께서 말씀하신 내용, 강론 내용을 죽 얘기했더니, "난 정의구현사제단하고 같이하지 않았다. 나는 정의구현사제단에 끌려서 나간 거다."라는 식으로 말씀하신 거예요. 그래서 그 신부들이 그 얘기를 듣고 저를 찾아왔어요. 추기경이 왜 이렇게 된 거냐고 묻기에 제가 답할 능력도 없고 가만히 듣고 있다가, "우리가 추기경 때문에 이 일을 하는 것 아니잖냐. 추기경 배경을 믿고서 하는 것 아니잖냐. 그것을 능가해라. 예수님, 하느님을 믿고 하는 거잖냐."라고 답했습니다. 그때의 사건을 젊은 신부들이 '김수환 쇼크'라고 그래요. 매우 마음이 아프더라고요.

이 사건에 대한 함 신부님의 증언을 다른 글에서 읽고는, 오히려 서로 아름다운 모습이 아닌가 생각했었습니다. 직제상으로 상위에 있는 추기경이 일반 사제들의 모임인 정의구현사제단에 의해 끌려갔다라고 한 말씀의 의미가 과연 뭘까요? 하급자들이 집단으로 상급자를 강박하여 끌고 간 게 아니지 않습니까. 그렇다면 일반 신부들 속에서 나오는 정의의 소리, 그 소리 속에 들어 있는 하느님의 지시와 명령, 일신상으로나 세속적으로는 견디기 힘들지만, 하느님의 정의의 채찍에 끌려간 것으로 해석할 수는 없나요? 사실 포악한 세속 권력은 온갖 폭력과 협박과 회유와 감시를 동원하잖아요. 그와 맞서 싸우는 것은 고통스럽고 괴로운 일이지요.

강대국의 도성이 멸망할 것이라고 예언하라 하니까, 요나는 반대편으로 가다가 고래 뱃속까지 끌려가잖아요. 그런 뒤 하느님의 채찍에 못이겨, 결국 아시리아의 니네베 도성이 멸망할 것이라는 저주의 예언을 목숨 걸고 하지 않습니까. 사제단과 같은 뜻이 아니었다고 하면서도 보조를 맞춰 행동하신 것은, 그 시대 사제단의 방향이 세속적으로도 정당했고 하느님의 정의의 구현에도 합당하다고 판단하여, 다시 말해 추기경이 하느님의 발길에 채여 같이 행동한 게 아닌가… 그렇다면 사제단의 활동을 사전 상의도 없이 방자하게 군다든가, 아니면 하극상이라든가, 이런 방향으로 위계적으로 대응하지 않고 어려운 고비 속에서도 사제단과 큰 방향을 같이하는 모습, 그건 사제단은 평사제의 입장에서, 추기경은 추기경의 지위에서 역사적 소명을 충분히 조화롭게 감당해낸 게 아닌가, 그렇게 보입니다만.

훌륭한 신학적 종합입니다. 큰 맥락에서 동의합니다. 저는 다만 좀 더 철저한 측면, 예언자의 불타는 열정 쪽에서 접근한 것 같습니다. 때문에 저는 요즘, 1990년대 이후에 개인적으로 그분이 좀 거북하고 못마땅했어도 새로운 정보와 판단 자료도 계속 드리고, 좋은 변호사들을 만나도록 도와드렸어야 했는데 그렇게 하지 못한 게 나의 불찰이구나 하고 성찰하기도 했습니다. 비록 그분을 찾아갈 상황이 아니었더라도 제가 변호사들을 모시고 방문했으면 훨씬 더 뜻이 있었을 것이라고 가정해봅니다. 저의 한계였습니다.

죽 들으면서, 추기경께서 함 신부님을 맘속으로 참 좋아하면서도 또 어려워했구나 하는 점을 느낍니다. 다른 분들이 질투 날 정도로, 어떻게 보면 각별한 거죠. 우선 로마에서 청년사제로서, 특별히 가깝다고 신뢰할 만한 점이 없다면 아까 말한 그런 직언을 도저히 할 수도 없는 것 아니겠어요?

제가 어렸으니까요. 외교적인 발언을 좀 했어야 하는데 말을 절제하지 않은 거죠.

지금도 좀 그렇지만, 제가 20대 후반에는 굉장히 터프했습니다. 다른 교수들이 저를 잘 수용하지 않는데, 제 지도교수와 다른 몇 분은, 젊은 놈이 이 정도 오기와 기개는 있어야지 하면서 품어주셨거든요. 한번은 지도교수가 친구와 전화하면서 "내 연구실에 세상에 오만한 녀석이 한명 있다."고 농담해요. 전화를 끊었을 때 제가 선생님께 따졌어요. "제가 뭘 그리 오만하다고 그리 말씀하십니까?" 하니, "저 봐, 자기가 뭘 오만합니까라고 따지는 학생 처음 봤다." 이러시더라고요. 그러면서 젊은 대학원생의 오만한 기운을 확 꺾어버리지 않고, 부드럽게 가지를 좀 쳐주는… 그래서 그 선생님 옆에 있으면 마음이 편안하고, 무슨 직언도 자유롭게 말씀드리고, '그러면 안 됩니다'라고 세게 따지는 편지도 쓰고… 사실 엄청난 신뢰와 포용을 전제하지 않고는 그런 직언을 할 수 없는 게 아닐까요?

김수환 추기경은 교구장이기 때문에 어쩔 수 없이 교구장의 한계일 텐데, 체제옹호적 범주를 벗어나기 어려운 면이 있는 것 같아요. 저는 그런 기득권의 체제를 벗어나는 속성이 있는 것 같고요. 기성체제를 보호하려는 분과 기성질서를 넘어서려는 저 사이의 갈등이 있지 않았나 싶어요. 그럼에도 불구하고 제가 조금 더 겸허했더라면, 추기경을 깍듯이 받들면서 또 같이해나갔을 텐데… 젊은 때였으니까 거부한 면이 있었던 것 같아요.

몇십년 동안 추기경의 관심과 강조점도 변화하고, 사제단이나 함 신부님도 또 변화하고 그런 관계 속에서 합치와 마찰이 전개되지 않았나요?

사제단과의 관계에서 김수환 추기경을 평가하자면 역시 그분도 시기적으로 좀 나눠서 봐야겠다는 생각이 들어요. 1970, 80년대까지 정의구현을 위해 노력하고 사제단과 함께했던 아름다운 삶이 있지만, 그 이후에 현실과 타협했던 부분이 있어요. 더구나 은퇴한 다음에『조선일보』의 논점과 함께했고. 또 개인적으로 이회창 씨를 공적으로 지지하고, 노무현은 공적으로 배척했던 점, 그런 것은 받아들일 수가 없잖아요. 그래서 그분의 존재론적인 한계를 느끼는 거죠.

전체적으로 교회공동체와 우리 사회가 김수환 추기경을 드높이는 것은 제가 사제로서 감사하지요. 그러면서도 조금 거리를 둔 객관적인 평가가 있어야겠지요. 다소 우상화하는 분위기나 교회에서 상업적으로 이용하는 것은 문제가 있지 않나 싶습니다.

제3부

민중의 사제

박종철 고문사건, 진상조사와 조작사실 폭로

지금부터는 독재에서 민주화로 넘어가는 전환점이 된 1987년의 상황에 대해 집중적으로 들어보고 싶습니다. 우리 민주주의 역사에서 결정적인 해이지만, 가톨릭에서도 한국 민주화에 결정적인 기여를 했던 해가 아닌가 합니다. 명동성당이 한국은 물론 세계의 이목을 모으기도 했고, 명동성당이라는 상징이 우리 국민에게 희망의 등대로 다가왔던 시기이기도 했고요.

1987년 초입에는 정말 캄캄하고 불안한 느낌이 있었습니다. 1986년 10월 아시안게임이 끝나고 난 뒤에 전두환 정권은 군부정권의 연장을 위해 각종 학생운동과 사회운동을 초토화하려는 대탄압을 자행했습니다. 1987년 1월 14일 치안본부 대공분실에서 박종철의 죽음, 이것은 그 대탄압의 한가운데서 일어난 비극이었던 것 같습니다. 그때부터 1987년 6월까지 대반전의 드라마가 펼쳐집니다. 그때 함세웅 신부님은 역사의 한복판에서 실전을 지휘한 현장사령관이 아니었는가… 군사주의적 비유를 해서 송구스러운데, 당시 저는 20세 후반의 청년교수로서 그렇게 느끼고 있었습니다.

역사의 중심이라기보다는 제가 명동성당에서 홍보 담당으로 일하고 있었기 때문에 자연스럽게 주어진 일을 맡게 된 것 같아요. 넓게 보면 저는 신앙인으로서 늘 하느님의 섭리 안에서 해석하고 있는데요. 방금 말씀하신 것처럼 1986년 후반부터 일련의 정치공세가 이어지고, 아시안게임도 기세등등하게 하고, 군부체제는 전혀 흔들림이 없는 것 같고, 그런 와중에 모두 좌절했던 시절 같아요. 특히 부천서 성고문사건에 대해 검찰과 안기부의 책임자들이 적반하장 격으로 "성을 혁명의 도구로 삼는 운동권의 상투적 책략"이라고 몰아치는 것을 보면서, 정말 뻔뻔스럽게 인간성 자체를 모독하는구나 느꼈어요. 인권변호사들이 권인숙 씨를 찾아가 열심히 상담하고 진상을 정확히 밝혀내어 이를 추기경께 전달했지요. 많은 수녀님들이 이에 대해 잘 알게 되었고요. 그렇게 모두들 아파하고 분노하면서 1986년을 마무리하게 됩니다.

그러다가 1987년 1월 14일 서울대생 박종철 씨가 고문치사했다는 사건을 접하게 되었지요. 경찰 발표야 "책상을 탁 치니까 억 하고 죽었다."라는 겁니다. 저희도 진상을 정확히 알 방법이 없었지요. 그런데 당시 중앙대병원의 오연상 의사가, 박종철 시신을 의사로서 아주 상식적으로 검안했습니다만, 그게 결정적인 증거가 되었지요. 상식을 말하기도 어려웠던 시대에 정말 용기있는 의사였어요. 같이 일하는 분들과 뵙기도 했고 기록도 봤는데 정말 훌륭한 의사고, 이분이 아니었으면 결정적으로 밝혀질 계기가 없었을 것 같아요. 그가 경찰의 요청으로 취조실에 가니, 바닥에 물이 흥건했고, 복부에 물이 가득 들어 팽창해 있었고, 폐에 물이 들어가서 사망했다는 것을 직감적으로 인지했고요. 그뒤로 수사관들의 압력이 줄기차게 무섭게 들어왔답니다. 그것을 차분하게 의학도로서 접근한 것이 훌륭하고요. 또 그 기사를 처음 쓴 게 『중앙일보』 신성호 기자였어요. 이런 분들이 첫 단추를 꿰어낸 훌륭한 분인 것 같아요. 이런 내용들을 부분적으로 알게 되면서 저희들은 더욱 답답했어요. 경찰 발표대로가 진실이 아니라고 하지만, 그것을 뒤집을 수 있는 증거 또한 없으니까요.

그러던 차에 박종철 49재가 3월 3일 부산의 어느 절(사리암)에서 있었어요. 각 성당에서도 박종철 고문치사에 대한 미사 봉헌이 계속 이어졌습니다. 박종철의 고향이 부산이니까, 부산 중앙성당에서 미사를 봉헌하게 되었어요. 제가 강론을 맡았어요. 그때 광안리의 분도수녀원에 계시는 수녀들이 많이 왔어요. 그중에서 이해인(李海仁) 수녀가 그 미사에 오신 거예요. 제의방까지 오셔서 "이해인 끌라우디아 수녀입니다." 하고 서로 인사를 나누었고요. 제가 "수녀님은 『샘터』의 고정 필자인데 박종철 죽음에 관한 이야기, 오늘 미사 이야기를 수녀님의 필체로 한번 써주세요." 하고 말씀드렸어요. 그랬더니 수필처럼 소박하게 잘 써주셨어요. 그런데 그런 글을 썼더니 독자들한테 이의 편지가 오더래요. "수녀님은 그저 수녀님 나름의 잔잔한 시만 써주세요. 박종철의 억울한 죽음, 시대적인 아픔은 다른 분들이 많이 다룹니다. 수녀님은 하지 마세요." 이러더라는 거예요. 저는 우리가 하는 것도 중요하지만, 이해인 수녀가 팬을 많이 갖고 있으니, 이분이 그런 내용과 묵상으로 전파하면 큰 힘이 되겠다 싶어 부탁을 드린 건데 그것도 쉽지가 않다는 것을 새삼 알게 되었습니다.

함 신부님이 부산에서 미사 봉헌할 때에는 어떤 내용으로 강론하셨나요?

학생들의 희생, 시대적인 책무, 신앙인의 의무를 되새겼습니다. 박종철의 억울한 죽음에 대한 사연을 이야기했고. 제가 늘 인용하는 창세기 4장을 언급했습니다. 형 카인이 동생 아벨을 죽였지요. 하느님께서 카인에게 "네 아우가 어디 있느냐?"고 물으시니, 카인이 "제가 제 동생을 지키는 파수꾼입니까?" 대꾸합니다. 이에 하느님이 "네 아우의 피가 땅 위에서 하늘 위에서 울부짖고 있다."라고 하면서 카인에게 징벌을 내립니다. 이러한 창세기 내용을 늘 인용하면서 묵상했습니다.

그해 3월과 5월 사이에는 무엇을 준비했습니까? 널리 알려져 있지만, 실제 주인공으로서 무슨 일이 있었는지를 좀더 정확하게 알려주셨으면 합니다.

3월 말에 김정남 씨가 찾아왔어요. 문건 하나를 주면서 "사제단에서 이 부분을 감당했으면 좋겠습니다." 하더라고요. 내용은 박종철 고문치사사건에 대한 것이에요. 고문치사에 가담한 경찰이 더 있고, 그 사건 절차가 축소 은폐되었다는 거예요. 그 사실을 공개적으로 발표해달라는 요지였고요. 내용이 엄청나게 충격적이잖아요. 사실 저도 홍보국에서 일하고 있는데 좀 부담이 되어 어떻게 하나 고심하다가, 동료 신부들하고 상의하고 변호사들하고 상의하면서 준비했어요. 시간이 좀 지체되고 있는데 어느 날 김정남 씨가 "신부님, 그럼 국회의원들이 면책특권이 있으니까 4월 중에 국회에서 국회의원이 공개하도록 추진 하겠습니다."라고 해요. 야당의 실질적인 대표자였던 김영삼 씨한테 도 말씀을 전하겠노라고 해서 좋다고 했어요. 사제단에서 이것을 감당 하기가 쉽지 않아 여러가지 고민하고 있었는데, 마침 면책특권을 가진 국회의원들이 그 일을 할 수 있도록 일을 추진하겠다고 하니 마음이 놓였지요.

그때 김정남 씨는 도피 중이었어요. 수배 중인 이부영 씨를 숨겨주 었는데 이부영 씨가 체포되면서 이돈명 변호사도 구속되었고, 김정남 씨는 도피 중이니 자주 만날 수는 없었고요. 그런데 국회의원들도 자 신이 없어 폭로 못하겠다고 하고, 또 당시에 선명야당을 만든다고 엄 청 탄압받고 있는 터여서 김영삼 씨 쪽도 이 일에 직접 개입하기를 꺼 려서 결국 정의구현사제단밖에 없다고 하는 거예요. 결국에는 십자가 가 되돌아온 거예요. 뜨거운 감자가 다시 왔으니 이것을 어떡하나, 저 도 마음속으로는 너무 어려워서 공개하는 데 관여하는 것을 좀 피하 고 싶었는데 이젠 피할 수가 없게 된 거죠.

그래서 요나 예언서를 묵상했습니다. 1970년대부터 늘 묵상했던 주 제인데 다시 새롭게 다가왔어요. 하느님께서 아시리아의 도성 니네베 에 가서 회개하라고 외치라 하니, 요나 예언자도 엄두가 안 나요. "알 았습니다." 하고는 바닷길로 도망을 가지 않습니까. 도망 가다가 결국 바다에 빠지고 고래밥이 되려다 간신히 다시 나와서 외쳤잖아요. 그런 데 다름 아닌 우리가 바로 도망가려던 요나야. 불교에서는 도망가봤자 부처님 손바닥에 있다는 식으로 표현하는데, 하느님의 계획 속에 있는 것이니 이제 피할 수 없는 거구나 고민하면서 김수환 추기경께 말씀 을 드렸어요.

추기경도 놀라시기에 "이거 변호사들하고 다 상의를 했다."라고 이야기했더니, 선뜻 동의하지 못하시면서 다른 관점에서 걱정을 하세요. 인혁당 사건을 우리가 보지 않았느냐, 그때 우리가 그분들 사법살인을 당할 것으로 누가 상상했느냐, 우리가 너무 강하게 밀어붙여 정권의 퇴로를 마련해주지 않았기 때문에 결과적으로 여덟 분이 사형에 처해진 점은 혹 없을까, 이번 정권도 퇴로 없이 몰아붙이면 감옥에서 쥐도 새도 모르게 그 경찰들을 사살할 수 있지 않을까⋯ 이런 점이 걱정된다는 거예요. 김수환 추기경이 그런 논리를 전개하니까 저도 멈칫하게 되더라고요. 다시 변호사들을 뵙고 추기경의 뜻을 말씀드렸더니, 변호사들이 "절대로 그렇게는 못합니다. 아무리 전두환이 악독해도 이것을 공개했다고 감옥에 잡혀 있는 경찰들을 쥐도 새도 모르게 죽이는 일은 절대 없습니다."라고 해요. 그때는 이돈명 변호사님이 구속되어 계셔서 유현석, 황인철 변호사님과 늘 상의했어요. 이제는 제가 자신감을 갖고 추기경께 변호사들의 말씀을 그대로 전했어요. 그래도 추기경은 그게 불안한 거예요. 인혁당의 아픔이 너무 컸고, 또 한편으로는 저희들을 보호해주려는 인간적인 마음도 있었겠죠. 그 엄청난 것을 왜 너희들이 껴안아야 하느냐⋯

김수환 추기경이 말리니까 저도 핑계 김에 조금 미루면서 잠시 잠잠했어요. 김정남 씨는 숨어 있으니까 인편으로 그에게 전했어요. 추기경이 너무 부담을 느끼시니 신중하게 접근하는 게 좋겠다면서요. 제가 그 당시에 주일이면 구파발성당에 늘 갔어요. 김홍진 신부님이 주임신부인데, 조그만 성당이라 혼자 하니까 저 보고 주일에 도와달라고 해서요. 주일 9시 미사, 어떤 때는 11시 미사를 돕기 위해 늘 거기 갔어요. 어머니 모시고 구파발성당으로 가서 11시 미사 끝나고 벽제 쪽에 가서 냉면도 먹고 그랬지요. 어머니께 효도하는 셈이니까 좋아서 그런 일을 늘 했어요.

5월 18일 하루 전 주일이었던 것 같아요. 구파발에서 미사를 드리는데 거기에 고영구 변호사 부인이 왔어요. 마침 저희들은 명동성당에서 5·18민주항쟁 7주년 기념미사를 봉헌하기로 정해놓고 있었고요. 이 건과는 상관없이 그 미사에서는 김수환 추기경이 강론하기로 계획되어 있었고요. 박종철 사건 진상을 폭로해야 한다는 것은 알지만, 추기경의 우려가 있고 기쁘게 동의하지도 않으시니까, 저도 인간적으로 조금 피하고 싶었기에, 이 건을 적극적으로 준비하지는 않고 껴안고만 있었던 때였어요.

박종철 고문치사사건의 주범이 축소 조작되었다는 사실관계 자체는 검토가 끝나 있었나요? 언제, 어떻게 처리할까 하는 문제만 남아 있었나요?

아, 참, 한달 전에 김정남 씨가 초안으로 준 내용을 갖고 우리가 유현석, 황인철 변호사께 자문을 청했어요. 교구청의 제 방에서 이틀 동안 문서를 꼼꼼히 검토하고 보완했어요. 왜냐하면 이것이 사건화되면 그분들이 저의 변호사가 될 텐데, 법정에서 제대로 방어할 수 있는 완전한 내용들이 되게끔요. 그러면서 제가 자신감을 더 가졌죠. 법적 공방에서 우리 변호사들이 사전에 내용을 완전히 다 정리했으니까, 자신감을 갖고 문건을 준비한 거예요. 준비는 끝냈는데 이런저런 사정으로 주저하고 있던 터에, 그날 미사를 끝내고 났더니 고영구 변호사 부인이 편지를 건네주는 거예요.

고영구 변호사의 등장에 대해서 제가 한마디 해설을 덧붙일까 합니다. 이부영 씨가 1986년 직선제개헌운동의 배후로 수배되고 나서 친구인 고영구 변호사의 집에 은신하고 있었고요. 나중에 이부영 씨가 잡히면 고영구 변호사 대신 이돈명 변호사 집에 은신하고 있었다고 말하기로 맞춰놓았습니다. 이 변호사님은 60대 중반이고 원로 법조인인데다 가톨릭 정의평화위원회 회장이기도 하니까 구속시키지 않을 것이라고 생각했던 거죠.

그런데 붙잡힌 이부영 씨가 이돈명 변호사 이름을 대니까, 당국은 눈에 가시 같았던 변호사인지라, 오히려 잘됐다고 하고 그를 구속시켜 버렸습니다. 그러니 당황한 것은 고영구 변호사였어요. 본인이 김정남을 숨겼다고 자수하겠다는 것을 주위에서 말렸고, 그러다 보니 연로한 이돈명 변호사님이 감옥에서 겨울과 봄을 지내야 하는 상황에서, 고변호사는 이돈명 변호사님을 구출하고 나아가 민주회복을 위해서는 무엇이라도 해야 한다는 절박한 마음을 더하게 되었고요. 그런 상태에서 김정남-고영구-고영구 부인-함세웅 이렇게 선이 이어지는 것 같네요.

예, 김정남 씨가 쓴 편지 내용을 축약하면 이래요. "정의구현사제단에 한국의 정치 운명이 달렸습니다. 전두환 군부독재체제를 이 기회에 타파할 수 있느냐, 아니면 군부독재체제를 연장시키느냐? 그것이 신부님들에게 달려 있습니다. 이것을 공개만 하면 틀림없이 전두환 독재체재는 타파됩니다." 이렇게 읽어보니까 '이젠 어쩔 수 없이 요나구나!' 그런 생각이 들면서, 어머니를 모셔다 드리고 홍제동성당으로 김승훈 신부님을 찾아갔습니다.

5월 18일 전날 말입니까?

네. 그러니까 바로 5월 17일이 일요일 주일입니다. 김승훈 신부한테 갔는데, 김 신부의 어머님이 옆에 계시면서 뭔가 눈치를 채고 안 떠나는 거예요. "어머니, 저, 신부님 하고 이야기 나눌 게 있거든요. 다른 방에 좀 가서 계세요." 그랬더니 "나, 다 알어." 그러셔요. 그러면서 안 나가시는 거예요. 아, 연세 드신 분이 이거 들으시면 안 되잖아요. "에이, 다른 내용이에요, 아시긴 뭘 알아요." 하니까, "내가 어제 꿈을 꿨는데 우리 (김승훈) 신부가 큰 웅덩이에 빠졌다."라는 거예요. "큰 깊은 웅덩이에 빠졌는데 성모님께서 손을 잡아주셔서 이렇게 끌어올려주셨어. 이런 꿈을 꾸었기 때문에 내가 다 알어, 네가 뭘 이야기하려는 건지. 우리 신부한테 지금 큰 어려움이 닥치는 거지." 이러시는 거예요. 그래서 "아, 그래요." 하고 차 한잔 마시고 어머님은 다른 방으로 모셔놓고, 우리 둘이 이야기했어요.

어떻게 김승훈 신부님을 설득하셨나요. 사전에 이 건으로 서로 이야기가 오고 갔습니까?

일단은 김정남 씨가 쓴 편지를 줬어요. 설명하지 않고 "신부님, 읽어보세요." 하면서요. 김승훈 신부님은 쭉 보시더니 "어떡하면 되지?" 물으세요. "신부님, 이번에 신부님이 꼭 감옥에 가셔야 합니다."라고 답했고요. 왜냐하면 김승훈 신부님이 정의구현사제단 대표고 제일 연

장자예요. 당시에 하나의 예우처럼 "단장님, 단장님" 불렀고요. 사제
단이니까 김 신부님을 늘 단장님이라고 불렀어요. 그동안 김 신부님은
경찰이나 정보부에 가서 조사는 받고 나오셨지만 옥살이는 안 치르셨
거든요. 1976년 3·1민주구국선언사건 때는 불구속으로 재판받았고요.
'단장'이면 '별'을 따야 한다는 맥락에서 한 말이었어요. 김 신부도 물
론 잘 아시지요. 이분 특유의 웃음이 있어요. 웃으면서 "알았어, 알았
어!" 그래요. "신부님, 제 이야기 잘 들으세요. 잡혀가서 하여간 묵비권
을 쓰든지 어쩌시든지 제 이름을 대면 안 돼요. 저는 밖에서 일해야 하
니까, 신부님 선에서 다 처리를 해야 해요." 하면서 다짐하라고 몇번을
이야기했어요. 저보다 3년 선배니까 "알았어 알았어." 하는 그 말을 듣
고는 명동성당에 돌아왔어요.

　이돈명 변호사님이 그 혐의를 덮어쓰고 구속됨으로써, 이부영 씨는
이부영 씨대로 미안하여 감방 안에서 고문조작 사실에 대한 정보를
모아 밖으로 전달하고, 김정남 씨는 김정남 씨대로 미안하여 폭로를
준비하고, 고영구 씨는 고영구 씨대로 미안하여 절박한 마음으로 나서
고… 그 절박함이 함 신부님을 압박하고, 함 신부님은 또 김승훈 선배
신부를 끌어들이고요. 김승훈 신부님의 선선한 승낙이 이례적이네요.
'감옥 가야 합니다'라는 압박도 웃음으로 수락하시고요.

　김 신부 특유의 표현이 있어요.

　그런데 바로 다음 날 결행할 예정이잖아요. 시간이 촉박할 텐데요.

다음 날이 추기경이 주관하는 5·18기념미사인데, 그건 그것대로 중요하고요. 무엇보다 추기경께 부담을 안 드려야 하잖아요. 일단 미사 때는 추기경이 강론하고 퇴장하시고, 그뒤에 김승훈 신부님이 발표한다는 계획을 짰어요. 김수환 추기경을 우리가 보호한다고나 할까. 하여간 추기경의 신변을 생각하는 의미에서 그렇게 순서를 짰어요. 그날 밤에 교구청에 돌아와서 홍보국 직원이 1천장을 앞뒤로 다 복사했어요. 그때는 복사 기계가 안 좋아서 몇백장 복사하면 기계에 열이 나서 작업을 빨리 못해요. 그것을 앞뒤로 한장으로 만들어야 좋으니까.

그럼 추기경은 사전에 몰랐습니까?

밤늦게 복사를 마친 다음 추기경 방으로 갔더니 다음날 미사의 강론을 쓰고 계시더라고요. 저보고 읽어보라면서 본인이 쓰신 원고를 주세요. 그런데 제가 상상한 것보다 강도가 훨씬 센 거예요. 광주에 관한 이야기지만, 박종철에 대한 강론 내용이 있잖습니까. 하느님이 카인에게 "네 아우가 어디 있느냐." 하는 성경을 인용하면서 국가공권력의 책무성 등을 언급하신 건데, 아마 추기경의 강론 중에서 제일 강했던 것 같아요. 그걸 읽고 저는 너무 좋아서 다른 말은 않고 "너무 좋습니다!"라고 했습니다.

이어 추기경께 이렇게 말씀드렸어요. "내일 이렇게 진행됩니다. 미사 끝나면 추기경님은 나가십시오. 그뒤에 저희가 합니다. 그냥 알고만 계세요." 무슨 내용인지는 거듭 이야기할 필요가 없으니까, 그저 이렇게만 말했어요. "내일 발표하기로 했습니다. 변호사님과도 합의를 봤습니다." 그분은 법적인 책임 때문에 변호사와 이야기해야 해요. 추기경은 이 문제에 대해서는 모르는 걸로 하고 미사 끝나고 곧바로 나가시는 걸로 합의를 봤어요. 강론도 그 자체로 쎘으니까 걱정은 하셨어요. 내일 잘되겠구나 하면서 돌아왔습니다.

드디어 5월 18일이 밝아오나 봅니다. 그날 미사는 몇시에 시작했습니까?

오후 6시. 5월이니까 환하지요. 기자들한테 미리 귀띔을 좀 했어요. 그저 중요한 문건을 발표한다고만 했어요. 미사가 끝나고 추기경 나가시고 난 뒤에 준비한 유인물을 나눠줬어요. 그런데 젊은 학생들이, 5월 18일이니까 학생들이 성당 쪽에 와서 미사에 참석할 생각도 않고, 경찰과 결사적으로 부딪치면서 화염병을 던지는 거예요. 명동성당에서 화염병 던진 게 그게 처음이에요. 제가 너희들은 가만히 있으라고 야단을 쳤어요. 이슈가 다른 곳으로 흘러가면 안 되니까 야단치면서 유인물을 학생들에게도 줬거든요. 그랬더니 학생들은 조금 하다가 잠잠해졌어요.

통상은 미사가 끝나면 신자들이 나가버리지 않습니까?

네. 나가죠. 그날은 제2부가 있으니까 앉아 계시라고 사회자가 미리 공지를 했어요. 마무리로 파견 성가 하면서 추기경은 퇴장하시고. 성가가 끝나고서는 "모두 앉으십시오. 정의구현사제단의 발표가 있겠습니다." 이렇게 공지했어요.

그러면 추기경은 퇴장한 상태고 그다음에 어떻게 됐습니까?

김승훈 신부님이 광주항쟁 7주년에 대한 회고와 함께, 아까 말씀드린 그 성명서를 그대로 발표했죠. 그게 저녁 7시였어요. 제목은 '박종철 고문치사사건의 진상이 조작되었다'이고, 천주교정의구현전국사제단의 명의로 발표했어요. 골자는 다음과 같습니다.

1. 박종철 군을 직접 고문하여 죽게 한 하수인은 따로 있다.
2. 범인 조작의 각본은 경찰에 의해 짜여졌고 또 현재도 진행 중에 있다.
3. 사건의 조작을 감당하고 연출한 사람들은 다음과 같다.
4. 검찰은 사건의 조작 내용을 알고 있으면서도 밝히지 않고 있다.
5. 이 사건 및 범인의 조작 책임은 현 정권 전체에 있다.
6. 박종철 고문치사 사건의 진상은 다시 규명되어야 한다.
7. 조한경 경위와 강진규 형사에 대한 재판은 공개되어야 한다.
8. 이 사건의 조작에 개입한 모든 사람은 처벌되어야 한다.
9. 박종철 군의 죽음은 결코 헛되지 않도록 해야 한다.
10. 이는 우리 사회의 양심의 척도가 될 것이다.

마지막은 "우리 사회가 진실과 양심 그리고 인간화·민주화의 길을 걸을 수 있느냐 없느냐 하는 중대한 관건이 이 사건에 걸려 있다."로 맺었습니다.

다른 글을 보니까 김승훈 신부님이 제대에 머리를 숙여 거의 엎어지다시피 했다는데요.

아마 크게 절을 하셨겠죠.

그것을 읽었을 때 듣는 분들의 반응은요?

놀라고 의아해했죠. 그런데 성당 안이니까 그 안에서 크게 동요하거나 그렇지는 않았습니다. 끝나고 기자들은 자기들이 그것을 '요리'하지 못하니까 답답해했고요.

그럼 바로 그 자리에서 기자들이 질문을 했습니까?

성당에서 할 때 질문은 없습니다. 발표만 합니다. 그런데 기자들의 첫 반응은, 그게 얼마나 중요한 문건인지는 모르겠다는 거였어요.

이제 그 성명서가 사방에 퍼지면서 어떤 반응이 있어났나를 들을 차례입니다.

김승훈 신부님은 발표 후에 곧바로 피정을 떠났어요. 안양 아론의 집으로. 원래 한주일 동안 사제들은 떨어져 나가서 기도하는 시간이 있습니다. 김 신부의 피정 시기가 우연히 그때였어요. 신문에는 이틀이 지나도 나지 않았어요. '이거 왜 안 나지' 이러고 있는데 사흘째인 것 같아요. 『동아일보』에 한 서너줄 보도가 되었습니다. 이제 됐다, 우선 공개가 되었으니까 됐다 이랬더니…
나중에 검찰 소식을 들었는데요. 한마디로 검찰에서 난리가 났었다고 그래요. 그 즉시 국무총리가 바뀌고, 법무장관과 내무장관이 바뀌고, 검찰총장과 치안본부장도 다 바뀌고, 권력의 실세였던 장세동 안기부장도 물러났으니까요. 완전히 폭풍이 몰아친 것이지요. 그러면서 이종남 씨가 검찰총장이 되었어요. 그 당시엔 이종남 씨가 누구인지 몰랐는데 나중에 종종 만났어요. 그다음 한영석 씨가 중수부장이 되었고요. 이종남, 한영석 두분 모두 가톨릭 신자였어요. 그게 이 사건이 잘 진전되는 데 상당한 도움이 되었어요. 황인철, 유현석 변호사님을 뵙고 여러모로 대처하고 있는데…

이렇게 되면 신부님도 명동성당도 눈코 뜰 새 없이 바빠졌겠는데요.

신문에 나가고 크게 보도가 되니까 교구청도 난리가 난 거예요. 기자들이 홍보국으로 몰려오는 거예요. 김승훈 신부님은 "모든 문제는 함 신부님이 압니다."라고 해놓고 아론의 집으로 피정을 가버렸고요. 피정 때는 외부 사람을 일체 안 만나요. 만일 수사권이 발동된다고 하더라도 기도하는 사제를 끌고 가기 쉽지가 않을 것이고요. 그래서 일단 한주일은 거기가 보호장소가 되기 때문에 잘됐어요. 그러다 보니 제가 기자들을 다 맡아야 하잖아요. 유현석 변호사와 황인철 변호사께 계속 자문을 받으면서 신중하게 기자들과 이야기를 나눴어요.

기사가 나간 후에 여러 사람이 찾아왔어요. 우선 한영석 중수부장이 왔어요. "새로 된 검찰총장과 자기가 총책임자인데 책임있게 객관적으로 하겠습니다. 그러니 신부님이 아시는 정보는 모두 주십시오." 라고 해요. 황인철 변호사와 동기예요. 황 변호사님이 저보고 "신부님, 그럼 중수부장에게 '보도된 모든 내용을 구속 중인 조한경 경위와 강진규 경사에게 다 보여주라'고 요구해주세요"라는 거예요. 그래서 중수부장에게 "지금까지 모든 신문의 내용을 그분들에게 보여준 뒤에 나에게 오라."고 했어요. 그분들이 신문들을 읽고서 난리가 난 거예요. 경찰 간부들 다 날아가고, 윗선도 본격 수사대상이 되고 그러니까요. 그러더니 가족들을 만나게 해달라고 그랬대요. 가족들도 보도내용을 아니까, 조한경의 형이 저를 찾아온 거예요. 그래서 조한경의 부인, 형, 가족들을 제가 만났습니다.

그때쯤에 우리가 2차 성명서를 발표했어요. 옥중에서 이부영 씨가 적어 내보낼 때 구술로 들은 것을 토대로 했기에 고문경관 이름 중 틀린 게 있었어요. '반금곤'을 '방금곤'으로 잘못 썼어요. 이름이 미세하게 틀리니까 기자들이 잘못된 추리를 많이 하기도 했어요.

몰라서 틀렸느냐, 아니면 떠보려고 일부러 틀리게 했느냐 하는 억측들이 많았지요.

이런저런 해석이 많은 거예요. 만나서 가족들의 이야기를 듣는데, 조한경 경위의 형 이야기가 참 눈물 나요. "제가 신부님을 찾아온 이유는 신부님밖에 신뢰할 사람이 없기 때문입니다." 그러면서 남영동 대공분실의 당시 책임자가 박처원이고, 정말 이분들이 대공수사단에서 나라를 지키는 반공의 수호자인 줄 알았는데, 만나보니까 이건 순전히 조직폭력배더래요. 그래서 어떻게 이런 사람들이 나라를 지킬 수 있나 하고 근원적인 회의가 온 거예요. 돈 주겠다고 회유만 하고 진상을 밝힐 생각은 전혀 하지 않아요. 그저 은폐할 생각만 하는 거예요. 범죄를 은폐하고자 하는 게 완전 조직깡패단이 아니고 뭐예요. 그래서 이분이 회의를 느꼈어요. '이들이 어떻게 나라를 지킬 수 있는가. 다 거짓이구나. 내가 용기를 갖고 사제들을 만나야겠다.' 그래서 그분이 오신 거예요. 평범한 시민이 그런 말을 하는 걸 보고 놀랐어요. 고문 은폐자를 조직폭력배로 생각할 정도의 의식있는 분이구나 하고요. 저도 그런 사람들 두루 만났지만 그들을 조직폭력배나 깡패라고 생각해본 적은 없었거든요. 그저 공권력의 '남용' 정도로만 생각했는데 그분이 그렇게 핵심을 찌르는 거예요. 그러니까 저도 믿고서 대화할 수가 있었죠.

조금 전에 한영석 중수부장 등과 얘기가 잘 통했다고 하셨는데요.

한영석 중수부장이 마침 가톨릭 신자니까, 제가 사제로서 조금은 무리하게 공격을 했어요. 지금 같았으면 조금 부드럽게 했을 텐데, 그때만 하더라도 40대니까 공격적으로 대응했어요. 그리고 중수부장이 제 방을 찾아왔다니까 변호사들이 놀라워해요. 그런 일은 있을 수 없다는 거예요. 얼마나 다급하면 그랬겠어요. 한편으로 중수부장을 경계하게 되는 거예요. 저 사람은 권력자 편에서 하겠지, 그런 생각이 있었고요.

검찰의 조사 끝에 2명 이외에 상급자로서 3명이 더 구속됩니다. 그러고 나서 황적준 부검의사의 일기가 공개되면서 축소은폐를 지시한 최상급자로 강민창 치안본부장과 박처원 씨가 구속되기에 이릅니다. 박종철 사건 당시 1차로 2명, 2차로 3명, 3차로 2명, 이렇게 일선 경찰로부터 치안본부장까지 모조리 처벌받으면서 경찰로서는 줄초상을 맞은 셈이지요. 더욱이 그때의 고문경관들은 1970, 80년대 대공수사와 고문수사의 중심에 있던 자들이고, 그래서 박처원을 위시한 공안경찰의 뿌리가 뽑힐 지경이었다는 사후 평가도 나오기에 이르렀습니다.

이제까지 박종철 고문치사를 둘러싼 역사적 폭로의 내막을 들었는데, 궁금한 점을 하나하나 짚어보고 싶습니다. 1월에 박종철 고문치사를 폭로하고 처벌하는 과정에서도 우여곡절이 많지 않았습니까. 처음엔 치안본부와 전두환 정권이 고문치사 사실 자체를 은폐하려고 했고요. 오연상 의사가 시신을 검안하면서 물고문의 개연성을 인정했고, 부검의인 황적준 씨가 물고문으로 부검의견을 작성했고, 언론이 이를 크게 문제 삼으면서 결국 경찰 2명이 구속됐지요. 이어서 고문에 항의하는 민주화세력의 움직임이 3월 3일 박종철 49재를 전후하여 들불같이 일어났고요. 그런데 그 단계까지는 사제단이나 함 신부님이 본격 개입하지는 않은 건가요?

초기엔 가톨릭 차원에서 특별한 기운은 없었고, 성명서를 발표하고, 의견을 개진하고, 주보에도 소식을 낸 것 같아요. 아까 말씀드린 대로 부산에서 미사를 봉헌하며 강론도 했고요. 물론 늘 모이면서 정보를 공유해왔고요.

김정남 씨가 함 신부님께 가져온 것은 이부영 씨 편지 자체였습니까?

그 과정은 대체로 이래요. 이부영 씨가 영등포교도소에 잡혀가 있었는데, 묘하게도 박종철 고문경관 2명이 거기로 온 거예요. 그런데 그 경찰들이 하소연하고 울기도 하고, 면회 온 치안본부 상급자와 다투기도 한 거예요. 면회에 입회한 교도관들이 그 하소연을 들으면서 사건의 정황을 파악하게 되었어요. 그런 내용을 교도관들이 이부영 씨에게 전하자, 이부영 씨는 그 사안의 중대성을 절감하고 교도관들을 통해 추가취재를 하고, 그것을 메모해서 김정남 씨에게 보낸 거지요.

그 메모를 밖으로 김정남 씨에게 반출시킨 분이 한재동 교도관이라고 최근 밝혀졌지요.

네. 그 당시 교도관이었죠. 제가 감옥 있을 때 만났어요. 1970년대 서울구치소에서부터 저희들을 도와줬던 전병용 교도관의 바로 동지이고 후배니까. 한재동 교도관이 이부영의 메모를 두차례에 걸쳐 전병용 씨에게 전해줬어요. 전병용 씨는 유신 말기에 교도관에서 해직되었는데, 당시에는 수배 중이었어요. 김정남 씨는 그 쪽지를 기초로 주변 정황 자료도 참조하여 종합적으로 정리한 것을 제게 준 것이지요. '이러이러한 사건이니 신부님이 꼭 공개해야 한다'는 거였어요. 저희들은 뭐, 직감이라고나 할까 그 내용을 보자마자 더 조사하지 않아도 충분히 그럴 수 있겠다는 느낌이 확 왔어요. 사실관계는 전적으로 신뢰가 가는데, 그때부터 공표까지는 '십자가'였지요.

3월 말부터 편지를 가져온 것은 김정남 씨였습니까?

네. 명동의 교구청으로 왔어요. 사건 내역을 정리한 문건을 갖고 왔지요. 교구청이었는지 수녀원인지 만난 장소는 확실히 기억이 나지 않네요.

만나서 처음에… 그때 한번 만났습니까?

김정남 씨도 곧 수배됩니다. 수배되기 전에는 꽤 만났어요. 그 얘기 갖고 상당히 많은 대화를 나눴어요. 민주당 의원 중에서 발표하도록 할 것인가, 그런 논의도 했고요.

처음부터 김정남 씨는 사제단에 발표를 의뢰한 건가요?

맞아요. 사제단에 발표를 의뢰한 거죠. 그런데 제가 여러가지로 힘들어하니까, 김정남 씨가 야당 쪽에서 발표할 수도 있지 않겠느냐고 제의했어요. 다른 때에는 제가 혼자 결단을 내릴 수 있는데, 당시는 교구 홍보국에서 일하고 있고, 이게 사건이 되면 교구 차원에서 문제가 될 수도 있으니까 좀 부담스럽잖아요. 제가 조금 망설이니까 우리를 편하게 하려고 '면책특권이 있는 국회의원 쪽으로 하겠다'고 한 거였지요. 저는 그게 낫겠다며 추진해보라고 했고요. 추기경께는 그런 내용과 진행상황에 대해 전해드리곤 했죠.

만일 발표하게 되면 진상을 둘러싼 치열한 정치적 싸움이 전개될 것 아닙니까. 그때 진실을 얼마나 밀고 갈 수가 있느냐 하는 것도 걱정거리지요. 저 사람들은 감옥을 장악하고 있고, 관련 경찰들을 독점적으로 접촉할 수 있는 입장이잖아요. 그로 인한 정치적 부담도 만만찮았을 것 같기도 합니다만…

그런 의미에서 정치인들이 발표하면 의미가 달랐을까요? 그래도 면책특권 갖고 발표하면 공개가 되고, 신문사에서 다 받을 테니까… 진실이 너무 명료하니, 논쟁대상이 될 것 같지는 않은데요.

논쟁이 되거나 깔아뭉개거나… 권력은 언론을 장악하고 있으니, 야당이 생떼로 덮어씌우는 거다, 이런 유의 이야기들도 내면서 억지스럽게 비틀 수도 있었을 것 같습니다. 여론을 통한 왜곡은 당시 일상적이었으니까요. 또한 당시엔 헌법개정을 둘러싼 치열한 논쟁이 진행되고 있었으니까, 그런 발표를 정치공세의 하나로 치부해버릴 수 있잖아요. 그런데 사제단은 그런 정치논쟁의 직접 당사자가 아니잖아요. 그리고 그동안 사제단이 쌓아온 신뢰감이 있으니, 사제단이 발표하면 진실로서 받아들이게 되잖아요. 그건 그렇고, 전반적인 진행과정이 우연의 연속 같기도 하지만, 이렇게 여러 과정을 거치면서 비밀유지도 잘되고, 최상의 형태로 진행된 게 하나의 '섭리의 오묘한 작용'이라고 볼 수 있지 않을까요? 종교적으로는요.

저희들이 일을 할 때 인간적으로 두렵기도 하여 피하고 싶지만 '꼭 해야 한다'는 것을 성서적 틀 안에서 해석하니까 섭리라는 말이 나올 법도 하지요. 요나 예언자가 늘 저희들에게 묵상의 귀감이 되는 거죠. 그리고 발표의 짐을 떠맡은 김승훈 신부님! 믿음이 참 소박하고 단순해요. 무슨 일을 부탁드리면 묻지도 않으세요. 그러고는 "그래!" 대답을 편안하게 해주세요. 후배들이 걱정하면 "걱정하지 마. 하느님이 다 해주시는데. 우리는 우리 할 것만 하면 돼." 늘 이러세요. 사람들이 할 것을 제대로 하고 그래야지, 무조건 하느님이 해주신다고 하면 되느냐고 제가 논박하면, 껄껄 웃으면서 "아, 그래도 하느님이 다 해주셔." 그래요. 그분 특유의 표현이에요. 그 참 소박한 믿음! 후배들에게는 참으로 큰 가르침을 주셨어요.

추기경의 강론, 군사독재를 정면 공격

1987년 민주화 과정에서 중요한 전환점으로 4·13 호헌조치를 꼽을 수 있겠는데요. 그때 전두환 씨가 현행 헌법대로 대통령 선거를 치른다면서 개헌논의에 찬물을 끼얹었습니다. 체육관 선거로 군부독재를 연장하겠다는 속셈을 노골화한 거지요. 전두환 씨가 4·13 호헌조치를 발표할 때, 제 느낌은 1979년 10·26 이후 공안합수부장으로 전두환이 처음 텔레비전에 등장할 때 그 살기어린 모습의 재현 같았어요. 이젠 모든 반대는 단호하게 치고 나간다는 것처럼 보여서 완전히 초긴장이 되고 먹구름이 가득한 듯했습니다. 그런데 정말 놀란 것은 그다음 날 김수환 추기경의 강론이죠. 추기경이 이제 전면에 나서는구나 하는 느낌이었습니다. 이번에 다시 한번 읽어봤습니다. 곧바로 어떻게 이렇게 표현할 수 있는지 참으로 궁금합니다.

국민은 있어도 주권은 없고 신문방송은 있어도 언론은 없으며 국회와 정당은 이름뿐이요, 힘만 있고 정치는 없는 공허 속에서 우리는 살고 있습니다. 국민은 민주화가 정략의 도구로 쓰여지고 밝은 정치의 새 시대를 열 것으로 기대되었던 헌법개정의 꿈은 무참히 깨어졌습니다. 마지막 순간까지 우리는 통치권자의 마음을 비운 결단을 기대했지만 막상 내려진 이른바 고뇌에 찬 결단은 한마디로 말해서 국민에게는 슬픔을 안겨주었고 생각하는 이들의 마음은 더 큰 고뇌로 가득 차게 되었습니다. 이 땅에는 다시금 최루탄이 그칠 줄 모르고 터지고 국민의 눈과 마음 깊은 곳에서 눈물이 마를 날이 없게 되었습니다.

그러고 나서 마무리는 이렇게 했습니다.

현실의 정치가 아무리 허망하고 사회의 모든 현상이 아무리 어려워 보여도 우리가 실망하지 않고 진리와 정의, 사랑의 불을 지피면서 살면 주님은 억압된 민중의 짓밟힌 인간성을 반드시 살려주실 것입니다. 얼어붙었던 산과 바위틈에서 이 봄의 진달래꽃이 환히 피어나듯이, 이 땅에도 인간다운 삶의 꽃이 피어나도록 부활하신 주님은 당신 생명의 물을 주실 것입니다.

종교적 표현과 시적 표현이 종합되어 얼어붙은 산하에 진달래꽃 피어나듯, 부활의 희망을 심어주는 것으로 종결됩니다.

그 부활절 미사는 아마 정의평화위원회하고 같이한 것 같아요. 기도회는 미리 예정이 되는데, 그뒤에 어느 사건이 나면 기존에 써놓은 것에 더해 시대적인 메시지를 담게 되니까 그렇게 담은 것 같아요. 통상 정의평화위원회에서 미사 할 때는 교회 공식적인 차원에서 함께하고, 그렇게 하기엔 조금 부담이 될 때에는 정의구현사제단이 앞장서서 하고요. 이렇게 역할을 분담하면서 했지요. 그때 추기경은 적시에 자문을 받아서 아주 잘하셨어요.

이런 것은 추기경님이 직접 쓰시나요?

강론 원고는 언제나 그렇지요. 또 시국에 관한 것이 포함될 때는 변호사들의 자문을 받으시고요.

4·13 호헌조치처럼 권력이 정면으로 공세전에 나설 때, 보통은 뜸을 들이고 눈치를 좀 보고, 그러다가 반대성명을 낸다든가 하잖아요. 모두가 숨을 죽이고 잠시 관망하는데, 다름 아닌 추기경께서 초강도의 비판을 내셨거든요. 그게 준 충격파는 대단했습니다. 이제 전두환 군부독재와의 정면투쟁의 신호탄을 올린 느낌, 그리고 추기경께서 첫 선전포고를 하면서 민주화투쟁의 총사령관 역할을 자임하고 나선 느낌이었습니다. 곧이어 대한변호사협회의 반대성명이 나오고요. 한국에서 강력한 정신적 힘을 갖고 있는 주요 단체들이 한주도 지나지 않아 전면에 나서는 모습이지요. 사제단은 어떻게 대응했습니까?

박종철의 억울한 죽음 밑에 깔려 있던 분노와 아픔… 저희 사제단 측에서는 광주 학살의 아픔을 기억하고 있으니까, 광주의 사제들이 먼저 앞장을 섰어요. 신부들 모임을 가질 때면 광주 사제단 분들은 조금

명동성당 앞에서, 정의구현사제단의 미사. ⓒ연합뉴스

강한 의견을 제시하고, 타 교구 사제들은 너무 강하게 하면 안 된다고 하여 의견이 잘 모아지지 않았는데, 그때 마침 4·13 호헌조치가 났어요. 광주교구 사제들이 전체 사제들의 의견을 모으다가는 속도있는 진행이 어렵겠다는 걸 알고 결단을 내렸어요. 전국 사제단과 상관없이 광주교구 사제단에서 호헌조치 결사반대를 위한 단식기도를 하겠다고 했어요. 광주로부터 시작된 거지요.

그러니 그동안 신중한 의견을 냈던 타 교구 사제들이 부끄럽잖아요. 며칠 뒤에 전주, 대전, 이렇게 올라오면서 서울, 대구까지 돌았어요. 전국 신부들이 300여명 이상 단식에 참여합니다. 한주일씩 릴레이 식으로요. 각 교구마다 여기서 한주일 끝나면, 다른 곳에서 한주일⋯ 이렇게 4월 전체가 사제단 모임을 했어요. 특히 서울 같은 데는 상징성이 있으니까, 전체적으로 젊은 사제들 몇백명씩 모인 거예요. 서울교구 자체에서 '서울교구 사제단 비상회의'를 열었어요. 과거에 서울교구 차원에서 그런 일까지는 없었어요. 저희들도 사제회의를 개최할 것을 추기경에게 권고했고요. 비상회의는 두차례 열렸어요. 거기엔 연세가 있거나 이에 반대하는 신부들은 안 오고, 젊은 사제들은 거의 다 모였어요. 이처럼 4월은 전체적으로 각 교구별로 신부님들이 단식기도를 했어요. 6·10항쟁 때에도 단식을 했고요.

신부들이 단식하니까 신자들이 합세했어요. 5월에는 고려대에서부터 교수 시국선언이 나오기 시작했고요. 이문영 교수님을 중심으로 해서 첫번째 교수 선언문이 나오니까 여러 대학에서 시국선언이 이어지고, 가톨릭대학까지 이 대열에 나섰답니다. 그해 4월과 5월은 전두환의 4·13 호헌조치에 맞서 싸우는 종교인, 시민, 교수, 지성인의 함성이 드높았죠. 5월 18일 사제단의 박종철 고문조작 관련 성명서, 이게 그러한 흐름의 한 정점을 이루었던 것 같아요. 나중에 그 일련의 과정을 신앙 안에서 해석하면서 참 우연만은 아니었고, 다 준비된 상황에서 이루어졌다는 것을 깨닫게 되었습니다.

4월 13일 호헌조치 이후 추기경의 성명, 사제들의 단식기도, 비상사제회의, 박종철 고문조작 폭로 등을 지켜보면서 당시 천주교에 대한 국민적 기대감이 대단했지요. 그러한 움직임을 추진해가는 천주교 내부의 동력 혹은 사제들 내부의 동력이 6·10항쟁의 한 핵심동력이 아니었던가, 국민의 기대가 워낙 컸기에 6월 10일 밤 명동성당에 시위대가 결집한 게 아닌가 하고 평가할 수도 있겠습니다.

시대적인 요구였던 것 같아요. 저희들이 상징적으로는 큰일을 했습니다만, 그건 민중들의 염원, 시대의 염원이 저희를 통해서 제일 예민하게 표출된 것뿐이죠. 그 당시는 저도 감동스럽게 앞장서서 일했습니다만, 국민 모두가 이에 공감하는 뜻을 갖고 있었기 때문에 그 활동들이 가능했던 거지요. 20~30년 지나 뒤돌아보면 교회공동체도 기회주의적인 속성이 있거든요. 될 만할 때 나서지, 그렇잖으면 절대 안 나서요. 그때의 의미는 교회가 선구자로서 예찬받기보다는 시대의 징표를 민감하게 읽어냈다고나 할까, 그런 면을 평가할 수 있을 거고요. 다른하나는 집회가 늘 보장되어 있는 곳이 성당이니까, 그 보장된 공간 속에서 민의가 표출되었다고 해석하는 게 맞는 것 같아요.

천주교 내부로 들어가 당시 추기경의 역할, 사제단의 역할, 신부님의 역할 등 내부 역할들의 상호작용은 어떻게 됩니까?

당시 정의구현사제단의 총무는 송진 신부였고요. 1976년 신부가 된분이고 비슷한 연배의 사제들이 젊고 강직한 좋은 분들이에요. 그분들이 조직적으로 각 교구의 대표로 아주 체계적으로 일했어요. 저는 그저 중간에서 사제들의 뜻을 추기경께 전해드리고, 또 추기경의 뜻을 사제들에게 전해주면서 매개 역할을 한 셈이죠. 제가 교구청에 몸담고 있었기 때문에 앞장서지는 않고 정보만 제공해주었고요. 그러면 그 신부들이 연대하며 앞장서서 하는 그런 때였어요. 우리 역량이 무르익은 때라고나 할까요.

후배 그룹들에 송진 신부 외에 또 누가 있습니까?

각 교구에 책임자들이 있었어요. 송진 신부는 말씀드린 것처럼 사제단 총무였고요. 김승훈 신부님은 우리가 상징적으로 대표라고 불렀던 것이고요. 각 교구마다 대표들이 있어서 교구에서 합의된 내용들을 토대로 일했습니다. 광주 같은 경우는 남재희 신부였던 것 같아요. 전주에서는 문규현 신부였겠죠. 각 교구마다 연락을 책임진 신부가 있었고. 하여간 연락이 참 잘 되었습니다.

김승훈 신부께 "이번엔 감옥에 가셔야 됩니다."라고 말씀하셨을 때 정말 감옥에 잡혀갈 것이라고 생각했어요? 법적으로는 무슨 죄목으로요?

그땐 뭐 이유가 없잖아요. 전두환 군부독재에서야 뭐 이유가 있나요. 정권의 존폐가 달려 있는 상황인데, 광주학살을 자행한 자들이 가만둘 리 없으니 감옥에 갈 것이라고 예상한 것이지요. 어쨌든 사건화되면 변호사들이 다 준비하고 계셨기에 한편 든든하면서도 과연 형사사건으로 꾸밀지 어떨지 변호사님들도 자신을 못하셨어요. 나중에 이종남 총장을 만나고 하면서, 알고 보니까 검찰과 경찰 간의 내부적 갈등이 있었고, 때에 따라 내부에서 사실을 왜곡하고 조작까지도 했더라고요. 경찰 내부에 하도 응어리가 곪아 터질 지경이 됐는지라, 우리 사제단이 발표했을 때 검찰에서도 차라리 좋아했다는 이야기도 있었어요. '올 것이 왔다, 잘됐다'고요. 그런 경찰과 검찰의 갈등, 이런 게 공개적으로 문제가 확산되는 데 한몫을 한 거겠죠. 그렇지 않았다면 전부 합세해서 조작하고 억눌렀겠죠. 다른 한편, 안기부와 경찰이 대공수사를 독점하고 검찰은 별로 관여를 못했기 때문에 검찰 자존심도 있었겠고… 여러가지가 얽혀 있었던 것 같아요.

폭로 사실이 아주 구체적이면 정권 차원에서도 무턱대고 덮어버리거나 왜곡하기도 어려워집니다. 김근태(金槿泰) 씨에 대한 고문을 완전히 은폐하지 못한 것도, 고문폭로가 날짜별로 구체적이고 내용적으로도 생생하고, 게다가 김근태 씨가 고문자들의 실명과 직함을 정확하게 대면서 진술하지 않았습니까. 탄원서를 제출하니까 그걸 재판자료에서 말소시킬 수도 없고요. 이런 교훈을 너무나 잘 아는 변호사들이 5월 18일의 문건 준비에도 관여했고요. 역시나 발표 내용이 구체적인데다가 경찰의 이름과 직책까지 정확하게 나오니까, 섣불리 덮거나 왜곡하려다가는 사제단이 제2탄, 3탄을 터뜨릴 때 더 치명타를 맞는다, 그러니 발표된 만큼은 인정하고 봉합하자, 이랬던 것 같아요. 그런데 사실은 5월 18일 발표한 내용이 알고 있는 전부였고, 은폐왜곡에 대비해 이를 반전시킬 비장의 카드는 별도로 보유하고 있지 않았지요?

그게 다죠. 그러고 나서 그 가족들을 만나서 더 상세한 회유의 전말을 알게 되었는데, 그건 5월 18일 이후죠.

5월 17일 한밤중에 문건 복사하던 일은, 꼭 일제 때 독립선언서 몰래 인쇄하던 것처럼 조마조마했겠습니다.

만일에 사건화가 되면 홍보국에서 복사했음이 밝혀질 수 있고, 복사기를 압수당할 것 아니에요. 그때 복사기가 매우 낡았어요. 헌 것이니까 압수당해도 괜찮다…

그런 생각까지 해야 하는군요. 발표자로 왜 하필 김승훈 신부님을 택했을까요?

　정의구현사제단 대표이시고… 누군가 책임을 져야 하잖아요. 그런데 우리 동료들은 고생도 하고 잡혀가기도 하고 그랬는데… 또 김 신부가 늘 준비되어 있으셨어요. 저희들이 고생할 때 당신이 불구속 재판 받으신 것에 대한 부채감도 좀 있었고요. 업무 분담인 셈이죠.

　돌아가면서 부담을 나누는 의미도 있겠네요. 이 건으로는 김승훈 신부님을 5월 17일에 처음 찾아간 겁니까?

　아니죠. 우리는 늘 수시로 만나죠. 그러니까 말씀드리지 어떻게 처음 찾아가서 그런 엄청난 이야기를 꺼낼 수 있나요. 늘 만나고, 중간중간에 조금씩 이야기하고요. "박종철 고문에 대한 진상조작 관련인데, 지금 중요한 일이 진행되고 있고 때가 되면 신부님이 다 알게 되실 것이다. 그것으로 전두환 정권을 무너뜨릴 수 있을 것 같다." 이 정도는 알려드렸죠.

　제가 다른 글에서 보니 함 신부님이 이 건을 갖고 홍제동성당에 여러번 찾아갔다고 해요. 그런데 김 신부의 어머님이 무언가 불길한 느낌에 자리를 떠나지 않기에 직접 말할 기회를 얻지 못하고 여러번 그냥 갔다가 돌아왔는데, 5월 17일엔 그 어머님이 앞서 말한 좋은 꿈을 꾸었다고 하면서 자리를 비켜주시기에 비로소 김승훈 신부님과 이야기하고, 신부님의 동의를 얻을 수 있었다, 이런 이야기가 퍼졌습니다.

앞의 것은 누가 조금 꾸민 이야기고요. 어머니가 마침 그 전날 같이 계셨던 거고요. 다른 때도 어머님이 항상 계시지만, 저와는 늘 안부하고 다녔지요. 위기가 닥쳐오는 것이야 자식 둔 어머니로서는 본능적으로 느낄 수 있겠지요. 다행히도 그날 꿈이 좋았고요.

평소의 우정과 연대 속에서 긴 설명 없이도 거의 이심전심처럼 결의가 교환되었나 봅니다.

아, 그리고 5월 14일이 마티아 사도 축일인데, 김승훈 신부님의 세례명이 마티아니까, 그날이 영명 축일이에요. 영명 축일 때 같이 식사도 하고 그럽니다. 거기에 사제단 활동하는 신부들도 있고 성향이 조금 중도에 있는 신부들도 있는데 저희들이 가면 여러 신부들이 물어봐요. 그러면 그분들에게 도움이 될 정도로만 정보를 주죠.

이것도 낭설인지 모르겠는데요. 그때 퍼진 소문으로, 왜 김승훈 신부님이 발표를 맡았느냐에 대한 것입니다. 이 문건을 야당 쪽에 갖고 가니까 모두가 뜨거운 감자라고 회피했는데 사제단에 갖고 가니까 모두들 서로 발표하려고 했다, 그런데 김승훈 신부님이 "올해가 사제 선임된 지 25주년이 된다. 그러니 내게 양보해 달라."고 해서 모두들 물러섰다, 확실히 정치인과 사제단 신부들은 차원이 다르다, 이런 이야기입니다.

김승훈 신부님은 사제가 되신 지 그때가 25주년인 것은 맞는 거 같은데… 그 이야기는 처음 듣네요. 재미있네요. 진짜 소설입니다. 전설 같은 얘기네요.

알고 싶은 욕구가 많다보면 사실이 소설이 되고, 나아가 전설이 됩니다. 김승훈 신부께는 그 문건을 드리고 왔나요?

아니에요. 김승훈 신부님도 문건은 사전에 못 보셨어요. 그날 밤에 명동성당에 돌아와서 복사를 했으니까 원고는 안 드렸어요. 그러니까 문건은 딱 한부밖엔 없는 거지요. 복사하기 전에는 저만 갖고 있었죠.

그럼 홍제동에 김 신부님 만나러 갔을 때는…

발표할 문건은 안 가져갔습니다. 편지만 보여드린 거지요. 문건은 제 방에 두고서요.

지금 그 문건은 어디에 있습니까? 제가 마치 취조하는 것 같아 송구스럽습니다만.

원본은 어떻게 되었는지 모르겠네요. 당시 홍보국의 수녀님하고 이도준 홍보국 직원, 이렇게 둘이 밤새껏 복사했어요. 참 애썼어요.

1천부 복사한 문건은 어디 안전한 곳에 보관했습니까?

홍보국 사무실. 교구청은 성당 내에서도 안전하니까요. 성당에서도 특수적이고 거기에 수위도 있으니까 밤에는 아무도 못 들어옵니다.

김 신부님이 발표하고 피정 가신 후 함 신부님은 계속 안전할 거라고 생각했습니까?

제가 한 게 아니니까요. 저는 안전하죠.

김 신부는 문건이 만들어지기까지 구체적인 내용을 몰랐잖아요. 나중에 책임을 지고 싶어도 다 질 수가 없었던 거고요. 그 정도는 문초하면 나올 텐데요.

김승훈 신부님이 당신이 한 것으로 다 약속을 했잖아요. 저희 사제들은 그런 약속은 꼭 지켜요. 제가 남아 있어야 밖에서 수습을 한다, 신부님은 이번에 꼭 감옥 갈 각오를 하시라, 순교적으로 각오하시라, 이렇게 당부를 했죠. 신부님이 각오했기 때문에 일이 이루어진 것 같아요. 망설였으면 그게 안 되거든요. 감옥에 갈 확실한 각오를 해야 일이 되지요.

알려지지 않는 비화도 적지 않을 것 같습니다만.

한가지. 검찰총장 이종남 씨가 가톨릭 신자고 그 부인이 대구 분인데 가톨릭 세례명으로 아네스 씨예요. 이분이 자기 남편이 검찰총장이 되니까 고민을 한 거예요. 큰 사건을 맡고 있는데 어떡하나 고민하다가 검찰간부 부인하고 예고 없이 홍보국 사무국으로 저를 찾아온 적이 있어요. 그래서 놀랐죠. 그분 또한 저를 경계하는 거예요. 하도 살벌한 시기니까요. 그분이 말하기를 "내가 온 것을 남편이 모른다. 그런데 내가 어려서부터 신자 생활을 할 때 사제라면 하느님 말씀을 전하는 분으로 알고 있는데 기본적으로 선한 분이 아니냐. 그래서 좀 만나서 자세히 듣고 싶었다."라고 해요. 그래서 이야길 나눠보았는데 나중에 이분이 그래요. 집에 갔더니 남편이 막 화를 냈다는 거예요. 당신이 거기 가서 신부를 만나면 어떡하느냐고요. "신부님이 참 좋으신 분이더라." 이렇게 이야기하니까 남편이 "자네가 봐서 뭘 아냐, 내가 봐야지."라고 했다네요.

이종남 검찰총장을 만난 것은 이 사건 다 끝내고 난 뒤인 것 같아요. 검찰총장이 신자니까 추기경께 인사드리고 싶어한대요. 또 심용섭 신부님이 그 총장 자녀에게 세례 주신 분이에요. 그래서 추기경과 심용섭 신부님과 제가 이 검찰총장 부부와 식사한 적이 있어요.

검찰총장이 신자이기 때문에 일하기가 좀 수월했던 면이 있었어요. 그런데 나중에 듣기로는, 검사들이 그때도 총장에게 사실의 전모를 밝히지는 않았다는 거죠. 검찰총장으로서도 한계가 있는 거예요. 우리로서는 꽤 밝혀냈다고 봤지만, 진상이 완전히 밝혀지지는 않았다고 나중에 그 밑의 검사들이 우리한테 이야기를 하더라고요.

박종철 고문사건 진상규명과 관련하여 이런저런 하고 싶은 말씀이 많으시지요.

안상수 검사 이야기를 하지 않을 수 없네요. 박종철 사건을 처음 수사한 검사였는데, 나중에 안 검사가 정치 하려고 책을 냈잖아요. 박종철 사건 수사검사의 고백을 담았다는 『이제야 마침표를 찍는다』(동아일보 1995). 그런데 고백하려면 정확하게 제대로 해야 하는데 참 못되게 했어요. 사건의 진상규명을 자기가 다 했다는 식이에요. 실제론 부검의에게 약간 격려한 것 정도였는데… 더 큰 문제는 축소은폐를 알고도 그냥 넘겼다는 거예요. 조한경 경위에게 사건의 전모를 들었으면 제대로 수사했어야 하는데, 듣고 난 뒤 아무 진척도 없이 40~50일 동안 사건을 쥐고 있었어요. 그 기간에 오히려 경찰이 그 경관들을 의정부교도소 쪽으로 이감시켜버리잖아요. 그러다 보니 조한경이 완전히 포기한 거예요. 경찰 간부들은 확고히 은폐하려 드는데, 검사에게 이야기해도 소용이 없고 박처원은 감옥에 찾아와서 돈 보여주면서 회유나 하고. 진상이 이러했는데 안상수는 책에 자기가 다 밝혀냈다는 듯이 쓰고, 또 정치적으로 우려먹었죠. 그런 검사라면 자숙해야 마땅하지요. 자기 책무를 다하지는 못한 것이고 은폐의 공모자인 셈인데, 어떻게 자기가 다 밝혔다고 이야기할 수 있나요. 이건 속임수라고, 6·10항쟁 25주년 기념식 때 성공회성당에서 제가 이야기한 적이 있어요.

6·10항쟁, 명동성당의 대변인 함세웅

이번에는 역사적인 1987년 6월 10일. 6·10민주항쟁을 살펴보겠습니다. 6월 10일 당일은 태평로의 성공회성당에서 민주헌법쟁취 국민운동본부(약칭 '국본')의 타종식으로부터 시작하여 그날 밤 명동성당에 예기지 않게 시위대가 집결하는 것으로 끝나는, 실고 긴 날이었습니다. 한국의 민주항쟁사에서 가장 뚜렷한 날이고요. 신부님은 그 과정에서 어디에 계셨던가요?

저는 교구에서 일하고 있었기 때문에 외부 활동에는 적극적으로 참여하지 않고 뒤에서만 도와드렸어요. 가톨릭이 참여할 때, 외부 행사는 김승훈 신부님이 책임지시고 교회 내적인 것은 제가 하겠습니다, 이렇게 약속드렸어요. 6·10항쟁 때 천주교 측에서는 김승훈 신부님이 주도하고, 청년 신자 중에는 이명준 씨가 국본에서 가톨릭 측 대표, 농민회 측 대표로 들어갔고요. 저는 교회 내의 변화에 관여하고 또 주보

80, 90년대 서울 도심시위에서 제
2집결지는 언제나 명동성당이었다.
특히 87년 6월항쟁 당시 대규모 시
위 이후 명동성당은 언제나 보루처
럼 여겨졌다. ⓒ연합뉴스

를 통해서 교우들에게 소식을 알려주는 일을 했지요. 6월 10일은 군부
집권당인 민정당의 대통령 후보 선출일이기도 했어요. 힐튼호텔에서
노태우 씨를 대통령 후보로 옹립하고, 시내에서는 그야말로 대규모 시
위가 곳곳에서 일어났습니다. 그러는 와중에 "명동성당이 재집결지
다!"라는 이야기가 들려오더라고요.

그런 논의가 사전에 있었습니까?

그날 싸우다가 경찰 진압으로 흩어지면 제2집결지는 명동성당이라

고 그분들이 약속했다고 해요. 대다수 시민들은 몰랐겠지만 그날 전두환 대통령이 힐튼호텔 환영연에 참석할 예정이니까, 경찰 병력이 대통령 경호 쪽으로 집중되었어요. 그 저녁시간에 맞춰 엄청난 시위가 벌어졌고 한밤중까지 경찰이 대대적인 진압을 펼치고, 서울 시내가 최루탄으로 자욱했어요. 시민들이 집회시위를 하다가 쫓기니까, 밤중에 명동성당으로 몰려든 거예요. 저는 홍보부 행사 때문에 밖으로 나가려고 준비하고 있는데, 교구청에서 다급히 전화가 왔어요. 빨리 교구청으로 와야 한다고요.

정말, 1만명 이상의 시민이 들어온 것 같아요. 성당과 주변에 발 디딜 틈이 없었어요. 성당은 미사 끝나고 문을 걸었지만, 문화관이고 어데고 할 것 없이 들어왔어요. 문화관 또한 폐쇄했는데 워낙 많으니까 막 뚫고 들어가는 거예요. 이미 저녁인데 참 큰일이야. 우선 제일 큰 문제가 화장실이었고요.

김병도 주임 신부님이 긴급회합을 소집했죠. 어떻게 대응할 것인가를 논의하면서, 당시에 명동 청년들이 있으니까 청년들하고 젊은 보좌 사제들이 대화하면서 처리해야 한다는 정도로만 원칙을 세웠어요.

일단은 그분들이 성당에 들어왔으니까 큰 불상사가 없도록 하는 게 저희들의 일차적인 책무였어요. 그런데 성당을 한바퀴 돌다가 교리실에 가니까 소주병으로 만든 화염병이 꽉 차 있는 거예요. 너무 놀랐어요. 그래서 그 당시 명동 청년회장이었던 김지현 씨와 청년들을 불러서, 이거 큰일이라고 야단치면서 "여기 대표가 누구인지 설득을 해라. 성당에서 화염병을 만들면 어떡하나?"고 이야기했어요. 다행히 화염병은 일체 사용하지 않았어요.

그때 기세가 대단하면서도 계엄령 선포되고 군대가 들어올지 모른다, 성당에 경찰 투입하여 해산시킬 것이다, 이런 말이 유력하게 돌지 않았습니까?

첫날이었는지 이튿날이었는지 모르겠어요. 군대 들어온다, 경찰 들어온다, 경찰 특공대 들어온다, 이런 말이 난무했어요. 그러다 보니 모든 행사가 마비가 된 거죠. 밤을 새워야 하는데 이 청년들이 어디서 가져왔는지 책상 같은 것으로 성당 정원 앞에 바리케이드를 쌓은 거예요. 그렇게 출입을 통제하고. 그 하루이틀은 조금 우왕좌왕하면서 정신없이 지낸 것 같아요. 그다음부터 경찰과 안기부에서 막 연락이 들어와요. 철수시키라고 압박하고, 성당 측에 항의하고 그러니까…

첫날엔 한밤중에 시민들이 몰려온 겁니까?

성당이 꽉 찬 건 저녁 9시쯤이에요. 6시부터 모여들었으니까, 밤중에는 성당 주변까지 완전히 꽉 찬 거지요. 사람들이 너무 많으니까, 학생은 학생대로, 시민은 시민대로, 단체는 단체대로 조를 짜고 대표를 뽑고 그러더라고요. 그러면서 첫날은 그렇게 지나간 것 같아요.

성당 측으로서도 막막했을 것 같습니다. 초유의 일이잖아요.

그렇죠. 잘 데도 없고. 그런데 마침 성당 입구에 그 당시 상계동 철거민들이 천막을 치고 농성하고 계셨어요. 그분들이 음식을 해주는데 결과적으로 그게 도움이 되었어요. 같이 고통받는 분들이니까.

그다음 날부터 정부는 정부 나름대로 고민하고 저희도 저희 나름대로 고민하는데… 둘째날 저녁이었던 것 같아요. 밤늦게까지 일을 보고 있는데 김병도 신부님이 저를 추기경 방으로 오라고 부르더라고요. 밤 11시 반쯤 된 것 같아요. 이상연 안기부 차장이 성당 바깥에 와서 면회를 요청한다는 거예요. 당시엔 정부 관계자든 누구든 안에 못 들어왔어요. 시민들이 문이란 문을 다 지키고 있었으니까요. 우리가 들어오라 해야지 들어왔어요. 그래서 만나야 하나 말아야 하나 하다가, 일단은 안기부 차장이니까 만나야 하지 않느냐 해서 우리 측 신부님이 모셔왔어요.

어디에서 만난 겁니까?

밤이 늦었으니 김수환 추기경 숙소에서 만났어요. 이상연 차장이 가톨릭 신자입니다. 전에 좀 알던 사이고요. 먼저 외교적인 발언이 오갔어요. "시국이 어렵고, 성당에서 도와주셔서 고맙고, 이분들 안전하게 나갈 수 있도록 성당에서 도와주시고…" "물론 그래야지요…" 이런 대화가 오가다가 이상연 차장이 그래요. "지금 정부 분위기는 매우 강경합니다. 공권력 투입을 논의하고 있는데, 그런 일이 있으면 되겠습니까?" 조심스럽지만 뼈있게 이야기를 해요.

그때 김수환 추기경이 강하게 말씀하셨어요. "공권력 투입은 안 된다. 제2의 광주 비극 같은 것이 있으면 안 된다. 만일 여러분들이 경찰을 투입하거나 군인을 투입하고 그러면 내가 맨 앞에 가서 누워 있겠다. 나를 밟고 지나가라. 그러면 내 다음 줄에는 신부들이 있고, 신부들 다음엔 수도자들이 있다. 그걸 다 밟고 지나가라." 이렇게 말씀하시는 거예요.

정말 그렇게 말씀하셨단 말입니까. 정말요!

예, 뜻밖의 강한 모습에 이상연 차장이 놀랬어요. 추기경이 덧붙였어요. "당신을 보낸 책임자한테 이렇게 그대로 보고해라. 내 말 한마디도 빼지 말고 있는 그대로 보고해라."

차장의 반응은 어땠습니까?

이상연 차장이 물어요. "그럼 앞으로 대화 창구를 누구로 할까요?" 하고요. "김병도 신부님이 사무처장이고 명동 본당 신부님이니까 김병도 신부님을 대화창구로 하겠습니다." 하니 좋겠다고 그래요. 그러자 김병도 신부님이 "나를 대화 창구로 하여 일을 할 수는 없다. 실제로 이 시위에 오신 분들과 대화가 되는 사람이 되어야지. 그러니까 함세웅 신부가 창구 역할을 해야 한다."라고 하더라고요. 그러자 이상연차장이 제 앞에서 "함세웅 신부님은 안 됩니다." 그래요.

면전에서 그랬다고요?(웃음)

예. 그래서 저도 웃고 추기경도 웃고 다 웃었어요. "정부에서 신뢰하지 않기 때문에 함세웅 신부하고는 대화창구가 안 됩니다."라고 이상연 차장이 덧붙였어요. 그러자 김병도 신부님이 "함세웅 신부하고 못하면 못하는 겁니다. 시위대하고 대화를 해야 하는데 내가 느닷없이 가서 어떻게 합니까. 나는 성당 일도 있고 교구청 일도 있고. 이 일은 함 신부님이 젊은 사제들과 명동 청년들과 함께해야 해요." 이러니까 추기경도 "당신이 함세웅 신부와 대화가 안 되면 대화할 사람 없다." 라고 못 박았어요. 결국 이상연 차장이 할 수 없이 "그렇게 하겠습니다." 하여 그리 된 거예요.

그 한밤중 면회에서 공권력의 투입이 좌초되고, 함 신부님이 대화창구로 나서게 되는 거네요. 이 어려운 순간에 가톨릭으로서도 함 신부님을 필요로 했던 거네요.

당시 양권택 신부님이 명동성당 보좌신부였어요. 이 신부님이 그 일이 있기 전에 대우의 파업노동자와 사측 간의 갈등을 잘 해결하고 왔어요. 노동자들과 함께 걸으면서 고생했던 분이어서 제가 그분과 이 일을 같이했고요. 그다음 명동 청년들. 기본적으로는 김병도 신부하고 논의했고요. 정부 측은 안기부가 겉으로 드러나면 안 되니까 대화 창구로 조종석 서울시경국장을 보내더라고요. 그분하고 만나면서 논의하는데, 나이도 있고 순하더라고요. 이 국장하고 대화하면서 이쪽 시위대의 의견을 저쪽에 전해주고, 또 저쪽 의견을 시위대에 전달해주었어요. 그러면서 절충을 하는 것인데 쉽지가 않죠. 경찰의 기본 입장은 무조건 빨리 나가라는 거고, 시위대는 그냥은 절대 나갈 수 없다는 것이고. 그러면서 어느새 5박 6일째가 되었는데 그 과정에서 일어난 온갖 일들은 이루 말할 수가 없죠.

6월 11일 한밤중에 안기부 차장이 왔을 때, 처음부터 함 신부님도 같이 있게 된 겁니까?

아니죠. 그쪽에서 추기경을 만나겠다고 하니까, 추기경이 김병도 사무처장을 불렀고요. 혼자 들어서는 곧바로 판단할 수 없으니까요. 불려온 김병도 신부님이 "안 됩니다. 함 신부도 불러야 합니다." 해서 저를 또 부른 거죠.

안기부 차장은 혼자 왔습니까? 측근도 대동하고 왔을 것 같은데요.

추기경 방이었기 때문에 이상연 차장 혼자 들어왔죠. 수행한 사람은 안에 못 들어오고 바깥에 있었어요.

추기경 숙소에서 얼마나 오랫동안 대화했나요?

1시간 조금 못 미치는 정도로 이야기했죠.

그때 추기경 말씀을 표현 그대로 다시 한번 해주십시오. 너무나 소중한 순간이어서 말입니다.

그에 대해선 추기경도 쓰셨고 아마 여러 증언이 있었을 텐데 제 기억으로는 이래요.
"어떠한 이유로든지 명동성당에 공권력이 투입되어선 안 됩니다. 경찰이든 군인이든, 그러한 일이 있으면 안 됩니다. 그 비극은 제2의 광주비극이 될 수도 있습니다. 절대로 그건 안 됩니다. 만일 그럼에도 불구하고 공권력이 강압적으로 투입된다고 하면, 제가 맨 앞에 나가서 제지하겠습니다. 내가 앞에 가서 드러눕겠습니다. 나를 밟고 지나가십시오. 그러면 내 뒤에는 사제들이 있습니다. 또 그뒤에는 수도자들이 있습니다. 그렇게 우리가 이 시위대 보호를 위해서 일을 할 것입니다. 내 말을 한마디도 빼놓지 말고 그대로 당신을 보낸 통치권자에게 가서 보고하시오."

그 말씀은 너무 중요한 것 같아요. 그동안 공권력이 도처에 얼마나 투입되었습니까. 광주는 말할 것도 없고, 전국 불교사찰을 쑥대밭으로 만든 1980년 10월 법난도 그렇고요. 1986년에도 건국대에 엄청난 경찰력을 투입하여 수천명의 학생들을 잡아가고 처벌하지 않았습니까. 명동성당에도 경찰을 전면적으로 투입하여 '초장에 제압하자'는 것이 군사작전 하는 자들의 일상적인 발상 중의 하나잖아요.

추기경 말씀을 듣고 속으로 '이제 됐다'고 했어요. 추기경이 보통 그렇게 강하게 말씀 안 하세요. 제가 거기에 뭘 덧붙일 이야기가 없는 거예요. 가만히 있었어요. 마음속으로 기도하면서.

아까 4·13 호헌조치에 대한 반박, 5·18 미사, 그리고 6월 11일 밤중의 이 메시지. 그때가 김수환 추기경의 신망이 나라 전체에서 가장 높았을 때 같네요.

그렇죠.

이상연이란 분을 과거에 추기경이나 함 신부님이 만난 적이 있었습니까? 첫 만남으로 그런 얘기를 나눌 수는 없을 텐데요.

김수환 추기경이 이상연 차장을 잘 압니다. 보안사 중령 때부터 보았기 때문에. 그 사람이 1979년 12·12 군사반란 이후에 506대장, 서울지구대 대장을 맡았어요. 육사 출신은 아니고 대구사범을 나온 사람인데, 육사 16~17기쯤의 연배인가 봐요. 그런 의미에서 실세는 아닌데, 육사 출신이 아니기 때문에 오히려 전두환의 심복으로 일할 수 있었어요. 12·12 군사반란을 일으킨 세력 중에 추기경께 처음 와서 보고한 사람이기도 해요. "부득이 이렇게 할 수밖에 없었습니다. 그래서 정승화 참모총장을 체포하고 (…) 이렇게 했습니다."라고 보고했다고 해요. 그때 김수환 추기경이 "안 된다. 이게 무슨 서부 활극이냐!" 그러면서 응대했다고 하고요. 그때부터 전두환 측의 가톨릭 대화 창구 역할을 했던 사람이 이상연입니다.

1980년 5·17 당시 전두환이 비상계엄을 전국에 확대하면서 저희들이 다 체포되어갔을 때 추기경에게 계속 보고한 사람도 이분이에요. 그때 추기경이 "사제들은 왜 신문에도 안 나느냐. 잡혀간 건 분명한데 이름도 안 나느냐?"고 따졌어요. 그때 김승훈, 신현봉, 함세웅이 잡혀갔는데 소식 하나 없으니 우리가 죽었다고 소문이 났거든요. "가자마자 매 맞아 죽었다."라고요. 그렇게 김수환 추기경이 항의한 며칠 후에 지하실에 있는 우리한테 속옷을 넣어준 일이 있었거든요. 그다음에 그 사람이 승승장구해서 1987년에 안기부 차장이 된 거예요. 그러니까 추기경과 안 지는 7년이 된 셈이죠. 이상연이 누군지 잘 아시니까 직접 그렇게 말씀하신 것일 수도 있겠네요.

‘한마디도 빼놓지 말고 정확하게 보고하라’고 하신 것은요.

중간에서 장난치지 말라는 거죠. 거짓말로 보고할 수 있으니 그대로 통치권자에게 보고하라 그런 거지요.

등골이 서늘했겠습니다. 완전히 정면대결이냐 아니면 물러서야 하느냐의 상황에 직면하게 되는군요. 아주 미묘한 결정을 내려야 할 순간순간, 정보도 필요하고 판단도 해야 하고, 그런 국면에서 추기경께서도 함 신부님이 필요했고, 김병도 신부님도 필요했고… 어느새 그런 위치가 되었네요.

제가 꼭 필요해서라기보다는 교구청 홍보국 일을 했으니까… 조그만 공동체에서는 저희들이 한 가족이죠. 한집에 살고 있으니 늘 보게 되고 아무 때나 만나면서 말씀드리고 보고드리는 사이였습니다. 추기경은 명동성당에 공권력이 투입되면 절대 안 된다는 확신을 갖고 계셨고, 광주비극을 늘 염두에 두고 계셨어요. 그래서 그런 물리적 진압 방식은 꼭 막아야겠다고 확신하고 계셨고요.

나중에 교황 대사한테도 들은 건데, 전두환 정권에서 고민했던 것은 88올림픽을 앞두고 만일 명동성당에 공권력이 투입되면 가톨릭 국가들, 남미와 유럽의 가톨릭 국가에서 88올림픽에 참석하지 않겠다고 통보할 것을 우려했다고 해요. 한국정부에 그 사람들이 압박을 가했더라고요. 제 생각에도 88서울올림픽이 자승자박이야. 무리하게 돈을 써서 한국에 유치했는데, 그 88올림픽 때문에 자기 존재를 걸고 광주처럼 그런 비극을 자행할 수가 없었던 거니까요. 이게 국제적인 사안이 되었기 때문에 그런 게 자승자박이구나, 그렇게 해석했어요. 외교관들도 저희들한테 정보를 많이 줬습니다.

그러나 매일 밀고 들어온다고 유언비어 퍼뜨리면서 압박하고 긴장 감 조성하지 않았습니까?

항상 불안했지요. 새벽 2~3시에 투입한다고 매일같이 그러니까, 일어나서 나가봐야 하고. 또 경찰, 군대의 공격시간이 몇시라고 누가 첩보를 주면 불침번을 세워 밤을 지키는 사람들이 있어요. '지금 공격이 들어온다' '다 일어나서 대항해야 한다', 매일 밤 그랬던 거예요.

2~3일 현장에 있다가 겪은 건데. 고려대 학생들 중에 법대생이 하나 있었어요. 대단한 여장부인데 그 학생이 사회를 보더라고요. 그러면 그 학생이 말하는 쪽으로 이슈가 잡히는 거예요. '내가 저 학생과 대화해야겠구나'라고 생각하는데, 마침 그 아버지가 명동성당에 오신 거예요. 그분이 집회 중에 자기 딸의 머리채를 잡고 "너 안 된다. 집에 가야 한다."라고 그러는 거예요. 그래서 제가 말렸죠. 사제방 하나를 빌려 여학생 부모님을 오시라고 했어요. 아버님한테 그랬죠. "아무리 따님이라도 이 공공장소에서는 이 학생이 대표입니다. 아버지가 그렇게 하면 안 됩니다. 시대적 의미가 있는 건데요. 그리고 오늘 나가면 이 학생은 죽습니다. 제가 내일 책임지고 집에 보내드릴 테니까 저를 믿고 가세요. 여기 나갈 데가 다 있으니까 제가 책임지고 하겠습니다." 이렇게 설득해서 그 부모님을 보낸 적이 있어요.

그리고 자꾸 경찰이 들어온다 하니까 참가 숫자가 계속 줄어요. 마지막엔 200~300여명 정도 남았죠. 그렇게 숫자가 줄어드니 힘도 빠지고, 위협은 더 강해지고. 그래서 그 여학생에게 그랬어요. "아무래도 부모님 뜻도 그러니까 내일은 나갈 준비를 해라." 그러고는 제가 수녀원 뒷문으로 내보냈죠. 그쪽은 경찰이 잘 몰랐어요.

사제단은 명동성당 농성에 어떤 형태로든 관여했나요?

그전에 '비상사제회의'를 치르면서 이런 일 있으면 다 모이자 약속했어요. 6월 11일 밤에 사제들이 다 모였어요. 추기경의 결연한 뜻도 다 전달되었으니까요. 그리고 경찰과 대치할 때에는 매일 신자들이 와서 성당 입구에 서서 기도를 드리는 거예요. 경찰이 명동 곳곳을 차단했지만 성당 가는 여성교우들이랑 부인들은 막지 못했으니까, 그분들이 오셔서 묵주기도도 해주셨어요. 그다음, 수녀님들이 매일 오셨어요. 수녀님들이 전경과 시위하는 분들의 중간에 섰어요. '평화의 자리'라 했어요. 거기서 매일매일 묵주기도 하시고… 촛불시위가 그때부터 나온 겁니다. 저녁 때가 되면 촛불기도를 했어요. 원래 성당은 촛불과 친근하잖아요. 저녁 8시나 9시에 깜깜해지면 촛불을 들고 묵주기도를 하면서 평화의 대화 시간을 갖기도 했고. 특히 6월 14, 15일 경찰이 이틀 연속 투입되었을 때는 더욱 긴장되니까, 수녀님들이 나누어서 매일 오셨어요. 오는 길에 특공대한테 봉변을 당해 수녀님들 수건도 벗겨지는 등 아픈 일도 많았습니다. 그래도 그때 수녀님들, 수도자들이 최고의 상징적인 힘이었죠. 평화의 사도로서 소임을 다해줬어요.
6월 14일 경찰들이 진짜 들어온다고 했을 때, 명동의 우리 신부들과 서울교구 신부들, 젊은 신자들이 다 사복으로 갈아입고 시위대 현장에

1987년 6월 15일, 정의구현사제단의 미사에 참례하는 시민들이 수녀들이 틔워놓은 길을 따라 들어오고 있다. ©연합뉴스

들어가 있었어요. 시위대를 다 체포해가면 신부들이 끌려가면서 목격자·증언자가 되겠다고요. 그 신부들이 와서 철야기도 하며 같이 밤을 새웠어요. 그런 게 상당히 힘이 되었죠.

사제들이 사복을 입은 이유는요?

로만칼라를 하고 있으면 눈에 띄잖아요. 그러면 경찰들이 사제들을 처음부터 시위대와 갈라놓을 수 있으니까, 신부들이 그렇게 구분되지 않도록 하려고요. 그때는 여름이니까 남방 같은 것 입고… 양홍 신부가 나름대로 시위하는 사람들과 함께 나서기도 하고요. 보좌 신부들이 아주 결의에 차 있어 일을 잘했어요.

신부들 중에서는 시위대를 가능한 한 빨리 내보내야지 왜 성전을 혼란스럽게 하느냐, 이런 반응도 있지 않았을까요?

6월 14일이 주일이었는데 정부 측은 주일 전에 끝나기를 바라는 거예요. 저도 서울시경국장과 정부의 뜻을 시위대에 전했지만 "주일은 꼭 지내야 한다."라는 거예요. 그럼 저도 할 수 없죠. "주일은 꼭 지내야 한답니다."라고 전하고. 그런데 6월 15일 월요일에 명동성당에서 '정의와 평화를 위한 미사'를 봉헌한다고 정했거든요. 그건 우리들 행사니까 정부도 막을 수 없지요. 추기경과 저희들 생각도 그랬는데, 다른 한편 6월 15일에 우리 사제단의 미사가 잘되기 위해서는 이 문제가 그 시간 내에 해결되면 좋은 거예요. 실제로 남아 있는 분들이 많지 않았고, 그러다 보니 아주 강경한 분들이 주로 남았는데 대표들하고 대화하다 보면 거기도 의견이 엇갈려요. 빨리 평화롭게 마무리되고 안전 귀가를 보장하면 가겠다는 분도 있고, 어떤 분은 끝까지 남아 있겠다는 분도 있고요. 제가 제안했어요. "주일(14일)은 여기서 지내야 한다니까 그렇게 하십시오. 그 대신 15일 오전 중에 귀가하는 것으로 하는 게 좋겠습니다. 우리가 여러분의 뜻을 이어받아 15일에 미사를 하니까, 이렇게 합시다."

결국 그 지도부하고 제 제안대로 이야기가 되었다고 그래요. 그렇게 알고 일을 진행했는데 남아 있는 분들 200~300여 명, 정확한 숫자는 잘 모르겠는데요, 그분들이 여기를 끝까지 사수해야 하고 여기를 기점으로 시위를 확산해야 한다는 거예요. 우리 실무자들이 국민운동본부(국본)하고 계속 연락했습니다. 그때 국본은 강력했으니까, 국본에서 하는 것을 따라야 하는데 명동에 있는 분들은 특별한 영토에 와 있으니까 국본 말을 안 듣는 거예요. 저희들도, 그러면 안 되니 같이 연합해서 하자고는 했는데… 그분들이 국본과 자유롭게 왕래하고 소통할수 없으니까 의견 조율이 제대로 안 되었어요.

명동성당 농성 중에 첫 일요일이 다가옵니다. 14일 주일 미사 분위기는 어땠습니까?

광장했죠. 명동성당 신자들이 주일 헌금을 시위하시는 분들을 위해 봉헌해준 거예요. 그래서 성당 자체 헌금은 별로 안 나왔어요. 성당 신부가 웃으면서 "오늘 우리는 헌금이 하나도 없습니다."라고 했어요. 헌금의 대부분이 시위자들을 위한 헌금이 된 거죠. 그 전날은 계성여고 학생들이 도시락을 걷어 시위대에게 주기도 했고요. 남대문 일가의 상인들이 와서 격려해주시고, 명동거리에서 이른바 넥타이 부대나 젊은이들이 소리 높여 성원하고 그랬어요. 14일은 주일이니 정부에서도 성당과 거리를 통제할 수 없잖아요. 그러니까 그날은 그야말로 기쁨의 축일이었죠.

14일엔 집권당인 민정당의 유학성이라든지 천주교 신자 국회의원들도 12시 미사에 맞춰 명동성당에 왔어요. 이 정권이 넘어간다고 생각했는지 미래의 자기 보호막을 염두에 두고 있더라고요. 아는 신부님들 찾아와서는 웅성웅성 이야기 나누면서… 저는 대부분 아는 사람들인데 내로라하는 정치인 신자, 특히 민정당 소속 국회의원들이 명동성당에 20여 명이 모였어요. 그것을 보면서 이번엔 승리하는구나, 이 사람들 패잔병들 같구나, 그런 느낌을 가졌어요.

그날, 서울시경국장을 통해 정부 측과 합의했어요. 15일 아침 11시에 버스를 명동성당에 대절시키고, 그 버스에 시위자들을 태워 귀가시키기로요. 안전귀가를 확인하기 위해 버스마다 두명의 사제들이 타고 책임지기로 하고요. 그다음 명동성당 시위 관련하여 붙들려간 사람을 모두 귀가시키기로 했어요. 나중에 듣기로는, 그 약속을 다 지키지는 않았다고 그래요. 이렇게 해서 15일에 버스 10여대가 왔고, 차량마다 사제 두세명씩 배치하며 준비하고 있었어요.

그런데 시위하는 분들이 14일 저녁에 상당히 고무됐잖아요. 신자들이 헌금도 걷어주고 사람들도 많이 오고 그러니까. 그날 밤에 격론을 벌였는데 안 나가기로 했다는 거예요. 14일에 보좌신부한테는 "내일 낮 12시에 나가게 되니까, 신부님 편안히 주무세요."라고 들었어요. 그래서 저는 잠자리에 들고 나서 아침 6시에 수녀원 미사를 가려는데, 아무도 안 나가기로 했다는 거예요. 마음이 무거웠어요. 미사를 봉헌하면서도 어떡하지, 추기경한테도 보고를 했는데… 미사를 마치고 갔더니 큰일 났다 싶어요.

그래서 제가 그 현장에 명동성당 신부를 다 불렀어요. "내가 직접 가톨릭회관, 시위자들이 있는 그 현장에 가서 호소하겠다."라고 말하고는 시위대 속으로 들어갔어요. "여러분들, 어저께까지 진행된 일들… 정부 당국에서 힘이 없어서 여기에 못 들어온 게 아닙니다. '제2의 광주비극을 막아야 한다'는 추기경의 분명한 뜻이 있어서 그 뜻을 전했고, 우리가 여기 명동성당에 오신 분들을 보호해야 한다는 분명한 뜻도 늘 확인하고 간직하고 있기 때문입니다. 그런데 실제로 초기에 많이 오셨던 대부분의 시민들이 귀가한 상태입니다. 그리고 오늘 저녁 우리 정의평화위원회 기도회가 있습니다. 여러분들이 그대로 계시면 저희가 큰일을 하는 데 좀 방해가 됩니다. 그래서 어제 저녁에 약속하신 대로, 또 제가 서울시경국장과 정부에 알려드린 대로, 오늘 12시에 안전하게 버스 타기로 한 그 약속을 지켜주시면 좋겠습니다."

그렇게 호소한 다음에 이런 말도 덧붙였어요. "그런데 이 안에 계신 여러분들의 신원도 다 파악이 안 됩니다. 안기부의 본질적인 행업은 우리를 이간하는 것입니다. 분열시키는 것입니다. 우리 교회공동체와 시위하시는 여러분, 또 여러분 내부를 분열시키는 것입니다. 이 안에 첩자들이 와 있습니다. 여러분들이 첩자를 고를 수 없지 않습니까. 저는 고를 수 있습니다. 그 공작이 안기부의 공작일 수 있습니다. 정말 더 큰일을 위해서, 우리 마음이 아프지만 아름답게 마무리하면 좋겠습니다. 그것이 용기입니다. 그 수만명의 시위대가 지금까지 남아 있었다면 모르지만 이제는 백몇명밖에 안 계신데, 이 일로 우리 교회 자체가 볼모가 되는 것은 곤란합니다. 그러면 다른 큰일을 못합니다."

싸우는 것도 용기지만 마무리를 어떻게 결단하느냐, 그것도 용기라는 말씀이 와닿네요. 전진(前進)이란 말은 알지만, 후진(後進)이란 말도 있잖아요. 뒤로 물러서는 게 후퇴(後退)라면, 후진(後進)은 뒤로 나아간다는 것이잖아요. 그게 때로는 더욱 큰 용기일수도 있지요.

그렇게 조금 호소를 했어요. 그러곤 다시 투표를 했어요. 1차 투표를 했는데 가부동수 비슷한 것 같은데, 숫자가 안 맞는다고 해서 다시 2차 투표를 했어요. 근데 뭔가 또 걸려서 3차 투표를 했는데 월등하게 해산 표가 많이 나왔어요. 3차에 이르러 해산 결의를 한 거예요. 그래서 추기경께 말씀드렸더니 "내가 인사를 하겠다."라고 하셔서 추기경이 문화관으로 오셨어요.

그때는 여름이어서 추기경이 흰 수단을 입고 빨간 띠를 두르고 오셨어요. 많은 분들이 일어나 박수치고 악수하는데, 몇 사람은 추기경 악수도 거부했어요. 추기경도 조금 당황해하셨죠. 추기경이 "그동안 여러분들 참 애쓰셨다. 역사적인 전환점에서 목숨을 걸고 이렇게 애썼는데 고맙다. 우리가 여러분이 못 다한 것을 교회 이름으로, 오늘 저녁에는 정의평화위원회 기도로 하겠다. 우리 각자 자리에서, 이 명동성당에서 겪은 5박 6일간의 체험과 정보를 널리 알리자." 이런 식으로 말씀하셨습니다. 추기경도 그날은 무거워 보이셨어요. 악수를 거부당한 것은 그때뿐이었을 테니까요.

시위대들도 감정이 격앙되고, 찬반투표에 대하여 불만이 그득한 분들도 있었을 것이고. 이렇게 나가면 죽도 밥도 안 된다고 생각하는 분도 있었을 거예요. 그런 분위기에서 악수를 거절하는 분들도 충분히 나올 수 있을 것 같습니다. 더욱이 끝까지 남은 분들은 강성 기질도 있을 테니까요.

그 자리에 아주 독하신 여 스님 한분이 계시더라고요. 몇년 뒤에 만났더니 "신부님, 제가 그때 있던 스님입니다." 하여 이야기 나눈 적도 있고요. 그리고 최영희 씨가 국회의원 된 다음에 같이 CBS에서 출연한 적이 있어요. 그때 쉬는 시간에 "신부님, 저 모르죠?" 그래서 "왜 몰라요. 활약도 잘 알고, 남편 장명국 씨도 아는데." 하니까, "아니, 그것 말고요. 제가 1987년 6월항쟁 때 마지막까지 성당에 남아서, 신부님께 반대하면서 끝까지 남아 싸우자고 주장했던 사람 중 하나예요." 이러는 거예요. 또 기록영화 찍는 친구가 있어요. 상계동 철거민들의 이야

시민들과 함께한 김승훈·함세웅 신부 ⓒ연합뉴스

기를 찍기도 하고…

김동원 감독 같습니다.

한강성당에 있을 때 그 친구가 청년 신자였어요. 시국에 관한 것만
기록으로 만들어요. 그가 명동성당 농성 관련으로 저한테 인터뷰를 하
자고 해서 다 이야기했더니, 내용을 약간 왜곡시킨 거예요. 그 사람들
의 주장은, 우리 때문에 안 되었다는 거예요. 성당 측에서 끝까지 사람
들을 지켜주고 보호하고 싸웠어야 전두환을 무너뜨리는 건데 그렇지
않았다고 해석하면서 우리를 원망하는 거예요. 그래서 제가 김동원 감
독을 후에 만나 "너 가톨릭 신자인데, 왜 왜곡하느냐?"라고 물었어요.
너희들 생각을 내 이름 빌려다가 다르게 소개하느냐고 지적했습니다.

찾아보니 「명성, 그 6일의 기록」(1997)이라는 기록영화인 것 같네요.

제가 그랬어요. "그러면 여러분들 자리에서 싸워야지, 어떻게 성당에 들어와서 그러느냐. 우리도 성당에서 기본적으로 해야 할 일이 있지 않느냐. 성당의 종교적인 행업, 사목적인 행업을 완전히 방해받으면서 할 수는 없지 않느냐. 그럼 첫날처럼 만명 이상의 그 열정이 남아 있든지 해야지, 다 가고 백여명이 남아서 거기를 해방구로 삼는다는 것은 우리 교회를 볼모로 삼는 거다. 우리가 늘 여러분과 열심히 했는데 여러분들을 보호하기 위해 우리가 해야 할 일을 하지 못한 일도 많았다." 이 메시지는 정작 안 전해주더라고요. 사실 저희로서는 최대한 희생한 것이었는데도 말입니다.

역사 해석은 다양할 수 있지만, 저는 전두환식 정권의 극복은 무슨 폭탄 하나로 되는 게 아니고 장기적 투쟁의 과정으로 해석합니다. 박정희를 사살한 거사 하나로 유신체제가 무너지는 게 아니고, 신종 유신으로 가잖아요. 명동성당에서 농성한 5박 6일의 과정은 6·10항쟁의 불씨를 그대로 살려내고 이어감으로써 곧이어 6·18, 6·26의 국민항쟁으로 확산되어갔다고 봅니다. 1987년의 시점, 기록영화 만들던 1997년의 시점, 그리고 이 대담을 하는 2013년의 시점… 각 시점에서 역사 해석은 계속 변화할 수밖에 없을 것 같아요. 그분도 현재 시점에서는 어떻게 볼지 모르겠네요. 이야기를 계속 이어가면, 해산결의 이후에 어떻게 되었습니까?

시위한 분들이 일제히 버스를 타고 오전 11시쯤 출발했는데 사람들 끼리 부둥켜안고 울어서 그걸 지켜보는데 마음이 참 아팠어요. 버스를 타고 가면서 창을 열고는 "군부독재 타파, 전두환 타파!"를 막 외치는 거예요. 그러니까 서울 시민들이 놀라는 거예요. 완전 대낮이잖아요. 그 몇시간만큼은 완전히 해방의 시간이었죠.

나중에 들려온 이야기는, 정부가 약속을 다 이행하지는 않고 우리도 그것을 다 확인받지는 못했어요. 부분 부분만 들었습니다. 혹시 무슨 일이 있으면 명동성당으로 연락하라고 했어야 하는데 그런 후속조치 를 못했네요. 어쨌든 큰 탈 없이 끝났다는 것, 그게 6월 15일까지의 일 입니다.

그때 국내는 물론 외신의 시선이 집중되지 않았나요. 홍보국장으로 서 많은 외신을 상대했을 것 같은데요.

그해 5월 이전까지는 주로 한국인들이 연락을 주면 일본에 상주하 던 특파원들이 그것을 받아 전세계에 전파하곤 했어요. 그런데 그해 5 월부터 일본과 홍콩의 특파원들, 미국과 유럽의 통신을 맡던 특파원들 이 한국에 다 들어왔어요. 조선호텔에 외국인 기자들이 스튜디오를 독 자적으로 차려놓고 있었고요. 5월에 외국인 선교사하고 그곳에 같이 가서 인터뷰하기도 했어요. 그런데 그 특파원들이 6월 10일부터는 아 예 명동성당에서 밤을 새우는 거예요. 시민들의 주장을 뉴스에 담아 전세계로 전파하더라고요. 외신기자들을 5월부터 만나면서 떠올려본 제 짐작은, 외신기자들의 무슨 묵약 같은 게 있지 않나 할 정도로 이번 에는 한국의 독재정권을 무너뜨리자, 민주주의 쪽으로 꽉꽉 밀어주자,

이런 합의를 한 게 아닌가였어요.

명시적인 합의야 물론 없겠지만, 시민들의 열망과 열기에 외신기자들이 감염되어 그런 것 아닐까요. 외국정부가 아닌 외신기자들이야 군사독재 타도하자는 것을 반대할 리도 없고요.

그분들이 와서 저하고 인터뷰할 때면 꼭 이런 질문을 해요. "그리스도교가 외래 종교인데 외래종교가 어떻게 이렇게 빠른 시간 내에 뿌리를 내릴 수 있느냐." "가톨릭 신자들과 사제들이 왜 이런 일에 앞장을 서게 되었느냐." 여러 방식으로 대답했어요. 예컨대 "한국인이 원래 종교적인 품성이 많다. 샤머니즘적 요소로부터 토속종교의 이면이 그리스도교와 접목되면서 이른바 내세사상과 구원사상에 더 쉽게 이끌리게 되지 않았는가 하는 것이 개인적인 나의 생각이다." 또 하나는 조금은 부정적인 면인데요. "우리가 약한 민족이기 때문에 근대에 들어 접하게 된 서구의 그리스도교가 강대국에서 온 종교이고 그에 의존하는 심리로 그리스도교가 번창한 면이 있다."

다음에 특히 강조한 것은 우리 현대사와 관련되는데요. "학생들과 젊은이들의 순수한 열정, 일제와 싸우고 독재와 싸운 열정이 있다. 그 세대가 다시 기성세대의 가치관에 매몰되더라도 새로운 젊은 세대가 또 싸움에 나서고… 한국에서 20대 청년들은 정의의 칼로서 역할을 해왔다. 이게 우리 사회를 움직이는 생동감 같은 것이었는데, 여기에 개신교와 가톨릭이 그 나름 중요한 역할을 했다. 일제 치하나 계엄이나 긴급조치하에서 집회의 자유가 극도로 제한되고 금지되었는데 그때에도 종교집회는 할 수 있었다. 우리는 매주 미사를 봉헌할 수 있고, 성당이라는 공간이 보장되어 있다. 학생들도 처음엔 신앙적인 접근보다는 자기들 집회의 한 장소로서 보호받기 위해서 성당으로 오다가 자발적으로 신자가 되었다. 그런 측면이 교회의 한가지 역할이었고, 그 덕분에 교회도 번창하게 되었다. 이번에 학생들과 청년들이 다른 곳이 아닌 명동성당에 들어온 것도, 1970~80년대 명동성당과 추기경과 사제들의 행업이 있기 때문에 그것을 인정하고 믿고 찾아온 것이다." 대체로 이렇게 이야기했습니다.

명동성당의 5박 6일간의 숨 가쁜 현장에서 주로 누구와 어떻게 상의합니까. 그때 언론을 보면, 어떤 때는 함 신부, 어떤 때는 김병도 신부, 어떤 때는 김수환 추기경… 여러 분이 등장했거든요. 내부의 역할 분담은 어떻게 되었는지요.

당시에 김수환 추기경하고 김병도 신부 그리고 저 셋이 늘 함께 논의했습니다.

김병도 신부님의 역할은 주로 뭐였습니까?

명동성당의 주임 신부니까 성당의 책임자이자 또 교구의 사무처장이에요. 교구청에서 총대리 다음의 실권자가 사무처장입니다. 여러 사안을 조정하는 능력이 있었고요. 제 입장에서 보자면 제 일을 뒤에서 잘 지원해주셨어요. 선배 사제이며 제 로마 유학생활 때 그분은 미국에서 공부하셨어요. 김수환 추기경이 김병도 신부님을 신뢰해서 늘 꼭 함께 의논하기도 했고요. 우리 셋은 늘 자유롭게 모든 걸 상의했지요.

평소에 우정과 신의와 존경이 서로 쌓여 있어야 이런 일들이 한치의 오차도 없이 가능하단 말씀?

또 이 시대적 역사관이 같으니까, 군사독재를 타파해야 한다는 공통적인 과제를 공유하고 있었기 때문에…

4월부터 나오는 가톨릭의 성명들은 군사독재 타파해야 한다고 확고히 방향을 잡은 것 같아요. 지금 읽어보아도 그렇습니다.

저희가 단순해서 원색적인 표현을 쓰죠.

표현은 품위도 있고 절제도 있고요. 하지만 표현의 강도는 성명서마다, 정면으로 군사독재 타파해야 한다는 식으로 꽤 셌어요. 당시 교수들이 성명서 낼 때도 "4·13 호헌조치 반대한다." 이렇게 썼지 "군사독재를 타파하자!" 이런 수위는 잘 안 나온 것 같습니다. 그런데 그렇게 거침없이 표현할 때 혹시 내부로부터의 제동 같은 것은 없었습니까?

없었습니다. 그 당시 시대적 요청이 있었고 교회에서는 또 예언자적 소명이 있지 않습니까? 외교적으로 에둘러가지 말자, 맞으면 맞고 아니면 아니지, 뭐 어중간하게 하느냐. 그런 성서적 해석, 예언적 정신으로 고발이면 고발이지 둘러가지 말자고 생각했어요. 그런 의식이 신부들한테 있어요.

시국을 비판하면서 사제들은 당연히 성경을 들어 말씀하시잖아요. 앞서서 '요나' 이야기를 하셨고, '카인과 아벨' 이야기도 하셨고요. 이 밖에도 어떤 인용이나 예화를 자주 드셨네요. 그 시대 그 국면에서 말입니다.

미가 예언서 2장인 것 같아요. "권력만 쥐었다고 밤새기가 무섭게 착취하는 악당들아" 이런 구절. 또 세례자 요한이 "이 독사의 족속들아" 같은 말씀. 마태복음 23장도 있지요. 예수님이 바리사이와 사두가이들, 바리사이들에 대해 원색적으로 야단치시죠. "화 있을진저, 위선자들아" "회칠한 무덤" 같은 것.

그런 엄청난 억압과 거짓의 시대를 만나 예언자와 예수님 말씀들이 마치 춤추듯 되살아나게 되는군요. 그런데 정부 관계자와 접촉이 많았을 것 아닙니까. 당시 학생들 입장에서 보면, 안기부나 치안본부장 같은 사람들은 "독사의 자식" 같은 게 딱 어울리고, 전두환은 그 악당의 두목이나 독사보다 더한 놈이라고 할지 모르겠지만, 사제들은 그런 분들 면전에서 "독사의 자식" "위선자들" "악당들" 이렇게 말할 수는 없는 것 아닌가요?

제가 접촉한 분은 이상연 안기부 차장으로 그는 배후에서 지휘했고, 정면에는 서울시경국장이 나섰습니다. 누구나 대면하면 온화하지 않습니까. 그분들도 자기가 전권이 없다는 것을 아니까 솔직히 이야기를 해요. "신부님, 이것은 꼭 이행해야 할 상부의 지시입니다." 그러면 저는 그 내용을 실무책임 신부에게 전해줍니다. 그 신부는 시위대들과 그 대표들과 대화하고, 그후 그들의 응답을 저에게 전달해주고요. 저는 시위대 쪽은 직접 만나지 않았습니다. 물론 마지막엔 앞서 말한 대로 제가 직접 만나 길게 이야기했고요.

정부 쪽에서도 찬/반, 강/온 양론이 있지 않겠습니까. 여기까지는 받자/말자, 이렇게 정하면 양쪽 사이에서 절충하고. 저 나름대로는 정부 쪽 내용이라도 합리적인 부분은 들어주려고 노력했어요. 그분들이 알아요. 명동성당이 안전해야지 만일 불상사가 일어나면 곤란하잖아요. "우리에게 시간을 좀더 주고 지켜봐주세요. 우리가 이분들과 대화해서 불상사 없이 귀가하도록 하겠습니다." 이런 대화를 나눴고요. 이상연 씨에게 추기경이 단호하게 말씀하신 다음엔, 공권력이 들어온다고 비상이 한두번 걸렸지만 3~4일이 지나니까 이제는 투입하지 못할 것 같다는 느낌이 오더라고요.

주로 정부 측과 대화는 어디서 합니까?

성당 근처에 있는 로얄호텔 커피숍에서 만났어요. 시경국장을 주로 만나고, 이상연 안기부 차장도 만나고요. 그분들이 명동성당에 들어오기 거북해하니까요. 추기경의 뜻이기도 하고 우리 교구의 뜻은 '이분들의 안전귀가를 보장하고 성당에 공권력 투입은 있을 수 없는 일이다'라는 것이었어요. 그분들은 주동자 몇 사람은 구속수사가 불가피하다고 했는데, 우리는 그건 절대로 안 된다고 강하게 대응하고 설득도 했고요. 정부 쪽도 저희 뜻이 얼마나 확고한지 알았고요.

자기들도 명동성당 안에 정보원을 들였잖아요. 그래서 내부 정보를 다 알아가요. 그러다 한번은 어느 경찰이 잡혀서 매 맞고 주머니 뒤짐을 당했어요. 그래서 학생들에게 야단쳤어요. 그러고선 그에게서 정보 관련 소지품만 뺏고 안전하게 돌려보냈어요. 그런 게 다 윗선으로 보고되니까, 저희들이 비상식적으로 처리하지 않은 것은 아니까… 그러면서 대화가 이어질 수 있었어요.

그때 계속 계엄령 선포한다, 공수부대 투입한다, 이런 살벌한 얘기가 풍문처럼 나돌지 않았습니까?

그뒤에 국제적인 관계에 대해 들었어요. 올림픽도 예정되어 있지만, 미군이 막았다는 이야기도 나중에 들었어요. 1987년은 전두환으로서도 맘대로 할 수 없는 엄중한 상황이었어요. 강제진압은 광주학살의 악재가 되살아나는 것일 수도 있고, 미국이 동의하지 않았고, 올림픽이라는 국제적인 행사를 앞두고 있었고… 여러모로 전두환에게는 쉽지 않았어요.

외신과 미국의 역할 관련해서 한 말씀 보태면요. 미국이 1980년 광주에 병력투입을 승인하고, 레이건(Ronald W. Reagan)이 대통령에 당선된 뒤 전두환을 제일 먼저 미국에 초청했잖아요. 존 위컴(John A. Wickham) 주한미군사령관, 리처드 워커(Richard L. Walker) 주한미국대사는 한국인을 '들쥐'라 매도하기도 했고요. 1970년대 말까지 한국은 전 세계에서 거의 유일하게 '반미 무풍지대'로 꼽혔는데, 전두환지지와 광주학살 승인으로 여론이 일변합니다. 그래서 광주, 부산, 서울에서 미문화원 방화와 점거사태가 이어지고요. 국민들이 그에 대해점점 지지하게 되었고요. 미국 측으로서는 이를 점점 '쇼킹'하게 느꼈

어요. 어쩌다 한국에서 이토록 반미감정이 끓어오르는가 하고요. 그래
서 자국의 대외정책에 대해 재점검하기 시작했고, 국민의 신망을 잃은
독재정권을 무작정 지지해서는 미국에 역작용이 생긴다고 자각했습
니다. 그래서 독재정권에 대한 분노가 화약고처럼 쌓인 나라에서는 독
재정권을 무조건 지지해서는 안 되겠다고 했고, 민주정권 실현을 어느
정도는 지지하는 정책적인 자극을 줘야겠다는 사고의 전환이 일어납
니다.

그 첫 실험 사례가 1986년 필리핀이었어요. 그전 같으면 무조건 독
재자 마르코스를 밀어줄 텐데, 당시 미국에서 귀국하던 야당지도자 베
니그노 아키노가 공항에서 저격되잖아요. 그때부터 오히려 필리핀의
야당 쪽을 밀어줍니다. 결국 마르코스가 쫓겨 출국하고요. 그다음이
1987년 한국입니다. 이런 책략에 능숙한 제임스 릴리(James R. Lilley)
같은 사람이 대사로 오고, 1988년 서울올림픽 때문에라도 한국에 대한
관심도가 높아지고, 그러면서 외신도 민주화의 방향에 우호적인 접근
을 취하고, 외신기자들이 한국에 진을 치고 명동성당에서 밤샘 취재를
했고요. 이런 것도 그런 전체적 흐름에서 이해 가능하다는 생각이 드
네요.

맞아요. 외신기자들이 명동에서 밤을 새우는 거예요. 바리케이드 쳐
놓은 명동성당의 정원 안쪽에서. 오늘 밤 경찰이 들어온다고 들었다면
서 밤을 새우고… 참 대단한 기세였어요. 당시에 저는 기자들이 단합
을 하여 밀어주나 보다 생각할 정도였어요. 제가 그렇게 이야기했더
니 동아투위 기자들이 그럴 일 없다고 하더군요. 그래도 제 느낌으론,
국제적으로 광주의 비극에 대한 지식이 광범위하게 퍼져 있었고, 한국

민주화를 위해 뭔가 도와주자는 마음이 있었던 것으로 보였어요.

1987년 6월 10일부터 5박 6일. 그때 명동성당은 전 국민의 열성과 이목을 완전히 집중시킨 성소가 되었잖아요. 아마 한국의 가톨릭과 명동성당이 그토록 초점이 된 적은 이전에도 없고 이후에도 아직 없습니다. 나라 전체의 운명이 걸린 듯한 긴장된 상황. 다시 생각해봐도 감격스러운 상황인데 그때야 정신없이 순간순간을 살아갔는지 모르지만 속으로는 어땠나요. 즐거움은 없었나요?

한마디로 매순간이 긴장이었죠. 홍보국장으로서 하나의 보람은, 서울교구의 주보는 당시 미니 매스컴이라고 불리면서, 일반 언론이 보도하지 못한 소식을 냈어요. 그런 점은 아주 기뻤어요.

6월 15일 시위대가 나갈 수 있는 명분을 만들어준 것 중 하나가, 곧이어 6월 18일의 '국민 항쟁의 날' 전국시위계획 아니었습니까. 그에 대해서는 얼마나 관여하셨나요?

국본에서 다 계획이 있었습니다. 명동성당 끝나면 어떻게 한다는 것을 국본에 나가 있던 이명준 씨 등을 통해 들으면서 제가 이렇게 말했어요. "명동성당의 경험이 확산되어야 합니다. 다음 기회에 힘을 모아야 합니다. 그러니 명동성당에서 우리를 부자연스럽게 해서는 안 됩니다." 이렇게 제가 호소했어요. 그때 왔던 분들은 저에 대한 신뢰감이 있어서 제 말을 들어줬어요.

6월항쟁 제2막

6월 15일에 시위대를 귀가시키고 난 다음에는 어떻게 지내셨나요?

그날 저녁 정의평화위원회 주최의 기도회가 살 끝났어요. 윤공희 주교가 집전하시고, 시민들의 정신이 이루어질 수 있도록 노력하자, 18일의 행사와 이어질 수 있도록 다 함께하자면서 끝났고… 명동은 계속해서 그 나름대로 모임이 이어진 것 같아요. 국본과 관련해서는, 이명준 씨 등이 천주교 소식을 갖고 나가서 국본 관계자들과 회합하면서 평화의 날, 최루탄 없는 날, 경찰들 꽃 달아주는 날… 이런 행사를 하며 다소 평화적인 분위기로 이끌었고요. 저는 그동안 밀린 일을 하면서 성당 안에서 이런저런 소식을 들으면서 지냈습니다.

부산에서는 수도자들이 앞장섰나요?

시민 전체가 앞장섰다고 봐야지요. 그런데 시위할 때는 사제와 수녀의 제복이 눈에 띄니까. 신문과 방송에도 나오던데 아름답고 감동적이더라고요. 그때 부산에는 국민운동본부 부산지부가 결성되어 여러 사람들이 결연하게 인도했지요. 노무현(盧武鉉) 변호사도 중심에 서고, 문재인(文在寅) 변호사도 역할하고, 박승원 신부님 등이 애쓰시고요. 가톨릭센터에서 주도한 것은 박승원 신부님이고, 시위를 펼치고 확산한 것은 노무현 변호사님께서 그 중심이었다고 들었습니다.

명동성당은 태풍이 지나간 후의 정중동 상태였습니까? 아니면…

정중동이라 보는 게 맞겠네요. 뒷정리할 게 또 얼마나 많았겠습니까. 저희 나름의 평가회도 갖고 그랬어요.

신부님은 국본의 모임 같은 데는?

그 모임에는 안 나갔습니다. 제가 교구청에 있었기 때문예요. 그쪽에서 역할을 잘하고 있기도 하고, 저는 총대리와의 관계에서 트집 잡히면 안 되니까요.

그럼 신부님은 6·29선언 나올 때까지는 성당에서 조용히 계신 편입니까?

네, 뭐, 여럿의 이야기를 종합하면서 소식 듣고, 늘 긴장하면서 이제 이 정권이 망해야 하는데 언제 망하나 하면서…

군사독재가 망하는 첫 조짐이 6월 29일, 노태우 민정당 대통령 후보가 기자회견을 자청하여 야권에서 주장하는 직선제 대통령 선출, 양심수 석방, 언론자유 보장, 양김씨 정치활동 보장 등을 받아들이겠다고 선언한 것이죠. 이걸 이른바 6·29선언이라고 하지요. 그 선언이 나왔을 때 놀라기도 하고, 대립과 갈등의 시대가 종식되는 데서 나오는 안도감도 있고, 앞으로 어떻게 진행될까 불안감도 있고 그랬지요.

놀라기는 했는데 좀 허탈했어요. 6·29선언 처음에 들을 때, 어, 이게 아닌데 하는 느낌이었어요. 왜냐하면 전두환이 항복해야 하는데, 후보로 나온 노태우가 나선 거예요. 기쁘면서도 조금 허탈하다고나 할까, 뭔가 마무리가 제대로 안 된 것 같은 거예요. '전두환이 이 문서를 내야지, 아직 대통령이 되지 않은 후보가 무슨 약속을 하냐. 이것은 어쩌면 국민을 속이는 의미가 있다. 이게 전두환의 뜻이냐, 노태우가 과연 자발적으로 한 거냐, 둘이 짜고 하는 것 아니냐' 같은 의문들… 그런데 노태우는 자기가 독자적으로 했다는 거 아니에요. 그러니까 더욱 신뢰할 수 없다고 제가 조금 비판적으로 해석했어요. "일단은 기쁘지만 우리의 뜻이 완전히 수렴된 것은 아니다. 전두환 본인이 직접 해야 한다." 그렇게 KBS와 인터뷰했는데, 제 말은 소개도 안 되었어요.

저는 외부 회합에 못 갔어요. 국본의 대표들이 모여서 노태우의 6·29선언을 받아들이느냐 거부하느냐를 갖고 며칠 간 토의했다고 그래요. 이명준 씨 말로는 그 상황에서는 봐줄 수밖에 없었다고 하면서 특히 김대중 김영삼 쪽 의견들이 많이 들어왔대요. 그 사람들은 정치를 해야 하니까 거부하기 어려운 면이 있었을 거예요. 근원적인 접근보다는 때로는 타협하면서 수용해야 한다, 동교동과 상도동 쪽에서도 받아야 한다… 이런 갑론을박 끝에 그 선언을 받았다고 들었어요.

지금까지도 아쉬움으로 남는 것은 그때 전두환으로부터 항복을 받고, 노태우까지 제척했어야 했는데… 그것을 하지 못한 거예요. 그뒤에 6·29선언은 '속이구 선언'이란 말이 나오더라고요. 제가 이렇게 주장하니까 백낙청(白樂晴) 교수 같은 분은, 역사는 일직선으로 좍 나아가는 것이 아니라 부분부분 진전되는 것이라고 하더라고요. 제 의견이 너무 흑백논리라고 말씀하시는데, 저는 신앙적인 관점에서도 그 부분은 아쉽더라고요.

기분으로는 그 말씀이 두루 합당한데, 냉엄하게 객관적으로 보면 다른 면도 있을 것 같습니다. 국민들은 6월 10일부터 26일까지 그야말로 국민총의가 무엇인지를 확실히 보여줬잖아요. 그러고는 너네들이 어떻게 하는지 지켜보자고 잠시 숨고르기 하는 국면에서 저들이 6·29선언을 내놓습니다. 그런데 군부세력들이 완전히 패잔병이 된 게 아닙니다. 정보기구, 관료기구, 군부, 경찰 등 통치조직은 별로 손상 없이 꽉 장악하고 있었거든요. 정당성은 상당히 취약해졌지만 물리적 기구 자체는 장악하고 있는 상태였다는 거지요. 그런 상태에서 그들이 사생결단하고 버티면, 국민들은 무력항쟁으로까지 나아가야 할지 모르는 상황이었어요. 하지만 국민들이 무력으로 권력을 탈취하기가 얼마나 어려운가는 광주 유혈진압사태에서도 알 수 있고, 저 멀리 리비아의 카다피의 축출과정에서도 알 수 있습니다. 그러면 유혈 없이 비폭력을 기조로 민주화를 이루기 위해서는 단계적이고 점진적인 과정으로 진행될 수밖에 없지 않을까… 또 언론은 여전히 저들 편이지요. 그런 상황에서 권력자들이 양보한다고 할 때, 그들을 벼랑 끝까지 밀어내어 제거해버릴 수는 어렵지 않은가. 6·29선언으로 군부세력들이 일보 양보함으로써, 이제 민주화의 시발점으로 삼을 조건은 마련되지 않았던가 생각합니다. 그다음 단계는 또 힘을 결집하고 여론을 움직이고 하면서 한걸음 나아갈 것이고요. 물론 엄청나게 아쉬운 가운데 전국적 투쟁국면은 일단락되었는데, 그뒤 1987년 하반기에 사제단이나 신부님의 동향은 어땠습니까?

7월과 8월에는 노동자들이 전국적으로 투쟁을 벌이잖아요. 그동안 억눌려왔던 것을 더이상 견디지 못해 일시에 대폭발한다고 생각하면서도, 노동자들이 '민주화'보다는 권익향상, 임금인상 쪽에 초점을 맞추었던 것이 지금까지 좀 의문으로 남아요. 그래서 저 개인적으로는 '노동자 대투쟁'이란 말을 안 써요. 그때가 오히려 민주화를 더 진전시킬 운동을 할 때인데, 노동과 임금 문제 같은 것으로 이슈를 전환하여 민주화를 주춤거리게 하는 데 일조한 게 아닌가 하는 느낌이 있고요.

또 1987년 이전에 노동운동을 했던 분은 진정성이 있어요. 정말 헌신적이고 희생적이었어요. 민주화의 물결에 같이 가면서 노력했고요. 그런데 1987년 이후 노동자들은 민주화의 추진이 아니라 노동운동에만 주력하는 느낌이 있어요. 임금인상을 주장하면서도 민주화와 독재 타파 같은 주제를 함께 내세우지 못한 것 같아 안타까웠어요. 이 노동자들이 독재타파, 독재자 청산을 함께 주장해야 하는데 그런 것은 두드러지지 않았어요. 결과적으로 그해 12월에 대선에서 패배했고, 물론 양김의 분열에 큰 책임이 있겠지만, 아, 이게 우리 국민이 미숙한 게 아닌가 생각했어요.

대통령선거와 양김 단일화의 격랑 속에서

1987년 하반기는 그야말로 정치의 계절, 대통령선거라는 이슈로 완전히 빨려들어가버리잖아요. 그 과정에서 사제단의 역할은 또한 주목거리였죠. 권력을 잡겠다는 이기주의로 인해 야권 단일화가 제대로 못될 때 사제단이 크게 꾸짖을 수 있는 게 아닌가 하는 생각. 김영삼 김대중의 범민주세력 단일화가 안 되어 하도 답답했으니까요.

그 하반기에 신부들은 다 같이 모여서 기도하고 시대의 진단도 내려보고 강의도 듣고 했어요. 사제단의 신부들 대부분은 개인적으로는 김대중 선생에 대한 친근감이 더 큰 편이에요. 우선 그분이 옥중에서 6년 넘도록 고생한 분이고, 가톨릭 신자이기도 하고요. 영남 쪽 신부들은, 차선책이지만 그 시대의 상황에서 김대중 선생보다는 김영삼 선생이 오히려 더 좋지 않느냐고 생각하는 분도 있었고요. 당시 김대중-김영삼의 단일화는 민주화의 결정적인 전제였지요. 우리들도 여러 차례 모임을 갖고 누구를 지지해야 하나 투표를 했어요. 김승훈 신부님은 좀 단순 솔직하시니까, 노골적으로 김대중을 지지해야 한다고 했어요. 당시에는 송진 신부가 사제단 총무인데, 송 신부는 "우리 사제들의 의견을 종합해야 합니다." 하면서 매달 회합했고요. 강의 듣고, 의견 개진하고… 그러다가 투표하면 보통 7대 3으로 김대중이 우세하게 나왔어요. 하지만 송진 신부는 그것으로 사제단의 의견을 종합할 수 없다면서 늘 유보시켰어요.

저도 마음속으로는 김대중 선생이 되면 좋을 것 같았어요. 그런데 저는 홍보국에 있고, 젊은 신부들이 일할 때니까 직접 개입하지는 않고, 회합에 가서 제 뜻을 밝히는 정도였어요. 김대중 쪽으로 백 퍼센트 의견이 모이지는 않더라고요. 주요 정치인 넷이 대선에 출마했는데 이것을 어떡하나, 우리는 신부로서 대통령선거에 직접 의사를 표현할 상황이 아니니까 고민하고 있었어요.

김대중 측에서는 평신도들을 통해서 우리 사제들이 지지해줬으면 좋겠다고 연락해오는데 그게 쉽지 않잖아요, 민감한 사안이어서. 그런데 대통령선거가 임박해도 단일화 전망이 보이지 않으니 급박해졌어요. 그때부터는 저도 나섰어요. 김영삼 후보도 만나고 김대중 후보도 만나고. 그때 오태순 신부가 주임으로 있는 천호동성당에서 김영삼, 김대중 두분을 따로 따로 초대했어요. 유현석 변호사에게 여러번 자문을 구했어요. 그런데도 단일화가 안 되니까 마지막에 농담 식으로 "좋은 방법이 있어요. 제비를 뽑으세요." 하는 거예요. 제가 "어떻게 제비를 뽑아요?" 하니까 유 변호사가 정색하면서 사도행전 1장을 펼쳐요. 배신자 유다 대신 사도 직분을 감당할 자를 제비로 뽑잖아요. 그래서 마티아가 12사도의 한 사람으로 뽑혔잖습니까. 두 사람이 모두 괜찮은 이들일 때는 기도하고 제비뽑을 수밖에 없다는 거예요. 지금은 그 뜻을 공감하는데 그때는 그 말이 장난 같았어요. 우리가 그것을 깊이 염두에 두지 않았거든요.

글쎄요. 고난과 선의 길이라면 제비로 뽑을 수도 있지만, 권력을 향한 길이라면 제비를 뽑아도 절대 승복하지 않았을 것이고요. 노태우 측으로부터는 국민의 대통령을 제비로 뽑냐, 이런 자들에게 국정을 맡길 수 있겠느냐며 대대적인 역공을 맞았을 겁니다. 하도 답답하니까 하는 말씀이겠죠. 제비뽑기 말고 어떤 진지한 노력을 하셨는지요.

천호동성당에 두분을 모셨다고 했잖아요. 처음에 김영삼 후보를 모셔서, 각 교구 대표로 온 신부 20여분과 식사하고 말씀을 들었어요. 그분이 조금 단순하잖아요. 자기가 되어야 한다면서 자기 논리를 펼쳤어요. 살아오신 역정과 논리를 듣고 저희들이 그랬어요. "저희들이 볼 때 어느 분이 대통령 되시든지 똑같습니다. 두분 다 대통령이 될 자격이 있습니다. 그런데 두분이 동시에 대통령이 되실 수는 없지 않습니까. 지금 또 단일화 작업이 어려우니까 저희들이 이제까지 살아온 면을 신뢰하셔서 저희한테 위임을 하십시오. 그래서 저희들이 결정하는 사람이 대통령 후보가 되는 것을 약속하십시오."

약속을 안 하죠. 그런데 하도 압박을 하니까 그분이 결국에는 약속을 하더라고요. 억지로 약속한 셈이죠. 그거 하나는 성공했잖아요. 며칠 뒤에 김대중 후보를 또 천호동성당으로 모셨어요. 그날이 안양에서 유세를 하는 날이었어요. 음식은 좋았어요. 좋은 음식을 차려놓았는데 그분은 약속을 안 하시더라고요. 우리가 자기를 더 지지하는 줄 알면서도 위임을 안 하는 거예요. 우리가 좋은 말로 기도도 하고 압박도 했어요. 결국 그 음식 먹고 가서 체했어요.

누가요?

김대중 선생이요. 그래서 안양 유세할 때 체했다고 나중에 연락을 들었어요. 사실 사제단에게 맡기라는 것이 아니라, 여러분이 존중하는 변호사들과 사회지도자들이 단일화 위원회를 만들어, 거기서 결정하는 분이 후보가 되는 걸로 하자는 것인데, 거기에 백지위임을 하라는 건데 김대중 선생은 승낙하지 않더라고요. 김영삼 씨는 그런 의미에서 좀 단순한 거예요. 그분은 아마 단일화가 절대 안 될 것을 알고 응했을지도 모르지만요. 그런데 김대중 선생은 끝까지 안 하더라고요. 그게 늘 아쉬움으로 남아요. 만일 그때 김대중 선생까지 승낙했더라면 저희들이 재차 모여서 어느 분이 될지는 모르지만 단일화했을 텐데 그것을 못했다니.

그것으로 사제단 차원에서는 그만인가요?

대통령선거 날짜는 임박해오고, 또 그 당시 KAL기 폭파사건이 터지니까 위기감도 오고, 우리보고 특정인 지지 서명하라는데 그렇게 할 수 없잖아요. 김승훈 신부님은 서명하자는 주장이었어요. 송진, 김승훈, 저 셋이 만났어요. 저는 그래도 김승훈 신부님 편을 들었어요. 송진 신부는 절대 안 된다고 하고요. 제가 약속을 했습니다. 그럼 저는 실무를 맡고 있는 송진 신부의 의견을 존중하고 그 뜻대로 하라 하고 헤어졌어요.

당시 가톨릭의 열성 신자들이 있잖아요. 그분들이 전국을 다니면서 신부들한테 단일화 촉구를 위한 서명을 받았어요. 그것은 무난하잖아요. 그러니까 거기에 앞서 말씀드린 대로 250여 명의 신부님들이 서명한 거예요. 그것을 대통령선거 한 3일 전인가 신문에 광고를 낸 거예요. 광고에는 사제단 명의가 아니라 개인 이름으로 나왔어요. 그런데 모든 신문에서 천주교 정의구현사제단이 김대중 후보를 지지했다고 보도하는 거예요. 바티칸에도 그렇게 보고가 갔어요. 그러니 전부 쫓아다니면서 아니라고 할 수도 없고…

사제단이 아니라 개인들 명의로 한 것인데, 워낙 사제단이 주목받으니까 신문에서는 그렇게 해석해서 사제단이 김대중을 지지했다고 써버린 거네요. 함 신부님도 그 명단에 있습니까?

저는 교구청에 있으니까 서명하지 않았어요. 그런데 모든 언론에서 사제단이 지지한 거라고 보도해버리니, 뭐 어떻게 변명하겠어요.

바티칸에 그렇게 보고됐다고 하는데, 그게 무슨 특별한 의미가 있나요?

노태우가 대통령이 된 후, 바티칸은 현 정부와 대화해야 하니까 정부 입장을 의식하게 돼요. 정의구현사제단에 대해 어느정도 경고한다는 메시지가 나왔고요. 1988년 4월 성목요일에 명동에서 성유축성미사를 하고 김수환 추기경과 같이 점심을 먹는데, 추기경이 바티칸에서 사제단에 대해 조금 견제를 한다고나 할까, 그런 뉘앙스로 말씀하셨어요. 그러니까 많은 사제들이 조금 위축되어서는 그다음부터 잘 모이질 못하는 거예요. 바티칸이 정의구현사제단에 공식적으로 치고 들어온 게 1988년부터입니다. 정치적 선언을 했기 때문에 안 된다는 거예요. 사실 사제단이 성명을 낸 게 아닌데, 우리가 또 희생양이 된 거죠. 물론 그 서명자 중에 사제단 신부들이 절반은 넘었겠죠. 그런 내용들이 참 곤혹스러웠어요.

그럼 사제단에 대한 바티칸의 견제는 그전에는?

견제는 전혀 없었죠. 이것은 대통령선거에 대한 것이었고, 집권한 정부가 '이건 정치개입이다'라는 항의문을 보내니까 바티칸에서도 언급할 수밖에 없었겠죠. 그게 저희들에게 큰 상처예요. 김수환 추기경이 버티면서 대응했으면 좋았을 텐데, 바티칸이 최상부기관이니까 바티칸에서 편지만 와도 한국 주교들은 놀라는 거예요. 해명하면 되는데 그럴 엄두를 못 내요.

함 신부님은 교구에 계셔서 정치 관련 일을 할 때 이름을 넣지 않았다고 하셨는데, 교구에 직속되어 있으면 자유로운 표현을 하기에 제약이 많은 모양이죠?

이름이 들어가면 교구에서 지적받고 운신의 폭도 더 제약되니까, 교구에서 자유롭게 활동하기 위해 뜻은 같이하더라도 제 이름은 빼달라고 김승훈 신부께 말씀드렸고, 사제단 신부들도 그렇게 양해해주었고요. 아까 말한 김대중 지지 성명서가 나간 뒤에 송진 신부가 장부, 사제단 일지, 통장 등 일체를 저에게 가져온 거예요. "신부님, 저 못하겠습니다." 하면서요. 그런 성명이 나갔으니까 책임감이 있잖아요.

송진 신부가 마음고생을 많이 하신 것 같은데, 개인적 관계는 어떻습니까?

이태리에서 돌아와 제가 처음 강의할 때 학생으로 만난 사이지요. 박정희 정권 때 삭발농성도 하던 학생이었어요. 제가 너무 아꼈어요. 송진 신부는 고집도 대단하고 자기 확신이 있는 사람이에요. 철저하고 타협을 안 해요. 그런 신부인데 성명서 파동이 나니까, 더이상 못하겠다고 하고서는 그다음부터는 사제단 활동을 전혀 안 하는 거예요. 그때 사제단이 조금 흔들렸어요. 아쉽더라고요.

남국현 신부라고 있어요. 교구청에서 저와 같이 일했어요. 남국현 신부가 송진 신부와 동기예요. 군종 신부를 한 적이 있어 생각이 좀 보수적이었는데 『전태일 평전』을 읽고는 입장을 확 바꾸어 민주화를 위해서 투신해야겠다고 하여 이 부분에 대해 앞장섰어요. 그래서 제가 남국현 신부와 상의했죠. 이러이러한 고민이 있는데 남 신부가 해보면 어떻겠느냐 하니, "신부님이 도와주시면 하겠습니다." 하더라고요. 곧바로 신부들이 회합하여 남국현 신부를 사제단 총무를 정하고 서류들을 남 신부에게 넘겼죠. 문규현 신부를 북한에 파견했을 당시의 총무가 남국현 신부입니다.

1987년은 역사의 격랑 속에 모두가 휘말렸던 해인 것 같습니다. 사제단으로서는 아주 특별한 해이기도 하고요. 일하면서 성과도 얻고, 격랑 속에서 다치기도 했던 것 같습니다. 지금까지 상세히 회고하셨는데, 지금도 생생하시죠.

아까도 말씀드렸듯이 6·29, 이게 마음이 아파요. 예가 부적절합니다만, 하여간 권투 시합을 할 때 케이오시켰어야 하는데, 케이오를 못 시키고 주춤했던 게…

그렇게 쉽지도 않았을 겁니다. 노태우는 민정당 대통령 후보로 되긴 했지만, 운신이 쉽지 않았을 거예요. 명동성당 진입도 불가능하고 계엄령 선포도 불가능한 상태에서 민주화의 열망을 확인한 터라, 집권세력은 뭔가의 양보를 통해 타개책을 비밀리에 찾아나선 거겠지요. 6·29선언에 포함된 내용 자체는 좋은 거잖아요. 전두환은 노태우에게 이 안을 받으라고 강권하고, 노태우는 주저주저하면서 받아들였어요. 노태우는 6·29선언을 발표하면서 그것을 마치 전두환의 뜻에 거스르면서 단독으로 비장한 결단을 한 것처럼 연출해냈고요. 6·29는 결국 노태우의 최대 정치자산이 됩니다. 전두환은 마지못해 수용하는 흉내를 냈고, 이리하여 전두환은 악역을 맡았고 노태우에게 스포트라이트를 집중시키는 역할분담을 잘해냈습니다. 직선제 하면 양김의 분열을 유도하여 선거에서 이길 수 있다는 정치적 계산도 사전에 했고요. 정치공학 면에서 전두환-노태우는 하나의 작품을 만들어낸 셈이지요.

그럼 6·29는 전두환과 노태우의 합작, 각본으로 봐야 할까요?

뒤에 다 밝혀진 거지요. 나중에 전두환과 노태우가 싸울 때, 전두환 측이 "6·29선언은 우리들이 다 준비한 것이고, 노태우는 오히려 안 받으려 했고, 때문에 6·29로부터 시작된 민주화는 전두환의 작품이다."라고 주장한 거죠. 노태우의 입장에서 보면, 전두환이 그런 걸 받으라고 할 때 이게 전두환의 진심인지 아닌지 알 길이 없잖아요. 그러니 계속 주저주저하면서 전두환의 의중을 좀더 떠본 점도 있겠고, 물론 자신이 결단한 면도 있고요. 노태우로서는 위험부담을 안고 자신이 한 것이라고 주장할 수도 있을 것 같아요. 이렇게 노태우-전두환이 정치적 효과를 극대화하는 역할극을 잘해낸 점이 하나고요. 다른 하나는, 데모를 아무리 크게 해도 전두환과 군부가 장악한 국가조직(관료, 군부, 언론)은 여전히 그들의 수중에 있었습니다. 전두환은 이 국가조직 전체를 노태우의 승리를 위해 효율적으로 투입했고, 그럼으로써 군부 정권을 재생산해낸 게 역사적 사실입니다.

그럼 오히려 제가 질문하고 싶은데, 국본과 양김 모두가 합작해서 6·29에도 불구하고 더 밀어붙였으면 어떻게 안 되었을까요? 정치권이 현실적으로 나뉘어 있었으니까 쉽지는 않은 가정이겠지만.

1987년에 군부독재정권을 완전히 케이오시켜서 꼼짝 못하게 할 수 있었을까요? 그들은 국가체제를 장악·유지할 수 있는 능력 면에서 손상이 없었어요. 경찰도 민주화 쪽으로 항복해 들어오지 않았고, 군부는 요지부동이었습니다. 내부 분열의 조짐이 아직 없었다는 거지요. 아마 YS, DJ가 마음을 일치하여 단일후보를 냈다면, 그리고 그때 정권 차원에서 선거조작이나 여론조작을 했다면 진짜 독재세력을 제압할 만한 대봉기 상황에 직면할 수도 있었을 것 같습니다. 4·19 직후 이승만 세력이 총체적으로 몰락하듯이요. 그런데 정권이 조금 양보하며 전선을 후퇴시킨 거지요. 다만 양김 중 한명이 집권했다고 하면, 군부는 두세차례 쿠데타를 시도했을 것으로 생각합니다. 아르헨티나와 필리핀, 스페인의 민주화 과정을 보면, 군부가 두어차례 쿠데타를 일으킵니다. 1987년 이후 한국의 민주화 과정에서 가장 결정적인 점은, 군사 쿠데타가 일어나지 않았다는 사실이지요. 다른 나라 학자들과 대화하면 이 점을 제일 궁금해해요. 그래서 저는 몇가지로 정리해봤습니다.

첫째는 광주의 교훈. 군부가 민간정권을 몰아내기 위해 쿠데타를 감행한다면 엄청난 유혈을 각오해야 하는데, 그 정도의 부담을 감당할 잠재력은 광주로써 고갈된 것 같습니다. 둘째는 노태우의 기여가 있었어요. 군부 출신의 대통령이지만, 노태우는 '물태우'라는 별명대로 강압적 힘을 서서히 뺐고, 군부를 서서히 약화시키면서 민간정치로 권력 중심이 이동하는 데 중간교량 역할을 했습니다. 셋째는 잘 아시다시피 김영삼 대통령이 군부 중 쿠데타 잠재력이 있을 만한 중심을 완전히 해체시켜버렸다는 겁니다. 말하자면 군부의 독이빨을 뽑아버렸다는 거지요. 물론 이러한 배경에는 한국 피플파워의 성장이 있겠지요. 다만 피플 파워에만 의존해서는 안 되고, 정치공학적으로나 제도적으로 군부를 약화하고 정치군부적 요소를 효율적으로 제거하는 작업에 성공했다는 거지요.

또다른 하나는요. 저는 스페인의 민주화 과정에서 여러 시사점을 얻었는데요. 철권통치자 프랑꼬가 죽은 뒤, 그 권력이 비리비리한 왕자에게 넘어갑니다. 그 왕자는 군부의 기반이 약한, 그러나 군인인 수아레스에게 통치실무를 맡기고, 그뒤 수아레스 총리가 중심이 되어 군대의 힘을 약화합니다. 그런데 선거과정에서 보면, 중도우파 쪽에서 먼저 집권하고 그것이 안착된 바탕 위에서 중도좌파가 집권합니다. 유럽에는 그런 나라가 많아요. 그렇다면 그런 방식의 점진적 변화가 안정화된 정치를 가져오는 게 아닌가 싶고요. 한국에서도 노태우 김영삼 김대중 노무현을 보면, 점점 우파에서 좌파로 이행하는 것 같지 않습니까? 그렇게 한 순배 돌고 난 후엔 국민적 인기에 따라 좌든 우든 집권하는 거지요.

그런 해석을 들어보니까 일리가 있는데, 다른 한편으로는 우리가 남북분단과 박정희 정권의 체험 등 때문에 미국의 동의가 있지 않고는 군부 쿠데타가 불가능하잖아요. 1980년 미국이 군부의 광주개입을 동의했다가 우리 국민들의 저항에 부딪쳤잖아요. 그런 상황에서 양김 중에 한분이 대통령이 되었을 때 군부장악을 못했다고 해서 쿠데타의 가능성이 있었겠느냐? 그 가능성을 생각해본 적은 없어요.

작은 쿠데타는 한두번 정도 일어났을 것 같아요. 왜냐하면 대장 급부터 소위까지 주요 간부 라인이 모두 육사 출신 장교로 되어 있잖아요. 이들을 다른 인사들로 교체할 방법도 없고요. 그중에 누구를 임명할 수밖에 없는 그런 구조가 온전한 상태에서 어떻게 할 거냐…『최후의 계엄령』(고원정, 1991)이란 소설이 있잖아요. 그때까지도 군부의 준동에 대한 불안감이 완전히 가시지 않았던 게 아닌가…

1980년과 87년에 군부와 정권 쪽에서 '김대중은 절대 안 된다'는 식으로 이야기를 널리 퍼뜨렸잖아요. 불안감을 심어주려고요. 그런데 제일 약한 게 군인이었어요. 저는 노태우, 김영삼 정권 시절 군인들 앞에서 강의할 때 가끔 그랬어요. "아니, 육군 소장 박정희가 반란군 수괴가 되어 대통령이 되는데도 그 선배들은 그 앞에서 다 무릎 꿇고, 전두환 육군 소장이 집권할 때에도 군인들은 모두 치사하고 비겁했다." 소장보다 더 높은 계급의 장군이 많잖아요. 아니, 육군 소장이 반란군인데, 별 셋넷을 단 장군이 그의 앞에 가서 절절매는 군대, 그게 제대로 된 군대냐는 거예요. 누군가는 정면으로 맞서 싸우고, 싸우다 죽은 장군이 있어야 될 게 아니냐, 그래야 쿠데타도 안 일으킬 것 아니냐, 그런데 그런 장군이 어디 있느냐는 거죠. 제가 이렇게 강하게 말했어요. 가톨릭 신자 장군 출신들이 듣고는 매우 떨떠름해하더라고요.

박정희와 전두환은 권력 장악에 목숨을 걸고, 작전을 치밀하게 세우고 결행하잖아요. 성공하면 권력 지분 나눠먹고 승진하는 식의 당근도 확실하고요. 그런데 반대편은 갑자기 하극상의 반란에 당면하니까 허를 찔리는 거잖아요. 반대편은 목숨을 걸 이유도 없고 각오도 안 되어 있고요. 어찌 보면 권력욕심 큰 놈이 이기는 게임이었던 것 같아요. 12·12쿠데타를 보면, 전두환 측은 '우리 국군의 피를 흘려도 좋다, 우리가 권력을 쟁취한다'는 자세인 데 반해, 반대편은 '국군끼리 유혈충돌은 곤란하다'는 자세였거든요. 물론 5·16 당시 이한림 장군, 12·12 땐 장태완 수경사령관 등이 쿠데타군을 제압하려다 실패했으니, 모든 군부가 늘 고분고분 쿠데타세력을 추종한 것은 아니네요. 그러니까 가장 악독한 자가 군권과 국권을 탈취한 거죠.

반대편도 어려웠겠지요. 보안사가 상대방 움직임을 도청하여 완전히 감시하고 있었으니까요. 또 박정희가 군 수뇌부를 구성할 때, 쿠데타나 정치야심 같은 게 보이지 않는, 좀 모자란 사람을 임명한 게 아닌가, 그러니 쿠데타 가능성에 대비하여 준비할 수 없었던 것 아닌가 하는 소문도 당시에 많았고요.

강론의 준비, 그리고 『선포와 봉사』

앞에서 1987년의 역사적 드라마를 감동적으로 들었습니다. 우리 민주화를 이끌어내는 데 기적 같은 견인차 역할을 해낸 사제단과 신부님들께 감사드려야겠다는 생각이 들더군요. 그동안 함 신부님이 내신 책의 목록을 죽 봤습니다. 1988년부터 1991년 사이에 3권을 내셨더라고요. 『약자의 벗 하느님』 『불을 지르러 오신 예수님』 『칼을 주러 오신 예수님』. 그동안 다른 신부님보다 책을 훨씬 많이 내신 편이죠?

체험에 기초한 강론집 등입니다.

다른 신부님들은 이렇게 책을 많이 내지 않는 것으로 아는데요.

대학 교수로 계신 분들은 학술적인 책을 쓰고, 본당 맡은 분들은 글을 쓰되 신자들이 쉽게 접할 수 있는 수필 강론 같은 책을 쓰시죠. 저는 강론을 위해 성서 전체를 3년 단위로 구성합니다. 가·나·다 3년을 주기로 하면 성서 전체를 한번 죽 볼 수 있습니다. 완독은 아니지만 전체 흐름을 알 수 있죠. 제가 서울교구 홍보국장으로 있던 3년 동안 주보에 집필했던 것을 한 단위(3년)가 끝난 뒤에 묶어내 바오로딸 출판사에서 발간했죠.

'가·나·다 해'가 무슨 말인지, 비신자는 모르겠는데요.

이런 방식은 1960년 제2차 바티칸 공의회가 끝나면서 전례 개혁을 할 때 만들었죠. 그 첫해를 '가 해', 둘째 연도를 '나 해', 셋째 년도를 '다 해'. 그다음에는 다시 '가 해'로 돌아옵니다.

그럼 내용적으로도 각 해마다 다릅니까?

특별히 나뉘지는 않고요. 예컨대 '가 해'의 경우는 '창세기부터 하자', 이렇게 훑어오는 것인데요. 사순절이나 대림절은 특별한 절기이기 때문에 그때의 성경 말씀은 해마다 같고요. 그 외 계절은 성경을 나눠서 배치했습니다. 기계적 배열은 아니지만 '가 해'에는 주로 마태오복음입니다. '나 해'는 마르코복음, '다 해'는 루카복음. 요한복음은 특별 복음이기 때문에 주로 부활시기에 축일에 맞춰 배치를 합니다. 구약성경도 그런 식으로 배치하고요. 이렇게 3년을 미사 참여하고 강론을 들으면 성서의 윤곽을 알 수 있습니다. 평일의 경우에는 홀수 해와 짝수 해로 나누어 성서 전체를 읽도록 배치했습니다.

신부님은 강론을 준비할 때 글을 써서 주보에 싣고, 거기에 실린 글을 묶어 책으로 출간하겠다는 일관된 계획하에 사전에 준비합니까?

그렇게 계획하지는 않았어요. 주보에 쓸 때에는 '시대의 징표를 알고, 시대와 역사 속에서 성서를 재해석해야겠다' 생각해서, 같은 성경 말씀도 꼭 우리 시대의 사건이나 교훈과 연계될 수 있도록 묵상해서 풀었습니다. '성서를 해석할 때 "삶의 자리"를 알아야 한다.' 주로 개신교계의 구약성서 학자들이 그렇게 주장했고, 가톨릭도 개신교 학자들의 영향을 받아서 그 해석을 가져왔어요. 저희들이 성서를 배울 때 그게 참 좋았어요. 성서가 집필될 때의 시대적 환경과 여건을 이해한다면, 또한 어떤 상황이나 처지에서 어떤 목적으로 누구를 대상으로 이 성서가 쓰였는가를 알면 성서 속에서 찾을 수 있는 교훈이랄까 메시지가 분명하거든요. 그래서 가능한 한, 예를 들어 성서 1독서를 한다면 주제와 배경, 성서의 삶의 자리를 일상의 예로 소개해주고, 이것이 누가 어느 시대에 어떤 목적으로 어떤 상황에서 집필했는가를 이야기해줬어요. 그것 하나만 갖고도 성서의 의미를 쉽게 파악할 수 있거든요. 그다음에 성서의 자구적인 의미. 너무 자구 해석을 위주로 가다 보니까 조금 지루해서 그날 독서의 주제어, 우리 시대에 가장 교훈을 찾을 수 있는 주제어를 뽑아서 묵상하고, 마지막으로 우리 현실에 줄 수 있는 교훈이 무엇인가를 해석합니다.

이런 접근방식은 신부님이 개발하신 건가요? 아니면 대개 그렇게 합니까?

이태리 나뽈리에 있는 도미니꼬 수도원에서 발간하는 『사제들을 위한 강론집』이 있습니다. 도미니꼬 수도원은 말씀 선포가 그 회의 주목적이에요. 그 강론집을 늘 눈여겨보다가 귀국할 때 여러 권을 갖고 왔어요. 한국에는 그 강론집이 소개되지 않았을 땐데, 독서나 성경을 이렇게 접근해보고자 했고요. 이로써 강론의 한 형식을 새로 제시했습니다. 처음에는 어떻게 주제를 찾나 어려워했지만 그치지 않고 하다보니 나중에는 오히려 강론이 부담되지 않는 거예요.

하느님의 성서말씀에서 감동을 받기가 사람에 따라 쉽지가 않지요. 어떤 때는 큰 감동이 있지만, 매일 그렇게 감동을 받을 수는 없거든요. 성서 본래의 시대적 배경과 역사를 전달해주면, 신자들이 그것을 듣고 자기 삶의 자리에서 성서의 의미를 찾을 수 있잖아요. 그래서 신부와 신학생들한테 그런 방식을 제시했습니다.

어떤 때는 강론을 무거운 짐으로 생각하는 분들이 많이 계세요. 그래서 제가 그것을 짐으로 생각하면 안 된다고 하면서, 섭생에 비유하자면 한가지만 먹으면 좋지 않으니 골고루 섭취해야 한다고 했지요. 제1독서는 주로 구약성경을 배경으로 하고, 제2독서는 바오로 사도의 서간 편, 그다음 제3독서로는 예수님의 행업인 복음으로 각각 5분씩만 설명하더라도 15분의 강론이 되거든요. 선배들과 저희 동년배들의 강론 패턴을 들어보면 너무 '복음'을 중심으로만 하는 거예요. 물론 좋고 훌륭하지만 단조롭고 늘 들었던 내용이에요. 심지어는 3년이 지나도 3년 전 했던 것 그대로 읽고 그러니까, 기억력 좋은 교인들은 '어, 저거 3년 전에 한 건데', 이럴 수도 있거든요. 이것 때문에라도 강론에 대해 깊이 묵상해야 해요. 그래서 이것을 좀 일깨우려 했습니다.

신부님의 강론은 시대와 역사 속에서, 또 삶의 자리 속에서 성서를 본다는 것인데, 그것은 천주교 사제들 일반의 경향인가요? 복음을 삶의 현장에서 떼어내서 초월적인 무언가가 있는 듯한 분위기를 만들고, 그저 믿으면 구원받고 복받고 천당 가고… 이런 신앙이 기독교에서도 여전히 활개치고 있지 않습니까. 성경을 삶의 자리로 가져오면 신도들은 어떤 결단을 강요받는 듯해서 싫어하기도 하고요. 다른 신부들에게 그게 보편적인 방식은 아니겠죠?

저는 그렇게 노력합니다. 신학교에서는 그렇게 배우는데 아무래도 그게 체화되기까지는 시간이 걸리니까 대개는 강론을 대중적으로 하기 위해서 애쓰죠. 어떤 분들은 대중가요에서 한줄 따오기도, 또 만담 프로에서 따오기도 하는데… 사실 귀중한 성서말씀 시간에 그렇게 하는 것은 하느님의 말씀에 대한 예의가 아니죠. 저는 강론을 여담처럼 하면 안 된다고 생각하는 편인데, 사목생활을 하다 보면 자기 나름대로의 방법을 갖고 싶으니까… 원칙은 그렇습니다만 현장에서는 다양하게 펼쳐지죠.

신부님 말씀 중에 '삶의 자리'라는 말이 계속 등장하는데요. 그건 어떤 신학적·성경적 배경을 갖고 있는지요?

개신교 학자의 성서 해석에 나오는 말로, 독일어로 Sitz im Leben, 이를 "삶의 자리"로 번역합니다. 말하자면 성서가 집필된 구체적 상황과 배경을 알아야 한다는 뜻입니다.
가톨릭과 개신교 사이에는 별 차이가 없습니다. 성서와 신학을 연구할 때는 같이합니다. 독일어권을 비롯한 유럽에서는 그 용어 자체가 다르지 않고요. 그분들이 우리보다 장점을 갖고 있는 거지요. 우리는 우선 용어 자체가 다르기 때문에 신학을 같이하기가 쉽지 않을 때가 종종 있습니다. 예컨대 '하느님'을 쓰는 가톨릭과 '하나님'을 쓰는 개신교, '야훼'와 '여호와' 이런 핵심 단어부터 다르니까 처음부터 뭔가 걸림돌이 있는 듯이 여겨져요. 저는 양쪽을 구분 짓는 용어보다는 가능한 한 서로 이해 가능한 용어를 쓰려고 합니다.

사제를 위한 강론집을 도미니꼬 수도회에서 펴낸다고 했는데, 매년 나옵니까?

1년에 한 여섯차례 나옵니다. 저희들도 그것을 모델 삼아 『선포와 봉사』라는, 사제들을 위한 강론 길잡이를 출간하고 있습니다. 기쁨과 희망사목연구원에서 1년에 여섯차례, 그러니까 두달에 한번 꼴이죠. 처음에는 한분이 7주 연속으로 썼는데 그건 너무 힘들어하더라고요. 그래서 요즘엔 일곱 분의 필자가 돌아가면서 나눠서 씁니다. 『선포와 봉사』라는 강론 길잡이는 17년 가까이 내고 있습니다.

『선포와 봉사』라는 강론 길잡이를 낼 때, 7명의 필자가 썼다고 하셨는데 누구입니까?

기쁨과희망사목연구원 이사, 운영위원, 기획위원 사제들이 논의하고요. 처음엔 저희와 선배 몇 사람이 썼는데, 그렇게 몇년에 걸쳐 틀을 잡아놓고, 이제 저희 후배에게 물려줘서 하고 있지요. 현재 정의구현사제단에서 활동하는 신부들이 주로 집필하고, 그분들이 편집기획위원을 구성해 논의하고 연구실장이 종합합니다.

각 성당으로 보냅니까?

네. 여러해 동안 전체 4천여 사제들에게 배포하기도 했습니다. 현재는 뜻있는 분들의 구독신청을 받아 500여명 정도가 구독하고 있죠.

그런 건 교단 차원에서 무슨 특별한 허가가 있어야 합니까? 가톨릭은 단일조직 같아서 말입니다.

1960년 이전에는 허가제가 있었는데, 제2차 바티칸 공의회 이후에 그런 허가를 없앴어요. 그런데 한국사회는 다소 그런 형식을 챙기다보니까 '교회 인가'란 것을 만들어놨더라고요. 저희 사제들은 평등을 지향하니까, 교구 체계를 넘어서서, 인간을 넘어서서 하느님 말씀을 선포하는데 누구한테 인가를 받을 필요가 없잖아요. 한마디로 순교할 때 누구한테 인가받고 순교하나요? 신앙에 대한 것인데, 누가 인가를 해요? 그리고 정의구현사제단 자체가 인가 같은 걸 넘어선 단체거든요. 사제단에 대해, 처음 발족한 1970년대에야 한국 교회의 대표성을 갖고 활동했다고 보았는데, 요새는 시비거는 쪽에서 '인가받지 않은 단체'라는 식으로 이야기해요. 그러면 저는 반문합니다. "예수님이 누구한테 인가받고 태어나시고, 또 말씀하셨느냐. 인가라는 제도가 갖고 있는 협소성을 깨라. 세례를 받을 때 누구한테 허락을 받느냐. 순교할 때 허락 맡고 순교를 하느냐?" 이러면서 제가 정면으로 대응하죠.

반박할 생각도 잊게 만드는 논리 같은데요. 그런 기가 막힌 논리를 누가 언제 만들어낸 겁니까?

살면서 깨닫게 되는 교훈입니다. 아, 그게 세례신학에 나옵니다. 개신교는 잘 모르겠는데, 가톨릭의 세례 원리는 이렇습니다. 세례라는 것은 제3자가 집전해야 해요. 우리 속담에 "중이 제 머리를 못 깎는다."라는 말이 있듯이, 제가 저한테는 세례를 못 줘요. 그렇다고 꼭 그리스도 신자만이 세례를 주는 것은 아니에요. 신자 아닌 분도 하느님의 이름으로 성부와 성자와 성령의 이름으로 세례를 줄 수 있습니다. 세례의 원리는 교회의 제도를 넘어서는 원리거든요. 다만 그렇게 되면 남용될 수 있으니까 현행 교회법에서는 사제가 세례를 집전하지요. 일반 신자들이 집전할 때 그것을 비상 세례 혹은 대세라고 하는데, 그런 것도 가능합니다. 그럴 때는 꼭 성당에 와서 신고하고, 사후에라도 서류를 꼭 작성하라고 되어 있습니다. 그것은 통제를 위한 파악이고, 남용을 막기 위한 방안이지요.

세례는 어쨌거나 통제의 대상이 아니거든요. 아니, 바오로 사도가 율법을 넘어서면서까지 정면으로 싸우셨잖아요. 갈라디아서 3장 27, 28절에 나와 있는 것이 바로 그 내용입니다. "세례를 받아서 그리스도 안으로 들어간 여러분은 모두 그리스도를 옷 입듯이 입었습니다. 유다인(유대인)이나 그리스도인이나 종이나 자유인이나 남자나 여자나 아무런 차별이 없습니다." 세례라는 것은 유대인과 이방인의 차별성, 자유인과 노예의 차별성, 남자와 여자의 차별성을 타파하는 것이고, 이 삼중의 차별을 타파하고 그리스도로 새로 옷 입는 것이라는, 아주 신선한 세례의 선언문입니다.

그런데 그 바오로 사도가 여성신학자들에게 비판을 받아요. 왜냐면 그렇게 신선한 가르침을 준 몇년 뒤에 가서 이를 조금 수정하거든요. 바오로의 생각에 남존여비 시대에 여자와 남자가 동등하다는 것은 용납이 안 되었던 거예요. 거기서 반발이 생기니까 후반부에 사도 비오로의 작품에서는 남자와 여자의 차별을 빼는 거예요. 그뿐 아니라 고린토전서에도 여자는 머리를 가리거나 공동체에서 잠잠하라, 그러지 않습니까. 그런 내용들을 저도 여성신학을 공부하면서 터득했어요. 또 교계와 주교들과 부딪히면서 거기에 대응하려면 성서에 기초를 둔 신학적 논리를 생각해야 하는 것이죠. 그래서 세례신학, 순교의 원리, 신앙고백의 원리, 이런 것을 새로 생각하게 되었어요.

우리 정의구현사제단에 대해서는, 이를 역사가 공인해주고 시대가 공인했는데, 다시 누구한테 공인을 받느냐? 독재와 맞서 싸웠던 우리들의 삶이 있고 그것을 토대로 민중이 공인했는데, 그러지도 못한 자들이 뭘 공인 운운하느냐 하면서 정면으로 이의를 제기했죠.

아직도 좀 유치한 교우들은, 정의구현사제단이 주교회의에서 인정받지 않았다고 이야기해요. 아니, 그 당시는 우리가 천주교를 대표하는 기관이었는데 누구한테 공인을 받습니까. 그래서 항상 신학적으로 부딪칩니다.

제도권 일각의 인가주의·공인주의·인정주의 같은 생각들이 있지요. 세속에 대하여 비판적으로 언급하지 않고 초연하게 지내거나 사이좋게 지내자는 쪽 말이죠. 사이좋게 지낸다는 게 뭐예요? 기성의 지배질서를 그저 옹호하면서 사회적 약자를 외면하자는 쪽으로 갈 가능성이 많잖아요. 그것에 대하여 『선포와 봉사』라는 강론 자료, 이걸 일반

학교 식으로 표현하면 교사를 위한 참고서 같은 것이죠, 이 사제 강론용 참고서를 17년째 만들어온 것입니다.

『선포와 봉사』는 사제들에게만 제공됩니까?

몇해 전부터는 일반 신자들에게도 공개했습니다.

지금은 도미니꼬 강론집에 의존하지 않고 독자적으로 내시는 거지요?

네. 아이디어만 거기서 제가 배운 거죠.

왜 『선포와 봉사』 같은 강론 준비 자료를 만들어 제공하겠다고 하신 겁니까?

기쁨과희망사목연구원을 1995년에 함께 설립한 후 이것을 해야겠다 생각하고, 5년 동안 준비했습니다. 처음엔 어려웠어요. 사제들에게 쉬운 대중용 자료를 제공하자니 마뜩잖고, 성서 전공한 분들께 의뢰했더니 깊이는 있는데 조금 어려웠어요. 주석학적 접근을 하고 학문적 접근을 하는 식으로 하니까 좀 어렵다고 하더라고요. 그래서 지금은 조금 쉽게 풀어가고 있습니다.

강론집을 하나의 책으로 내려고 하면 강론의 문장도 완전하게 써야 하고 준비도 훨씬 많이 해야 하잖아요. 한 개인이 감당하기에 아주 바쁘고 힘들지 않습니까?

바쁠 때에도 종종 섬광 같은 뭔가가 떠오르더라고요. 제가 이 강론은 월요일 아침에 씁니다. 수녀원에서 6시 미사를 마치면 7시예요. 오전 7시부터 9시까지 2시간 동안 성당 제의방에서 씁니다. 자료를 들고 가서 미사 끝나자마자 그 자리에서 묵상을 쓰니까 집중도 잘되고 좋아요. 저는 일이 닥치면 1~3시간 집중하면서 쫓기듯이 글을 썼어요.

명동 시절에 그렇게 하셨단 말이죠. 다른 성당에 계실 때도 그런 습관을 유지했습니까?

서울교구 주보 때보다는 여유가 조금 있어요. 본당 주보는 수요일 마감이기 때문에 그때는 쫓기지 않아도 돼요. 화요일 오후까지 써내면 되니까요.

늘 요약이 아니라 완전한 문장으로 썼습니까?

주보는 항상 쓰니까요. 그런데 성당 주보는 교구 주보보다 다소 분량이 적습니다. 서울교구 주보는 보통 원고지 12~15매 정도 썼고, 본당에 있었을 때는 원고지 7매 정도예요.

그러니까 신부님의 가장 중요한 특징은 문필가라는 점이네요. 늘 쓰시네요. 다른 신부님들은 늘 쓰실 수 없으실 것 같은데요.

잘 안 쓰죠.

신부님이 맡은 성당의 주보는 어떻게 다릅니까?

저는 주보를 직접 관장했습니다. 신자들에게 1주일분의 영적 양식인 셈이니까요.

그러면 신부님이 본당에 계실 때의 주보는 이전이나 이후의 신부의 주보와는 다르네요. 신부님은 자신이 쓴 강론으로 채우잖아요.

그게 사실 사제의 임무거든요. 말씀 선포가 제일 중요한데 사제가 행정가가 되어버리는 건 어떤 면에서는 문제지요. 교회 운영가 이전에 말씀 선포자로서 기도하는 사제가 되어야 하는데, 조금은 주객이 전도되는 경우가 있어요. 그 부분이 아쉽습니다.

해방신학과 여성신학

말씀 선포를 하려면 늘 준비해야 하잖아요. 성경만 읽어서는 될 일이 아니고, 사회와 역사와의 대화도 하고, 시대의 흐름에도 눈과 귀를 열어놓고 있어야 하잖아요?

문익환 목사님한테 배운 가르침인데 저희들 용어로 '시대의 징표', 시대 안에서 성서를 읽으라고 쓰여 있어요. 성녀 소화 데레사도 당대의 신문을 통해 어려움과 비참함을 접하면서 기도했어요. 혹시 사형수의 이야기가 나왔다면 그를 위해서 기도하고, 그게 데레사의 아름다운 신앙이었지요. 또한 문익환 목사님께서 신학자 카를 바르트(Karl Barth)의 가르침을 전해주셨어요. 제자들이 카를 바르트에게 "스승님, 어떻게 설교를 준비해야 합니까?" 물었더니 "나는 설교를 준비할 때 한쪽에는 성서말씀을 놓고, 다른 한쪽에는 신문을 놓고 번갈아 읽는다. 성서 속의 이 진리와 가르침이 현실 속에 얼마큼 반영되었는지를 찾는

다. 그런데 신문의 현실을 보면 참 어려운 게 많다. 그러면 신문에 기술된 잘못된 현실을 성서 말씀을 기초로 어떻게 고쳐야겠는가를 찾는다. 성경과 신문을 번갈아 보면서 설교 주제를 정한다." 이렇게 말씀하셨다고 해요. 문익환 목사님께서 그런 중요한 말씀을 저희들에게 전해주었는데, 제가 늘 그 말씀을 인용하면서 우리 신부들에게도 전해요.

성서하고 신문 중간에 뭔가의 매체지식이 또 있어야 할 것 같기도 합니다. 신학사상, 사조와의 대화, 그런 거요.

아, 물론이죠.

신부님의 선호도가 제일 높은, 그냥 편하게 즐겨 읽은 체화된 종류의 신학저서나 사조는 어떻게 되나요?

영향을 많이 받은 것은 역시 해방신학 관련 책이었던 것 같아요. 특히 구띠에레즈의 『해방신학』은 매우 좋은 길잡이예요. 레오나르도 보프(Leonardo Boff) 등 신학자들의 책들도 있고요. 1990년대 들어서는 여성신학을 하면서 시각이 넓어졌어요. 엘리자베트 쉬슬러 피오렌차(Elisabeth Schüssler Fiorenza)라는 미국의 독일계 여성신학자의 책도 상당히 좋았고요. 또 제가 번역한 미국 포담대학의 엘리사벳 존슨(Elizabeth A. Johnson) 교수의 『하느님의 백한번째 이름』(성바오로딸수도회 2001)도 아주 좋았어요. 그다음에 한스 큉(Hans Küng) 신부의 『그리스도교: 본질과 역사』(분도출판사 2002). 제가 성심여자대학교(나중에 가톨릭대학교로 변경)에서 '종교와 사회' 과목을 강의할 때, 3년에 걸쳐서 한스 큉 신부의 책을 기초로 해서 대중용으로 강의를 했어요. 학생들은 조금 어려워했지만 제가 가급적 쉽게 풀이하고자 했습니다. 한스 큉 신부님에게서 많은 가르침을 얻었어요.

예컨대 "신부님, 성경도 이해할 수 있고 시대와 소통할 수 있는 독서 목록을 좀 추천해주십시오." 이런 말씀 들을 때가 있을 텐데, 서너권을 추천한다면요?

방금 말씀드린 책들인데 그게 신학적인 기초가 없으면 독해가 어렵더라고요. 제가 쉽게 풀이했다고 생각한 '사목헌장 해설서'(『세상을 품은 영성: 제2차 바티칸 공의회 사목헌장 해설서』, 빛두레 2012)가 있는데, 이 책을 최근에 저와 가까운 신자들이 읽어보고는 어렵다고 하시더라고요. 제가 제시한 것은 신학 본론이기 때문에 신학 기초가 없는 분들은 설명을 함께 들어야지 텍스트만 봐가지고는 이해하기 어려울 것 같아요. 용어도 그렇고 배경을 모르기 때문이죠. 좀 쉬운 책은 역시 신심에 관한 책, 성인 이야기를 꼽아드릴 수 있죠. 강론 때는 어린이들에게 신심과 성인에 대해 이야기해주기도 합니다. 다만 신자들의 신앙의 질을 높이기 위해서는 신학의 본론을 다룬 책을 접하도록 해야 하지 않을까 생각합니다. 저희 사목연구원에서도 요즘 고민하는 게, 전문 신학자들의 어려운 책을 우리들이 나서서 지식소매상 역할을 하면서 어려운 용어를 일상용어로 바꾸는 등 쉽게 접할 수 있도록 노력해보자는 것인데요. 이게 저희가 하고자 하는 중요한 내용 중 하나입니다.

물론 현대에는 책 이외에 다양한 접근수단이 있잖아요.

기도를 통한 깨우침도 있고, 영성을 통한 깨우침도 있고… 영화도 있지요. 이태리의 감독 제피렐리의 「나자렛 예수」라는 3부작 영화가 있는데요. 첫 장면에 '나자렛 예수란 누구인가'라는 물음을 제기하고 이어서 베들레헴의 마구간에서 태어나신 예수님, 나자렛에서 목수로 일하신 예수님과 함께 사하라사막에서 노동하는 수도자들, 푸코 공동체, 사막 공동체에서 노동하는 수도자들과 수녀들의 삶을 그린 거예요. 매우 소박한 노동 속에서 기도를 수행하는 이분들이 예수님을 가장 아름답게 닮은 분들이라는 거지요. 정말 예수님의 십자가를 따라가는 참된 삶은 궁전에서와 같은 삶이 아니라 현장의 삶, 노동의 삶 같은 것이라는 점을 영화가 강력하게 암시해주고 있어요. 그런 영화를 보는 것도 좋겠지요.

바오로딸 같은 가톨릭출판사가 있어요. 책을 통해서 신자들에게 변화를 꾀하자는 취지의 출판사인데, 요즘 대개 그렇듯이 가톨릭 사람들도 책을 별로 안 봐요. 읽더라도 책 제목은 영성 운운하며 그럴싸하게 쓰여 있지만 사실은 미신에 더 가까운 책들을 선호하기도 하고…

그런 책 보면 복도 얻을 것 같고, 신통력도 얻을 것 같고요.

아까 주교들이 '공인' 운운했을 때, 저희들이 주교회의에 이의를 제기했다고 말씀드렸잖아요. 주교회의가 정말 해야 할 일은 가톨릭 안에 독버섯 같이 미신으로 스며드는 상업적인 것들에 제재를 가하는 일입니다. 무슨 성령운동이나 성령 세미나라는 이름으로, 또 기이한 철야기도를 통해서 사람들을 홀리고 위협하고 죄의식 심어주고… 그러면서 돈 모으는 사기꾼 같은 행태가 많아요.

주교회의가 그런 것은 가만히 놔두면서 오히려 하느님의 뜻, 예수님의 말씀을 따라 정의를 실천하는 것에는 부담을 느끼는 거예요. 힘센 정부와 맞서니까 불편하다 이거예요. 아니, 이것은 마땅히 해야 할 일을 하는 것인데, 격려하지는 못할망정 왜 제재를 가하려 하는가 말이에요. 실제로 제재 받아야 할 것은 독버섯 같고 미신 같은 사이비 종교 행각, 이런 거죠. 이런 것은 방치하고 때로는 공범자가 되는 모습을 보여요. 몇해 전에 많은 신부들이 충북 음성 꽃동네의 문제점을 지적한 적이 있는데, 그런 걸 가만 놔두는 게 문제죠. 왜냐하면 거기에서는 물질이 들어오고 하니까… 여러가지 모순이 많습니다.

독버섯이나 미신 같은 것은 물질도 가져다주고, 게다가 기성 질서를 전혀 건드리지 않으면서 그에 기생하고요. 예수님 말씀과 삶을 따르며 살면, 또 정의를 구하고 사랑을 실천하면 기득권을 건드리고 또 불온한 느낌을 줄 때도 있으니, 이건 늘 경계심을 불러일으킨다, 이거지요.

근데 그게 참 바보 같아요. 정진석 추기경이 교구장으로 있을 때, 제가 원불교를 주의 깊게 살펴보고 그쪽 교무들도 많이 알고 그 100주년 행사 때도 참여하고 그랬는데요. 한국에서 창시해서 130여년 가까이 되었는데 이분들은 포교방법에서 완전히 열려 있어요. 이념이나 지향을 크게 가리지 않고 원불교 교무들이 분담해서 다 들어가는 거예요. 종단 자체에서는 조금 부담이 있더라도 그렇게 묵인하면서 같이해요. 그래서 제가 그 예를 들면서 정진석 교구장 보고, "당신이 우리와 같이 일하라는 게 아니다. 당신은 가톨릭의 확장을 원하고 있지 않느냐. 우리 사제단을 활용해라. 내가 당신을 해치느냐 가톨릭을 해치느냐. 우리를 잘 이용하면 가톨릭이 더 넓어진다. 그런데 당신은 해야 할 일은 안 하고 우리를 누르는 것을 본업으로 삼느냐. 당신이 예수님 정신을 제대로 깨달았느냐." 이렇게 면박을 준 거죠.

정진석 교구장에게 이렇게 꾸짖은 적도 있어요. 김대중 선생이 청주교도소에 갇혀 있을 때 청주교구장으로서 감옥에 한번도 찾아가지 않은 사람이잖아요. 가족들이 한번 찾아가달라고 그렇게 요청했는데도 말이지. 그런데 김대중 선생이 대통령 되고 난 뒤 어떻게 청와대에 가서 밥을 먹을 수 있는가. 그에 대해 아무 언급도 없이 말이죠. 그날 식사 후 청와대 비서들이 그렇게 저에게 이야기하더라고요. 이야길 듣고 내가 참 부끄러웠습니다.

그러면 참된 선교는 뭐냐? 감옥에 갇힌 사람을 찾아가는 것이에요. 그보다 기초적이고 큰 선교가 어디 있느냐. 전두환이 그걸 좀 못마땅하게 여길지라도 이건 사제로서의 직분 아니냐. 그렇게 사목자로서의 직분은 유기하면서 엉뚱한 곳에 제재를 가하면 되느냐고요.

아, 마태복음의 그 유명한 구절, "내가 감옥에 갇혔을 때 찾아와주었고"(25:35)라는 말이 떠오르는 순간이네요. 지극히 작은 자 한 사람에게 해준 것이 바로 하나님께 해준 것이라는. 그런데 추기경에게 면전에서 직언하는 경우도 거의 없을 것 같은데요.

김택암 안충석 양홍 함세웅, 우리 넷이 같이 가서 이야기했어요. 면담 신청해서요. 세번 면담했어요.

네분 말씀이지요. 이거 정말, 네분이 떴다 하면 모든 벽이 무너지고 바로 그냥 사자후가 나오는군요. 그리고 다른 큰 벽 중의 하나가 천주교와 개신교 사이의 벽 아닌가요. 그런데 함 신부님 말씀에는, 개신교 쪽의 문익환 목사님을 비롯하여 개신교의 목사, 신학자와의 소통에서 어떤 장애가 없는 것 같네요. 1976년에 처음 만난 사이인가요?

그전부터 적극적으로 뵈었죠. 처음 뵌 분은 문동환 목사님입니다. 문익환 목사님의 동생이죠. 문동환 목사님은 교육학을 하셔서인지 너무 말씀을 잘하시는 거예요. 저희 스승뻘인데도 늘 동료처럼 대해주시고 저희 신부들 모임에 오셔서 강연도 해주셨어요. 그분이 해방신학을 처음으로 소개해주신 거예요. 그뒤에 가톨릭에서는 박상래 신부님이 다시 종합해주셨지만, 하여간 해방신학을 비롯한 남미의 신학운동을 처음 전해들은 것은 문동환 목사님을 통해서였지요. 문동환 목사님하고 상당히 친했어요. 문익환 목사님은 천주교와 개신교 합동으로 성경을 공동번역할 때 그 책임을 맡으셨지요. 실력도 출중하고 신망도 있었지요. 3·1민주구국선언사건 전에 만나뵙고 상의하고, 같이 옥고를 치르고 나서는 문익환 목사님과 더 가깝게 지냈어요. 늘 같이 지냈고요.

문익환 목사님과의 교류에 대해 좀더 상세히 듣고 싶네요.

감옥에서 나와서도 문익환 목사님하고 늘 만나게 되었는데요. 문익환 목사님이 단연 구약성경의 전문가잖아요. 성경 해석이 아주 개방적이더라고요. 저하고 말씀하실 때, 당신은 북간도의 용정에서 태어나 어렸을 때부터 인근 성당에도 왔다 갔다 해서 가톨릭에 대해 거부 반응이 별로 없대요. 제가 마리아론에 대해서 설명해드리면 다 동의하신다는 거예요. 그러니까 너무 좋죠.

그 즈음에 김지하 시인이 여성의 자궁이 삶의 자리다, 이러면서 특유의 설명을 만들어낸 적이 있는데, 문 목사님께서 어느 날 하루는 "함신부!" 하고 부르시더니, "나는 말이야 예수님이 미혼모 아들인 것 같아." 그러시는 거예요. 마리아가 미혼모라는 거예요. 저희 가톨릭에서 그것은 상상조차 못하거든요. 우리는 항상 "동정 성모 마리아" 이렇게 말했는데… "구약학 전공하신 목사님이 그렇게 해석하셔도 돼요?" 그랬더니 "나, 그렇게 생각이 들어." 그러셔요. 문익환 목사님이 이렇게 말씀하셔서 내가 놀랐다는 것을 가톨릭에 소개한 적이 있어요. 놀란 것은 죄가 아니니까 이렇게 소개했지요.

그런 발상 자체가 독특하고, 마리아에 대해 그렇게도 접근하다니 참 대단한 분이라고 생각했어요. "우리 시대의 많은 여성들, 그중에서도 미혼모의 자녀들이 세상을 구할 수 있는 구세주일 수 있다. 구세주를 꼭 하느님의 아들로서 기계적으로 이해할 것이 아니다. 그런 역사 속에서, 약자 속에서 태어날 수 있다. 그 속에서 세상이 변화되고 구원이 이루어진다." 이런 과감한 구원론을 펼치시는 거예요. 그런 논의는 개신교 자유신학에서나 가능하지, 개신교에서도 근본주의에서나, 가톨릭 신학에서는 사실 불가능하거든요. 문익환 목사님의 그런 면모를 통해 신선한 자극을 받기도 하고 배우기도 했어요.

그다음에 문 목사님과 같이 재판받을 땐데, 문 목사님도 저도 감옥에서 도스또옙스끼의 『카라마조프가의 형제들』이라든지 똘스또이 책을 봤어요. 어려서 신학교 때 읽었지만 감옥에서 보니까, 모든 주제가 신학적 주제이거든요. 신과 인간의 관계, 세상의 악과 정의의 부딪침,

문익환 목사와 함세웅 신부는 연령의 차이, 종교의 차이에도 불구하고 유연한 자세로 서로를 대했다. 80년대 후반 민가협 집회에 참여한 두 사람의 모습. ⓒ연합뉴스

위선과 가식에 대한 질타, 정의로운 삶과 부요한 삶에 대한 마찰. 어렸을 때, 이런 작품은 신학을 배우지 않고는 이해하지 못한다는 옛 스승의 말씀이 떠오르더라고요. '그렇구나' 생각하면서 문익환 목사님하고 버스를 타고 감옥으로 재판받으러 오갈 때 어떤 때는 속삭이면서 그런 대화를 나누곤 했어요.

특히 감옥에서 『카라마조프가의 형제들』을 읽으면서 감동받은 부분은 중세 때의 대신문관 이야기예요. 그게 책에서는 심판관인데, 추기경을 가리키는 것 같아요. 주일에 예수님이 한번 세상에 가봐야겠다고 해서 이 세상에 다시 오셨다는 거예요. 성당 앞 광장에 가니까 신자들이 성당에 아무도 안 들어가고 예수님 말씀을 들을 것 아니에요. 그러니까 성당에서 미사를 집전하는 신부가 그 상황을 대신문관, 추기경인지 교구장인지에게 보고했어요. 예수님이 오시는 바람에 성당은 텅 텅 비고 마당에서만 난리가 났는데 어떡하느냐고요. 추기경이 고민하더니 "체포해. 감옥에 넣어!" 그런 거예요. 그래서 예수님을 체포해서 감옥에 넣었어요.

예수님을 감옥에 가두었으니 마음이 편할 리 없잖아요. 한밤에 신문관이 석방 조치를 내린 거예요. 신문관이 말했어요. "예수님, 하늘에만 계셔야지 이렇게 갑자기 이 세상에 오시면 어떡해요. 사전에 말씀하시고 오셔야죠. 여기는 예수님 안 계셔도 교황도 있고, 나 같은 교구장도 있고, 내 밑에 신부도 있고, 신자들 다 잘 있습니다. 그런데 예수님이 오시면 이게 잘 안 돌아갑니다. 신자들이 성당에도 잘 안 들어오게 되고요. 그러니 빨리 빨리 사라지세요." 그랬더니 예수님이 이렇게 쳐다보더니 신문관의 볼에다가 입을 맞추는 거예요. 그때 그 사람이 전율을 느끼는 거예요. 그러고는 예수님이 감옥 밖으로 나가는 거예요.

제가 로마의 신학교에 있을 때, 로마 신학자들이 이렇게 질문하더라고요. "『카라마조프가의 형제들』에 나오는 이 신문관의 이야기에서 마지막에 대사제가 느꼈던 전율이 의미하는 것이 무엇이냐?" 그게 유다가 예수님을 배반할 때 했던 키스의 역 장면인데, 그 전율의 정체가 뭐냐는 거지요. '이놈아, 너 정말 똑바로 살고 있냐, 너가 내 정신을 제대로 알아?'라는 메시지가 그 안에 함축되었다는 거죠. 소설의 그 장면을 놓고 신학적 토론을 벌이더라고요.

그때 이 소설의 주제를 신학의 주제로 끌어낼 수 있구나 싶어 그뒤에는 자신있게 감옥체험과 소설에서 읽은 내용을 성경과 연결하면서 강론했는데, 문익환 목사님께서도 그런 작업을 과감하게 하시는 거예요. 그러니 서로 통하는 거예요. 저보다 선배고 스승뻘에 해당하는데,

게다가 교단도 다르지만 문 목사님께서 가진 순수한 신앙관… 하여간 문 목사님과는 너무나 자유롭게 대화를 나눴어요. 문 목사에게도, 제가 어린 신부이지만 가톨릭에 대화 파트너는 저 말고 많지 않은 거예요. 문 목사님과 동년배인 신부들은 현장에서 뛰고 있는 분들이 없으니까요. 그러니까 김승훈 신부님하고 제가 문익환 목사님의 대화 상대자가 된 것이죠. 저희들이 사제니까 종교의 깊은 내막과 고민도 말씀하시고, 통일운동 할 때 힘들었던 점이나 개신교 내의 갈등도 말씀하시고 그러셨어요. 정말 순수한 분이세요.

연령차, 종교차를 떠나 가장 대화가 잘되었던 상대가 문익환 목사님이란 말씀이죠. 방금 문 목사 말씀하시면서 표정이 굉장히 달라지고, 약간 들뜬 표정도 보이시고, 매우 즐거워하시는 것 같네요.

문 목사님께서 어떤 선언문이나 행동을 같이하자고 세의하시잖아요. 그럴 때 제가 교구에 있어 어렵겠다고 하면 더이상 말씀을 안 하세요. "아이, 됐어." 그러면서 편안하게 해주세요. 어떤 때는 김수환 추기경을 만나겠다고 하세요. 그럼 제가 "혹시 어떤 내용입니까?" 여쭈어보잖아요. 듣고 나서 제 판단에 대화가 될 내용 같으면 만나게 해드리고요. "그건 만나셔도 추기경님한테서 긍정적인 답을 받으시기가 어렵겠어요." 이렇게 말씀드리면 "됐어." 그러시고요. 부담을 정말 안 주셨어요. 무슨 일을 할 때도 항상 편안하게.

신부님의 저서 『고난의 땅, 거룩한 땅』(두레 1984) 서문을 문익환 목사님께 부탁드린 모양이네요.

그 책이 저의 첫 책인데요. 서문에서 문익환 목사님께서 저에 대해 칭찬해주시면서 "우리가 최선이 아니면 차선을 선택해야 한다."라는 말씀도 해주셨습니다. '차선을 선택했던 삶의 지혜'를 가졌다고나 할까요. 저에 대한 칭찬으로 써주신 건데 저에 대한 것만은 아니지요. 이분 자신이 그렇게 살았고, 우리가 다 그렇게 살아야 하는 것 아니냐, 너무 최선만 찾다 보면 마찰이 오니 양보하면서 차선을 선택할 수 있는 지혜… 그런 것을 삶의 교훈으로 많이 배웠습니다.

세속적인 기준에서 보면 개신교 목사가 천주교 사제의 책에 서문을 쓴다는 것도 이례적이지요. 민주화운동의 현장에서 서로 만나면서 종교 간의 벽을 허물어간 것인가요?

물론이죠. 어느 날엔가는 문익환 목사님께서 10월 26일(안중근 의사 의거일), 3월 26일(안중근 의사 순국일)에 안중근 의사 동상에 참배하러 가자는 거예요. 이른 아침 7시에 남산에 있는 동상에 가서 안 의사의 정신을 되새기면서, 함께 아침기도를 올리고 회의하고 그랬어요.

개신교의 다른 목사님과의 소통은 어떻습니까?

개신교는 이해동, 김상근 목사님이 계세요. 문익환, 문동환 목사님의 제자들이죠. 수도교회, 갈릴리교회 계실 때 교회에 가서 같이 기도도 하고, 기독교회관에서 하는 목요기도회 때 함께하곤 했습니다. 오충일 목사, 박형규 목사님과도 함께하고요.

기독교회관에 가신 적이 있습니까?

기독교회관의 목요기도회 때 여러번 갔습니다. 수녀들 모시고도 가고요. 한번은 안병무 교수님이 설교하시는데, 독재타파를 말씀하시면서 중세 교황의 예를 드는 거예요. 수녀들을 모시고 갔는데, 하필 교황의 예를 들어요. 다른 독재자가 얼마나 많은데… 안 교수는 루터가 가톨릭 독재와 싸웠다고 하면서 그것을 박정희 타파와 연결했는데, 조금 떨떠름하더라고요. 그런 에피소드도 있고요. 문익환 목사님도 명동미사에 자주 오셨어요. 명동에서 인권회복 미사 할 때 개신교 분들이 많이 오셨죠. 그때는 자연스럽게 교회일치운동의 가교가 되었습니다.

다른 종교와도 벽이 없이 소통합니까? 불교는 어떠신가요?

1980년대 말, 90년대 초쯤에 '민족일치와 화해를 위한 종교인 협의회'를 만들었어요. 불교의 청화 스님, 명진 스님과도 같이 활동했고요. 또 원불교 김현 교무도 있지요. 이렇게 천주교, 개신교, 불교, 원불교의 4대 종단이 민족일치와 화해를 위한 종교인의 협의회를 만들어서 같이 일했습니다.

4대 종단 분들이 같이 모일 때 종교가 다름으로써 생기는 마찰이나 갈등은 없었습니까?

없죠. 거기 오신 분들은 역사와 민족의식을 가지신 분이니까. 또 항상 타 종교를 존중하는 분들이고, 교단주의에 사로잡히거나 배타적인 분들이 아니니까요. 사석에서 저희들이 만나면 모두 자기 종교에 대해 반성합니다. 목사님과 스님이 가톨릭을 제일 칭찬해요. 그러면 제가 오히려 "우리는 어떨 때는 마피아 조직입니다." 하면서 "2천년 동안 너무 나쁜 짓 많이 했거든요."라고 말하죠. 그러면 스님은 "절의 구렁이가 왜 그렇게 굵은지 아십니까. 돈 많이 먹고 죽은 스님이 구렁이가 되면 그렇게 굵은 구렁이가 됩니다."라고 하시고, 목사님은 "설교 준비하실 때 옆방에서 보면 고스톱 치다가 또 설교하고…" 이렇게들 말씀하세요. 자기 종교의 폐단을 말하고 자기 편을 낮추면서 말하니 싸울 일이 없죠.

정의평화위원회를 핍박한 주교회의 결정

이제 1987년 여름과 겨울을 거쳐 1988년으로 넘어가고 싶습니다. 그때 특기할 만한 일이 있었습니까?

노태우 정권이 들어섰으니까 전체적으로 무겁게 시작했던 한해였어요. 당시 주교회의와 정의평화위원회의 관계에 큰 문제가 있었어요. 1988년부터 정의구현사제단은 남국현 신부가 총무를 맡게 되었고, 각 교구 나름대로 새로운 조직으로 재결성되면서 기틀을 잡아갔죠. 그때부터는 통일운동, 민족의 일치와 화해 등을 기조로 하여 임진각에서 평화통일을 위한 미사를 여러번 봉헌했고요. 각 교구 별로 결속도 잘 이루어졌어요.

1988년 봄에 주교회의가 열렸어요. 봄 가을에 정례적으로 여는 것인데, 말씀드린 것처럼 가톨릭에 정의평화위원회라는 조직이 있어요. 지학순 주교가 1974년에 정평위 담당 주교셨어요. 그러다가 구속되었거든요. 지 주교가 감옥에 있으면서 정평위를 빨리 재구성하라고 당부하셨어요. 당시에 박상래 신부님이 아마 회장이 되신 것 같고요. 지 주교가 석방된 뒤 1976년에 위원회를 재구성하면서 담당 주교가 있고 평신도가 회장인 체제로 바꾸었어요. 부회장은 신자 1인, 사제 1인 이렇게 하고요. 가톨릭 조직 중에서 회장이 신자, 부회장이 신부로 된 조직은 정평위뿐이에요. 이 조직으로 14년간 가장 어려웠던 시기를 돌파해온 거예요. 정의구현사제단과 한짝이 되어서 이끌어왔는데 1988년 당시에 회장은 이돈명 변호사였어요.

그런데 그해 봄의 주교회의에서 누구하고도 사전 상의 없이 "모든 커뮤니티의 위원장은 주교로 한다."라고 결정했어요. 왜 정평위의 장만 평신도냐면서 이제부터는 주교를 위원장으로 한다고 규약을 바꾼 거죠. 주교를 위원장으로 해버리니, 기존의 신자 중심 체제가 자동 해체되어버린 거예요.

그야말로 백주 대낮에 쿠데타를 한 셈이네요.

그래서 제가 글을 남겼어요. 증언으로 꼭 남겨야 할 것 같아서요. "일반 사회 같으면 이런 일은 칼부림이 날 사건이다. 어떻게 규정도 어기고 사전에 논의도 없이 주교회의에서 정관을 바꿔버리느냐. 신자 회장 체제로 14년 이어졌으면 관습법적으로 굳어진 것 아니냐."

우리 변호사들이 가톨릭 신자이고 원로이고 다 점잖은 분들이잖아요. "이의제기도 말고 그냥 우리가 깨끗이 물러나자."라고 하시더라고요. 유현석, 이돈명, 황인철 변호사님이 민주화와 인권에 기여하고, 가톨릭의 방향에 대해 적시에 조언해주셨는데, 그분들이 다 정평위에서 물러나신 거예요.

새로 정평위 위원장으로 정해진 분은 박정일 주교라고 마산 주교였어요. 그리고 제가 서울에 있는 신부니까 저보고는 위원을 맡으라는 거예요. 주교가 하라니까 남았죠. 그랬더니 변호사들이 날 보고, 왜 남아 있느냐고 야단을 치시는 거예요. 그때는 죄송하다고 하고 몇달 지난 다음에 박정일 위원장 주교에게 "저 아무래도 못하겠습니다. 교회 홍보국 일도 많고. 제가 앞으로 평화신문이랑 평화방송을 만들어야 하는데 죄송합니다." 그랬더니, 이분이 또 저한테 섭섭해하시면서 뭐랄까 언짢은 마음을 가진 거예요. 저는 사실 함께했던 동지 변호사들의 뜻을 존중해야 하기 때문에 그만 두는 건데, 다른 일 핑계를 슬쩍 댔지요. 그래서 제가 물러났어요.

그뒤부터 정의평화위원회… 지금도 존속하고 있습니다만 한마디로 안타깝지요. 다행히 지금 위원장인 이용훈 주교가 훌륭한 분이에요. 요새는 잘하고 있는데, 1988년엔 그런 아픈 일이 있었습니다. 주교들의 반역사적인 선택과 행태, 한국 교회의 역사에서는 부끄러운 행업이죠. 개신교나 다른 종교 같으면 목을 걸고 싸울 텐데 가톨릭은 그게 없는 거예요. 그래서 제가 기록이라도 남기자 해서 써놓았습니다.

그런데 왜 주교회의에서 정의평화위원회 위원장을 주교로 한다고 바꿔버렸습니까?

솔직하게 이야기는 안 하는데 미루어 짐작건대, 우선 노태우가 대통령 된 것이 하나의 이유라고 생각해요. 그다음에 변호사들이 사회적인 명망가들이니까 권위가 있지 않습니까. 또 윤공희 주교가 주교회의에서 그와 관련해 공격을 좀 받으신 것 같아요. 윤 주교가 담당 주교로서 십여년 애쓰셨는데, 신자 중심 체제에 대해 전혀 견제를 안 하셨다, 정평위가 조금 앞서 간다는 이야기를 들으셨고요. 평계거리로는 다른 모든 위원회는 주교가 위원장인데 왜 정평위만 신자가 회장이냐, 불합리하니까 바꾸자 한 거예요. 하지만 바꾸더라도 사전에 충분히 논의했어야 하잖아요.

주교회의에서 다수가 밀고 나갔기에 그런 식으로 바뀌게 된 것 아닙니까?

여러 주교들은 자기가 직접 아는 사안은 아니니, 상임위원회에서 안을 만들어 가져온 것에 이의를 제기하기도 좀 그렇고… 그럼 윤공회 주교가 이의를 제기했어야 하는데 이분이 말을 안 하는데 표정은 상당히 무거워 보였고, 여러 정황을 따져보니 공격을 많이 받은 것 같더라고요. 결국에는 정평위를 이끈 평신도 변호사들이 세상을 향해 좀 나아갔다고 보아 신자들을 배제하고, 주교 중심으로 통제하자는 그런 목적이었던 것 같아요.

그때 변호사들이 세상을 향해 올바르게 나아갔잖아요. 부천서 성고문의 진실을 폭로하고 거기에 김수환 추기경도 가세하고. 1987년의 호헌조치에 대한 반박, 박종철 고문사건 등에 인권변호사들이 소리 없이 뒷받침하여 가톨릭의 사회적 신망이 크게 올라갔잖아요. 그러한 활동의 발판으로 정의평화위원회가 있었고요.

아직도 부끄러운 일인데요. 이런 내용을 아무도 지적하지 않기 때문에 제가 기록으로 남겼어요. 그런데 가톨릭은 그냥 또 넘어가요. 그렇게 2천년을 살아왔어요. 아주 독특한 집단이에요.

이용훈 주교님과는 두번 뵌 적이 있습니다. 1990년대 후반에 정평위 명의로 사형폐지론의 논거를 발표한 적이 있어요. 2천년 이후 가톨릭은 사형집행 유예(모라토리엄) 운동을 하고, 지금은 완전히 사형폐지 주장의 주요한 거점이 된 것 같습니다. 로마 가톨릭이 그렇게 하니까 세계적으로 영향력을 갖는 셈이지요?

토마스 아퀴나스(Thomas Aquinas)의 중세신학에서는 '필요악'이란 관점에서 사형을 찬성했어요. 공동체와 함께할 수 없는 사람들, 공동체에 큰 폐해를 끼칠 수 있는 사람은 공동체 이름으로 제거하는 것이 마땅하다는 거지요. 1960년대에 사형폐지를 둘러싸고 함석헌 선생과 윤형중 신부님과 벌인 유명한 논쟁이 있어요. 윤 신부님은 토마스 아퀴나스 신학을 배우신 분이고 우리 때까지도 그걸 배웠지요. 당시 함석헌 선생은 사형제 폐지론을 주장했고, 윤형중 신부님은 사형제의 당위성을 주장했어요. 그때까지도 가톨릭은 사형을 지지했지요.

1990년대 후반에 정의평화위원회 초청을 받아서 간 자리에서 제가 사형 폐지를 이야기했어요. 아마 바티칸의 방침도 그런 방향으로 서는 것 같았고, 정평위에서는 한국의 사형폐지운동을 적극 전개하기 위한 지적 준비를 하는 것 같았어요. 거기서 발표된 내용을 개신교 목사들 모임에서 발표한 적이 있습니다. 그때 어느 목사 한분이 약간 비웃는 어조로 "우리는 누가 뭐라고 얘기해도 사형지지론자입니다. 왜냐하면 성경에 그렇게 적혀 있거든요."라고 해요. 제가 "어디에 적혀 있습니까?" 하니 구약의 레위기나 많은 곳에서 사형이 언급되고, 하느님이 직접 죽음의 응징을 내리는 것도 있다고 하면서 성경에 있는데 왜 사형을 반대하겠느냐고 하더라고요. 그래서 이렇게 답했습니다. "오늘날 국가를 구약성경의 레위기나 모세5경의 수준에 맞추면요, 탈레반보다 못한 최악의 야만적인 국가가 될 것입니다. 돌로 쳐 죽이라는 것도 있고, 눈에는 눈을 빼라는 것도 있는데, 그런 4천년 전쯤의 국가로 돌아가고 싶습니까?" "구약이 아니라 예수님을 보십시오. 예수님이 억울한 오판의 희생자로 십자가 처형을 당했잖아요. 예수님 제자 모두 사형 집행된 억울하고 착한 분들입니다. 기독교 신앙을 탄생시킨 예수와 순교자들이 처참한 사형집행의 고통을 당했으면, 다른 종교는 몰라도 기독교는 사형폐지론 입장을 기능적으로라도 갖고 있어야 하는 것이 아닙니까?" 이러면서 뜨겁게 공방을 벌인 적이 있습니다. 그런데 성당에서 사형폐지 서명 받으면 신자들은 어떻게 합니까?

그런 데에 대해서 가톨릭은 그렇게까지 이의를 제기하지는 않죠. 사형폐지론이 가톨릭의 공식 입장이라고 밝히고 성당에서 서명 받으면 신자들이 동의하는 식입니다.

평화신문, 평화방송 만들다

평화신문, 평화방송국의 창립에도 깊이 관여하셨죠?

홍보국 일을 하면서 신문·방송을 만들자고 생각하게 됐어요. 늘 기독교 방송국에 가서 인터뷰하고 출연도 하지 않았습니까. 인권과 민주화를 위해 참여하면서, '아, 우리 가톨릭도 이런 선교를 위한 방송매체 언론매체가 있으면 좋겠다'는 생각이 들었어요. 신문과 방송을 통해 복음도 선포하지만, 인권과 민주화, 독재에 대한 도덕적 비판… 이런 목소리도 낼 수 있지 않을까 하는 생각을 늘 갖고 있다가 홍보국에서 그 계획을 세웠어요. 홍보국 예산을 제가 독자적으로 운영하면서 주보 수익금을 저축해서 얼마가량을 모아놓았고요. 그를 기초로 사무처장 김병도 신부하고 늘 말씀을 나눴습니다.

어쨌든 총대리가 김옥균 주교인데 이분이 동의를 해야 일이 진행되는데… 이분을 건너뛰어 김수환 추기경하고 직접 논의하면 잡음이 날 테니까 어떡하나 고민했어요. 그러다가 교구청 사제들이 제주도에 휴가를 가게 되었어요. 그때 제가 비행기에서 김옥균 주교 옆자리에 앉았어요. 눈치 보면서 이야기했죠. "방송과 신문을 만들 계획이 있는데 제가 교구의 돈을 쓰진 않겠습니다. 동의해주시면 제가 자력으로 모금해서 할 테니까 주교님은 동의만 해주세요." 이렇게 설득하고 호소했어요. 교구 돈을 안 쓴다니까 그분으로서는 반대할 명분이 없잖아요. 그렇게 억지로 동의를 받았어요.

동의는 받았는데 실제로 돈을 어떻게 마련해요? 어렵잖아요. 건물도 있어야 하고요. 그때 마침 가톨릭 성모병원 별관이 비어 있었습니다. 성모병원이 여의도와 강남으로 이사 가면서 그 별관 한채가 빈 건물로 남은 거죠. 소유권은 교구 것이지만, 관리는 병원 소속으로 되어 있었고요. 그것을 인수해서 언론사 하면 좋겠다고 착안했는데, 당시 그 가격이 70억원이에요. 그 건물이 영락교회 바로 옆에 있으니까 영락교회 쪽에서 그것을 사려고 흥정을 하다가 조금 주춤한 상태였대요. 65억이나 70억이나 사이에서. 그 사실을 알고는 최광현 신부님, 장익 신부님에게 자문을 구하면서, 병원장 김대균 신부님을 만났죠. 평화방송을 설립하려는데 이 건물을 좀 달라 그랬더니…

아니, 거저 달라고요?

네. 교구 것이니까요. 거저는 아니고 싸게 달라고 그랬더니, 교구에서 허락하면 홍보국에서 신문사, 방송사를 운영한다는 걸 전제로 반값인 30억이나 35억으로 해줄 수 있다고 해요. 그래서 선배 신부들을 모셔서 같이 식사하면서 도와달라고 말씀드리며 동의를 받아냈어요. 총대리 주교에게도 우리가 구입하면 30억이라고 말씀드리니까 그것도 동의해주셨어요. 35억도 깎아서 30억으로 하고 그 돈을 마련하겠다고 했고요.

30억도 막막한 거 아니에요? 무슨 비장의 무기라도 있었나요?

가톨릭 신협이 있었어요. 신협은 공공이익을 위해서 대출할 수가 있는데, 이것은 교회기관이니까, 일단 10억을 무이자로 대출받을 수 있었어요. 며칠 지나니까 당시 신협 이사장이던 김택암 신부가 저를 부르더니 "10억이 얼마인 줄 아느냐?" 그래요. "큰돈인 줄 안다." "이자가 얼마인 줄 아느냐. 무이자로 했지만 그것을 어떻게 갚을 거냐. 상환 계획은 있어야 할 것 아니냐?"라고 걱정해요.

제가 말했어요. "내가 각 성당 다니면서 모금을 하겠다. 내가 할 테니까 걱정하지 마라." 그러니 "네가 돈 개념이 너무 없는 것 같은데, 잘 되겠느냐"라고 되물어요. 일단 그 10억이 종잣돈이 된 거예요. 교구 홍보국에서 그때까지 모은 돈은 약 3억원 정도로 기억하고요.

이제 설립위원회를 구성해야죠. 당시에 기독교방송에서 기자로 있던 신현웅 씨라고 있어요. 김관석(金觀錫) 목사님이 전두환 치하에서 기독교방송 사장을 할 때 거기서 일을 잘 처리했던 분이에요. 가톨릭 신자인데, 우연한 기회에 제가 그분을 만났어요. 저하고 같이 일하자고 하니까 "신부님, 그러면 제 역할을 보장해줘야 합니다." 하더군요. "제가 보장하겠다."라고 하고 기획실장으로 데리고 왔어요. 이분은 방송 경험자인데 모든 일을 독자적으로 주관해서 제 중심으로 해야 한다는 거예요. 그래서 그러면 안 되고 교구 중심으로 해야 한다고 했더니, "신부님, 이 행정권과 지휘권은 아버지도 아들한테 안 주는 것입니다! 경영권을 신부님이 갖고 계셔야 합니다." 이렇게 몇번을 강조해요. 그런데 제가 그 말을 제대로 알아듣지 못했어요. 알아들었으면 제가 더 확실히 했을 텐데…

신현웅 씨가 기획해서 김수환 추기경한테 보고하고 김 추기경을 이사장으로 하여 설립추진위원회를 구성했어요. 김병도 신부님을 위원장, 제가 부위원장. 제가 전면에 나서는 것보다 '부'위원장으로 실세 역할을 해야겠다고 하고요.

신문과 방송 만드신다고 모금을 직접 했습니까?

각 성당을 돌았어요. 강론을 잘해야 하잖아요. 개신교의 YMCA, YWCA 사례도 좀 이야기하고요. 기독교방송은 1950년대에 세웠는데 가톨릭은 아직 없다는 조로요. 가톨릭 신자들이 성당을 지을 때는 돈을 잘 내요. 그런데 신문과 방송인데 어떻게 모금을 하느냐는 회의론도 있었어요. 그래서 '신문과 방송이 곧 교회다. 지금 성당을 짓는 것이다. 눈에 보이는 건물만 성당이 아니고 말씀으로 나가는 성당, 문자로 나가는 신문성당, 방송성당이다. 이런 성당을 우리들이 힘을 합쳐 지을 맘이 없는가'라는 강론 초안을 만들었어요.

모금할 때 돈을 많이 내라고 하는 게 능사가 아니잖아요. 그래서 한 달에 만원씩, 1년 하면 12만원이잖아요. 그 정도만 내달라, 조금 여유 있는 분들은 2만원씩도 좋고 더이상도 좋다, 2년도 좋고 3년도 좋고… 그렇게 해서 모금 계획을 세워나간 거예요. 당시엔 그런 방법의 모금이 없었어요. 지금은 여러 곳에서 그렇게 모금하지 않나요. 그 방법을 특허내도 될 뻔했어요. 그러고는 서울교구 홍보국 주최로 성당에 동료들 몇명과 함께 나갔어요. 대치동성당에 처음 강론을 갔는데 처음이니까 서툰 게 있었는데도 약정액이 1억원 가까이 되는 거예요.

1억이란 게 한달입니까, 1년 약정액입니까?

1년이죠. 그 성당에서 한 사람이 월 1만원 내면 연 12만 원. 약 1천명이 약속하면 1억이 넘잖아요. 그 약속서를 받았고요. 첫번째 강론에서 사람들의 마음을 움직이는 방법을 배운 셈이죠. 그다음 압구정동성당에 갔는데, 압구정동은 신자가 다소 적었지만 제가 아는 신자들이 많아서 그중에 1천만원씩 약속하는 분들이 있는 거예요. 곧 1억이 넘었어요. 그러다 모금에 불이 붙었어요. 서울교구의 성당이 당시에 1백여 개인데, 거기만 일순배하면 목표 달성은 금방 될 것 같았어요. 그런데 제가 하나씩 돌다가 너무 힘이 들어, 뜻 맞는 신부들에게 제가 한 강론 자료를 나눠주었고 이분들이 합심해서 도합 30억 정도 약속을 받아냈어요. 약속 받으면 대개 다 봉헌하니까…

무에서 유를 창조하려면 어려움이 보통이 아닐 텐데요. 더욱이 천주교 전체가 위로부터 추진하는 게 아니었고, 신부님의 정열이 중심이 되어 추진하는 방식으론 내외의 장애가 적지 않았을 것 같습니다만.

그 이야기 하려면 참 길지요. 여러 곡절 끝에 모금을 마치고, 건물 리모델링을 했어요. 신협 동료들의 동의와 협조를 구했죠. 잘 안 될 때는 힘이 들지만 잘되면 사람들이 모여들잖아요, 신도 나고.

그즈음 성심여대를 운영하는 성심수녀회 측에서 학장 직을 수행하는 데 한계가 있음을 확인하고는 제게 학장을 맡아줄 수 있느냐고 문의하는 거예요. 제가 강의도 했고 수녀님들이 저를 잘 아니까 김수환 추기경을 먼저 찾아가 요청한 거죠. 추기경이 저를 부르더니 평화방송이 진행 중인데 조금 힘들기도 하니 저보고 성심여대 학장으로 갈 생각이 있느냐 그러세요. 제가 그 일을 시작만 해놓고 추진하지 않으면 안 되니까 "기쁘긴 한데 지금은 아닌 것 같습니다." 하고 수락하지 않았어요. 그때 일이 너무 힘들어서 그 제안에 대해 조금은 고심하긴 했지만요.

방송국 이사회 구성과 관련해서도 문제가 많았어요. 처음엔 김수환 추기경이 이사장을 하더니 또, 김옥균 주교한테 이사장을 넘기더라고요. 그뒤로 속상하고 어려운 일이 많았어요. 이사회 때마다 부딪히는 거죠. 김옥균 주교가 추천한 이사들과 맞지 않는 부분도 많았고요. 인원 수로는 제가 추천한 사람이 더 많았기 때문에 상관이 없었지만, 이사장이 김옥균이니까 이게 위태위태하잖아요.

그즈음에 의정부 수련장에서 피정을 같이하게 되었어요. 이사회를 할 때마다 김옥균 주교가 제게 면박도 주고 핀잔을 주는데 그걸 치받을까 말까 하다가, 공석에서는 꾹 참았습니다. 피정하는 그날 밤에 둘이 따로 만났어요. 제가 직설적으로 이야기했죠. "주교님이 도대체 의식이 있는 분이냐. 이게 어떻게 이루어진 건데 전혀 의식도 없는 사람들을 이사로 데리고 와 나를 그렇게 면박 주고 그러느냐. 내가 거기서 이의 제기할 수 있었지만 주교님 체면을 봐서 침묵했다. 하지만…" 이렇게 제가 정면으로 공박했어요. 그랬더니 "나, 함 신부하고 같이하는 일 할 수 없어." "그래요, 저도 주교님 같은 분하고는 일 못하겠어요."

그러고 소리를 질렀어요. 마주보고 둘이서…

　힘든 상황이었을 것 같습니다.

　그래서 제 고민을 김수환 추기경께 말씀드리고 서면으로도 제출했습니다. 이건 사실 개인에 대한 면담이잖아요. 그런데 김수환 추기경하고 제가 틀어진 게 그때부터인데… 그 글을 김옥균 주교한테 준 거예요. 김옥균 주교에 대한 이야기를 다 썼는데 상담자 격인 추기경이 그걸 바로 당사자에게 준 겁니다. 김옥균 주교가 저를 만나자고 그러더니 "자네가 쓴 거 추기경한테 받아서 다 읽었네." 하시더라고요. 그러니 무슨 이야기를 더 하겠어요.

　이제 평화신문사를 구성할 때예요. 간부들은 매일 조직표를 짜더라고요. 이사회 이사장, 사장, 상임이사, 기획실장 등의 자릴 놓고 도표를 짜는데 저는 그 도표의 의미를 잘 몰랐어요. 그런데 매일 그렇게 조직표를 짜는 거야. 조직표가 중요하다는 거예요. 이거 갖고 임원들이 매일 싸움을 하더라고요. 제가 이런 경험이 없잖아요. 민주화를 위해서 좋은 뜻을 갖고 뛰기만 하면 될 줄 알았어요. 그런데 조직을 꾸려가며 해야 하니까 그게 아니더라고요.

　평화신문은 시작이 되었고, 평화방송을 만드는 중에 노조가 결성되었어요. 제가 노조 만든 사람들을 불러서 "아직 회사가 채 구성도 안되었고 자금 모금 중에 있는데 노조부터 만들면 내가 힘들지 않느냐. 지금 내가 나무에 올라가려고 그러는데 너희들이 내 다리를 잡으면 내가 나무에 어떻게 올라가느냐. 지금 김옥균 주교하고도 부딪히고, 넘어야 할 산이 많은데, 여러분들까지 방해가 되면 어떡하느냐. 다 된

다음에 내가 노조 하라고 그럴 테니까…" 하며 만류했어요. 그런데 이 사람들이 이해를 못하는 거예요. 그러더니 몇 사람이 노조 신고하고 왔대요. 그러니까 여러모로 어렵더라고요.

그러고 나서 직원들 안에서 사달이 났어요. 지금 같으면 경험이 있으니까 제가 그 불만들을 다 녹일 수 있을 것 같아요. 그때는 세상을 몰랐고 그저 순수한 열정만 있었으니 노조가 안 된다고만 생각한 거죠. 노조 사람들과 대화를 제대로 못했어요. 위의 간부들은 제가 직접 나서면 안 된다고 하니 나설 수도 없고, 실무자 신부는 기자들하고 싸우고… 그게 저한테 큰 아픔이고 부끄러움이에요. 그뿐 아니라 현수막에 내 이름이 걸리는 거야. 그때는 제가 사장이니까 '사장이 노조 탄압한다'는 현수막이 붙었는데, 그걸 또 『한겨레신문』이 기사로 낸 거예요. 내용도 모르고 기사를 내면 되느냐고 『한겨레신문』에 항의했고, 권영길 당시 언론노조위원장을 불러 사정을 다 이야기했어요. 그랬더니 "신부님 말씀이 맞고 다 이해한다."라고 해서 "그럼 저를 도와주세요." 그랬더니 알았다고 하고는, 가서는 또 달라져요. 여러 아픔을 뼈저리게 느꼈어요.

당시 노조의 힘이 셌고 노사갈등이 주로 여론화될 때였잖아요. 민주화의 상징처럼 되어 있는 함 신부님이 사장이니까, 세속적으로는 함 신부님이 어떻게 노조를 탄압하느냐, 이해하기 어렵다는 시각도 있을 것 같은데요.

노조로부터 당하니까 우선 안기부는 너무 좋아하는 거예요. 교회 안에서 저를 반대하는 자들도 좋아하고, 김옥균 주교도 좋아하고. 한마디로 고소하다, 당해봐라 이런 심리들. 그것을 제가 껴안으면 됐는데, 못한 거죠. 당시에 저를 도와주는 사람도 없고 경륜도 없어 변호사들의 조언을 얻어 일단 4명을 해고했어요. 근무시간에 화투를 친 명목이었는데, 당시엔 근무시간에 화투 치는 게 언론사에서는 가끔 있을 수 있는 일이라고 하더라고요. 그때 제가 용서해주었으면 오해가 풀렸을 텐데… 아, 너무 힘이 들었어요.

어쨌든 그 두달 동안 주교들도 골치 아파하고 힘들어하니까 김수환 추기경, 김옥균 주교, 강우일 보좌 주교가 저를 만나자고 해서 넷이 만났어요. 저보고 "이거 어떻게 하면 좋겠느냐."고 해서 저도 "걱정입니다. 도와주세요." 그랬더니, "신부님, 아무래도 이동하는 게 좋겠습니다."라고 해요. "함 신부님이 떠나야 해결되는 게 아니겠느냐."라고 하길래 "저는 못 떠난다."라고 김수환 추기경한테 말했어요. "저를 사장에서 해임시키면 소송 걸겠습니다." 유현석 변호사한테도 이야기했어요. 유 변호사님이 "소송할 수 있다. 사장은 보장된 것이다."라고 해요. 나중에 들으니 김수환 추기경이 함세웅이 정말 고소하려나 걱정하더래요. 그렇다고 고소할 수는 없잖아요. 그냥 엄포인 거지.

저보고 평화방송을 떠나 아무 데나 가래요. 원하는 대로 보내줄 테니까 유학을 가도 좋고, 명동성당 와도 좋고, 아무 데나 선택하래요. "아니, 인사를 그렇게 하는 법이 어디에 있어요? 인사위원회가 해야지, 저보고 맘대로 가라 마라, 그런 게 있을 수 있어요?" 그렇게 제가 항변하면서 안 간다고 버티다가…

신학교에 있던 심용섭 신부님이 제 선배고 그분과 여러 문제를 상의하고 있던 터라 상황을 다 알고 계셨어요. 그래서 신학교 학장이 저를 데려가는 형식으로 해서 교수 전임으로 갔어요. '교부학' 전임으로요. 떠밀려가는 게 아니고 대학에서 요청하는 형식을 취해서 평화방송을 떠나게 되었어요.

　성취와 함께 참으로 아픈 이야기가 숨어 있었나 봅니다. 한꺼번에 소화가 잘 안 되니, 조금씩 질문 드리면서 정리할까 합니다. 우선 방송 설립이란 게 엄청난 일이고, 또 무척 까다롭고 정부의 승인도 잘 안 나잖아요.

　그에 대해서는 다른 비화가 하나 있어요. 87년 하반기에 노태우 후보가 추기경을 예방하러 오잖아요. 부인 김옥숙 씨와 함께 왔어요. 그때 노 후보의 공약 중에 '불교방송 설립'이 있었어요. 제가 김옥숙 씨에게 천주교도 평화방송 설립계획이 있으니 이를 공약으로 선택해달라고 청했어요. 서면으로는 아니고 일단 구두로. 저 개인적으로는 노태우가 아닌 다른 분이 대통령 되기를 바랐지만, 결과적으로 노태우 씨가 대통령이 됐잖아요. 대통령 된 다음에 그분이 약속을 지켰어요.
　어느 날 김옥숙 여사가 청와대에서 만나자고 해서 제가 가서 만났어요. 당시에 평화방송 설립안을 반대한 사람이 대통령 비서실장 홍성철, 문화부 장관 최병렬 씨인데 두분 다 가톨릭 신자예요. 이분들이 방송설립에 반대하는 거예요. 청와대에 함세웅을 절대로 들여서는 안 된다고도 하고. 그런데 김옥숙 여사가 "신부님하고 약속한 겁니다. 이것은 지켜야 합니다." 그래서 만남이 성사된 거래요.
　그러다 보니 우리 방송의 출력을 5kW 신청했는데 정부가 3kW로 줄였어요. 홍성철, 최병렬 씨는 출력과 허가 과정에서 줄기차게 방해했어요. 그런데 나중에 방송국이 설립되고 나니까, 어느 인터뷰에선가 자기가 다 한 것처럼 얘기하더라고요. 그 사실을 꼭 기록해둬야 해요.

실제로 신현웅 씨가 미국 유학할 때 많은 사람과 안면을 텄어요. 당시 문화관광부 장관과 차관도 알고 있었고요. 그리고 이종남 씨는 박종철 사건 여파로 검찰총장을 맡았을 때부터 알고 있었잖아요. 노태우가 대통령이 된 다음에 박철언 씨가 실세였는데 그 사람을 같이 만나는 게 좋겠다고 하더라고요. 성당 근처 식당에서 김수환 추기경, 박철언, 이종남 씨가 같이 만났어요. 그 자리에서는 대북정책, 학생 석방 문제 등을 논의했고요. 그런 인연으로 박철언과 이종남 씨가 평화방송 설립을 진척하는 데 도움을 준 거예요.

홍성철, 최병렬 이분들은 왜 방해한 겁니까?

아마도 제가 주도하니까 방해한 거겠지요. 제가 떠나온 뒤로는 탈없이 진행되었어요.

쭉 들어보니까요. 가장 궁금한 게 교구청의 일개(?) 홍보국장이, 위로 추기경과 교구장 등 여러 사람이 있음에도 불구하고 신문과 방송을 만드는 전 과정을 주도하고 반대도 물리치고 한다는 게 매우 특이합니다. 신문과 방송을 만드는 것은 굉장히 큰일이잖아요. 그 종교 전체가 합심하여 추진위원회를 만들어서 물샐틈없이 해나가도 쉽지 않은 일이었을 것 같은데요.

만들었죠. 후에 사무처장을 위원장으로 하고, 제가 부위원장으로 일을 주로 했죠. 조직은 그뒤에 다 갖추었습니다.

총 비용이 얼마나 들었습니까?

건물이 30억에 부대비용까지… 다 기억하지는 못해요. 그건 신현웅 씨가 잘 알 텐데요, 10억 정도면 그 당시로서는 충분했을 겁니다. 신문은 주간이니까 비용이 적게 들지요. 방송은 라디오 방송이니까 그렇게 큰돈이 안 들어가고요.

제일 어려운 게 모금이잖아요. 모금 부분을 교구한테 신세를 안 지고 전적으로 주도하겠다는 것 자체가 어려운 일이지요. 세속적인 사업가도 생각하기 어려운 것 같은데 어떻게 이런 생각을?

실제로 업무를 받쳐준 분은 신현웅 씨예요. 예전 한강성당 청년회원 중 신현웅 씨의 대학 후배이자 모 대기업 직원 이승구 씨도 도움을 줬어요. 그들이 같이 오고 해서 팀이 잘 구성되었고요.

왜 그렇게 신문과 방송에 역점을 쏟았습니까?

그 시대의 요청이었던 것 같아요. 교회에서 주간지를 만들어야겠다고 늘 생각해왔거든. 미국의 가톨릭 신문인 NCR(National Catholic Reporter)은 평신도들이 만든 매체인데 국제적으로 공인받고 바티칸에도 직접 영향력을 행사할 수 있는 신문이에요. 그걸 하나의 모델로 삼았고요. 앞에서도 잠깐 말씀드렸는데 개신교방송에 출연하면서 가톨릭도 꼭 신문과 방송을 하면 좋겠다는 꿈을 품기도 했어요.

아, 꿈은 이루어진다, 그런 겁니까?

그런데 지나고 나서는 제가 평화방송과 평화신문을 비판하는 사람이 되었어요. 저는 정말 예언자적 소명을 다하는 언론을 만들려고 했는데, 처음과 달리 오히려 체제교회를 뒷받침해주는 언론이 되는구나… 그런 생각을 하면 마음이 아파요.

평화신문 처음 선보였을 당시에는 좋은 기사와 품위 있는 글들이 상당했던 것 같습니다. 민주화에 얽힌 사건과 현황도 잘 전해주었고요. 최종길 교수 의문사에 대해 본격적으로 파헤친 것은 언론에서는 처음이었던 일 같은데요.

최종길 교수가 정보부에서 죽은 것에 대해 김정남 씨가 썼지요. 그때 살인죄 공소시효(15년)가 임박했어요. 그래서 기록을 꼭 남기고 반향을 모아 수사도 촉구하려고 썼죠.

1988년에 최종길 교수 건의 수사를 촉구한 것은 정의구현사제단이지요?

네. 정의구현사제단이죠. 정확한 사실은, 제가 자료를 간직하고 있다가 시효가 끝나는 시점이 되어, 이를 곧 평화신문의 창간을 계기로 공개한 것이죠. 검찰도 조사한다고 했지만 흐지부지됐죠.

검찰이 재조사를 했는데 자살도 타살도 아니라는 이상한 결론을 내렸죠. '아니, 그럼 사람은 죽었는데 자살도 타살도 아니면 이게 무슨 죽음이냐'고 생각한 적이 있습니다. 『평화신문』이 이처럼 의미있는 기사도 쓰고 했지만, 신부님 개인적으로는 곤혹스러운 일들이 많았습니다. 이런 일련의 어려움을 아셨어도 신문과 방송을 시작할 엄두가 났을까요?

당시에는 시대가 조금 단순했고 지금처럼 언론 매체가 많지 않았어요. 또 가톨릭의 경우에는 신문이 하나만 있었는데, 그것이 가톨릭 정신과 시대를 제대로 담아내느냐에 회의가 있었고요. 그런 여러 복합적인 의미에서 꼭 해보자고 생각했는데 경험이 좀 적었기에 어려웠지요. 좀더 치밀하게 했어야 하지 않았나 생각이 들고. 또 기자들이 우리 시대의 고충을 좀더 이해하고 교회를 이해하고 미래를 지향했더라면 저하고 같이할 수 있었을 텐데, 그저 경영자와 평기자라 할까, 이런 노사 관계로만 접근하니까 어렵더라고요.

회고해보면 우리 사회의 모든 분야에서 성급한 면이 있었던 것 같아요. 1980년대 후반에는 몇십년 동안 억압당해서 밀려 있던 것들이 민주화의 첫 단계에서 대분출을 하니까, 모든 이슈들이 폭발되어 나오는 시기가 아니었나 싶고요. 노동조합을 처음 만들 때니까, 일단 선명성을 드러내어 대립적 입장을 세우고 보는 거지요. 노동자의 아픔에 연대하는 데 앞장섰던 함 신부님이 하필이면 그때 그 자리를 맡은 게 개인적으로 힘들어진 이유 아닐까 짐작됩니다. '함 사장이 노조를 탄압한다'는 이야기를 들었을 때엔 심정이 어땠습니까?

아프죠. 현수막이 걸려 있고 그게 『한겨레신문』에까지 나니까⋯ 그 뒤에 노동과 관련된 부분에서는 제가 발언을 조금 삼간 편이에요. 그 전까지는 노동자의 처지를 알리는 데 열심히 앞장서고 석방을 위한 탄원서 쓰는 일도 당연시했는데 제게 그런 일이 있고 나서는 조금 삼가고 뜻을 같이하는 경우에도 이름을 내지 않았던 편이지요.

그건 좀 뜻밖인데요. 한때 사장이었지 이후에 내내 경영자였던 것도 아닌데, 너무 결벽주의 아닌가 모르겠습니다. 그런 사정을 다른 분들도 아시나요?

저 혼자 그렇게 했으니 다른 분은 모르죠. 그뒤로도 다른 여러 가지 아픔이 있었는데요. 그것을 신학교에 가서 기도하면서 녹였어요. 지금 처음 얘기하는 겁니다. 이해 못할 수도 있지만, 제 후임으로 온 친구가 노조를 쫓아내고 탄압할 때, 제가 가서 왜 그러느냐면서 싸운 적도 있고요. 그러니까 모순이 한둘이 아니었죠.

신문과 방송이, 함 신부님이 애초에 바랐던 모습으로 가지 않았다고 보는 것 같네요.

제 사정이야 어찌 되었든 이 방송과 신문이 복음에 기초한, 예수님의 삶에 기초한 시대의 징표를 읽는 예언적 언론이었으면 했어요. 하지만 그렇게 되지 못하고 변질되고, 과거에 제가 비판해왔던 일그러진 언론 중의 하나로 된 게 제일 가슴 아프지요.

하나의 제도화된 언론이 예언자적 소명을 수십년간 발휘한다는 것은 세상사에는 없는 일 같은데요. 현실 속에서 말이죠.

그렇죠. 하지만 예언자적 소명까지는 아니어도 비판적인 기능만이라도 수행한다면 참 좋겠어요. 아까 말씀드린 미국의 NCR이라는 신문, 제2차 바티칸 공의회 이후에 신자들이 자발적으로 만든 그 신문이 세계를 움직이는 주간지가 되었거든요. 미국 행정부 특히 부시 때 신랄하게 미국정책을 비판하고, 바티칸의 내부에 대해서도 비판하는 가톨릭 신문이에요. 독일에도 그런 주간지들이 있는데… 우리에게 그런 매체가 없는 게 늘 아쉽네요.

참, 그런 일을 하게 되면 첫 단계에서 재정적으로 빚을 많이 안게 되잖아요. 그 상태에서 후임자에게 물려주는 게 보통일 텐데, 그때는 어땠습니까?

그때 배운 교훈이 절약해야 한다는 거예요. 그래서 사람을 많이 못 뽑았어요. 힘들지만 1인 2역을 했고요. 경리 담당 수녀님이 더욱 절약하는 분이라 백지 한장도 이면지를 쓰고, 볼펜 한자루도 신청서를 써서 타 쓰도록 했어요. 저는 교구신부로서 운영회에서 돈을 한푼도 안 탔어요. 너무 아끼면서 일했기 때문에 불편도 적지 않았고 비판도 받았지요.

좋게 보면 예언자적 소명은 사회적으로 확산하여 시대를 조금이라도 좋게 바꾸자는 것인데요. 신부님은 시대의 예언자로서 일해오셨는데, 경영의 일선에 직접 뛰어들었다는 건 또다른 차원인 것 같네요.

저 개인으로 볼 때는, 거기 있었다면 제도권의 한 사람으로 남았을 수밖에 없잖아요. 경영인으로서 부자유스러울 수도 있었는데 결국엔 그런 과정을 잠시 거쳐 자유인으로 돌아왔기에 그저 편안합니다. 그래도 방송의 방향에는 아쉬움이 여전하죠. 창립정신 그대로 교회도 자성하고 역사와 함께 나아가면서 세상을 껴안고, 제2차 바티칸 공의회가 말한 대로 시대적 징표를 안고 가는 언론과 방송이 되었다면 참 좋았을 텐데… 교구장이나 주교들의 행사, 신부들 축일이나 알려주는 그런 관보형이 되어선 곤란하지요. 두드리면 그저 울리기만 하는 꽹과리같이 말입니다.

그 경험이 신부님에게 남긴 교훈이라고 할까요.

개인적으로는 세상의 부조리한 모습을 조금 더 잘 알게 된 거죠. 어려운 현실 속에서 도리어 사람의 진면모를 알게 되었고요.

방북 소용돌이 속에서

　정의구현사제단은 반독재투쟁, 민주화운동에 역점을 두다가 1988년 이후엔 민주화의 심화와 함께 통일운동을 주요한 방향으로 설정하게 되는 것 같네요. 그 일환으로 북한과 접촉도 하고 방문도 하게 됩니다. 사제단이 북한과 접촉한 것은 언제부터입니까. 임수경 학생의 방북 이전에는 없었습니까?

　1980년대에 통일을 위한 미사를 임진각에서 지냈죠. 그 당시에 문규현 신부가 미국 뉴욕에 유학중이었어요. 미국 영주권이 있었고, 그래서 북한을 방문할 수 있었고 거기서 통일 미사를 봉헌했죠.

　북한에 가톨릭이 있습니까? 성당도 있는 것 같은데, 어떻게 지었습니까?

1988년 즈음해서 북한이 장충성당을 건립했어요. 어디선가 들은 바로는, 북한 김일성 주석이 10만불을 주었다고도 하고요. 현재 북한 종교인협회 위원장으로 있는 장재언 씨의 어머님이 독실한 가톨릭신자인데 중국에서 식당을 해서 돈을 벌었대요. 그분이 10만불을 보냈다고도 해요. 이를 합쳐서 20만불로 장충성당을 건립했답니다.

장충성당을 건립할 때에는 남한의 돈이 하나도 안 들어갔네요.

전혀 없었죠.

종교의 자유를 제도화하자는 게 아니라, 자기네들의 정치적 필요성에서 만든 게 아닌가요?

필요에 의해서 한 것이고요. 그 직전에 장익 신부님이 바티칸에 계실 때, 바티칸이 북한과의 관계를 개선하고자 바티칸의 담당 대주교를 장익 신부와 정의철 신부와 함께 북한에 보냈습니다. 옛날 선교사들 묘소, 평양성당, 원산성당 등이 어떻게 되어 있나 확인 차 방문한 거죠. 그게 한국 신부로서 처음 관계를 맺은 것이에요. 그것을 계기로 북한에서 신학생 3명을 뽑아 로마 우르바노대학에 유학을 보냈다가 2년 만에 철수시켰고, 바티칸은 북한 신자들 몇명을 바티칸의 부활절에 초청하기도 했어요. 그때 장익 신부님이 안내를 맡아 교황 집전 미사에 함께하기도 했고요. 바티칸도 북한과의 관계개선을 위해서 제 나름 노력했습니다. 당시에 바티칸과의 관계를 고려하여 북한이 정책적으로 성당을 하나 만들어야겠구나 해서 성당을 지은 것으로 압니다.

그럼 장익 신부의 접촉이 최초일까요?

그전에 다른 신부들이 간 적 있었죠. 고종욱 신부라는 분이 아마 1980년 초에 북한에 다녀왔을 거예요. 고향 개성도 가고 옛날 성당 자리도 찾아가보았다고요. 그때는 조금 어색할 때였죠. 북한 사람들은 하느님이 뭔지 전혀 모를 때니까.

문규현 신부는 미국에서 북한과 초기에 접촉한 겁니까?

미국에서 공부를 끝내고, 일본의 아시아 주교회의 산하의 인권위원회를 통해 필리핀에서 인권개선 담당 신부로 발령을 받았어요. 일본의 하마오 후미오(濱尾文郎) 주교가 대표였고요. 문 신부는 하마오 주교의 동의하에 북한에 간 거죠. 그러니까 국내에서보다 조금 자유롭게 왕래할 수 있었죠. 이와 관련해선 제가 증언해드릴 필요가 있는데, 당시에는 제가 교구에서 일했을 때이니 교구장의 뜻을 늘 먼저 살펴야 하잖아요. 그러다 보니 제가 드러나지 않도록 후배 사제들이 앞장서서 서울교구 사제단을 중심으로 전국사제단이 활발하게 움직였어요. 국가보안법 철폐와 함께 통일운동 쪽으로 뜻을 모아갈 때였습니다. 1988년 6월 6일 임진각에서 통일기원 미사를 봉헌했고요. "지금 같은 시간에 평양에서 문규현 신부가 미사를 봉헌하고 있습니다." 이런 말씀도 드렸던 기억이 나고요.

문규현 신부의 1차 방북 내용은 언론에 전혀 보도되지 않았습니다.

방북 관련하여 엄청난 파장을 일으킨 것은 문익환 목사님이죠. 1989년 3월 문익환 목사님이 돌연 북한을 방문합니다. 그 누구와도 상의하지 않고 떠났기에 '돌연'이라 할 수 있을 거고요. 아직 베를린 장벽이 무너지기도 전이죠. 그해 연초에 문 목사님이 「잠꼬대 아닌 잠꼬대」라는 시를 쓰셨네요. "난 올해 안으로 평양으로 갈 거야/기어코 가고 말 거야 이건/잠꼬대가 아니라고 농담이 아니라고/이건 진담이라고//(…)//난 걸어서라도 갈 테니까/임진강을 헤엄쳐서라도 갈 테니까/그러다가 총에라도 맞아죽는 날이면/그야 하는 수 없지/구름처럼 바람처럼 넋으로 가는 거지." 나중에 보니 이 시가 자신의 행보를 알리는 결의였는데, 당시는 그런 것인 줄 아무도 몰랐다 하고요. 함 신부님은 문 목사님과 유별난 사이인데, 그런 조짐을 느끼지 못했습니까?

저도 뉴스 듣고 크게 놀랐지요. 그제서야 짐작되는 것이 있었는데, 그해 1월 즈음 문 목사님께서 저에게 김수환 추기경을 만나게 해달라고 하셨거든요. "목사님, 내용은 뭐예요?" "시대 돌아가는 거. 북한 그런 거…" "그러시다면 목사님의 뜻에 맞는 답이 안 나올 것 같네요." "그럼, 알았어, 알았어." 이런 대화를 나눴고요. 그러더니 금방 가신 거야. 추기경 만났으면 방북 건도 말씀하시려고 한 게 아닐까 싶어요.

문 목사님이 4월에 서울로 돌아오면서 그야말로 난리가 났죠. 정부는 공안정국을 만들어 공포 분위기를 조성하고, 야당과 재야 그리고 종교계까지 수사범위를 넓혀가고요. 옹호하는 측은 '방북'이라 그러고, 공안당국과 보수 언론에서는 '밀입북'이라 부르고, 이념대립이 본격화되고 살벌했습니다. 그에 대해 가톨릭이나 사제단 차원에서는 별

다른 움직임이 있었습니까?

문 목사님의 방북에 대한 추이를 저희는 조심스럽게 지켜보고 있었습니다. 그리고 흔들림 없이 남북의 일치와 화해를 위해 미사를 봉헌하며 저희 나름대로의 방법을 찾고 있었지요.

그리고 그해 7월, 평양에서 세계청년축전이 있었습니다. 남한에서 1988년 올림픽을 유치하자 그에 대한 대응으로 북한에서 1989년 청년축전을 유치했는데, 체제 홍보와 관광객 유치가 절실한지라 그 정당성을 높이려고 북한이 정권 차원에서 매우 애를 썼습니다. 그때 임수경 학생, 단 한명이 전대협의 대표로 거기에 참가했지요. 개막식 마지막 순서에 임수경이 운동장에 나섰을 때엔 청중들의 기세가 거의 천하대란이 일어난 듯이 굉장했다고 하네요. 정연한 대열이 처음으로 무너졌다고 하잖아요. 북한은 이를 호재로 잘 활용하자고 했는데, 임수경은 임수경대로 호락호락하지 않았죠. 자기 나름대로 사리 판단도 하고, 주장도 아주 세고. 판문점을 넘어 남한으로 넘어오자고 했던 게 한번 실패하고, 그러고 난 뒤 자기 뜻대로 못할 바에는 호텔에서 뛰어내리겠다고 해서 나중엔 북한당국도 뭐, 절절 맸다고 했는데…

임수경 본인으로서는 다소 난감한 처지에서 갑자기 문규현 신부가 북한으로 가서, 임수경과 손을 잡고 판문점의 분계선을 넘어 남쪽으로 넘어옵니다. 어떻게 보면 역사적 순간인데, 당장은 무척 긴장되고 살벌한 순간이었습니다. 임수경을 통해 일반 국민들은 갑자기 문규현이란 이름을 알게 된 것이었고요.

서울에서 재판을 받았잖아요. 저는 법률가로서 재판에 각별한 관심이 있어서 법정 참관하러 여러번 갔습니다. 법정에서 임수경을 보니, 마음에서 우러나는 대로 자연스럽게 행동하는데, 남북관계라는 게 그런 자연스러움을 허용치 않는 치열한 논쟁의 장이고, 질문들에 함정이 숱하게 깔리거든요. 그렇게 함정 많은 질문을 돌파하기가 쉽지 않잖아요. 거기서 문규현 신부의 역할이 있었겠구나 싶더군요. 문 신부가 또박또박 따지고, 함정 섞인 미세한 오류를 짚어내고, 맥락과 배경 설명을 넣어 판사와 청중이 검찰과 다르게 이해하도록 하는 것을 봤습니다. 문규현 신부를 왜 임수경과 동행하도록 파송했던가를 그때 이해하게 되었습니다. 비유하자면, 부산 미문화원사건의 문부식 김은숙 등과 함께 최기식 신부님이 동행함으로써 학생들에게 가해진 부당한 음해를 걷어내듯이 말입니다. 그러면서 누가 어떤 의사결정을 거쳐 문 신부에게 그런 가시밭길을 택하도록 할 수 있었을까 하는, 내부 의사결정 과정을 궁금해하고 있었습니다.

저희들 내부에서만 이야기되었고, 몇 사람만 알고 공개하진 않았어요. 이걸 신부들이 관여하고 도와야 하나 갑론을박 끝에, 누가 임수경을 데리러 가는 게 좋겠는데 국내에서 신부가 갈 수가 없으니 국외에 있던 문규현 신부를 보내자고 각 교구 대표회의에서 합의를 보았어요.

그럼 문규현 신부를 북한에 보내자고 정식으로 합의한 거네요.

네. 청량리성당에서요. 그때 남국현 신부가 총무였는데, 그렇게 합의를 하고 문정현 신부님이 형으로서 문규현 신부한테 연락을 했어요. "너, 북한에 또 가야겠다." 이젠 사제단 대표로서 가라고 전했지요. 지난번에는 미국 영주권자로서 절차를 밟아서 갔었는데, 이번엔 사뭇 다르니 문규현 신부가 고민을 많이 했어요. 자기는 필리핀 마닐라를 가야 하는데 북한으로 가라니까, 이건 또 정치적 소용돌이고 고난의 가시밭길 속이고요. 그래서 거기 유학하는 수도자들, 가까운 신자들하고 상의하면서 기도를 했다고 해요. 그런데 거기서도 "이건 가야 한다."라고 한 거예요. 예수님 십자가이니 받아야 한다면서요.

예수님의 십자가를 지라고 떠밀면, 사제들은 참 어렵겠네요.

그리하여 북한으로 가는 방향으로 뜻이 모아졌고요. 문규현 신부를 북한으로 가도록 가장 큰 영향을 준 것은 형 문정현 신부님이에요. 형이 "너밖에 없으니 가라."고 하니까 문규현 신부가 일본에 가서 하마오 주교한테 그런 뜻을 이야기했어요. "제가 필리핀을 가야 하는데 조금 늦게 가겠습니다." 하마오 주교도 "필리핀에서 상주할 필요가 없으니 그렇게 해라. 너희 나라를 위해서 하는 것인데 좋다."라면서 동의한 거예요. 재판에서 문 신부가 가톨릭 내에서 소정의 절차를 다 밟았다고 말하는 대목이 있는데 바로 이런 과정을 가리키는 거지요.

문 신부의 방북에 추기경은 아무 관여가 없었나요?

원래 김수환 추기경은 자기 통로를 통해서 북한 방문도 생각했고 그때가 마침 그런 대화가 오갔을 때였어요. 그즈음 의정부 수련장에서 피정하면서 서울교구의 신부들과 함께 있는데, 후배 신부들이 저를 찾아왔어요. "문규현 신부가 방북하는 건은 1차 회합 때는 부결된 것입니다."라고 해요. 부담이 너무 크니까. 그런데 남국현 신부가 서울 대표 신부들과 상의하지 않고 전국대표모임을 소집해서 거기서 동의를 얻어서 추진했다는 거예요. 이 상황을 저에게 조정해달라고 하는 거였어요. 그리고 이것은 비밀이니 추기경에게도 절대 이야기하면 안 된다고 하고요. 저도 큰일 났잖아요. 중간에서 아주 죽을 지경이에요. 그래서 김승훈 신부님한테만 이야기했죠. 김승훈 신부님도 "아, 그건 너무 모험이다. 조금 제지했으면 좋겠다."라고 하시고는, 곧이어서 김 신부님이 비행기표를 사서 필리핀까지 갔어요. 문규현 신부가 필리핀에 가 있는 줄로 알고요. 그런데 결국 못 만났죠.

제지하기 위해서 곧바로 비행기 타고 떠난 겁니까?

그렇죠. 좀더 신중히 하기 위해서. 김수환 추기경이 모르는 상태였으니… 저희는 이렇게 했는데 또 이쪽은 이쪽대로 은밀하게 진행을 하는 거예요. 저는 말도 못하고 지켜만 보는 거야. 그런데 남국현 신부가 원하는 대로 진행되고 기분도 좋으니까, 『한겨레신문』 기자하고 이야기하면서 "내일 문규현 신부가 북한에 간다."라고 발설했어요. 원래는 다음 날 기자회견을 하기로 했는데, 기자를 믿고 이야기했겠지만 그럴 때 가만있을 기자가 어디 있어요. 곧바로 특종으로 터뜨린 거죠. 다음 날 『한겨레신문』에 대문짝만 하게 났어요. 김수환 추기경이 저한테 물어보는 거예요. 곤란했죠. "제가 알긴 알았는데, 이 신부들이 비밀을 요구하는데 어떡해요. 그래서 저는 이야기를 못했습니다." 그랬더니 남국현 신부를 부르라는 거예요.

김병도 사무처장, 홍보국장인 저, 남국현 신부. 이렇게 셋이 갔는데 추기경이 무섭게 화를 내더라고요. "자네가 한 일 때문에 내가 계획한 일, 교회가 할 큰일이 무산됐다." 이런 취지의 말씀인데, 하여간 제가 본 걸로 그렇게 화낸 것은 처음인 것 같아요. 저는 직접 관여를 안 했으니 말할 수가 없잖아요. 가만히 눈치만 보면서 있었죠. 남국현 신부는 크게 혼이 났고요.

그래도 일단 일이 났으니까 어떡해요. 북한에 갔으니 연락할 방법도 없고, 진행을 멈출 수도 없고요. 당시에 제가 교구의 사정을 밖에다 이야기할 수 없잖아요. 남국현 신부는 저하고 김승훈 신부님에게 섭섭하다고 했지만, 제가 "이게 다가 아니잖느냐. 지금부터 사건 수습으로 가자."라고 추슬렀어요.

김수환 추기경한테 제가 이야기해서 그 당시 안기부와 접촉했죠. 그때 박세직 씨가 안기부장, 안응모 씨가 차장이었어요. 부장 특보로 있던 최규희 전 2국장(1976년 당시 종교과장)은 인품과 감각이 좋은 분이에요. 제가 그분께 김 추기경의 뜻이라며 말씀을 드렸어요. "문규현, 임수경이 돌아오면 구속시키지 말라. 북한에서 임수경이 한 긍정적인 일도 많지 않느냐. 북한 체제와 분위기를 변화시키는 면도 있는데… 제주도로 데리고 가서 외곽경계를 하고, 건강 진단하게 하고, 일단은 자유롭게 한 다음에 북한에서 무엇을 했는지 정확히 파악해라. 그러면 한국 정보능력이 전세계에서 도덕적으로 평가받는다. 북한을 갔다는 이유로 구속하면 이게 뭐냐." 안응모는 절대로 반대했지만 그분이 안기부장에게 얘기해 긍정적으로 검토하던 중 인사이동이 생긴 거예요. 결국 그런 방향으로 진행되지 못했어요. 그것만 되었으면 정말 한단계 승화된 접근이 가능하지 않았을까. 임수경이 북한 찬양한 것도 아니고, 그 정도 행동한 젊은이의 패기는 존중받을 수도 있는데… 그런 논지를 이해하는 정보팀이 많지 않아요. 다른 입장에 선 분들이 온갖 난리를 치면서 엉망이 됐어요.

언론과 여론의 엄청난 공세가 있으니까요. 그것도 1982년도 미문화원 사건의 첫 사회적 반응과 유사하기도 합니다. 그런데 신부님의 접근방법은 좋긴 하지만, 너무 나이브하지 않았나 하는 비판을 받을 수도 있겠습니다.

그때는 뭐, 권력자가 하라고 하면 다 되잖아요.

여론의 공세 때문에라도 안기부가 그런 창의적인, 전례 없는 접근을 시도하지 않을 것 같습니다.

그게 꿈일까요. 제가 들은 이야기 중의 하나는, 김일성 주석이 임수경을 만나 직접 선물을 줬답니다. 이것은 최고의 환대랍니다. 그후 소년단 입단식에서 한 소년이 임수경 목에 걸어준 붉은 스카프를, 행사가 끝난 후에 거기에 풀어놓고 나왔답니다. 이것은 북한사회에서는 상상도 할 수 없는 일이랍니다. 아마 임수경의 이런 행적을 다른 식으로 보도했다면, 당시 남한 입장에서 어마어마하게 박수받을 것도 많죠. 보수주의자들의 입장에서도 말입니다.
임수경을 환영하기 위해서 북한 주민들이 몰려드는데 통제가 안 되었다는 거예요. 보위부의 통제를 무너뜨릴 정도로요. 통일이라는 가치 때문에 통제가 깨지는구나… 관의 의도대로 조작되는 대중이 아니라, 자발적으로 스타를 향해 밀려들 듯이 말입니다. 이런 게 임수경이 한 거다, 그것을 그대로만 보도해달라, 북한사회를 변화시킬 가능성이 그 안에 내재되어 있다고 이야기하며 설득했어요. 그 특보만 그 말을 알아들은 거예요. 방북인사를 잡아가두고 감옥 보내는 것보다 그를 풀어주고 여유있게 대응하면 어떤 의미로는 북한을 정신적으로 이끌 수도 있잖아요. 그런데 오히려 반국가사범처럼 매도하면서 엄벌에 처해야 한다고 공격해대고… 문규현 신부의 방북에 관련된 신부들도 모조리 조사하고 구속했잖아요.

누가 구속되고, 처벌되었나요?

남국현 신부 등 네명의 사제가 구속되었어요. 오히려 70년대의 저희들보다 더 비참한 게, 정보부에서 처리하던 때와 달리 경찰을 앞세우니까 신부들에게 수갑 채운 장면이 그대로 신문과 TV로 나간 거예요. 저도 마음이 아프고 부끄러웠고요. 그런데 그 사제들에 대해서는 큰 아쉬움과 함께 성찰할 내용이 있습니다. 그때 문규현 신부를 파북했던 사제들이 지금은 모두 조용한 편이지요.

그때 너무 혼난 탓인가요?

아니에요. 지금은 그중에서 문규현 신부 하나만 뛰고 있는 셈이네요. 그러니 문규현 신부 마음이 얼마나 아프겠어요.

한 인물에게 당대는 물론 몇십년이 지나서까지 일관되게 행동하라, 이런 건 우리의 파란만장한 역사에서 쉽지 않은 것 같습니다. 그보다

1989년 전대협의 임수경과 정의구현사제단의 문규현 신부의 방북은 역대 방북 건 중에 가장 파급력이 컸다. 이 사건으로 남국현 신부 등 네명의 천주교 사제가 구속되었다. 수갑이 채워진 채 연행되는 남국현 신부 ⓒ연합뉴스

는 선배세대의 모습을 지켜본 후배세대가 바통을 이어받고 달리는 게 더 자연스러운 게 아닐까요?

물론, 후배들이 계속 나옵니다. 개인적으로 아쉬운 것은, 그 당시에 선배들이나 동료들이 조금 신중히 하라고 했음에도 불구하고 그 일을 추진했던 분들이라면, 그뒤로도 적극적 의지를 갖고 통일운동을 지속했어야 한다는 거예요. 문규현 신부가 3년 이상 감옥에 갔다 오고도 지금 외롭게 뛰고 있는 게 조금 마음이 아파요.

당시에 사제단은 어떤 역할을 하기가 힘들었습니까?

싸웠죠. 사건이 났으니까 싸워야죠.

어려운 시대의 소명을 감당하는 신부들이 역사 속의 제물로 계속 내놓게 되는 상황이 발생하네요. 1970년대에는 지학순 주교를 제물로 내놓았고, 1980년대에는 최기식 신부님을 제물로 내놓았고, 1990년대에는 문규현·남국현 신부를 제물로 내놓아야 하는 상황. 제물로 내놓으니까 다른 신부들이 힘을 모아 싸워야 했고요. 이철 등, 문부식 등, 임수경 등을 제물로 내놓고, 그것을 지원하기 위한 제물로 신부들이 등장하고요. 그에 따라 가톨릭과 사제단이 현장의 역사에 뛰어들고… 안타깝고 미안한 마음에 시민들이 동참하고 주장하고… 그렇게 역사를 만들어가나 봅니다. 그뒤에 문익환 목사님과 임수경은 자주 만났죠?

문익환 목사님은 늘 말씀이 시적이시면서도 여유가 있고 유머러스합니다. 당신이 북한 가셨을 때 판문점으로 꼭 넘어오고 싶으셨대요. 물론 북한에서도 안 된다고 고집하고, 미국과의 관계가 있어서 결국 그리로 못 오셨잖아요. 그런데 문규현 신부랑 임수경은 판문점을 통해 넘어왔고요. 문익환 목사님께서 저희들을 보시더니 "내가 그때 판문점에 먼저 안 넘기를 너무 잘했어. 나같이 나이 많고 때 묻은 사람이 판문점을 넘어오면 어떡해. 그 판문점은 진정 통일을 위한 아주 순수한 젊음의 꽃, 선남선녀가 먼저 넘어야 해. 임수경과 문규현이 손잡고 넘어왔는데, 처녀 총각이 같이 넘어오니 내가 너무 좋아." 하고 말씀하셨어요. 그래요. 우리는 그런 생각을 해보지도 않았어요. 역시 문익환 목사님! "임수경 학생과 사제 문규현, 참 너무 아름다웠다."라고 늘 그러는 거예요. 참 재미있는 착상이자 표현으로 기억하고 있습니다.

임수경을 개인적으로 만난 적이 있으신가요?

청주여자교도소에 있을 때 종종 면회를 갔어요. 가톨릭 신자니까 성체를 모시고 갔는데, 힘들어하더라고요. 신앙으로 이겨내라고 했는데 고초를 많이 겪었어요. 임수경이 국회의원 할 때 제가 후원회 회장이 되었어요. 상징적으로 해달라고 해서 후원회 회장을 맡았지요.

얼마 전 CBS 뉴스에 나왔는데요. 임수경이 평양에서 태극기를 직접 만들어 몸에 두른 사진을 보니, 판문점에서 문규현 신부와 함께 있는데 거기가 북한 땅인데도 태극기를 두르고 있더군요. 다른 사진에서는 '조국은 하나다'라는 어깨띠를 두르고 있습니다. 그 옆의 북한사람은 '조선은 하나다'라고 어깨띠를 하고 있는데, 그것과는 확연히 다르지요. '조선은 하나다'라고 하면 남북통일을 연상케도 하지만, 한반도는 '조선' 것이라는 뉘앙스도 들지 않겠어요. 그런데 '조국은 하나다'라고 하면 명실공히 우리의 조국은 남북통일된 하나의 나라여야 한다는 의미가 오해의 여지 없이 드러나잖아요. 이렇게 하나하나 남북을 걱정하며 자신의 의지대로 밀고 나가는 자세가 확연합니다. 정부인사든 사제단이든 북한에서 그런 행동을 자유롭게 할 수가 없죠. 오직 특정한 국면에서 임수경이란 개인에게만 열린 특이한 공간을 잘 활용한 거지요. 북한인들의 마음속에 사랑스럽게 자리 잡은 유일한 남한인이 아닌가 하는 느낌도 있습니다.

남한에서 내세울 인물 중에서 북한인들에게 대중적인 매력으로 남아 있고, 일종의 신화로 있을 그 인물이 앞으로 북한인을 아끼고 사랑하는 마음으로 탐구하고, 그러면서 통일 후의 상처를 치유하고 길을 찾아내는 준비를 해가면 좋겠네요. 자기만의 고유한 역할을 찾아내야 할 것 같아요.

사제단의 북한 방문과 미사, 그리고 수난

임수경, 문규현의 방북을 전후한 소용돌이를 겪고 고난을 겪으면서도, 사제단은 물러서지 않고 통일운동과 대북접촉의 방안을 훨씬 심도 있게 접근해야겠다는 내적 다짐을 하는 것 같아요. 이후 대북접촉을 실제로 진척시키지 않습니까?

그뒤로 저희들이 더 나서서 본격적으로 관계를 추구했지요. 1차로 성사된 것은 1990년대 중반쯤 됩니다. 1994, 95년에 북한에 홍수 피해가 컸어요. 저희들이 모금해서 홍콩 까리따스(CARITAS)를 통해서 북한을 도와줬어요. 까리따스는 로마에 있는 자선 공식단체인데, 홍콩에 지부가 있었고요. 까리따스 직원들은 독일인 혹은 스위스인들이니까 북한 왕래가 자유로웠고, 북한 분들도 까리따스 단체는 무척 신뢰했어요. 진심으로 돕고 언론 플레이를 안 하니까. 그분들은 북한 전역을 다닐 수가 있어요. 까리따스 직원을 매개로 우리가 접촉했더니, 저렴한

쌀도 받겠다고 해요. 그러면서 베트남 쌀 사달라 하면서 북한에서 배를 보냈어요. 그 배를 끌고 베트남에 가서 쌀을 구입해 실어보냈죠. 그렇게 도와주다 1998년에 우리가 방북하게 되었는데 그쪽에서 고맙다고 하면서 앞으로 도와주려면 자기 쪽을 통해 도와달라 하더라고요. 그걸 보니 6·25전쟁 때 생각이 나더군요. 그 당시 구호물자 받는 단체가 힘이 있었잖아요. 그때 가톨릭도 구호물자 받으면 성당의 신부가 나눠주고, 일부는 판매하고, 마치 구호물자의 주인 행세를 하면서 그것으로 성당을 짓고 했거든요. 그 생각이 나더라고요. 물건을 받고 나눠줄 수 있는 기관에 힘이 생기는구나 하고요.

남쪽의 우리는 누구이고, 북쪽의 우리는 누굽니까?

남쪽은 정의구현사제단이고 북쪽은 천주교 중앙협의회예요. 북한의 가톨릭 협의회인데 거길 통해 자전거, 목욕 시설, 쌀 같은 것을 많이 보내줬어요. 신부들이 줄곧 모금을 해왔고요.

자전거 지원은 처음 듣는데요.

북한의 교통수단이 자전거예요. 기름도 없고 차도 없으니까, 자전거는 그야말로 일등 상품이죠. 목욕탕은 환자들의 목욕을 위한 시설이었고요.

자전거는 어디서 어디로 갑니까?

중국산 자전거를 중국에서 구입해서 들여보내죠.

한국에서는 돈이 가고, 중국에서 자전거를 사서 북한으로 들어가는 군요.

북한 도와주는 경로가 중국 단동(丹東, 단둥) 쪽에 있다고 해요. 그밖에도 많더라고요. 수도원들도 있고 외국인들도 있고요. 중국 공안에서는 다 알면서 모른 척하고 있죠.

접촉은 어떻게 했습니까?

사제단에 통일위원회가 있어요. 그 대표들이 북경 가서 만나기도 하고. 또 북한에 방문하면 이런저런 요청을 해옵니다. 통일부의 방침과 제재가 있으니까 마음대로 도와줄 수 있는 것이 아니니 참 어려워요.

신부님은 북한에 언제 처음 방문했습니까?

1998년에요. 북한의 장충성당 건립 10주년을 맞아 장충성당에 미사를 봉헌하자는 명목으로 평양을 방문할 수 있었어요. 그해 8월에 우리 신부 9명이 갔어요. 김승훈, 문정현, 리수현, 안충석, 함세웅, 박승원, 문규현, 박기호, 전종훈 신부입니다.

당시 상황에서 9명의 신부가 북한에 간다면 하나의 뉴스감이었겠네요. 정부 허가는 쉽게 내려졌습니까?

당시 남북회담이 끊어져 있을 때였어요. 우리 쪽 실무자는 문규현, 전종훈 신부였고요. 김대중 정권 초반이었고, 당시 국정원장이 이종찬, 차장이 라종일이었어요. 저는 실무자는 아니고 따라간 거지요. 그때 여러 단체가 방북 신청했는데, 개신교나 불교는 안 되고 우리 신부 9명만 승인이 났어요. 평양에 가니까 초대소에 묵게 하는데, 방을 따로따로 주는 거예요. 각자 독방으로요. 가서 알게 됐는데, 북한당국은 애초부터 우리 사제단 초청을 8·15대축전 참가와 연계하려는 의도를 갖고 있었어요. 초대소에 도착하여 귀빈실로 가는데, 거기에 기자들이 와서 사진을 찍어요. 우리는 광복절하고 성모승천대축일을 겸한 미사를 생각했는데 그 사람들은 그런 계획은 아예 없었고, 전원이 판문점 통일대축전 행사에 참여하는 것으로 짜놓았더라고요. 무슨 문건을 발표하라고 종용도 하고. 우리 대표 신부는 얼떨떨해 있는데, 문규현 신부는 북한의 생리를 잘 아니까 그런 것에 대한 감이 있더라고요.

그래서 이게 좀 만만치 않구나 하는 생각이 들어 저는 가능한 한 뒤에 섰어요. 우리 일행이 여럿이니까 세단 승용차가 하나 나오고 승합차가 한대 나왔어요. 그 사람들이 문규현을 승용차에 태우고, 우리는 승합차에 태우려는 거예요. 내가 북한 측 대표를 불러서 "그렇게 해서는 안 된다. 우리 사제 간에 위계가 있다. 문규현은 여기 있는 문정현 신부 동생이다. 그러니 이렇게 가면 안 된다. 이것은 우리가 정할 테니까 여러분은 빠져라."라고 말했어요. 공식행사 때는 문규현 신부를 앞세워도 되지만, 우리끼리 다닐 때는 문 신부는 우리 후배니까… 이런 소소한 에피소드들이 많았어요.

통제가 심하지 않나요? 일정부터 조건까지.

그러니까 우리도 긴장의 연속이지요. 우리가 뭐라도 놓아두거나 버리면 다 주워가요. 대화하면 적어서 보고하고요. 그래서 이거 정말 힘들구나 생각하고는 정말, 방에 종이 한장 안 흘렸어요. 흔적을 없애기 위해서 전부 주머니에 넣고 돌아온 거예요. 방은 도청되니까 대화를 하려면 밖에 나와 걸어가면서 했어요. 그런데 가자마자 성당에서 미사를 봉헌했어야 하는데 성당으로는 접근이 안 돼요. 우리가 원하는 대로 일정이 안 되는 거죠. 그 사람들이 일정을 정해주는 거예요. 아침에 일어나면 일정이 매일 바뀌어요. 우리는 몰랐는데 실무자인 문규현, 전종훈 신부는 밤새껏 회합을 해야 하는 거야. '어디를 방문해야 한다' '우리 쪽에서는 그건 곤란하다', 이러면서 흥정을 했던 거예요

그거 북한이 일부러 그러는 거잖아요. 체제 홍보용으로 이용하고, 이쪽 사기도 죽이려고요.

어떤 날은 밤사이에 일정이 바뀌었다고 하면서 오늘은 못 나간다고 하더라고요. 그러니까 김승훈 신부님이 언짢고 화가 나서 "뭐 이러냐. 그냥 돌아가자."라고 그랬어요. 그런데 짐을 싸도 비행기가 없잖아요. 중국 비행기는 비싸고 1등급밖에 없다니까 그래도 표 사자고 하더라고요. 그랬더니 장재언 위원장(당시에는 장재철이었는데 나중에 이름이 바뀜)이 옥류관에 오더니, 다가와서 넙죽 절을 해요. "신부님들께서 그냥 가시면 신부님들은 별일 없고 그만입니다. 그런데 여기 양떼들은 어떡합니까. 양떼들은 다 죽습니다. 불쌍한 양들을 돌봐주십시오." 어떻게 보

면 참 노련하지요. 그게 정치적 발언이라는 건 알지만 그 말 자체는 맞잖아요. 정말 고민되더라고요. 그래서 우리 9명이 회합을 했어요.

남한 인사들을 늘 데리고 가고 싶은 장소가 있잖아요.

만수대 같은 데… 일정 맨처음에 만수대를 가는 거예요. 우리는 김일성 동상 보면 곧바로 거부감이 생길 때 아니에요. 그런데 거기 가서 꽃도 놔야 한대요. 그래서 우리나 김승훈 신부님이 "야야, 그런 걸 뭘 해." 그랬지요. 가서는 멀찌감치 뒤에서 지켜보고 있으니, 난리가 난 거죠. 이것도 정해진 절차니 어김없이 해야 한대요. 사전에 이런 것을 전혀 몰랐잖아요. 결국에는 문규현이 대표로 그런 흉내를 한번 내고… 이렇게 첫 아침부터 조금 삐그덕거렸어요. 긴장되지요. 자꾸 무슨 '주체' 자 들어간 데를 데리고 가려 하니까.

그쪽 요구를 전혀 안 들어주면 아무런 일정을 진척시킬 수도 없고, 이래저래 난감했겠습니다.

우리는 '북한 사람들을 좀 만납시다' 하면서 옥신각신하고요. 그 사람들은 우리를 판문점으로 데려가는 게 목적이에요. 범민족대회에 참석시키려고요. 처음엔 참석을 거절하려 했지만 도저히 어떻게 할 수 없어서, 우리들 중 2명만 판문점에 가는 것으로 타협했어요. 북측은 2명만 판문점에 보내주면 장충성당에서 미사를 봉헌할 수 있게 해주고, 주일(16일) 미사도 약속하겠다고 제안하더라고요. 이번뿐 아니라 앞으로의 남북관계도 생각해야 하고, 또 평양미사와 판문점 참석이 동시에 이뤄지니까 약속 보장도 확인할 수 있겠더라고요. 그럼 누구를 판문점에 보낼 것인가 논의하니, 문규현 신부하고 저보고 가라고 하더라고요. 그래서 제가, 북한 사정을 잘 아는 문규현과 총무인 박기호 신부를 보내자고 수정 제의해서 그 둘이 판문점으로 간 거예요. 나머지 7명은 우리가 바랐던 대로 장충성당에서 미사를 하기로 했고요.

문 신부한테 당부했어요. 거기 가서 즉흥 발언을 하면 문제될 수도 있으니, 우리가 논의해서 합의한 발언 이외는 절대로 발설하지 말고 준비한 것을 그냥 읽기만 하라고요. 그렇게 딱 정하고 문장을 만들어서 이것만 읽으라고 한 거죠. 우리가 다시 남쪽에 내려가고 나서의 일을 대비하면서 일해야 하니까요.

그 문장에는 어떤 내용이 들어 있었습니까?

'사제단은 장충성당 미사를 위하여 방북하게 되었고, 자신을 포함한 2명의 사제를 대표로 판문점에 파견했으며, 이 시간에 신부들이 평양에서 성모승천대축일 미사를 봉헌하고 있다는 사실을 공지하는 것' 등이었어요. 북쪽의 제의와 남쪽의 수용으로 공동개최 의지가 어느 때보다 높았던 8·15 행사가 무산된 점에 대한 유감 표명과 내년(1999년)에는 반드시 공동개최를 이루자는 것도 적었고요. 남북정부가 7·4공동성명 정신과 남북기본합의서를 준수하고 실천할 것, 당국자들이 즉시 대화에 나설 것을 촉구했고요. 마지막으로 겨레의 하나 됨을 위한 기도문을 바쳤습니다.

그러고 나서 8월 14일에 통일부에 그 사실을 알렸어요. 북한 당국과의 어려운 대화와 부득이한 처지의 차선으로 판문점에 2명의 신부를 파견하게 되었다는 사실을 알렸어요. 이를 전달받은 통일원 교류협력 국장으로부터 미리 알려줘서 고맙다는 말을 그다음 날 사제단 사무국이 받았다고 나중에 들었어요. 이런 내용은 우리 정부의 방침과 어긋날 게 전혀 없어요. 예컨대 남북 간 당국자 회담은 당시 남한정부에서도 바라던 내용이거든요. 북한에 가면 대개 발언을 제대로 못해요. 그런데 사제단은 북한 정부를 향해 분명히 말한 거지요. 그게 찍혀서 남한 방송에도 나왔다고 하더라고요.

8월 15일 장충성당 미사는 어땠습니까?

김승훈 신부님이 주례를 하시고 저는 강론을 했어요. 북한에서 봉헌하는 첫번째 미사니까 강론을 좀 길게 했어요. 이 사람들이 하도 모르니까 교리를 좀 가르치겠다는 생각도 하면서요. 일제로부터의 해방된 광복절의 기쁨도 이야기하고, 성모승천축일인데 성모님이 하늘로 올라가신 의미가 무엇인지를 말해주었고요. 루카복음에서 성모님에 관한 부분을 골라서 마리아의 믿음, 예수님 돌아가셨을 때 십자가 밑에 계셨던 성모님의 고통은 찢긴 민족의 아픔과 똑같다… 이렇게 성모 마리아의 축일과 민족사를 함께 엮어 교리를 설명했어요. 그분들에게는 아직 해방신학 같은 것 이야기하면 안 돼요. 그저 성경대로만 해도 해방적 의미가 다분하지요.

그쪽의 반응은 좀 느낄 수 있었나요?

우리 미사 내용을 다 체크했어요. 거기서는 미사 할 때마다 김일성

1998년 평양 장충성당 건립 10주년 기념 미사.

과 김정일 이야기를 해야 하는 모양인데, 우리는 아예 그런 말을 안 했어요. 순전히 우리 식으로 하느님 찬양과 성경말씀을 강론한 거예요. 그다음 날(16일)이 주일이어서 또 미사를 하게 되었는데, 우리가 성당에 가니까 아예 제대 위에 올라가지 못하게 해요. 문규현 신부와 다른 한 신부만 올라가고.

2명은 제대 위에 올라가고, 7명은 신자석에 앉게 된 모양이지요.

네. 중간에 성찬의 축성이 있어요. 그때는 사제들이 다 올라가게 되어 있어요. 서로 눈짓하면서 미사 중간에 올라가니까 어떻게 막을 수 없잖아요.

문규현 신부는 북한 가톨릭의 난처한 입장을 이해하고 그쪽 기준을 조금 더 맞추려고 하는가 봅니다.

북한을 더 잘 아니까요. 다만 우리가 동의하지 않을 줄 알고 상의도 없이 일을 벌이니 문제였지요. 사실 문규현 신부는 북한에서 저희에게 크게 지적당했습니다. 저희는 항상 9명이 토론해서 결론내고 그걸 따르잖아요. 그런데 문 신부의 입장에서는 자신이 북한체제의 속성을 잘 알고, 우리 동의를 받기는 불가능하니까, 자신의 계획을 다 이야기하지 않고 우리 모르게 뭔가 실행하는 거예요. 어느 날은 김일성 궁전에도 꼭 가야 한다고 하더라고요. 북한을 상대하긴 참 힘들었어요.

김일성 시신이 안치되었다는 금수산궁전 말이지요.

이름이 금수산궁전인지도 몰랐는데 거기 가야 한대요. 우리와 사전 의논을 않고 간 거예요. 이거 참 큰일났다 싶었어요. 그 앞에서 우람한 동상을 보니까 로마 시대 때 황제의 동상이 연상되잖아요. 제가 교부학을 했기 때문에 더욱 그렇게 느꼈어요. 방명록에 뭐라고 쓰라는 거예요. 아무도 안 쓸 수가 없어서 그랬는지 문 신부는 뭐라고 조금 썼어요. 그게 문제가 되어 나중에 재판에서도 다루어지고 했는데… 저는 쓰지 않고 맨 뒤에서 구경하면서 다녔는데 이게 큰일이구나 싶어 기도를 했어요. 문 신부가 북한 방송에 나가니까 남쪽에서도 알게 되잖아요. 그러니까 난리가 난 모양인데, 우린 평양에 있으니까 몰랐죠.

어떻게 난리가 난 겁니까?

북한 일정 끝내고 중국 대련(大連, 다롄)을 거쳐 북경으로 갔어요. 다음 날 북경 대사가 나오더니 난리가 났다고 하더라고요. 김포공항에 들어오니 기자들 백여명이 나와 있는 거야. 기자들이 몰려 있으니까 안 되겠어요. 제가 신부들보고 "우리 함께 뜹시다!" 그랬어요. 기자들이 사진을 못 찍게 흩어져 뛰었어요. 기자들은 이런 상황이 별로 익숙지 않잖아요. 공항이 온통 엉망이 된 거예요.

국정원에서 문규현과 전종훈 신부 둘을 연행해갔어요. 김대중 정권 때인데, 김홍일 의원에게 전화를 했어요. "내가 증인인데, 여기서 보고받은 것과 사실이 다르다."라고 설명했어요. 그때 신건 씨가 국정원 2차장이었어요. 그분과 연결이 되어 제가 국정원에 가서 수사국장을 만났어요. 모든 걸 다 얘기해줬어요. 그런데 라종일 당시 국정원 제1차장은 쓰윽 빠지는 거야. 처음엔 신부님들 맘대로 하라고 해놓고서는…

문규현과 전종훈 신부는 라종일의 보장이 있었으니까 그걸 믿고 그렇게 행동한 거였어요. 나중에 일이 꼬이니까 라종일이 발뺌을 하고, 우리가 도착하는 아침에 정진석 교구장을 찾아가서 저희들에 대한 보고를 다 한 거예요. 정진석 교구장이 젊은 사제일 때부터 잘 알고 지냈던 거예요. 그러니까 서로 오래된 사이였던 거죠. 저는 그날 12시에 지구회합에서 북한 갔다 온 얘기를 죽 했어요. 정진석 교구장 옆에 앉아 북한 얘기를 하는데 정 교구장은 아예 듣지를 않으려고 해요. 그게 좀 이상하다고 생각했는데, 나중에 알고 보니까 라종일이 교구장에게 사전에 왜곡된 보고를 해서 선입견이 있었음을 알게 됐어요.

국정원에서 수사는 어떻게 진행되었습니까?

그때 수사국장이 조사하더니 다 이해한다고 그래요. 정보를 분석해 보니 의문이 풀린다고요. 왜 판문점에 갔는지도 알겠고, 판문점에 다른 신부가 아닌 문규현 신부를 왜 보냈는지 등등을요. 얼마나 신중하게 대처했는지도 알겠다면서요. 판문점에 가서 사전에 준비한 성명서 외엔 아무것도 발표하지 말라고 했고, 그 성명서에도 남북 당국자 회담을 해야 한다는 남측의 주장을 포함시켰고… 이런 걸 다 듣더니 맞다면서 불구속하기로 내부 방침을 정했다고 했어요. 그런데 이틀 뒤에 이종찬 국정원장이 직권으로 구속시키라고 한 거예요.

왜 그랬을까요? 1982년 부산 미문화원 사건의 처리에서도 안기부와 청와대, 경찰 사이에 의견이 엇갈렸고, 그러면서 결국 강경책이 지배하게 되는데, 뭐 그때와 비슷했던 건가요?

정확한 이유는 잘 모르겠는데, 짐작건대 저희들이 시기심의 대상이 된 점도 있는 것 같아요. 그 어려울 때 다른 단체는 접촉이 불허되고 우리만 승인이 나서 북한을 갔잖아요. 게다가 판문점까지 갔다 오고요. 김대중 대통령한테도 보고했나봐요. 구속이 되니까 화가 나면서도 조금 부끄럽더라고요.

몇분이나 구속됐습니까?

문규현 신부만 구속되고 전종훈 신부는 조사받다가 나왔어요. 전종훈 신부는 정확하게 사정을 설명했고, 우리 신부들 사이에 격렬한 토론의 경과와 결과도 알려주니 그럭저럭 해결된 거지요. 문규현 신부는 얼마 뒤 보석으로 나온 것으로 알고요.

그럼 큰 문제없이 잘 종료되었다고 할 수 있지 않나요.

그것은 좋은데 사제단 신부들 사이에 분열이 난 거예요. 가톨릭대학에 우리 사제단이 몇백명 모인 자리에서 제가 자초지종을 설명했어요. 그런데 오해가 생긴 게, 애초에 북한 갈 때 각 교구 신부들과 내부 합의가 다 안 되었다는 거예요. 저는 그 사실을 몰랐죠. 내부 절차는 다 거친 줄 알았죠. 사제단이 그때 또 한번 위기가 있었어요.

그다음 이야기로, 김대중 선생이 대통령 되고 난 뒤 1998년인가 우리를 만나자고 청와대에서 연락이 왔어요. 김승훈 신부님이 사제단 대표니까 그쪽을 통해 의전실에서 연락이 왔어요. 오찬모임이에요. 그런데 주위의 기자들이 일러주길, 낮에 만나면 아무 소용없다, 12시에서 1시 30분까지 밥 먹고 딱 끝나는데 무슨 깊은 이야기를 하느냐, 저녁으로 바꾸는 게 좋겠다는 거예요. 그래서 어느 의원에게 부탁해서 저녁 6시 30분으로 바꿔놨어요.

먼저 청와대에 다녀오신 신부들한테 자문을 받았어요. 청와대에 가면 어떻게 대화해야 하느냐 물었더니, 김대중 대통령 특성상 1시간은 본인이 말을 하니까 그걸 듣고 나서 그다음부터 이야기하라고 해요. 그래서 우리끼리 누가 어떤 발언을 할지를 나눴어요.

어느 분이 갔나요?

모두 5명이었어요. 김승훈, 김택암, 안충석, 문규현, 그리고 함세웅. 문규현 신부 이름은 제가 넣었어요. 아마 마침 집행유예로 나와서 그랬을 거예요. 만일 청와대에서 문규현 때문에 식사자릴 거부하면 재고해보려고 했는데 거부하지는 않았어요. 가서 김대중 대통령 말씀 잘 들었고요. 대통령 되셔서 너무 기쁘다고 말씀드리고 "이전에 재판받고 감옥에 계셨을 때의 어려웠던 상황을 기억하면서 잘하시면 좋겠습니다."라고 덧붙였어요. 대통령도 자기 행적을 쭉 이야기하고 그다음에 우리끼리 분담해서 이야기했지요.

제가 조심스럽게 이야기를 꺼냈어요. 국가인권위원회 만드는 과정에서 대통령께서 박상천 당시 법무장관으로부터 약간은 사실과 다른 보고를 받으셨고, 또 문규현 신부 구속사건에 대해서도 참 부끄러웠지만 그것도 이종찬 국정원장에게 잘못 보고를 받으신 것이라고요. 제가 수사국장한테 다 이야기를 해서 수사국장이 충분히 알아들었다고 한 상황이었다고 제 나름 조심조심하면서 이야기했죠.

인사에 대해서도 이렇게 언급했어요. "호남 분들을 잘 기용하는 것은 좋은데 대통령께서 쓰시는 호남 인사들은 사실 과거 정권 때 다 공직을 맡으신 분들입니다. 출신은 호남이지만 사실상 호남인들을 짓밟고 고통을 준 분들인데, 호남인이라는 이유 때문에 다시 승승장구하게 하는 건 조금 잘못된 것 같습니다. 동진정책 쓰신다고도 하셨는데, 그럼 영남이나 대구에서 민주화를 위해 애썼던 분들을 써야지, 김중권을 비서실장으로 중용한다든지, 정보부에서 인권탄압의 대명사였던 이용택 같은 사람들을 기용하는 건 안 됩니다. 우리가 참 가슴이 아픕니다. 그리고 외교 면에서 훌륭하시고 경제정책도 잘하신다는 평이 있지만, 많은 분들이 김영삼 대통령 때의 인사정책과 김대중 대통령의 인

김대중 대통령이 2000년 8월 10일 저녁 정의구현사제단 신부들을 청와대로 초청, 만찬을 함께 하기에 앞서 인사말을 하고 있다. ©연합뉴스

사정책이 조금도 다르지 않다고 불평합니다. 그런 이야기를 들으면 저희들 마음이 참 아픕니다."

이런 정도로 이야기했는데도 손을 부르르 떨면서 자신을 김영삼하고 비교하느냐고 하시는 거예요. 우리에게 선물을 하나씩 주기 직전인데 부르르 떨더라고요. 그런 말을 들어서 저희 마음이 아프다고 한 것인데도, 자기와 김영삼을 비교하느냐고 항변을 하시다니… 그후 무거운 분위기에서 대화를 나누고 끝냈습니다.

대통령 면전에 하고 싶은 말을 충분히 하기도 어렵죠. 대개는 거슬리는 말을 일절 않는 게 무슨 불문율처럼 되어 있다고 하던데요.

나중에 들어보니 대통령 앞에서 그 정도로 이야기한 사람은 우리밖에 없다는 거예요. 대통령이 된 뒤 저희가 비판을 조금 했어요. 청와대를 서너번 다녀왔는데요. 사제들이 20여명이 갔을 때, 그 자리에 비서실장부터 각 국장들까지 배석하더라고요. 그런데 젊은 신부들이 우리보다 더 강하게 이야기하는 거예요. 인권이 좋아지고 있다고 하지만 실제 현장에서는 더 어렵다는 이야기도 나왔고요.

저도 몇마디 덧붙였어요. 대통령께서는 보고만 받아서 다 잘 된다고 하시는데, 물론 부정이 옛날보다 줄었지만 그건 양적인 것이고, 그 내막을 보면 돈의 단위가 훨씬 올라갔고 그 예로 사학재단의 비리가 있다는 점을 죽 이야기했어요. 그때 제가 덕성여대 이사를 맡고 있었거든요. 덕성여대부터 교육부 직원들 돈 받아먹는다고 말했어요. 그랬더니 비상이 걸린 거야. 끝나고 나오니까 옛날에 국정원에 있었던 어떤 분이 그래요. 지금은 민주주의 된 거라고, 이전엔 대통령 앞에서 그런 이야기 하면 살아서 못 나온다고요. 경호실에서 거의 매 맞아 죽는데, 살아서 나왔으니까 민주주의가 된 거라고 하더라고요. 그런 이야기 들으니 조금 속상했어요.

청와대 측근들이 보기엔 "참, 함 신부님은 아무도 못 말려!"라고 했겠습니다. 그렇게 직언하는 것을 알면서도, 서너차례나 청와대에 들어오시라고 한 대통령도 점수를 주고 싶네요.

2000년 6·15 공동선언 이후에 병원 책임 신부들이 대통령을 만나게끔 주선했는데, 그때는 잘 안 되었어요. 아, 대통령이 이런 이야기를 하신 적 있어요. "신부님, 제가 대통령 된 게 신부님 같은 민주화운동 하는 분들의 힘만으로, 다시 말해 자력으로 된 게 아닙니다. 김종필 씨 도움을 받아 대통령이 되었기에 제게도 한계가 있습니다." 그 이야기 들을 때 아프더라고요. 한계가 있어도 그렇지, 대통령이 경제를 잡아야지, 경제는 김종필 일파들이 다 잡고, 이게 도대체 말이 되느냐…

정말 속상하더라고요. 근데 그게 권력의 한계고, 김대중 대통령의 한계이죠. 저 보고 제2건국위원회에 들어와서 일하라고 했는데, 저는 그런 데에 안 들어가거든요. 신부는 그런 데 들어가는 게 아니라고 해서요. 김대중 대통령과 대화를 나누면서도 정직하게 비판하자는 기조를 유지했어요. 잘되도록 하기 위해서 말입니다.

제4부

세상을 품은 영성

교회 내 보수와의 갈등

신부님이 내신 책 중에 『멍에와 십자가』(빛두레 1993)가 있습니다. 이 책의 제일 뒤에 「사목 대담: 1990년대에 즈음한 한국 천주교회의 실상」이란 게 있습니다. 대담 일자는 1990년 12월 14일인데요. 국외자의 입장에서는 너무나 흥미진진하던데… 그때 생각나시지요?

김남수 주교하고 논쟁한 것입니다.

네. 그 논쟁이 뜨겁고 격렬하던데요. 김남수 주교도 아예 거침없이 이야기하고, 함 신부님도 이에 막힘없이 반박하면, 김남수 주교가 또 강하게 재반박하고. 너무 놀라웠습니다. 그 대담과 배경이 의미하는 바가 있었을 것 같은데요. 천주교 내의 서로 다른 의견들이 정면으로 표출되는 것이 아닌가 하는 생각이 들더라고요. 관찰자 입장에서 편히 제멋대로 말해보자면, 1974년 무렵엔 청년사제들의 발언이 솟구치다가, 1970년대 후반엔 보수파들이 우세해지고요. 1980년대 중반 이후엔 사제단이 중심이 되어 커다란 발언권과 영향력을 갖게 되다가, 임수경 방북 전후로는 보수파들의 대대적인 역공이 펼쳐지면서, 이제 보수파들이 확실히 이야기할 때라고 하는 것 같고요. 그에 대응하여 사제단 측에서는 우리가 밀릴 도덕적·종교적·세속적 이유가 전혀 없다고 나서면서 두 입장이 치열하게 부딪치는 모습으로 나타난 게 아닌가, 그 논쟁의 배경을 이렇게 제 맘대로 생각해봤습니다. 우선 궁금한 것은, 이렇게 강도 높은 토론이 가톨릭 내에서 자주 일어납니까?

요새는 없는데… 김남수 주교는 우선 달변가예요. 북에서 남으로 오신 분인데, 로마에서 공부하고 오셨고요. 권력지향적인 면이 있고, 교구장이라는 특권이 있으니 거리낄 것 없이 하시는 것도 있어요.

주교회의 의장이라고 약력에 적혀 있습니다.

네. 천주교중앙협의회에서 만드는 『사목』이란 잡지의 편집을 주관한 분이 부산교구 김정수 신부인데, 이분이 자리를 마련한 것이에요. 그런데 김남수 주교한테는 대담 상대가 함세웅이라고 특정해서 이야기하지 않고 그저 '대담을 좀 하시면 좋겠습니다' 하고 응낙 받은 거예요. 이분은 뭐든지 자신만만하니까요. 그런데 대담하러 와보니 상대가 딱 저인 거예요. 김 주교도 처음에 좀 당황해했어요. 『사목』지는 저널이니까 좀더 직접적으로 부딪치게 하는 게 좋잖아요. 저는 무리하지 않는 범위 내에서 신앙과 신학 측면에서 논쟁했어요. 이 잡지가 발간된 다음에 이 대담만 뽑아서 교육용으로 배포하기도 했어요.

읽어보니 생생한 긴장감이 들더라고요. 두개의 대립되는 신앙관, 사회관, 역사관, 민족관이 정면으로 드러납니다. 그냥 드러나는 게 아니라 대립적으로 부딪치면서 드러나니까 판단에 도움이 많이 됩니다.

제가 신학교 있을 때여서 처음에는 대담 참여를 망설였는데, 저밖에 이야기할 사람이 없다고 해서 할 수 없이 악역을 맡았어요. 그분이 아주 궤변가이기도 합니다. 김수환 추기경도 그분 때문에 애먹고, 주교회의에서 어떤 때는 농담으로 휘젓기도 하고…

김남수 주교의 말씀을 들어보면, 로마 교황청의 입장도 나오고, 한국 천주교의 신도가 크게 증가하고 사제수 또한 늘어났다는 긍정적인 면이 이야기돼요. 그에 반해 부정적인 면도 있다면서 이를 거침없이 언급합니다. '신학교 교수들이 전통적 가르침보다는 정치에 더욱 몰두하고 있다. 교회의 권위에 겸손과 순명을 거의 드러내지 않고 있다. 일부 신학생들이 좌경 정치나 해방신학의 이데올로기에 젖어 있다. 신비신학의 연구가 경시되고 있다. 또한 일부 사제들이 천주교 정의구현 사제단이라는 정치 단체를 형성하여 노골적으로 사목 선교활동을 손상시키고, 국가공동체는 물론 주교회의 심장부에서마저 긴장의 빌미가 되고 있다.' 김남수 주교는 이와 같은 부정적 면을 로마 교황청의 요제프 톰코 추기경의 말씀을 들어 지적하더라고요.

그런데 이런 분들이 한 나라의 사제 단체에 대해서 막말 수준 비슷하게 쏟아내도 되는 겁니까?

톰코는 인류복음화성(人類福音化省) 장관으로, 한국을 포함한 선교 지역의 책임 장관이에요. 그런데 김 주교가 그렇게 인용했으니까, 실제로 그랬는지 모르겠는데, 한국에서도 장관들이 이러쿵저러쿵 말하잖아요. 자기 견해를 그렇게 말할 수도 있겠죠.

로마교황청에서 한국의 사정을 어떻게 알죠. 누군가는 정보를 줘야 할 텐데, 정보전달 과정에서 왜곡이 무수히 생겨나잖아요.

한국에서 자료가 가죠. 그전에는 이렇게 공개되지 않았어요. 그런데 앞서 말씀드린 대로 노태우가 대통령으로 된 뒤부터 바티칸에서 우리를 조여오기 시작했고, 임수경 북한 방문 이후에 더욱 압박을 했죠. 김남수 주교는 주교회의 의장이었으니까, 우리에게 어느정도 제재를 가했죠.

사제단 내부에 어떻게 압력을 가합니까?

교구장이 사제들에게 사제단 활동을 못하게 하는 거예요. 그러니 적극적 의지가 덜하면 사제단 모임에 나오기가 어려워지죠.

교구장마다 다르군요. 그럼 그때 김수환 추기경이 크게 화를 냈다고 한 건 어떻게 된 것입니까?

문규현 신부 방북 때입니다. 사제가 시대적 뜻을 갖고 수행했다고 이해하고 지적하시면 될 것을, 교구장으로서 자신이 계획한 일이 방해받았다는 측면에서 화내셨는데, 저희 모두 당황했지요.

그때는 변호사들과 상의하지 않았습니까?

상의를 안 했어요. 일이 극비로 진행되고 있었으니까요. 그때 진행
사정을 알고 있던 신부들은 남국현, 문정현, 김승훈, 함세웅, 이렇게 몇
명뿐인데 임수경을 도와야 한다는 것은 다 공감하면서도 그 방법이
뭘까 고민한 거죠. 문규현 신부가 사제단의 임무로 북한에 가는 것은
너무 큰 파장을 일으킬 테니 다른 대안을 찾았던 것이었고요. 그러나
고초를 치르고 난 뒤에, 문규현 신부가 재판받고 고생한 것이 결과적
으로 과감한 선택이었던 것 같아요. 물론 사제단이 내부적으로 균열도
생기고, 외적으로 치러야 했던 대가는 상당히 컸지만요.

균열은, 주교라든가 하는 위로부터의 압력에 기인한 것도 있지만,
같이하는 분들 사이에서 갈라지는 면도 있었던가요?

사제단 일에 나서게 되면 이게 투신이기 때문에 쉽지 않아요. 너무
힘들다 싶으면 언젠가부터 '그만둬야지' 생각하고 있다가, 이런 사건
을 계기로 못하겠다면서 빠지는 점이 없지 않아요. "이것 때문에 빠지
겠다고 하지 말고 조금 정직해져라. 처음부터 너의 마음에 있던 이야
기를 해라." 저는 그렇게 이야기를 하는데… 그때 상당히 타격을 입었
죠. 당시 서울교구의 30, 40대 신부들이 열심히 뛰었어요. 그런데 절차
상으로 문제가 있다고 하고, 안 보내기로 결의했는데 북한으로 갔다고
하면서 그뒤로 서울교구 신부들이 상당히 이탈하게 되었어요. 중심이

될 교구가 약해졌지요.

어떻게 보면 민주화가 진척되면서 본래 날카로웠던 갈등이 이전보다는 조금 줄어들게 되잖아요. 대학가를 예로 들면, 독재 때 학업을 중단하고 노동운동에 전력투구했던 학생 출신 노동자들이 다시 대학에 돌아와 고시공부해서 변호사 되고, 이런 식으로 운동권의 기세가 슬슬 약화되는 모습과 비슷한 면은 없을까요?

그런 면도 있겠죠. 그런데 하나 아쉬운 것은, 그분들이 잠시 쉬었다 하더라도, 주요한 역할을 한 분들, 예컨대 문규현 신부를 북한에 파견하기로 주도했던 분들 중 몇몇이 문 신부가 출소한 뒤 슬그머니 사라져버렸다는 점이에요. 문규현 신부가 말은 안 하지만, 제가 그 마음을 알아요. 마음이 아프죠. 자기보고 평양으로 가라 했던 친구들은 하나도 안 보이고, 지금은 자기만 혼자 남아 있는 거야. 물론 후배들이 잇고 있습니다만, 그 점에 대해서는 아쉬움이 있습니다.

그런 마음과 판단을 어떤 형태로든 표출하십니까? 뜨거운 정열을 장기적으로 이어가는 방법이 뭘까, 이런 고민도 들 텐데요.

신학생들한테 자주 당부하지요. 신학생 때 시위를 하면 말렸어요. "시위하면 퇴교당한다. 국가에서도 학교에서도 제재를 한다. 그 열정을 좀 아끼고 안으로 껴안아라. 여러분이 사제가 되면 신학생 때 시위하고 싶었던 열정보다 몇십배의 큰 결과를 낼 수 있다."라고 하면서요. 학생들이 세미나 할 때 얼마나 열정적이에요. 온 우주와 교회와 세계를 껴안고 고민하는 많은 젊은이들이 신부가 된 다음에는 그것의 10분의 1도 고민 안 해요. 그중 소수만 사제단에서 그런 고민을 진지하게 하고, 다른 신부들은 뭐, 골프 치러 다니고 그러니까요.

골프는 활동에 지장이 됩니까?

지금 사제단 활동하는 신부들이 동료들과 일할 때의 첫번째 기준은 이래요. 내가 어느 신부를 추천하면 "신부님, 그 신부는 골프를 칩니다." 이러면 끝이에요. 골프 치는 사람의 사고로서는 정의구현과 사회개선, 가난한 자들을 위해 투신할 수 없다는 거예요. 골프가 나쁘다는 게 아니라, 삶의 양식이 바뀌기 때문이에요. 제가 어느정도 선배 세대로서 그 사람들도 껴안고 싶은데, 활동하는 당사자들이 못 껴안겠다는 거예요. 그래서 여러분 방식대로 하라고 했어요. 그게 늘 아쉽더라고요. 그게 뭐 저희들뿐 아니라 독립운동가들도 마찬가지 아니겠어요. 순교자는 소수이지 모두 순교하는 건 아니니까. 정말 초심을 끝까지 갖는 삶의 자세가 뭘까에 대해 늘 묵상하고 있습니다.

골프를 치게 되면 그에 맞게 사람도 사귀고, 비용도 많이 들고, 신자들에게 여러가지 의존하게 되고… 가난한 이웃을 위해 투신하기 어려워진다는 거지요? 지금도 그런 기준을 지켜내고 있나요?

후배들은 그게 철저해요. 오히려 저는 골프 치는 정도는 껴안을 마음이 있는데, 일선에서 뛰는 신부들은 그게 철저하더라고요.

신학교 교수로서 바티칸 체제 비판

신학교 교수 시절 말씀을 듣고 싶습니다. 무엇을 어떻게 가르쳤는지, 대학의 분위기는 어땠는지 하는 것들요.

신학교에 간 게 1989년 10월쯤 됩니다. 지난번 말씀 드린 대로 평화방송에서 노조 일로 얽히고, 김옥균 주교와 갈등도 생기는 등 여러가지가 겹치면서 자의반 타의반으로 갔어요. 물론 신학교 교수는 저의 꿈이긴 했어요. 신학교엔 4년 있었는데, 그때가 저의 공부를 종합하면서 신학적으로 많이 성숙해진 시기였어요.

앞에서 추기경과의 갈등, 총대리와의 갈등을 언급했지만, 그래도 그때까지는 교구장이니까 잘 모시고 일해야겠다고 다짐했는데, 이제는 이것을 넘어서야겠다고 생각했어요. 신학교에서도 많은 고민이 있었는데, 저보다 2년 선배인 심용섭 신부와 대화하면서 그것을 이겨냈고요. 학생들하고 같이 지내는 게 너무 좋은 거예요. 대학원생 세미나를

2시간 정도 하면 우리 신학교에서부터 각 성당, 서울, 한국, 남북한, 아시아, 전 세계의 이야기를 나누었어요. 학생들 고민의 질이 매우 높아요. 이러한 고민을 사제가 되고 나서 사목 현장에서도 늘 잊지 말아야 한다고 당부했는데… 아까 말씀드린 대로 남은 사람은 10명 중에서 1, 2명 정도지요. 지금 사제단의 박기호, 전종훈, 나승구 신부 등이 그때 학생들이에요. 저를 만나기 전부터 이미 의식이 갖춰져 있었지요. 제가 가니까 날개를 단 듯했고, 통일신학에서부터 세미나가 활발했죠.

가톨릭의 체제, 교구체제나 바티칸을 넘어서자는 말씀은요.

예수님이 "내가 세운 나라는 이 세상이 아니다."라고 하셨잖아요. 바티칸이나 교황대사나 교구 같은 것은 예수님이 세운 게 아니라는 점을 신학적 논거를 세워가며 지적했어요. 현재 바티칸은 국가체제잖아요. UN에 가입하고 전세계에 교황대사가 있지요. 추기경과 교황대사한테 항변하면서 그랬어요. "당신들이 우리보고 정치를 한다고 그러는데 우리가 언제 정치를 했느냐. 정치는 당신들이 하지 않느냐. 바티칸이 교황대사를 보내고 하는 게 다 정치인데, 그런 식으로 문제제기 하면 어떡하냐. 당신들 위선자다. 우리는 복음을 기초로 해서 세상을 바꾸고 사람들에게 희망을 주기 위해 노력하는데, 당신들은 국가체제를 갖고 현실정치를 하면서 우리보고 정치하지 말라고 그러느냐. 당신들 위선을 고쳐야 한다."라고요.

독일의 한 신학자가 예수님은 하느님 나라를 선포하셨는데 정작 생겨난 것은 교회라고 이야기했어요. 신학적으로 보면 교회도 예수님이 세우신 것이 아니라는 거예요. 예수님은 오직 하느님 나라를 선포하셨잖아요. 하느님 나라를 따르는 분들의 모임이 교회공동체인데, 이 교회가 권력화되고, 바티칸 같은 국가가 된 거예요. 2천년 전에 예수님을 죽였던 기존 종교인처럼 오늘날 부분적으로나마 예언자와 예수님의 삶을 따르려는 바른 신앙인들과 사제들을 권력의 힘으로 억압하는 거고요. 신학교에 있으면서 이런 부분을 더 실감있게 깨닫고 느꼈어요.

그런 깨달음은 신학교에서의 교육과 연구의 산물입니까? 아니면 그동안의 체험과 성찰의 산물입니까?

제가 원래 '교부학'을 가르쳤는데 안식년을 맞은 신부가 있어서 그분 대신 '그리스도론'을 강의하게 되었어요. 원래 교부들의 사상 속에는 예수님에 대한 신앙고백이 있기 때문에 그리스도론이 하나의 중요한 내용을 이루고 있습니다. 지금(2013년) 독일의 추기경인 발터 카스퍼(Walter Kasper)의 『예수 그리스도』라는 책이 있는데 박상래 신부님이 번역했어요. 읽기에 다소 벅찼지만 철학적인 설명에서부터 열심히 준비해서 강의했고요. 강의할 때 학생들에게 그랬어요. 발터 카스퍼의 책뿐 아니라 많은 학자들의 예수 그리스도론은 예수님께서 이 세상에 오셔서 보아도 "야, 이게 나에 대한 말이냐?" 이러실 것 같다, 너무 어렵다고요. 레오나르도 보프(Leonardo Boff)의 『해방자 예수 그리스도』라는, 우리 제자 황종렬이 번역한 책도 있는데, 그것을 복사하여 학생들에게 나눠주기도 했어요. 그 책이 너무 좋더라고요. 해방신학적 관점에서 본 예수 그리스도예요.

레오나르도 보프는 실천적인 그리스도론을 펼쳤어요. 어려운 부분이 없지는 않지만, 내용들은 마음에 드는 거예요. 이것들로 강의하면서 많은 것을 터득했어요. 예수 그리스도의 이야기가 2천년 전에 끝나는 것이 아니라 여러 사람의 삶을 통해서 지금도 재현되고 있고, 예수님은 교조적인 것보다 정말 실천적인 삶을 선포하신 분이라는 것을 공부했지요. 예수님을 특징짓는 가장 대표적인 이름은 '해방자'다… 그 책 제목이 너무 마음에 들어 선물도 하고 그랬어요.

보프 신부는 교황으로부터 파문(破門) 당했다고 하는데 경위가 어떻게 됩니까?

파문은 아닙니다. 교황 베네딕토 16세가 요제프 라칭거(Joseph Ratzinger) 추기경일 때, 이분이 보프를 너무 괴롭혔어요. 결국 수도원장을 통해 제재를 가하니까, 무척 괴로워서 수도원을 떠나 사제직을 그만둔 거예요. "내가 신앙인으로서는 살겠지만, 더이상 수도자로서 수도원 공동체에 살 수 없다. 내가 수도원에 살려면 인간이기를 포기해야 하는데 내가 어떻게 그걸 포기할 수가 있느냐. 나는 인간의 삶을 지속하기 위해 수도원을 포기하고 사제직을 포기한다. 그러나 나는 그리스도를 따르는 신앙에서 살겠다." 이렇게 성명서를 발표하고 떠났어요.

그런 책을 함 신부님이 신학교에서 열심히 읽고 강의할 때 시비 거는 사람들은 없었나요?

네. 그것은 그리스도론이니까요. 다른 해방신학을 한 게 아니라 예수님 이야기니까요. 보프가 저자이기는 하지만, 명망있는 분도출판사에서 나왔고요. 또 교과 과정을 누가 컨트롤 안 합니다. 제가 교재를 선택하는 거니까요. 물론 학장이 제 글을 보거나 강의 정보를 들으며 가끔 저를 통제하려 들었죠. 바티칸 비판은 좀 자제하라면서요.

다른 신부들은 바티칸 비판을 직접 합니까?

거의 하지 않지요. 다만 제가 쓴 글을 보고 공감하는 분이 계시고요. 또 어떤 수녀나 가까운 분들은 저를 아끼는 마음에서 "신부님 강론 다 좋은데, 바티칸만 좀 비판하지 마세요."라고 하기도 했어요.

신부님은 뭐라 답변합니까?

"아, 그게 핵심인데 안 하면 되겠어요?" 뭐, 이러지요.

신학교에 교수로 가신 게 50세 때라고 들었습니다. 실천의 경험이 쌓였고, 힘든 일상에서 한걸음 물러서면서 이제까지의 실천을 이론과 연결하는 시기가 아닌가 싶습니다. 그 시기에 저작 또한 가장 많은 것 같은데요. 『약자의 벗, 약자의 하느님』(1988), 『말씀이 뭉치가 되어』(1989), 『불을 지르러 오신 예수』(1990), 『칼을 주러 오신 예수』(1993) 등으로 이어집니다.

여성신학과의 만남

『하느님의 101번째 이름』이라는 신부님의 번역서가 있습니다. 여성신학의 저서를 번역하신 것 같은데, 어떻게 여성신학에 관심을 갖게 되었는지 궁금합니다. 대개는 사제로서 여성신학 자체를 접하기도 쉽지 않을 텐데요.

신학교에 가니까 신기했던 것은 방학이 있다는 것이었어요. 저희 사제는 방학이라는 것을 몰랐는데, 어쨌거나 방학 때는 자유가 주어지잖아요. 서머스쿨을 가야겠다고 생각해서 미국을 갔어요. 원래는 해방신학을 공부하러 갔다가 거기서 여성신학을 만나게 된 거죠. 여성신학을 남들보다 빨리 이해할 수 있었던 건 현실에서 띈 삶의 경험도 좀 있고 해방신학도 이미 터득했기 때문이겠고요.

여성신학을 처음 접했을 때는 의아했어요. 대화 중에 이해를 못했기 때문인지, '여성신학'은 또 뭐야, 아무 이름이나 갖다 붙이면 무슨 신학이 되나 싶었어요. 대화를 나누면서 여성신학이 여성의 시각에서 하느님 그리고 역사, 우주, 문화, 성경을 새로 바라보자는 입장이라는 걸 배웠어요. 그때 『그녀를 기억하며』(In Memory of Her, 한국어 번역 『크리스찬 기원의 여성신학적 재건』, 김애영 옮김, 종로서적 1986)라는 엘리자베스 쉬슬러 피오렌자(Elisabeth Schüssler Fiorenza)의 책에 나오는 마르코복음 14장에 관한 설명을 보면서 깨달았어요. 마르코복음 14장을 보면 예수님이 수난 전에 사도들하고 모여서 식사를 하는데, 어떤 여인이 300데나리온 어치의 향유를 예수님 머리에 부어서 존경을 표하는 예식이 나와요. 그때 유다가 "저렇게 비싼 것을 왜 낭비하는가. 팔아서 가난한 사람을 줘야지."라고 했더니 "아니다. 이 여자는 좋은 일을 하고 있다. 나에 대한 장례를 준비하고 있다. 나에 대한 복음이 전해지는 곳마다 이 여자의 행업도 함께 전해지리라." 이렇게 쓰여 있어요.

그런데 이 여성신학자는 "봐라. 2000년 동안 예수님의 복음은 온 세상에 전해졌는데 이 여자의 행업은 전해지지 않았다. 복음이 전해지는 곳마다 이 여자의 행업이 전해져야 하는데, 이 여자는 이름도 없다. 이것을 우리가 깨닫고 실천해야 한다. 지금은 이 여자의 행업을 전해야 할 때다."라고 지적하더라고요. 그래서 책 이름을 'In Memory of Her'라 붙이면서 Her를 대문자로 썼다고 해요.

당시 신부님께는 그 이야기가 완전히 새로웠나요?

제가 여태까지 그런 해석을 들어본 적이 없어요. 예수님은 여성들을 벗으로 삼고 그들을 제자로 삼았던 평등한 제자 직을 선언하셨는데, 이후 교회공동체는 남존여비 사상과 가부장적 문화로 치달았다는 겁

니다. 예수님의 평등한 제자 직을 실현해야 한다는 식으로 성서 전반
에 걸쳐 여성신학적으로 해석한 것을 보면서 여러가지 깨달음을 얻었
지요. 해방신학적 관점도 있었고, 기존 교구제도에 대한 비판 의식도
있었고요. 그러다 보니 자연스럽게 여성신학으로 나아가게 되었지요.

신학교에서 이런 내용을 가르쳤습니까? 아니면 이런 지식을 다른
사제들과 나누었습니까?

제가 신학교에 있을 때 학제가 6년제에서 7년제로 늘어났어요. 교육
부에서 요구하는 과목과 우리가 거쳐야 하는 신학과목이 더해지니 과
목이 많아져 7년제로 늘린 거예요. 그래서 세미나 하나를 추가하면서
여성신학을 수용할 수 있었어요. 5학년에겐 해방신학 세미나, 6학년
때는 통일신학, 민족의 일치와 화해를 위한 신학, 7학년 때는 여성신
학, 그렇게 세미나를 만들어 학생들을 가르치면서 저도 공부했지요.

여성신학을 가르칠 때 학생들은 조금 꺼려했어요. 이름이 '여성'신
학이니까. 그래서 이름만 여성신학이지 사실은 전인신학이라고 설득
했어요. 물론 여성신학 안에도 여러 부류가 있어요. 성서까지도 넘어
서는 분들도 있고, 성서 안에서 성서를 비판하는 분들도 있고, 교회규
범 안에서 비판하는 분들도 있고요.

특히 제가 반성하게 된 부분은, 사제들이 거룩한 제의를 입고 성당
에서 미사를 봉헌하는데 그 이면에는 가부장적인 의식으로 미사에 온
신자들을 억압하는 구조가 있다는 이야기였어요. 미사를 봉헌하면서
여성신자를 억압한다고 생각해본 적이 없는데 결과적으로는 그렇다
는 점을 깨닫고 반성하게 되었어요. 특히 '여성 신자들이 미사를 봉헌

하고 예배할 때 그들의 자립성과 인격성을 키워주는 것이 아니라 종속적인 믿음만 심어주는 구습을 깨야 한다' 등의 내용들… 여성신학을 배우면서 자연스럽게 교구제도라든지 바티칸 정치체제를 예수님의 눈으로 극복할 수 있었습니다.

사실 성당에 가서 조금만 관찰하면, 남성우월 여성차별이 제도화되어 있는 듯한 분위기를 느낍니다.

수녀님들하고 세미나를 하면 이분들이 사제들을 주로 비판해요. 성당의 구조도 관료체제이니까, 수녀님들이 보기에 사제들은 가부장적 권위로 억압하는 사람인 거예요. 그런 모임에 가면 저는 "제가 대표로 그 화살을 받겠습니다. 비판하십시오."라고 말씀드리고는 그저 듣습니다. 이렇게 말씀드리기도 했어요. "다윗과 골리앗의 예를 보세요. 골리앗을 때려 부수면 다윗이 이기는 것 아닙니까. 싸울 때는 두목을 쳐야 해요." 주교와 교구장을 치면 그 밑의 것들은 저절로 해결되는데 왜 주교들 앞에서는 꼼짝 못하느냐고 말씀드렸던 거죠.

난공불락의 장벽에 맨몸으로 부딪쳐라, 이겁니까. 그런 사고도 혹시 매우 남성주의적인 접근방식인지 모르겠는데요.

그러네요. 하도 신부들을 비판하니까 그 위를 쳐라…

성경에서 예수님의 복음과 바오로의 서간문을 비교하면 여성에 대한 태도에서 그 차이가 뚜렷한 것 같습니다. 예수님은 정말 어떤 장벽을 두지 않는 것 같고요. 아까 말씀하신 옥합을 깨뜨려 향유를 예수에게 붓는 여인의 사례도 그렇고요. 사마리아 여성에게도 다가가서 말을 걸고, 마르타와 마리아의 입장을 두루 이해하며 말씀하시죠. 그러니 여성들도 예수님을 많이 따르고, 최후의 순간에 남자들이 다 도망간 뒤에도 임종을 끝까지 지킨 것도 여성들뿐이고, 부활의 소식을 제일 먼저 알게 된 것도 여성입니다. 그 시대에 여자와 상종하고 말을 걸고 하는 것 자체가 시빗거리이자 스캔들 감이었을 텐데, 예수님에겐 여성에 대한 차별의식이나 장벽이 느껴지지 않아요. 그런데 바울 서간에서, 우리 교회들에서 인용하기 좋아하는 악명 높은 구절들이 있잖아요. "남자는 여자의 머리다. 남편에게 순종하라." 이런 구절들. 천주교에서도 사제는 남자들이 되고, 수녀는 여자들이 되는 식으로 직분이 나뉘어 있고 가부장적으로 위계화되어 있단 말이에요. 대다수의 제도화된 종교들이 남녀의 구별과 차별을 옹호하는 쪽인 것 같아요. 그런데 제가 놀란 것은, 함 신부님이 1990년대 들어 여성신학을 가톨릭 차원에서 받아들이고 신학교의 교육과정에도 포함시키고, 수녀들 교육모임을 이끄는 모습입니다. 그런데 언제부터 여성신학적 사고로 글을 쓰거나 전파하기 시작하셨습니까?

1990년대에 여성신학을 접하면서부터지요. 그때부터 수녀님들을 전국 단위로 모아 강의했어요. 생각해보니 저보다 먼저 메리놀회의 미국 수녀님들이 여성신학을 소개했네요. 여성신학 명저들을 부분 발췌하여 번역도 하시고 『미리암의 노래』라는 소책자도 만드셨지요. 다만 외국 수녀들이 하시는 것이니까 보급이 널리 안 된 거예요. 한국은 역시 가부장적 사회여서 신부가 나서니까 영향력이 생기는 면이 있어요.

보수적인 쪽에서 뭔가 반발도 있을 법한데요.

1990년부터 여성신학 강의를 하다 보니 조금씩 알려졌어요. 그랬더니 '저놈이 정의구현을 하다하다 안 되니까 이제 여자들 선동한다'고 어떤 신부가 그렇게 욕을 하더래요. (웃음)

한국에서 여성학이 학문의 한 분야로 제도화되는 게 1980년대 후반 들어서인 것 같습니다. 여성운동도 80년대엔 민주화운동의 한 분과처럼 되어 있다가, 1990년대에 들어서면서 민주화운동의 모태에서 독립하여 하나의 강력한 운동으로 자리매김합니다. 그즈음에 여성신학도 등장한 것 같은데, 그 모든 여성 관련 학문이나 운동은 어느 한 사람이 혼자 한 게 아니고 일련의 흐름 속에서 만들어진 듯합니다. 그런데 신부님은 천주교 내의 어느 조류를 따른 것이 아니라 서머스쿨 갔다가 눈이 뜨이고, 그다음은 혼자 책을 보면서 터득하여 전파시켰다는 점에서 독특한 것 같습니다. 가톨릭의 관점에서 여성신학을 공부한 동반자는 없었나요?

다른 분과 같이한 것은 아니고 저 혼자 책 읽으면서 터득했어요. 그리고 여성교회 하시는 김영 목사님이 계신데, 제가 신학생들 데리고 거기 가서 현장체험을 한 적이 있습니다. 신학생들과 함께 오후에 예배하는데 너무 좋아하시더라고요. 그런 경험도 있었네요.

『하느님의 101번째 이름』이라는 번역서의 뒷부분에 보면 주기도문

이야기가 있는데요. 이건 신부님이 쓰신 거예요?

네, 후기예요. 그건 번역이 아니고 제가 쓴 거죠.

후기의 제목이 '하늘에 계신 우리 어머니'입니다. 그것부터 파격인데요. 조금 인용해보겠습니다.

우리는 "하늘에 계신 우리 아버지"라는 말로 주님의 기도를 시작합니다. 물론 '아빠, 아버지'라는 표현은 분명히 성서적이고 교부들의 가르침에 기초하고 있습니다. 그러나 '아버지'라는 단어가 하느님을 표현하는 유일한 표현일 수는 없습니다. 하느님은 마땅히 '우리의 어머니'이기도 합니다. 하느님은 바로 우리에게 생명을 주시고 우리를 키우시는 어머니 같은 분이기 때문입니다. 때문에 주님의 기도는 마땅히 "하늘에 계신 우리 어머니 그리고 아버지이신 하느님" 이렇게 시작해야 합니다. 곧 '어버이 하느님'이라고 불러야 합니다. (…) '하느님 어머니'라는 표현을 어색하게 느끼는 것 그 자체가 바로 남성 중심의 가부장적 종교문화의 산물입니다.

이를 깜짝 놀라하며 받아들일 분도 적지 않으리라 봅니다. 신부님은 성당에서 진짜 이렇게 기도한 적이 있습니까?

저는요, 성당에서 주님의 기도를 올릴 때 "오늘은, 하늘에 계신 우리 어머니라고 기도하겠습니다." 이렇게 그대로 해요. 성가로요.

그럼 잘 따라오나요?

그럼요. 우리 가톨릭은 신부가 하라면 잘 따라오기 때문에…

그렇게 하시는 장면을 이 자리에서 한번 재현해주십시오. 성당에서 하는 그대로 말입니다.

예를 들어 오늘이 성령강림 축일이라고 합시다. "성령의 의미는 여성적인 이미지이기 때문에, 그래서 하느님의 모성을 드러냅니다. 삼위일체의 모성을 드러내는 여성적 특성이 성령을 통해 나타나는데, 그런 의미에서 오늘 주님의 기도에서는 가부장적 기도를 넘어서서 다 같이 어머니라고 호칭하겠습니다. 조금 천천히 음미하면 여러분의 느낌이 달라질 것입니다. 시작하겠습니다." 그러고 나서 손 붙들고 노래합니다. "하늘에 계신 우리 어머니, 어머님의 이름이 거룩히 빛나시며, 어머님의 뜻이 하늘에서와 같이 땅에서도 이루어지소서…" 이렇게 끝까지 하면 느낌이 달라요.

들으니 분명히 다른데요. "하늘에 계신 우리 아버지" 할 때는 무심하게 내뱉게 되는데, 방금 "우리 어머니" 하니까 가슴에 찌르르한 느낌이 오네요.

요즘 대한문 앞에서 미사드릴 때, 이강석 신부는 이렇게 해요. "어머님이시며 아버지이신 하느님!" 이렇게 기도합니다. 가톨릭에는 개신교처럼 이런 것에 대해 금기사항을 엄격히 설정하지는 않아요. 가톨릭에는 수구 근본주의는 많지 않습니다. 이런 건 절대 안 된다고 주장하는 사람은 없어요.

개신교에서는, 그런 유연하고 새로운 주기도문을 허용하는 쪽은 오히려 적고, 그럴 경우 온통 난리가 나는 교회가 더 많지 않을까요. 아예 그런 생각 자체를 불순하다고 매도할 곳도 상당할 것 같고요.

가톨릭이 그게 또 묘해요. 목사들은 제가 이렇게 강의하고 이야기하는 것을 듣고 놀라시며, 어떻게 그렇게 강의하고도 신부로 살아남느냐고 묻거든요.

다른 신부님이 하시는 것을 본 적이 있습니까?

제가 좀 앞선 거고요. 저랑 같이 활동했던 정의구현사제단 신부 중에 빈민사목 하는 신부들, 또 여성 분야에서 활동하는 신부들, 메리놀회 신부들이 계시죠. 번역 책을 감수해주신 하유설 신부님, 그 신부는 미사할 때 저보다 훨씬 더 길게 '어머니이신 하느님'을 언급합니다. 그런 식의 다양성과 자유는 보장되어 있어요. 외국의 경우는 여성 사제가 배출되기도 했습니다.

이미 있습니까?

네. 벌써 한 100여 군데 된다고 해요. 다만 교황청에서 이를 인정하지 않고 파문해서 문제가 되기도 해요.

신부님은 혹시 여성사제를 희망합니까?

저는 희망합니다! 여성사제, 꼭 실현해야 한다고 강의하죠.

아, 강의까지 합니까?

네. 그렇게 강의합니다. 그런데 반대론자들은 여성사제 말만 나오면 예수님이 그건 언급하지 않았다고 말해요. 그럼 제가 "예수님이 안 하신 것이 하나둘입니까. 예수님이 건물을 지었습니까, 하나도 안 지었잖아요. 그럼 교회 건물을 다 없애야지요. 사도 직을 여성에게 안 주었다고 하는데, 막달라 마리아가 원 사도예요."라고 말합니다. 열두사도보다 앞선 첫번째 사도라는 의미입니다. 그분은 십자가까지 따라가셨고, 무덤에 제일 먼저 가서 부활을 체험했어요. 그보다 권위있는 사도가 어디 있겠습니까. 열두사도를 능가하는 원 사도, 대표사도입니다.

엄밀히 말하면 예수님은 엄마 마리아에게서 태어났지, 아빠 요셉에게서 태어난 것은 아니잖아요. 예수님은 마르타와 마리아 집에 갔을 때, 마르타보고 와서 들으라고 하고, 여성이 있는 곳에 다가가 이야기를 나눠요. 그런 면에서 성경 전체에서 여성들을 제일 좋아하고, 또한 여성들이 제일 따른 사람이 누구였을까⋯ 단연 예수님이죠.

저도 아마추어로서 성경을 보면서 확연히 느낀 것은 예수님의 복음서에 여러 장애인이 빈번히 등장하고, 그것도 나쁜 의미로서가 아니라 축복받을 존재로 빛나고, 여성들도 예수님과 함께 있을 때 가장 대접받고 행복하다는 점이었어요. 4복음서의 시대는 그야말로 장애인의 전성시대고 여성의 전성시대였다는 느낌도 들고요. 그런데 바울 서간에 가면 여성들이 밀려나잖아요. 예수님 뜻과 상반되게 말입니다.

예수님 시대는 당연히 그렇고, 초기 교회공동체에서도 여성이 적극적인 역할을 하지요. 여성들이 주도한 교회도 나오고요. 그런데 여성학 입장에서 볼 때 교부시대는 그 자체가 큰 적이에요. 훌륭한 교부들이 여성들을 다 죽였다는 거예요. 초기 교회에는 여성들의 역할이 많았는데, 교부들이 여성들을 비하하거나 이단화했다는 거죠. 여성들이 적으로 생각하는 교부들의 신학을 가르칠 때는 여성신학적으로 그것을 재해석하려고 애쓰고 있습니다.

교부(敎父)는 기독교의 아버지라는 뜻이고, 파파(papa)라 하지 않나요? 저도 신부님이 '교부신학' 전공하시면서 여성신학과 그것을 어떻게 조화시키느냐가 궁금했습니다.

그 문제점을 인정하고요. 그러니까 여성신학자들의 주장은 기존의 신학체계를 근본적으로 바꿔야 한다는 거예요. 신관, 그리스도관, 마리아관에서부터 교회론, 성사론, 전례, 기도론, 역사론, 이 모두를 여성의 관점에서 재집필해야 하고, 성경까지도 그래야 한다는 거죠. 예를 들어 성경에서 여성을 도구화했다든지 가부장문화에 종속하는 내용은 그 시대를 살았던 남자들, 성경을 집필한 남자들의 뜻이었지 하느님 뜻이 아니었으며 도리어 하느님의 뜻에 위배된다는 주장입니다. 그래서 공부할수록 묘연한 거예요. 어디까지 해야 하나 하고요.

그다음 재미있는 것은 미사 때 "형제 여러분" 합니다. 자매는 안 불러요. 자매를 넣자고 하면 "형제" 속에 자매의 개념도 다 들어 있다면서 억지를 쓴다고요. 미사 봉헌 때 "형제 자매 여러분" 이렇게 하는 분은 여성을 조금 배려하는 신부입니다. 아무리 열심히 이야기해도 미사에 가면 "형제 여러분", 이래요.

저희 교회에서도 처음에 "형제 자매" 하다가 지금은 대개 "자매 형제 여러분"으로 넘어가고 있습니다. 그리고 기도할 때 첫머리로 "하느님 아버지 감사합니다."가 습관적으로 나오잖아요. 몇년 전에 그 점에 대해 한차례 논쟁하면서 남성적 호칭을 다르게 하자는 의견이 많이 나왔어요. 그래서 굳이 "아버지"라고 할 필요는 없다는 쪽으로 의견을 정리해서 "사랑의 하느님, 은혜의 하느님" 식으로 기도합니다. 물론 어떤 분은 여전히 "하느님 아버지" 이렇게 하고요. 그런데 주기도문을 신부님처럼 하는 경우는 거의 없었습니다.

호칭뿐 아니라 그 의미에 대해 설명해주면 더 좋을 것 같아요. 호칭이 우리 내면적 가치에 영향을 주거든요. "하느님 아버지"라고 하면 자연스레 아버지적 신관이 형성되고, 어느덧 우리 아버지에 대한 연장선상에서 하느님을 기리게 된다는 것이죠. "하느님 아버지" 그럴 때 그 신관은…

아버지 중의 아버지, 그러니까 수퍼 아버지?

남성적인 의미를 극대화하면 지배적인 신관, 전투적인 신관, 군림하는 신관이 지배하게 된다는 것이죠. 그에 반해 "어머니 하느님"을 말하게 되면 자비와 사랑과 일치와 친교… 이런 따뜻한 평화적인 쪽으로 변화한다는 겁니다. 사실 구약의 유일신관은 너무 전투적이고 배타적이잖아요. 그런 것을 계승하면 그리스도교가 호전적으로 변할 수 있어요. 요즘도 전쟁을 하느님의 이름으로 정당화하고, 살인도 정당화하고… 이런 전투적인 신관을 주입하면 안 된다고 해서 유대교와 그리스도교의 배타적인 신관을 아울러 신학적으로 반성하고 있어요. 근원적 문제인 것 같아요.

옛날에 하느님 이름을 빙자하여 얼마나 나쁜 일을 많이 했어요. 가끔 구약성서를 읽고 어떤 분이 저한테 질문하거든요. "신부님, 매번 사람 죽이고 뭐, 이런 것만 나와요." 그럴 때는 시대의 한계로 설명해드리죠. 그러면서 초보적인 신관에서부터 점점 승화해가야 한다고 말씀드립니다.

가부장주의 의식에 사로잡힌 분들의 경우, 성경에서 그것을 정당화하는 구절을 얼마든지 찾아낼 수 있잖아요. 특히 구약의 경우에는 더하고요. 성경 전체에서 가부장적 사고가 가장 적은 부분은 4복음서 같습니다만.

틈틈이 여성들의 모습이 나옵니다. 여성신학을 통해 배운 것은, 성경의 내용은 빙산의 일각이란 거죠. 미리암의 이야기, 룻, 드보라, 유딧, 에스더 등의 행업이 나오는데, 가부장적 문화 속에서도 여성들의 행업이 성경에 그만큼 기록된 것만 해도 기적입니다. 사실은 빙산의 수면 아래에 있는 7배의 내용을 찾아내야 하고 그게 여성신학의 한 소명이라고 얘기해요.

성경에서 여성의 이야기는 전후 맥락 없이 뜬금없이 나오는 것 같아요. 사사기와 사무엘 사이에 룻기가 숨은 듯이 나오고, 불현듯 미리암의 노래가 나오고, 마리아의 노래도 뭔가 불쑥 등장하는 느낌입니다. 옥합을 깨고 향유를 붓는 여인도 갑자기 등장하고요. 남성들의 얘기는 맥락화되어 있는 반면, 여성의 이야기는 어쩔 수 없을 때에 돌출적으로 등장하는 식으로 인색하게 정리되는 듯합니다. 그런데 이런 여성신학적 논의를 개진하려면 혼자서는 안 되고 소모임을 통해 계속 탐색해가며 나아가야 할 것 같습니다. 그런 모임이 혹 있나요?

저희가 화요일 저녁마다 성서 공부를 해요. 거기에 오신 분들은 오랫동안 같이했기에 충분히 이해합니다. 정치와 사회 문제에도 공감하고, 여성신학에 대해서도 공감합니다. 『하느님의 백한번째 이름』이 참 좋은 책인데, 신관이 제대로 정립되어 있어서 제가 번역한 거예요. 그런데 한국의 여성신학자들을 보면 남성 거부라든지 투쟁 일변도, 또 사회적 여성해방 등에 주력하다보니 신관의 기초가 약해요. 그래서 오히려 남성들에게 여성신학에 대한 거부감을 주는 것 같아서, 여성신학적 입장에서 신관의 올바른 정립이 필요하다고 생각했어요. 그 책을 보고 번역하면서 많은 것을 배웠어요.

신학교를 떠나게 된 내력

신부님이 1989년 10월부터 1993년까지 신학교 교수로 계셨네요. 교수로 가면 보통 오래 계시지 않나요? 학생들 가르치는 것을 즐기고 학생과의 대화도 좋아하셨는데, 이렇게 일찍 그만두신 데는 무슨 사연이 있습니까?

그만두는 과정에서 저희 대학 내부가 조금 복잡했어요. 우선 가톨릭의 체제에 대한 이해가 필요합니다. 가톨릭 교구의 전체적인 구조는 단일체제, 조금 거친 표현으로 하자면 중앙집권적 독재체제죠. 교황이 전 세계를 책임지고, 각 주교는 교구를 책임지고, 각 성당은 사제가 책임지고… 이렇게 상하관계로 되어 있는데, 이게 20세기 민주사회에는 좀 어울리지 않잖아요. 그래서 제2차 바티칸 공의회 이후에 민주주의 정신을 어느정도 받아들인다는 의미에서 사제들은 신자들의 의견을, 주교들은 사제들의 의견을, 교황은 주교들의 의견을 수렴해야 한다는 원칙은 서 있었어요. 그런데 수렴한다는 것은 참고한다는 의미 정도이고, 여전히 결정권자는 교황, 주교, 사제 이렇게 되어 있습니다.

그래도 민주적으로 운영하기 위해서 교구 내에 평의회를 구성하여 각 지구의 대표 사제들을 선출하도록 되어 있습니다. 1990년내에는 12개 지구가 있었는데, 각 지구의 20명 정도의 사제들이 그 사제들만의 모임에서 대표를 뽑는 식이었어요. 또 특수 사목직이라고 부르는, 신학교나 사회복지 등의 영역에서 일하는 신부님들은 그들 나름대로 대표를 뽑게 되어 있어요. 이렇게 보면 신학교는 특수 사목직이죠. 교수들이 대표를 뽑아요. 그런데 학장은 교구장이 임명하게 되어 있거든요. 임명직이에요. 신학교의 대표를 학장으로 임명해주는 게 자연스러운 일이에요.

그 당시 서울신학교의 교수진 구성을 보면, 서울교구 신부뿐만 아니라 대전교구, 수원교구의 신부도 있어요. 그런데 그즈음에 서울신학교에 타교구 사제들을 물러나게 하고 서울교구 사제들로만 교수를 구성하자는 움직임이 있었어요. 그런데 그 신학교가 서울교구 재산이긴 하지만 사실 또 명칭은 관구(管區)신학교라고 해서 연합신학교 형태를 띤단 말이에요. 그러니 김수환 주교가 추기경 될 때 서울신학교를 관구에 바치고 추기경이 되었다고 서울교구 신부들이 막 비판한 거예요.

서울신학교를 바치고?

서울교구 신학교를 관구신학교로 그 명칭을 바꾸었으니까요. 관구신학교는 서울교구장이 전권을 갖고 있는 것이 아니라, 그 관구에 속한 주교들의 연합 운영형태입니다. 그래서 갈등이 생겼어요. 그 당시에 타 교구 사제들이 신학교에 있었는데 김수환 추기경이 원하는 학장을 그들이 뽑지 않은 거예요. 일단, 그동안 서울교구에서 학장을 뽑던 관행에서 벗어나 교수회의에서 뽑는 식으로 반란이 일어났어요. 그러니까 추기경이 몹시 노했어요. 거기다 김수환 추기경이 미는 사람이 아니라 다른 사제가 학장으로 뽑히니, 분위기가 더 딱딱해졌어요. 그런 복잡한 학내 갈등이 한편으로 있었고요.

그다음 상황은 저의 글에 대한 문제였어요. 신학교 교수로 있으면서 교구제도에 대한 비판, 바티칸체제에 대한 비판의 글을 좀 썼어요. 그다지 신랄하지도 않은 신학적인 비판이에요. 신자들이 알면 조금 거북한 부분은 라틴어 격언을 인용해서 쓰기도 하고요. "사람은 사람에게 늑대고, 사제는 사제에게 원수다." 이런 격언인데, 신자들을 의식해서 그냥 라틴어로 "호모 호미니 루프스 사체르도스 사체르또띠 이니미꾸스!"(*Homo homini Lupus, sacerdos sacerdoti inimicus*) 이런 식으로요. 사제들이 예수님의 제자공동체인데 도대체 형제애도 없고 권력지향적이기만 하다, 이런 교구체제는 문제가 있다는 내용으로 글을 썼거든요. 그리고 오늘날 바티칸 체제가 정말 예수님이 세우신 하느님의 나라를 계승하는 평등공동체냐, 권력 중심의 공동체는 지양해야 한다는 글을 여러 차례 썼어요. 이런 게 학장과 교구장한테, 또 로마에까지 보고된 듯해요.

사제생활을 하면 그런 문제의식은 충분히 들겠지만, 대부분은 덮어두고 말잖아요. 자기네 조직체 내부를 건드리고, 더욱이 상층부를 자극하는 글은 보통은 꺼리지 않나요. 교구의 반응은 어땠나요?

그때 학장이 최창무 신부입니다. 나중에 광주교구장 된 분인데 저를 부르더니 그런 글은 좀 안 쓰면 좋겠다고 해요. 저보다 한 5년 선배고 같이 유학도 했으니까 저를 위해서 좋은 뜻으로 말한 것인 줄은 알겠는데, 저는 '그게 신학적으로나 성서적으로 문제가 되면 공식적으로 거론을 해주기 바란다. 비판적인 의견이 타당하면 그걸 수렴해야 공동체가 정화되지 않은가'라는 식으로 몇번 이야기했어요.

그런 일이 있고 얼마 뒤에 강우일 주교가 무척 부담스러워하는 얼굴로 저를 찾아왔어요. 당시 서울 보좌주교였어요. 저보다 몇년 후배고요. 김수환 추기경이 자기에게 위임하고 미국에 출장을 가셨다고 하면서 '함 신부님이 신학교를 좀 떠나주셔야겠습니다'라는 메시지를 전해주는 거예요. 편지를 줬는지 뜻만 전했는지는 기억이 확실치 않아요. 그래서 제가 "왜 그러느냐, 공식적으로 이유를 대라." 그랬어요. 그런데 사실 교회 인사에서는 그런 식으로 이유를 대거나 하는 경우는 없어요. 하지만 제가 이유를 대라고 하면서 수락을 안 하는 바람에 인사가 한달 정도 미뤄졌지요.

추기경께 신부님의 의사를 전했습니까?

제가 편지를 20장 이상 썼어요. 이렇게 하시면 안 된다고 하면서 과거 이야기부터 길게 써서 보냈더니, 추기경께서 저를 만나자고 해요. 근 4년 만에 만난 거예요. 앞에서 그로부터 4년 전에 제가 드린 편지를 추기경이 받아 김옥균 주교에게 건넸다는 이야기를 했잖아요. "어떻게 교구장이 그렇게 무책임하냐, 우리 교구장과 사제 관계 속에서는 그것이 고백 형태를 취하지 않더라도 신상문제를 이야기했을 때는 고백과 똑같은 의미가 있는 것인데, 어떻게 내가 저 사람에 대해서 이야기한 것을 당사자한테 주냐, 교구장으로서 무책임하다."그런 불만을 이야기했고요. 그리고 이번 문제와 관련해서는 "추기경님은 저와 하느님 앞에서는 한 자녀 형제다. 다만 교구체제 속에서 교구장이고 사제일 뿐이지, 지금의 이 문제에 대해서는 명백히 틀렸다."라는 점을 이야기했어요. 그분은 4년 전 일은 기억을 못하시더라고요. "그랬었나?" 그러는 거예요. 그리고 "이번 신학교 인사는 완전 틀렸다. 학장이 추기경에게 보고했을 텐데, 아무것도 조사하지도 않고 그냥 보고만 받고 그에 따라 인사이동 조치를 하면 되느냐. 그 학장이 어떻게 뽑힌지 아느냐." 투표과정에서 문제가 있었음을 이야기했어요. 이런 식으로 학교문제뿐 아니라 그동안 추기경과의 관계에서 쌓인 섭섭함 같은 것까지 모두 이야기했어요.

그런 상황에서 신학교를 떠나는 것은 교수로서 참 유쾌하지 않았을 것 같아요.

이런 곡절이 있다 보니 전체 인사가 한달 늦어져서, 10월 초에 신학교를 떠나게 되었어요. 떠나는 날 송별미사 할 때 학생들한테 조금 거칠게 강론했어요. "이 사회에서 역사가 진행될 때 일정한 속도가 있다. 너무 빨리 가도 안 되고 또 너무 늦게 가도 안 되지 않느냐. 평균속도를 우리가 맞추어야 하는데, 고속도로에 가면 거기서는 최고 최저라는 속도의 제한이 있다. 그 최고와 최저 속도 안에서 적절하게 가야 소통이 잘 된다. 그런데 우리 교회, 신학교, 교구의 현실을 보면 앞에 똥차가 너무 많다. 이 똥차가 너무 천천히 가면 뒤차에 방해가 된다. 이런 차를 없애는 게 미래 세대의 여러분들의 할 일이다." 제가 좀 과하게 했지요. 지금 같으면 그렇게 안 했을 텐데…

함 신부님만 떠나보내고, 신학교에는 찬바람이 불지 않았나요?

제가 신학교를 떠난 다음에 타 교구 사제들이 다 밀려났고요. 심용섭 신부 같은 분들, 그러니까 신학교에서 어느정도 신앙의식 역사의식 있는 분들이 다 밀려났어요. 신학적인 다양성 같은 게 보장되지 못했어요. 그 이면에는 아마 바티칸의 묘한 개입이 있었겠죠.

솔직히 그 내막을 잘 이해하지 못하겠습니다. 신부님이 신학교에 가기를 원했고, 새로운 신학 조류를 학생들과 열정적으로 나누었는데, 떠나지 않을 수 없게 만든 그 압력의 실체를 정확히 모르겠거든요.

이해하기 좀 어려울 거예요. 교회적인 입장에서는 우선 교구장인 김수환 추기경의 책임이 일차적이죠. 그분이 저를 신학교에 계속 남아있을 수 있도록 해줘야 하는데, 그런 확신이 없는 거죠. 그분에게 정보를 준 학장 신부의 조금 편향된 보고라고나 할까 이런 것도 작용했을 것이고요. 두번째는 바티칸 쪽에서의 어떤 압력이라고 할까, 이런 부분이 겹쳐졌죠. 가톨릭은 이런 인사가 있을 때 항상 비밀을 요구합니다. 조용히 있어야 해요. 이의를 제기하는 것 자체가 신심의 부족, 성덕의 부족으로 평가되거든요. 가톨릭의 분위기가 그렇습니다. 자발적으로 순응하게 길들여져 있는 묘한 공동체죠.

세속적으로 말하면 실례일지 모르겠는데, 그야말로 지배 중의 최고의 지배 형태네요.

떼야르 드 샤르댕(Teilhard de Chardin)이라는 프랑스의 유명한 고고학자 신부님이 계세요. 예수회 사제예요. 그분은 진화론도 부분적으로 수용했던 분이거든요. 교수 정직을 당하고 바티칸으로부터 직접 제재를 당했던 분인데 이분이 뉴욕에 가셨다가 거기서 돌아가셨어요. 그분의 친구들이 많았어요. 가톨릭 내의 친구들뿐 아니라 사회적 관계에서도 말이에요. 그런데 바티칸에서 예수회의 뉴욕 관구장에게 명령을 내린 거예요. "샤르댕 신부의 죽음 소식을 일체 알리지 말라. 너희들 경당에서 조용하게 장례를 치러라." 제가 신학생 때는 그것에 감동을 받은 거예요. '아, 가톨릭은 정말 순명에 살고 순명에 죽는구나. 자기 영예가 아니라 이 체제에 따라야 하는구나.' 이렇게 길들여져 그렇게 교육을 받았는데…

유신체제에 맞서 싸우면서 들었던 내용을 재음미해보니까요. 당시 중앙정보부가 인혁당 사형수들을 장례도 치르지 못하게 시신까지 빼앗아갔잖아요. 그 짓은 노골적으로 대낮에 자행되어 공분을 일으켰는데요. 그런데 샤르댕 신부를 떠올리니, 바티칸은 아주 묘하게 손 하나 대지 않고 죽은 사람에 대해서까지 무서운 폭력을 자행했구나, 이런 것이 교회의 현실이란 걸 깨달은 거지요. 이제 이해가 조금 되나요?

아직이요. 함 신부님을 밀어낸 이유, 밀어낸 세력이 아직 선명하지 않습니다. 뭐가 유독 마음에 안 들었을까요? 우선 적극적으로 밀어내는 무언가 팀이 있어야 하잖아요. 그런데 신부님은 혼자서 밀려난 것입니까?

제가 우선 정의구현사제단 사제라는 점. 신학적으로 조금 앞서가는 부분을 강의하는 점. 교구 체제와 바티칸 체제에 대해서 끊임없이 성서적 관점에서 신학적으로 이의를 제기하고 비판을 가했다는 점. 이런 점들이 거북한 거겠죠.

뭐, 다 거북하긴 할 것 같습니다만… 하지만 신학교도 대학이라면, 새로운 신학과 비판적 주장을 수용할 수 있는 넓은 품이 있을 것 같은데요. '뭐, 이런 교수도 대학에는 있을 수 있지!' 하는 자치적 공간과 여유 같은 것 말입니다.

우리 가톨릭은 교수들끼리 그런 논의는 안 합니다. 그냥 일방적으로 보고가 되면, 인사권은 교구장이 갖고 있으니까 그분이 결정하는 거죠. 일반 대학처럼 교수회의나 학내의 여론을 거치지 않습니다. 그렇게 하면 좋겠지만, 아직 가톨릭은 그런 문화까지는 나아가지 못했죠.

세속적으로 말하자면, 김수환 추기경과 그 건으로 사이가 틀어진 겁니까?

몇건의 일로 제가 결별을 했죠. 그분 처지에서는 저를 인간적으로 아끼고 사랑한다고 하더라도, 이른바 교회의 더 큰 이익을 위해서는 작은 건을 희생할 수 있다는 그런 윤리적인 원칙을 적용할 수 있겠죠.

새로운 신학적 주장 말고, 정의구현사제단 활동에 대해서는 김수환 추기경이 크게 반대한 일도 없잖아요?

그전에는 괜찮았는데 1988년 이후에 와서는 조금 부담이 되었겠죠. 왜냐하면 바티칸이 제재를 가하라는 공문을 보냈으니까요. 그즈음 추기경이 두세번 그랬어요. "내가 자네 때문에 얼마나 힘든지 아나. 나에게 계속 경고가 오네." 그런 이야기를 했어요.

그 경고는 바티칸으로부터 온 모양이지요. 바티칸이 불편하게 여길 만한 활동이나 글이 있었습니까?

바티칸과 관련된 것 중에 교황대사에 대한 비판이 있었어요. 이반 디아스(Ivan Dias)라는 인도 출신의 교황대사가 있었어요. 1988, 89년에 민주화 과정에서 시위가 많았잖아요. 이분이 "한국은 democracy가 아니라 demo-crazy다."라고 했어요. 국민-지배가 아니라 데모로 미친 나라 정도 될까요. 사실 외교관 신분으로 그렇게 이야기하면 안 되는데 무척이나 오만하게 말한 거죠. 그게 너무 분하고 아파서 몇몇 교수들이 비판하는 성명을 냈어요. 제가 신학교에 있을 때이니까 저도 동의했고요. 김병상 신부님이 인천 주안성당에 계실 때 그 교황대사를 초청했어요. 견진성사(堅振聖事, 가톨릭 교회의 7성사 중 세례성사 다음에 받는 의식)를 하기 위해서요. 그런데 젊은이들이 그분이 성당을 나갈 때 계란을 던진 일도 있었어요.

이분에 대해 제가 언급하면서 "교황대사가 그 나라에 대해서 이렇게 무례한 발언을 하는 것은 사목자로서의 자격은 물론 외교관 자질

면에서도 문제가 있다. 사실 로마 교회와 동방(콘스탄티노플) 교회가 갈라지게 된 이유 중의 하나도 동방에 파견된 로마 교황대사들의 오만과 월권 때문이었다."라는 내용만 짧은 지면으로 잡지에 발표했어요. 그런데『한국일보』1면에 "함세웅 신부, 교황대사 비판" 그렇게 나면서, 연일 함세웅 신부 징계 검토 등의 기사가 나는 거예요. 내용은 아무것도 아니었는데 신문에 크게 나니까 파장이 컸어요.

교황대사의 발언을 사제가 비판할 수도 없나요? 교황대사가 오히려 해명하고 사과해야 할 일 같은데, 교황청 쪽 관계자들은 해명이나 사과에는 전혀 익숙지 않은가 봅니다.

그 교황대사가 줄기차게 저에 대해서 나쁘게 보고를 했죠. 사실 제가 쓴 것은 교회역사에 나오는 유명한 내용이에요. 그가 언어도 잘 안 통하는데, 교황보다 더 큰 권력을 행사하다 보니 교회 분열의 큰 원인이 되었거든요. 교황대사는 좀더 신중해야 하고 특히 언행에 대해서는 사목자다워야 한다는 것을 지적한 거지요. 그런데 그 교황대사는 계속 악의적으로 로마에 보고했어요.

당시 추기경과의 뭔가 불편한 관계에 대해서는 널리 알려졌습니까?

그런 이야기는 여태까지 일체 한 적이 없어요. 추기경께서 돌아가시고 난 뒤니까, 역사의 기록으로 제가 처음으로 남기는 거죠.

신부님 말고 다른 분들은 바티칸 체제에 대해 비판하시질 않았나요?

잘 안 하죠. 저 이후에 정양모, 서공석, 이제민 신부들의 글에 대해 바티칸에서 주교회의를 통해서 문의가 왔어요. 이 신부들 글에 대해 보고하라고요. 그때까지는 아직 정식으로 문제 삼은 게 아니었고요. 그런데 여기서 누가 문제 있다고 올리니까 어떻게 된 건지 알아보려고 주교한테 문의한 건데, 우리 주교들은 그에 대해 제대로 살펴보지도 않고 그 자체를 경고로 알고 겁을 내는 거예요. 그 자체로 해당 신부들을 교수직에서도 떨어뜨리고 글도 못 쓰게 하는 거예요. 그 세분에 대해 공개적으로 바티칸에서 제재를 가했다고 신문에도 크게 났어요. 이제민 신부는 독일에서 공부했는데, 이태리 문장으로 문의가 오니 저한테 물어보는 거예요. 전화로 들어보니까 무슨 경고의 뜻이 아니고, 주교들이 사실관계를 알아서 답을 해달라는 내용이었어요. 그 신부를 경고하고 징계하라는 뜻도 아닌데, 바티칸에서 뭐가 오기만 하면 우리 주교들은 그 자체에 벌벌 떠는 거예요.

그것은 언제 일어난 것입니까?

저보다 뒤니까 대략 1997, 98년 사이에요. 정양모, 서공석 신부는 서강대 교수, 이제민 신부는 광주신학교 교수였어요. 세분 다 교수직을 떠났죠.

이분들도 바티칸 체제를…

바티칸 체제를 직접 비판했다기보다는 교회 쇄신에 대해서 이야기했는데 그것이 결과적으로 바티칸 체제에 대한 비판으로 받아들여진 거죠. 이 세분들에 대한 것은 이미 다 알려진 내용이고, 저에 대한 내용은 그냥 조용히 지나갔기 때문에 일체 알려지지 않은 것입니다.

그런데 함 신부님의 여러 인터뷰를 보면 바티칸 체제에 대한 문제점을 아주 자유롭게 비판하시는 것 같은데요. 그게 언제부터입니까?

1980년대 후반쯤이었던 것 같아요. 그전까지도 생각은 그러했는데 말하지 않다가, 바티칸에서 저희들을 제재한다는 내용을 들은 다음에… 그전에는 비판하더라도 『카라마조프가의 형제들』 같은 대목을 인용하면서 예수님이 선포하신 하느님 나라와 우리의 교회공동체는 조금 다르다는 식으로 했고요. 좀더 적극적으로 비판한 것은 대략 1980년대 말이고, 90년대 초반 신학교에 있으면서 비판의 강도가 더 세진 것 같아요.

신학교를 떠난 뒤에도 비판을 죽 하십니까?

표현하든 안 하든 제 생각이니까… 지금까지 계속 하고 있습니다.

제도 속에 있으면서 그러기 어렵지 않습니까?

빼앗길 게 있으면 조금 어려운데 그럴 게 없으니까요. 쏠제니쩐의 소설 『제1권』(*The First Circle*)의 교훈입니다. 제가 감옥에서 깨달은 게 그거예요. 감옥에 갇히니까 오히려 가장 자유로워요. 더이상 빼앗길

게 없으니까요. 남은 거라곤 목숨밖에 없는데, 그것까지 가져가려면 가져가라, 그렇게 결심했더니 자유로웠다는 내용이 이 소설에 나오는데, 그 의미를 저도 깨달은 거죠.

법조계에서 제일 무서운 사람 중의 하나가 '승포판'이란 말도 있습니다. 승진을 포기한 판사. 승진 신경 안 쓰고 판사로서 신분 보장은 되고요. 그러니 가장 소신있게 판결할 수 있고요. 판사는 자기 이름으로 판결을 씁니다. 가장 소신있고 기존 판례에 얽매지 않는 창의적이고 훌륭한 판결이 가끔 승포판에게서 나옵니다. 그건 그렇고, 바티칸 체제에 대한 비판이 참 쉽지 않잖아요?

바티칸에 대한 비판도, 제가 그걸 창조적으로 개시했다기보다는 한스 퀑 교수를 비롯한 유럽 신학자, 또 남미 신학자 레오나르도 보프 등의 의견을 공부하고서 조금씩 전달한 정도뿐이죠. 그런 점에서 저는 사실 중간도매상이었어요. 원 제조업자가 아닌 중간도매상도 우리나라에서는 조금 어려운 거야. 그저 그들은 소개하면서 제 생각도 조금씩 이야기한 것인데도요.

기성의 가톨릭 체제를 비판할 때, 초점은 신앙이나 신학에 대한 것입니까? 아니면 위계적이고 권위적인 교권체제에 대한 것입니까?

이런 것 같아요. 가톨릭의 위계적 교구체제에 대해 저희들은 신적 제도(divine institution)라고 배웠거든요. 그런데 이건 인위적 제도이지 신적 제도가 아니거든요. 사람이 만들어놓고는 신이 만들었다고 가르치니, 이건 정직하지 못한 거죠. 그리고 교구제도도 변할 수 있고 마땅히 변해야 한다는 걸 여성신학을 통해 익혔어요.

신자들을 우민화하는 식의 사목정책은 안 돼요. 사제직은 그 자체로 봉사직이어야 해요. 예수님처럼 사람을 구원하러 왔으면, 예수님 사제직분에 따라야 하는데 그게 아니지 않느냐. 이 교구행정이나 교구체제가 움직일 때는, 복음은 그저 아름다운 말씀으로 저편에 모셔져 있고, 실제로는 행정체제 권력체제만 남아 있는 거예요. 이러면 안 되지 않나… 예수님의 근본정신으로 교회가 움직여야 하는데 그렇지 않아 너무 부끄러워요.

서울교구만 보더라도 일반 사회체제, 정당체제, 정부체제만도 못해요. 왜냐하면 다른 데는 형식적으로나마 삼권분립이 있고 견제균형이 있잖아요. 그런데 교구체제하에서는 1인 교구장이 독재하고 전권을 쥐고 있어요. 그러다 보니 교구장의 삶이 복음에 기초하지 않으면 이내 곧 모순된 집단이 되어버리거든요. 모순된 집단의 모순된 언어가 사목자의 말로 둔갑되어버리는 거예요. 그러니까 저대로 늘 끊임없이 이의를 제기하지요.

그중의 하나가 정진석 추기경. 주교회의에서 4대강에 대한 문제점을 공식적으로 지적했는데, 정 추기경은 기자들 앞에서 '아, 그거 합의된 것 아니다'라고 한마디 툭 던지는 거예요. 그래 놓으니까 신문에 대대적으로 나는 것이지요. 그럼 주교회의 결정은 어떻게 되는 거예요. "이런 주교는 물러나야 한다. 떠나야 한다"라고 저희들이 외쳤어요. 그랬더니 핵심은 사라지고 어떻게 사제가 교구장보고 물러나라 하느냐는 식으로 둔갑되어버리는 거예요. 그 사람의 잘못된 행업은 온데간데없고 이것은 뭐, 하극상이라는 식으로 저희들에 대해 바티칸에 항소하고… 이런 유치한 한국 교회의 상황에 대해 늘 아파하고 그런 내용들을 글로 써서 호소했습니다. 신자들의 질적인 수준도 좀 높아질 수 있도록 해야 하니까요.

마음의 상처를 녹여내기, 고통에의 공감

애착을 가진 직장(?)을 타의에 의해 떠나게 되면 분노 같은 감정이 생기고, 때로는 잠도 안 오고 집착하게 되는 게 보통사람들일 텐데요. 신부님의 경우는 어땠습니까?

신학교를 떠나 장위동성당으로 갔는데 마음이 많이 아팠어요. 그때 마음의 상처가 대단히 커서, 목숨 끊는 분들이나 고통이 심해서 술을 마시는 분들의 심정을 이해할 수 있었어요. 다행히 저는 신앙인이고 사제이기 때문에 기도하고 성경 읽으면서 이겨냈어요. 특히 심용섭 신부하고 깊이 상의하고, 어머니 모시고 휴가 가는 식으로, 그렇게 한달을 쉬면서 잘 녹였어요. 그것을 녹이지 못했으면 병자가 되었을 텐데 선배 신부의 조언, 구약성서에 나오는 시편의 가르침으로 녹였어요.

교구와 신학교에 있었을 때에는 어머니와 떨어져 지냈어요. 그때 어머니는 원효로에 계셨는데 어느 날 우울증에 걸리셨어요. 그런데 성당에 가면 어머니와 같이 지낼 수 있거든요. '아, 그래, 어머님하고 같이 지내라는 섭리의 뜻도 있겠다' 싶어 제가 수렴을 했습니다.

요즘 힐링이 대세인데, 신부님은 어떻게 자기치료, 힐링을 하셨나요?

저는 우선 어머니 모시고 여주 수녀원을 갔어요. 바오로의딸 수녀들의 피정의 집이 거기 있는데, 후미진 산골이에요. 10년 가까이 어머니하고 떨어져 있었거든요. 이렇게 어머니와 함께하니 어머니도 좋아하시고, 어린 수녀님들과 미사를 함께 봉헌하고, 성가도 듣고, 휴식도 같이하고… 물론 묵상의 주제는 십자가의 예수님이죠.

신학을 공부하면서 특히 해방신학적인 관점에서 신심의 유형, 인간의 유형을 이야기할 때 여러가지가 있어요. 그중 과거에 집착하는 유형이 있습니다. 그분들은 늘 옛날이 중심이에요. 기도할 때도 과거를 생각하고요. 그런 과거형이면 내적으로 쇄신하기가 어려워요. 어떤 분들은 지나치게 오늘에만, 현실에만 집착하는 분이 있대요. 이런 유형도 어렵다는 거죠. 그에 반해 어떤 분들은 내일을 지향하면서 타인을 위해 공동체의 쇄신과 혁신을 꾀하고 자신을 던지는 삶을 살아요. '당신이 바치는 기도, 당신의 신심이 어느 유형과 가장 가까운지를 진단해라.' 이런 내용이 번뜩 떠올랐어요. 저는 개인적으로 옛날 일을 잘 잊어버려요. 또 저 스스로 빨리 털어버리려고 하고요. 그렇게 오늘의 일, 지향해야 할 일들을 찾으면서 개인의 상처를 벗어날 수 있었어요.

또 정말 억울하게 돌아가신 분들이 많잖아요. 십자가 예수님과 순교자들을 늘 전제하고, 나치 때 희생된 분들, 독립운동을 하다가 순국하신 선열들, 1970년대 독재정권 때 희생당한 분들. 도스또옙스끼의『죽음의 집의 기록』을 보면 정말 죽음에 직면한 분들이 있는데 그런 분들의 고통, 광주교도소 특사에 있을 때 만난 비전향 장기수와 거기서 이미 돌아가신 장기수의 고통을 생각해보면 내 고통은 아무것도 아니구나, 내가 녹이면 되는 거다, 거기에 매몰되면 내 존재 자체가 더 왜소해지는 것 아니냐, 이제는 하늘을 향해서 크게 가자, 이렇게 끊임없이 자기최면을 걸고 기도하면서 녹였습니다.

혼자서만 하기 힘든 경우도 있지 않나요?

제가 겪는 마음의 고생을 가까운 친구한테도 이야기 안 했어요. 왜냐하면 고통을 이야기하면 결국 나의 확인에 대한 이야기밖에 안 되거든요. 도와달라는 것 말입니다. 그리고 내 중심의 이해가 될 수 있겠다고 생각한 거죠. 로마 유학 때부터 선배인 심용섭 신부하고만 대화했습니다. 제가 어려울 때 늘 찾아간 분이에요. 그분하고만 깊은 대화를 나눴지요. 제가 솔직하게 이야기하면 그분이 제가 생각하지 못했던 것을 성서적인 관점에서 제시해주죠. 그렇게 우리끼리 서로 해답을 얻으면서 크게 녹였어요.

절친한 동료보다 선배 신부님이 그럴 땐 더 절실하지 않나요?

시대적인 것은 우리 동료들과 이야기를 나누지만, 때로 선배가 필요해요. 어렸을 적부터의 삶을 다 알기 때문에 심용섭 신부와 깊이 이야기 나눌 수 있었어요. 그분은 김수환 추기경 문제에 대해 로마에서부터 같이 알고 있기에 긴 설명이 필요 없어요. 척 하면 금방 알아들어요. 그분도 제가 떠난 다음에 신학교에서 밀려났고요.

함 신부님께 개인적으로 힘들다고 상담하러 오는 신자들이 많을 것 아닙니까. 그분들은 고백을 합니까, 아니면 상담을 합니까. 그럴 때 신부님은 어떻게 응해주십니까?

고백은 잘못된 것만 하고, 상담은 배경에서부터 다 하는데, 제가 상담할 때면 그분이 받아들일 수 있을 정도로만 조언하죠. 만일 불합리하거나 불의한 것 때문에 고민하는 분들이 오시는 경우에는, 한번 나설 만하다고 여겨지면 싸워보시라 하고, 성품이 아주 양순하다 싶으면 저항하라고 권하는 건 무리하니까 그분이 용기낼 수 있을 정도로만 말씀드리고요. 이렇게 조금씩 조절해서 이야기해드립니다. 저는 상담을 즐거워하고, 잘해요. (웃음)

그러실 것 같아서 제가 물어보잖아요. 상담을 잘할 수 있는 자세는 뭐죠?

우선 잘 들어야죠.

어떻게 듣는 게 잘 듣는 겁니까?

예수님의 고난을 꼼빠시오(compássĭo, compassion)라 하는데, 고통의 수난에 동참한다는 뜻이에요. 물론 제가 그런 것은 부족하지만, 저는 사제이기 때문에 빠시오에 같이 들어가곤 하는데요. 정신과 의사라든지 심리학자들은 냉정해야 해요. 거기에 같이 휩쓸리면 안 된대요. 말씀하시는 분에게 제가 공감하고 잘 들어주면 그 자체로써 이미 50퍼센트 이상은 치유가 돼요. 모든 그리스도교의 신앙 방법입니다만, 성서 읽고 성찰하고 또 결심하고 반성하지요. 다만 제가 여성신학을 배운 이후에는 적극적으로 참으라고만 하지 않아요. 너무 참으면 병이 된다고 하지 않습니까. 조금이라도 고발하고 저항할 필요가 있겠다 싶으면 나쁜 사람이라 욕하고 맞서라 하면서 그에 대해 같이 공감하면 녹여지는 경우가 있더라고요.

그런데 성경에서 '사랑' 하면 코린토전서의 유명한 구절이 떠오르잖아요. "사랑은 언제나 오래 참고 사랑은 언제나 온유하며, 사랑은 언제나 성내지 아니하며…" 그래서 목사님이나 사제들이 "참아라!" 하는 권면을 많이 하는 것 같은데요.

그것은 성서를 인간적으로가 아닌 기계적으로 이해한 거죠. 성서에서 참으라는 것은 정말 그 초급적인 의미의 다음 단계이거든요. 저는 이렇게 예를 듭니다. 코린토전서를 보면 '절대로 송사하러 가지 말아라' '소송하지 말아라' '신자가 바깥에 소송하다니 많이 부끄럽지 않느냐'는 식의 대목이 나오는데, 저는 강론하면서 이것은 이상적인 성서의 가르침이라고 말해요. 이 성서 말씀을 듣고 소송하신 분들 중에서 착한 분들은 고민에 빠집니다. '나 고소 취하해야겠구나' 하고요. 그런데 정말 나쁜 사람들은 이 성서 말씀을 듣고 감동도 않고 끄덕도 안 합니다. 그러니까 저는 이 성서 말씀은 억울해서 법에 호소한 사람들에게 그것을 취소하라는 뜻이 아니며, 정의를 포기하라는 것 또한 아니라고 강론해요. 이렇게 강론해드리면 실제로 미사 끝나고 몇분이 오셔서 "이런 일로 소송을 했는데 제가 취하해야 합니까."라면서 묻는 경우가 있어요. 그러면 신자들에게 그럽니다. "정당한 법적인 권리를 포기하라는 말씀이 아닙니다."

설교나 강론할 때 '사랑은 참는 것이다'는 것을 그저 일반적인 관점에서 이야기하면 안 됩니다. 참는 게 아름다운 덕목이기는 하지만 참는 데도 한계가 있고, 한계를 넘어설 때는 또다른 방법을 추구해야 합니다.

좀 전에 말씀하신 '꼼빠시오'라는 말. 남의 고통에 공감하려면 남의 고통이 내 고통으로 전이되지 않습니까. 정신과 의사들은, 꼼빠시오에 너무 몰입되면 자신의 정신건강을 해치게 된다고 하고요. 변호사도 의뢰인의 고통을 함께 느껴야 하지만 그 고통에 함몰되면 객관적 시야도 놓치게 되고 개인적으로 너무 힘들다고 하네요. 함 신부께는 정말 어려운 고민을 갖고 오는 분들이 많을 텐데요. 개인적 고민도 있겠고 시대적 고민도 있겠고요. 그 고통에의 연대와 공감 때문에 밤잠을 못 주무시는 경우는 어떤가요.

이전에 판사들의 글을 보니, 첫번째 사형선고를 할 때는 며칠 잠을 못 잔다고 하더라고요. 사형집행에 가담했던 교도관들도 그렇고요. 그런데 몇번 하면 타성이 생기지 않을까요. 저도 30대 때 정말 충격적인 고백을 들으면 며칠 아팠어요. 너무 힘들 때는 한 닷새 아픈 적도 있어요. 그런데 신학교에서는 사목상담 같은 것을 안 가르치는 거예요. 고백이나 사목상담이 질적으로 높아야 하는데 너무 기계적인 거예요. 신부들이 각자 스스로 해결책을 찾아가야 하는 식이지요.

1980년대 교구청에 있을 때인데 남미의 한 신부가 찾아오셨어요. '예수 사랑'(Jesus Caritas)이라는 단체의 대표인데, 그들은 샤를르 드 푸꼬(Charles de Foucault) 신부의 공동체 정신을 갖고 사제들의 성화를 위해서 사는 모임이었습니다. 저보고 이 운동을 같이하자고 권했는데, 제가 하고는 싶었지만 교구에서 하는 일도 많고 정의구현사제단을 포기할 수 없었기 때문에 못했어요. 그 단체는 사제들만의 모임인데요. 고백성사의 비밀이라는 것을 대개의 성당에서는 기계적으로 준수하도록 하는데, 이 단체에서는 그저 비밀만 지키도록 하면 안 되고, 자기가 감당할 수 없는 고백을 들었을 때는 그 신부가 그 고백 비밀도 상담해야 한다고 해요. 10~20명끼리의 사제들 모임에서 고백 때 들은 내용을 다시 이야기할 수 있게 한다는 거예요. 이로써 또 하나의 고백 비밀이 되는 거죠. 그 방식이 참 좋은 것 같더라고요. 충격적인 고백을 들을 때 그것을 잘 소화하지 못하면 자기가 쓰러질 수가 있거든요. 그게 참 어렵더라고요. 신학교에서는 그에 대한 살아 있는 교육이 없어요. 아직 그런 부분을 글로는 못 썼습니다. 고백과 관련된 것은 너무 미묘해서 함부로 글을 쓰기가 어려워요. 잘못 썼다가는 고백을 누설한 것으로 시비가 걸리기 때문에… 그 부분이 참 조심스럽습니다.

다른 여러 신부들이 있는데, 그중에 함 신부님을 특별히 찾아오는, 고민을 가진 신도가 달리 있나요.

그렇지는 않습니다. 일반적인 상담을 하지요. 1980년대에는 열심히 했는데, 힘들고 어려운 일로는 저도 너무 지쳐서 선뜻 나서지 못하겠더라고요. 제가 해결할 수도 없는 정치 관련, 중앙정보부, 보안사, 경찰, 세무서… 국가와 관계되는 그런 억울한 사안들은 제가 상담할 수가 없어요.

　하루는 그런 적이 있었어요. 어떤 분이 술을 마시고 와서 억울하다는 거예요. 내용을 듣고는 "죄송합니다. 그런 법적인 문제는 변호사님들이 조언하셔야지 제가 할 능력이 없습니다." 이렇게 말씀 드렸더니 그분이 그 자리에서 큰 소리를 지르는 거예요. 변호사에게 이야기하려면 당신을 왜 찾아왔겠느냐, 당신은 변호사를 넘어서는 사람이니까 찾아왔는데 고작 듣고 하는 이야기가 그거냐… 대화가 안 되는 사람이죠. 어떤 때는 하도 답답한 사안이 많으니 인권 신문을 하나 만드는 게 좋겠다는 생각도 들고요.

장위동성당, 상도동성당

1993년 말에 장위동성당에 부임합니다. 본당 사제로서 10년 가까이 되었네요. 장위동, 상도동, 그리고 제기동성당으로 이어집니다.

뒷이야기를 하나 들은 게 있어요. 나중에 어떤 신부가 제게 그래요. "신부님, 장위동성당에 어떻게 오시게 된지 아세요?" 모른다고 했더니 어떤 선교사 신부한테 들었다며 전해줘요. 원래 서교동에 발령이 났는데 마지막 회합 때 어떤 신부가 그랬대요. "서교동은 안 된다. 거기는 김대중 씨가 다니는 성당이니까 안 된다." 그 한마디로 장위동으로 확 바뀌었대요. 난 처음 들었어요. 속으로 웃으면서 '별일이 다 있었구나' 생각했습니다. 신부들은 5년마다 한번씩 이동해요. 교우들을 좀 깊이 사귀면 좋은데, 그럴 만하면 이동하는 식이에요.

장위동은 어땠나요?

장위동은 좀 친숙한 느낌이 있었어요. 1976년 명동사건으로 구속되었을 때 친구 양홍 신부가 거기 본당 신부였어요. 저희들이 교환 사목을 하기도 했고요. 제가 옥중에 있었을 때엔 장위동의 성모회 교우들이 저희 어머니를 찾아와서 위로해주신 인연도 있고요. 그러니 더욱 가깝게 지낼 수 있겠다 생각했는데, 제가 15년 내지 20년의 시차를 생각하지 못한 거예요. 주임신부가 서너번 바뀌는 기간이거든요. 저 바로 앞의 신부는 미국 국적을 가진 분인데, 사회의식이 없고 그저 신심으로만 했던 분이에요. 저와는 사목에 대한 접근이 조금 달랐죠. 그래서 처음엔 교우들이 조금 놀라다가 곧 잘 어울렸습니다.

장위동성당에는 보좌신부 둘을 받을 수 있었어요. 당시에 화곡동 보좌를 하던 전종훈 신부가 이동할 때가 되어 저하고 같이하면 좋겠다고 해서, 거기서 2년 동안 저하고 지냈어요. 젊은이들 대부분은 전종훈 신부에게 맡기면서 기쁘게 사목하며 지냈습니다. 전종훈 신부가 오기 전에는 요즘 사제단 활동을 같이하는 이영우 신부도 청년들하고 잘 지냈어요. 때로는 청년들과 술도 같이하고 밤도 새우면서… 청년 모임이 아주 활기찼던 때였어요.

장위동성당에서 5년 동안 있으면서 신학교를 떠날 때의 아픔을 녹이며 기쁘게 잘 지냈습니다. 그러면서 1994년에 정의구현사제단 20주년을 맞이하게 되었습니다.

1974년 시작되었던 정의구현사제단의 20주년을 장위동성당에서 맞게 되었네요.

사제단 신부들과 20주년을 준비했는데, 전국의 200여명 이상의 사제들이 의정부 수련장에 모여서 1박 2일로 세미나도 하고 강해를 들었어요. 그때 잊히지 않는 것 중의 하나는 특별 강연자로 오신 유대인 신학자 마크 엘리스(Mark Ellis)의 이야기예요. 그뒤 우리나라에 여러 차례 오셨고 개신교에서도 그분을 초청했어요. 메리놀 신학대학에서 유대 사상을 강의하신 분이고, 문규현 신부가 통일에 대한 석사논문을 쓸 때 지도교수이기도 해요. 문규현 신부의 요청도 있고 해서 그분을 모셔서 강의도 듣고 명동성당에 가서 미사도 하면서 많은 것을 배웠어요.

우선 강연 내용 중에서 그분이 주제로 삼은 게 '1492년의 콜럼버스 사건과 1942년 아우슈비츠의 체험'이에요. 1492년과 1942년을 대비하며 그리스도교에 대해 들려주는데, 1492년 콜럼버스의 아메리카 신대륙 발견 등이 모두 강자와 침략자의 사관이라는 것이죠. 본토인들인 인디언의 시각에서는 사실 땅을 빼앗긴 건데…

예전에 해방신학 공부할 때 이런 이야기를 접한 적이 있어요. 1992년에 콜럼버스의 미대륙 발견 500주년을 기념하는 큰 행사가 있었다고 해요. 예수회 신부들 모임에서 기념파티를 열어 술 마시고 노는데 인디언 출신 신부 하나가 구석에서 슬픈 눈으로 혼자 가만히 있었답니다. 다른 친구가 "이렇게 좋은 날 너는 어째서 가만히 있느냐?"라고 물었더니 "오늘이 무슨 날인데?" "콜럼버스가 신대륙을 발견한 날이야." 그러니까 인디언 신부가 그러더래요. "그럼 콜럼버스가 오기 전에 여기에 살았던 사람이 누군데? 그 사람들은 어떻게 된 거야?" 이렇게 반문했대요. 그때 다른 신부들이 깨달은 거예요. 이날은 인디언들에게는 아픔의 날이에요. 해방신학이라는 것은 침략사관을 넘어서서 빼앗긴 자의 시각에서 하느님을 이야기하고 역사를 논하는 학문이라는 겁니다. 그게 해방신학 입문 당시에 들었던 내용이에요. 빼앗긴 자의 자리에서 하느님과 역사를 바라보는 눈!

마크 엘리스는 1492년 이후 가톨릭이 저지른 범죄, 아메리칸 인디언들의 본래 문명을 파괴하고 원주민들을 죽이고 선교의 이름으로 저질렀던 폭력과 죄악을 누가 책임져야 하는가라는 문제를 제기했어요.

두번째는 1942년 아우슈비츠수용소의 학살에 대한 것인데요. 유럽의 숱한 그리스도인들이 하느님의 이름으로, 그리스도의 이름으로 유대인들을 학살했는데 이 책임은 누가 져야 하는가, 바로 그리스도교에도 책임이 있다는 겁니다. 종교인들이 뼈아프게 반성해야 한다면서 이와 같이 역사적 성찰의 주제 두개를 던져주더라고요.

모두 타당한 말씀인데, 우리하고 직접 어떻게 연관됩니까?

강의 중간에 저희들에게 "여러분들이 20년 동안 정의구현사제단을 꾸려서 잘해왔는데, 내가 근원적인 질문을 던지겠습니다. 여러분이 정말 20년 동안 정의구현을 위하고 가난한 사람을 위해 투신했는데, 그렇다면 과연 이 한국사회가 더 아름다워졌습니까? 더 정결해졌습니까? 여러분이 속한 교회가 더 정의로워졌습니까? 쇄신되었습니까? 정말 여러분이 예수님을 따르는 참된 제자라면, 예수님이 유대교의 정화를 위해서 유대교를 넘어 유대인 공동체를 넘어 하늘나라를 선포하셨듯이, 여러분들도 가톨릭을 떠날 수 있어야 합니다."라고 말씀하시는 거예요. 그뿐 아니라 우리가 활동하지 않았으면 가톨릭교회가 더 위축되고 더 빨리 망할 텐데, 우리가 정의구현을 위해 뛰었기 때문에 이 망할 교회가 수혈을 받아 더 튼튼해지고 살쪘다는 거예요.

강의 당시에는 통역만으로는 이해가 어려웠어요. 나중에 텍스트를 받아보니까 이런 내용도 있는 거예요. 네가 정말 예수님을 따르는 제자라면 그것 때문에 기존의 가톨릭교회를 떠날 수 있어야 한다? 그게 제 머리를 때리는 거예요. 이제는 그분의 뜻을 알 수 있게 되었고요. 그뒤로 그 내용을 종종 신부들에게 소개했어요.

통상 신부들이 듣기에는 유쾌하지 않을 것 아니에요? 때로는 반박도 받고요.

그런데 옹호든 반박이든 반응이 없는 거예요. 한국 가톨릭은 신학이 없어요. 신학적 도전을 거치지 않으면 신앙은 정말 미신이 되기 쉽거든요. 그게 조금 안타까워요. 정의구현사제단 20주년 때 크게 깨우쳤던 가르침 중 하나입니다.

20주년 기념행사는 어땠습니까?

많은 내용들이 있어요. 신부들끼리 심포지엄도 하고요. 명동성당에서 미사를 봉헌했어요. 신부들 200여 명 모여서 1970, 80년대 사제들이 행렬했던 식으로 십자가를 앞세우고 행진하고 미사를 올렸는데 신자들이 많이 와서 그 광경이 장엄했지요. 마크 엘리스에게 이것을 본 소감이 어떠냐고 물었더니, 뜻밖에 "이게 뭐예요?"라고 되묻더라고요. 이어서 "이게 무슨 한국 가톨릭의 미사예요? 로마 미사지. 여기 어디에 한국적인 것이 있어요?"라고 꼬집는 거예요. 예수님의 죽음과 부활인데 우리 민중과 함께하는 의미에서 이렇게 했다니까 "이것은 유럽 교회의 복사판입니다. 로마 교회가 이식되어온 것입니다."라고 하는 거예요, 글쎄. 이 사람의 시각은 정말 다르구나 한참 생각했어요.

엘리스라는 분이 자극도 주었지만 듣고 보니 기분도 나쁘네요. 그 분이 한국 땅에 왔으면, 엄혹한 독재 치하에서 20년간 이어져온 정의의 실천 현장을 음미하고, 그때는 어땠을까 질문도 했어야 할 것 같은데요. 1974년 명동성당을 벗어나 사제들 몇백명이 거리로 뚫고 나갈 때의 그 긴장과 불안과 용기. 거기에서 느껴지는 신앙의 열기, 정의를 위한 성직자와 평신도의 수난의 의미… 이런 것을 체험하고 느껴봐야 할 외국인이, 그것도 20주년 기념강사로 모신 분이, 미사의식이 로마식이냐 한국식이냐 이런 거나 시비 걸고요. 이분은 완전히 껍데기만 보고 그 시대의 고난 속에 들어가려는 노력을 안 한 것 아닌가, 그리고 새롭게 배우려는 것보다는 자기의 관점을 그대로 적용하면서 '나는 이렇게 선진적 관점을 갖고 있는데, 너희들은 로마-바티칸 추종자로 머물러 있느냐'라는 뉘앙스를 주는, 참으로 또다른 제국주의적 오만의 극치 같은 것이 은연중에 느껴져서 말입니다.

두번째 이야기는 공개적인 것은 아니고 저와의 사담 속에서 하신 이야기였어요. 지금 말씀하신 것으로 비판할 수도 있겠네요. 그런데 저는 그 당시에 성찰적인 입장에서, 가톨릭의 토착화가 미흡한 면을 지적한 거라 받아들였어요. 실제로 한국 교회공동체가 '로마교회보다 더 로마적'이라는 아픈 지적을 받곤 합니다. 말씀하신 것처럼 독재체제하에서 고난받았던 학생들, 시민들과 함께했던 사제단의 결의, 이런 걸 그분이 간과했다는 점을 지적할 수 있겠네요.

그분의 강연 제목이 '브로커 없는 하느님의 나라'(Brokerless Reign of God)였어요. 그분은 Kingdom이라고 했는데 제가 Reign으로 바꿨습니다. Kingdom 하면 여성학자들은 "어째서 Kingdom이냐? Queendom은 어디 있느냐?" 이렇게 반문한답니다. 브로커리스, 곧 중개자 없는 하느님의 나라. "예수님은 브로커가 없는 하느님 나라를 선포하셨는데, 그뒤 생겨난 것은 온통 브로커뿐이다. 신부, 주교, 교황, 목사, 세상에 온통 브로커가 너무 많다. 저도 브로커 중 하나인데, 브로커가 하느님 나라의 실현을 제대로 이루고 있는가!"

브로커가 방해자인가요? 조력자인가요? 여러 경우가 있을 것 같은데요.

방해든 조력이든 역할에 따라 다르겠지요. 어쨌든 예수님은 하느님과의 직거래를 선포하셨는데, 중간에 매개상들이 끼어 있으니 직거래의 힘이 약화되었다는 날카로운 지적으로 이해합니다. 이야기 하나로 대신하지요. 저희 어머니가 아주 고전적인 의미에서 신심이 매우 깊으신 분은 아니고 그저 실천적인 신앙인이신데, 가끔 이렇게 질문해요. "아, 예수님이 전능하신 분이면, 왜 그렇게 십자가에 못 박혀 돌아가셔? 못 박는 로마 군인들을 '이놈아' 이러고 쳐버리고, 빌라도도 쳐버리고 이래야지. 전능하시다면서 왜 돌아가셔?" 그러면 제가 열심히 신학적으로 설명해요. "그것은 우리 인간적인 생각이고요. 전능하신 분이 하실 수 있음에도 하시지 않고 당하셨다는 데에 하느님의 신비와 위대함이 있습니다." 이렇게 열심히 설명하면 그러냐며 끄덕끄덕하시다가 다음에 똑같은 질문을 던지시고…

저희 친구 신부가 가끔 찾아오면 또 질문하세요. "신부님, 오래간만 이에요. 그런데 신부님, 정말 하느님이 계세요? 천당이 있어요?" 이렇 게 질문하니까, 제 친구 신부가 당황해하는 거예요. 다른 분도 아니고 저희 어머니가 그렇게 질문하니까요. 제가 마크 엘리스와 식사할 때 그분에게 이런 질문에 대해 당신이라면 어떻게 답하겠느냐고 하면서 당신은 유대인 신학자이니 유대인의 관점을 알고 싶다고 했더니 그분 이 "그게 살아 있는 신앙이다. 그게 민중의 신앙이다."라고 하시는 거 예요. 하느님에 대해서 이의를 제기하는 것도 신앙으로 평가하는구나 싶으니, 조금 더 자신감을 가질 수 있었어요. 신자들이 신앙적으로 확 신을 가진 분이 많지 않고, 그저 무조건 믿는 분이 많지 않습니까? 이 의를 제기하는 것도 괜찮다는 것을 알리는 차원에서 가끔 이 일화를 소개해드리곤 합니다.

그런 것을 질문하면 신심이 부족하다느니, 질문하지 말고 믿으라고 하는 '묻지 마' 신앙이 지배하잖아요. 그런 갑갑한 분위기 속에서 이런 질문과 답을 들으니 뭔가 시원해지는 느낌입니다.

어머니께서 돌아가시고 장례 미사할 때 양홍 신부께 강론을 부탁했 어요. 양홍 신부가 멋있게 강론을 하려고 그 이야기를 꺼냈는데, 신자 들이 못 알아들었어요. 이 어머니가 참 독특하고 대단한 분이라는 이 야기를 하기 위해서 그 이야기를 꺼내니까, 교우들은 도리어 의아해하 는 얼굴이에요. 무조건 믿어야 할 것만 같은 신부의 모친이 그런 의문 을 가졌다니까… 여기에 담긴 메시지가 제대로 전달되지 못했어요.

기쁨과희망사목연구원 개설과 자료집 발간

정의구현사제단 20주년을 맞을 때, 첫 세대들의 감회는 남달랐을 것 같습니다. 20년이 순식간에 흘러간 것 같지 않나요.

그렇더라고요. 그러면서 느꼈던 점 중의 하나는, 이제 우리가 신학연구원을 하나 만들어야겠구나, 우리들 삶도 기록하고 전승해야겠구나였어요. 성경도 처음엔 구전이었다가 시간이 지나면서 기록화작업을 하지 않았습니까. 우리의 현장 체험이 후배들과 타인들에게는 간접체험이 될 수 있다고 생각되어, 친구들과 상의하여 '기쁨과희망사목연구원'을 만들게 되었어요.

연구원 이름이 매우 독특하게 들립니다.

제2차 바티칸 공의회의 사목헌장 첫머리에서 따온 거지요. 사목헌장은 "기쁨과 희망. 슬픔과 고뇌. 현대인들, 특히 가난하고 고통 받는 모든 사람들의 그것은 바로 그리스도 제자들의 기쁨과 희망이며 슬픔과 고뇌다."로 시작합니다. 그 사목헌장의 제목을 첫 글자인 '기쁨과 희망'으로 부릅니다. 이에 우리도 그 말을 따서 연구원 이름으로 정했습니다. 제2차 바티칸 공의회를 체화해내자, 우리 민족 우리 역사와 함께하는 교회를 지향하자는 뜻이지요.

평화신문과 평화방송 설립할 때처럼 청년세대와 신자들을 설득하면서 개신교의 YMCA, YWCA 예를 들었어요. 이것이 교회의 당은 아니지만 교회의 삶과 정신을 아름답게 선포한다는 면에서 교회 이상의 의미가 있다, 가톨릭엔 그런 단체가 없었는데 사목연구원이 제2차 바티칸 공의회 정신과 1970~80년대 정의구현의 정신을 우리 시대 젊은 이들과 시민들에게 전달하면서 교회의 영역을 확산하는 일도 바로 선교가 아니냐고 설명드렸습니다. 문화 영역의 확대와 함께 민족의 일치와 화해, 통일 이후의 민족공동체를 지향하면서 3000년대를 향해 일하자. 이렇게 조금 원대한 계획을 세우고 시작했습니다.

이 연구원의 이름을 '정의구현 사목연구원', 이렇게 지을 수도 있었을 법한데요.

저희들이 의논하여 자연스럽게 정했어요. 사목헌장의 가르침이 중심이고 세상의 모든 문제가 사목헌장과 연계되기에 '기쁨과희망'이 적합하다고 봤어요. 머리말에 천주교 정의구현전국사제단 20주년을 맞아 사제회의의 논의 결과로 연구원이 설립되었다는 것을 늘 명기합니다.

그래서 정의구현사제단과 분리될 수 없는 것이네요.

저희들이 내는 잡지에는 항상 '정의구현사제단'을 함께 넣습니다. 사제들에 대한 오해도 있고 해서 이것을 분리하자고 조언한 분들도 계셨어요. 그러나 우리로서는 사제단과 불가분의 관계에 있기 때문에 이걸 고집하죠. 사무실도 같이 쓰고 있고요.

좋네요. '정의구현사제단과 함께하면 기쁨과 희망이 온다'고 해석하면요. 사목연구원은 법인입니까?

네. 종교 법인으로 문화관광부에 등록했습니다. 김영삼 정부 때인데, 저희 사제단 멤버들이 주역이어서 그런지 승인이 잘 안 나더라고요. "현실과 역사에 대한 비판" 같은 구절은 좀 빼달라고도 하고… 그래서 "제2차 바티칸 공의회 정신을 기초로"식으로 고쳐가면서 법인을 만들었어요. 그나마 김영삼 정부 때니까 법인으로 등록할 수 있었죠. 1995년 8월 7일 발기인 모임을 갖고 그해 12월 등록했습니다. 그러고 나서 1996년 6월 혜화동성당에서 크게 창립미사를 봉헌했습니다.

가시적인 성과로 자료집이 가장 중요한 것이지요? 1970, 80년대 민주화운동의 증언 자료집 『암흑 속의 횃불』이 창립 첫해(1996)에 1974년부터 76년까지를 다룬 2권으로 나왔고, 그뒤에 1987년까지를 묶어 총8권으로 정리하신 것 같네요. 내용이 아주 충실하고, 가톨릭계 자료뿐 아니라 일반 자료까지 잘 망라하고 있는 귀중한 자료집입니다. 자료집 발간부터 시작한 것은 어떤 동기에서인가요?

사제단이 숨가쁘게 뛰었던 시절에는 증언 자료를 모은다는 것을 다들 시간낭비이고 사치라고 생각했어요. 당시엔 자료를 지니는 것 자체가 긴급조치 위반이고 감옥에 갈 사안이었거든요. 현장의 삶 자체가 원 자료였기 때문에 자료란 게 별 의미도 없었고요. 그런데 20여년이 지나고 보니 그 생생한 삶과 체험이 과거 속에 묻혀버리더라고요. 권력의 하수인이고 꼭두각시였던 비굴한 언론에 의해 은폐되고 왜곡된 활자만이 살아남아 있는 거예요. 그래서 그때의 삶을 생생하게 접근할 수 있도록 하자는 게 그 취지예요. 자료를 모으면서 하느님께서 우리의 삶, 고난의 현장 가운데 함께하심을 새삼 깨닫고 용기와 힘을 얻을 수 있었고요. 사제적 우정과 신앙적 결속으로 우리를 필요로 하는 곳이면 어디든지 뛰어들었던 점을 확인할 수 있어 좋았습니다.

저는 아마 누구보다 이 자료집을 열독한 후학일 겁니다. 이 책은 원자료 자체를 사진으로 재생하여 보여주는 것은 아니죠. 원 자료를 타이핑하여 깨끗이 정리한 자료집인데, 가독성은 좋지만 유인물의 시꺼먼 자국, 손으로 쓴 글씨, 찢어져가는 낡은 용지… 이런 원 자료 하나하나가 주는 전율 같은 게 있는데, 그런 점은 느낄 수 없어 약간 아쉽더라고요. 원 자료 자체는 잘 보관되어 있습니까?

인쇄 당시엔 원 자료가 다 있었는데, 그것을 편집하신 분이 전부 없앴어요.

그럴 수가? 원 자료가 훨씬 중요한데요.

글쎄요. 그때는 그런 의식이 없었어요. 제가 늘 껴안고 다녔었는데… 그게 가슴이 아파요.

타이핑 본은 현재처럼 내고, 원 자료는 요즘 식으로 하면 홈페이지를 만들어 올리거나 경제적 여유가 되면 사진판으로 냈을 텐데요. 전시할 수도 있고요.

그때는 내용만 있으면 된다고 생각했지, 자료 자체의 가치에 대한 의식이 없었어요. 실무자가 기자 출신이었는데도 그런 의식이 없었고, 없애도 된다고 하니 그 말을 따른 것뿐인데, 제 책임이죠. 그래서 민주화운동기념사업회에 간 다음에 제가 너무 부끄러워서 말도 못하고… 지금 질문하시니 말씀드리는 거예요.

여기 수록된 자료는 누군가 10년, 20년 동안 보관했기에 책자화될 수 있었잖아요. 그 공로도 지대한데 그 많은 자료를 누가 어디에 몰래 보관하고 있었던가요?

1970년대는 겁나는 때라 자료를 모을 수 없었고, 1980년대 지나서 조금씩 모았죠. 여러 곳이지요. 수녀들도 갖고 계셨고요. 각 자료를 제가 7부 정도씩 복사해뒀어요. 박사논문 쓰는 이에게도 주고 그랬거든요. 신학교에 재직할 때는 이 자료 전부를 다 들고 다녔는데.

자료집 발간을 위해 어느 독지가가 기부하신 모양입니다.

김정자 프란체스카 가족입니다. 김정자 씨는 제가 한강성당에 있을 때 신자였고요. 그분 남편이 이창수 씨입니다. 김정자 씨께서 돌아가셨을 때, 그 가족들이 저한테 장례 미사를 부탁해서 그 미사를 집전했어요. 본래는 가족들이 조의금을 안 받기로 했는데, 그분 친구들이 너희가 뭐 재벌이냐, 왜 조의금을 안 받느냐고 해서 결국엔 제법 받았어요. 그러고 나서 5천만원을 저에게 전하면서 잘 써달라고 하더라고요. 이러한 일을 하는 데 쓰겠다고 했더니, 신부님 알아서 하시라고 해서 제가 힘을 얻어 자신있게 일을 시작했죠. 자료집 4권째는 1980년의 기록인데, 5·18광주민주화운동이 중심이에요. 그때 재미동포 기업인 이종문 씨가 광주에 대한 일이라면 꼭 돕겠다고 했어요. 그분이 1억원을 주셔서 그 기금으로 이 일에 보탤 수 있었습니다.

한꺼번에 출간하지 않고 연차적으로 냈어요. 1974년부터 1987년까지 모두 8권 내셨네요.

1988년 편까지 내고 그뒤로 못했어요. 이후의 것은 다음 신부들이 하라고 부탁드렸어요.

함 신부님은 연구원의 원장을 계속 맡고 계시고요. 이사장은 누가 맡아오셨나요?

1대 이사장은 김택암 신부가 했어요. 지금(2013년)은 김병상 신부님이 이사장이고, 저는 상임이사이자 원장이에요. 지금은 운영위원장도 후배 신부가 하고, 제 일도 또다른 후배 신부한테 인계할 준비 중입니다.

이렇게 장기적으로 작업하기 참 어렵죠. 자료집을 죽 내면서 보림이나 독자들의 반응 같은 건 어떤가요?

이 일에 나서게 된 것은 현재의 언론에 대한 문제에서 비롯됩니다. 저희들은 언론의 역사 같은 건 잘 몰랐잖아요. 1970년대에 현장에서 뛰면서 언론의 어두운 면모를 알게 되었는데, 특히 『동아일보』 광고탄압 때 동아일보사를 격려차 자주 왔다 갔다 했어요. 그때 의식있는 기자들이 그래요. "신부님, 너무 애쓰지 말고 도와주는 척만 하세요. 알고 보면 나쁜 놈들입니다. 친일파가 다 먹은 것입니다." 저는 처음 들었어요. 깜짝 놀라서 정말 그러느냐 물었더니, 알고 보면 아주 거짓 집단이라고 그러는 거예요.

그다음에 조선투위(조선자유언론수호투쟁위원회)가 생겼잖아요. 우리 사제단이 조선일보사에 항의방문을 했더니 우리를 비판하는 기사를 내더라고요. '이상하다. 우리는 언론자유를 하자고 그러는데 왜 우리 욕을 하지' 생각했어요. 또 선우휘(鮮于輝) 주필이 우리 사제단을 공격하고 사설에서 저를 실명으로 거론하면서 비판했어요. 1면에 특별 사설을 쓴 거예요. 이렇게 처음엔 우리가 순진하게 접근했는데, 특히 1980년대에 와서 조선·동아의 정체성이 친일이라는 것들을 알게 되었어요.

감옥에서 읽은 책에 이런 이야기가 있어요. '우리가 건강을 위해서는 항상 건강한 음식을 먹어야 하고 상한 음식을 먹으면 안 되는데 음식만 그런 게 아니다. 뉴스도 건강하고 진실된 것을 보고 들어야 한다. 거짓 소식을 계속 들으면 머리가 상한다…' 나치 공간을 체험한 어느 철학자가 쓴 글을 떠올리면서 '그렇구나. 『조선일보』가 대표적으로 우리 국민들의 머리를 썩게 하는구나' 생각했죠.

비판의 논조가 강렬하고 직선적인 듯이 느껴집니다.

무턱대고 『조선일보』를 구독하지 말라고 말하면 어느 교우들은 조금은 의아해합니다. 그래서 신학적으로 좀더 생각해서 창세기의 선악과를 이야기해줍니다. 그리스도교 신학에는 원죄 사상이 있지 않습니까. "아담과 하와가 원죄를 지은 당사자다. 아담과 하와가 하느님 말씀을 듣지 않고 따 먹지 말라는 과일을 따 먹었기 때문에 에덴에서 쫓겨나고, 또 우리 후예들도 그 죄의 영향 아래에 있다. 그런데 원죄를 사함받기 위해 세례만 받을 게 아니다. 아담과 하와를 속인 자를 찾자. 속은 자도 부끄럽지만 속인 자가 나쁜 자 아니냐."

우리가 세례를 받을 때 "죄를 끊어버립니까? 악을 끊어버립니까? 악마를 끊어버립니까?" 이렇게 세번 질문을 합니다. 그러면 신자들이 다짐합니다. "끊어버립니다. 끊어버립니다. 끊어버립니다." 그다음에 "하느님을 믿습니까? 예수님을 믿습니까? 성령을 믿습니까?" 질문하고, 신자들은 또 세번 신앙고백을 해요. 그러고 나서 물세례를 받거든요. 세례 때 신앙고백의 핵심은 죄를 끊어버리고 악마를 끊어버리는 것인데, 그럼 우리 시대의 악마가 누구냐? 아담과 하와를 속인 그 사탄입니다. 그러니까 그리스도교 신자들은 신앙의 이름으로 이 악마를 끊어야 하는 것입니다. 제가 김근태 씨의 장례미사 때도 명동에서 이 이야기를 했어요. 이렇게 성서를 설명하면서, 왜 그 신문들을 끊어야 하는가, 왜 세례 받은 신자들이 끊어야 하는가라고 말하면 알아듣는 거예요.

그런데 "사탄의 후예", 그것은 비유잖아요. 결과적으로 당연히 도출되는 것은 아니고요.

뱀은 비유지만 사탄은 악이지요. 사탄은 아담과 하와를 속이는 놈이잖아요. 하여간 속인 놈이 사탄이야…

저는 현대사를 연구하는 학자로서 그런 언론보도를 열심히 활용하고 정리해왔습니다. 자료를 비판하면서도 또한 자료 자체가 주는 생생함과 정보가치를 외면할 수 없거든요. 어떤 시대에는 그 언론보도 외에 다른 자료도 없고요. 친일과 친독재의 성향을 노골적으로 보이는 논조도 적지 않지만, 항일투쟁과 반독재의 투쟁을 어떻게든 지면에 담아내려는 노력도 적지 않거든요. 물론 유신체제와 5공체제 아래에서 어용과 왜곡 보도들은 정말 역겨울 정도로 부끄러움을 양산해내지만, 그중에서도 좋은 논설이 있고 폭로기사도 어렵사리 나옵니다. 그런데, 신부님이 '사탄'이나 '악마' 같이 표현하면 그에 대한 반발도 엄청나지 않습니까?

없어요. 『조선일보』는 저를 포기했기 때문에 아무 말 안 해요. 저는 입만 열면 조·중·동 타파니까요. 강준만 교수님이 목숨 걸고 안티조선 했기 때문에 그에게는 손들었듯이, 조·중·동도 저를 포기했어요.

요즘에도 시비를 걸잖아요?

틈만 나면 하죠. 예를 들어 김수환 추기경이 촛불시위는 안 된다고 이야기하셨잖아요. 거두절미하고 그것만 신문에 나니까, 제가 "시대착오적인 발언"이라고 비판했더니, 『조선일보』가 그것을 크게 내는 거예요. 신부가 추기경을 비판했다고 하면서 저를 일방적으로 공격하면서요. '사제가 추기경을 비판하면 되느냐'라는 내용을 사설에 쓰는 거예요.

언론중재위원회에 제소하려고 변호사들한테 갔더니, 사설이나 오피니언 갖고는 이의를 제기할 수 없다고 해요. 팩트가 아니고 의견이니까. 지금은 오피니언 칼럼에도 이의제기할 수 있다던데 그 당시는 언론중재 대상이 안 된다고 해서 못했어요.

오피니언은 정정보도 대상은 아니고, 반론보도를 청구할 수 있죠. 반론보도는 정정보도보다는 잘 받아주는 것 같습니다만.

그래서 앉으나 서나 자나 깨나 조·중·동 타파.

아, 그랬습니까?

제 영혼의 정화를 위해서.

자료집 발간의 취지 중에도 그런 문제의식이 들어 있네요. "독재하에 유사 관제언론들이 진실을 싣지 않고, 진실과 허위를 뒤바꾸고, 그런 악행을 사탄이라고 지탄받을 정도까지 자행하고, 그런 거짓되고 썩은 언론이 국민들에게 고통을 주므로 바른 역사적 진실을 전하기 위해서 이런 자료집을…"

만들어야겠다는 것이죠. 1970, 80년대 때 독재와 싸웠던 학생들의 행업을 보도할 때 조선이나 동아는 백 중에서 하나 정도 보도해요. 그런데 그 1도 정확한 1이 아니라 왜곡한 정보예요. 그런데 이게 10년, 20년, 30년 지나가면 그것만 남아요. 이렇게 왜곡된 100분의 1의 보도가 정사(正史) 자리를 차지해버리는 거예요. 그게 너무 가슴이 아프더라고요. 그래서 기사마다 해설을 붙여야 할 필요가 있겠다는 생각이 들었어요. 그다음, 독재하에서 공안사건을 조사한 형사, 중앙정보부원, 보안사 요원, 무고한 이들을 기소한 검사, 이를 판결한 판사의 이름을 꼭 남겨야겠다는 것을 새삼 느꼈어요. 민주화운동기념사업회에서 일할 때에도 직원들한테 이야기했는데 그게 실천이 잘 안 되더라고요.

저도 우리 현대사에서 민주화운동과 관련된 법률자료를 정리하는데에 늘 관심을 갖고 있고, 그 일환으로『인권변론자료집: 1970년대』(전6권)를 펴내기도 했습니다. 그 시대 민주화운동에 대한 책으로『암흑 속의 햇불』은 가장 충실한 자료집이라고 생각합니다. 가톨릭 쪽의 민주화운동은 여기에 다 수록되어 있는 것으로 봐도 되나요?

거의 그렇죠. 다른 쪽도 많이 담으려고 애를 썼지만 개신교는 그쪽 분들이 하시니까, 일지에는 다 썼습니다만 수록은 못한 게 많고요.

안중근 의사를 기념하기

신부님 경력을 보면 여러 단체의 '이사장'과 '대표' 명칭이 나옵니다. 이사장이란 타이틀은 언제 처음 달게 된 것입니까?

안중근의사기념사업회가 처음이네요. 원래 사제들은 봉사가 일차적인 직분이고, 가능하면 다른 직분은 맡지 않는 게 낫다고 배워왔어요. 그런데 현실에서 활동하다 보면 피할 수 없이 맡아야 할 일이 생기더라고요. 어떤 때에는 큰 책임을 지고 해야 할 대목도 있고, 남이 맡기 힘들어하는 것을 떠안아야 할 때도 있고, 그리하여 이런저런 이유로 고심하고 그랬지요. 제가 활동하면서 첫 직함을 받은 것은 어떤 의미에서는 천주교 정의구현전국사제단 총무겠네요. 그것도 제가 선택한 게 아니라 동료들이 뽑았고요. 중앙정보부는 조사할 때 꼭 직책을 쓰라고 하거든요. 그때마다 저는 '사제'라고 쓰는데, 그쪽에서는 '천주교 정의구현전국사제단 총무'라고 쓰는 거예요.

'사제'라고 하면 정보부에서 핍박하기가 좀더 힘든가 봅니다. 그 동네도 머리 짜낸다고 참 고생이 많습니다.

역사 현장에서 활동하다가 안중근의사기념사업회 이사장을 맡게 되었는데 이미 많은 분들이 안중근(安重根) 의사를 기념하는 사업을 시작하셨어요. 그전에 안중근 관련하여 세워진 다른 기념사업회가 있었는데, 그 내막을 잘 몰랐을 때 문익환 목사님과 함께하셨던 분들이 매년 3월 26일, 10월 26일에 남산의 동상 앞에 가서 기도도 하고 내려왔어요. 1990년대 들어와서 안중근 의사의 정신을 본격적으로 체계화해야겠다 싶어 민주화운동을 하셨던 분들이 뜻을 모아서 이창복 선생 주도로 모임을 했어요. 안중근 의사를 중심으로 모여서 도덕적인 힘을 갖고 잘못된 정치 현실을 지적하자는 취지였고요.

그런데 안중근 기념 단체가 여럿 있더라고요. 안중근 의사 한분을 놓고 여러 단체가 난립하는 것은 바람직하지 않죠. 그와 관련하여 조성우 씨와 여러 사람이 대화를 많이 했어요. 남산의 안중근의사승모회 분들도 동의하지 않을 수 없는 상황이었는데 그분들이 저희들과 함께하는 것을 별로 달가워하지 않더라고요. 도리어 자신들과 같이해야 하지 않느냐며 저보고 부이사장으로 오라고 하여, 저희들이 김병상 신부님께 부이사장으로 가서 일하시도록 요청드렸어요. 그런데 김 신부님이 그 모임에 두어번 갔다 오더니 안 가겠다고 그러셔요. 모임에 갔더니 소개도 안 시키고 발언권도 안 주고… 도저히 같이할 수 있는 상황이 아니라는 거예요. 그래서 그쪽에 정중하게 항의하기도 했어요.

안중근의사숭모회 홈페이지에서 연혁을 보면, 이 숭모회는 1963년 사단법인으로 설립되고, 1970년 안의사기념관을 건립했네요. "국민성금과 박정희 대통령의 특별 배려"로 완공했다고 적혀 있고, 1979년 8월에 안중근 의사 탄신 1백주년 기념행사를 하면서, 그때 박정희 대통령의 휘호 '민족정기의 전당' 석비를 건립했다고 되어 있습니다. 한마디로 안중근을 기린다면서 박정희를 빠짐없이 새겨넣고 있습니다. 박정희의 친일행적에 대한 방패막이 같은 느낌도 없지 않네요. 물론 학술사업을 비롯하여 참여인사들이 순수하게 기념하는 좋은 뜻도 있고, 다른 한편으로 이를 정치적으로 활용하려는 의도도 없지 않은 것 같아요.

안중근의사숭모회의 정체를 논의하면서 비로소 알았죠. 박정희가 친일파를 중심으로 독재정권을 공고하게 하기 위한 한 방법으로 숭모회를 만들었다는 것을요. 박정희가 죽은 날인 1979년 10월 26일에 원래는 그가 '민족정기의 전당' 석비 제막식에 가기로 했다가, 어쩌다가 계획이 바뀌어 삽교천제방 완공식 행사를 갔다 와서 김재규 부장에게 사살당합니다.

여러가지로 공교롭네요. 10월 26일이란 날짜. 그날은 안중근 의사가 이또오 히로부미(伊藤博文)를 사살한 날이고, 김재규는 안중근 의사를 존경했고, 안중근 의사를 생각하며 거사를 했다고 알려져 있잖아요.

그 석비에서 '민족정기'는 한자로 '民族精氣'라 쓰는 게 맞는데, 박정희는 '民族正氣'라 썼어요. 정신 정(精) 자를 쓰지 않은 거죠. 뒤에 들은 얘기로는, 남산 전체를 안중근 의사 성지로 만들고, 안중근 의사를 군인의 표상으로 만들어 독재정권 후반기에 이용하려고 했대요. 마치 초기에 현충사 짓고 동상 세우면서 이순신(李舜臣) 장군을 이용했듯이. 1960년대엔 이순신, 1970년대엔 안중근. 이렇게 '군인'의 표상을 만들어 박 정권의 군사적 정당화의 한 바탕을 삼으려고 말이죠. 그런데 김재규가 박정희를 제거하여 그 일이 무산된 거고요. 김재규가 안중근의 정신을 이어받자고 한 게 박정희 사살이니까요.

어찌 되었든 안 의사 정신을 놓고서 다투는 것이 너무 부끄러웠어요. 그래서 1996, 97년경에 안 의사 순국 의거 100주년을 앞두고 몇분들과 뜻을 모아서 안중근 의사 전집을 만들자고 합의했어요. 전기는 많아도 자료를 총정리한 전집이 없고, 자료 중 많은 부분이 일본어 등 외국어로 되어 있어 우리가 활용하기 어려워요. 그래서 안중근 관련 자료를 모두 수합해서 총 30여권으로 만들기로 했어요. 제가 신부들한테 모금해서 일단 몇억으로 작업을 개시했는데 10여권 정도 내고는 진척을 못했어요. 조만간 완간하려고 추진 중에 있습니다.

기념사업회는 언제 시작된 것입니까?

원래 안중근기념사업회가 1960년에 만들어졌어요. 법인이 활동을 안 하면 저절로 소멸된다고 그러네요. 그뒤 숭모회가 생겼고요. 그 명칭을 되찾자고 하여 저희들이 안중근의사기념사업회를 만들었어요. 그런데 법인으로 등록하려니, 같은 독립지사 이름으로는 두개의 법인을 만들 수 없다며 보훈처에서 자꾸 제재를 걸어요. 그때도 무슨 신학연구원이나 문화연구원 같은 것은 된다고 했는데, 제가 기념사업회 이름을 고수하는 바람에 이뤄지지 못했죠. 그래서 기념사업회를 기쁨과 희망사목연구원과 제휴하면서 같이 운영해오다가 문화관광부로부터 안중근평화연구원으로 하면 법인 등록이 된다는 이야길 들었어요. 그렇게 등록 신청을 했더니 신학이라는 용어를 하나 더 넣어달라고 해서 안중근평화신학연구원으로 법인 등록을 했습니다.

지금은 두가지 체제로 가고 있어요. 안중근의사기념사업회 이름으로는 자유롭게 외부활동을 하고, 안중근평화신학연구원은 법인으로서 짜임새 있게 자료집과 함께 학술대회와 교육사업 등을 진행하고 있어요. 저는 안중근기념사업회를 후반기에 맡았기 때문에 평화신학연구원과 이사장을 겸해서 일하고 있습니다. 먼저 시작한 분들이 돌아가셔서 자연스럽게 제가 그 일을 떠맡게 되었어요.

안중근 의사 기념과 관련하여 북한과 교류도 하셨다고 들었습니다.

북한과의 관계에서 안중근 의사는 아주 좋은 연계점이 됩니다. 안중근 의사는 훌륭한 교육가이자 사상가이고, 남과 북이 동시에 존경하는 독립운동가예요. 그래서 저희들 대화 상대인 조선종교인협회가 안중근 의사 기념 관련 일을 하면서 저희들과 대화를 하고 있어요. 또 2010년 중국 여순(旅順, 뤼순)에서 안중근 의사 순국 100주년 행사를 같이했어요. 2012년엔 안중근 생가 터를 저희들에게 처음 공개했습니다. 안 의사가 나고 자란 황해도의 청계동 현장을 방문하고, 또 안 의사가 만든 학교 터도 가봤어요. 그 학교는 현재도 계속 운영되고 있어요. 안중근 기념사업은 천주교 측도 물론이지만 남북 대화의 연결 끈이 된다는 측면이 있어요.

안중근 의사가 남북의 대화를 잇는 촉매가 된다는 게 놀랍네요. 기념사업회와 연구원은 구체적으로 어떤 일을 하고 있습니까?

교회 내적으로 보면 안 의사가 아주 독실한 가톨릭 신자입니다. 가톨릭 내부에서도 한국에서도 안 의사를 이제 복자, 성인으로 추대해야 한다는 운동도 일어나고 있고요. 신학적으로 접근할 때 안중근 의사는 정말 훌륭한 신앙인이에요.

안 의사의 동양평화론은 유럽연합(EU) 같은 공동체를 아시아 쪽에서 하고자 할 때 하나의 선구적 개념으로서 의미가 있다고 평가받잖아요. 안중근평화신학연구원은 한달에 한번씩 학자들 중심으로 주제 발표도 하고, 학술심포지엄을 열고 있어요. 봄에는 순국일(1910.3.26), 가을에는 의거일(1909.10.26)을 기념해서 행사를 엽니다.

김구(金九) 주석이 중국에서 돌아와 효창공원에 이봉창(李奉昌), 윤봉길(尹奉吉)과 함께 안중근의 묘소를 만들잖아요. 그런데 안중근의 경우 시신을 찾을 수 없어 그냥 허묘(墟墓)를 만들어놓았어요. 100주년 때 뜻있는 분들과 함께 안 의사 순국일에 효창공원에서 행사를 치렀어요. 저는 그것을 신학적으로 이해해요. '허묘'란 게 성서적으로 큰 의미가 있거든요. 복음에서 빈 무덤은 예수님이 부활하신 무덤이고 하느님을 만나는 무덤입니다. 또한 복음에는 두 가지 무덤이 나오는데, 하나는 '빈 무덤'이고 다른 하나는 '회칠한 무덤'이에요. 회칠한 무덤은 예수님이 바리사이인, 위선자, 가식자 들을 꾸짖는 의미를 담고 있죠. '빈 무덤'은 예수님을 묻은 무덤인데, 장사한 지 사흘째 아침에 가 보니 무덤이 비어 있었잖아요. 그때의 빈 무덤은 모든 것을 내어놓은 무덤입니다. '안 의사의 이 빈 무덤은 바로 우리 모두의 무덤이 되어야 한다. 안 의사를 남북 8천만의 가슴에 모시자'는 내용으로 제가 신학적으로 설명했어요.

작년부터 안 의사 의거와 순국일 모임 때 청소년들을 위한 음악회를 개최했습니다. 독립운동가들 모임, 민주화운동 기념일에 모이면, 당대에 뛰었던 선배들이 주로 모이니까 참석자들이 대개 연배가 높아요. 그런데 청소년 음악회를 열었더니 엄마, 아버지, 할아버지, 할머니와 함께 청소년들이 와서 행사장이 꽉 차고 생기가 도는 거예요. 그래서 성북구를 중심으로 '청소년 오케스트라'를 어른들과 함께하고 있어요. 추모 행사에서도 청소년들이 인터넷에서 찾아보고 공부하여 안 의사를 추모하는 글을 쓰게 되니 살아 있는 역사교육이 되더라고요. 또, 기념행사를 민중의례나 판소리 등 우리 식으로만 해왔는데 이제는 오케스트라 심포니나 실내악 같이 색다른 방식으로도 해봤어요. 행사 때 애국가를 불러요. 애국가의 작사자는 잘 모르지만 작곡가 안익태(安益泰)는 친일의 오점이 있어서 어떤가 하고 선배들에게 물어봤어요. 그랬더니, 독립운동가들이 그럼에도 태극기와 애국가로 뭉쳐 싸우지 않았느냐 해서 그 해석의 토대 위에서 애국가를 부릅니다.

지금은 안중근 전집을 완간할 수 있도록 하는 게 중요하지요. 전집 완간을 위해 애쓰는 분들 중에 신운용(申雲龍) 박사라고 있어요. 한국외국어대에서 안중근 의사를 주제로 박사학위를 받은 분이에요. 그분이 자기를 희생해서 자료를 총정리하고 있고, 고려대 조광(趙珖) 교수가 안중근연구소 소장을 맡으면서 일을 진행하고 있습니다.

그럼 안중근 의사가 천주교에서 차지하는 위치가 점점 달라지고 있나요. 100년 전 프랑스 주교는 안 의사를 철저히 배격하지 않았나요?

프랑스 신부 시절에는 안 의사를 '살인자'라고 해서 배척했지요. 일제 패망 이후에 형식적이기 하지만 1979년에 '안중근의사 탄신 100주년 기념 추모미사'를 명동성당에서 노기남 주교의 집전으로 거행했어요. 그때는 저희가 안 의사의 행업을 제대로 기념하지 못했어요. 나중에 기록을 보니까 그 미사를 명동성당에서 거행했더라고요. 당시 저희들은 박정희 유신독재에 항거하고 있었고, 저는 개인적으로 감옥에 있었기 때문에 소홀했겠구나 싶습니다.

노기남 주교 등이 안 의사 추모를 위해 미사드릴 때는 어떤 생각과 맥락에서 했을까요?

민족사적 관점에서 볼 때 훌륭한 신자라는 의미에서 그렇게 한 거죠. 안 의사의 가족들이 가톨릭 신자이기도 해요. 조카나 손자뻘 되는 분들이 신자니까 그분들이 청한 의미도 있죠. 넓은 의미에서 가톨릭에 도움되니까요.

1909년과 1910년 사이에 천주교 측은 안중근의 거사에 대해 완전히 배척하는 것으로 일관됩니까?

뮈텔 주교는 완전히 배척했는데, 안 의사와 가장 밀접한 관련이 있었던 빌렘(Nicolas Joseph Mare Wilhelm, 한국명 홍석구) 신부는 그렇지 않았어요. 빌렘 신부는 처음에 '내가 안중근에게 세례를 주었는데 죽기 전에 꼭 구원시켜야겠다. 살인을 저지르고 뉘우치지도 않고 가면 영원히 구원받지 못할 수가 있는데 내가 구원해야겠다'는 사목적인 사명을 품고 여순 감옥의 안 의사를 찾아간 거예요. 첫날 안중근과 대화하다 보니 그 거사에 대해 완전히 동의는 못하겠지만 안 의사가 한 일을 상당 부분 이해하게 된 거예요. 둘째날에 고백성사가 있었는데요. 고백성사는 개인적으로 해야 하는데 옥중에서는 간수들이 입회해야 한다고 하니까 고민하다가 간수들은 3미터 떨어져 있기로 하고 고백성사를 합니다. 일본인 간수는 한국말을 못 알아들으니까 별 상관은 없는 셈이고요. 그렇게 안중근의 고백을 들으면서 그 의거에 관한 내용보다 전후의 상황에 대한 기록을 빌렘 신부가 남겼어요. 거기 보면 독립운동 하는 3~4년 동안 굶고 힘든데도 안중근이 아침기도, 저녁기도, 묵주기도, 반성기도 등을 매일 한번도 빼놓지 않고 바쳤다는 거예요. 이것을 듣고 빌렘 신부가 놀란 거예요. "너 참 대단하구나. 도마야! 참 훌륭하구나!" 이렇게 그 사람의 진면목을 알게 된 거예요. 그러고는 셋째날에 마지막 미사를 봉헌했습니다.

빌렘 신부는 안중근을 진짜 신자로서 인정했군요.

그러나 살인에 대한 부분은 인정하지 않았어요. 그런데 안 의사도 이에 대해 포기하지 않았어요. 기본적으로 빌렘 신부는 안 의사가 십계명 중 살인에 대한 계명("살인하지 말라")에 대해 인식이 부족하다고 생각했어요. 그러나 안 의사는 검사 앞에서 "나는 공동체를 위해서 침략자 악인을 제거한 것이다."라고 당당히 진술하신 것이죠. 제가 볼 때 빌렘 신부는 그나마 안 의사의 취지에 근접하셨다는 느낌이에요.

빌렘 신부가 남긴 기록의 어느 대목은 다소 아쉽기도 합니다만⋯

프랑스 신자들에게 보낸 편지에서 안 의사를 묘사한 부분을 보면, 뮈텔 주교와 빌렘 신부 사이에 관점의 차이가 있어요. 그런데 정양모 신부님은 그런 차이를 인정하지 않고 "모든 프랑스 신부들은 완전히 친일이었다. 그들 속에 한국은 없었다."라고 이야기해요. 정양모 신부님은 편지, 옥중서간, 옥중체험 등을 번역하면서 그렇게 평가를 내렸어요. 저는 빌렘 신부에 대해서는 긍정적으로 해석하고요.

안중근이 묵주기도를 하고, 빌렘 신부의 편지가 번역되고⋯ 이런 세세한 부분은 언제부터 밝혀졌나요?

최근이에요. 2012년 3월 세미나 때 정양모 신부께 부탁했어요. 정 신부가 불어를 잘하니까 프랑스 자료를 통해 안 의사와 빌렘 신부의 행업을 써달라고 했어요. 1911년 황해도 일대에서 큰 홍수가 났었어요. 그 홍수가 났을 때 빌렘 신부가 모금을 위해 프랑스의 고향 신자들한테 편지를 써서 도움을 청해요. 한국 실정을 이야기하면서 안중근은 어떤 청년인지, 그리고 이또오 히로부미를 죽이게 된 과정, 여순을 방문하게 된 과정 등을 순례기처럼 썼어요. 아주 대단한 증언문이죠.

빌렘 신부가 느끼는 입장에서 말이지요.

네. 물론 지금 시각에서는 다소 못마땅한 부분도 있죠. 빌렘 신부는 사형당하게 된 자신의 신자를 위해, 목자로서 의무를 다하기 위해, 성사를 베풀기 위해 갔어요. 그러나 뮈텔 주교가 성사를 허락하지 않았고, 그럼에도 불구하고 빌렘 신부가 다녀오자 60일간 성무 집행정지 명령을 내려요. 빌렘 신부는 그에 불복하면서 뮈텔 주교에게 항의서한을 보내요. 주교가 성사 거절 지시를 한 것은 잔혹하고 파렴치하며 교회법규에도 반한다고 대든 거죠. 징계조치가 부당하다고 바티칸에 제소까지 했어요.

흔치 않은 일인 것 같은데, 빌렘 신부도 안중근의 영향을 받아서인지, 강력하게 항의하는 게 돋보이네요. 바티칸에서는 그 제소를 어떻게 처리합니까?

몇년 뒤 바티칸도 성사 집행은 사제로서의 정당한 의무임을 확인하고 뮈텔 주교의 그 명령을 취소했어요. 주교와 싸워 이긴 거죠. 그런데 그분은 원래 태생이 독일계 프랑스인이에요. 빌렘이 독일인 성입니다. 한국에서도 프랑스 신부들로부터 다소 왕따 당하고, 결국은 이 땅을 떠나 자기 고향으로 가서 1930년대에 돌아가셨는데, 늘 안중근 의사를 말씀하셨다고 해요. 그분의 가슴에 남은 청년이었던 거죠.

아주 특이하고 대단한 스토리가 들어 있었네요. 우리 사제단의 신부님들은 안중근에 대해 언제부터 깊이있게 연구했습니까?

1980년대 말경부터요. 안중근 의사에 대해 공부하면서 의거일에 미사를 지내고요. 안 의사를 공경하는 마음과 함께 군사독재 타파, 민족의 화해와 통일을 지향하는 의미를 더해 그분을 모시게 되었어요. 기념사업회를 하면서 저희가 완전히 껴안게 되었죠.

보통 안중근 의사는 독립투사로 알려져 있잖아요. 독립투사가 우연히 천주교 신자이기도 했다, 그러니 천주교 쪽에서도 좀더 끌어들이자, 이런 정도에서 출발한 것인지? 아니면 출발단계에 이미 안중근은 온몸으로 천주교 신자였다라고 생각한 것인지? 그때 생각은 어떻고, 지금 생각은 어떤가요?

1980년대 후반쯤 안중근 의사가 부각될 때, 김수환 추기경께서 혜화동의 가톨릭 교리신학원에서 강연하실 기회가 있었어요. 추기경은 안의사에 대해 "과거에 우리 선배들과 교회가 좀 미숙했다."라고 하면서, 제가 그 표현을 지금 그대로 기억하진 못합니다만, 안 의사에 대해 무척 역사적·긍정적으로 평가하셨어요. 그러니까 신문에서는 "안 의사가 복권되었다."라고 썼는데 그 표현은 잘못된 것이에요. 안 의사는 애초에 복권의 대상이 아닙니다. 안 의사는 교회법적으로 단죄를 받은 적이 없습니다. 프랑스 뮈텔 주교가 그저 개인적으로 "안중근은 천주교 신자가 아니다."라고 이야기한 거지 어떤 법적인 조치를 취한 적은 없거든요. 그가 교구장으로서 조금 배척하고 거부하고, 천주교 신자로서 사람을 죽일 수 없다고 했을 뿐이지요. 그런데 많은 분들에게 알려져 있기로는, 천주교에서 안 의사를 단죄했다고 하는 거예요. 잘못된 표현이죠.

또 하나는 안 의사가 프랑스 선교사로부터 배척받고 외면당했듯이, 천주교 정의구현사제단도 때로는 주교들로부터 배척받고 외면당하는 것을 개의치 않아왔다는 생각도 들었습니다. 하느님이 우리를 인정해주는데 우리가 무엇을 두려워하랴… 안 의사를 껴안은 이면에는 그런 뜻도 있습니다.

다른 신부들도 강하게 껴안는 편입니까?

다른 신부들도 그럴 거예요. 저와 같이 일하는 분들은 그 마음을 좀 더 크게 표현하고, 다른 분들은 마음속에 간직하고 계신 것 같아요. 저는 약간 앞장서 있지만 마음은 서로 똑같다고 봅니다.

안 의사를 공부하면서 새롭게 느낀 점은 안 의사의 신앙하는 자세입니다. 저도 그렇고 많은 신자들도 그러는데, 신앙생활 하면서 다른 사제나 주교와 의견이 엇갈릴 때 자칫 신앙이 흔들릴 수 있거든요. 그 사제가 싫어서 그 성당에는 안 간다는 신자도 있고, 그 주교가 미워서 성당에 안 간다는 사제도 있어요.

프랑스 신부들은 그랬어요. "네가 독립운동을 포기하지 않으면 성당에 오지 말아라. 너는 신자 생활을 할 수 없다. 영성체를 하지 말아라."고요. 그런데도 안 의사는 그 말을 개의치 않고 성당에 간 거예요. 미사를 하고 영성체도 하고요. 프랑스 신부들의 그런 실정법적인 지적을 넘어선 거예요. 제가 만일 100년 전 안 의사의 처지라면, 독립운동을 배제하는 조건으로 신앙을 요구받았다면, 그 신앙을 팽개치지 않고 계속 갖고 있었을까라는 의문이 들어요. 그런데 안 의사는 그 속 좁은 교회를 껴안으신 거예요.

안 의사는 훌륭한 신학자라고 봐요. 또 사람을 죽이지 말라는 십계명을 법적으로 설명하는 사제들과 논쟁하면서 설득당하지 않고 오히려 그들을 설득하면서 "악인은 공동선의 이름으로 제거시켜야 합니다."라는 입장을 확실히 쥐고 자신의 입장을 피력할 수 있었던 것은 홀

룡한 신학자적 식견이 있었기에 가능한 일이었어요. 제가 그 대목에서 깊이 감명 받았어요.

참, 북한의 초청을 받아서 안중근기념사업회에서 북한을 방문한 적이…

여러번 갔죠. 안중근 의사의 생가를 방문한 것도 몇년간의 대화 끝에 이루어진 거예요. 거기는 길도 나지 않은 상태였고요. 또 평양 이외에는 외부인을 방문 못하게 하잖아요. 자기들의 어려운 처지를 보여주고 싶지 않으니까.

황해도 신천 청계동인가요? 몇분이나 가셨나요?

기념사업회에서 열분이요.

모두 사제들입니까?

아닙니다. 사제 세분, 기념사업회 일곱분.

황해도 청계동에서는 안 의사 기념과 관련해서 하고 있는 일이 있나요?

없어요. 저희들이 가니까 비포장 산길을 평평하게 넓혔고요. 그 마을에 안중근 의사의 집터와 성당 터가 있어요. 집터에 '안중근 열사 생가 터'라는 표시판이 세워져 있고요. 우리는 '의사'라고 부르는데 북한은 '열사'라 칭하더라고요.

근데 신천 쪽으로 가면 신천대학살 기념관에 데려가지 않던가요?

아, 그곳은 5년 전에 가봤습니다. 방명록에 쓰라고 하길래 "민족의 일치와 화해를 위해서"라고 썼고요. 거기서 제가 몇가지 지적한 게 있습니다. 거기엔 남연군(南延君) 묘 도굴에 개신교 목사들이 관여한 것으로 적혀 있어요. 그건 목사들이 한 게 아니거든요. 1866년 당시 개신교는 한국에 들어오지도 않았고요. 이것은 천주교 측 프랑스 선교사들이 관여한 것이니 그렇게 고치라고 했어요. 무턱대고 선교사는 침략의 앞잡이라고 하는데, 박물관이라면 더욱 정확하게 해야지 이렇게 하면 안 된다고 항의했어요. 그 사람들 수준에서 고칠 수 있는 내용은 아니겠지만요.

아까 안중근 전집을 30권 정도로 만든다고 하셨는데, 그분이 남긴 글은 얼마 되지 않을 것 같은데요.

안중근 의사의 친서는 자서전, 동양평화론, 옥중서신, 유묵 정도지요. 전집에는 그 당시의 보조자료도 수록합니다.『만주일일신문』이나 우리 신문들, 당대 러시아 등 국제사회의 반응, 재판기록들. 일본어 자료는 원문과 함께 번역본을 싣고, 한문 자료도 원문과 번역본을 싣고요. 이런 기록들을 총망라해서 후학들이 제대로 연구할 수 있도록 수록해놓으려고요.

2010년 3월 26일 여순에서 열린 안중근 의사 순국 100주년 기념 남북 공동 미사.

그럼 앞으로 안중근 관련 활동 계획은 자료집 30권 완간하고, 그밖에 어떤 일이 있나요?

남북대화가 잘되면 안중근 생가와 청계성당을 복원하려고 하고요. 그다음에는… 꿈같은 이야기지만, 경제지구가 확장되고 평화지역을 만드는 데까지 가면 좋겠네요.

안중근 의사께서 돌아가신 지 100년이 지난 후에도 우리 민족의 화해와 평화를 위해 구심 역할을 하는 게 놀랍습니다. 천주교의 과거를 씻고 민족사의 중심에서 어떤 역할을 수행하는 상징체로서의 의미도 있고요. 왜 신부님이 '안중근' 기념에 관여하는가 했는데, 이젠 의문이 다 풀렸습니다. 앞으로도 좋은 결실을 많이 거두길 바랍니다.

37년 만의 재심: 무죄판결

2013년 7월 3일 오전, 명동 3·1민주구국선언사건에 대한 재심판결이 있었습니다. 재심개시 결정과 함께 판결이 동시에 이루어졌습니다. 우리 재판사에 유례가 없는 방식이었는데요. 재심개시 사유가 곧 무죄판결 사유가 되어버린 거지요. 통상은 재심개시 사유를 입증해서 재심을 개시하는 게 제1단계이고, 그다음 증거를 통해 무죄를 입증해내는게 재심판결인데, 2013년 3월 헌법재판소에서 긴급조치를 완전히 위헌 무효화해버렸잖아요. 1976년에 긴급조치 위반으로 처벌받은 사건에 대해 재심을 청구했으니, 2013년 이후의 기준에 따르면 위헌무효의법에 따라 재판받은 셈이지요. 긴급조치의 무효화에 따라 자연히 3·1사건은 당연히 무죄판결을 내리지 않을 수 없게 됩니다. 37년 만입니다. 재심판결에 이르게 되는 경위를 좀 알려주시기 바랍니다.

2012년인가요, 이석태 변호사님이 3·1사건을 재심했으면 좋겠다고 연락이 왔어요. 개신교 목사 한분과 김대중 전 대통령 가족들이 재심 신청을 했다는데, 저희들은 그런 내용을 전혀 몰랐어요. 재일동포 재심 관련 모임을 가진 자리에서 이석태 변호사님이 3·1사건 재심에 천주교 사제들만 빠졌는데 같이하면 좋겠다고 하신 거예요. 제가 답했어요. "저희들은 재심을 신청할 뜻이 없습니다. 그 당시에도 악법 자체를 거부했고, 유신체제에 항거해 싸웠는데, 지금 그것을 확인할 필요가 있겠어요?" 했는데, 이 변호사께서 "다른 분들도 함께하시는데 사제들만 안 하면 좀 어색하니 함께하면 좋겠다."고 그러셔요. 옆에 계신 분들도 같이하는 게 좋겠다고 하고요. 이석태 변호사님은 저희들이 신뢰하는 분이고, 황인철 변호사님 후배로서 같이 일했던 관계도 있지요.

그래서 신현봉, 문정현 신부께 전화를 드리고, 돌아가신 김승훈 신부님의 동생한테도 연락해서 같이하자고 했어요. 서류를 준비하여 이석태 변호사께 맡겼어요. 당시에는 헌법재판소에서 위헌결정이 나기 전이었어요. 그후 재심재판 통지와 함께 헌법재판소에서 위헌결정을 했고요. 그러고 나니 이석태 변호사가 곧 법정이 열릴 것 같다고 알려주더라고요.

재판 기일 7월 3일, 그날은 당사자가 꼭 법정에 나와야 한다고 해서 갔어요. 법정에서 검사가 "무죄"를 구형하더라고요. 최후 진술시간에 한마디씩 할 기회를 줬는데, 모두들 안 하시는 거예요. 예전에는 다 용사였는데, (웃음) 이제 여든, 아흔 노인이 되었으니까… 이문영 교수님은 투석 중이라서 말씀하시기가 어려웠고, 이해동 목사님도 말씀 안 하고 건너뛰고, 다음 문동환 목사님은 아흔 중반이신데 "이런 불행한 일이 다시 안 일어났으면 좋겠다."라고 그 한마디만 하셨어요. 그다음이 제 차례였어요. 제가 제일 어리죠. (웃음)

누군가는 재판의 의미를 짚어줘야 하는 것 아닙니까?

저라도 한마디 해야 할 것 같아서 우선 "재판부의 판사들, 검사들 그동안 애쓰셨다."라고 인사부터 드렸죠. "사법부의 모든 일에 절차가 중요하긴 하지만 부족한 점도 참 많다. 우리가 유신헌법 자체를 인정하지 않고 싸웠던 당사자였는데, 유신헌법에 의해서 재판을 받는다든지, 유신헌법에 의해 발동한 긴급조치가 위헌이라든지 하는 건 사실 우리에겐 큰 의미는 없다. 이미 40년 전에 그렇게 주장했던 사람들이니까… 그래도 공동체 안에서 절차에 따라 재판을 진행하는 것은 기쁘게 받아들이는데 이것이 재심=무죄라는 것만 중요한 게 아니다. 당연히 위헌인 긴급조치를 발동한 당사자 박정희, 그에 따라 조사했던 중앙정보부, 기소했던 검사, 재판했던 판사, 또 거기에 직접 간접으로 관련했던 공직자들은 책임을 지고 속죄해야 한다. 그것이 위헌의 참된 뜻이지, 절차적으로 이렇게 하는 것이 별 뜻 있겠느냐. 이미 사법부에서 많은 분들에 대해서 무죄판결을 내리고 사과했는데… 우리는 나름 알려진 사람들이지만, 알려지지 않은 분들, 무명의 많은 희생자들, 고문당하신 분들, 그 가족들에게 속죄하는 방법을 찾아야 할 것이다. 사법부가 나름대로 그 역할을 해야 하지 않을까. 구상권이라는 제도가 있다는데, 공무원이 직무상 잘못이 있으면 국가가 책임져야 하지만, 관여한 공무원 스스로 책임져야 하는 부분 또한 있다. 이 사건은 박정희 전 대통령과 딸 박근혜 씨가 책임져야 한다. 우선 법무부가 나서서 시작해야 하는 데 그 일을 해줬으면 좋겠다."

이렇게 부드럽게 얘기했어요. 강하게 하고 싶기도 했지만 법정이니까 그 정도로 말씀을 드렸어요. 제가 얘기하니까 다른 신부들은 아무도 얘기 안 하시고.

그 자리에서 판결은 내려졌지요.

판사가 저희들에게 사랑과 존경을 표한다고 하고, 그 당시 어렸지만 명동사건이라는 것을 들은 기억이 있는데 참 감회가 새롭다는 말씀을 하시고… "무죄"라고 판결하고 나서 우리보고 나가시라고 해요. 재판 끝나면 항상 판사가 먼저 나가잖아요. 그런데 우리보고 먼저 나가라 해서 이상하게 여기고 있는데 어느 젊은 청년이 "신부님, 이것이 뜻이 있는 것입니다. 원래 판사가 먼저 퇴장하는데 지금은 존경의 뜻에서 퇴장할 때까지 기다리는 거예요. 판사가 먼저 퇴장하지 않는 건 이례적입니다. 저는 처음 봅니다."라고 하더라고요. 다음 날 신문을 보니 거기에도 그런 취지가 실렸더라고요. 저희에 대한 사랑과 존경, 예의로서 판사들이 우리가 퇴장할 때까지 기다렸다고요. 그 보도를 보면서 후대의 판사지만 인간적이고 양식있는 분들이구나 싶었어요.

재판이 너무 빨리 끝나 허전함 같은 것을 느끼진 않았습니까?

내심으로는 말하고 싶은 게 있었지만 거기서는 안 어울릴 것 같아 그만두었어요. '하느님 보시기에는 철부지 어린이들 장난 같다. 사법부라는 게 뭐냐. 36년 전에는 그 법을 갖고 판결했던 판사들이, 물론 사람은 다르지만, 그 법을 기준으로 이제는 무죄를 선언하다니. 이게 뭐 장난 아니냐.' 그런 얘기를 하고 싶었는데, 그 자리에서는 하면 안 될 것 같아서 묻어두고 부드럽게…

부드럽게 대한 것은 잘하신 것 같은데요. 법정 밖에 나와서는 어떤 행사가 있었습니까?

재판 끝난 뒤에 법정 밖에서 짧게 소감 이야기하고, 우리 사제들 세 분하고 같이 왔던 동료들 15명, 그리고 주위 분들과 함께 식사하고 대화를 나누었습니다.

돌아가신 분들의 가족과 연로하신 분들을 모처럼 만나셨을 것 같은데요.

변호사하고 잠시 만났어요. 이 변호사께서 앞으로 필요하면 당신이 연락하겠노라고 하더라고요. 이희호 여사도 아흔 넘으시고, 문동환 목사도 그러시고, 이문영 교수는 투석 중인데도 나오셨어요. 이해동 목사도 뵙고요. 신현봉 신부님은 여든네살이신데 속이 답답하다고 하셔요. 본인 말씀은 협심증이라고 하시는데, 제가 보기엔 폐쇄공포증 후유증 같고요. 저는 가까운 사이니까 "뭘 그래요. 그냥 크게 욕 한마디 하고 이겨내면 되죠."라고 대꾸하면서 웃었네요. 제가 농담으로 "문정현 신부님은 항상 잘 싸우는데 무서울 게 뭐 있어?" 하니까, 문 신부님이 "나도 무서울 때가 있어."라고 답하면서 같이 웃고요.
법정에서 우리를 아직도 "피고인"이라 칭하는 게 좀 거북했어요. 사실 재심을 저희가 청한 것도 아니고 분위기 때문에 따라간 거잖아요. 이해동 목사께 어떻게 청하게 된 건지 여쭤봤더니 개신교 NCC 인권

분과에서 시작해서 이석태 변호사한테 이를 위촉했다고 하더라고요.

신부님에게 법정이란 하느님의 심판정만 의미있을 테니(웃음) 이런 세속의 재판이 중요한 것은 아닐 수도 있지요. 보통 시민들은 역사적으로 바로 잡혔다고 해도, 여러 불이익과 불편을 겪어요. 신원조회 해보면 꼬리표처럼 붙어 있다든가, 여권 발급에서 불쑥 그런 사실이 나오기도 하고, 그러니 법적으로 정리하는 것이 필요하지요. 신현봉 신부님께서 폐쇄공포증이라는 후유증을 갖고 계시고, 문정현 신부님도 '무서울 때가 있다'고 할 정도로 과거의 고문이나 감옥체험은 오랜 상흔을 남깁니다. 재심＝무죄판결은 이러한 고통-체험에 대한 치유의 중요한 한 단계일 수도 있을 것 같아요. 함 신부님은 고통을 처음부터 극복했을지 모르겠지만, 보통의 경우에는 공식적 재판을 통한 번복이 치유의 첫 단계일 수 있습니다. 공식적으로 과거에 유죄판결을 받았지만 지금 판단해보니까 국가가 잘못했다는 것을 인정하는 것이지요. 흔히 '사과하라'고 하는데, 재심을 통한 원심판결의 파기만큼 확실한 사과가 더 있겠습니까. 재판 없이 '사과'라는 말만 하면 립서비스에 지나지 않을 수 있어요. 일본 각료들이 식민지배에 대해 가끔 사과하는 것처럼 말입니다. 저는, 국가의 사과의 가장 중요한 단계가 재심-무죄판결이라 생각합니다.

그게 좀 장난 같아요. 내가 유죄라고 생각한 적도 없고요. 강도하고 싸웠는데 이미 역사적으로 심판된 내용을 갖고 한다는 것도 그렇고. 또 하나는 예수님도 무죄 판결 받았나요? 사형을 받아서 돌아가셨는데, 죽음 자체가 구원의 시작인데… 저는 그런 신학적인 생각이 들어요. 물론 많은 분들로부터 축하전화가 와서 기쁘게 받았지만요.

축하한다는 부류가 제 각각이잖아요. 진심으로 축하해주는 분들도 있고요. 축하한다고 하면서 핵심은 형사보상금 얼마 받는지 궁금해하는 경우에는 모욕감을 느껴요. 독립운동가들이 나라를 위해 싸울 때, 그냥 싸우신 거잖아요. 돈으로 보상받을 수 없는 귀한 헌신이었는데, 돈이 끼면 좀 그렇지요. 인혁당, 민청학련, 여기에 저희들도 포함됩니다만 이렇게 돈으로 보상받는다고 하니까 오히려 순수한 뜻이, 헌신적인 내용이 훼손되는 듯한 생각이 들어요. 재단 펀드를 만들면 좋다고 조언도 해주셨는데, 사제 이외의 여러 영역에서 활동하시는 분들도 많으니까 그게 쉽지도 않아요.

저는 과거사 문제를 법적으로 청산하는 방법과 그 의미에 대해 여러 편의 글을 쓰고 책도 냈습니다. 제 나름대로 정리하면 이렇습니다. 독립운동가들이 무슨 보상이나 명예를 받기 위하여 헌신한 것은 절대 아니고요. 명예를 얻자, 돈을 벌자는 생각이 조그만큼이라도 있었으면 독립운동 팽개치고 친일파로 전향했겠지요. 견리사의(見利思義) 하는 독립운동가들은 그런 계산을 아예 안 하고 할 줄도 모르는 분들이었죠. 다만 그런 분들이 순국하셔서 누군가 그분들을 기리는 동상도 만들고 보상도 해드리자고 할 때, 어떤 이가 옆에서 "그분들이 그걸 바라고 한 게 아니잖아. 그러니 신경 쓸 필요 없어."라는 식으로 정리해버린다면 어떻게 될까요. 도대체 이게 나라다운 나라라고 할 수 있느냐, 국민다운 국민이라 할 수 있느냐 하는 거지요. 독립국가의 국민 된 도리로서 "정말 당신들께 감사드린다. 당신들은 훈장이나 보상을 바라지 않았지만 우리 후손들은 당신들의 헌신과 희생 덕분에 독립이 되었고, 체면을 살릴 수 있게 되었다. 우리는 독립국가의 국민 된 도리를 다해야겠다. 또 국가는 국가의 체면을 위해서라도 당신들에게 훈장을 드리고 동상을 세워 기리겠다.〞라고 말씀드리는 게 도리 중의 도리이지요. 안중근 의사가 나를 기려달라고 한 건 아니지만, 안중근을 기리지 않고는 우리 후손이 편히 잠을 잘 수 없잖아요.

한국의 민주화도 공짜로 된 게 아니고, 함 신부님을 비롯한 수많은 분들의 헌신과 희생의 축적 위에서 한걸음씩 나아간 게 아닙니까. 그렇다면 민주화의 혜택을 입고 사는 오늘의 국민들은, 국민의 도리로서 이 정도로 민주화를 이룩함에 있어 여러분의 희생을 디딤돌로 해서 여기까지 온 것입니다. 헌신한 개개인은 무죄판결이 내려지든 말든 초연하고 떳떳할 수 있지만, 과거의 잘못된 재판을 방치하고는 한국의 사법부가 온전히 설 수 없는 겁니다. 국가의 사법제도는 이걸 바로잡아야 사법정의가 서는 거고요. 국가의 체면도 서고, 나라다운 나라가 되는 것입니다. 국민들은 명예와 배상, 보상 등을 통해서라도 보답하는 것, 그것은 감사와 미안함으로 드리는 당연한 대가라고 여겨야 할 것 같아요.

그 말씀 충분히 이해하고 공감합니다. 하나 놓친 것은 저희들 1심재판 때 판사가 전상석 부장판사인데 얼마 전에 돌아가셨다고 해요. 그때 배석 중에 황우여(黃祐呂) 판사가 지금 새누리당 대표(2012년 2월부터 2014년 5월까지 대표를 지냈다)잖아요. 사실 그 이야기를 법정에서 하고 싶었어요. 황우여 새누리당 대표가 우리 1심 배석판사였으니 그도 속죄해야 한다고 말하고 싶었는데, 표현이 조금 공격적인 것 같아서 말았어요. 옛날 같으면 했는데 저도 일흔이 넘어서 그런지 그저 마음에만

두고 얘기하지 않았어요. 그런 사람은 대표적으로 속죄해야 해요. 물론 배석판사가 판결 전체를 책임질 위치에 있었던 것은 아니지만 당시에 그가 고뇌하지도 않았고 독재체제의 법정에서 악법을 그저 따랐다는 것, 그리고 불의한 당의 후예일 수 있는 한나라당, 새누리당 대표 자리에 있다는 것 자체가 속죄하지 않았다는 증거가 아닐까…

시대가 바뀌면서 이런 판결이 나온 것은 기쁘죠, 선물이죠. 그런데 이건 친일잔재가 청산되지 않은 가운데 이승만 정부가 탄생한 것과 흡사해요. 유신헌법을 선포해 인권을 유린했던 독재자의 딸이 지금 집권해 있고, 그 동조자들이 다 해먹고 있는 상황에서 이런 판결이 나온 게 다행이긴 하지만요. 이게 참 모순이라는 생각 때문에 가슴이 아프고 무거웠어요.

그날 아침에 미사 봉헌하면서도 당시에 저를 위해 고생했던 수녀님들, 본당 교우들과 은인들, 청년들, 많은 익명의 시민들, 민주화 동지들, 옥고를 치렀던 분들, 교도관들을 비롯하여 도와주셨던 모든 분들을 마음에 모셨습니다. 그러고는 어머니 사진을 보고 웃으면서 미사를 봉헌했어요.

고문피해자와 김근태기념치유센터

신현봉 신부님이 한창 때는 괜찮았는데, 나이가 들면서 폐쇄공포증 증세가 느껴진다고 하셨잖아요.

네, 몸이 조금 안 좋아지니까 1, 2년 사이에 그런 증세가 왔다고 그날 그러시더라고요.

평소에 그런 증세는 몸속에 들어 있는데, 건강하거나 활력이 있을 때는 그것을 이겨내시다가, 나이가 드시면서 그 힘이 약화되면 내재해 있던 폐쇄공포증이 겉으로 드러난다, 이렇게 봐도 됩니까?

네, 그런 것 같아요. 근데 신부님은 그걸 협심증이라고 표현하시던데 협심증은 심장병이잖아요. 그건 아닌 것 같아요.

천하의 문정현 신부님이, 대한민국에서 무서울 게 하나도 없는 것 같은데 '무서울 때가 있다'는 말씀도… (웃음)

네, 그러시더라고요. 문정현 신부님과 강정마을 분들에 대해서 우리 인권의학연구소에서 작년에 실태조사를 했어요. 문정현 신부님의 분노지수가 너무 높게 나왔대요. 기준이 100인가 그런데 그 수치를 넘었다는 거예요. 제가 편안한 투로 "문 신부님, 분노지수가 얼만지 아슈? 100이야 100." 하니까 "맞아 맞아, 높을 거야." 그러면서 "한번 술 좀 많이 사주라. 실컷 술 좀 마시고 싶다."라고 해요. 물론 저하고만 하는 농담이에요. (웃음) 문 신부님이 누구랑 편안하게 농담하겠어요. 그렇게 하겠다고 약속했어요.

함 신부님과 문 신부님 주량이 어떻습니까?

문 신부님은 잘하시죠. 강정마을에 있다 보면 본의 아니게 저녁에 모임이 있잖아요. 운동가들이 찾아오고 하니까 매일 소주 한병씩 하게 된다고 그래요. 원래 술을 좋아하시기도 하고요. 저는 최근 들어서 몸이 술을 거부해요. 이전엔 포도주 한두잔은 맛있게 마셨는데 이젠 술이 써요. 문정현 신부님이 "야, 혼자 오래 살아라!" 저한테 막 농담하는 거예요.

신현봉, 문정현 신부님 정신건강을 물어본 것은, 지금 함 신부님이 관여하시는 김근태기념치유센터에 대해 알아보기 위함입니다. 2013년 6월에 김근태기념치유센터를 창립하셨더라고요. 저는 아까 무죄판결도 치유의 하나라고 했지만, 재판은 인간심리 그 자체의 구석구석까지 작용하는 것은 아니잖아요. 문정현 신부님같이 강단있는 분도 힘들 때가 있을 정도로, 모든 분들이 고난 앞에서는 힘들지요. 그나저나 김근태치유센터를 만들 때 신부님의 직책은?

이사장입니다. 저를 움직인 사람은 김근태치유센터의 이화영 소장(인권의학연구소)인데요. 제가 민주화운동기념사업회에서 일할 때인데, 2006년쯤 제게 와서 고문치유센터를 만들어야 한다는 거예요. 그때 시도를 조금 했었어요. 그런데 민주화운동기념사업회는 국가의 보조와 통제를 받는 기관이기 때문에 우리 마음대로 하기가 어려워요. 그래도 정신과 의사들과 함께 민주화운동 때 고문당한 몇몇 분들을 만나 그 상처를 치유하려고 시도해봤습니다. 그때는 그리 체계적으로 하지는 못했어요.

기념사업회 일을 끝낸 뒤에도 이화영 소장을 만나기만 하면 그분이 고문 트라우마 이야기를 하는 거예요. 처음에는 그 이야기가 제 마음에 와닿지 않았어요. 제가 신학교 때 받은 교육은 고난과 극기였어요. 자기를 이겨야 한다는 데 초점을 맞추어 교육받았기 때문에 모든 고난과 역경은 스스로 이겨내야 한다는 게 머리에 박혀 있었어요. 그래서 이 소장의 말을 듣기는 했지만 마음속으로 깊이 공감하진 못했어요. 그런데 언제부터인가는 자료를 가져와 늘 얘기해요. 하루는 제가 솔직히 강력하게 "고난은 잘 이겨내야 하는 거지 뭘 어떻게 하느냐?" 했더니 그건 위험한 발상이라며 저한테 막 항의하는 거예요. 사람은 각기 다른데 신학교 교육은 문제 있다고 지적하는 거예요. 그때부터 주의 깊게 들었어요.

이화영 소장이 미국에서 공부하다가 『배반당한 히포크라테스 선서: 고문에 가담한 의료인들』(스티븐 H. 마일스, 백산서당 2008)이란 책을 번역했어요. 미국이 이라크 포로들을 무섭게 고문했는데 의사들이 거기에 가담했다는 내용이지요. 고문에 직접 가담한 것은 아니지만 고문한 사람을 치유한다는 명목으로 혈압을 확인하고, 고문을 또 받을 만큼 건강한지 확인해서 알려줬다는 거예요. 나치 전범재판 때 맨처음 처형당한 사람들이 고문에 가담했던 의사들이기도 했대요. 그러고 보니 우리가 정보부에 잡혀가 있을 때 의사들이 우리 혈압을 쟀던 기억이 나더라고요. 정보부가 우리 같은 사람의 건강을 챙겨주려고 자상하게 신경쓴 게 아니잖아요. 건강하니까 고문을 더할 수 있다, 그런 의미가 아니었을까… 당시 우리는 그분들을 고문 가담자라고 생각해본 적이 없어요. 근데 그게 아닐 수도 있다는 거예요.

그때부터 관심을 갖고 살펴보니, 고문 받은 당사자뿐만 아니라 가족들 중에서 정신적으로 앓고 있는 분들이 많이 계시더라고요. '이게 역사의 빚이구나' 하고 생각하던 참에, 2009년 인권의학연구소를 설립하여 제가 이사장을 맡게 된 거예요.

김근태기념치유센터는 인권의학연구소의 연장선상에서 이루어진 일인가요?

김근태 의원은 잘 아시다시피 1980년대 남영동 대공분실의 고문피해 대명사잖아요. 김근태 의원이 병원에 입원한 뒤 인재근 의원이 저를 찾았어요. 곧바로 병원을 찾아가 그분 귀에다 대고 "당장 세례를 줬으면 좋겠지만 어느정도 회복한 다음에 미사부터 하고서 세례를 받자."라고 설명해주었어요. 그런데 그후 병세가 악화되면서 폐렴에 걸려 선종하시게 됐죠. 선종 직전에 제가 대부 한분하고 병원에 같이 가서 세례를 드렸어요. 인재근 씨가 엘리사벳이라는 세례명을 갖고 있었는데 엘리사벳의 남편이 즈카리아예요. 인재근 의원은 원래 세례자 요한이라고 하고 싶어했는데, 세례자 요한은 엘리사벳의 아들이니까, 성서적 의미로 즈카리아라고 하자고 설득해서 그 이름으로 세례를 드렸어요.

명동에서 김근태 의장 추모미사를 열게 되었어요. 성당 측은 처음엔 거절했다가 시민들의 뜨거운 추모열기를 보고는 명동성당 미사를 다시 수락했어요. 제가 주관하면서 강론을 두번 했어요. 김근태는 한 사람의 개인이 아니라 고통 받았던 사람들, 고문 받은 사람의 대명사였고, 죽음이라는 것은 화해라는 의미가 있으니, 그를 추모하는 것은 하느님과의 화해, 마음 상한 사람들과의 화해, 원수들과의 화해, 가족들과 화해라는 의미가 있습니다. 이를 성서적으로 해석하고는 전야 행사 때에 이렇게 말했습니다.

"제가 김근태 의원한테 속죄할 게 있습니다. 이분이 사선(死線)을 넘어서 전기고문을 당하고 나왔을 때, 이분은 정상인이 못 된다, 죽을 것이다, 살아나도 식물인간 될 것이라고 생각했습니다. 그런데 기적적으로 살아났어요. 그뒤로 이분이 모진 전기고문을 당했다는 걸 염두에 두지 않고, 만날 때마다 저하고 사제들은 잘하라고 윽박질렀어요. 그렇게 하는 게 민주화를 위하고 인권을 위한다고 생각했지만 그게 고문당했던 형제에 대한 사제로서의 예의는 아니었습니다. 이 점을 생각하지 못했던 데에 속죄합니다. 고문의 트라우마를 안고 있던 분을 전혀 배려하지 않았던 점, 가족들에게 추모미사를 통해서 속죄합니다.

그렇다면 김근태와 동료들, 그 가족들을 위해서 우리가 해야 하는 일은 뭔가 할 때, 국가가 나서서 고문치유센터를 건립해야 하며 국회에서 입법과정을 통해서 이게 이뤄지면 참 좋겠습니다. 우리는 시민 차원에서 김근태를 기념하면서 고문치유센터를 꼭 건립하겠습니다. 그게 우리의 속죄이기도 합니다."

이렇게 말하고 나니까 책임이 따르잖아요. (웃음) 고문치유센터를 만들려면 거기에 김근태라는 이름을 넣자고 해서 '김근태기념치유센터'를 발의하고, 저하고 김상근 목사, 이창복 선생, 이석태 변호사, 인재근 의원 다섯이 공동대표가 되어 모금을 시작했습니다. 인재근 의원이 몇 차례 모금을 하고, 지난 세계인권선언일에 국회의원회관에서 '김근태기념치유센터 후원의 밤'을 치르면서 약정도 받고요. 1980년대 무자비한 고문을 받고 간첩조작을 당했던 송씨 일가 가족들이 저희와도 가깝고 김근태 가족들과도 친분이 있어요. 그분들이 1억을 봉헌하겠다고 하니까 힘을 받는 거예요. 1차 목표가 5억이었는데, 후원회에 오신 국회의원들에게 제가 말했어요. 사진 찍었으니까 찍은 사람은 천만원씩 내야 한다고. (웃음) 이렇게 막 걷었어요. 그때 약속 받은 게 5억 가까이 된 것 같아요.

다음은 치유센터의 장소를 찾는 일이었어요. 서울시에서도 고문치유센터를 열 의향이 있고 박원순 시장도 뜻이 있는데, 공무원들 생각은 달라요. 그래서 이화영 소장이 대화와 설득을 하던 참에 서울시에서 빈집이 몇개 있다고 제안해서 그곳들을 찾아가보니 치유센터로는 적합지 않았어요. 4월 19일 한신대학교 개교기념일 특별예배 설교 때 신학도들과 기쁘게 예배를 보고 6월에 개소식하겠다고 공언했는데 정작 갈 장소가 마땅찮아서 마음이 쓰이더라고요.

그때 언뜻 수녀원 하나가 떠올라요. 성북구 정릉에 있는 성가소비녀 회라고 거기 사제관이 비어 있는 것 같더라고요. 담당 수녀님께 전화를 걸어서 그 집을 쓸 수 있느냐 여쭤봤는데 기념관이라서 안 된대요. 그분이 북한 동포들도 도와주시고 무척 좋은 수녀님이신데… 총장 수녀님을 소개해달라고 해서 다음 날 전화를 했어요. 찾아뵙겠다고 했더니 그냥 전화로 얘기해도 된대요. 사연을 쭉 얘기했더니, 이미 전날 인터넷 들어가서 인권의학연구소 홈페이지를 다 살펴본 거예요. 로마를 가야 하기 때문에 만날 시간이 없대요. 거기 공간 하나 주면 좋겠다고 했더니 자기 혼자는 결정을 못한다고 해요.

잘 알겠다고 말씀드리고, 우리도 한번 답사해봐야 하니까 당신이 없어도 다음 주에 책임자 데리고 가서 보겠다고 얘기해뒀어요. 다음 날 아침에 전화가 또 왔어요. 그날이 월요일이었는데, 지금 시간되니까 빨리 오라고요. 이화영 소장과 함께 갔어요. 가보니까 수녀원의 창설자 프랑스 신부의 한국 이름을 따서 성재덕기념관을 지어놨는데 1층에 회합실도 있고 2층은 도서실이고 3층은 큰 강당인데, 영상을 틀 수 있는 훌륭한 건물이에요. 조그마한 방 하나 준다는데 모자라서 두개 달라고 하니까 안 된대요. 막 졸랐더니 그 앞의 큰방은 어떠냐는 거예요. 아, 그 방이 좋더라고요.

옆에 있던 수녀님 말씀이 일단 들어와서 자리를 잡고, 하나씩 구해 쓰면 되지 않느냐 해서 그 말이 맞다 하고 5월 중순에 이사했어요. 수녀님들도 참 반가워해요. 각 수도회에 창립 목적이 있는데, 그곳은 소비녀회라고 예수님, 성모 마리아, 성요셉의 성가정, 창립자 정신을 따라 불우한 이웃을 돕기 위한 작은 일꾼들이 되자는 수녀회예요. 고통받는 사람들, 고문당한 사람들과 그 가족들, 가난한 사람들을 도와주고 치유하는 프로그램은 성가소비녀회의 취지와도 잘 맞아요. 거기 계신 200여명의 수녀님들 모아놓고 이화영 소장이 설립취지를 두시간 동안 설명해드렸어요. 그러고 나서 수녀원 전체가 동의한 거예요.

치유센터의 실무자들이 거기서 밥을 해먹는데 수녀님들이 채소 같은 먹거리를 챙겨주시면서 자기 식구들처럼 대해줘요. 사실 수녀원이 언론에 보도될 일이 없잖아요. 그런데 인권의학연구소와 김근태기념치유센터가 성재덕기념관과 함께 소개되니까 좋지요. 세상 속에 들어가는 교회와 수도자의 모습!

어떻게 일이 이렇게 한달음에 술술 풀리는지요.

저의 해석은 4·19의 덕이고 하느님의 덕이라는 거예요. 수녀님이 도와줬지만 저희는 모든 걸 하느님 안에서 해석하니까요. 그 수녀원과 또다른 인연이 있어요. 1976년 3·1사건 때 제가 거기서 이틀인가 숨어 있었어요. 예전에 강의했던 곳이기도 하고요. 그 땅이 또 거의 꽃밭이에요. 주변에 아파트가 들어섰는데 수녀원이 내다보이는 아파트는 더비싸대요. 정원이 꽃밭이라서. 저녁에 행사하는데 수녀님들이 성가도 해주시고, 개소식 행사 때도 적극적으로 도와주시고⋯ 거의 수녀원 행사가 됐어요. 수녀원 한복판에 있으니까 거길 찾아오시는 분들도 다들 너무 좋아하면서 김근태 의원이 복이 있다 그랬어요.

거의 기적이 일어났네요. 몇년 준비해도 안 될 수 있는데, 짧은 시간에 터전까지 잡고요. 그 터전도 치유 목적으로 좋은 곳이기도 하고, 영혼의 치유에 애착이 있는 분들로 둘러싸이고요.

과장된 표현일 수도 있는데 그곳에 오는 것 자체가 치유 효과가 있다고 해요. 분위기가 그런 거겠죠. 실무자들에게 약간의 제약은 있습니다. 수녀원이니까 담배도 못 피우고요. 처음에는 긴장하더니 직원들도 지금은 아주 편안해해요.

치유 프로그램은 지금 가동됩니까?

지금 하고 있습니다. 1주에 한번씩 두달 프로그램으로, 한번에 2~3시간 정도씩. 마지막에는 그곳에서 하루 주무세요. 그 옆에 피정의 집이 있어서 좋아요. 거기에 기도하고 자는 곳이 있어서 아주 좋습니다.

마치 하느님이 예비하신 대로 성취된 기분이겠네요. 아까 신부님 말씀 중에서 "불굴의 의지로 이겨내야지."라는 언급이 있지 않습니까? "야, 남자가 나약하게 왜 그래?" 같은 언급들은 전통시대의 접근이기도 하고요. 자기 아픈 것을 드러내고 호소하는 것을 뭔가 모자라고 나약한 것처럼 생각하는 사회에서는 자기 속 아픈 것을 더욱 드러내기 꺼려하잖아요. 김근태 씨도 그랬을 것 같아요. 김근태 정도의 인물이라면 고문 정도는 이겨내야지, 또 이근안 같은 것은 까짓것 용서하고 툭툭 털어버려야지, 주위에 이런 인식이 형성되다 보면 본인의 아픔에 대해 말문을 막아버리게 되잖아요. 그런데 조금 의아한 것이 있어요. 그런 상황에 대한 하나의 출구로 제도화해놓은 게 혹 가톨릭의 고백성사 같은 게 아닌지요.

2013년 6월 25일 오후 서울 성북구 정릉동 성가소비녀회에서 열린 '김근태기념치유센터' 개소식에 참석하고 있다. 사진 오른쪽엔 인재근 의원, 왼쪽엔 우원식 의원. ©연합뉴스

고백성사의 애초의 취지에서는 그런 점도 감안하고 좋았는데, 천년이 지나다 보니 이제는 완전히 껍데기만 남았어요. 고백제도가 제대로 바뀌어야 한다는 신학적 반성이 있거든요. 처음에 고백제도는 자발적으로 그분한테 직접 사과하고 고백하자는 것으로 수도원을 중심으로 시작했어요. 그러다가 1000년경에 교황청이 고백제도를 정례화했어요. 사제 앞에 가서 고백하고, 속죄기도 드리고 보속을 하는 하나의 표준으로서 고백제도를 만든 거죠. 그런데 1000년이 지난 지금은 너무 형식적으로 돼버린 거예요.

1960년대 유명한 윤리신학자 베른하르트 해링(Bernhard Häring) 신부가 공동고백이라는 초기 교회의 방법을 창안했어요. 가톨릭 신자들이 고백할 때에는 지극히 개인적인 차원에서 합니다. 사회적인 잘못에 대한 고백은 없는 거예요. 그런데 원래 십계명, 사회적 계약 속에서의 하느님에 대한 나의 책무, 부모님에 대한 책무, 부부에 대한 책무, 이웃에 대한 책무를 고백해야 하거든요. 그중에서도 사회적·역사적 책무에 대한 속죄가 없는 거고요.

일례로 주일미사 열심히 드리고 성체를 모시고서도 북한 이야기가 나오면 게거품을 물고 욕을 하는데, 이런 건 오히려 하느님을 모독하는 행위라는 거죠. 어떻게 성체를 모시고 나서 악마의 뉴스에 세뇌되어서 사실을 왜곡하고 동족을 저주할 수 있는 것이냐, 이런 것을 반성하는 게 그리스도인이지 형식적으로 미사를 드렸냐 아니냐가 중요한 것이 아니라는 겁니다. 이것을 교회가 깨우쳐주지 못했는데요.

해링 신부의 관점에서는 역사적인 죄악, 예를 들어 한국 침략에 대해서는 후손도 그 덕을 봤으니까 일본인 전체가 공범자고 속죄의 대상인 거예요. 일본인 전체가 회개해야 한다는 게 공동책임과 공동고백의 의미거든요. 이 시대의 부정부패, 재벌 타락 같은 것도 일차적으로는 당사자 책임이지만 동시대의 모든 사람들의 책임이기도 하다는 걸 늘 깨우쳐야 하는데 우리에겐 이런 사회적 의식이 없어요. 그런 가르침과 함께 해방신학, 정의구현의 의미를 가르쳐주는데 이를 깨닫고 실천하는 사제들이 별로 많지 않아요.

저는 신자들한테 개인 고백을 강조하지 않아요. 그보다는 "역사 안에서 그리스도인이 제대로 살아가고 있는지 반성하십시오." 이렇게 말씀드려요. 요즘에는 상담고백이라는 게 있습니다. 그 자체의 의미는 훌륭하지요. 고백소에서 가려진 채로 대화하는 것이 불편하면 본인이 상통(相通) 고백을 원합니다. 가림막을 치우고 대화할 수 있어요. 그런데 미국 같은 데에서는 고백을 전후해서 사제들의 성추행이 있을 수 있어 투명하게 보이도록 한대요. 고백 자체를 감시하는 제도가 있으니까 이것 또한 부끄러운 거예요. 한국은 아직까진 그렇게 하지 않지만 형식적인 고백이 많습니다. 여러 명이 고백하니까 상담할 시간도 없고요. 고백제도는 개선되어야 해요. 사제들 또한 너무 하느님의 이름으로만 일하는데, 심리학 같은 것도 많이 배워야 해요. 고백의 참된 뜻은 훌륭한데 개선되어야 한다는 신학자들의 요청이 있습니다.

사제는 신자들의 몸과 영혼의 아픈 상처에 대해 관심을 갖고 치유해주고 기도하는 게 주요한 본분이지 않습니까? 김근태기념치유센터 같은 일도 사제적인 소명과 관련이 있나요?

네. "치료자 예수님", 그렇게 생각합니다.

그런 의미에서 보면 성가소비녀회수녀원은 진짜 소중한 소명을 가져갔네요.

그래서 다른 수녀님들이 부러워해요. 앞서서 세상을 껴안았으니까.

신부님도 견디기 어려운 순간들이 많지 않습니까? 신부님처럼 많은 일을 하고 더욱이 정의구현을 지향하며 활동하면, 악평들이 막 따라붙잖아요. 작용과 반작용의 법칙처럼요. 함 신부님 자신에게 따라붙는 꼬리표? 여러가지 낙인찍기에 시달리지 않았습니까?

저 개인적으로는 나름대로 신앙 안에서나 역사 안에서 솔직하려 했기에 저의 선택이 기뻐요. 그뿐 아니라 더욱 깊이 투신하지 못했다는 성찰과 반성을 하지요. 사실 제가 감옥에 있을 때도 어쩌면 '화려한 죄수'였거든요. 전향하지 않았다고 매 맞아 죽은 분들과 비교해보면, 제고생은 아무것도 아니잖아요. 앞에서도 말씀드렸다시피 1977년 광주교도소 특사에 있을 적에 6·25 때 체포되어 26, 27년 동안 갇혀 고초를 치르는 분들이 계시는 거예요. 그게 큰 자극이었어요.

저에 대한 악평과 비난이 있지만 기도를 통해 녹였어요. 그러면서 예수님을 묵상했어요. 하느님 아들 예수님도 침뱉음을 당하고 조롱도 당하셨는데, 비난받고 조롱받는 바로 그때가 십자가 예수님의 제자가 되는 거다, 십자가를 들고 따르는 거다, 이런 신심을 담은 이해와 확신을 갖고서 녹였어요. 저도 어려울 때는 조롱받는 게 가슴이 찢어질 듯이 아팠는데, 미사 봉헌하고 예수님 앞에 서면 치유가 되었어요. 매일 매일 반복하면서 그렇게 지내왔어요.

예수님이 사형선고를 받고 사형집행을 바로 당한 게 아니라 대중에게 수치스럽게 노출당하고, 사람들의 침을 맞아가며 옷이 찢기고 조롱당하고… 그런 식으로 세상의 악담과 저주를 받으면서 십자가에서 죽어가잖아요. 세상의 조롱과 악평을 견뎌내야 하는 사람들의 처지에 놓이게 되면, 예수님이 견뎌내야 했던 십자가에 이르는 그 고난의 과정이 꼼빠시오(고통의 상통)의 효과를 일으킬 수도 있겠네요.

저희들이 신학교에서 관용을 배웠어요. 그런데 막상 세상에서 조롱의 대상이 될 때에야 '그렇구나, 예수님을 따른다는 게 이런 것이로구나' 깨달음을 얻게 되는 거죠. 성당마다 '십자가의 길'이라고 있어요. 앞에서 말씀드린 적이 있지요. 예수님이 십자가 지고 끌려가는 과정을

14단계로 나눴어요. 사순절 때 신자들은 그 기도를 매일 바쳐요. 예수님이 걸어간 길을 따라 걸어가자…

현장을 체험하고 나서 신학생들에게 강의할 때 이렇게 말해요. "'십자가의 길'이란 게 성당에 모셔진 작품이 아니다. 세상 한복판에서의 길이 십자가의 길이다." 실제로 예루살렘에 가보면 예수님이 십자가를 지고 걸었던 길인 비아 돌로로사(Via Dolorosa) 자체도 시내를 관통하는 세상의 길이에요. 도중에 시장도 있고 상점도 식당도 있어요. 지금도 그 길을 걸어가면서 십자가의 길을 바칩니다. 1980년대에 제가 학생들에게 성당 안의 조용한 데에서 바치는 것만이 십자가의 길이 아니라는 것을 깨달으라고 하면서 각자의 십자가의 길을 써오라고 했더니 끌려갔던 이야기, 매 맞았던 이야기 등을 써왔거든요. 그 속에서 십자가의 길, 예수님의 길을 찾아가는 거죠.

신학교 다닐 때는 저 또한 이걸 관념으로만 이해했는데, 제가 조사받고 노역당하고 감옥에 갇히고 조롱당하면서 '아, 이게 바로 예수님을 따르는 길이구나. 이때 정말 사제가 되고 예수님의 참된 제자가 되는 거구나' 하고 깨닫게 되었어요. 이런 고난의 길을 걷기 전에는 사제 서품 받는 게 성스럽고 높은 것인 줄 알았는데, 끌려가서 죄수복 입고 번호로 불리고… 이런 게 바로 '십자가의 길'이라는 신학적인 체험이 저를 키워주는 것 같아요.

여기 성심학교에도 십자가의 길이 있잖아요. 아주 조용하고 깨끗한 환경 속에서 부조를 감상하면서 걸어 올라갑니다. 그저 참 조용하고 좋다고 느꼈는데, 그 '십자가의 길'이 올레길, 둘레길 가듯이 느긋하게 산책하는 게 아니라, 수많은 사람들의 조롱과 야유와 모욕을 묵묵히 견뎌내면서 걸어가야 하는 고난의 길이란 것을 처음 듣습니다. 그런데 '십자가의 길'이 성당마다 있나요. 잘 안 보이지 않나요.

가톨릭에서는 '십자가의 길'이 핵심입니다. 어느 성당에나 있습니다. 야외에도 만들고요. 내부에 있기도 하고요.

'십자가'의 참 의미에 대해 성당에서는 잘 가르치나요? 그리고 아까 기도하면서 예수님의 십자가행을 기억하면서 온갖 조롱과 비난과 수모를 녹였다고 하셨는데, 녹이는 과정은 다 쉽지 않잖아요. 신부님이 받았던 각종 비난과 조롱을 종류 별로 나눠보면, 반정부 활동은 '친북'이나 '빨갱이'로 연결짓잖아요. 요즘은 '종북'이라고 하는데 그런 종류의 비난을 직접 면전에서 받은 적이 있습니까?

면전에서 받은 적은 없는데 글이나 인터넷에 나오는 모양이에요. 인혁당 관계자들이 사형 받은 다음에 추모성명서를 발표하여 중앙정보부 제5국에 끌려갔는데, "손 봅시다."라고 해요. "이게 뭐, 부드러운 손, 노동자들 피 빨아 먹는 손 아니오." (웃음) 그러는 거예요. 흐트러지지 않기 위해서 똑바로 쳐다보는데 쳐다본다고 욕하고요.
대놓고 빨갱이라고 하지는 않지만, 유학할 때 동베를린도 가고 소련도 갔다 오지 않았냐면서 막 덮어씌우는 거예요. "여러분들, 반공 반공하는데 원래 가톨릭은 그 자체가 반공이다. 가톨릭 신부에게 이렇게 하는 것은 조사방법이 틀렸다. 반공궐기대회 하는 사람들, 다 시켜서 하는 게 아니냐. 남이 시킨 대로 하는 사람들은 김일성 내려오면 '김일성 만세' 부를 사람이다. 우리는 목에 칼에 들어와도 만세 안 부른다.

그럼 누가 반공주의자냐." 하고 맞받아치고요.

저는 국가보안법으로는 조사받지 않았어요. "예수님을 비난하는 사람들이 예수님보고 '마귀 두목'이라 그랬는데, 너희들이 뭐가 다르냐. 박정희가 남로당이고 친북의 후예인데 너희가 어떻게 그렇게 이야기하냐. 또 일본이 우리나라를 침략한 게 좋은 거냐 나쁜 거냐. 당연히 나쁜 것 아니냐. 그럼 침략자랑 싸우는 게 좋으냐 손잡는 게 좋으냐? 마찬가지다. 독재랑 맞서 싸우는 게 좋으냐 아부하는 게 좋으냐? 나라가 분단되었는데 통일하자는 게 좋은 거냐, 아니면 분단 상태로 살자는 게 좋은 거냐? 너희들은 친일-독재-분단의 줄기에 선 거다." 이런 식으로 말하니 제 면전에서 맞서는 사람은 없었어요. 맞서다간 아주 폭격을 받으니까. (웃음)

아주 명쾌한 대화법을 개발해내셨군요. 긴 설명으로 반박할 수도 있겠지만, 이런 식의 논법에는 상대방의 숨이 딱 막힐 수 있겠거든요. 그리고 아까 '화려한 죄수'라는 표현을 하셨는데, 그 말을 언제 떠올렸습니까?

1977년 광주교도소에 있을 때예요. 거기 수용된 비전향 장기수들은 면회자가 아무도 없는데 자기 신념을 지키고 있는 거예요. 공산주의 신념에는 동조하지 않았지만, 그 신념에 목숨을 바칠 수 있다는 삶 자체는 진정 경외감을 불러일으켰어요. 내가 내 신앙을 위해서 순교자가 될 수 있을까? 세상에서 잊혀지고 20, 30년 동안 아무도 관심을 갖지 않을 때에도 내 신앙을 간직하면서 견딜 수 있을까? 그런 분들에 비하면 저 같은 사람은 그야말로 '화려한 죄수' 노릇을 한 셈이죠.

민주화운동기념사업회 이사장을 맡아

민주화운동기념사업회 이사장을 6년 동안 하셨습니다. 그 일은 어떻게 된 건가요?

김대중 대통령 시절 청와대에서 한분을 이사장으로 내정했는데, 기념사업회 설립위원 전원이 청와대와 맞서면서 박형규 목사님 아니면 안 된다고 해서 결국 박 목사님께서 초대 이사장이 되셨어요. 나중에 들은 얘기인데, 그러고 나서 이사진을 구성하는데 목사들은 두세명 들어 있는데 신부가 하나도 없었던 거예요. 이사 구성이 불균형하다고 저를 찾아오셨어요. 저는 못하겠다고 했고요. 그때 교회 안의 일은 내가 하고 밖의 일은 김승훈 신부님이 하기로 했는데, 김승훈 신부님이 간 때문에 아프셨어요. 나중에는 간경화가 암으로 전이되어 일하실 수가 없었고요. 그러니 신부 중에 거기 가서 일할 사람이 없는 거예요. 출범 과정도 모르는데 우리가 하는 게 맞느냐고 했더니 어느 날 박형규 목사님께서 찾아왔어요. 균형을 맞추기 위해 신부 한 사람은 꼭 있어야 한다고 해요. 상징적인 의미로라도 부이사장 중 하나를 맡아달라고 해서 그렇게 하기로 하고 지나갔는데…

노무현 정권이 들어선 다음에 송두율(宋斗律) 교수를 초청했는데, 민주화운동기념사업회가 초청했다고 난리가 난 거예요. 이분은 독일에 오래 계셔서 그런지 한국어가 서툴고 조사과정에서 노동당에 가입했었다고 어설프게 얘기하는 바람에 기념사업회가 화살을 받기 시작했죠. 박형규 이사장이 국회까지 나가서 증언할 때 위원들 앞에서 책상을 치면서 말씀하시는 게 텔레비전에 나왔어요. 내 개인적으로는 그게 좋아 보이더라고. (웃음) 그런데 그게 또 난리가 났대요. "송두율이 간첩이면 내가 책임지겠다."라고 하셨는데, 그 난리가 나서 박형규 목사님의 임기가 한달인가 남았는데 채우지도 못하고, 예산 삭감한다고 하니까 사퇴하는 걸로 무마가 되었어요.

그다음에 저보고 이사장을 하래요. 안 한다고 하니까 가만히 앉아만 있으면 저절로 다 된다고 해서 경험도 없는 제가 엉겁결에 맡았어요. 기념사업회의 전체적인 일은 문국주 상임이사가 책임졌어요. 비상근으로 일한 저는 급여를 안 탔고요. 다른 분들은 저보고 급여를 타서 좋은 데 쓰라고 하는데 아예 안 탔어요. 활동비만 조금씩 타고요. 그렇게 했기 때문에 이명박 정권이 들어서고 행안부에서 감사 받을 때도 표적이 되진 않았어요. 도리어 문국주 이사를 괴롭혀서 사퇴해야 했지만요.

신부님 임기가 노무현 대통령 때와 이명박 대통령 때에 걸쳐 있었는데, 운영하기에 전혀 다르지 않았습니까?

노무현 대통령 시절엔 행안부도 우리 의견을 존중하면서 잘 따라줬어요. 다만 아쉬운 것은 민주화운동기념관 건립 건이에요. 나중에 '민주주의전당'으로 이름을 바꾼 기념관 말입니다. 원래 민주화운동기념사업회법에는 기념관 짓는 것을 최우선 목적으로 하고 있어요. 그런데 노무현 때 청와대 비서진들에게 아쉬웠던 것은 이거예요. 1980년대 민주화운동을 했던 사람들이 주축이어서 박정희 때의 처절한 상황에 대한 체험이 별로 없어요. 그렇다 보니 우리가 안을 내어도 '꼭 해야 합니까' 하면서 추진하지 않는 거예요. 그래서 노무현 대통령 임기 말까지 저희들이 못했어요. 그래도 건축가 김원 씨를 자문으로 두고 민주주의전당 건립추진위원회를 구성해서 일을 시작하려 했는데 후보지도 마땅치 않고, 당시 시민사회수석인 문재인 씨도 그 일에 매진하지 못했죠. 이명박 정권처럼 그냥 막 하면 되는 게 아니라 (웃음) 다 절차를 밟아야 하니까 못하는 거예요.

언젠가는 우리에게 미군 한남동 휴양지에 그걸 지으라는 거예요. 미군이 옮겨가던 와중이었으니까요. 제가 그걸 안 받았어요. 환경단체들이 환경 훼손한다고 달려들면 우리끼리 다투게 되고, 그곳은 민주화운동과 직접적 관련도 없으니까요. 우리가 김근태 고문당하고 박종철 죽은 곳, 즉 남영동 치안본부 대공분실을 민주주의전당으로 하고 싶다고 했더니, 경찰청장이 "이걸 주면 저는 경찰계에서는 사형입니다."라고 하는 거예요.

마지막으로 광화문에서 가까운 덕수초등학교에 공터가 있어요. 그게 행안부 땅이에요. 덕수초등학교 자리, 남산, 남영동 자리까지 함께 민주화운동 투어를 만들었으면 좋겠다고 하더라고요. 그런데 조·중·동이 나서서 학교 운동장을 뺏는다고 비난하고 학부모들이 찾아오고 해서 결국은 취소했어요. 또 이제, 박형규 목사 계실 때 예산을 용역 보고서에 1400억원 잡아놨는데 다른 지자체들은 이게 이미 확보된 액수인 줄 알고 있더라고요. 광주와 마산은 각기 그 기념관을 자기 지역에 유치하려 했어요. 광주에서 그 기념관을 유치하겠다면서 로비를 하더라고요. 광주 갔을 때 제가 광주는 5·18을 특화하여 확대하는 공간이 되어야 하고, 민주화운동기념관마저 광주에 가둬서는 안 된다고 광주시장과 얘기를 했어요. 그런데 신문에는 함세웅 신부가 광주 유치에 동의했다고 나오는 거예요.

마산은 3·15의 지역이니 이주영 당시 한나라당 의원이 마산 공터를 주겠다고 하는 거예요. 그래서 제가 인터뷰하면서 한 지역이 아니라 전국에 민주화운동기념관이 있어야 한다고 했어요. 에리히 프롬의 『소유냐 존재냐』에 기초해 민주주의전당은 소유적인 접근을 해서는 안 되고, 존재론적 접근을 해서 민주화 가치를 지향해야 한다고 설명했습니다. 그리고 서울 중심으로 네트워크처럼 연결하면 어떻겠는가 하면서 피해갔죠. 지금 기념관 관련해서 이주영 의원과 그 소속당이 국회에서 자꾸만 훼방을 놓는다고 해요. 결국은 노무현 대통령 시절에 못했어요. 제 경험도 부족했고요.

처음 김대중 대통령 시절에 남산 중앙정보부 자리를 택했으면 쉽게 이루어졌을 텐데요. 당시엔 너무 의욕이 커서 준다는 것도 안 받은 거랍니다. 이명박 서울시장 때 제가 다시 제안했더니 단번에 거절하더라고요. 이재오 의원이 이명박 시장과 가까웠을 때니까 만나서 도와달라 했는데, 시장이 안 된다고 했답니다.

첫 이사장 임기가 끝날 때가 가까워오자, 주위에서 이명박이 대통령 될 확률이 높으니 한번 더 연임하라고 부탁을 해요. 그러면 이사들 다

연임하는 조건으로 하겠다고 해서 2기 이사들이 자동적으로 3기 이사
가 된 겁니다.

이명박 정권은 '민주화'에 대해 알레르기 반응을 보일 정도였으니,
기념사업회 일이 쉽지 않았을 것 같습니다만.

이명박이 대통령 된 뒤에 계속 압력이 들어오고 감사도 세게 받았
어요. 문국주 상임이사를 쫓아내고, 그다음엔 유영표 부이사장을 나가
라고 했고요. 정권이 바뀌었으니 나가는 게 당연하지 않느냐는 식이에
요. 그에 대해서 사업회는 특수한 단체고, 정권과 관련되는 게 아니라
고 좋게 이야기를 했는데 "함 신부님도 그만두셔야 한다고 생각합니
다."라고 얘기하는 사람도 있었어요. 내부에 들어와 분란을 조장하기
도 하니 그때는 좀 힘들었어요. 이명박 때는 기념관 짓는 게 문제가 아
니라 기념사업회의 생존 자체가 문제였지요.

6월항쟁 기념식에서 4대강 문제와 독선 등을 공식적으로 거론했어
요. 그러니 정권은 저를 밀어내고 싶은데, 신부니까 대놓고 밀어내지
는 못했고 저도 끝까지 버텼어요. 그다음으로, 제 후임 이사장 선임 문
제로 매우 힘든 고비를 넘겨야 했어요. 우여곡절 끝에 정성헌 이사장
이 제 뒤를 이었어요. 이명박 정부 때 가장 잘한 인사라고 평하는 것을
들었어요. 정성헌 이사장도 비상근으로 근무했고요.

MB가 대통령 되면서 생존이 문제되었던 조직들이 많잖아요? 국가
인권위원회, 진실화해위원회 같은 곳도 아예 없애버리려 하다가 자기
네들 뜻대로 안 되니까 예산 삭감하고, 인원 삭감하고, 위원장 사퇴를

2014년 5월 27일 오전 서울시 중구 배재정동빌딩에서 열린 '민주화운동기념사업회 불법임명 거부 국민대책위원회' 기자회견. ⓒ연합뉴스

강요하고 그랬잖아요.

　기념사업회의 인원은 그리 많지 않으니까 2명 정도 감원된 것 같아요. 애초에는 정원이 90명 정도였는데 아직 기념관이 지어지지 않은 터라 현재는 45명 정도가 근무해요. 또 행정안전부에서 2주 동안 8명이 감사했는데, 회계 내역이 너무 단순해서 이틀로 다 마쳤어요.

　기관의 생존을 위한 노력도 만만치 않았겠는데요?

　살아남은 게 다행이죠. 그때 참 힘들었어요. 제가 그분들하고 다툴 수가 없잖아요. 우리가 세운 논리는 "민주화운동기념사업회는 처음부터 청와대에 이의를 제기했던 기관이다."라는 거였어요. 김대중 대통령 때에도 청와대에서 추천한 분을 기념사업회가 거절했다니까 아무 말도 못하더라고요. 적극적으로 새 일을 하지는 못하고, 한겨울에 겨우 숨만 쉰 셈이죠.

이사장으로 계시면서 어려웠다고 하지만 그래도 민주화운동에 다각도로 관여하신 신부님으로서는 보람과 아쉬움이 두루 있을 것 같습니다.

첫째는 민주화운동기념관인데, 그게 지어지지 않은 아쉬움이 늘 있고요. 둘째는 자료정리 부분인데, 지금 80만건 정도의 자료가 수집되었어요. 그리고 민주시민 교육, 다음엔 아시아 네트워크를 조금이나마 넓힌 부분. 특히 박정희 정권과 전두환 정권 때 고통받던 분들에 대한 위로의 자리를 마련하고, 한국의 민주화운동을 도와주신 해외 민주인사들과의 내왕 등 민주화운동의 외연을 좀더 넓혔다고나 할까요.

민주화운동기념사업회가 특히 MB정권 들어서 얼마나 항구성이 있을 건가라는 불안감 같은 것도 어느정도 있었던 것 같은데, 이제 떠나셨지만 장기적인 지속가능성에 대해서는 어떻게 생각하십니까?

김대중 대통령 시절 한나라당이 다수당일 때 여야 합의로 법에 근거해서 만들어진 단체기 때문에 그 자체는 국가가 존재하는 한 항구성을 가진다고 생각합니다. 그다음에 박근혜 정부도 제 나름대로 이어간다는 생각이 있기 때문에 제재는 조금 가할 수 있지만 완전히 무력화하는 것은 어렵지 않을까 싶어요. 그런 의미에서 올해(2013년) 민주주의전당 예산만 잘 확보된다면, 남산 자리를 확보하여 자리를 잡아가지 않을까 희망합니다. (민주주의전당의 부지는 2018년 7월 현재까지 결정된 바가 없다.)

민족문제연구소 이사장으로

이제 민족문제연구소 얘기를 듣고 싶습니다. 2013년부터 직함이 나오는데요.

2013년 1월 31일 민족문제연구소 이사장으로 취임했습니다. 2012년 12월 이사회에서 정해졌고요.

그전에도 관계가 있었습니까?

그전에는 운영위원을 맡았고, 후원하면서 행사할 때마다 참석해왔습니다. 제가 민주화운동기념사업회 이사장으로 있던 2008년, 민족문제연구소 조문기 이사장이 돌아가셨어요. 그때 저에게 민족문제연구소 이사장을 해보라는 권유가 있었는데 기념사업회 이사장과 겸임하는 게 부담스러워 사양했고요. 그후 김병상 신부님이 이사장을 맡아

잘해오셨는데, 이제 여든이 넘었다며 저한테 이사장 하라고 몇차례 말씀하셨어요. 그러다가 실무자나 저나 말을 안 들으니까 이분이 등기로 사표를 내버린 거야. (웃음) 깜짝 놀랐어요. 민족문제연구소 임헌영 소장이 저보고 맡으라고 해요. 또 그게 명예직도 아니고 봉사해야 할 역사적 책무의 자리인데, 5년 전에 사양한 일도 있고 해서 결국 맡기로 하고 2013년 1월 말에 취임했습니다. 사실 여러모로 어려운 때니 다시 전열을 가다듬고 싸워야 한다고 해서 맡게 된 셈이에요.

민족문제연구소는 친일 연구를 집대성하다시피 하고 있지요. 최근에는 국민모금으로 『친일인명사전』(전3권, 2009)이라는 방대한 작업을 마무리지었고요. 그 인명사전에 수록된 친일인사의 후손들이 사자(死者) 명예훼손 고소도 하고 재판도 했는데, 한번도 패소한 적이 없다고 하네요. 그만큼 자료 정리에 철저하다고 하겠지요. 신부님은 민족문제연구소에서 어떤 관점을 갖고 일하고 있습니까.

민주화운동기념사업회에 있으면서 하고자 하는 일 중의 하나는, 항일투쟁, 민주화운동, 통일운동의 큰 세 줄기를 연결하는 거예요. 사실 민주화운동의 첫 물줄기는 항일독립투쟁이고, 이 순국선열들의 삶은 바로 '원(源) 민주주의', 즉 민주주의의 첫 물줄기예요. 바로 그 물줄기를 기반으로 해서 이승만 독재에 항거하고, 박정희·전두환 군부정권에 항거했던 반독재투쟁, 민주주의와 인권을 위한 투쟁을 벌였죠. 이것이 바로 우리 시대가 요구하는 기본적인 물줄기이고요. 그 물줄기가 분단을 넘어서 다시 통일로 이어져야 한다…

이 세 물줄기가 우리 민족사회의 같은 물줄기라는 것을 깨달을 때

비로소 민족에 대한 성숙한 사랑, 민주주의와 통일에 대한 확인이 이뤄지지 않느냐고 늘 이야기했어요. 지금은 돌아가셨지만 곽태영(백범 김구의 암살자 안두희를 응징한 사회운동가) 선생을 만나면, 제가 항일운동에서부터 이야길 꺼내고는 민주화운동, 인권운동에서 늘 마무리를 했어요. 그런데 이분이 "신부님, 왜 통일까지 이어야지 거기에서 끝나요?" 묻는 거예요. "제가 민주화운동기념사업회 이사장인데 통일까지 얘기하는 것은 그 선을 넘은 것 아닙니까" 하니까 아니라는 거예요. 박정희 기념관 건립 반대투쟁 때 곽태영 선생하고 같이했거든요, 그때부터는 자신있게 이 세 물줄기를 글이나 말로 연결 짓습니다. 민주화운동의 핵심은 곧 항일투쟁에 뿌리를 두고 있고, 반독재와 함께 통일을 지향한다고 과감하게 얘기하죠.

민족문제연구소 이사장으로 가서 보니까 친일잔재 청산에만 너무 초점을 맞추는 거예요. 그래서 제가 앞서 말한 부분을 같이 종합해야 한다고 이사회 때마다 얘기하죠. 물론 이사장이 관여하지 않아도 임헌영 소장과 조세열 사무총장이 주도적으로 잘합니다. 이명박 정권 때 하도 역사를 왜곡하니까 역사정의전쟁을 펼쳐야겠다고 하는데 가슴이 찡한 거예요. 지금은 이승만, 박정희 기념화 작업에 맞서 시민역사박물관을 만들자고 해서 그 일을 추진하고 있어요. 지금까지 5억 가까이 모금되었어요.

그런 와중에 마침 광복회에서 광복기념관을 서대문형무소 자리에 짓는 걸로 해서 보훈처로부터 예산을 확보해놨대요. 그곳은 서울시와도 밀접한 관계가 있으니까 박원순 시장이 그 일은 민족문제연구소와 같이해야 한다고 권유했어요. 결국 그 장소에는 광복기념관 하나 짓는 걸로는 안 되고 항일투쟁 역사를 기념하는 곳을 세우는 것으로 이야기됐고요. 처음에 광복회와 대화하는 게 쉽지는 않았어요. 자주 만나다 보니 이제 대화는 되는데, 예산이 확보되어 있으니 보훈처와 광복회가 또다시 따로 하겠다는 움직임이 있다고 하네요.

민족문제연구소 건물 맨 위층에 박물관이 있어요. 올해는 박물관을 등록하려고 계획하고 있습니다. 또 민족문제연구소와 직접 연관된 것은 아니지만 재일동포 중에 과거에 간첩으로 처벌받았다가 최근에 무죄 받으신 분들이 많은데, 억울하게 간첩으로 몰려서 감옥 갔던 분들의 기념비 같은 걸 조그맣게라도 서대문에 해놨으면 좋겠다 싶어 구청 쪽과 협의하여 어디에 하면 좋을까 생각하고 있어요.

지난 2013년 봄에 민청학련사건 39주년을 맞아 서대문형무소 터에서 기념식을 했잖아요. 서대문형무소를 가보니 감방 별로 독립운동가를 기념하는 감방과 민주화 인사를 기념하는 감방이 함께 있었어요. 항일운동과 민주화운동이 별개가 아니고 일련의 연속적 사건이란 느낌이 그때 확연히 왔습니다. 장소적으로도 서대문형무소에 같이 복역했던 면이 있고요. 학술적으로 한번 정의해보면, 항일운동이라는 게 민주화운동의 전 단계가 아니고 민주화운동 그 자체더라고요. 왜냐하면 항일운동이 없었으면 일본이 물러난 뒤에 제2의 조선왕국이 나왔을 수도 있기 때문입니다.

그런데 식민지 시대에 우리 사람들이 백성에서 국민으로 나아가고, 국가 형태는 제국(帝國)에서 민국(民國)으로 혁명적인 단절과 비약을 거칩니다. '대한민국은 민주공화국'이라는 법적 규정은 1948년 제헌헌법에 처음 등장하는 게 아닙니다. 1919년 3·1운동이 전개되고 이를 이어받아 4월 11일 상해에서 젊은 애국자들이 모여 '대한민국'이라는 국호를 만들어냅니다. 또 3·1운동이란 게 국민 전체가 목숨 걸고 싸워 일어난 것이어서, 법적으로 그것을 어떻게 개념화할 것이냐 고민하게 됩니다. 독립운동가들은 '이제 왕조의 시대는 끝났다. 국민이 주인이 되는 나라, 그것을 민주공화국이라 하자'고 하여 4월 11일에 '대한민국' 임시정부를 수립하고, "대한민국은 민주공화국으로 함"을 규정합니다. 이로부터 왕조시대로 돌아가자는 식의 복벽운동이 사라져버립니다. 항일운동이 활발할수록 '민국'으로 점점 다가가는 것이죠. 그래서 1945년을 맞아 우리가 국가체제를 어떻게 해야 할까를 고민할 때 '민국'은 자명한 전제였습니다. 차이라면 '인민'공화국이냐, '민주'공화국이냐라는 차이밖에 없었지요.

그렇다면 독립운동은 항일(against)이라는 독립국가 수립의 측면도 있지만, 그 지향은 민주공화국이라는 방향성(toward)으로 분명해집니다. 독립운동은 항일민족운동이란 틀 속에서 그 내용을 '민주'로 채워갔고요. 이 때문에 항일운동은 민주화운동의 제1단계가 분명합니다.

제2단계는 독재와의 싸움이지요. 가부장 독재, 군사독재와의 싸움. 가부장적·군사적 독재의 껍질을 깨야 진짜 콘텐츠가 있는 민주국가가 채워지는 것이지요. 이 2단계 민주화운동이 1960년 4·19로부터 1987년 6월항쟁까지 이어지는 것입니다. 그다음에 분단을 극복해내는 것이 민주화운동의 3단계. 물론 통일의 과제는 일제시대로부터 중요과제였고, 해방 직후엔 압도적으로 중요한 과제였으며, 분단이 고착화된 뒤로는 지속적인 과제가 됩니다. 민주화가 심화될수록 평화·통일의 과제는 더 충실히 추구될 수 있고요. 이렇게 보면 민주화운동은 일제의 극복, 독재의 극복, 분단의 극복이라는 세 단계 전체에 관통하는 기저이념이고 따라서 민주화운동은 반독재투쟁이라는 단계에 한정된 것이 아니라는 게 제 현대사 연구의 중간정리입니다.

네, 그런 것 같아요. 저는 짧게라도 기회 있을 때마다 그렇게 연계를 짓습니다. 한 교수님은 더욱 학문적으로 사상적 관점에서 요약해주셨고요. 좋은 말씀입니다. 그래야 할 텐데 민주화운동기념사업회 임직원들은 항일투쟁과 연계하면 '왜 그러지' 하고, 민족문제연구소는 친일과 항일에 주안점을 둬야 한다며 반독재 민주화투쟁을 약간 소홀시하는 면도 없지 않습니다.

사실 저도 독립운동 관련 문서를 읽다가 '아, 그렇구나' 하고 깨달은 겁니다. 항일운동을 열심히 하면 민주화의 내용을 채워가는 거예요. 그래서 김구, 장준하, 문익환, 김병로… 다 보면 민주화운동이에요. 국민이 주인이 되는 데 일차적 걸림돌이 일본제국이었으니까 반일이 두드러지는데, 반일운동의 과정 속에서 왕조적 사고를 탈각시키는 과정이 눈에 덜 보이는 거예요. 그러나 독립운동가들의 마음속에는 왕조 자체를 깨나가는 의식화 과정이 똑같이 들어 있는 거죠. 국민들이 주인이 되는 것을 막는 것을 끊임없이 타파해가야겠죠. 국민이 주인이 되어야겠다는 당위는 처음부터 끝까지 내포되어 있는 것 같습니다. 그건 그렇고요. 민족문제연구소는 그냥 연구만 하는 차원에 머무르지 않는 것 같네요. 하는 일도 많고 구상하는 일도 많고요.

민족문제연구소 직원이 30여 명이에요. 젊은이들이 급여 조건도 정말 열악한데 열성적으로 연구하고 활동합니다. 후원회원들은 만명 가까이 됩니다. 과거에는 정부 쪽에서 도움이 있었는데 이명박, 박근혜 정권 때에는 박해 받고 있는 실정입니다. 하지만 후원회원이 점점 늘고 활동가들은 열심히 잘하고 있어요.

다만 몇몇 분들은 좀 넓게 보자며, 지금 글로벌 시대에 민족이라는 게 무슨 의미가 있느냐는 말씀도 하세요. 그 말이 맞기도 하지만 우리는 여전히 민족의 가치를 깨우쳐야 한다고 생각해요. 왜냐면 침략적 민족주의는 일본과 같은 나쁜 의미가 되지만, 자기의 정체성을 가지면서 가족과 민족의 공동선을 확보하기 위한 방어적 민족주의는 아름다운 공동체의 기초가 된다고 보니까요. 저는 늘 그렇게 이야기합니다. 민족문제연구소 구성원들이 친일잔재 청산 쪽에 주력하다보니, 현실적 주제에 대한 지적이 별로 없다고요.

『친일인명사전』 같이 역사적 자료를 정리하여 친일군상의 실체를 밝혀주는 일도 방대하고 힘든 작업이겠죠. 가려진 진실을 드러내 이를 보편화하는 것은 반드시 필요합니다. 거기에 고려할 점도 있으리라 봅니다. 너는 친일파 자식 아니냐? 아무개 정치인 나오면, 친일파 자식이 아니냐? 박근혜 나오면 타까끼 마사오(高木正雄, 창씨개명한 박정희의 일본식 이름) 이야기? 이런 유의 정치공격용으로만 접근하게 되면 또다른 저항감이 생기거든요.

민주주의의 성취물 중의 하나가 연좌제 철폐인데, 어떤 정치인이 잘못하면 그 정치인의 행적으로 비판해야지, "너 조상이 친일파니까 그럴 줄 알았다."라는 식으로 끌고 가는 것은 친일파 규명의 역사적 가치를 너무 개인 비난으로 국한하는 것이므로 위험할 수 있다는 거죠. 그래서 현재와의 관련성이 무엇인가에 대해서 계속 고민거리가 생겨나는 거지요. 그건 그렇고, 현재까지 신부님이 맡아온 직함이 뭐가 있죠?

안중근의사기념사업회 이사장, 민족문제연구소 이사장, 안중근평화연구원 이사장, 인권의학연구소와 김근태기념치유센터 이사장, 6월항쟁계승사업회 이사장, 김재규명예회복추진위원회 공동대표, 민청학련 고문, 천주교 정의구현사제단 고문, 기쁨과희망사목연구원 원장 등입니다. 이것들이 제가 세상과 역사현장에 뛰어든 사목적 행업입니다. 한편 매우 송구하게 생각하고 있습니다.

'모든문제연구소'라는 타이틀을 누군가 만들어 쓰고 있는 것 같은데요. 신부님 맡고 계신 타이틀을 보니, 함 신부님이야말로 '모든정의연구소 이사장/대표'라고 해도 손색이 없겠습니다.

본당 사제직분을 내려놓고

2012년 8월 28일 은퇴하신 것으로 알고 있는데요. 은퇴 직전과 이후 사이에 생활 리듬의 변화가 있습니까?

기본적인 것은 똑같은데 아침에 조금 여유가 있죠. 원래 성당생활은 아침에 일어나자마자 미사봉헌인데, 지금은 일어나 짧게 기도하고 나서 산책을 가지요.

그러면 은퇴하시기 이전의 최근의 본당 신부 경력이라 할까요?

2000년 상도동성당, 2003년 제기동성당, 2008년 청구성당에 있었습니다.

청구성당은 어디에 있습니까?

청구성당이 중구 신당6동에 있는데, 박정희 씨가 5·16반란 일으켰던 집이 있는 그 동네예요. 그래서 제가 박정희와 아주 악연이 있다고 했죠. (웃음)

청구성당에 마지막 봉직하실 때 이전과 별로 다름이 없었습니까? 30대에 응암동에서 초임을 맡으실 때와 60대 후반의 원로 신부 때에는 미사나 강론에서 연륜과 경험에 따른 어떤 차이가 있나요?

저는 차이가 없다고 생각하는데 신자들 편에서 보시면 변화가 있다고 해요. 성당생활은 늘 비슷하니 저는 그 변화를 제대로 못 느끼지요. 아무래도 30대 때에는 젊음과 정열이 있었고, 성격이 조금 급한 편이어서 뭐든지 빨리 해결하려는 경향이 있었죠. 그런데 나이가 들다보면 경험과 연륜도 있으니까 남들의 입장도 생각하고 머뭇거리기도 하지요. 젊은 시절에 사목할 때는 제가 주도하는 편이었고, 압력이 와도 제가 판단하면서 이끌었는데, 후반기에 와서는 의견이 조금 저와 같지 않더라도 그 입장을 더 생각하고 가능한 한 신자나 일하는 분들의 의견을 들어주는 편이에요.

그건 아마 나이가 들어 성숙한 과정의 결과이기도 하지만, 현실에 투신하면서 특히 약하고 어렵고 가난한 사람들 편에 서야 한다는 해방신학적 주제에 관심을 가진 결과이기도 해요. 그뒤에 여성신학을 공부하면서 그런 내용을 더욱 실감했고요. 또 성서와 역사와 새로운 신학사조를 공부하면서 결국 2천년 전 예수님도 민중들이랄까, 가난한 사람들, 죄인들에게 가장 가까이 다가갔고, 당시의 종교나 율법, 제도

2012년 8월 26일 오후 서울 중구 신당6동 청구성당에서 마지막 미사를 집전.

나 체제를 넘어섰다는 것을 다시금 깨우쳤어요. 저도 그런 성서적 주제를 재음미하면서 해방, 자유, 인격, 약자들에 대한 관심, 하늘나라에 대한 우선성, 인간가치에 대한 확언, 요컨대 제도보다 인간을 더 중심에 두어야 한다는 쪽으로 확신하게 되니까 신자들과 여유있고 편안하게 지낼 수 있었어요.

뒤에 와서는 결국 교구체제나 교구장, 권력을 중요시하는 사람들, 체제와 전통을 중요시하는 사람들과 부딪히는 과정이 조금 있었죠. 교구에 대해서는 비판적인 자세를 견지했습니다. 왜냐면 오늘날 교구체제와 교구행정이 관료체제, 국가체제, 경영체제를 닮아가요. 하늘나라를 선포하려는 교회가 이 세상을 바꿔나가야 하는데, 오히려 경영적 측면에서 인간을 도구화하고 자본주의에 종속되어간다고 할까요. 그런 걸 고민하면서 신자들에게 인간의 가치를 강조해드렸어요. 성당에서 일할 때는 신자들과 호흡을 같이하며 서로 영향을 주고받습니다. 그런데 제가 떠나고 나면 저와 다른 신학적 견해, 신앙적 이해를 가진 분들, 체제중심 조직중심 현실중심을 강조하시는 분들이 오셔서 저와 조금 다른 사목적 방법을 보여주시겠죠. 가톨릭은 그다음 사제가 그 뜻을 이어주지 않으면 그대로 사장되더라고요. 그 점이 아쉽지요.

바닷물도 밀물이 있고 썰물이 있듯이, 신부님의 작용이 있으면 약간의 반대작용이 썰물처럼 오고, 이렇게 상반되는 입장이 왔다 갔다 하면서 신도들도 여러 입장에 노출될 수 있잖아요. 한 목사가 독점하는 개신교에서는 있기 어렵지요. 각성된 신도는 그 나름대로 주체적으로 취사선택하여 자기 신앙을 세우고 안목도 생기면서 한걸음씩 나아가야 하는 것 아닌가, 이런 생각도 할 수 있지 않을까요?

인간적인 관점에서 충분히 그렇게 생각할 수 있고요. 헤겔의 말처럼 역사가 정반합적 과정을 거치며 발전해간다고 얘기할 수도 있어요. 그것을 당연히 전제로 삼습니다. 그럼에도 불구하고 우리 신앙인이 가져야 할 기본적 가치, 예수님의 핵심적 가르침이 있잖아요. "무엇보다도 하느님의 나라와 정의를 구하라."는 마태복음 산상수훈 6장 33절.
똘스또이는 예수님 가르침의 핵심을 거기에서 찾았어요. 『부활』주인공의 마지막 독백은 이런 내용이지요. '여러분은 무엇보다도 하느님의 나라와 정의를 구하십시오. 그러면 그밖에 모든 것은 하느님이 덤으로 주실 것입니다.' 먼저 구해야 할 것은 하느님의 나라와 정의인데, 똘스또이가 가장 안타까워하고 눈물 흘린 것은 이 세상 사람들은 물론이고, 때론 교직자들까지도 먼저 구해야 할 하느님의 나라와 정의를 구하지 않고 '덤' 쪽에 우선적 가치를 둔다는 것이었어요. 그런 의미에서 가치관에 대한 설정이 필요하고요. 물론 그것을 이루는 방법의 차이에 대해서는 저도 인정합니다. 그러나 그리스도교의 근본 핵심, 하느님 나라의 핵심을 체제와 국가와 정치·문화·언론보다는 우선시해야 하지 않는가. 때로 이런 핵심을 놓치면 그리스도교는 맹신, 미신, 사이비종교가 되지요. 안병무 교수님이 순복음교회를 무섭게 질타했듯이, 그런 교단은 종상배(宗商輩) 집단이 되고, 교단이 하나의 동회나 구청 등 행정기관과 다를 바 없는 사무조직이 되어버립니다. 교황이 이번에 날카롭게 지적하셨습니다만, 좋은 일은 NGO도 많이 하잖아요. 그러나 성당은 하나의 NGO와는 다르기 때문에 하느님의 나라와 정의를 우선시해야 한다는 핵심을 놓칠 수 없다고 봅니다.

제가 괜히 시비를 걸어봤습니다. (웃음)

잘하셨어요. (웃음)

공자님이 예순이 넘으면 이순(耳順)이라 했잖아요. 듣는 귀가 부드럽게 열린다고 할까요. 젊을 때는 열정에 넘치고 뭐든 주장하고 싶잖아요. 연륜이 좀 쌓일수록 다른 의견에 귀를 기울일 수 있지 않을까요. 오늘날처럼 각종 주장이 난무하는 시대에는 제대로 잘 듣기도 어렵지 않습니까. 개신교 목사하고 가톨릭 사제의 중요한 차이점은, 개신교 목사는 말씀을 많이 해야 한다고 해요. 일요일 오전, 저녁, 수요일 저녁, 구역기도, 새벽기도에 걸쳐 끊임없이 소리 내어 기도하고 말씀을 밖으로 꺼내야 해요. 어찌 보면 속이 여물기도 전에 말을 계속 내놓아야 하는 거죠. 그에 비해 신부들은 묵상하고 침묵하고, 그래서 말을 덜 쏟아내게 되고, 고백성사를 듣고… 혹 가톨릭을 오래 믿으면 열린 마음과 열린 귀를 체화하게 되나요.

그건 교수님이 좋게 해석해주신 건데, 말씀해주신 그런 부분도 있고요. 그러나 목사들도 보면, 설교를 잘하기 위해서는 내면적인 기도생활, 묵상생활을 많이 하세요. 방금 지적한 건 표피적으로 나타난 현상일 뿐, 기본적으로는 목사와 사제의 삶은 같다고 생각합니다.

다만 개신교는 개인의 능력에 따라서 표출하는 내용과 방식이 달라질 텐데, 그에 대한 내적 제약이나 체제상의 제한이 적은 것 같아요. 개별 교회의 자율권이랄까 이런 게 좀더 보장되고요. 그와 대조적으로 가톨릭은 전체적으로 중앙집권체제, 독재체제이기 때문에 사제는 그런 관료체제의 틀 속에서 움직입니다. 물론 사제들의 신앙적 자유, 선포의 자유, 신학의 자유가 있지만, 큰 체제가 개별 사제를 늘 견제하고 있어요. 좋게 말하면 가톨릭은 체계화된 부분이 있고, 개신교는 체계화가 덜 된 부분이 있는데요. 목사들의 경우는 전심전력해야 할 목회적 환경 부분이 있고, 가톨릭 신부는 혼자 사는데다 내내 장소를 이동해야 하니 현실에 덜 매달려도 되는, 그 자체로서 보장된 영역이 있지요.

함 신부님은 개신교의 목사나 개신교 신학에 어떤 태도를 취하고 계신지요?

저는 신부님들에게도 많은 것을 배웠지만, 1974년 이후 현실개혁에 뛰어들면서는 목사님들로부터 정말 많은 교훈을 얻었어요. 김재준, 김관석, 박형규, 문익환, 문동환, 서남동, 이해동, 김상근 목사님 등등. 대체로 기독교장로회 분들인데, 이분들로부터 새로운 신학운동의 조류, 가톨릭에서 보기 힘든 자유로운 신앙과 신학을 접했어요. 신선한 자극을 많이 얻었고요. 그런 신선함을 제 나름으로 재해석해서 가톨릭에 접목하면서 가톨릭 신자와 사제들을 일깨우고, 때로는 좋은 자료를 제공하는 역할도 했습니다.

신부님 속에는 가톨릭이다 개신교다, 이런 마음의 벽은 없습니까?

네. 넘어섰습니다.

예를 들어 개신교 목사나 신학자의 어떤 글은 읽지 말아야 한다든지?

가톨릭은 그렇진 않습니다. 그것들도 다 읽습니다. 그렇지만 접근하는 정도가 저와 같은 신부는 많지는 않죠. 어떤 때 개신교 목사나 신자들이 가톨릭 미사에 오시잖아요. 저는 "이 몸이 그리스도의 몸이라고 확신하는 분들은 성체를 모실 수 있습니다." 하면서 성체를 모시는 데 참여시킵니다. 문익환 목사님은 미사에 와서 영성체를 하세요.

한번은 목사님의 따님을 제가 가톨릭에서 혼배주례한 적이 있어요. 개신교 신자와 결혼하는데 그 순간에 만찬에서 배제되는 게 안 되는 것 같아요. 그래서 제가 그 자리에서 이분이 목사님 따님이고 개신교 신자인데 영성체 해드린다고 설명하고 그렇게 해드렸어요. 독일에서는 개신교에서 공개적으로 영성체 하는 경우도 있는 모양인데, 저희는 공개적·보편적으로 하지는 않고 개별적으로 하는 건 사제의 선택입니다. 가장 많이 만난 분들은 기독교장로회 쪽 목사들인데, 이분들은 개방적이지요.

한국의 개신교 중에서는 분파가 정말 많고 서로 벽을 쌓는 데 열심이지 않습니까? 개신교와 가톨릭 사이에도 높은 담벽이 있고요. 그런데 함 신부님의 경우 아예 처음부터 마음의 벽이 없었던 것인지, 아니면 신학교 다닐 때는 개신교나 비가톨릭에 대해 벽이 있다가 민주화운동 과정이나 사회정의 실천과정에서 개신교 목사들과 함께함으로써 자연스럽게 벽이 낮아지고 없어진 것인지… 어떻습니까?

솔직히 서도 처음에는 벽이 있었죠. 어릴 적엔 목사님 설교를 들을 때 조금 어색하고, 예배당을 지나갈 때도 조금 멀리 돌아서 가곤 했어요. 양 측은 기도의 억양도 다르고요. 그런 벽을 낮춰준 가장 큰 계기는 제2차 바티칸 공회지요. 갈라진 그리스도교와의 일치운동에서요.

그전에는 가톨릭 측에서 개신교를 열교(裂教)라고 했는데 바로 찢겨져나간 교회라는 뜻이죠. 그리스 정교는 이교(schisma)라 했고요. 그랬다가 1960년대 초반 제2차 바티칸 공의회 때 일치운동, 즉 에큐메니컬(연합) 운동을 했죠. 하느님은 사랑과 일치를 표방하셨는데 가톨릭의 잘못된 행업과 루터의 행동으로 찢겨졌죠. 그건 개신교 형제들만의 잘못은 아니고 가톨릭의 잘못도 있다, 그리고 400년 지난 오늘날 누구에게 무슨 책임을 묻느냐, 다만 사회적·역사적 과정을 반성해야 한다… 이렇게 일치운동에 대한 신학적 확신이 있었어요. 그 당시에는 현장엔 안 갔으니까 그게 처음엔 이론적 깨달음이었죠.

1974년 이후에 유신체제를 타파하는 민주화운동을 학생들과 목사님들과 현장에서 같이하면서 깨달았어요. '민주화운동을 통해 교회의 일치를 이루는구나, 민주화운동이 교회일치운동, 통일운동이구나.' 그렇게 확신하면서 신학적 지평이 넓어졌죠. 참 큰 수확인 것 같아요. 그 점을 늘 하느님께 감사드리죠. 좁은 감옥에서 성경을 읽으면서도 많은 것을 깨닫게 되더라고요. 4천년의 구원사를 읽으면서 '감옥이 하느님 역사의 현장이구나. 순교의 삶의 자리구나. 예수님이 돌아가신 자리가 감옥이었구나' 같은 것을요. 감옥을 통해서 더 정화되고 예수님의 더욱 성실한 제자가 될 수 있다는 걸 깨달은 거죠. 그나마 제가 그래도 상대적으로 잘 실천한 게 감옥생활이었던 것 같아요. 가톨릭과 개신교 사이의 벽을 넘어서 일치하는 게 있었죠. 목사님들도 똑같은 것 같았어요. 문익환, 문동환 목사님 같은 분들은 저의 은사뻘이지만 늘 친구처럼 대해주셨어요. 그런 귀중한 시간이 있었죠.

"십자가를 지고 나를 따르라."는 예수님 말씀에 대한 생각인데요. 십자가는 원래 형벌제도, 사형제도의 일환이잖아요. 십자가형이나 사형 제도를 19세기 이후에 대체한 것이 감옥(교도소)입니다. 18세기 이전에는 큰 죄를 지으면 사형인데, 19세기 이후에 감옥 제도가 보편화되면서 사형의 효용이 급감되어버립니다. 따라서 현대식으로 정확히 번역하면, "십자가를 지고 나를 따르라."가 아니고 "여러분은 감옥 갈 각오하고 예수님 가르침을 따르라."가 됩니다.

제가 다음부터 그렇게 강연하겠습니다. (웃음)

"십자가를 지고 나를 따르라."는 말을 들을 때, 신도들은 참 맘이 편안하거든요. 왜냐면 오늘날은 형벌도구로서의 '십자가'를 질 일도 없고 아예 볼 수도 없으니까요. 그런데 "감옥 갈 각오하고 나를 따르시오." 이렇게 들으면 실존의 부담으로 확 다가옵니다. 먼 나라 이야기가 아니고 바로 이 순간 자신의 결단의 문제로 이어지니까요. 그리고 제2차 바티칸 공의회에 관해 계속 말씀하셨는데, 바티칸 공의회 결정사항에 대해 오불관언(吾不關焉)인 사제들, 그에 대해 전혀 모르거나 신경 안 쓰겠다는 분들도 많지 않나요?

말은 그렇게 안 하지만 있을 수 있죠. 잘 안 듣는다든지 공부를 안 한다든지. 시험이 없으면 사제는 교회의 한 관리인이기 때문에 그냥 그런가보다 하고요. 제2차 바티칸 공의회의 삶과 가르침을 체화해내야 하는데, 그렇지 않으면 그 가르침과 사제직 사이엔 간격이 있는 거죠. 문자적인 일치만 있고 심정적인 일치는 없는 거죠. 그게 인간의 한계, 교회제도의 한계인 듯도 하네요.

세상을 품은 영성

다음 세대의 어느 신학자가, 함세웅 신부님은 신학적으로 어떤 분이냐라는 질문에, 제2차 바티칸 공의회의 문자와 내용을 체화하고 그에 따른 삶을 살아갔던 분이다, 이렇게 말할 수 있을까요?

그렇게 하면 너무 기계적인 해석이고요. (웃음) 그야 후학들이 자유롭게 해석해야죠.

후학의 옆에 있는 제가 들어보니까, 그런 면도 없지 않은 것 같습니다. (웃음)

바티칸 공의회의 가르침을 잘 간직하며 살려 했던 건 사실이지요. 바티칸 공의회의 사목헌장 해설서를 10여 년 전부터 써왔는데 은퇴하기 전에 마무리하고 싶더라고요. 제자인 실무자가 이래저래 생각하더니 책 제목을 '세상을 품은 영성'이라고 하면 좋겠다고 해요. 저는 '품은'이라는 과거형이 아니라 '품는'이라는 현재형으로 하고 싶었어요. 한때 품었기만 하면 뭐 하냐, 항상 품어야지… 실무자는 공의회 문헌이 어쨌든 과거 문헌이니까 과거의 행업을 정리하는 의미에서 '품은'이라 하는 게 좋겠다고 생각한 거고요. 그럼 그렇게 하라고 했어요. 그 책 제목을 보면 그 제자가 저에 대해 생각한 바를 나름대로 집약한 것 같아요.

옛날에는 교회가 세속사를 배척했잖아요. 지금도 중세 문헌을 보면 "세상은 우리의 적이다. 우리가 세상과 끊어야 한다."라면서 마귀와 세상과 육체를 원수로 봐요. 전근대적인 터부 신앙인데 그 벽을 깬 게 제2차 바티칸 공의회입니다. 엄청난 겁니다. '마귀와 사탄은 우리의 원수지만 세상은 우리의 원수가 아니다. 세상은 하느님이 창조하신 아름다운 선물이다. 예수님이 세상을 찾아 태어나셨고 세상을 위해 돌아가셨다. 교회 현장이 바로 세상이니 세상과 교회를 이분법적으로 생각하면 안 된다. 육체도 하느님의 선물인데 어떻게 원수라 하느냐. 모든 선행이 육체를 통해서 행해지는 것 아니냐. 육체는 벗이다.' 그런데 아직도 육체와 세상, 이런 게 구원에 방해된다는 중세적 신심, 세상은 악이라는 감정이 남아 있습니다. 미숙한 성직자들은 아직도 그렇게 해석해요. 그런 말씀을 들으면, 정말 시대의 흐름도 모르고, 제2차 바티칸 공의회의 핵심도 모르는 미신적인 가르침이라고 생각하죠.

세상을 긍정하면 왜 세상을 바꿔야 하는지가 보입니다. 왜 불의한 체제, 정치, 언론을 바꿔야 하는지가 보이지요. 인간과 상관있는 모든 것은 교회의 구원과 연관된다는 겁니다. 세상을 구원하기 위해서는 불의한 체제를 고쳐야 하거든요. 그런 점을 사제들이 잘 일깨우지 못한 점도 있고, 신자들이 잘못 배운 점도 있고, 거짓 언론들이 왜곡한 것도 있지요. 그 왜곡이 바로 사탄의 행업이거든요. 그런 걸 교정해야 해요.

교회가 세상 속에 있고, 하느님이 창조한 세상을 긍정할 때, 그 창조 질서의 보존과 완성을 위해 더욱 노력해야 할 의무가 주어진다는 것이네요. 하느님의 정의와 사랑의 실현을 가로막는 불의한 체제를 바꾸어야 할 과업도요. 세상과의 관련은 알겠는데, 그것을 품는 영성은 무슨 뜻인가요?

'품는다'는 것은 강생(降生) 혹은 육화(肉化)입니다. 개신교에서는 육화라 하지요. 하느님이 사람의 모습으로 세상에 오신 것을 육화라고 하지 않습니까? 저희 가톨릭에서는 incarnation을 '강생' '생명으로 내려오셨다'라고 번역해요. 강생이라는 표현이 더 깊이와 무게가 있는 것 같아요. 고깃덩어리가 되었다는 육화는 표현이 좀 그래서. (웃음) 그걸 강생신학이라고 하는데, 이때 하느님이 세상에 내려와서 세상을 품는 것을 영성(靈性)이라고 하죠.
여성신학을 하면서 많이 깨달았는데 요즘 쓰이는 영성이라는 단어는 핵심을 비켜나간 것 같아요. 영성이라는 것은 내적인 자기변화거든요. 세상을 변혁하는 힘이기도 하고요. 그런데 요즘 영성 이야기 하는 분들은 구름 같은 이야기, 하늘나라 이야기처럼 해요. 모르는 이야기를 떠드는데 그걸 듣고는 영성이 깊다고 하죠. 그런데 그건 허상이에요. 그걸 구체적 현실로 재현해야 합니다. 영성에 대한 여성신학적 이해가 흥미로운데, 영성(spirituality)은 spirit＋quality＝sprituality라는 것이거든요. 영성에도 질(quality)이 있다는 거예요. 영혼에도 질이 있으니 하느님 믿는다고 다 같은 게 아닌 거죠. 그런데 보통 영성을 얘기하는 분들이 성령운동에 많이 참여하는데 그건 신앙의 질을 너무 낮게 보는 것과 같아요. 참 안타깝습니다.

『세상을 품은 영성』이라는 책을 처음 봤을 때, 뜻도 잘 알지 못한 채 참 특이한 제목이라고 생각했는데, 지금 들어보니까 신학적으로 아주 심오한 의미가 있는 것이었네요. 그리고 아까 교구의 관료주의라든지 중앙집권적 독재체제에 대한 비판을 간간이 하셨잖아요. 다른 신부들도 가톨릭 체제가 관료주의, 독재체제라고 강하게 표현하십니까?

못하기도 하고 안 하기도 하죠. 교회의 틀 안에 있기 때문에 상대화하는 시각이 약했던 것 같아요. 저는 어려운 현실 속에서 많은 분을 만나면서 가톨릭을 객관화할 수 있는 비판적 시각을 가질 수 있었어요. 특히 여성신학을 공부하면서요.

독재체제, 관료체제라는 말을 사제 집단 내에서 하게 되면 역반응이 올까요?

지난번 말씀드린 대로 별 반응이 없어요. 우리나라는 신학이 취약해서 무슨 얘기를 해도 이의를 제기하지 않고 가만있어요.

아니, 신학이 약할수록 그런 말이 오히려 더더욱 귀에 거슬릴 수 있잖아요. (웃음)

거슬린다고 역반응하면 제가 더 크게 반응할 것 같기 때문에 안 하는 거죠. '뜨거운 감자' 같기 때문에… (웃음)

뜨거운 감자? 좀 무서운 존재인가요? 아님 진실이라고 생각하는 것을 여과 없이 표출한다? 함 신부님도 나름 '여과'하여 발언하지 않나요?

물론 저도 계산을 하죠. (웃음)

계산하고 말씀하신다면 '순수 돌직구'는 아닌 것이죠?

예수님은 그런 분이 아니셨어요. 마태복음 23장을 보세요. 끊임없이 예수님의 질타가 나오거든요. 예수님 말씀에 대해 어느 교수 한분이 이랬어요. "이 말씀을 옛날 말로 알아들으면 안 된다. 옛날 율법학자들에 대한 비판 속에는 오늘 사제들에 대한 지적이 있는 거다. 이걸 교회에 적용해야 한다." 이런 교수가 계셨기에 저도 그로부터 배웠죠. 간혹 섬광 같은 가르침을 주시는 교수들이 계세요. 제도와 체제 이면에는 그런 영적인 교사들이 있습니다. 가끔 프란치스코 교황 같은 분이 나오죠. 물론 항상은 안 나와요. (웃음) 교회가 큰 한계에 봉착하여 폭발 직전에 처했을 때 쇄신의 물결이 일어나는 것 같아요.

신부님이 로마 유학 가실 당시에 1년에 몇명이나 유학을 갔습니까?

한 다섯명 정도였습니다. 그때그때 달랐죠. 못 간 해도 있었고, 저희 때는 여섯명 간 것 같아요. 그중 다섯명이 사제가 되고 한명이 유학 중 교통사고로 선종했습니다.

뽑혀서 로마 유학 갔다 오고, 개인적으로 매우 우수하고⋯ 우수하다는 사람의 폐단 중 하나는 제도에 잘 순종한다는 것이거든요. 그 제도가 자기를 인정해주기 때문이고, 인정해주면 제도 내의 출세 사다리를 타는 게 유익하다는 자기 계산이 서지 않습니까. 그게 종교 내에도 있을 수 있잖아요.

실례되는 질문을 자꾸 드려서 송구스러운데, 그냥 세속적 차원에서의 궁금증을 막 던져봅니다. 함 신부님도 대단한 엘리트 사제로서 소위 출세의 사다리를 하나하나 오를 수 있었을 텐데 다른 길을 골라 택해서 갔다, 하느님의 정의와 진리의 실현을 향해서 나아갔다, 이런 식으로 표현하는 분들이 계시더라고요. 정년퇴임에 이를 즈음이면 인생 전체를 통관해보게 되잖아요. 내가 다른 길로 나아갔을 수도 있는데 현재의 길로 오신 것 아닙니까? 그러면 이 두가지 길 사이에 어떤 고민과 결단이 따르는지요?

그게 종이 한장 차이인 것 같아요. 조금 관점은 다릅니다만, 선과 악은 종이 한장 차이라는 신학 교수의 옛날 말씀도 연관되는데, 저도 친구들과 농담을 주고받으면서 그런 상상을 하죠. 정의구현사제단 활동을 미루고 체제에 가깝게 지내면서 교구장이 되었다면, 교구장의 더 큰 권한으로 더 많은 일을 할 수 있지 않았을까. 그런 생각도 들지만 그게 보장되는 것도 아닌 것 같아요. 교구장이 되면 교구장으로서 간섭받는 게 더 커요. 그 대신에 사제로 한평생을 살았기 때문에 가톨릭 안에서 좀더 자유를 지니면서 예수님의 가르침, 출애굽 해방의 원칙을 동료 사제들과 민주화 동지들과 함께 이만큼 실천할 수 있지 않았나 싶어요. 가정입니다만, 제가 교구장이 되었다면 지금의 제가 아닌 관료체제하에서 어용화된 사람이 되었을 수도 있겠죠. 그런 모습보다는 역사와 현장 속에서 지내온 과정이 더 아름답지 않나 생각하고요.

물론 주교나 교구장이 된다고 전혀 못하는 건 아니겠지요. 브라질의 동 에우데르 까마라(Dom Hélder Pessoa Câmara) 주교도 계시고 엘살바도르의 오스까 로메로(Oscar Arnulfo Romero) 주교도 계시고요. 그렇게 영향을 더 미칠 수 있는 활동을 나도 할 수 있지 않았을까 생각해보지만, 그게 보장된 건 아닌 것 같아요. 우리의 삶은 하느님의 역사 속에서 선택이 이뤄지는 것인데, 저는 제가 살았던 삶에서 기쁩니다. 다만 약간 폐쇄적인 교구장이나 주교들을 보면 아쉽다는 생각은 들죠.

소위 높은 자리에 올라간다는 것이 더 큰 권한을 갖는 것 같지만, 그 자리에 이르기까지 형성되는 다른 종류의 기대치가 있고, 그 기대치를 배반하면 한순간에 지위 추락을 당하고, 그래서 높을수록 오히려 자기를 그렇게 만든 여건의 포로가 되고, 더 큰 제약 아래 놓이는 것도 같아요. 위로 갈수록, 위란 말도 이상하지만, 더 자유롭고 재량권이 많은 것이 아니라, 다른 종류의 제약이 켜켜이 쌓여 있을 수 있다는 거죠?

네, 동감합니다.

작년(2012년)에 은퇴하셨는데 무엇으로부터의 은퇴입니까?

본당으로부터. 그런데 가톨릭에서는 '은퇴'라 하지 않고 '원로사목자'가 된다고 해요. 은퇴하더라도 교구로부터 생활비 같은 것을 지원받고, 집도 임대 받아서 살기도 하는데, 어떻게 은퇴한 사람이 교구로부터 지원을 받느냐, 이런 게 세무상 문제가 되었대요. 그래서 교구 소속은 그대로 두고 '원로사목자'라는 용어를 공식적으로 쓰게 되었어요. '은퇴'는 일상의 용어이기 때문에 쓰는 것이죠. 원로사목자라는 말이 더 낫더라고요. (웃음)

그러면 본당 사제직을 은퇴하신 것이네요. 아무튼 은퇴 시점에서 여러가지를 돌이켜보게 되잖아요. 종합적인 소감이라든지 생각나는 게 있다면요?

『세상을 품은 영성』을 쓰면서, 그 서문에 그 소감을 '감사의 글'로 적었어요. 하느님을 주제로 제 삶을 생각하면서 가족, 신부님과 수녀님, 신학교 때의 은사님 같은 분들을 그리면서 지냈고요. 사제로 생활한 곳, 순차적으로 연희동, 응암동성당에서부터, 감옥생활, 한강, 구의동, 교구 홍보국, 평화신문, 장위동, 상도동, 제기동, 청구성당에 이르기까지 각각의 과정에 감사드려요. 민주화운동 과정과 감옥에서 만난 동지들과 은인들과 가족들, 유학 때 도와주셨던 분들을 마음에 품으면서 종합적 정리를 올렸어요. 그중에 응암동성당을 첫사랑으로 하고, 거쳐온 성당들은 각각이 뿌리이고 나무고 가지들이고, 마지막 청구 성당은 열매 그리고 완결이라고, 이렇게 은유적으로 표현하면서 매우 기뻤어요. 그렇게 신자들에게 인사를 드렸습니다.

정의구현사제단과 함세웅

'함세웅' 하면 어떤 단어가 먼저 떠오르냐고 여러 사람에게 물어봤더니, 단연 '정의구현사제단'이라 하더군요. 신부님 자신에게 정의구현사제단이란 어떤 의미를 가집니까?

제 삶의 귀중한 과정이죠. '분신'이라는 말이 맞을까요. 제 정체성을 확인할 수 있는 삶이랄까. 아, 제 정체성이라고 말씀드릴 수 있겠네요.

정의구현사제단엔 지금도 관여하시나요?

지금은 '고문'이죠.

사제단은 세속적 의미의 직함이라는 게 없는 것 같은데요. 직함을 갖고 있습니까?

처음엔 '총무'였고, '공동대표' 한번 맡고, 지금 '고문'인 거죠. 그런 직책 여부를 떠나 저는 사제단에 깊숙이 관여한 일원입니다.

거기에 깊숙이 관여한 방식은 세속적인 조직체계나 조직방식과 매우 다르지 않나요?

달라요. 뭐라고 소개하기 어려워요. 세상에 이런 조직과 단체가 없는 거예요. 아마도 그러했기에 험난한 세상에서 40년을 살아낼 수 있었던 것 같아요. 교구를 넘어서 사제들이 함께 연대할 수 있는, 이런 게 세상에 전무합니다.

그래도 뭐라고 규정하고자 한다면…

1970년대 활동할 때는 사제단이 천주교를 대표하지 않았습니까? 그런데 다원화된 세상에 오니까 가톨릭을 비판하거나 사제단을 헐뜯는 분들이 사제단은 '비공인 단체'래요. 가톨릭 체제 안에 공인 단체와 비공인 단체가 있습니다. 그러니까 가톨릭의 NGO 비슷하게 된 거죠.

문정현 신부님이 일전에 필리핀에서 연구 논문을 쓰실 때 공인과 비공인에 대해 쓰셨어요. 제가 논문을 다 읽진 않고 설명을 듣고는 농섞어 평하면서 "아니, 그런 걸 연구라고 하시오? 예수님은 그럼 공인된 인물인가요? 그런 편 가르는 용어 자체를 쓰지 마세요."라고 말한 적이 있어요. 수구언론 등 미숙한 사람들이 "정의구현사제단은 비공인단체다."라면서 공격해요. 저는 이렇게 반박해요. "비공인/공인을 누가 정하냐? 우리는 공인을 넘어선 것이다. 공인을 한 게 우리 자신이다. 아니, 박정희 체제, 그 살벌한 체제하에서 아무도 얘기하지 못한 '박정희가 불의한 정권이다. 이런 정권 타파해야 한다'를 외치면서 국민들과 교우들로부터 확인받았으면 역사가 공인한 것 아니냐. 인간법에도 관습법이 있다. 10년 이상 있으면 관습법으로 승인된 거다. 그런데 우리는 40년 동안 그렇게 살아왔다. 우리는 제도교회를 넘어서는 단체다. 그런데 무슨 공인/비공인을 얘기하느냐."

우리를 공인해줄 사람이 달리 없어요. 하느님과 예수님과 역사로부터 공인받았는데, 또 누구로부터 공인받아요? 이런 논리를 전개하죠. 제가 근원적으로 얘기하니까 아무도 문제제기 안 합니다. (웃음) 여기에 덧붙여 순교할 때 자신의 결단 갖고 순교하지, 누구한테 가서 공인받고 순교하느냐고 말하죠.

사제단의 본질을 투시한 것이면서도 내공이 들어 있는 논리네요. 내친 김에 세속적으로 다른 질문을 또 던져봅니다. 예를 들어 사제단 명의의 성명서가 자주 나왔잖아요? 그러면 세속적으로 시비 거는 사람들은 그 성명이 사제단 전체의 동의를 거친 것이냐, 내부의 어떤 절차를 거쳐 사제단 명의를 붙이느냐고 묻는 거예요.

저희 때는 주로 수도권에 있는 동료들이 합의를 했어요. 적으면 다섯명 많으면 열명. 지금은 각 교구마다 상임위원들이 있습니다. 각 대표들이 합의하고, 급할 때는 사제단 대표와 총무 두 사람이 하죠. 그러나 급하지 않을 때는 대개 상임위원회가 동의 과정을 밟습니다.

어떤 성명을 냈을 때 이건 독단적이라는 비판이 나온 적은 없습니까?

없습니다. 다만 사제단이 상처를 입은 사건이 있었어요. 우선, 임수경 학생이 북한을 방문했을 때, 문규현 신부가 임수경을 데리러 북한 방문할 때 워낙 남한사회가 국가보안법과 반공이데올로기에 따른 공격과 제재가 심했기에 얼마간 내부 충돌이 있었죠. 당시에 서울교구에서 여러 신부들이 떨어져 나갔고요. 두번째 큰 사건은 1998년인 것 같아요. 신부들이 북한을 처음 방문하고 돌아와 문규현 신부가 구속되었는데 문 신부의 판문점 발언과 관련하여 몇분이 이의를 제기할 때 상처 입은 적이 있어요. 세번째는 북한을 돕는 과정에서 북한 쪽 일을 담당했던 신부가 너무 사적으로 접근했다는 이유로 그 사람 친구들, 마산과 부산 사제들 일부가 떨어져나갔어요. 이 세가지 정도가 상처 난 일로 남아 있습니다.

그러니까 활동 내용이 동의의 정도가 약하거나 공감이 약하면 사제들 중 일부가 이탈하는 방식으로 정체성이 유지되는 것이네요. 그런데 예를 들어 1987년 5월 18일, 김승훈 신부님이 '박종철 고문치사사건의 진범이 조작되었다'는 그 역사적 성명을 발표할 때도 정의구현사제단 명의로 하신 거죠? 그 경우는 극비리에 추진되었잖아요?

그때는 김승훈 신부님과 저를 비롯한 두세명이 결단을 내린 거죠. 사제단의 이름으로 하기로요. 그야말로 감옥 갈 각오를 해야 하는데, 논의하면 할수록 책임을 많이 져야 하기 때문에 책임질 사람을 최소화하기 위해서…

비밀유지도 절대적으로 필요했겠고요. 그럼 1987년에 함 신부님과 김승훈 신부님의 사제단 내의 공식/비공식 직함은 어떻게 됩니까?

김승훈 신부님은 명예단장, 관습적으로 "단장님, 단장님" 이랬어요. 사제단 대표입니다. 저는 보좌였고요. 교구청에 있었기 때문에 사제단 직책을 갖진 않았지만 옆에서 늘 함께했어요. 공식 직함은 없었고요.

그때는 워낙 내용에서는 정의에 충실하고 희생을 수반할 수 있기에 비상 상황에서 추정적 동의하에 진행된 것이네요. 김승훈 신부님이 단독으로 발표해도 누구도 '왜 상의도 없이 하느냐'라고 말할 필요도 없고 그런 불만 자체가 일체 나올 수 없는… 희생에 대한 존경, 이런 것 때문에 논의하지 않아도 혼연일체가 된 거죠?

'뭐가 있다'는 정도만 알려준 거죠. 그런데 구체적으로 알려고 하면 사실 더 힘들죠. (웃음) 끌려가게 되면 아는 만큼 책임을 져야 하잖아요. 그건 모두가 이해한 우리들의 생존 방식이었습니다.

당시 정보기관들은 늘 '수괴' '배후조종' '공모', 이런 식으로 조직표를 짜서 일망타진하는 게 주된 업무잖아요. 그런데 사제단을 맹공할 때도 언론에 그런 조직표가 나온 건 없는 것 같은데요.

우리는 그런 조직이 없는데 중앙정보부에는 자기들이 만든 조직표가 있어요. (웃음). 거기엔 제가 대체로 총무로 되어 있었어요.

그 조직표, 지금은 없습니까?

네. 전두환이 등장하면서 정보부 문건 다 압수해갔으니까 보안사에 있을 거예요. (웃음)

조직표를 눈여겨본 적이 있습니까?

눈여겨본 적은 없고, 조사를 받을 때 보면 제가 사제단의 사실상 대표로 되어 있더라고요. 그래서 제주도에서 미사를 봉헌한다든지 무슨 시위가 있다든지 하면 제가 시킨 걸로 돼요. 제가 누누이 그렇지 않다고 설명해도 못 알아들어요. 자기들의 조직생리로는 그래야 하는 건데, 우리는 그런 명령구도가 아니라고 말해도 이해를 못해요.

이해 못할 것 같습니다.

꼭 저 아니면 누군가가 지시했다는 거예요.

인간관계를 파악하는 그쪽의 방식은, 자발적인 건 없다고 보기 때문이죠. 누가 '배후조종'하고 '지시'하고 자금 제공한다는 식으로 파악하잖아요.

물론 우리도 전화 연락은 하죠. 그런데 수직적인 지시 같은 게 전혀 아닙니다. 지내놓고 보면, 우리가 사제이기도 하고 교회 구성원이었기 때문에 중앙정보부도 우리를 조사하고 구속시키면서도 때론 상당히 조심조심했어요. 그래서 정보부 내에 종교과를 만들었잖아요.

그런데 무도한 권력자들 중에서, '저 사제단을 해체·괴멸시키고 싶다!' 같은 생각을 실행하려 드는 자들이 도중에 계속 나타났을 게 아닙니까. 그런데 왜 못했죠?

1980년 전두환이 권력을 장악하고 모든 단체를 해체시켰을 때 활동단체로는 저희만 남아 있는 거예요. 저에게 압력을 가할 때 제가 그랬어요. "저 혼자 결정할 수도 없고 해체할 수도 없다. 신학적으로 천주교를 어떻게 해체하나? 정의구현은 성서의 핵심인데 정의구현을 어떻게 포기하나? 사제단은 사제들의 모임인데 사제들 모임을 어떻게 포기하나? 해체할 수가 없다. 존재론적으로 우리는 사제다. 신앙인의 모임이다." 이렇게 얘기하면 그분들도 어이없어하죠. (웃음) "천주교를 없애라. 그러면 된다." 이렇게까지 말하니까요.

정보부의 또다른 방식은 자금출처 같은 것을 조사하여, 거기에 비리 혐의를 갖다붙여 파렴치집단으로 매도하고 처벌하고… 그런 적이 많았잖아요.

저희는 자금 조사를 안 당했어요. 왜냐면 우리는 성당에서 헌금을 통해서 자금을 마련하기 때문인데요. 다만 다른 사람들을 도와줬을 때는 조사받죠. 학생들을 도와준 경우는 조사대상이 되는데 이웃을 도와준 경우는 시비를 안 걸었어요. 왜냐면 사제는 항상 도와주어야 하는 신앙적 의무가 있기 때문에 이걸 범죄로 만드는 게 큰 부담이었을 테고요. 민청학련사건 때에는 지학순 주교가 대학생들에게 자금을 지원했잖아요. 그걸로 긴급조치 위반으로 구속되었는데, 그 부분에서 공안기관 자기네들이 큰 부담을 느꼈어요. 자금과 관련해서는 심하게 조사받은 것 같지는 않습니다.

길거리 미사로

최근 몇년간 신부들이 교당이 아닌 거리에서 미사를 드리곤 합니다. 덕수궁 대한문 앞에서나 제주 강정마을에서 미사를 드리잖아요. 과거에 정의구현사제단은 전국의 성당을 돌면서 미사하고, 그런 연후에 거리로 나오곤 한 것 같은데, '길거리 미사'라는 새로운 형태가 출현한 것인가요. 그 신학적 자리매김은 어떻게 하고 계시는지요?

각자 자기 영역에서 최선을 다하는 내용들이지요. '길거리 미사'라 표현한 그 방식을, 이라크 파병반대 건으로 광화문 앞에서 미사 봉헌할 때 접했어요. 그걸 지켜보면서 비로소 그것의 큰 의미를 깨달았습니다. 당시에 함께하긴 했지만, 처음엔 길거리에서 하는 미사가 가톨릭의 품위에는 맞지 않는다는 생각이 들었어요. 한편으로는 그분들 편을 들어 사제들이 함께 있어야 하니까 그 자리에 있었지만, 그래도 성당에서의 미사가 정식이 아닌가, 명동성당이 폐쇄적으로 나오니 저렇게 된 게 아닌가 하는 안타까움이 있었습니다. "명동성당에서 자리를 안 주니 길거리에 나온 것 아니냐. 기도는 해야겠는데 명동성당 자리를 폐쇄했으니 우린 길거리로 나갈 수밖에 없다."라고 글을 쓴 적도 있습니다.

몇년이 지나면서 생각이 적극적으로 바뀌었어요. 아, '길거리 미사가 예수님의 자리구나'라고요. 성탄축일 때 밤 미사가 얼마나 화려합니까. 사제들도 금제의를 입고 성가대도 굉장한데요. 이런 행사로 몇십년 지냈는데, 어느 때에 이건 다소 껍데기로구나 하는 생각이 든 거예요. 예수님은 이렇게 말씀하실 것 같아요. '나는 누추하고 냄새나는 마구간에서, 아무도 없는 데서 태어났는데 너네들은 왜 이렇게 요란법석이냐. 너희들이 잘못 생각하는 것 같다. 이럴 땐 오히려 어려운 사람을 찾아가는 게 맞지 않느냐.' 똘스또이도 그런 얘기를 많이 했고요. 그래서 명동에서는 성탄 전날 초저녁에 노동자나 철거민을 찾아가서 미사를 합니다. 교황도 지난해에 보면 여자 교도소 가서 미사했잖아요. 그게 공식 미사는 아닌데 '덤'으로 하는 미사였어요. 제가 봤을 때 그건 덤이 아니라 공식 미사가 되어야 하는 거예요.

예수님의 탄생을 영국 왕자 탄생 때 하듯이 축하하고 축배를 올릴 게 아니라, 원래 가장 비천한 곳에서 태어난 예수님을 기억하면서 우리 시대의 비천한 곳에 주목하고, 그곳을 향하는 미사가 되어야 한다는 말씀이지요.

성목요일에 제주의 강우일 주교가 이런 요지로 강론하셨대요. "내일은 예수님 돌아가신 날이다. 그런데 예수님이 여기 제주 오신다면 어디를 맨 처음 찾아오실까? 제주 중앙성당 같은 크고 아름다운 성당일까? 아니면 강정마을 같은 소외된 곳일까. 생각해보니 강정마을을 먼저 다녀가신 다음 여기에 오실 것 같다. 그래서 내가 주교지만 여러 비판에도 불구하고 강정마을에 가서 미사를 했다."라고요. 강 주교는 시대를 고민하신 분이니까 그런 성찰이 나오는 거예요. 그래서 저도 주교님 말씀 인용하면서 강정마을에서 미사를 봉헌했습니다.

지난 성탄절, 너무 추웠어요. 그날 낮에 어디 갈까 하는데 불현듯 대한문에 가고 싶더라고요. 은퇴하고 성당도 없는데 길거리가 내 성당이다 하면서요. 그때 미사가 두시간 이상 넘어서 끝났지만 그 추위에도 마음은 좋았어요. 그다음부터는 가능하면 월요일 한번은 기도하는 마음으로, 정화를 위한 마음으로 찾아가곤 합니다. 길거리 미사에 대한 신학적 해석이 다 다르죠. 그런데 저는 여기가 예수님의 베들레헴 마구간 자리이고, 큰 예배당은 어쩌면 껍데기라는 확신을 갖게 되었습니다. 좋은 체험이에요.

길거리 미사에 얼마나 참여하셨습니까?

2012년 12월 25일 성탄 때부터는 한주에 한번씩 했어요. 그다지 많이 다니지는 않았어요. 제주 강정마을에 몇차례 갔고, 사제들이 야외 행사할 때 참여했습니다. 길거리 미사에 대한 신학적 이해가 깊어진 것이 저에게 좋은 체험인 것 같아요.

갈바리아 언덕의 예수님, 마구간 예수님을 제 감옥 체험과 연결하면서 이런 자리, 이런 고난받는 곳에 갑니다. 대한문 앞에 분향소를 차려놨는데 가만 보니 중구청장이 무자비한 것 같아요. 돌아가신 분들을 기린다는데, 관할 구청장이면 인간의 도리 정도는 해야지, 사람을 쫓아내고 화단이나 만들고… 그런 것들로 어찌 환경미화가 되겠어요. 어디 가서 얘기하기에도 창피하고요. 때로는 큰 무력감도 느낍니다. 그럼에도 불구하고 신앙 속에서 의지를 놓지 않고 희망을 설정하며 나아갑니다.

길거리 미사에서 만나는 사람들은 성당에서 만나는 이들과 다르잖아요. 신도도 있지만, 비신도와 일반 시민, 오가는 분들을 상대로 하는 미사는 새로운 의식이고 열린 만남이잖아요. 성당에 계시면 의식과 절차에 대한 이해를 지닌 신도들이 오지만요. 길거리에서 일반 시민들이 가톨릭 예식을 정식으로 할 때 만남의 느낌이 어떤가요? 저는 2008년 촛불시위에서 전종훈 신부와 여러 사제들이 시청광장에서 천주교 식으로 미사를 드리는 것을 보면서 미사라는 의식이 장엄하고 감동적이라고 느꼈어요. 함 신부님은 어떤 느낌입니까?

단순하고, 겉치레가 없고, 핵심을 찾아가는 작업이라고 생각했어요. 저 혼자 성서의 여러 삶을 떠올려요. 이집트로부터의 해방, 갈대아 바다를 건넌 행업, 사막을 건너면서 하느님을 느꼈으면서도 또 망각하고, 무수한 잘못을 범하고… 세상 한복판이 이런 사막의 현장 같구나 실감하고요. 사막에서 히브리인들이 방황했듯이 한 세대가 가지 못하면 그다음 세대가 이어서 약속의 땅으로 간다고도 생각해보고요.

갈릴리에서, 예루살렘에서 예수님의 생애를 묵상하면서 지금 예수님이 오시면 어디에 제일 큰 관심을 가지실까도 떠올려봅니다. 사회적 약자들과 고통받는 사람들, 억울함을 호소할 데 없는 사람들이 있는

서울 대한문 앞에서 천주교 정의구현사제단을 비롯한 관계자들이 용산참사, 쌍용차 해고노동자, 제주 강정마을 해군기지 등의 평화적 해결을 염원하는 성탄절 정오미사를 집전. ⓒ연합뉴스

이곳에 함께하는 것 자체가 하느님에 대한 관심과 사랑이고 아름다운 기도라 생각하면서 미사를 드리지요.

우리 때와는 달리 요새는 미사가 재미있기도 해요. 웃으면서 축제처럼 하고, 농담도 건네고요. 미사 끝나면 특송도 하고, 억울한 분들은 연단에 올라와 발언도 합니다. 짧은 시간이지만 여기가 사제로서 하느님을 만나는 귀중한 체험의 자리라는 생각으로 임합니다.

일반 시민들과 만남으로써 미사의 형태가 달라지나요?

그렇죠. 성가 대신에 「님을 위한 행진곡」 「솔아 푸르른 솔아」 「함께 가자 우리 이 길을」 등을 불러요. 자연스럽게 그게 우리의 성가가 되었어요.

거기서 함 신부님이 강론하실 때도 있나요?

아뇨. 어떤 특별한 일이 있을 때 사회자 신부가 저에게 원로라고 발언 기회를 주기는 해요.

은퇴와 자유, 영원한 현역

함세웅 신부님이 현역에서 은퇴하셨다고 하면, "그럴 리가?" 하는 반응이 터져나옵니다. 과연 2012년에 은퇴하신 분이 맞느냐고 누가 그래요. '영원한 현역 함세웅 신부님' 같은 타이틀도 있고요. 은퇴 후 더 바빠지신 게 아니냐는 얘기도 있던데요. 어떻습니까?

모든 분들이 일정한 나이가 되면 직책에서부터 자유로워진다는 의미에서 은퇴입니다. 그러나 사제이기 때문에 신앙인으로서 사제의 직분은 세상 떠날 때까지 지니고 다녀야죠.

요새는 오전 시간이 자유로워요. 성당에 재직할 때는 거기가 복덕방 같아서 아무 때나 누가 와도 사제는 응답해야 하거든요. 오전엔 큰 약속이 없고 자유로운 시간입니다. 일어나서 짧게 기도하고 산책하고 목욕하고 미사 봉헌하고 자유롭게 지내고요. 주일에는 오전 9시 반에 근처 성당에서 어린이 미사를 봉헌해요. 어린이들과 함께 미사 드리니까 생기있고 좋아요. 예수님도 어린이를 사랑하셨으니까. 제가 신자들에게 "'알바' 왔습니다, 저는 '알바사제'입니다." 이렇게 소개하면서 재밌게 지내요. 때로는 오전 11시에 저희 집에 모여서 가까운 분들과 가족미사 하고, 근처 만둣집에서 짐심 먹고 헤어지고 하다보면 주일이 너무 빨리 가요.

공적으로 맡은 일이 있어요. 이번 주만 하더라도 오늘 오후 2시에는 민족문제연구소 조문기 전 이사장님, 일제 말인 1945년 7월 24일 부민관에 폭탄을 던져 일제를 경악케 한 분이죠, 이런 의인들의 행업을 기리는 행사에 참석하고, 모레는 정전협정 60주년 기념 평화음악회에 참석 예정입니다.

늘 바쁘시네요. 이번 대담을 위해 올 3월에 처음 뵈었을 때는 건강 걱정이 조금 들더라고요. 추위를 많이 타시는 것 같고, 여름을 더 좋아하시죠?

여름이 좀 낫죠.

이제 대담을 마칠 시점인데, 시작할 때와 지금의 마음에 차이가 있습니까? 너무 많은 시간을 괴롭힌 게 아닌가 걱정입니다.

처음 이 대담을 한다고 할 때 주저했어요. 사제가 자기 삶을 이야기하는 게 어렵고, 신학 교육의 차원에서 봐도 적합하지 않고, 자기 이야기를 하다 보면 자기 중심으로 흐르고 자화자찬이 될 함정이 있는데 꼭 해야 하나 싶었습니다. 그러나 동시대인으로서 역사에 대해 증언할 필요가 있겠다는 생각도 했습니다. 이에 윤원일 형제가 추진하고, 또 대담자로 오신 한인섭 교수님 책과 글을 읽고 좋은 분임을 알게 되었지요. 또 동영상 촬영하는 오정묵 PD님도 훌륭하셔서, 대담을 진행하는 동안 행복했습니다.

처음에는 제 생애에 대해 물어보실 것 같아서 어떡하지 했어요. 다행히 그보다는 활동이나 사건 등에 초점을 두고 대화를 하게 되어 저도 편하더라고요. 대담 장소를 여기(용산 성심수녀원 기념관)로 한 이유는, 옛날 제 집이 바로 이 근처이고, 여기 수녀님들도 잘 알고 있어서예요. 처음엔 이 집이 벽돌집이어서 춥고 으슬으슬하더니 이젠 정도 들고 편안해졌어요. 대담하면서 저도 힘이 났어요. 증언적 의미가 있으니까 좋더라고요. 중간 중간 놓친 부분이 있어서 그것들을 되새기면서 다시 깨닫기도 하고요. 이 대담을 해온 몇개월 동안은 제가 쓴 일지도 들춰보지 않고 왔어요.

놀라운 것은, 보통 이 정도 내용이 나오려면 자료를 줄곧 참고하고 기록을 정리하면서 날짜도 확인해야 하잖아요. 그렇게 해도 이토록 상세하고 구체적인 내용이 나오기 어려운데, 제 나름대로 속으로 놀라움을 금치 못했던 것은, 아무 메모도 없이 오셨잖아요. 또 제가 질문지를 드린 적도 없고, 심지어 다음에 나눌 대화 주제를 알려드린 적도 없거든요. 그런데 자리에 앉자마자 저로서는 질문이 절로 나오고 신부님의 답이 자연스럽게 나오면서 거침없이 진행되었어요. 말씀 자체에 빨려들어가 그 세계 속에 즐겁게 지냈습니다. 어떻게 메모 없이 그토록 엄청난 이야기들을 막힘없이 해낼 수 있는가, 이게 불가사의합니다.

제 나름대로 답을 찾은 것은, 그저 문자로 사는 것이 아니고, 또 말로만 산 것이 아니고, 하나하나의 사건 속에서 온몸으로 살았다는 거예요. 그래서 온 신체와 정신 속에 기억들이 활력소로 내장되고 체화되었구나 생각합니다. 온몸과 온 마음으로 시대의 격랑을 헤쳐나간 것이 아닌가 싶습니다.

그게 한인섭 선생님과 오정묵 선생님, 두분의 힘 덕택인 것 같아요. 좋은 분들 앞에서는 다 나오지요. (웃음)

그래서인지 들으면 들을수록 행복하여 그다음 수요일이 기다려지곤 했습니다. 저는 주로 질문하고 반응하고, 오정묵 PD님은 촬영하고, 윤원일 교수님은 소리 없이 모든 걸 챙겨주시고, 기사님은 맛있는 것 잘 챙겨주시고, 서울대 대학원의 강혜은 학생은 녹취작업을 하느라 고생하고, 시간을 낼 수 없을 때엔 김영중, 김가해, 한솔 학생이 도와줬습니다. 이렇게 모든 분의 협력이 잘 이어서 오늘까지 왔습니다. 마무리 소감을 한 말씀 부탁드려도 될까요?

처음에는 어떤 길로 가는지 모르니까 약간 불안했는데 대담을 진행할수록 재밌어져서 얼마간은 공개하지 말아야 할 내용까지 다 말씀드린 것 같습니다. 어쨌든 이 대담을 나눈 수요일 모임이 저에게는 한 주일의 삶에서 우선이었습니다. 제 개인의 이야기이긴 하지만 역사와 함께했던 내용이기에 한번 정리해보고 싶다는 생각도 있었습니다. 성경도 처음에는 구전과 구전이 연계되어 전승되었다가 결국 기록화 단계에 이르잖아요. 그렇듯 우리 역사의 소중한 체험도 잘 전승되어 그 체험을 후배들과 공유했으면 좋겠다는 생각이 들고요.

교회가 지향하는 하늘나라, 또한 인간 공동체와 정치적 공동체가 지향하는 평화, 나아가 자기완성과 자기실현 등은 방법만 다를 뿐 결국 다 같습니다. 그런 의미에서 하느님을 믿는 진실한 신앙인은 세상의 변혁을 위해서, 아름다운 인간 공동체를 위해서 노력해야 해요. 또 세상에서 인간다운 평화공동체를 실현하는 선의의 사람은 하느님을 만나게 되어 있습니다. 그것이 제가 사제로서 지향하는 기도이면서, 대담하면서 갖고 있던 생각이었습니다. 이 기회에 좋은 분들 만나서 정말 반가웠습니다.

오정묵 신부님과 교수님이 이렇게 만나 대화하는 시간들이 저에겐 은총이었습니다. 감사합니다.

윤원일 고생하셨습니다. 제가 함 신부님 모시고 오래 살아서 잘 안다고 생각했는데, 말씀을 듣다보니 저도 몰랐던 내용이 너무 많네요. 아, 이게 그런 의미였구나 하고 깨달은 것도 많습니다.

강혜은 함세웅 신부님 인터뷰 녹취를 맡게 된 것은 큰 행운이었습니다. 한국 민주주의 역사에 대한 신부님의 생생한 증언은 제게 많은 공부가 되었습니다. 무엇보다 신부님의 이야기 곳곳에서 느껴졌던 시대의 문제에 대한 진지한 고민과 순수한 열정은 가장 큰 감동이었고, 저 자신을 다시 돌아보게 만들었습니다. 그동안 감사했습니다.

지난 3월부터 8월까지 매주 수요일 오후에 함세웅 신부님을 모시고 참으로 귀한 말씀을 듣게 해주신 데에 감사드립니다. 함 신부님의 삶을 통해 한 시대를 증언하고, 이 시대의 징표를 읽으며, 정의와 사랑을 실천하기 위해 과연 무엇을 어떻게 해야 하는가를 듣고 배웠습니다. 저희들이 느꼈던 이 감동을 그 시대의 고난을 함께 겪었던 동시대인들이 같이 되새길 수 있기를 바랍니다. 그 시대를 살지 않은 후학들이, 이 시대 고난의 순간들과 실천의 깊이와, 복잡다단한 인간의 삶 속에서 작용하는 섭리와 은총을 같이 느끼고, 같이 전율하고, 같이 아파하고, 같이 연대하는 그런 좋은 계기가 되었으면 합니다. 함 신부님이 청년처럼 늘 현역으로 좋은 말씀을 여러 사람들과 나눌 수 있기를 바랍니다. 도와주신 모든 분들께 두루 감사드립니다.

시대를 함께한 모든 분들, 그리고 이번 대화를 주관하고 도와주신 모든 분들께 감사드리고, 축복이 가득하기를 기원합니다. 너무 고맙습니다.

책이 나오기까지

저는 한국현대사와 민주화운동의 이모저모에 대해 자료와 증언을 모으는 작업을 지난 10여년간 해왔습니다. 한국의 법학자로서 법이란 무엇인가, 법률가의 역할은 무엇인가를 구체적으로 확인하고 성찰하기 위해서입니다. 그 과정에서 현대사를 수놓은 여러 인물들과 교감하게 되었습니다. 그런 모색의 과정에서 궁금증이 점점 커져간 분이 함세웅 신부님이었습니다. 1974년부터 민주화운동, 인권운동, 정의실현을 위한 구심으로서 함 신부님의 모습이 점점 부각되어 왔기 때문입니다. 함 신부님의 역할, 그 배경에 있는 신앙의 세계, 사회적 실천, 그리고 신부님만이 증언할 수 있는 숨은 이야기들을 깊이 알고 싶었습니다.

2012년까지 인권변호사의 생애, 식민지하 항일변호사의 세계에 대한 저술을 마치고, 저는 함 신부님과의 만남을 더 이상 유예할 수 없다고 생각했습니다. 주위 분들에게 제 바람을 피력했고, 공감하신 여러 분들의 주선을 거쳐, 2013년 초에 이르러 신부님께 제 진의를 전달할 수 있었습니다. 마침 저는 안식학기를 준비하고 있었고, 신부님은 본당 사제의 직분을 내려놓은 직후라 충분한 시간을 할애할 수 있었습니다. 저는 단시간의 인터뷰가 아니라, 생애 전체를 온전히 조명할 수 있도록 긴 대담을 요청했습니다. 신부님은 쾌락해주셨고, 그리하여 2013년 초부터 그해 여름까지 6개월 넘도록 만남과 대화를 이어갈 수 있었습니다.

대담은 원효로의 성심수녀원 기념관에서 매주 수요일 오후 시간 전체를 할애하여 이루어졌습니다. 적막하고 정갈한 분위기여서 아무 방해도 받지 않은 채 대화에 몰입할 수 있었습니다. 저는 사전에 질문지를 만들지 않았습니다. 만나자마자 대화가 시작되고, 신부님의 답변을 들으면서 저절로 새로운 궁금증이 생겨나고, 대화가 대화를 부르는 그런 자연스러운 방식이었습니다. 세세한 질문에 대해서도 신부님은 날짜, 인물, 배경, 인용 하나하나까지 정확히 말씀했습니다. 신부님은 '사건의 신학'이란 용어를 종종 썼습니다. 그야말로 사건 하나하나에 지극 정성이 들어 있는 삶이었고, 이는 역사를 온몸으로 살아낸다는 것이 어떤 것인가를 체감케 했습니다.

함세웅 신부의 공생애는 1974년 우리 역사의 가장 어두웠던 시기에 시작됩니다. 민청학련 사건과 관련하여 지학순 주교가 구속되자, 그 구속의 부당성을 촉구하면서 가톨릭 사제들이 마음을 합쳤습니다. 사제들의 일치된 항거에 당황하여 지 주교는 잠시 석방되었지만, 그 사건이 가톨릭 주교 한명의 문제가 아니라 불의한 독재정권에 핍박받는 이들과 연대하는 저항으로 이어져야 한다는 보편적 문제의식으로 승화되면서 마침내 천주교 정의구현사제단이 출범합니다. 이후 함세웅의 이름은 정의구현사제단과 내내 함께합니다. 신부님은 당시 모두가 꺼리는 인혁당 가족들을 껴안고, 최종길 교수의 고문조작 사실도 폭로합니다. 그로부터 수십년간 정치, 경제, 언론, 종교 권력에 의해 억압받고 따돌림당하는 이들에게 신부님은 믿음직한 언덕이었습니다.

신부님은 종종 '시대의 징표'란 개념을 썼습니다. "너희는 하늘의 징조는 분별할 줄 알면서 시대의 징표는 분별하지 못하느냐"라는 예수님의 말씀. 그는 시대의 징표를 감지하면서 그대로 실천하려 했습니다. 그런 신부님께 온갖 고난이 뒤따를 것은 어쩌면 필연적입니다. 정보부에 여러 차례 연행되고, 기관 사찰은 상시적이었습니다. 그런데 감옥행을 '은총'으로 여기고 죄수복을 입으면서 감옥 안의 더 어려운 이웃과 동행합니다. 그리하여 고난은 축복으로 전환됩니다. '고통의 상통성'으로 연대하면서 개신교 지도자들과 다른 종교인들과의 벽을 허물어냅니다. 어떤 고난에 맞닥뜨려서도 이를 극복해내는 지혜로운 처신의 예화들이 풍성합니다.

민주화의 도상에서 함 신부님은 여기저기 출현합니다. 민청학련과 인혁당 사건에서, 민주회복국민회의에서 그 분주함은 빛을 발합니다. 동일방직과 YH의 노동자들을 받아들이고, 부산 미문화원 방화사건에서도 그 진정성을 전파하면서 공안적 색채를 벗겨냅니다. 1987년 박종철 고문치사사건의 범인들이 조작되었음을 명동성당에서 발표하기까지의 비화는 이미 영화의 소재로까지 된 바 있습니다. 6월민주항쟁의 구심점이 된 명동성당에서 서울교구 홍보국장으로서 시대적 소명을 짊어졌습니다. 이후 민주화의 진행을 촉구하고, 민주화가 후퇴하는 국면에서는 예언자적 질타를 아끼지 않았습니다. 민주화운동의 표면에서 못지않게 소리없이 해낸 비화들이 이 책을 통해 비로소 표현을 얻게 됩니다.

함세웅은 가톨릭의 사제입니다. 소년기부터 신심에 흔들림이 없었고, 탐구심이 그치지 않는 신학자입니다. 로마에서 석·박사를 하면서 제2차 바티칸 공의회의 모습을 현장에서 생생히 체험했습니다. 저서도 여러 권 냈고, 논고도 풍부합니다. 서울대교구의 홍보국장 시절에는 교구의 주보를 매주 발행하여 몇년에 걸쳐 배포했습니다. 해방신학, 민중신학, 토착화신학, 여성신학에까지 그의 사회적 실천은 신학적 사목의 연장선상에서 행한 것으로 이해됩니다.

그의 신앙과 신학의 주제어는 '정의'였습니다. 하느님의 대표적 속성이 바로 정의라는 것입니다. "너희들은 먼저 하늘나라와 그의 정의를 행하라"는 말씀에 충실하고자 했습니다. 선배 동료 사제들과 함께 정의구현사제단을 지금까지 지켜온 것도 하느님의 본질인 정의의 구현에 헌신해야 한다는 성경적 다짐을 사제로서 실천한 것으로 이해합니다. 달리 말해 "시대의 징표"를 읽으면서, 이 땅에 정의를 뿌리내리려는 삶입니다. 이 책을 통해 '정의의 신학'의 한국적 구현에 대해 새로운 신학적 성찰이 시작되었으면 합니다.

이러한 정의구현의 일은 교회 밖에서 쉽지 않거니와, 교회 안에서도 쉽지 않았음이 이 책의 고백적 증언에서 잘 보입니다. 자기 종교내의 속살과 치부를 드러내는 건 참으로 어려운 작업이지만, 이 부분에 대하여는 역사적 증언으로서의 가치를 강조하여 대담자가 다소 억지로 끌어낸 점도 없지 않습니다. 그 점에 대해 무척 송구스런 맘도 듭니다만, 진리 앞에 우리 모두가 겸허히 임할 수밖에 없습니다.

신부님의 가감없는 지적과 비판에 대해 온갖 음해와 비난이 뒤따랐습니다. 어쩌면 박해받고 음해받을수록 예수님을 닮아가게 되는 게 아닌가, 이게 참 기독인의 숙명인지도 모르겠습니다. 그 박해의 늪 속을 걸어가면서도, 신부님의 관계망 속에서는 인간적 따뜻함과 감화가 넘실댑니다. 정치적으로 정반대인 신도들로부터도 도움을 끌어내고, 자신을 사찰하는 이들과도 따뜻한 교감을 나눕니다. 독재의 한가운데서 독재의 하수인들과의 지혜로운 소통이 과연 가능할까에 대한 의문에 대해 그럴 수 있다고 이 책은 증언합니다. 소외받는 이들, 힘없는 이들과 함께 한 사제의 발걸음은 "지극히 작은 자 하나"에게 무엇을 행했는가 하는 예수님의 질문에 대한 사제의 응답이기도 할 것입니다.

신부님과의 대담을 준비하면서 충실한 녹음과 녹화로 뒷받침하고자 했습니다. 영상 촬영은 오정묵 전 MBC PD가 맡았습니다. 오 전 PD는 '임을 위한 행진곡'을 처음으로 테이프에 담은 바 있고, 민주화운동의 심층을 오래 취재해온 분입니다. 녹취작업은 서울대 대학원의 강혜은 학생이 맡아주었고, 다른 학생들이 가끔 교대했습니다. 그들에게는 우리 현대사의 비화와 진실을 가까이에서 배우는 소중한 기회였을 것입니다. 대화 초고를 다듬어 제가 일차 정리를 하면 신부님이 수정하는 방식으로 정밀 수정작업이 뒤따랐습니다. 교열작업은 이혜경 국어 교사께서 거들어주셨습니다. 이 모든 일들을 되게끔 충실하게 뒷받침한 분은 늘 신부님 옆에 계신 윤원일 교수였습니다.

2014년 초에 텍스트 정리가 일단락되었습니다. 하지만 곧바로 출간하지 않았습니다. 함 신부님의 온전한 진실의 발현을 가로막는 당시의 분위기도 있고, 신부님 자신도 자신의 생애를 온전히 노출하는 것을 삼가는 마음도 있었습니다. 지난 5년간 초고를 계속 다듬는 과정을 거쳤습니다. 이 책은 지난 5년간의 어둠과 먼지를 뚫고 살아남을 가치가 있는 부분을 추리고 숙성시킨 것입니다.

가톨릭 사제는 자신의 활동에 대해 언급하는 것을 삼가는 오랜 전통을 갖고 있습니다. 대개 인물 인터뷰는 개인에 대한 공치사로 변질될 우려도 있고, 함 신부님도 그 점을 우려했습니다. 하지만 신부님의 삶은 한 개인의 삶이 아니라 우리 시대의 삶이고, 우리 시대의 변화에 기여한 그러한 삶이기도 합니다. 그러한 삶은 동시대의 다른 이들에게 하나의 교훈 내지 교재로서 소용되어져야 한다는 점도 분명합니다. 성경 자체가 예수님과 함께한 인물들이 보고 느낀 점을 고백하고 증언하는 문학이듯이, 이 책을 통해 저는 우리 시대를 증언하는 하나의 고백이자 증언으로서의 기록화를 의도했습니다. 그 증언은 단순히 종교적 증언일 뿐 아니라 우리 시대의 소명이자 증언이라는 주제를 감당하고 있습니다. 책의 부제를 '함세웅 신부의 시대 증언'이라고 한 것은 그런 이유에서입니다.

2013년 상반기, 서너시간의 긴 대담을 마치고 한강변을 따라 운전해 돌아올 때마다 마음속에 법열감(法悅感) 같은 게 충만해 있음을 느끼곤 했습니다. 현대사를 새롭게 알게 되고, 새로운 지혜의 깨달음을 안고, 종교적 의문에 대한 가르침으로 채워진 기쁨으로 달렸으니까요.

불의의 시대에 정의는 무엇인가. 비인간화가 판치는 시대에 인간다움을 위한 노력이란 무엇인가. 무지의 시대에 지혜로운 삶은 무엇인가. 아집과 편견으로 가두어놓은 자신의 동굴과 담벽을 허물어 사랑으로 함께하는 삶은 어떤 것일까. 이러한 의문을 함께 찬찬히 풀어가는 즐거운 독서가 되기를 바랍니다.

2018년 8월
한인섭

1942. 6. 28(1세) 서울시 용산구에서 유교적 가치를 중시하는 아버지 밑에서 출생. 형이 둘 있었으나 한국전쟁 때 모두 사망하고 외아들로 성장함. 집 근처 성모병원에서 전쟁의 참상을 목격한 것이 성직자의 길을 택하는 데 큰 영향을 미침. 용산성당을 다니며 가톨릭에 입문.

1954.1(13세) 초등학교 6학년 때 아버지를 여읨.

1955. 11. 2(14세) 중학교 2학년 때 '위령의 달'을 맞아 성직자 묘지에서 기도하던 중 삶과 죽음의 의미에 대해 깊이 고민하게 됨. 이를 계기로 사제가 되기로 결심하고 본격적으로 성경 공부 시작, 신학교 진학을 결심함.

1957. 4(16세) 혜화동에 있는 사제후보 양성 기숙학교인 성신고등학교(소신학교)에 입학. 성당에서 기도하고 사색하며 규칙을 잘 따르는 모범생으로 학창 시절을 순탄하게 보냄.

1960. 4(19세) 성신대학(지금의 가톨릭대학교)에 입학. 입학 후 곧 4·19혁명이 일어났으나 사건 이후 뒤늦게 소식을 듣게 됨. 4월 26일 이승만(李承晚)이 대통

령직에서 물러나던 날 학장 신부가 혁명에 참여한 학생들을 불사조에 비유한 강론에 큰 감동을 받음.

1962.2(21세) 대학교 2학년을 마치고 육군 일반병으로 입대. 논산훈련소에서 헌병으로 차출되어 영천에서 복무. 이후 경기도 광주시 남한산성에 있는 육군교도소에 발령 받아 경비과와 작업과에서 군생활, 2년 만에 제대. 모순 많은 군대 구조에 큰 회의감을 느낌.

1965.10(24세)~1968. 6(27세) 가톨릭대학교 로마 유학생으로 선발되어 로마 우르바노대학교 대학원에 진학, 신학석사 학위를 받고 사제가 됨.

1968. 9(27세)~1973. 4(32세) 로마 그레고리오대학교 대학원에서 신학박사 학위를 받음.

1973.6(32세) 약 8년간의 유학생활을 마치고 프랑스, 독일, 미국, 일본을 거쳐 6월 20일에 귀국. 7월에 연희동성당 보좌신부로 부임.

1973. 8(32세) 8월 8일 야당지도자 김대중(金大中)이 납치되었다가 5일 뒤 극적으로 구출되는 사건이 발생. 이후 외부와 차단된 김대중을 위해 가택에 방문하여 봉성체 기도를 드리던 것이 계기가 되어 김대중과 그의 아들 김홍일(金弘一) 등과 오래도록 인연을 맺음.

1973. 12. 4.(32세) 연희동성당 보좌신부에서 응암동성당 주임신부로 부임.

1974. 1(33세) 귀국 후 처음으로 쓴 글 「공범자」를 격월간지 『사목(司牧)』(한국 천주교중앙협의회)에 기고. 사제로서 가졌던 신학적 회의, 성당 밖 사회의 모순적 구조를 수필 형식으로 게재함.

1974. 3(33세) 가난한 사람을 위해 헌신한 마더 테레사(Madre Teresa)에 관한 책 『인도의 마더 데레사』(맬컴 마그렛츠 지음, 성바오로출판사) 번역 출간.

1974. 4(33세) 가톨릭대학교 신학과 교수로 교부학을 가르치기 시작.

1974. 7(33세) 천주교 원주교구장 지학순(池學淳) 주교가 전국민주청년학생총연맹(민청학련) 사건과 유신헌법 무효 양심선언으로 15년형을 선고 받고 구속됨. 이 사건을 계기로 젊은 신부들을 모아 '천주교 정의구현전국사제단'을 결성. 사제로서 사회참여를 시작하게 되었고, 이후 민주화운동에 본격적으로 투신함. 인민혁명당(인혁당) 사건에 목소리를 내고 민주회복국민회의 대변인으로 선언에 참여하기도 함.

1975. 4(34세) 4월 10일에 인민혁명당 추모 성명서를 발표했다는 이유로 정보부 제5국에 끌려가 밤샘 조사를 받음. 5월에는 명동학생총연맹 사건의 배후로 지목되어 정보부 제6국 종교과에서 일주일 정도 조사를 받는 등 수차례 정보부에 끌려감.

1976. 1(35세) 한국 천주교 정의평화위원회 총회에서 인권위원장으로 선임됨.

1976. 3(35세) '3·1민주구국선언사건' 발생. 선열을 기리고 구속자들의 석방과 인권회복을 염원하는 3·1절 기념미사를 명동성당에서 진행. 이 사건으로 김대중 문익환(文益煥) 등과 함께 구속되어 재판을 받음. 다음 해 3월 대법원 판결이 확정되어 처음으로 투옥됨. 서대문구치소, 광주교도소, 공주교도소 등에서 옥고를 치르다 1977년 12월 25일 형집행정지로 석방됨.

1978. 2(37세) 동부이촌동에 있는 한강성당 본당신부로 부임. 한강성당에서 복무하며 성전을 재건축함(1979년 3월 모금 개시, 1980년 12월 완공). 동일방직, 콘트롤데이타 등의 노동쟁의를 지원하며 노동자와 인권 문제에 지속적으로 관심을 가짐.

1979. 8. 30(38세) 5월 안동 가톨릭농민회 오원춘(吳元春)을 중앙정보부가 납치·연행한 사건을 두고 수원교구 조원동성당에서 정권을 비판하는 강론을 함. 이 사건을 계기로 재구속되어 영등포교도소에 투옥됨. 옥중에서 박정희(朴正熙) 피살 소식을 들었으며 100일간 투옥되었다가 12월 8일 긴급조치 9호가 해제되며 석방됨.

1980. 5. 18(39세) 5월 17일 전두환(全斗煥) 등이 비상계엄 전국확대 조치를 공포하며 김대중 등을 연행하여 내란음모를 조작하려 함. 이 과정에서 주요 인물로 지목되어 계엄사 합동수사본부에 연행되어 고초를 겪다 두달 만에 석방됨.

1981. 10. 18(40세) 천주교 조선교구 설정 150주년 기념 미사에 참여. 시대적 메시지를 충분히 전달하지 못했다는 아쉬움을 느낌.

1982. 3(41세) 3월 18일 부산미문화원에 문부식(文富軾) 김은숙(金銀淑) 등 부산 고려신학대 학생들이 주도한 방화사건이 발생, 가톨릭 원주교육원장 최기식(崔基植) 신부가 사건의 중개를 부탁함. 당시 대통령 사정수석비서관이었던 허삼수(許三守)를 통해 개입하고자 했으나 수사 과정에서 최 신부는 국가보안법 위반 및 범인은닉 혐의로 구속되고 학생들은 고문을 받음. 천주교 정의구현전국사제단을 비롯, 천주교가 적극적으로 부산 미문화원 사건에 대응하는 계기가 됨.

1982. 7(41세) 김택암 안충석 양홍과 함께 미국, 유럽, 동남아 등지로 약 두달 동안 성지순례를 다녀옴.

1984. 1(43세) 천주교 전래 200주년 행사의 사회분과 책임자로 일하며 사회변혁적 메시지를 교회 문서로 남김. 8월에는 한강성당 복무를 마치고 구의동성당에 주임사제로 부임하여 약 1년간 사목함. 신자들에게 신학적 메시지와 정치적 메시지를 함께 전달하고자 함. 2학기부터 성심여자대학교(후에 가톨릭대학교로 통합됨)에서 종교학을 가르치기 시작.

1984. 7(43세) 강론집『고난의 땅 거룩한 땅』출간(서문 문익환 목사, 도서출판 두레), 10월 사제단 창립 10주년 기념『삶: 함세웅 신부 묵상강론선집』출간(제3기획).

1985. 1(44세) 천주교 정의평화위원회 중앙위원을 맡음. 8월에는 천주교 서울대교구 홍보국장으로 발령받아 주보 편집 업무를 맡음. 홍보국장으로 일하며 주보를 증면하고 시대적 메시지를 내용에 반영함. 이후 3년간 주보 1, 2면에 익명으로 강론을 연재함.

1986. 10(45세) 문교부에 조교수로 등록됨. 정달영(鄭達泳) 구중서(具仲書) 한용희(韓庸熙) 등과 함께 주보 편집위원회 구성.

1987. 6(46세) '6·10민주항쟁' 발생. 4·13 호헌조치를 비판하는 김수환(金壽煥) 추기경의 성명에 이어 사제들의 단식기도, 서울교구 사제단 비상회의 등이 이어짐. 5월 18일 명동성당에서 5·18민주항쟁 7주년 기념미사 봉헌 자리에서 김승훈(金勝勳) 신부가 천주교 정의구현전국사제단을 대표하여 '박종철 고문치사사건 진상조작' 성명서를 발표함. 민주헌법쟁취 국민운동본부(국본)은 6월 10일 밤 명동성당에 모여 민주항쟁을 이어감. 당시 서울대교구 홍보국장이자 대변인 직책으로 명동성당에 집결한 시위대와 성당 측, 그리고 정부 당국 사이를 중계함.

1988. 12(47세) 서울교구 홍보국장 시절 주보에 집필한 내용을 책으로 펴냄. 12월 발간된 『약자의 벗 약자의 하느님』을 시작으로 『말씀이 몽치가 되어』(성바오로출판사 1989) 『불을 지르러 오신 예수』(성바오로출판사 1990)까지 총 3권의 강론집 출간. 이후 마지막 강론집의 내용을 다듬어 『칼을 주러 오신 예수』(빛두레 1993) 출간.

1989. 3(48세) 가톨릭 선교와 동시에 사회 비판의 목소리를 내는 매체로써 평화신문, 평화방송을 창립하고 초대 사장을 지냄.

1991(50세) 민족문제연구소 지도위원을 맡음.

1992. 10(51세) 바티칸 체제에 대해 비판한 것 등이 문제가 되고 학내 사정과 얽혀 가톨릭대학 강단을 떠나 장위동성당 주임신부로 이동.

1993. 10(52세) 민족화해와통일을위한종교인협의회 공동대표, 민족문제연구소 후원회장을 맡음. 교회가 사회비판적 기능을 해야 한다는 주장을 담은 『멍에와 십자가』(빛두레) 출간.

1994. 9(53세) 천주교 정의구현전국사제단 20주년을 맞아 서울, 광주, 부산, 의

정부 수련장 등에서 심포지엄을 갖고 9월 26일에는 명동성당에서 기념미사를 봉헌함.

1995. 8. 7(52세) 제2차 바티칸 공의회(1962~65)의 뜻과 함께 정의구현전국사제단 20주년의 합의와 결실로 폐쇄적 교회공동체를 반성하고 민족과 역사와 함께하는 교회를 지향하자는 의미로 '기쁨과희망사목연구원'을 설립. 1996년에 연구원장을 지냄.

1997. 9(56세) 상도동성당 주임신부로 부임.

1998(57세) 북한의 장충성당 건립 10주년을 맞아 장충성당에 미사를 봉헌하기 위해 김승훈 문정현 리수현 안충석 박승원 문규현 박기호 전종훈 신부와 함께 방북. 12월에는 민주개혁국민연합 상임대표를 맡음.

1999(58세) 3월에 국민정치연구회 자문위원이 됨. 7월에는 사제들에게 던지는 질문과 복음말씀을 담은 책『왜 사제인가』(생활성서사) 출간.

2001. 8(60세) 엘리자벳 A. 존슨(Johnson, Elizabeth A)의 여성신학서『하느님의 백한번째 이름』(바오로딸) 번역 출간. 이후에도 여성신학 세미나를 개최하고 공식적으로 강의를 하는 등 여성신학에 줄곧 관심을 가지고 전파함.

2003(62세) 제기동성당 주임신부로 부임.

2004. 8(63세) 한국에 선교사로 파견되어 영종도 본당에서 사목한 진 시노트 신부(Fr. James P. Sinnott M. M.)의 소설『영종도 사람들』(바오로딸) 번역 출간.

2004. 10(63세) 민주화운동기념사업회 이사장을 맡음. 민주화운동 자료정리와 민주시민 교육, 아시아 네트워크 확장 등 민주화운동의 내실을 다지고 외연을 넓히는 데 기여함.

2007(66세) 어머니(전영옥)를 여읨(향년 98세).

2008(67세) 청구성당 주임신부로 부임. 천주교 정의구현전국사제단 고문, 안중근의사기념사업회 이사장을 맡음. 한미쇠고기협상 반대시위에 지지 의사를 표명하기도 함,

2009(68세) 인권의학연구소 이사장을 맡음.

2011. 6(70세) 신앙생활과 자기성찰을 담은『심장에 남는 사람들』(빛두레) 출간.

2012(71세) 곽노현(郭魯炫) 교육감 사건의 전모와 재판과정을 재현한『곽노현 버리기』(공저, 책으로보는세상), 우리 시대 정치에 대해 손석춘(孫錫春) 교수와 나눈 대화를 담은『껍데기는 가라』(공저, 알마), 제2차 바티칸 공의회 사목헌장 해설서인『세상을 품은 영성』(빛두레)을 출간하는 등 활발한 집필활동을 이어감.

2012. 8. 28(71세) 청구성당 주임신부를 끝으로 현장사목에서 물러남.

2013. 1. 31(72세) 제4대 민족문제연구소 이사장으로 취임. 친일잔재 청산뿐 아니라 이와 같은 항일투쟁이 민주화운동과 통일운동의 연속선상에 있다고 보고 이를 종합하여 다루고자 노력함.

2013. 6(72세) 김상근(金祥根) 목사, 이창복(李昌馥) 6·15공준위 위원장, 이석태(李錫兌) 변호사, 인재근(印在謹) 의원 등과 김근태 기념 치유센터 설립을 추진하고 이사장으로 봉사.

2013. 7. 3(72세) 3·1민주구국선언사건 재심에서 무죄판결을 받음.

2016(75세) 『시사IN』 주진우 기자와 함께 진행한 문답형식의 현대사 강의를 묶은『악마 기자 정의 사제』(공저, 시사IN북) 출간.

2017. 4. 3~(76세) 국가보훈처 산하 연합단체인 항일독립운동가단체연합회 제2대 회장으로 취임. 과거사를 청산하고 올바른 역사를 후대에 전하기 위해 노력하고 있음.

함세웅(咸世雄)

가톨릭 원로사제. 1942년 태어나 가톨릭대학을 수료, 로마 우르바노 대학과 그레고리오 대학에서 신학석사·박사를 받았다. 1973년 연희동성당을 거쳐 응암동·한강·구의동·장위동·상도동·제기동 성당에서 주임신부로 일하고, 2012년 청구성당에서 은퇴미사를 했다. 1974년 천주교 정의구현전국사제단을 창립하여 민주화운동에 헌신했고, 서울교구 홍보국장으로 6월항쟁의 중심에 섰다. 기쁨과희망사목연구원을 만들고, 민주화운동기념사업회 이사장을 지냈다. 현재 김근태기념치유센터, 안중근의사기념사업회, 민족문제연구소의 이사장을 맡고 있다. 저서로 『세상을 품은 영성』 『약자의 벗 약자의 하느님』 『고난의 땅 거룩한 땅』 등이 있다. 사제서품 50주년을 맞는 2018년에도 현장사목 중이다.

한인섭(韓寅燮)

서울대학교 법대 교수. 한국형사정책학회 회장, 서울대 인권센터장 등을 역임했고, 사법개혁과 법학교육을 관장하는 여러 위원회에서 개혁의 제도화에 힘썼으며, 현재 한국형사정책연구원장으로 일하고 있다. 저서로 『가인 김병로』 『식민지 법정에서 독립을 변론하다』 『인권변론 한 시대』 『5·18 재판과 사회정의』 『형벌과 사회통제』 등이 있다.

이 땅에 정의를
함세웅 신부의 시대 증언

초판 1쇄 발행 / 2018년 8월 30일

지은이 / 함세웅 한인섭
펴낸이 / 강일우
책임편집 / 황혜숙
조판 / 황숙화
펴낸곳 / (주)창비
등록 / 1986년 8월 5일 제85호
주소 / 10881 경기도 파주시 회동길 184
전화 / 031-955-3333
팩시밀리 / 영업 031-955-3399 편집 031-955-3400
홈페이지 / www.changbi.com
전자우편 / nonfic@changbi.com